KB248353

갑골학 일백 년 2

甲骨學一百年

The Study of Oracle-Bone Inscriptions in Century

2012년도
대한민국학술원 선정
우수학술도서

이 도서는 대한민국학술원에서 선정한
"2012년도 우수학술도서"로서 교육과학기술부의
지원으로 구입 배부한 것임.

지은이 **왕우신**王宇信은 북경 平谷 출생. 중국사회과학원 역사연구소 연구원, 중국은상문화연구회 이사장. 갑골학과 先秦 시대 역사학이 주 전공이며, 현재 중국 고대문명과 하상주 정치제도를 연구하고 있다. 1964년 북경대학 역사학과를 졸업하고 사회과학원에서 胡厚宣 교수의 지도를 받았으며, 『甲骨文合集』의 편찬에 참여하였다. 주요저작으로는 『建國以來甲骨文硏究』, 『西周史話』, 『西周甲骨探論』 등이 있으며, 『甲骨學通論』은 한국에서도 번역되었다.

지은이 **양승남**楊升南은 사천성 平昌현 출생. 중국사회과학원 역사연구소 연구원, 선진사연구실 주임, 중국은상문화학회 부회장 등을 역임. 중국 先秦史 및 갑골학, 고문자학이 주전공이며 중국 고대 국가구조와 사회사를 연구하고 있다. 1964년 사천대학 역사학과를 졸업하고, 같은 해 8월 중국과회과학원 역사연구소로 옮겼으며, 『甲骨文合集』의 편찬에 참여하였고, 王宇信과 함께 胡厚宣 주편의 『甲骨文合集釋文』의 총교열을 맡았다. 『甲骨學一百年』의 주요 저자로 참여하였고, 『商代經濟史』, 『中國春秋戰國政治史』, 『商代土地制度史』(공저) 등이 있다.

옮긴이 **하영삼**河永三은 경남 의령 출생. 경성대학교 중문과 교수, 한국한자연구소 소장. 한자학이 주전공이며, 한자에 반영된 문화 특징을 연구하고 있다. 1983년 부산대학교 중문과를 졸업하고 臺灣 政治大學에서 석·박사 학위를 취득했다. 『한자문화학』, 『한자야 미안해』(부수편, 어휘편), 『연상 한자』, 『한자의 세계』 등의 저서와 『한어문자학사』, 『한자 왕국』, 『언어와 문화』, 『언어지리유형학』, 『洙泗考信錄』(공역) 등의 역서가 있다.

갑골학 일백 년甲骨學一百年 2

1판 1쇄 발행 2011년 4월 15일 **1판 2쇄 발행** 2012년 8월 25일

지은이 왕우신·양승남 외 **옮긴이** 하영삼 **펴낸이** 박성모 **펴낸곳** 소명출판
등록 제13-522호 **주소** 137-878 서울시 서초구 서초동 1621-18 (란빌딩 1층)
대표전화 (02) 585-7840 **팩시밀리** (02) 585-7848
이메일 somyong@korea.com **홈페이지** www.somyong.co.kr

ISBN 978-89-5626-578-0 94820 값 33,000원
ISBN 978-89-5626-576-6 (전 5권)

이 번역도서는 정부재원(교육인적자원부 학술연구조성사업비)으로 한국연구재단의 지원에 의하여 연구되었음.

갑골학 일백 년 2

甲骨學一百年

왕우신 · 양승남 외 지음
하영삼 옮김

일러두기

※ 본문

1. 한글세대가 읽을 수 있는 쉬운 한국어로 풀어쓰는 것을 원칙으로 한다.
2. 가능한 한자의 사용을 자제하며 필요한 때에만 한자를 병기한다. 다만, 각주에서는 책의 전문성을 고려하고 번잡함을 피하고자 원문 그대로 쓴다. 본문 예) 갑골학甲骨學; 주석 예) 裴明相, 「略談鄭州商代前期的骨刻文字」, 『全國商史學術討論會論文集』, 1985; 『鄭州商城的考古新發現與研究』(1985~1992), 中州古籍出版社, 1993, 177면.
3. 한자 사용권의 인명과 지명, 책이름 등 고유명사는 시기에 관계없이 모두 한국 한자음으로 통일하여 표기하며, 처음 등장하는 인명 뒤에다 생몰연대를 병기한다. 단 중국의 소수민족명 등은 원음을 존중해 표기하며 한자를 병기해 둔다. 한자 사용권을 제외한 서구의 인명과 고유명사는 원음대로 표기함을 원칙으로 한다. 예) 왕우신王宇信(1940~현재), 나시納西족, 백천정白川靜, 멘지스明義士(James Mellon Menzies).
4. 인용 갑골문은 인용 후 번역문을 제시한다. 학자들 간의 해석상의 차이가 있을 때는 저자들의 해석과 의도를 존중한다. 갑골문 등 고문자는 스캔 후 그림저장 형식으로 편집한다.
5. 서명은 『 』, 편명이나 논문이나 단편 글 등은 「 」, 인용문은 " ", 작은 인용문과 강조는 ' ' 등으로 표기한다.
6. 서명과 편명을 동시에 적을 때에는 『서명』「편명」의 형식으로 한다. 예) 『논어』「술이」, 『맹자』「등문공」 상
7. 서명・논문명은 이해하기 쉽도록 풀어쓰는 것을 원칙으로 한다. 예) 『전후 남경・상해 지역에서 새로 얻은 갑골집戰後寧滬新獲甲骨集』
8. 원서에서 구분하지 않은 서명과 논문은 따로 구분해 표기한다. 예) 『甲骨文斷代研究例』→「갑골문 시기구분 연구 예甲骨文斷代研究例」
9. 연대는 서기로 하고, 연호로 표기된 경우에는 서기를 괄호 속에 표기한다. 예) 민국 44년(1955)
10. 숫자 표기는 아라비아 숫자로 한다. 예) 75,423편

※ 용어

1. 전문 용어는 가능한 한글화시킨다. 예) 斷代 : 시기구분, 綴合 : 조각 맞추기
2. 생경한 한자 용어는 가능한 한 풀어쓴다. 예) 品類 : 기물분류
3. 어려운 용어는 한자를 병기하고, 괄호 속에 간단히 풀이하여 이해를 돕는다. 예) 전와塼瓦(벽돌과 기와)
4. 비슷한 의미를 가지는 한자를 가능한 한 의미가 차이가 나도록 번역한다.
   1) "斷代"의 경우, 일반적 의미로 쓰일 때에는 "시기구분"이라 번역했지만, "分期"와 함께 등장하여 대칭적 의미로 쓰일 때에는 "斷代"는 "시대구분"으로, "分期"는 "시기구분"으로 번역했다.
   2) "宰"은 일반적인 양과 구분하기 위해 "희생양"으로, "牢"는 일반적인 소와 구분하기 위해 "희생소"로 구분해 번역했다.
   3) 재앙에 관한 용어의 경우, "타"는 "탈"로, "尤"와 "咎"는 "허물"로, "災"(祟, 齒 등)는 "재앙"으로, "禍"는 "불행"으로, "艱"은 "어려움" 등으로 구분하여 번역했다.
   4) 공납에 관한 동사의 경우, "氏"는 "갖고 왔다", "來"는 "보내 왔다", "入"은 "들여왔다" 등으로 구분하여 번역했다.

※ 역주

1. 중요한 개념이나 이 책에서의 설명이 미진한 경우, 혹은 이 책이 나온 이후 지금까지의 고고학적 성과는 가능한 보충하여 역주로 처리하도록 한다.

저자 서문

한국어판 『갑골학 일백 년』 출판에 부쳐

2010년 3월 5일 아침, 부산 경성대학교에서 한국의 저명 학자 하영삼 교수로부터 갑자기 걸려온 전화를 받고서, 너무나 반가웠다. 하지만, 가장 기뻤던 것은 하 교수가 알려온 『갑골학 일백 년』의 한국어 번역본에 관한 진전 상황 때문이었다. 이미 제2차 교정이 완성되어 출판사에 넘길 예정이고, "순조롭다면 올해 안에 5권의 분량으로 출판될 수 있을 것이다"라고 했다. 아울러 필자에게 한국어 번역판 『갑골학 일백 년』의 "서문"을 부탁해 왔다. 이 책이 한국에서 번역 출판될 수 있었다는 것은 한국의 "중국학" 전문가가 한층 더 깊은 수준의 중국 전통문화 연구를 향해 진전했음을 말해준다. 그리고 그러한 성과가 이루어졌음의 반영인 동시에 한중 학자 간의 학술 교류와 우호적인 왕래가 새로운 성과를 이룬 것으로 생각한다. 이 때문에 이 책의 주 편집자이자 저자의 한 사람인 필자는 "서문"을 부탁한 하 교수의 부탁을 흔쾌히 받아들이게 되었다.

우리가 이 책의 한국어 번역판 출간을 두고서 한국의 "중국학" 전문가가 한층 더 깊은 수준의 중국 전통문화 연구를 향해 진전했으며 그러한 성과가 이루어졌음의 반영이라 하는 것은, 바로 갑골문이라는 것이 3천 년 전 중국의 가장 이른 체계적인 문자이며, 사료가 상대적으로 적은 상나라 사회 역사의 백과사전이자 제1차 연구 자료이기 때문이다. 세계에서 가장 오래된 문자의 하나인 갑골문자는 방대하고 심오한 중국 전통문화를 계승한 한자의 시조이다. 그래서 누구라도 중국의 전통문화를 이해하려면 갑골문의 이해로부터 시작해야만 한다. 이러한 의미에서 갑골문은 중국 전통문화의 근원이자 핵심이다.

한중 양국 인민들 간에는 자고이래로 밀접한 문화 교류와 우호적 왕래가 있었으며, 인구에 회자하는 아름다운 이야기들도 많이 남겼다. 예컨대, 당나라 때의 많은 유학생 중, 유명한 고운孤雲 최치원崔致遠 선생은 그의 나이 열셋에 그 기세등등한 「토황소격문討黃巢檄文」을 남겼는데, 이미 중국의 모든 사람이 아는 천고의 명문이 되었다. 또 16세기의 퇴계 이황李滉과 율곡栗谷 이이李珥라는 "두 대학자"는 송나라 주희朱熹의 철학사상을 발전시켰으며, 명나라 철학자인 왕양명王陽明의 학설을 계승하여, 한국적 특색의 "퇴계학파"를 만들었다. 한국인들은 "동방의 주자朱子"라 불리는 이 두 분을 특히나 존중하여, 그들의 초상을 현재 쓰이는 천원권(이퇴계)과 오천원권(이율곡)의 도안으로 쓰고 있다. 게다가 고려高麗에서 조선朝鮮에 이르는 시기의 『조천록朝天錄』과 『연행록燕行錄』 등은 중국에서 경험한 한국인들의 견문을 기록하였는데, 오늘날까지도 당시 중국 사회와 전통문화를 연구하는 데 중요한 자료가 되고 있다.

세상이 변하고 왕조가 바뀌고, 일본 제국주의에 대한 항거와 한국전쟁이라는 시련 속에서도 중국 전통문화에 대한 한국 학자들의 사랑과 추구는 중단되지 않았다. 특히 지난 세기 60~70년대 이후 한국의 "중국학" 연구는 이미 단순한 중국 전통문화의 소개가 아니라 갑골문이나 금문과 상주商周의 역사문화라는 중국 전통문화의 심층과 근원의 영역까지 확장했다. 1950년대 말부터 70년대까지, 조좌호曺佐鎬 교수가 「복사卜辭에 보이는 중국의 고대국가」(『동국사학』 Vol.3 No.1, 1955)를, 윤내현尹乃鉉 교수가 「상 왕조사의 연구―갑골문을 중심으로」(1978) 등을 발표했으며, 80년대 이후에는 신진 학자들이 대거 출현했으며, 저술도 숲처럼 많았다. 예컨대, 이형구李亨求 교수의 「문헌자료로 파헤쳐 본 갑골문화」(1983), 「발해연안의 무자無字 복골卜骨 연구―고대 동북아 제 민족의 복골 문화를 함께 논함」(상 · 중 · 하, 1980~1981) 등이 있다. 또 손예철孫叡徹의 「갑골 복사로 본 은상 제사」(1980), 「갑골 제사 복사 중의 희생에 관한 고찰」(1980), 「서울대학 소장 갑골편 연구」(1980) 등도 있다. 특히 윤내현尹乃鉉 교수가 출간한 『상주사商周史』(1984)는 당시 외국 학자 중 갑골문과 금문과 문헌자료를 이용해 상주의 역사 문화를 계통적으로 정리한 비교적 이른 시기의 저작으로, 중국의 단대사斷代史에 대한 한국 학자의 연구 수준을 대표한다. 1992년 중국과 한국이 정식으로 수교한 이후, 한국 학자들의 갑골학 은상 문화 연구는 완전히 새로운 단계에 접어들게 되었다. 『갑골문합집』, 『소둔 남지 갑골』, 『은허 갑골 각사 유찬』 등과 같은 갑골 자료가 한국에서 영인 출판되었고, 실제 갑골문 자료들도 수집하였는데, 서울대학은 러시아로부터 몇 편의 갑골을 들어왔으며(1996년 필자의 감정에 의해 위각으로 밝혀졌다), 숙명여자대학에서도 미국에서 7편의 갑골(『은계유주殷契遺珠』에 실렸던 자료임)을 사 들였다. 또 중국학자들의 갑골학 저작도 대거 번역 출판되었는데, 『고문자 첫걸음』(이학근 저, 하영삼 역), 『중국 갑골학사』(오호곤(등) 저, 양동숙 역), 『은대 정복 인물 통고殷代貞卜人物通考』(요종이 저, 손예철 역), 『갑골학 통론』(왕우신 저, 이석재 역) 등이 있다. 또 이 시기에는 적잖은 저서도 쏟아져 나왔는데, 하영삼의 『문화로 읽는 한자』(1992.5), 「갑골문에 반영된 인간중심주의」(1996.5) 등을 비롯해, 이형구의 「발해 연안의 갑골문과 한국의 갑골 문화」(1996.5), 양동숙의 「중국문자의 형성과 갑골문의 표음성」(1996.5)과 「갑골문의 '호好'자의 형음의 고찰」(1993), 정기래의 「중국 고대의 식인―사람이 사람을 먹는 행위에 대한 투시」(1994) 등을 비롯해 중국 갑골학의 대가인 호후선에 관한 전문 연구 등이 있다.

특히 양동숙 교수가 출판한 『갑골문 해독』(2009)은 갑골과 문자 고석에 대한 한국 학자의 새로운 수준을 반영했다. 이뿐 아니라 양동숙의 「한국의 갑골문 현황」(1996.5)은 한국의 갑골학 연구를 총 정리했다. 또 한국의 연구 현황을 중국학계에 소개한 학자도 있는데, 정기래의 「남조선의 중국 상고사 연구」가 중국의 핵심저널인 『중국사연구』(1989년 제3기)에 발표되었고, 정일의 「한국 '국제 갑골학 학술토론회' 술요」도 핵심저널인 『중국사 연구 동태』(1996년 제9기)에 발표되었는데, 이는 중국 학계가 한국 학자들의 연구 성과에 주목하고 중시하고 있음을 보여주었다. 한국 학자들은 갑골학 영역의 새로운 분과라 할 "서주 갑골학"에 대해서도 상당히 일찍부터 관심을 둬, 양동숙이 1989년 「서주 갑골문의 고찰」을 발표했고, 홍희가 1991년 『주원 갑골문 연구』를 완성했다. 이외에도 많은 학자가 갑골문자를 고석했다. 중국 전통문화의 매체이자 원류라 할 갑골문과 금문과 은상 문화의 연구에서 한국학자들은 전방위적으로 깊이 있는 방향으로 나아가고 있다. 이러한 부분에서 체계적이고 전면적으로 갑골학 연구의 성과(한국 학자들의 성과까지 포함)를 총결하고 전망한 『갑골학 일백 년』의 한국어 번역 출판은 깊이 있는 한국 갑골학 발전의 급박한 수요에 부응하고, 동시에 한국 학자들이 중국 전통문화의 매체이자 원류인 갑골학과 은상 문화를 연구하는 과정에서 획득한 성과의 표지이다. 우리는 『갑골학 일백 년』이 한국에서 출판되어, 한국 학자들의 연구에 가치 있는 참고자료가 되고 유익한 계기가 되기를, 그리고 한국의 갑골학 발전에 공헌하기를 충심으로 희망한다.

우리가 이렇게 말하는 것은, 한국어 『갑골학 일백 년』의 번역 출판은 한중 양국 학자들의 교류와 우호적 왕래가 이룬 성과이며, 이는 1992년 한중 양국의 수교 이후 양국 학자들 간의 우호적 교류가 더욱더 절실해졌기 때문에 가능했다. 정기래, 홍희, 이형구, 하영삼, 정일, 양동숙 교수 등과 같은 적잖은 한국 학자들이 갑골문의 출토지인 하남성 안양에서 거행된 갑골학 은상 문화 국제 학술대회 등에 여러 차례 참가하였고, 또 중국의 각 대학을 방문하거나 거기서 연구하기도 했다. 또 적잖은 중국 학자들이 한국의 국제 학술대회에 초청되었고, 대학에서 강연하거나 방문하기도 했다. 그리고 홍콩이나 대만을 비롯해 외국에서 개최된 각종 국제대회에 함께 참석하여 "이문회우以文會友"하였으며, 학술 교류 속에서 우의를 다지고 상호를 이해해왔다. 위대한 선배 학자인 동작빈董作賓도 1955년 5월 서울대학, 성균관대학, 연세대학, 고려대학 등을 방문한 적이 있으며, 서울대학에서 박사학위를 받았고, "은허 고고"와 "한자 원류 탐색" 등을 주제로 강연한 바 있다. 동작빈은 대만으로 돌아가 「서울대학 소장 대갑골大胛骨 각사 고석」(1957)을 발표하기도 했다. 필자의 절친한 친구이자 "노형"인 정기래 교수는 1987년 9월 안양에서 거행된 제1차 국제회의 때 알게 되었다. 필자의 학생인 홍희 교수는 1992년 한중 수교가 이루어지고 나서 얼마 되지 않아 북경으로 필자를 찾아왔고, 서주 갑골을 연구하기 위해 필자의 대학원생이 되고자 했으나 실현되지는 못했다(당시 필자는 박사 지도 교수가 아니었다). 하지만, 그 후로 20년간 줄곧 스승과 제자의 관계로 지내왔으며, 지금 그는 이미 한국의 저명한 번역가이자 중국 민족사의 전문가로 성장했다. 이학근, 구석규, 채철무 등과 같은 적잖은 중국 학자들도 한국으로 초빙되어 방문하고 한국 학자들과 교류했다. 필자가 처음 한국을 방문하게 된 것은 1996년 숙명여자대학 창학 90주년을 기념하여 열린 "국제 갑골학 학술대회"였으며, 거기서 양동숙, 하영삼, 이규갑, 이홍진, 손예철 등 한국의 대표 학자들을 알게 되었다. 이후 2001년 4~8월까지 대진대학에서 한 학기 동안 방문 교수로도 있었다. 그 후 중어중문학회의 초청으로 2002년 연세대학에서 거행된 국제학술대회에 참가한 것이 세 번째 방문이었다. 세 번의 방문을 통해 필자는 한국의 남부로부터 북부에 이르기까지, 목포대학, 부산대학, 인제대학, 선문대학, 효성여자대학(대구가톨릭대학), 대전대학, 경북대학, 서라벌대학, 숙명여자대학, 서울대학, 성균관대학, 한양대학, 연세대학, 단국대학, 동국대학, 대진대학, 한림대학 등을 방문했으며, 거기서 강연을 하거나 교류하면서 서로 절차탁마하기도 하였고, 많은 친구를 만나고 또 새로운 친구도 사귀었다.

몇 번의 한국 방문 기간에 친구들은 필자로 하여금 가능한 한 많은 곳을 방문하고 참관하도록 배려해 주었다. 필자는 2002년 막 완공한 부산의 월드컵 경기장을 보기도 했고, 서울 타워, 아름다운 여의도와 경기도 파주의 오두산鰲頭山 등지의 현대 건축물을 보기도 했다. 하지만, 서울의 경복궁, 국립민속박물관, 국립중앙박물관, 한국 신석기 시대의 석마반石磨盤과 석마봉石磨棒, 그리고 청동기 시대의 농기구인 인답뢰人踏耒와 청동편 등과 같이 한국의 문화 고적을 더 많이 보았으며, 이는 필자에게 깊은 인상을 남겨 주었다. 이외에도 필자는 철도박물관을 참관하기도 했고, 서울의 유리창琉璃廠이라 할 수 있는 인사동 골동 거리와 유명한 동대문 시장을 여러 차례 돌아다니기도 했다. 경기도의 깊은 연봉과 울창한 숲에 둘러싸인 봉선사奉先寺에서 필자는 이러한 사찰이 선학禪學을 홍양하고 교육의 발전에 이바지하고 있으며, 지금의 동국대학도 이 사찰과 깊은 인연이 있다는 사실을 알게 되었다. 또 임진왜란 때 파괴된 포천에 있는 회암사檜巖寺 유적지를 방문하여, 부서진 기와 조각과 무너진 담장의 폐허 속에서 외로이 남은 쌍사자 석등과 조선 왕조 태종 때의 유물인 무학대사비의 좌대와 비석 덮개도 볼 수 있었다. 한국의 유명한 문화 고도인 경주를 방문해서는 세계 문화유산인 천마총과 민속문화원을 보고서 고도로 발달한 신라 문명에 감탄을 금할 수가 없었다. 불국사의 장엄함과 엄숙함은 필자로 하여금 정신이 번쩍 들게 함은 물론 놀라움을 금치 못하도록 하였다. 이외에도 필자는 세계문화유산에 등재된 경상남도 가야산의 해인사로 가 "학사대學士臺"에서 최치원 선생을 참배했고, 해발 1천 미터가 넘는 높은 산을 올라 정상에서 9세기에 축조된 5미터 높이의 부도 마애 석각 조상造像의 풍채를 보기도 했다. 해인사에서 완벽하게 보존된 팔만 고려 대장경을 보고서는 돌아갈 생각조차 잊어버렸으며, 방충과 통풍과 방습 문제를 과학적으로 처리하여 문물을 보호한 선인들의 지혜에 탄복했다.

친구들은 또 필자로 하여금 한국의 사회와 문화와 접촉할 수 있도록 해주었다. 성균관의 엄숙함과 유학이 한국 사회에서 대단히 큰 영향을 끼치고 있었고, 젊은 사람들의 경로사상은 가정에서뿐 아니라 지하철이나 버스 등 공공장소에서도 실현되어 노인에게 자리를 양보하는 것이 이미 습관화되어 있었다. 광주에서는 마침 "모내기" 때를 만났는데, 전통 복장을 한 "농부"들이 논에서 노래를 부르고 춤을 추며 모내기를 하고 있었다. 불어오는 바람에 흩날리는 깃발에는 "농민이 천하의 근본이다"라고 쓰여 있었다. 한국 사회가 현대 공업화 사회에 진입하였어도 중농 사상의 역사적 전통을 잊지 않고 있음을 잘 보여주었다. 이외에도 한국에서 석가탄신일(국가 지정 공휴일)을 체험하기도 했는데, 사원에서는 석가모니의 탄신을 기념하기 위한 성대한 잔치가 열렸다. 대진대학의 한 교수가 석가모니의 일생을 설명해주었고, 북소리와 음악에 맞추어 일제히 부처상을 향해 절을 하고 경건한 마음으로 공덕함에 돈을 넣었다……. 그런 다음 모두 공짜로 제공되는 공양도 함께 들었다. 필자는 또 대표단 속에 "끼어들어"(필자의 친구가 불교 신도였다) 해인사에서 거행된 선종 대표회의에 참석하기도 했다. 거기서 "좌선"을 체험할 수 있었고, 이틀 동안 소식素食만 먹으며 지낼 수도 있었다. 그리고 해인사의 "약수암藥水菴"에서는 주지 스님이 제공한 "작설차"도 맛보았다. 해인사를 찾은 동국대학(불교대학)을 졸업한 한 여성은 자신이 대만을 방문한 적이 있으며, 이후 돈을 모아 중국의 명산과 고찰을 찾아 여행할 꿈을 안고 살고 있다고 했다……. 몇 번에 걸친 한국 방문을 통해 한국 학자들의 중국학 연구와 추구에 상당히 이해하게 되었고, 한국의 유구한 역사문화와 전통과 민속에 대해서도 제법 깊이 인식하게 되었다. 이 때문에 필자는 대진대학에 있는 동안 강의의 나머지 시간을 이용해 보고 듣고 느끼고 한 것을 연속해 10여 편의 수필로 남겼다. 중국에 돌아오고 나서는 『중국사회과학원보中國社會科學院報』에 4~5편을 연재해 적잖은 사람들의 공감을 일으키기도 했다.

이처럼 한중 학자들의 학술 교류와 우호적 교류가 강화되면서, 우리는 갑골학 연구에서 얻은 성과는 물론 의문점과 난제를 비롯해 더 깊고 확장이 필요한 과제에 대해 인식을 같이하게 되었다. 1999년 안양에서 거행된 갑골문 발견 1백 주년 국제학술대회 석상에서 갑골학 발견 1백 주년을 기념하기 위해 『갑골학 일백 년』을 처음으로 내놓게 되었으며, 국내외 전문가들의 주목과 호평을 받은 바 있다. 대단히 영광스럽게도 것은 한국의 한국연구재단(KRF)에 의해 이 책이 번역과제 대상 문헌으로 선정되었다. 작금의 연구 수준을 대표하는 이 『갑골학 일백 년』은 2001년 9월 제8회 "5개년 제1차 프로젝트"의 일등상을, 같은 해 12월에는 제5회 중국 국가 "전국 도서상"의 후보상을, 2002년 10월에는 중국사회과학원의 "제4회 우수 저작상"을 수상했다. 해마다 수도 없이 쏟아지는 중국의 그 많은 도서 중에서 한국연구재단에서 우리의 이 책을 번역 대상으로 선정하였다는 것은 분명히 혜안을 가졌다고 해야 할 것이며, 세계 학술 발전의 현황을 파악하고 교육문화 발전을 이끄는 높은 수준을 반영한 결과라 하겠다. 우리는 한국 정부가 한국의 학계가 더욱 높은 수준의 중국 전통문화 연구에 박차를 가할 수 있도록 내린 중대한 정책적 결정에 충심 어린 흠모와 감사를 드린다. 또 학술 교류과정에서 공동으로 수준을 높이고, 우호적인 교류 속에서 우의와 이해를 증진시킨 한국의 동료께도 감사드린다. 이는 그들이 우리를 신뢰하고 지지하고, 긍정하고 적극적으로 추천했기에 한국 정부가 이러한 한중 학술 교류사에서의 새로운 중요한 일을 완성할 수 있었기 때문이다. 우리 함께 노력하여 "갑골학"이라는 이 국제성을 띤 학문이 다시 한 번 찬란한 역사를 이루도록 해야 할 것이다.

『갑골학 일백 년』의 한국어 번역판이 곧 출간될 이 시점에서, 우리는 또 하영삼 교수에게 진정 어린 위로와 진심 어린 감사를 드려야 할 것이다. 중국에 "10년을 갈아야 검 한 자루가 완성된다"는 말이 있다. 하영삼 교수는 과중한 학교 업무와 연구를 수행하는 동시에 묵묵히 혼자서 『갑골학 일백 년』의 한 글자 한 글자, 한 문장 한 문장을 한국어로 번역해 냈다. 원문으로 123만 자에 달하는 『갑골학 일백 년』은 중국에서도 대단한 분량의 대작이라 일컬어지고 있다. 이를 한국어로 옮긴 결과 2천 쪽 5권이라는 방대한 분량으로 변신했다. 한 사람의 일생이 몇 십 년이나 되던가? 하영삼 교수는 자신의 10년 청춘, 자신의 피와 땀, 고생스런 작업과 학술 발전을 위한 봉사정신을 『갑골학 일백 년』이라는 이 한국어 번역판의 한 줄 한 줄 행간에 녹여 넣었다. 갑골학은 중국에서도 일반인들이 느끼기에는 깊고 어려운 수준의 학문이라고 말해진다. 이 거대한 분량의 『갑골학 일백 년』은 전문성이 강한 학술서이다. 난삽하고 어려운 전문 용어, 많은 벽자僻字와 현대 한자로 옮기기 어려운 갑골문자, 정확하게 해독되지 않은 어려운 글자들이 많아, 문자학에 종사하는 사람이라 할지라도 일반 학자들이 읽고 이해하기에는 일정한 어려움이 존재한다. 하물며 중국과 다른 언어와 문자를 사용하는 한국 학자에게는 어떻겠는가? 하영삼 교수는 10년의 세월을 견디며 이 거대한 분량의 번역 작업을 완성했다. 이는 하 교수의 수준 높은 중국학 수준을 반영한 성과일 뿐 아니라 갑골학에 다져 놓았던 도타운 기초와 높은 연구 수준이 반영된 결정체라 할 것이다. 『갑골학 일백 년』의 번역을 완성했다는 것은 한국의 한 갑골학자가 이미 전 세계 갑골학 발전의 최전선에 서 있음을 나타내 주는 표지라 하겠다.

하영삼 교수가 오늘날의 이러한 뛰어난 학술적 성취를 이룰 수 있었던 것은 결코 우연이 아니다. 1996년 숙명여자대학에서 거행된 국제 갑골학 학술대회에서 그의 뛰어나고 정교한 논문은 송곳 끝이 주머니를 뚫고 나오듯 재능을 드러냈다. 그리고 학술대회에서 필자의 논문 발표 통역도 그가 담당했다. 그 이후로 인제대학과 부산대학 등에서의 몇 차례 학술 강연에서도 통역을 맡아주었고, 한국에서의 영접과 대접도 그가 직접 담당했다. 그는 또 중국에서 이루어진 국제학술대회에도 여러 차례

초청되어 참석하였으며, 그의 정교한 논문은 세계 각국 학자들의 주목을 받았다. 하영삼 교수는 한중 학자의 학술 교류에서도 큰 공헌을 했다. 2008년 7월 그는 정주대학과 경성대학이 연합으로 주최한 국제학술대회에 필자와 송진호 교수를 초청하였으며, 한국에서 온 30여 명의 학자를 만날 기회를 제공했다. 또 "한국한자연구소"를 운영하면서 중국은 물론 세계의 저명 학자들을 초청하여 한자의 세계화에 노력하고 있다. 기회는 언제나 준비된 자에게만 주어지는 법이다. 하 교수는 다년간에 걸쳐 쌓은 자신의 갑골학 연구에 대한 축적과 깊은 학술적 소양, 그리고 중국어문학에 대한 높은 수준과 능숙한 중국어 구사력, 여기에다 한순간도 나태하지 않고 끈기 있게 끝까지 해내는 발분과 고집으로 이 5권에 달하는 방대한 분량의 『갑골학 일백 년』이 한국에서 출판될 수 있게 하였고, 한중 문화교류가 깊이 있게 발전하는데 커다란 공헌을 할 수 있었다. 우리는 다시 한 번 하 교수에게 열렬한 축하와 깊은 감사를 드린다.

필자가 이 한국어판 「서문」을 쓰는 동안, 이런저런 생각이 끊임없이 떠올라 적잖은 한국의 옛 친구와 새로운 친구들의 얼굴이 내 눈앞에 아른거린다. 한국에서 가 보았던 대학, 답사했던 고대 유적지들, 명승고적과 아름다운 산천들…… 이 모든 것들이 어제 일처럼 아른거린다. 더 많은 친구가 중국을 방문해 주기를, 마음 편하게 지내기를, 마음껏 먹고 마시기를…… 필자는 학수고대한다. 또 한국에 가서 옛날 친구들과 새로운 친구들을 다시 만날 수 있기를 기대해 본다. 또 『갑골학 일백 년』의 한국어 번역판이 처음 발간되고서 이에 대한 독자들의 반응과 의견을 귀기울여 들을 수 있기를, 또 함께 갑골학의 미래와 발전과 우리 한 사람 한 사람 모두가 할 수 있는 공헌에 대해서도 함께 토론하고 싶다. 이 기회를 빌려 다시 옛날 그곳으로 돌아가 최근 7~8년간 변화한 한국 사회와 문화의 발전을 체험해 보고 싶다는 심경을 밝혀 본다.

마지막으로 옛 친구들(이 책의 새로운 독자를 포함하여)의 학술활동에 풍성한 수확이 있기를 빈다.

아울러 더욱 강화되고 발전한 한중 학술 교류를 축하한다.

2010년 3월 10일

북경 방장方莊 방고원芳古園에서

"입렴청소려入簾青小廬" 주인 왕우신王宇信 씀

갑골학 일백 년 2_ 차례

갑골학 일백 년 전체 차례

제5장 갑골문의 시기구분

1. '뒤엉킨' 갑골문에 대한 독파 시도와 그 계기의 도래

갑골학의 대가 곽말약郭沫若은 대단히 심각하게 다음처럼 지적한 적이 있다. "어떤 연구든 자료의 감별이 가장 필수적인 기초 단계에 해당한다. 자료가 부족한 것도 물론 문제가 되겠지만 자료의 진위나 그것이 대표하는 시기를 분명하게 규정하지 못한다면, 그것은 자료의 부족보다 더 위험하다. 그래서 자료의 부족은 기껏해야 결론을 내지 못하는 정도에 그치지만 자료가 부정확하면 잘못된 결론을 도출하게 된다. 이렇게 만들어진 결론은 없는 것보다 더 큰 해악을 끼친다."[1] 그렇기 때문에 1899년 왕의영王懿榮에 의해 갑골문이 발견된 후, 제일 먼저 부딪힌 문제가 바로 갑골문이 도대체 중국의 어느 왕조의 유물인지, 즉 그것이 대표하는 대

1) 郭沫若, 「古代研究的自我批判」, 『十批判書』, 科學出版社, 1956, 2면.

략의 시기에 관한 것이었다. 그리고 그것이 어느 왕조의 것인지 확정되고 난 다음의 문제는 그 시대 내에서 그 자체에 발전과 변화가 일어났느냐에 관한 것이었다.

갑골문이 발견되자 청 말의 지식계에는 대단한 충격이 일었다. 그 당시는 중국의 근대 사료의 4대 발견, 즉 갑골문·돈황 사경·사막에 떨어진 죽간流沙墜簡·내각대고內閣大庫의 명청明清 당안檔案 중에서 갑골문을 제외한 나머지는 아직 일정에도 상정되지 않았던 때였다. 청 말의 통치자들은 국권을 상실하고 치욕을 당하였으며 나라는 빈곤하고 힘이 없어 제국주의의 침략까지 받아 능욕을 당했고, 학계도 '모든 사람이 침묵만 지키는' 국면이 전개되었다.[2] 하지만 갑자기 대량으로 출토된 갑골문은 당시의 학계를 대단히 흥분시킨 대사건이었다. 저명한 학자였던 오창수吳昌綬는 광서 계묘년(1903) 10월에 이렇게 말했다. "옛날 고문자라고 부르던 것은 청동기 명문 이외에 화폐·비단·도장 문자가 전부였다. 하지만 지금 유濰현 진편수陳編修의 도기, 해풍海豐 오각학吳閣學의 니봉泥封 등은 모두 최근 50년 동안에 출토된 것이다. 그 수량과 천 수백 년 동안 누적된 역사는 정말 이전의 성현을 만나보는 듯 흥분하게 만들었다. 게다가 지금의 귀갑 고문은 또 다른 길을 열어 주었다. 오랜 세월 동안 묻혀있었으나 땅은 보물을 욕심내지 않았고, 일단 바깥세상에 모습을 드러내자 옛것을 좋아하고 기이함을 숭상하는 자들에게 탐색의 기회를 제공했다."[3] 유철운劉鐵雲에게 갑골이 소장되어 있다는 사실을 많은 학자들이 안 후, 서로 앞 다투어 그것을 구경하고 탁본을 구하고자 했다. "내가 이런 기이한 물건을 소장하고 있다는 소식을 들은 여러 친구가 탁본을 달라고 했으나 나는 응하지 않았다. 하지만 삼대 때의 이 진정한 문자는 널리 전파되어야 함이 시급하였던지라 있는 힘을 다해 1천여 편을 가려 탁본하고 석판으로 인쇄해 동호인에게 공개하게 되었다."[4] 이렇게 해서

2) 張豈之(主編),『中國近代史學學術史』, 中國社會科學出版社, 1996, 413~417면.

3) 吳昌綬,「序」,『鐵雲藏龜』, 抱殘守缺齋所藏三代文字 第一, 1903.

1903년 『철운장귀鐵雲藏龜』가 출판되었다.

1) 갑골문의 시대 '획정'에 대한 탐색과 갑골문 출토지의 확정

갑골문이 출토되자 "이는 당·송 이래로 문헌에서 언급되지 않은 것"[5]이었기에 갑골문이 어느 때의 것인지에 대해 학자들은 많은 고민을 했다. 갑골문의 최초 발견자였던 왕의영은 당시에 이미 이것이 "상나라의 갑골"임을 감정했다고 한다. 왕한장王漢章은 1933년 『고동록古董錄』에서 이렇게 말했다.

> 광서 기해년과 경자년 사이를 회고해 보건대, 유현의 진陳씨라는 골동상에게서 하남성 탕음湯陰현 변경의 소상둔小商屯이라는 곳에서 상나라 때의 커다란 청동기를 발굴했다는 소식을 들었다. (…중략…) 그리하여 직접 발굴하는 곳으로 가 살펴보았더니, 그 가운데 오래된 소뼈와 거북딱지만 산적해 있었다.
>
> (…중략…)
>
> 잠시 그 가운데 비교적 큰 것을 골라 보았더니, 글자가 가지런하게 배열되어 있었는데 전서체도 아니고 주문籀文도 아니었다. 이를 갖고 북경으로 되돌아와 아버님께 말씀드렸다. 아버님께서 한번 살펴보시고는 자세히 고증하신 후, 상나라의 복골卜骨임을 알게 되었다.[6]

1943년 그는 다시 「왕문민공 연보王文敏公年譜」에서 이 일에 대해 이렇게 기술했다.

---

4) 劉鶚, 「自序」, 『鐵雲藏龜』, 1903.
5) 羅振玉, 「序」, 『鐵雲藏龜』, 1903.
6) 王漢章, 「古董錄」, 『河北第一博物院畵報』, 第五十期, 1933.

하남성 창덕부彰德府 안양현安陽縣 소상둔小商屯이라는 곳에서 은나라의 복골과 귀갑이 대단히 많이 발견되었는데, 문자가 새겨져 있었다. 상인들이 북경으로 갖고 왔기에 아버님께서 자세히 살펴 그것이 상나라 때의 옛날 기물임을 확정하셨고 수천 편을 사들였다.[7)]

여기서 갑골문이 "은상"때의 것이란 기록은 서로 일치한다. 하지만 출토 지점이라고 한 탕음湯陰은 10여 년 후의 글에서는 창덕부彰德府의 안양安陽으로 바뀌었다. 이 때문에 왕한장王漢章의 기록이 소문에 의한 것이 아닐까 의심할 수 있는데, 그것은 다음의 몇 가지 이유 때문이다. 첫째, 왕의영은 1899년 가을 처음으로 갑골을 사들인 뒤 이듬해 다시 갑골을 사들였으며, 총 1천5백여 판을 구매했다.[8)] 하지만 1900년 5월 말, 왕의영은 "국난을 구하기 위해" 경사단련대신京師團練大臣에 임명되어 각종 현안의 처리와 국방 업무의 준비에 여념이 없었기에 "종종 한밤중 삼경이 되어도 잠자리에 들지 못했으며, 몸과 마음이 병들어 간 그 어려움은 말하지 않아도 알 수 있었다."[9)] 그리고 그해 7월 20일에 이르러 몸을 던져 순국하고 말았다. 이 때문에 그 기간 동안 왕의영에게는 전심전력하여 갑골을 연구할 틈이 없었다. 게다가 금석학 저술이 풍부하기로 이름났던 왕의영이 뜻밖에도 갑골 연구에 관한 한 마디 한 글자의 언급도 남지지 않았다는 것은 그가 자신이 소장했던 갑골문을 연구할 틈이 없었거나 연구하지 못했다는 말이기 때문이다. 둘째, 왕의영이 몸을 던져 순국할 때 "사謝 부인께서 맏며느리 장張씨를 데리고 우물에 함께 몸을 던졌는데", 당시 곁에는 아무도 없었다. 그것은 왕의영의 맏아들인 왕숭연王崇燕

7) 王崇煥, 「王文敏公年譜」, 『中和』 第4卷 第7期, 1943年 7月.

8) 劉鶚, 『鐵雲藏龜』 「自序」에서 이렇게 말했다. "庚子년 范씨 성을 가진 손님이 1백여 편을 갖고 京師로 왔는데, 福山 王文敏公 懿榮께서 이를 보시고는 너무나 기뻐하셨으며, 값을 후하게 치르고 사들였으며", "이후 濰縣의 趙君 執齋가 수백 편을 얻었는데, 이 또한 文敏公에게 귀속되었다."

9) 王崇煥, 「王文敏公年譜」 二十六年 庚子 五十六歲 條, 『中和』 第4卷 第7期, 1943.7.

이 19살의 어린 나이로 요절하는 바람에 그의 아내 장張씨만 남았기 때문이다. 그리고 그의 셋째 아들인 숭황崇熿은 낳은 지 얼마 되지 않아 죽고 말았고, 둘째 아들 왕숭열王崇烈(한보漢輔)은 그때 "도원수道員需의 자격으로 천진天津에 머물고" 있었다. "속히 아내와 딸을 데리고 천진을 떠나라"는 왕의영의 편지를 받은 후, "명을 따라 가족을 데리고 고향으로 돌아가고자" 고향인 산동성의 복산福山으로 갔다. 그리고 넷째 아들인 왕숭환王崇煥(즉 왕한장王漢章, 1892년 왕의영이 48세 때 태어남)은 1895년 4살 때 이미 왕의영의 사촌동생인 왕홍발王鴻發의 양자로 들어갔다. "문경공文卿公께서 후사를 세우고자 고민하던 끝에 아버님께 부탁드렸고", "넷째인 숭환崇煥을 지명하여 후사로 삼자고 하자 아버님께서 이를 허락하셨다."[10] 이 때문에 왕숭환은 이미 일찍부터 왕홍발을 따라 그의 임지로 갔을지도 모르며, 그래서 왕의영이 죽을 때 그 자리에 없었던 것이다. 왕의영이 죽은 지 10일이 지나서야 동료와 친구의 도움으로 우물 속에서 그의 시신을 건질 수 있었고, 왕의영을 비롯해 그의 부인 사謝씨와 맏며느리 장張씨의 시신을 "안치하였으나" 그 자리에 아들들은 없었다. 이렇게 볼 때 왕의영이 세상을 떠날 때 쯤, 다시 말해 그가 갑골문을 감정하고 구매하였을 때, 왕한보王漢輔와 왕한장王漢章이 왕의영의 곁에 없었음이 분명하다. 그래서 그는 갑골문이 "상나라의 복골"이라고 한 왕의영의 이야기를 알 리 없었다. 게다가 1933년에 쓴 『고동록古董錄』과 1943년의 「왕문민공 년보王文敏公年譜」는 왕의영이 죽은 지 이미 30~40년이 지난 뒤의 기술이다. 그때라면 은허의 발굴이 이미 시작되었고, 갑골문 연구도 이미 장족의 발전을 이루었을 때여서, 갑골문이 "상나라의 복골"이라는 사실은 온 세상 사람들이 모두 알고 있었을 뿐 아니라 동작빈董作賓의 「갑골문 시기구분 예甲骨文斷代硏究例」도 이미 발표되었을 때이다. 그렇기 때문에 1899년 왕의영이 이미 갑골문이 "상나라의 복골"이라는 사실을 알

10) 王崇煥, 「王文敏公年譜」 二十一年 乙未 五十一歲 條, 『中和』 第4卷 第7期, 1943.7.

았다는 왕한장의 말은 왕의영에게서 직접 들은 것인지 분명하지 않다.

1903년 『철운장귀』라는 책이 출판되었을 때, 갑골문이 어느 시기에 속하는 유물인지에 대한 학자들의 의견은 분분했다. 유철운은 갑골문이 "은나라 사람들의 칼로 새긴刀筆 문자"라고 하여, "붓으로 쓰기 전에는 칠漆로 썼고, 칠로 쓰기 전에는 칼로 새겼다"고 했다. "한나라 사람들은 칠로 쓴 책은 얻어 보았지만, 칼로 새긴 것은 보지 못했다. 이 때문에 허숙중許叔重은 산천에서 출토된 청동기 명문에서 도움을 받아야 하는 고문과 주문古籀을 중시했던 것이다. 하지만 뜻하지도 않게 2천여 년 후에 은나라 사람들의 도필刀筆문자를 보게 되었으니 이 어찌 큰 행운이 아니었겠는가?" "은나라 사람들의 칼로 새긴 문자"라는 그의 설은 『철운장귀』에 저록된 갑골문을 초보적으로 연구한 뒤에 얻은 결론이었다. 즉 문자로 볼 때, "종정 문자 중 상형으로 된 것들은 모두 상나라의 기물이었다. '거車'·'마馬'·'용龍'·'호虎'·'견犬'·'시豕'·'돈豚' 등과 같은 글자는 모두 상형자이다. 그 외에도 상형자는 대단히 많다." 그리고 내용으로 볼 때도 "상형으로 된 글자가 많기 때문에 그것이 사주史籀 이전의 문자임을 알 수 있다. 그렇다면 그것이 어떻게 주나라 때의 문자와 구별되는가?" "조을祖乙·조신祖辛·모경母庚 등은 천간天干으로 이름을 삼고 있으니, 이는 은나라 사람들의 것이라는 확실한 증거이다."[11] 그리고 다른 저명한 갑골 소장가였던 나진옥羅振玉은 갑골문을 "하은夏殷 때의 거북"이라고 감정했다. 그도 그가 보았던 유철운의 갑골에 근거해 내린 결론이었다. 먼저, 중국문자의 발전역사로 볼 때, 그것은 "문자의 창조기까지 거슬러 올라가며, 전서와는 크게 달라 사주史籀 이전의 고문자임에 틀림없다. 이 때문에 거북딱지와 동물 뼈들은 하·상夏商 때의 것이지 주周나라의 것이 아니라는 확실한 증거가 된다." 둘째, 고대문헌의 기록, 즉 "그것을 경전과 역사서에서 고증해 보아도 역시 하·상 때의 것이지 주

11) 劉鶚, 「自序」, 『鐵雲藏龜』, 1903.

나라의 것은 아니다"는 증거가 있다. 『주례』「점인占人」에서 "거북점과 시초점이 끝나면 비단에다 매어 그 명령어를 비교하고 연말이 되면 적중했는지의 여부를 통계 내었다 凡卜筮旣事, 則系幣以比其命, 歲終則計其占之中否" 고 했는데, "두자춘杜子春의 말처럼 점괘를 비단帛에다 적어 거북에다 매달았든지, 아니면 정현鄭玄의 말처럼 책策에다 내용을 써서 비단帛에다 매달았든지, 이는 모두 주나라 때에는 거북딱지에 글을 새기지 않았다는 증거가 된다. 지금 거북딱지에 새긴 이런 것은 주나라 때의 제도가 아니라 하·은 때의 제도임을 분명히 알 수 있다." 이밖에도 "『사기』「귀책열전龜策列傳」에서 하·은 때에는 점을 칠 때 시초蓍와 거북龜을 사용했고 끝나면 폐기해 버렸는데, 그것은 거북을 보관하면 영험하지 못하고 시초를 오래 두면 신령하지 못하다고 생각했기 때문이다. 하지만 주 왕실에 이르러 점복관들은 거북과 시초를 항상 보배롭게 보관했다." "이로 보건대 주나라 사람들이 점을 칠 때에는 하나의 거북딱지를 여러 번 사용했음을 알 수 있다. 하지만 지금 거북딱지에 새겨진 글은 한 번 사용하고 더 이상 사용하지 않았던 것임을 알 수 있다. 이런 것들은 모두 그것들이 하·은 때의 거북이지 주나라 때의 거북이 아니라는 확실한 증거이다." 셋째, 갑골문 자체의 내용을 분석해 볼 때, 즉 "점을 치는 날의 경우, 「귀책전龜策傳」에서는 점복을 금한 날을 기록하여 자子·해亥·술戌에 해당하는 날에는 점을 치를 수 없다고 했다. 이를 귀갑문자와 비교해 본 즉 이러한 날에 점을 친 경우가 대단히 많다. 이러한 금기는 주나라 이후에 생겨난 것으로 보이며, 오늘날 출토된 거북은 당연히 하·은 시대 때의 옛날 것임이 분명하다."12)

또 다른 저명한 학자인 손이양孫詒讓은 그의 갑골문에 대한 연구에 근거해 유철운의 의견, 즉 그 시기는 응당 '주나라 이전'이라는 것에 기본적으로 동의했다. 그는 1904년에 1903년에 출판되었던 『철운장귀』 한 책

12) 羅振玉, 「序」, 『鐵雲藏龜』, 1903.

에만 근거해 갑골문자 연구에 관한 최초의 저작을 발표했다. 손이양은 이 책의 「서」에서 이렇게 말했다.

고문과 대전의 학문을 배운지 40년, 살핀 청동기 명문만 해도 2천 종이 넘는데, 대부분 주나라 이후에 나온 것이다. 감정가들이 상나라 때의 청동기라고 내세운 것도 경솔하게 확신할 수 없는 것들이어서, 매번 상나라 때의 진짜 문자를 얻지 못함을 안타까워했다. 최근에 이 책을 얻게 되었으니, 뜻밖에도 노년에 기적을 보게 된 것이나 다름없어 그것을 갖고 놀기를 그치지 않았다. 잠시 두 달 동안의 힘을 쏟아 그것을 교감해 가면 읽었다. 앞뒤로 이어 나오는 글자들을 서로 참조해 해석하여 대략 문맥이 통하게 되었다. 대체로 금문과 비슷했으나, 필획은 더욱 간단했으며, 대부분 의미부形와 소리부聲가 다 갖추어지지 않았고, 또 상형자가 매우 많아 다 인식할 수가 없었다. 거기에서 불렀던 이름에는 아직 시호법을 사용하지 않았고 대부분 갑甲이나 을乙 같은 것으로 차례를 매겼으니, 이는 그것이 주나라 이전의 것이라는 증거이다. 유리羑里는 은나라의 왕기王畿에 속했으며, 주나라 때에는 위衛나라 땅이었다. 『주서周書』「세부편世俘篇」에 의하면, 은나라 때에 이미 위衛나라가 있었으며, 그 때문에 갑골에서도 상商·주周·위衛라고 적고 있다. 이들을 추정하여 검정해 보건대 분명 상과 주나라 사이에서 나온 것임에 틀림없으며, 유군(즉 유악)이 확정한 것은 거짓이 아니다.

앞서 기술했던 것처럼 왕의영은 비록 갑골을 감정하고 소장한 최초의 인물이긴 하지만 그것을 연구할 겨를이 없었으며, 그래서 그는 갑골문에 관해 한 마디도 남기지 못하고 세상을 떠났다. 그리고 유철운도 갑골문이라는 것이 "은나라 사람들의 칼로 새긴" 문자라는 사실을 최초로 지적하긴 했지만, 그는 장사를 하느라, 공장을 짓느라, 포구浦口에 땅을 사들이는 계획 등으로 바빴기 때문에 갑골문의 연구에 깊이 빠져들 틈이 없었다. 게다가 원세개袁世凱와도 원한 관계에 놓여 있었는데, 이후 원세개가 "태창의 곡식太倉粟을 마음대로 뿌리고", "포구에 땅을 사들였다"는 등의 죄명으로 양강총독兩江總督 단방端方에게 비밀 지령을 보내 1908년 유악을 체포하게 하고 신강新疆으로 유배를 보냈으며, 유악은 1909년 뇌일혈로 적화迪化(지금의 우루무치 시)에서 세상을 떠났다.[13] 유악의 견해는 저명한 학자였던 손이양의 지지를 받았다. 비록 손이양의 『계문거례契文舉例』는 1904년 겨울에 책으로 만들어졌지만, 1916년(병진년 겨울) 왕국유王國維가 상해에서 원고 일부를 사들여 나진옥羅振玉에게 보내고서야 나진옥의 『길석암 총서吉石盦叢書』의 제3집에 포함되어 세상에 모습을 드러낼 수 있었는데, 이때는 책이 만들어진 지 이미 13년 뒤의 일이었다. 하지만 "적어도 세 부 이상의 원고가 손이양에 의해 필사되어 그의 몇몇 친구에게 보내졌다." 나진옥 · 단방端方 · 유철운 등이 그들인데,[14] 이 책은 그들에게도 긍정적인 영향을 미쳤다. 그중에서도 유악은 이미 앞서 말했듯, 갑골문을 은나라의 것이라 여겼다. 그리고 단방이 갑골을 사들인 것은 왕의영과 유악 이후로, 나진옥과 동시대이거나 그 전후 때로 보인다.[15] 하지만 1911년 혁명군에 의해 사천에서 죽임을 당하기 전까지 갑골문에 대한 그의 발표는 볼 수가 없다. 나진옥은 『은상 정복문자 고』의 「서」에서 이렇게 말했다. "죽은 친구 손중용孫仲容 징군徵君(이양詒讓) 또한 그 문자를 고구하여 나에게 수고본을 보내 주었다." 비록 손이양의 『계문거례』가 "애석하게도 심오한 뜻을 제대로 파헤치지 못했다"고 나진옥은 생각했지만, 손이양은 유철운의 관점을 지지했으며, 이는 분명 나진옥에게 영향을 미쳤을 것이라고 생각했다. 나진옥이 1903년 갑골문의 시대를 "하 · 은 때의 거북"이라고 확정했다가 1911년 "은상 때의 정복 문자"라고 고친 데서도 이러한 점은 확인할 수 있다.

나진옥은 1901년(신축년) 유악의 집에서 갑골문을 본 이후, 곧바로 그

---

13) "太倉의 곡식을 마음대로 뿌리고", "浦口에 땅을 사들였다"는 등의 일에 관해서는 王宇信, 『甲骨學通論』(中國社會科學出版社, 1989), 328면을 참조.

14) 樓學禮, 「『契文舉例』點校記」, 『契文舉例』, 齊魯書社, 1993.

15) 陳夢家, 『殷虛卜辭綜述』, 科學出版社, 1956, 651면.

것의 중요성을 알아채고 이렇게 말했다. "이 각사 속의 문자는 전래 고문과는 다른 것으로, 장창·두림·양웅·허신 등 한나라 이래의 문자 학자도 보지 못했던 것임이 분명하다." 아울러 이 학문을 널리 알릴 결심을 하여 "그렇다면 그것을 전파시켜 더욱 멀리 전해지게 하는 것 또한 나의 책무이다"고 했으며, 유악을 도와 탁본을 떠 『철운장귀』를 출판하게 하였다. 동시에 그는 이 책의 「서」에서 갑골문이 "하·은 때의 거북"이라는 견해를 제시했다. 하지만 결국 그는 "그 문자들을 깊이 고찰할 겨를이 없었으며" 그 때문에 더 깊은 연구를 통한 진일보한 견해는 제시하지 못했다. 그 이후 일정 기간 동안 그는 더 이상 갑골문을 전문적으로 연구하지 않았다. 그것은 자신 스스로 "그때에는 아직 기력이 왕성해 시간이 많이 남았다고, 또 학문이 아직 완성되지 않은데다 3천 년만의 기적이었기에 당연히 여러 석학의 의견을 들어 확정해야 한다고 생각하고 있었으며, 또 이 책(즉 『철鐵』)이 이미 나온 이상 분명 박식한 사람들이 벌 떼 같이 모여들어 이를 해석하고 고증할 것이기에 나 같은 철부지가 감히 맡아야 할 일이 아니다"[16]라고 생각했기 때문이다. 다른 한편, 1901년 이후로는 생계 때문에 바빠서 갑골문을 "5~6년 동안 다시는 보지 못했다."[17] 즉 1902년에는 일본으로 건너가 그해 3월에는 소무은집당蘇撫恩執棠의 초청으로 소정중학당蘇訂中學堂에서 강의를 맡았다. 또 성선회盛宣懷의 초빙에 응하여 상해 남양공학南洋公學의 감독監督이 되었다. 1903년에는 월독粵督이었던 잠춘훤岑春煊의 초빙으로 양월兩粵 교육고문이 되었다. 1904년 늦봄에는 월粵에서 사직하고 상해로 돌아갔으며, 단방端方에 의해 강소江蘇 교육고문으로 초빙되었으며, 소주蘇州에서 강소사범학당江蘇師範學堂을 창설하고 그곳의 감독監督이 되었다. 1905년에는 사범학당의 일에 온 힘을 쏟았고, 1906년에서 학부學部로 배치되어 북경으로 돌아가 관직을 맡았다.[18] 그 이후에 들어서야 비로소 갑골문 연구에 일

16) 羅振五, 「序」, 『鐵雲藏龜』, 1903.
17) 羅振玉, 「序」, 『殷商貞卜文字考』, 1910.

부나마 정력을 쏟을 수 있었다. "정미년(1907) 궁중의 조정을 수비하고 있었으나 근무 시간의 여가와 식사를 물린 후의 틈을 이용해 잠시 탁본과 내 자신이 소장하고 있던 거북을 살펴보았는데, 이전에 의심이 들어 통독할 수 없었던 것들을 자세히 살폈고 세월이 흐르면서 점차 그 의미를 풀어낼 수 있게 되었다."[19] 이것은 바로 그가 1910년에서야 비로소 갑골문의 발견지인 안양安陽의 소둔촌小屯村이 "무을武乙 때의 유허지이며, 각사에서 은나라의 임금 이름이 십여 가지 출현함으로써 이러한 복사가 은 왕실의 실제 유물이며, 그 문자는 간략하지만 역사가들이 빠트린 것을 바로잡고 소학의 원류를 밝히며 고대의 복법을 살필 수 있음"[20]을 깨닫게 되었음을 알려준다. 이때부터 그는 갑골문이 "하·은 때의 거북" 즉 B.C. 21세기부터 B.C. 11세기에 이르는 약 천 년간의 것으로 하나라와 상나라를 포함한다는 관점을 포기하였으며, 유악과 손이양의 견해와 일치하는 방향으로 나가게 되었다.

응당 지적해야 할 것은, 나진옥이 1908년에 이르러 갑골문의 정확한 출토 지를 알아냈다는 것은 대단히 의미 있는 일이라는 점이다. "광서 무신년, 나는 이미 정복문자의 출토 지가 원수洹水 가의 소둔小屯이라는 것을 알았으며, 이 말은 산좌山左의 상인 범范씨(즉 범유경范維卿)로부터 들은 것이다."[21] 이 이전에는 골동상이 갑골을 독점하고 가격을 올려 받고자 일부러 이리저리 말을 돌려 갑골 출토 지가 하남성의 탕음湯陰이라고 속였다. 몇몇 갑골 소장가는 속임을 당했고 이에 대해 조금도 의심하지 않았다. 유악은 『철운장귀』의 「자서」에서 이렇게 말했다.

거북딱지는 기해년에 하남 탕음현湯陰縣에 속한 옛날의 유리성牖里城에서 출

18) 羅琨·張永山, 『羅振玉評傳』, 百花洲文藝出版社, 1996, 199~200면.
19) 羅振五, 「序」, 『殷虛書契』, 1911.
20) 羅振玉, 「序」, 『殷商貞卜文字考』, 1910.
21) 羅振玉, 「序」, 『殷墟古器物圖錄』, 1916.

토되었다. 들리는 말로는 그곳 사람들이 봉분처럼 볼록한 땅이 있어 파보았더니 갑골편이 나왔는데 진흙과 뒤범벅이 되어 있었다. 물속에 며칠 혹은 몇 달 동안 담가 두었더니 점점 분명해졌으며, 그런 뒤 다시 대야나 사발에 담가 물로 씻었더니 두세 달 뒤에 글자들이 모두 드러났다고 한다.

손이양도 이러한 말을 믿었다. 그는 『계문거례』의 「서」에서 이렇게 말했다.

최근에 하남 탕음의 옛날 유리성羑里城에서 흙을 파다가 옛날 거북딱지를 많이 얻었는데 모두 글자가 있었다.

나진옥羅振玉은 1903년 출판된 『철운장귀鐵雲藏龜』의 「서」에서 비록 갑골문의 출토지에 대해서는 언급하지 않았지만 그도 한 때 탕음에서 갑골이 발견되었다는 사실을 의심 없이 믿고 있었다. 그는 1910년 출판된 『은상 정복 문자 고殷商貞卜文字考』의 「자서」에서 이렇게 회고했다.

광서 기해년, 하남의 탕음에서 오래된 거북딱지와 동물 뼈가 발견되었는데 그 위에는 글이 새겨져 있었으며 복산福山의 왕문민공王文敏公이 그것을 구매했다고 들었는데, 빨리 그것을 보지 못함이 안타깝다.

1908년에 이르러 나진옥은 엄밀한 조사를 통해 비로소 골동상으로부터 갑골문의 진정한 출토지가 탕음湯陰의 유리羑里도 아니요 조가朝歌도 아닌 안양安陽의 소둔촌小屯村이라는 사실을 알게 되었다. 그는 골동상의 손을 통하거나 직접 안양의 소둔촌으로 사람을 보내 그곳에 머물게 하면서 갑골을 찾도록 함으로써 대량의 갑골을 구할 수 있었다. 이 일에 대해서는 나진상羅振常의 『원락방고유기洹洛訪古游記』(상권)에 자세히 보인다.[22]

갑골문이 기왕 "은 왕실의 유물"이라면 갑골문이 출토된 안양의 소둔촌이 상 왕조에서 차지했던 역사적 지위가 어떠했는지도 나진옥이 제일 먼저 풀어야 하는 숙제였다. 그래서 그는 『은상 정복문자 고』에서 먼저 연구해야 할 문제가 바로 "은의 도성都城"이라 했던 것이다. 그는 고대 문헌의 고증에 근거해 이렇게 논증했다.

> 지금 이 거북딱지와 동물 뼈는 사실 안양 현성의 서쪽 5리에 위치한 소둔에서 출토되었다. 이곳은 원수洹水의 남쪽에 위치하며, 고대문헌으로 고증해 본 결과 그곳이 은나라의 수도殷墟였으며 무을武乙 때 천도하면서 이곳으로 옮겨졌을 것이다 (…중략…) 여러 책에서 모두 안양성 서쪽이자 원수의 남쪽이라고 했는데, 이는 그곳이 실제 은허라는 확실한 증거이다.

하지만 역사적으로 볼 때 은나라는 여러 번 천도하여 소위 "이전 여덟 번, 이후 다섯 번"(즉 설契로부터 탕湯까지 여덟 번 천도했고, 탕湯부터 반경盤庚까지 다섯 번 천도했다)이라는 말이 있다. 그렇다면 안양은 어느 때의 은나라 수도였을까?

> 혹자는 은나라의 여러 왕들 중 무을武乙 이전에는 하단갑河亶甲이 한때 상相에 도읍을 했는데, 상相이 지금의 안양安陽이라고 한다. 그렇지만 안양의 유허지가 하단갑河亶甲의 옛 수도가 아니라는 것을 어떻게 알 수 있겠는가? 그러나 이곳이 과연 하단갑의 유허지라고 한다면, 각사에 보이는 제왕들의 이름이 응당 하단갑 이전의 태무太戊 중정中丁에서 그쳐야만 할 것이다. 하지만 지금 하단갑 이후 10여 세 때의 무을武乙과 문정文丁에까지 이르고 있다. 그렇다면 이곳이 무을 때의 유허지이지 하단갑 때의 유허지가 아님을 알 수 있다. (…중략…) 안양의 유허지는 무을 때의 도읍지임은 의심의 여지가 없다.

---

22) 羅振常, 『洹洛訪古游記』, 河南人民出版社, 1987.

나진옥은 갑골문의 진일보한 고증과 연구를 통해 은허의 시기를 더욱 명확하게 했다. 그는 1914년 출판된 『은허 서계 고석』의 「서」에서 이렇게 말했다.

> 원수洹水의 옛날 유허지를 이전에는 단갑亶甲이라 불렀다. 하지만 지금 복사에서 고증해 본 결과 무을武乙 때 옮겨가서 제을帝乙 때 폐지되었다.

안양의 소둔촌이 상 왕조 후기 때의 도성이라 확정한 것은 갑골문의 시대 확정에 대단히 의미 있는 일이었다. 갑골문이 여기에서 출토되었을진대, 그것 또한 후기 상나라 때의 것임에 분명하다. 이렇게 해서 갑골문을 "하 · 은 때의 거북딱지", 즉 B.C. 21세기에서 11세기에 이르는 것이라고 대충 얼버무려 이야기하던 견해도 연구가 심화되고 전진됨에 따라 자연스레 바뀔 수밖에 없었다. 비록 1911년에 어떤 학자가 「최근에 발견된 주나라 때의 문자最近發現之周朝文字」라는 글로써 갑골문을 "주 왕조"의 유물이라고 하기도 했지만,[23] 이미 받아들여질 수 없었다.

1908년 나진옥이 갑골문이 안양의 소둔촌에서 출토되었다는 것을 알았고, 1910년에는 갑골문과 고대 문헌의 기록에 근거해 안양의 소둔이 후기 상나라의 도성이라고 확정한 것은 대단히 의미 있는 일이다. 그것은 갑골문이 "은상 때의 정복 문자"라는 그의 주장에 더욱 유력한 증거를 제공해 주었을 뿐 아니라, 갑골문의 연구에서도 대단히 중요한 일이었다. 그것은 첫째, 갑골 자료의 손실을 감소시켰기 때문이다. 그는 사람을 은허로 직접 파견하여 갑골을 사들였으며, "비록 부스러기 거북딱지라도 남겨서는 아니 된다"는 생각에서 글자가 큰 갑골은 물론 글자가 작은 갑골도 사들였으며, "이 때문에 '신기한 글자가 있는' 것들이 많이 제공될 수 있었고, 자료의 손실도 줄였다." 둘째, 갑골문의 구매를 확대함

---

23) 方法斂, 「最近發現之周朝文字」, 『英國皇家亞洲文會雜志』, 1911年 10月號.

으로써 갑골학 연구에 더욱 많은 자료를 제공했기 때문이다. 나진옥은 안양의 소둔이 갑골문의 출토 지임을 안 이후 골동상을 하남으로 파견하여, "한 해 동안 얻은 것만 해도 대략 1만 편을 넘었다." 또 1911년에는 나진상羅振常과 범항재范恒齋를 안양의 소둔으로 보내 머물게 하면서 구매한 결과 "크고 작은 것을 합해 총 12,500여 조각을 얻었는데, 정말 볼만했다." 셋째, 은허 갑골문 이외의 출토유물의 구매를 확대시켰기 때문이다. 나씨 가족들은 "설사 그 이름을 모르더라도 근대의 것이 아닌 고대 기물임이 확인만 되면 동생(즉 나진옥의 동생인 나진상)은 그것을 곧바로 나에게 보내라"는 나진옥의 지시로 은허에서 나온 많은 고대유물을 사들였다. 1916년 출판된 『은허 고기물 도록殷虛古器物圖錄』에 실린 적잖은 정수품은 이때 사들인 것이었다. 대량의 고고학 자료를 앞 다투어 구하고 쌓아 놓았을 뿐 아니라 금석학 연구를 고대 기물학의 단계로 발전하도록 추동적인 작용을 했다. 넷째, 갑골문 출토 지인 소둔을 은나라 때의 유허지로 확정한 것은 1928년부터 시작된 은허에 대한 대규모의 과학 발굴에 기초를 마련했으며, 이는 은상 고고학 연구에 첫 물꼬를 열었다고 할 수 있기 때문이다.[24)]

나진옥이 갑골문은 은상 정복문자라는 사실과 그 출토 지가 안양 소둔의 은허임을 확정한 이후, 그는 몇 가지 갑골에 관한 저작을 발표했다. 1913년 출판된 『은허 서계殷虛書契』 8권(즉 『전편前編』), 1914년 발간된 『은허 서계 정화殷虛書契精華』(즉 『청菁』) 및 『은허 서계 고석殷虛書契考釋』, 1916년 발간된 『은허 서계 후편殷虛書契後編』(즉 『후後』)·『은허 서계 대문편殷虛書契待問編』·『은허 고기물 도록殷虛古器物圖錄』 등은 "은허殷虛"라는 이름을 첫머리에 두었는데, 이는 국내외의 학계에 중대한 영향을 끼쳤다. 그래서 유철운·손이양·나진옥 등의 탐색을 통해 갑골문이 상 왕조의 유물임이 증명되었고, 이로부터 "정사의 잘못되고 빠진 부분을 바로잡고, 소

24) 王宇信, 『甲骨學通論』, 中國社會科學出版社, 1989, 47~51면.

학의 원류를 살피며, 고대의 점치는 법을 살피는" 갑골문의 학술적 가치가 크게 제고되었다고 말할 수 있을 것이다. 이 때문에 나진옥은 갑골문의 시대를 살피는 데 커다란 공헌을 했을뿐더러 "갑골의 출토 지점을 고증해 낸" 그의 업적도 "나진옥의 주요 성과"[25]의 하나로 평가되었다.

갑골문의 시대, 즉 그것이 어느 때의 유물인지를 알아내는데, 1899년 발견에서부터 1911년 상 왕조 유물임이 확정되기까지 학자들은 총 13년의 세월을 소비해야만 했다.

2) "혼돈을 깨려는" 시도와 초보적 실천

나진옥 등의 탐구와 노력으로 갑골문이 상나라의 유물임은 이미 학계의 인정을 받았다. 특히 갑골문의 출토 지인 소둔촌이 상나라의 옛 수도라는 나진옥의 고증도 학계의 인정을 받았으며, 이는 갑골문이 상나라 유물임에 더욱 신빙성을 높여 주었다. "은殷이 원수洹水 남쪽의 은허殷虛라는 것은 더 이상 말하지 않아도 된다." 하지만 은허가 나진옥의 말과 같은지는 갑골문이 구체적으로 은대의 어느 때의 것인가라는 구체적인 시간의 문제와도 연계되어 있다. 갑골문이 무을武乙·문정文丁·제을帝乙 때의 것에 그친다면 이 세 임금을 다 합친다 해도 66년[26] 정도에 지나지 않으며, 게다가 상나라 후기 마지막 기간의 유물이 된다. 왕국유는 나진옥의 연구 기초 위에서 다시 고대 문헌을 깊이 있게 고변함으로써 은허에 대한 새로운 인식을 이루어냈다. 그는 이렇게 말했다. "『서書』의 소疏에서 「급총고문汲冢古文」을 인용하여, 반경盤庚이 엄奄에서 은殷으로 천도했는데, 업鄴의 남쪽으로 30리 되는 곳이라고 했다. 속석束晳은 『한서』 「항우전項羽傳」에 보이는 원수洹水 남쪽의 은허殷虛가 이곳이라 했다. 지

---

25) 戴家祥, 「甲骨文的發現及其學術意義」, 『歷史教學問題』, 1957年 第3期.
26) 陳夢家, 『殷虛卜辭綜述』, 科學出版社, 1956, 215면.

금 갑골은 모두 이곳에서 출토되었는데, 아마 반경 이후의 옛 수도일 것이다." 그는 또 이렇게 말했다. "『사기정의史記正義』에서 『고본 죽서기년古本竹書紀年을 인용하여 '반경이 은으로 옮긴 후, 주紂 때 멸망하기까지 773년(필자의 생각에 273년의 잘못으로 보인다) 동안 수도를 옮기지 않았다'고 했다. 비록 『죽서竹書』의 원문으로 보이지는 않지만 원래 책을 개괄해서 만든 것이 분명해 비교적 사실에 가깝다." 그는 또 "이중 증거법"을 이용해 지하에서 출토된 갑골문 자료를 문헌과 서로 증명하여 이렇게 말했다. "은허복사에서 제사를 지냈던 제왕은 강조정康祖丁·무조을武祖乙·문조정文祖丁에서 끝난다. 나참사羅參事(즉 나진옥羅振玉)는 강조정康祖丁을 경정庚丁으로, 무조을武祖乙을 무을武乙로, 문조정文祖丁을 문정文丁으로 여겼는데, 이는 바뀔 수 없는 정확한 학설이다. 그렇다면 제을帝乙 때에도 여전히 은허殷虛가 수도였다는 말이다. 『사기정의』에서 인용한 『죽서』만이 사실을 담고 있다."[27] 이렇게 해서 갑골문은 "B.C. 21세기에서 B.C. 11세기의 하·상 두 왕조"의 약 천 년간의 유물이라는 설에서 "은나라 후기 때 반경이 은으로 옮긴 이후부터 주신紂辛 때 멸망하기 전까지 8세 12왕 때의 유물"임이 분명하다는 것으로 바뀌었다.[28] 전 과정을 거쳐 "문헌으로는 증명하기 힘들었던" 상나라 역사 연구에 10만여 편의 믿을 수 있는 1차 자료가 제공되었다. 게다가 많은 갑골문들도 저록되어 출판되었는데, 통계에 의하면 이 시기에만 총 12종의 책이 출판되었으며 9,919편의 갑골이 수록되었다.

"복사는 무정武丁부터 은나라 말에 이르는 유물로 2백 년 정도 계속 사용되었다. 이전에는 그것이 은나라 때의 것이라는 정도만 알았으나 근년에 들어 개별 복사나 갑골 등이 어느 왕 때에 속하는 지의 절대 연대까지 알게 되었다."[29]

---

27) 王國維, 「說殷」, 『觀堂集林』 제12권, 中華書局, 1959, 523~525면.
28) 王宇信, 『建國以來甲骨文硏究』, 中國社會科學出版社, 1981, 7~8면.
29) 胡厚宣, 『殷墟發掘』, 學習生活出版社, 1955, 36~37면.

"발표된 자료는 출토된 전체 갑골문자의 10분의 1에 지나지 않지만, 중요한 자료는 이미 많은 부분이 공표되었는데, 이는 갑골문 연구에 커다란 도움을 주었다."[30]

세상에 전해지던 갑골(1928년 은허의 과학적 발굴 이전에 얻어진 갑골)자료를 이용한 연구를 통해 학자들은 커다란 진전을 이루었다. 통계에 의하면, "30년 동안 50여 명의 학자들이 있었으며, 발표된 1백여 종의 저작에는 갖가지 방면의 연구가 두루 포함되었다."[31] 특히 왕국유는 은·주의 예제禮制와 도읍과 지리 등에 관해 많은 것을 새로이 발견했다. 게다가 그는 갑골문 속의 선공 선왕의 이름에 대한 고증을 통해 『사기』 「은본기殷本紀」의 정확성을 증명하는 동시에 『사기』의 개별 왕세王世의 오류를 바로잡았다. 그의 학설은 「은 복사 중에 보이는 선공 선왕 고殷卜辭中所見先公先王考」 및 「속고續考」에 보인다. 이와 동시에 그는 한걸음 더 나아가 이렇게 말했다.

> 은주殷周의 세계世系가 확실해지고, 그에 따라 하후씨夏后氏의 세계世系도 확실해진 것은 당연한 일이다. 또 『산해경山海經』이나 『초사』 「천문天問」처럼 잘못되고 꾸밈이 많은 책들이나, 『안자춘추晏子春秋』·『묵자墨子』·『여씨춘추呂氏春秋』처럼 후세에 만들어진 책이나, 『죽서기년竹書紀年』처럼 후세에 출토된 책이라 하더라도, 거기서 언급하고 있는 옛날 일들은 일정 정도 확실성을 갖고 있기도 하다.

지나친 의고疑古사조의 유행으로 고대 문헌과 고대사를 전면적으로 부정하던 당시, 이러한 인식은 중국 학계에서 막 시작된 유행을 "유력하게 바로잡게 되었음은 의심의 여지가 없다."[32] 이 때문에 왕국유 등과 같은

---

30) 郭沫若, 「古代研究的自我批判」, 『十批判書』, 科學出版社, 1956, 2면.
31) 胡厚宣, 『殷墟發掘』, 學習生活出版社, 1955, 38~41면 참조.
32) 『古史新證－王國維最後的講義』, 清華大學出版社, 1994, 52~53면.

학자들이 갑골문 자료를 이용해 고대사, 특히 상나라의 역사 연구에서 편 새로운 주장은 "학계에 지대한 영향을 일으켰으며 학계로 하여금 갑골학을 주목하고 중시하도록 만들었다."[33]

그럼에도 상나라 사회와 갑골문 자체의 각종 규칙에 대한 인식은 아직 많은 제한을 받고 있었다. 갑골문이 반경 때 은으로 천도한 이후 주紂 때까지 273년간의 유물이긴 하지만, 이를 상나라 후기의 유물이라는 식으로 대충 처리한 것이 "하·은 때의 거북"이나 "은상 때의 정복문자" 혹은 "무을武乙 때 옮겨 제을帝乙 때 폐지될 때까지"의 유물이라 보았던 것보다 훨씬 더 정교해지기는 했으나, 결국에는 아직도 거칠고 소홀하다는 혐의를 벗지 못했기 때문이다. 이렇게 진귀한 대량의 자료에 대해 어느 것이 먼저이고 어느 것이 후대 때의 것인지 "평면"적인 문제조차 처리하지 못하자, 상나라의 연구 특히 상나라 후기의 사회발전과 갑골문 자체 규칙의 변화에 대한 연구는 커다란 한계에 부딪히고 말았다. 이 때문에 학자들은 다시 갑골문의 시기구분에 대한 탐색에 들어갔다.

응당 이렇게 말해야 할 것이다. "왕국유가 복사 속의 칭위에 근거해 갑골의 연대를 확정했으나, 나진옥도 이에 대한 개념은 이미 갖고 있었다."[34] 이러한 논의는 바로 왕국유가 1917년 2월 직접 석인본을 만들어 『학술총서學術叢書』에 편입시킨 「은 복사에 보이는 선공 선왕 고殷卜辭中所見先公先王考」와 「속고續考」라는 저명한 논문에서 제시되었다. 그는 일찍이 "『세본世本』 및 『사기』에서 언급한 상나라 제왕의 세계에서 빠진 것이 없지 않을 것이라고 심각하게 의심한 바 있다." 하지만 진지한 연구를 통해 이렇게 해결했다. 즉 "복사 중에 보이지 않은 여러 제왕의 경우, 아마도 이름은 없어졌지만 실존했을 것이다. 그리고 복사에는 나타나지만 역사서에는 없는 경우, 또 부모父某 형모兄某 등과 같이 역사서에는 존재하지 않으나 이러한 호칭으로 불렀던 경우는 모두 여러 왕들의 형제로

33) 胡厚宣, 『殷墟發掘』, 學習生活出版社, 1955, 42면.
34) 陳夢家, 『殷虛卜辭綜述』, 科學出版社, 1956, 135면.

서 왕위에 오르지 못하고 죽은 자이거나 여러 임금의 다른 이름이다."[35] 이러한 문제를 해결할 때 그는 다음의 복사들에 주목했다.

계유일에 점을 칩니다. 물어봅니다. 왕께서 빈賓제사를 부정父丁께 드리는데 세歲제사에 소 3마리를 쓰고 형기兄己에게 소 1마리를 쓰고, 형경兄庚에게 □□? 癸酉卜, 貞王賓父丁歲三牛眔兄己一牛, 兄庚□□?

—『후』 상 19.14편

계해일에 점을 칩니다. 물어봅니다. 형경兄庚 …… 형기兄己 ……? 癸亥卜, 貞兄庚 …… 兄己 ……?

—『후』 상 7.7편

물어봅니다. 형경兄庚 …… 그리고 형기兄己께 소를 ……? 貞兄庚 …… 眔兄己其牛?

—『후』 상 7.9편

왕국유는 이렇게 말했다. "상나라의 여러 왕을 살펴보면, 정丁이 들어가는 왕의 아들 중 기己와 경庚의 이름을 가진 두 사람이 왕위를 이은 경우는 없다. 다만 무정武丁의 아들 중에 효기孝己(전국戰國진秦연燕 삼책三策, 『장자』「외물편外物篇」, 『순자』의 「성악性惡」·「대략大略」 2편, 『한서』「고금인표古今人表」에 모두 효기孝己가 등장한다. 『공자가어』「제자해弟子解」에서는 고종高宗이 후처 때문에 효기孝己를 죽였다고 했으니, 효기는 무정의 아들이다)가 있고, 조경祖庚이 있고, 조갑祖甲이 있다. 그렇다면 이 복사는 조갑祖甲 때 친 점이 된다. 부정父丁은 바로 무정武丁이며, 형기兄己와 형경兄庚은 바로 효기孝己와 조경祖庚이다. 효기孝己는 왕위에 오르지 못했기 때문에 『세본』 및 『사

35) 王國維, 『觀堂集林』, 中華書局, 1959, 430면.

기』에는 등장하지 않지만, 그 제사祀典는 조경祖庚과 동일했다." 왕국유는 위에서 든 갑골 편들이 "조갑 때 친 점"임을 발견했는데, 그 안목이 대단히 예리했음을 볼 수 있다. 이상의 각 편들은 오늘날 말하는 갑골문 제2기의 조경祖庚과 조갑祖甲 때의 자료이다.

왕국유가 부父와 형兄 등과 같은 칭위를 통해 갑골문의 구체적인 시대를 판단한 것은 분명 나진옥과의 절차탁마하는 과정에서 그로부터 얻은 시사와 일정한 관계가 있다고 해야만 할 것이다. 비록 복사의 시기구분에 관한 나진옥의 논단은 찾아볼 수는 없지만, 왕국유의 다음과 같은 논술로부터 나진옥이 왕국유보다 먼저 혹은 같은 시기에 이미 갑골의 시기구분 연구를 시작했음을 알 수 있다. 왕국유는 『후상後上』 25.9편의 "부갑께 수소 한 마리, 부경께 수소 한 마리, 부신께 수소 1마리를 쓸까요? 父甲一牡, 父庚一牡, 父辛一牡"는 기록을 보았을 때 이렇게 지적했다. "이것은 무정 때 점을 친 것임에 틀림없다. 부갑父甲·부경父庚·부신父辛은 바로 양갑陽甲·반경盤庚·소신小辛으로, 모두 소을小乙의 형이고 무정武丁에게는 여러 아버지가 된다." 왕국유는 이것이 "나 참사의 학설羅參事說"이라는 것을 특별히 밝혀 두었는데, 이는 나진옥이 그보다 먼저 이 갑골 편이 무정武丁 때의 것임을 알았다는 것을 말해 준다.

왕국유는 일찍이 나진옥의 보살핌과 "재능을 알아주는知遇 은혜"를 입어 1911년 나진옥과 함께 일본으로 건너갔다. 나진옥의 영향 하에서 "일본에 머무는 몇 년간(왕국유는 1916년에 귀국했다—인용자), 왕국유는 학문의 길을 완전히 바꾸었으며, 경사經史·소학小學·음운音韻·금문金文·갑골甲骨·간독簡牘 등과 같은 문헌과 출토 문물자료를 파헤치는 데 노력을 경주하여 국학을 전면적으로 연구할 조건을 갖추었다." 그리고 "바로 이 기간 동안 나진옥과 학술적으로 절친한 친구가 되었으며, 국학 연구에서 서로를 계발해 주고 절차탁마해 가며 서로를 보충함으로써, 이후 그들이 교류할 수 있는 길을 만들었다."[36] 「선공 선왕 고先公先王考」의 뒤에 첨부된 나진옥과 왕국유가 논의한 "상갑上甲에 관한 편지" 두 통을 통해, 이 두 사람 간의 깊고 도타운 학술적 우의를 엿볼 수 있다. 이 때문에 왕국유는 『후상後上』 25.9편이 무정 때의 것임을 논하면서 특별히 "나 참사의 학설"이라는 말을 덧붙였던 것이며, 이는 두 사람이 일본에 있을 때 논의 과정에서 나진옥이 이미 발견한 것일지도 모를 일이다. 그래서 나진옥과 왕국유는 1917년(혹은 더 일찍) 갑골문의 시대를 판별하겠다는 생각을 하기 시작했으며, 이는 이후 시기구분 연구의 "10가지 표준"의 하나인 "칭위稱謂" 연구의 길을 열어주었다.

캐나다의 저명한 갑골 학자인 멘지스明義士도 일찍이 "칭위稱謂"로써 갑골문의 시기 구분을 시도한 적이 있다. 멘지스가 편집한 『은허복사 후편殷墟卜辭後編』의 수고본에 수록된 갑골은 바로 1924년 "소둔촌 사람들이 담을 쌓다가 발견한 것들로, 멘지스가 구매했다가 그중 특히 큰 것만 골라낸 것이다."[37] "이 책은 원래 커다란 크기의 탁본에 9책으로 장정되었으며, 한 페이지에 한 편씩 실었고, 앞의 6책은 거북딱지를 뒤의 3책은 동물 뼈를 수록했다."[38] 허진웅許進雄의 정리를 거쳐 1972년 예문인서관藝文印書館에서 상하 2책으로 출판되었다. 멘지스는 1928년에 쓴 「서」(발표되지 않았음)에서 이 갑골의 정리 상황을 다음처럼 기술했다.

> 1갱一坑의 모음集合.
>
> 이 서랍은 먼저 두 부분으로 나누어 정리했다. 한 부분은 사냥田獵과 유람游行에 관한 것이며, 나머지 한 부분은 제사祭祀에 관한 것이다. 이 권에 저록된 것은 제사에 관한 부분이다.
>
> 여기에서 이미 정리를 거친 것은, 시대의 순서에 따라 둘로 구분했는데, 갑甲 서랍과 병丙 서랍에 든 것이 그것이다. 나머지는 연속되지 않는 갑골문으로 작은 네모진 구멍小四方孔 속에다 더해 두었다.

---

36) 羅琨 · 張永山, 『羅振玉評傳』, 百花洲文藝出版社, 1996, 168면.

37) 胡厚宣, 『甲骨年表』, 1924.

38) 許進雄, 『殷墟卜辭後編編者的話』, 藝文印書館, 1972.

갑甲 서랍의 둘째 부분(3051~3076) : 무정武丁 때의 것이다. 무정은 소을小乙을 부을父乙이라 불렀고, 어머니를 모경母庚이라 불렀다. 또 양갑羊甲을 부갑父甲으로, 반경般庚을 부경父庚으로, 소신小辛을 부신父辛으로 불렀다. 이 서랍에 든 뼈들은 무정武丁 후반기 때 점친 것들이다. 이 시대 이전의 글씨체로, 동물 뼈에서 중요한 부분들은 첫 번째와 두 번째 부분에 모아 놓았다.

갑甲서랍의 셋째 부분(3077~3095) : 이는 갑甲 서랍의 둘째 부분과 같다. 그러나 부을父乙이라 언급하지 않았고 자형의 정리를 거치지 않았다.

갑甲 서랍의 넷째 부분(3096~3126) : 갑甲 서랍의 둘째와 셋째와 같다.

갑甲 서랍의 다섯째 부분(3127~3145) : 조경祖庚이 무정武丁을 부정父丁이라 불렀다. 이 시기에 포함된 동물 뼈에는 조을祖己을 형기兄己로 부른 경우가 없으며, 그 글씨체도 비교적 크다. 소을小乙이 소을小乙로 불린 것은 그의 자손들이 그렇게 불렀는데, 그 선조들 중에 이미 조을祖乙로 불리는 자가 조묘祖廟에 포함되어 있었기 때문이다. 나는 일찍이 오랜 시간 동안 이 큰 글자의 동물 뼈들이 혹시라도 반경般庚·소신小辛 및 소을小乙의 시대에 속하며 그들이 그를 조정祖丁이라고 부르지 않았을까 의심해 보았지만, 이 뼈에서 부정父丁 및 소을小乙이라고 언급된 것을 비교해 본 결과 분명히 조경祖庚 때에 속한다는 결론을 내릴 수 있었다.

갑甲 서랍의 여섯째 부분(3146~3161) : 갑甲 서랍의 다섯째 부분과 같은 시기이나, 조경祖庚 시대 이전의 것은 없으며, 게다가 조갑祖甲 때의 '왕빈王賓' 글씨체의 특징을 갖고 있다. 글씨체가 크고 굵지만 초솔하다.

갑甲 서랍의 일곱째 부분(3162~3187) : 갑甲 서랍의 다섯째와 여섯째 부분과 같다.

병丙 서랍의 첫째 부분(3188~3219) : 위와 같다.

병丙 서랍의 둘째 부분(3220~3239) : 조갑祖甲이 무정武丁을 부정父丁으로, 효기孝己를 형기兄己로, 조경祖庚을 형경兄庚으로 불렀다. 이 시기의 글씨체는 작고 가늘며 가지런한 형태로 변했으며, 특히 '왕빈王賓'과 같은 글자들은 특별히 일종의 횡필橫筆로 썼다.

병丙 서랍의 셋째 부분(3240~3263) : 조갑祖甲 때의 것이다.

병丙 서랍의 넷째 부분(3264~3293) : 강조정康祖丁 때의 것이다.

병丙 서랍의 다섯째 부분(3294~3329) : 위와 같다.

병丙 서랍의 여섯째 부분(3330~3364) : 무조을武祖乙 때의 것이다.

병丙 서랍의 일곱째 부분(3365~3381) : 위와 같다.[39]

이상을 통해 멘지스는 당시에 제사에 관련된 갑골을 정리하면서 가능한 한 "시대의 순서에 따라 둘로 구분"하고자 했음을 알 수 있다. 즉 갑甲 서랍의 둘째, 셋째, 넷째 부분이 "무정武丁 때"의 것이고, 갑甲 서랍의 다섯째 부분은 "분명히 조경祖庚 시대"에 속한다고 했다. 갑甲 서랍의 여섯째, 일곱째 부분은 "갑 서랍의 다섯째와 여섯째 부분과 같아", 이들도 조경祖庚 시대에 속하며, 병丙 서랍의 첫째 부분은 갑 서랍의 일곱째 부분과 같아 조경祖庚 시대에 속한다. 병丙 서랍의 둘째 부분은 조갑祖甲 때의, 병 서랍의 셋째 부분은 조갑祖甲 때의, 병 서랍의 넷째와 다섯째 부분은 강정康丁 때의, 병 서랍의 여섯째와 일곱째 부분은 무을武乙 때의 것이다. 이렇게 볼 때, 멘지스는 갑甲 서랍에 든 갑골은 그 시기가 비교적 일러서 무정武丁과 조경祖庚 이전에 속하지만, "병 서랍"에 든 갑골은 대부분 조경祖庚 이후(병 서랍에 든 31편이 조갑祖甲 때의 것은 제외)의 것으로 조갑祖甲, 강정康丁, 무을武乙 때의 것으로 보았음을 알 수 있다. 멘지스가 이 갑골들의 시대를 구분할 때, 먼저 칭위稱謂에 근거한 갑골의 시기구분에 주목했음을 알 수 있다. 예컨대 "무정武丁은 소을小乙을 부을父乙로, 어머니를 모경母庚으로 불렀으며, 양갑羊甲을 부갑父甲으로, 반경盤庚을 부경父庚으로, 소신小辛을 부신父辛으로 부른" 칭위에 근거해 판단하고 정리하여 이들을 "갑 서랍의 둘째 부분"에 집중시켜 놓았으며, "이 서랍의 뼈들은 무정 후반기 때 점친 것이다"고 했다. "조경祖庚이 무정武丁을 부정父丁으

---

39) 멘지스의 이 「서」는 발표되지 않았다. 여기서는 李學勤, 「小屯南地甲骨與甲骨分期」에 첨부된 明義士, 「序」, 『殷墟卜辭後編』(『文物』, 1981年 第5期)에 근거했다.

로 부른 것"과 "조기祖己를 형기兄己로 부른 경우가 없고", "소을小乙이 소을小乙로 불린 것은 그 자손들이 불렀던 호칭으로 그의 선조 중에 이미 조을祖乙이라는 자손이 조묘祖廟에 들어 있었기 때문이다"는 사실에 근거해 이를 "갑 서랍의 다섯째 부분"에다 포함시키고, 그것들이 "분명히 조경祖庚 시대에 속함"을 지적했다. 그는 또 "조갑祖甲이 무정武丁을 부정父丁으로, 효기孝己를 형기兄己로, 조경祖庚을 형경兄庚으로 부른" 칭위에 근거해 조갑祖甲 때 점친 복골을 "병 서랍의 둘째 부분"에 넣었다. 이와 같은 것들은 멘지스가 비교적 일찍부터 의식적으로 "칭위稱謂"에 근거해 갑골문의 시기를 구분했다고 해야만 할 것이다. 그 이전에 나진옥과 왕국유가 이미 "칭위"에 근거해 갑골의 시대를 판단하긴 했지만 모두 우연히 그렇게 된 것이지 그런 번뜩이는 아이디어를 갑골문의 시대를 구분하고 구체적으로 정리하는 과정에다 적용시키지는 못했다. 그러나 멘지스는 "칭위"에 근거해 갑골의 시대를 판단하고 이를 시기 구분에 의한 분류에 적용시킨 최초의 인물이라고 해야만 할 것이며, 이는 나진옥과 왕국유에 비해 크게 앞선 부분이다.

또 하나 주의해야 할 것은, 멘지스가 시대에 따라 갑골문을 정리하면서 시대가 서로 근접한다고 생각되는 갑골을 한 곳에다 모아놓았고, 그렇게 함으로써 비교와 종합적인 연구가 가능하도록 했다는 점이다. 그는 갑골문 글씨체의 변화에 대해서도 창의적인 발견을 했다. 예컨대 그가 "갑 서랍의 둘째 부분"의 갑골을 논의하면서 "이 시기 이전의 글씨체 중 동물 뼈 중에서 중요한 부분은 첫째와 둘째 부분에 모아놓았다"고 했다. 또 "갑 서랍의 다섯째 부분"의 갑골을 설명하면서 "나는 오랜 시간 동안 이 큰 글자의 동물 뼈들이 혹시라도 반경般庚과 소신小辛 및 소을小乙의 시대에 속하지 않았을까 의심해 보았다"고 했다. 그리고 "갑 서랍의 여섯째 부분"은 "게다가 조갑祖甲 때의 왕빈王賓 글씨체의 특징이 없었으며, 그 자형들은 크고 굵지만 초솔하다"고 하기도 했다. 또 "병 서랍의 둘째 부분"의 갑골에서는 "이때의 글씨는 작고 가늘며 가지런한 형태로 변했으며, 특히 '왕빈王賓' 등과 같은 글자들은 특별히 일종의 횡필橫筆로 썼다"는 점 등에 주목하기도 했는데, 이러한 것들은 이후 동작빈의 『갑골문 시기구분 연구 예甲骨文斷代硏究例』에서 제시한 10가지 표준의 "글씨체字體"와 "서체書體"보다 7~8년은 앞선다고 해야 할 것이다. 그리고 소위 "왕빈王賓"류를 조갑祖甲 때의 것으로 보았는데, 이 또한 "사류事類"에 근거해 갑골의 시기를 탐색한 것으로 보아야 할 것이다.

멘지스의 갑골 시기구분은 대단히 의미 있는 작업이라고 해야 할 것이다. 비록 그의 판단을 두고 몇몇 학자들은 그다지 정밀하지 못하다고 하면서, "이 갱坑에서 출토된 것을 나는 강정康丁 · 무을武乙 · 문정文丁 세 왕 때의 복사로 확정했지만, 멘지스는 '부정父丁'을 무정武丁(사실은 무을武乙이 강정康丁을 부른 것이다)으로, '부을父乙'을 소을小乙(사실은 문정文丁이 무을武乙을 부른 것이다)로 잘못 여겼기 때문에, 그의 시기구분은 틀릴 수밖에 없었다"[40]고 비판하기도 한다. 이것은 주로 멘지스가 분류한 "갑 서랍의 다섯째 부분", "갑 서랍의 여섯째 부분", "갑 서랍의 일곱째 부분"의 것들에 대한 비판이다. 동작빈이 1933년 「갑골문 시기구분 연구 예」를 발표한 후, 대부분의 학자는 이것을 갑골문의 후기(제3 · 4기) 때의 것으로 보아야지, 멘지스가 판단했던 것처럼 그렇게 이른 시기의 것은 아닌 것으로(즉 무정武丁 후기부터 조경祖庚 때에 이른다) 여겼다.

하지만 꼭 그런 것만은 아니다. 1977년 이학근李學勤이 "역조 복사歷組卜辭" 문제를 제기하면서, "역조 복사는 사실 무정武丁 후기 때부터 조경祖庚에 이르는 시기의 복사"[41]라는 의견에 대해 학계에서는 열띤 토론이 전개되었다. 그렇게 볼 때, 멘지스의 의견은 적잖은 학자들의 지지를 얻었으며, 이후 크게 전진해 이미 갑골문 자형 발전의 "두 체계"설로 발전했다. 이에 관해서는 다음에 자세히 다루게 될 것이므로 여기서는 더 이상 서술하지 않는다.

---

40) 陳夢家, 『殷虛卜辭綜述』, 科學出版社, 1956, 135~136면.
41) 李學勤, 「論婦好墓的年代及有關問題」, 『文物』, 1977年 第11期.

3) 중국의 전통문화와 서구의 근대과학이 만난 초보적 성과

이상의 서술을 통해 살펴보았듯, 갑골문 출토 이후 학자들은 그것의 대표시기에 대한 탐색을 시작했다. 갑골문이 대표하는 큰 범위의 시기 즉 그것이 중국 역사에서 어느 왕조 때의 유물인가 하는 것은, 유철운·나진옥·손이양·왕국유 등의 자세한 고찰을 통해 하·상夏商(B.C. 21~B.C. 11세기) 때의 것으로부터 상商(B.C. 16~B.C. 11세기) 때의 것으로, 다시 상나라 말의 무을武乙·제을帝乙(B.C. 11세기) 때의 것으로, 결국에는 상나라 후기의 반경盤庚에서 제신帝辛(B.C. 13~B.C. 11세기) 때의 유물로 확정되기에 이르렀다. 그리고 갑골문의 출토 지인 안양의 소둔촌은 반경盤庚이 은殷으로 수도를 옮긴 후부터 주紂 때 멸망하기까지 273년간의 도성이었던 은의 유허지殷墟로 확정한 것도 갑골문의 시기 연구에서 피해갈 수 없는 반드시 해결해야만 하는 문제였다. 동시에 갑골문이 상나라 후기 273년간의 것이라는 시기의 문제에 대해 학계가 보편적으로 인정하게 된 직접적인 증거가 되기도 했다.

갑골문이 상나라 후기 유물로 확정되고서야, 비로소 개별 갑골 편이 어느 왕 때 일어난 일인지, 즉 "시기구분" 문제를 생각할 수 있게 되었다. 오늘날 이미 잘 알고 있는 개념인 "시기구분分期斷代"이라는 것은, 사실 상나라 후기 273년간의 초기와 후기의 "시기期"를 "나누는分" 것으로, 상나라 후기 반경이 은으로 천도해 주紂 때 멸망하기까지의 8세世 12왕王의 "대代"를 "구분斷"하는 것이지, 조대朝代의 "대代"를 뜻하는 것은 아닌데, 그것은 갑골문이 이미 상商 "대代"의 유물로 밝혀졌기 때문이다.

나진옥과 왕국유는 "시기구분"이라는 번뜩이는 아이디어, 즉 "칭위稱謂"로써 갑골문 시대의 "시간時"을 확정했는데 이는 사실 "세계世系"를 근거로 삼았던 것이었다. 그래서 그들은 이미 무의식중에 시기구분 연구의 핵심에 접근해 가고 있었으며 이에 근거해 "칭위"라는 개념을 만들어 냈다. 하지만 나진옥과 왕국유 때에는 조건도 갖추어지지 않았던 터라,

갑골문의 시기구분을 진행하거나 더욱 진일보하게 정리해야 한다는 사명을 완성할 수도 없었다. 그것은 나진옥과 왕국유의 갑골학 연구가 아직 "금석학"의 범주 속에 갇혀 있었기 때문이다. "금석학"은 중국 고고학의 전신으로서, "과학적인 발굴이 아직 시작되지 않은 상황에서 산발적으로 출토된 고대 청동기와 석각石刻을 주 연구대상으로 삼는 학문이었다. 그것은 문자자료의 저록과 고증에 치중했으며, 경전을 증명하고 역사서를 보충하고자 하는 데 목적을 두고 있었다."[42] 나진옥과 왕국유의 갑골문 연구는 그 주요한 목적이 "역사가의 잘못이나 빠트린 것을 바로잡고, 소학의 원류를 파헤치며, 고대의 복법卜法을 추구하는 데 있었다."[43] 이러한 중심 사상은 나진옥과 왕국유의 저작 속에 극명하게 드러나 있다. 예컨대 나진옥의 『은상 정복문자 고』는 그의 최초의 갑골문 연구서인데, 책의 편명인 "고사考史 제1" · "정명正名 제2" · "복법卜法 제3" · "여설餘說 제4" 등에서부터 그것이 전통적인 금석학 저작과 차이가 없음을 확인할 수 있다. 그리고 그가 1914년 출판한 『은허 서계 고석殷虛書契考釋』의 경우 그 자신 스스로 만족했던 부분이 "여섯 곳 있는데", "첫째 제계帝系", "둘째 경읍京邑", "셋째 사례祀禮", "넷째 복법卜法", "다섯째 관제官制", "여섯째 문자文字" 등의 측면에서 창조적 발견이 있었다는 것이다. 바로 왕국유가 1917년 발표한 명문장인 「은 복사에 보이는 선공선왕 고殷卜辭所見先公先王考」 및 「속고續考」를 집필한 핵심 사상 또한 "은허의 유물로 경학과 역사학에 도움을 주기 위한 것"[44]이었다. 왕국유가 1925년 제기한 "이중증거법"은 그의 연구방법의 총체적 결론이라 해야만 할 것이다.

우리는 오늘날 태어나 다행히도 종이 위의 자료 외에도 땅에 묻힌 새로운 자

42) 王世民, 『金石學』, 『中國大百科全書』(考古卷), 中國大百科全書出版社, 1986, 236면.
43) 羅振玉, 「序」, 『殷商貞卜文字考』, 1910.
44) 『觀堂集林』 卷九, 中華書局, 1959, 411면.

료를 볼 수 있게 되었다. 이러한 자료로부터 종이 위의 자료를 보충하고 증명할 수 있는 증거를 얻었을 뿐 아니라, 고서에서의 어떤 부분들이 실제 기록임을 증명할 수도 있다. 즉 제자백가의 점잖지 못한 말이라 하더라도 그 속에 사실적인 일면이 없다고는 할 수는 없다. 이 이중증거법은 지금에서야 처음으로 시도할 수 있게 되었다. 비록 고대 문헌에서는 증명되지 않은 사실이라 할지라도 그것 때문에 부정할 수는 없으며, 이미 증명이 된 것이라 할지라도 긍정을 하지 않을 수 없다는 것을 단언할 수 있다.[45]

여기서 왕국유는 아직도 "종이 위의 자료"를 특별히 강조하고 있음을 볼 수 있다. 그래서 표면적으로 볼 때에는 갑골문 같은 그가 말한 매장 자료가 "경학과 역사학에 도움을 준다"고 함으로써, 전통적인 금석학자들과 별다른 구별이 없어 보인다. 하지만 왕국유의 "이중증거법"은 실제로 건가乾嘉 시기 박학樸學에서 보였던 전통적인 방법론의 한계를 돌파했다. 즉 그는 연구과정에서 결코 단순히 "경전을 증명하고 역사를 보충하는" 문자의 고증에 그친 것이 아니라 "문자의 훈석과 역사적 사실과 제도의 고찰을 서로 결합시켰으며", "역사의 진화와 역사의 인과 관계라는 인식을 고증 속에 관철시키고 있었다."[46] 그는 근대의 신新 역사학의 관점과 방법을 전통적인 금석 고증학 속에다 녹여 넣었으며, 이 때문에 건가 이래의 학자들보다 크게 진보할 수 있었다. 바로 이러한 이유 때문에 그와 나진옥이 은허 갑골문을 연구할 때 여러 측면에서 성과를 이룰 수 있었으며 "칭위"에 근거해 시기를 구분하는 아이디어가 나올 수 있었던 것이다.

나진옥과 왕국유가 우연히 시도했던 시기구분은 1928년 캐나다의 멘지스를 계기로 의식적으로 갑골문의 "시기를 나누고" 정리하는 과정으로 넘어갔으며, 고립적이고 개별적인 갑골의 시기구분으로부터 갑골에

---

45) 『古史新證』, 1925, 2~3면.

46) 張豈之(主編), 『中國近代史學學術史』, 中國社會科學出版社, 1996, 228~229면.

대한 일련의 시기구분과 정리가 이루어지게 되었다. 특히 그는 "서로 다른" 왕 때의 갑골을 "시대의 순서에 따라 둘로 구분하였는데, 갑甲 서랍과 병丙 서랍에 든 것이 바로 그것이었다." 서로 다른 왕 때의 갑골을 따로 한데 모아 놓았다는 것은 대단히 의미 있는 작업이었다. 글씨체의 변화는 바로 이런 과정에서 발견할 수 있었다. 그래서 멘지스의 시기구분에 의한 갑골의 정리는 중국의 전통적인 금석학 방법(예컨대 칭위의 고증 등)과 서양 고고학적 방법의 영향(문자 자형의 관찰)을 결합시킨 최초의 성과였다고 해야만 할 것이다. 하지만 멘지스에 대한 이러한 공헌에 대한 평가는 그간 소홀해 왔다. 그래서 지금은 이에 대해 새로운 인식이 다시 필요한 시점이다.

멘지스가 갑골을 정리할 당시, 갑골문 연구는 이미 "문자를 해독하고, 문장을 끊어 읽는" 단계가 완성되었고, 여기에다 왕국유의 「은 복사에 보이는 선공 선왕 고」와 「속고」에서 갑골문 연구가 새로운 정점에 올라섰을 때였다. 그리고 이 시기는 비록 은허의 과학적 발굴이 아직 시작되지는 않았지만 서양고고학 사상이 중국에서 이미 광범위하게 전파되었고 중국 학계에 영향을 주고 있을 때였다. 중국의 현장 고고학도 이미 전개되고 있었다. 중국의 현장 고고학은 1921년 시작된 앙소촌仰韶村 유적지와 그 후의 일련의 신석기시대 유적지에 대한 고고 발굴을 비롯해 같은 해 시작되어 지금까지도 계속되고 있는 주구점周口店 구석기시대 유적지의 고고 발굴로부터 시작되었다. 비록 중국의 선사시대 고고학이 아직 "맹아 단계"에 놓여있었지만 그 성과는 학계에 커다란 영향을 발휘했다. 예컨대 이제李濟가 발굴한 서음촌西陰村의 선사 유적지에서 출토된 유물은 일찍이 청화清華대학에서 전시되었고, 전시회의 강연이 열렸을 때 "그의 동료이자 선배인 왕국유 선생도 참관했다. 그때 왕국유 선생이 물결무늬를 가진 도기 한 조각(이때 출토된 유물 중에 완전한 기물은 없었다)에 지대한 관심을 가졌다. 그는 이제와 이에 대해 열띤 논의를 했고, 도기의 원래 용도의 가능성에 대해서도 서로 추측했으며, 또 유사한 모습의 청동기와도 비교했다는 사실을 분명하게 기억하고 있다." 학자들은 서음촌西陰村의 발굴과 그 유물의 전시는 "고고학에서 중국 전통문화와 근대 과학방법이 서로 만난 분명한 예이며, 이 둘이 잘 결합해야만 근대 고고학이 중국에서 발전할 수 있다"[47]고 했다.

이와 동시에, 서양 고고학도 이미 장족의 발전을 이루었으니, 맹아기(1760~1840)와 형성기(1840~1867)를 거친 후 이미 성숙기(1867~1918)에 접어든 상태였다. 이전 시기에서 이루어졌던 지층학地層學을 표지로 하는 유적의 과학적 발굴과 창시적인 유형학類型學의 연구가 이 시기에 들어서는 더욱 현저하게 발전했다. 특히 기물의 유형을 획분하는 작업은 더욱 세밀해지고 정확해졌다. 이 시기의 고고학 연구는 "형태의 변화에 따라 기물을 '계열로 배열하는' 것 이외에도 출토된 지층관계에 의해 계열 속에서의 기물 유형의 연대의 선후를 확정하였다. 또 어떤 한 가지 기물을 배열하는 데 그치는 것이 아니라, 서로 다른 많은 종류의 기물을 분류해 배열함으로써 서로 체계적으로 참조하도록 하였다. 이러한 배열을 거쳐 서로 다른 각종 유형의 조합은 종종 어떤 고고학적 문화를 대표할 수 있게 되었다."[48]

갑골문에 대한 멘지스의 시기구분은 분명 고고학적인 측면에서 중국의 전통문화와 서양의 근대과학 방법이 서로 만난 예였다. 그는 1910년 중국으로 가 "먼저 한 노학자의 지도하에서 3년간 중국어를 습득한 후, 사서오경과 같은 경서를 읽었으며", 일정한 중국어 기초가 마련되자 선교사의 자격으로 안양安陽으로 갔다. 그리고 "1914년 봄, 한 차례 선교 과정에서 우연히 '은허'를 발견하게 된다." 그때부터 그는 갑골문의 수집에 나섰고 진지하게 연구하기 시작했으며, 1917년에는 『은허복사殷虛卜辭』를 출간했다. 외국인 학자로서 그는 안양 주재 장로회長老會의 선교사 신분을 이용해 직접 은허를 방문할 수 있었으며, 수루대水樓臺 부근에서 근 6

47) 李光漢, 「李濟傳略」, 『中國現代社會科學家傳略』, 山西人民出版社, 1983, 158면.
48) 夏鼐・王仲殊, 『考古學』, 『中國大百科全書』(考古卷), 中國大百科全書出版社, 1986, 6면.

만 편에 이르는 갑골을 수집함으로써 대량의 연구 자료를 확보하였다. 이와 동시에 골동상들도 자주 그의 집으로 찾아가 "갑골의 출토와 유통에 관한 최신 정보를 전해주었으며", 이를 통해 당시 갑골문에 대한 수집과 연구의 최신 성과를 이해할 수 있었다. 또 그가 외국인이었기에 국내외 현장 고고학이 이룬 진전과 과학적 방법도 쉽게 이해하고 받아들였다. 주목해야 할 것은, 제1차 세계대전 기간 동안 그는 1917~1920까지 "영국이 화북華北에서 모집한 중국 노동군에 응하여 프랑스로 가 근무하기도 했다"는 사실이다. 주지하다시피 서양 근대고고학의 성장은 프랑스의 부르조아 계급혁명과 프랑스 학자들과 밀접한 관계를 갖고 있다. 그래서 근대고고학의 발상지인 프랑스에서 비록 전쟁기간이기는 했지만 학습에 관심이 많고 아이디어가 많았던 갑골 학자(예컨대 그는 가짜 갑골문을 사들여 속임을 당하기도 했는데 이후 진위를 구별하는 전문가가 되었다) 멘지스는 안목을 넓히고 "성숙기" 고고학의 성과와 방법론을 진일보하게 인식할 수 있었다. 1차 세계대전이 끝난 후, "1921년부터 1927년까지 다시 옛날처럼 창덕彰德으로 돌아갔다. 그리고 바로 그 기간 동안 대량의 갑골과 청동기 등 고대 기물을 수집했다." 그리고 이들의 시기를 구분하면서 정리해 나갔다. 그가 "북경화어학원北京華語學院에서 교편을 잡았던 1년" 동안, 일찍이 "하남에서 가져온 갑골의 탁본을 마형馬衡과 용경容庚 등 저명한 학자들에게 선물하기도 했다." 그는 중국의 전통적 방법과 근대 고고학적 방법을 결합한 성과, 즉 칭위로 시대를 구분했을 뿐 아니라 "글씨체"(즉 이후의 자형과 서체)의 변화도 제시했는데, 이는 바로 고고학의 "유형학"적인 수단을 갑골문의 정리에 응용한 것이라고 해야만 할 것이다.

멘지스가 갑골문을 정리할 때 이미 근대 고고 유형학의 수단(이것은 지층관계를 떠난 유형학이었기 때문에 한 때 학자들의 신임을 받지 못했고 이에 대한 논쟁이 벌어지기도 했다)을 받아들였다고 한 것은 근거가 있다. 멘지스는 1928년 근대고고학의 방법을 이용해 갑골문을 정리한 이후, 그해 연말 가족과 함께 캐나다로 휴가차 돌아갔는데 돌아오는 "길에 인도·이라

크 · 파키스탄의 고고현장을 방문했다." 그리고 "1929년 여름과 가을 두 차례에 걸쳐 멘지스는 미국 캘리포니아 대학 버클리 분교의 웨이무威姆 박사가 주관한 예루살렘 지역의 두 차례 발굴에도 참여함으로써 과학적 고고 발굴의 경험을 쌓았다."[49] 만약 이전에 멘지스가 서양 근대고고학이 얻은 성취에 대해 알지 못하고 있었거나 티그리스와 유프라테스 강 유역의 고고학적 성과의 중요성에 대한 인식이 결여되었더라면, 이라크와 파키스탄의 고고현장의 방문은 이루어지지 않았을 것이다. 티그리스와 유프라테스 강 유역은 최초의 세계문명 발상지의 하나로, 거기서 발견된 대량의 진흙 판 문서들 즉 설형楔形문자 등은 일찍이 세계 각국 학자들의 주목을 끈 바 있다. 멘지스는 1917년 『은허복사』를 출판한지 10여 년 후, 1928년 소장하고 있던 갑골을 "칭위"와 "글씨체"에 근거해 시기를 다시 구분하며 정리했다. 그 때문에 그가 그해 말 이라크와 파키스탄 등의 고고현장으로 달려가 참관 학습을 하였던 것은 우연한 일이 아님을 알아야 한다. 이밖에 그는 1932년 "제로齊魯대학으로 초빙되어 고고학과 교수직을 맡았다." 그가 수집한 도기 · 청동기 · 갑골 등으로 제로齊魯대학 박물관을 만들었고, "학생들에게 고고학의 새로운 방법과 새로운 발견 등에 대해 소개했으며, 흥미를 가지는 학생들을 위해 '갑골 연구' 과정을 개설했다."[50] 이것은 멘지스의 고고학 연구가 상당히 깊은 기초를 갖고 있으며, 그 때문에 제로대학의 고고학 교수로 초빙되었음을 보여준다. 이렇게 볼 때 멘지스가 최초로 "자형", 즉 고고학의 유형학적 방법에 의해 시기구분을 시도한 것은 결코 우연한 일이 아니었다.

49) 明義士, 「序」, 『甲骨研究』, 齊魯書社, 1996, 5~9면.
50) 明義士, 「序」, 『甲骨研究』, 齊魯書社, 1996, 7면.

4) 시기구분 해결의 계기를 제공한 은허의 과학적 발굴

멘지스가 1928년 최초로 진행했던 갑골문의 시기구분과 정리는 중국의 전통적인 금석학의 방법을 서양 근대고고학의 유형학적 이론과 결합시킨 그의 천재적 실천이었으며, 이 때문에 그가 갑골문의 시기구분 연구와 정리라는 측면에서 동시대 학자들의 최전선에 설 수 있었다고 한 평가는 공정하다.

하지만 유감스러운 것은, 멘지스가 진행했던 갑골문의 시기구분과 연구의 핵심 내용, 즉『은허복사 후편殷虛卜辭後編』「서序」가 줄곧 공개되지 못하고 "깊은 규방에 숨겨진 채 아무도 알지 못했다"는 점이다. 이 때문에 그의 대단히 뛰어난 시기구분은 사회의 인정받는 연구 성과가 되지 못했고, 이로부터 학술연구에 어떤 시사를 주거나 추동력을 발휘하지도 못했다. 이「서」는 1981년 "역조歷組 복사"의 연대 문제에 대한 논의가 고조를 이루었을 때 이르러 이학근李學勤이「소둔 남지 갑골과 갑골의 시기구분小屯南地甲骨與甲骨分期」의「부록」에 첨부함으로써 비로소 세상에 모습을 드러내게 되었다. "역조歷組 복사"는 "사실 무정武丁 후기부터 조경祖庚 시기에 이르는 복사"라고 강력히 주장한 이학근은 "멘지스가 1928년 기초한『은허복사 후편』「서」에 이미 이와 유사한 견해가 보인다"[51]고 했으니, 멘지스의 견해가 얼마나 깊었는지를 알 수 있다.

멘지스의『은허복사 후편』에 실린 이 갑골들은 바로 1924년 "그가 구매한 소둔 사람들이 담을 쌓으면서 발견한 한 무더기의 갑골 중에서도 큰 것들이다. 1927년과 1928년(정묘와 무진년, 민국 16년과 17년) 2년 동안에 탁본이 완성되었는데, 그것이 바로『은허복사 후편』이다."[52] 하지만 멘지스의「서」에서는 "칭위"에 근거해 갑골문의 시대를 확정하는 동시에 시대의 선후에 근거해 갑골을 무정武丁 후반기·조경祖庚·조갑祖甲·강

---

51)『文物』, 1981年 第5期에 수록.

52) 明義士,『甲骨硏究』, 齊魯書社, 1996, 20면.

정康丁・무을武乙 등의 시기로 정리하는 한편 이를 서로 다른 서랍에 분류함으로써 글씨체의 변화를 발견하기도 했다. 하지만, 구체적인 논증과 시기구분의 발견을 이론화하고 계통화 하지는 못했다. "칭위"는 이미 그보다 앞서 나진옥과 왕국유에 의해 제시되었다. 하지만 "글씨체"에 대해서는 단지 "갑甲서랍의 다섯째 부분"(멘지스는 조경祖庚 때의 것이라 했다)에 대해, "오랜 기간 동안 이 큰 글자로 된 여러 갑골이 반경盤庚・소신小辛 및 소을小乙 시대에 속하는 것이 아닌가라고 의심해 보았으며", "갑甲 서랍의 여섯째 부분"(멘지스는 조경祖庚 때의 것이라 했다)은 "자형이 크고 굵으며 초솔하고", "병丙 서랍의 둘째 부분"(멘지스는 조갑祖甲 때의 것이라 했다)의 "글씨체는 작고 세밀하며 가지런하게 변했다"고 했을 뿐, 아직 정리된 갑골의 글자와 서체의 시기에 따른 발전변화를 총체적인 규칙으로 귀납해 내지는 못했다. 그가 이미 "왕빈王賓"이라는 특수 부류의 글씨체가 "작고 세밀하며 가지런하다"는 특징을 발견해 내기는 했지만, 이후의 동작빈처럼 명확하게 "사류事類"를 시기구분의 10가지 표준의 하나로 만들지는 못했다. 이러한 점 때문에, 멘지스가 정리한 이 갑골들은 단지 1924년의 한 갱坑에서 출토된 유물에 한정될 수밖에 없었다. 그는 이 3백여 편의 갑골을 정리하면서 얻은 갖가지 천재적 발견을 더 이상 발전시키지 못했다. 다시 말해 이전에 얻었던 수만 편의 갑골을 비교 분석하고, 이를 통해 미루어 짐작하고 유추하여 어떤 규칙성을 가진 인식으로 끌어내지 못했던 것이다.

1924년에 소둔 촌민들이 담을 쌓는 과정에서 발견한 이 3백여 편의 갑골을 멘지스가 정리하면서 이미 근대의 고고학적 이론과 방법, 예컨대 "유형학"적 이론을 갑골학의 영역에 끌어들이기는 했으나, 이 갑골들은 출토 "갱위坑位"가 불분명하다. 이 때문에 그의 정리 작업에서 지층이라는 근거가 빠지게 되었으며, 이로 인해 그의 관찰과 연구는 커다란 한계에 부딪히게 되었고, 그 신뢰성도 도전을 받게 되었던 것이다.

"은허의 과학적 발굴은 복사연구를 시기구분의 연구로 진입하게 만들었다."[53] 1928년부터 중앙연구원에서는 하남 안양에서 갑골문에 대한 대규모의 과학적 발굴을 시작했다. 1937년에 이르러 15차례에 걸친 대규모의 발굴은 잠시 중단되었다. 은허의 과학적 발굴은 과학적 지층관계를 가진 대량의 갑골문을 발굴했을 뿐 아니라 갑골문과 함께 대량의 유물과 중요한 현상도 발견했으며, 이로부터 시기구분 연구의 계기가 만들어졌다. 은허의 과학적 발굴 기간 동안, 멘지스는 1930~1932년 사이 "다시 3년간 떠나 있었던 창덕彰德으로 돌아갔다. 선교의 나머지 시간을 이용해 다시 고대기물을 수집하기 시작했다. 1931년 역사어언연구소 고고조가 소둔촌에서 상나라의 왕릉을 계통적으로 발굴할 때, 멘지스는 이제李濟와 같은 저명한 중국 고고학자들과 사귈 수 있는 기회를 가졌다."[54] 멘지스가 은허의 과학적 발굴에 대해서는 깊은 관심을 가지긴 했지만, 그의 갑골문 시기구분 연구는 더 이상 깊이 들어가지 못했다. 곽말약의 말처럼, 갑골문의 "갱위坑位는 직접 발굴한 자가 아니면 알 수가 없기 때문이었다."[55] 진정으로 근대고고학 방법과 이론을 갑골학 연구의 영역으로 끌어들인 계통적인 종합적 시기구분 연구라는 역사적 사명의 완성은 자연히 은허의 과학적 발굴을 주창했고 그 발굴을 지휘했던 사람의 하나인 갑골학의 대가 동작빈의 어깨에 놓일 수밖에 없었다.

53) 郭沫若, 「古代研究的自我批判」, 『十批判書』, 科學出版社, 1956, 4면.
54) 明明德, 「序二」, 『甲骨研究』, 齊魯書社, 1996, 7면.
55) 郭沫若, 「序」, 『卜辭通纂』, 1933.

2. 「갑골문 시기구분 연구 예甲骨文斷代研究例」와 갑골학의 발전

1) 은허의 과학적 발굴과 갑골문 "시기구분 연구법"의 배태

1928년 중앙연구원 역사어언연구소는 설립과 동시에 동작빈을 안양의 은허로 파견하여 현지 시찰을 하게 했다. 또 진지한 준비와 각 방면의 충분한 조정을 거쳐 중국 고고학사에서 대서특필할 만한 대 사건인 하남 안양 은허의 과학적 발굴 작업을 1928년 10월 13일 시작했다. 그 이후 10년 동안 발굴이 지속되면서 총 15차례의 대규모 발굴이 이루어졌다. 은허의 과학적 발굴은 중국 역사고고학의 형성과 번영에 기초를 마련했으며,[56] 오늘날 중국고고학의 "황금시대"를 위해 대량의 자료를 축적하고 인재를 배양해 주었다.

은허를 과학적으로 발굴해야 하는 이유는 이러했다. 1899년 갑골문이 출토된 이후부터 1928년 과학적 발굴이 이루어지기 전까지, "30년 동안, 처음에는 왕(의영)·유(악) 두 사람의 주목을 받았다. 이를 이어 나진옥이 수매하기 시작했는데, 출토된 수량이 수만 편에 이르렀고, 나진옥이 얻은 것만 해도 2만 편이 넘었다. 그리고 청나라 선통 연간 및 민국 초기까지 해마다 도굴이 끊이질 않았고, 골동상의 손을 거쳐 구미와 일본으로 팔려나간 것도 헤아릴 수 없이 많았다. 즉 영국 국적의 선교사 멘지스(캐나다 국적이 되어야 옳음—저자 주)가 소장한 것만 해도 5만 편에 이르렀다. 재작년의 조사에 의하면, 민국 9년(1920)과 13년(1924) 및 17년(1928) 봄에는 판매상들이 한데 모여 발굴을 했다고 하지만, 그때 얻은 귀갑의 종적은 지금까지도 찾을 수가 없다. 땅속에 묻힌 은나라 때의 복사가 도대체 얼마나 된단 말인가? 한 차례 비과학적인 수집을 거쳤지만 그 과정에

56) 張豈之(主編), 『中國近代史學學術史』, 中國社會科學出版社, 1996, 475~494면.

서 일부 매장량을 감소시켰다. 뿐만 아니라 글자가 있는 갑골만 수집하고 나머지는 버렸으며 지하의 매장 상황까지 어지럽혀 놓았는데, 이는 학술적으로 더욱 큰 손실이었다."[57] 이처럼 갑골문이라는 중국 문화예술의 보물이 계속해서 도굴되고 파괴되는 것을 막고 대량으로 국외로 유출되는 것을 저지해야만 했는데, 이것이 바로 국가의 학술기관에서 은허를 과학적으로 발굴하게 된 가장 큰 이유였다.

은허의 과학적 발굴 이전에 출토 갑골문은 도굴에 의한 것으로, 갑골이 출토된 배경이나 동반 출토된 유물 등에 대한 기록이 없다. 하지만 "현대 고고학자들은 모든 발굴에서 언제나 전체적인 지식을 요구하지 개별적이며 파편적인 보물만을 구하는 것은 아니다." 또 "기록은 바로 출토 유물의 영혼이다." 그래서 "출토 기록이 없고 고증의 결과가 없는 유물은 결코 최고의 과학적 가치를 가질 수가 없다. 이것은 금석학과 고고학과의 중요한 구별점이다."[58] 손이양 · 나진옥 · 왕국유 등의 노력과 추적을 거쳐 갑골문 연구는 문자의 인식과 문장의 해독으로부터 상나라 역사의 연구라는 최신의 단계까지 올라갔다. 하지만 그들이 근거로 삼았던 자료는 갑골문 자체에만 한정되었을 뿐이었고, 그 때문에 "칭위"로써 시기를 구분하는 번뜩이는 아이디어를 한 걸음 더 진전시키지 못했다. 학자들의 지적처럼, "은허는 이 30년간의 파손을 거치는 과정에서, 비록 손이양 · 나진옥 · 왕국유 등의 문자 연구에 대한 공헌이 학술에 위로가 되긴 했지만, 글자가 있는 갑골만 찾아다녔던 탓에 소멸된 문자 이외의 자료가 어찌 열에 아홉에만 그쳤겠는가?"[59] 그래서 갑골문의 과학적 발굴과 갑골문자 이외의 과학적 자료를 전면적으로 찾아 나서는 것이 은허의 과학적 발굴의 두 번째 목적이 되었다.

이외에, 안양 은허의 문화를 다른 고고학 문화의 좌표로 삼고 이로부

57) 傅斯年, 「本年發掘安陽殷虛之經過」, 『安陽發掘報告』 第2期, 1930.
58) 李濟, 「現代考古學與殷墟發掘」, 『安陽發掘報告』 第2期, 1930.
59) 傅斯年, 「本所發掘安陽殷墟之經過」, 『安陽發掘報告』 第2期, 1930.

터 중국 고고문화의 체계를 세우고자 한 것도 은허의 과학적 발굴을 전개한 세 번째 목적이었다. "은허로써 논하자면, 이미 그 연대를 확실히 알고 있고, 그와 동시에 다른 청동기와 석기도 함께 출토되었다. 최근 안데르센이나 이제 등이 중국내에서 발굴한 고대 유적지는 매번 그 시대를 확정하지 못했고, 절대 다수의 학술적 문제가 발생했으며 표준 연대의 기본 작업은 여전히 추측의 수준을 벗어나지 못하고 있다. 만약 연대가 확정된 유적지에서 출토된 이 기물들을 그것의 판단 자료로 삼게 된다면 나머지 도기 조각 등 잡다한 기물도 비교를 거쳐 그 선후를 확정할 수 있게 된다. 그렇다면 은허에서 얻은 지식은 분명 다른 고대 유적지에 대한 지식의 잣대가 되지 않을 수 없다."[60)]

1928년 10월 13일 중앙연구원은 은허의 제1차 과학적 발굴을 시작했는데, 발굴은 동작빈董作賓이 주재했고 곽보균郭寶鈞과 왕상王湘 등 6명이 참가했다. 제1차 발굴의 주요 목적은 갑골문을 찾는 것이었으며, 발굴 지점은 소둔촌의 북쪽과 소둔촌의 중간 및 소둔촌 동북쪽의 원수洹水 강가 지역이었다. 당시의 고고학이 "맹아시기"에 처하여, 아직 관련 지층학의 과학적 지식이 없었기 때문에 발굴 방법은 다음과 같았다. "윤곽법은 밖에서 안으로 들어가는 방법이고, 집중법은 안에서 밖으로 나가는 방법이며, 탐색打探법은 짐작할 수 있는 한 팔丈 이내의 흙의 색깔을 계산해 교차형을 만드는 방법인데 이는 더욱 축소된 범위의 윤곽법과 같다." 하지만 이 세 가지 방법은 모두 은허 갑골문의 실제 매장 상황과는 맞지 않았다. 며칠이 지나도 별다른 성과를 얻지 못했다. 하지만 전혀 없는 것은 아니었다. 제1구역의 준准 제9갱坑이라 불리는 곳에서 글자가 새겨진 갑골이 발견되었다. 하지만 모두 부스러기로 된 작은 조각이었으며, 크다 해도 가로 세로가 1촌寸 남짓했고, 작은 경우는 손톱만 했다." "제2구역의 제25갱과 제26갱에서도 귀판龜版을 얻었으나 모두 극히 작은

60) 傅斯年, 「本所發掘安陽殷墟之經過」, 『安陽發掘報告』 第2期, 1930.

조각에 불과했다." "이 곳에서는 거북딱지가 많이 나왔으며, 간혹 작은 크기의 동물 뼈가 섞여 있었다." "또 글자에 붉은 색을 칠한 갑골 및 주사朱砂 입자가 발견되었는데 모두 가치가 높은 자료이다." 갑골이 매장된 실마리를 찾기 위해 동작빈은 "음으로 양으로 여러 가지 방도를 찾고", "마을 사람들의 경험을 중시하며", "일꾼들과 대화도 나누고 마을 농민들에게 자문을 구하는" 등의 과정을 통해, 점차 발굴의 목표지점을 소둔촌의 가운데로 이동시켜 갔다. 즉 "촌장 장학헌張學獻의 집에 귀속된 맞은편 작은 채소밭", "채소밭 담장 동쪽의 보리 타작마당 남쪽의 밭", "한韓씨 집 주변의 도로" 등으로 좁혀갔다. 과연 하늘은 사람의 정성을 버리지 않았던지 비교적 커다란 수확이 있었다. 채소밭의 북쪽 전田씨의 정원 내에 위치한 제24갱은 "5자 이하의 깊이에서는 회색의 흙이더니, 6자쯤 되는 곳에서 글자가 새겨진 갑골판 15조각이 발견되었는데, 뼈의 질이 단단하고 검푸른 색이었으며, 글자는 극히 선명했다. 또 6자부터 8자 되는 지점에서 모두 글자가 새겨진 뼈가 발견되었는데, 회색 흙에 가는 모래가 섞인 땅이었으며, 승문繩紋 도기 파편 및 목탄 찌꺼기도 발견되었다. 또 8자 이하 지점에서는 짐승 뼈와 짐승 이빨 등이 발견되었는데, 이 갱은 사람이 손을 댄 적이 없는 것으로 확인되었으며 그 때문에 지층이 뒤섞이지 않은 상태였다." 이외에도 "제36갱은 이번 발굴에서 최고의 유물들이 발견된 곳이었으며", 제37갱도 매우 중요했다. "제37갱은 한韓씨 집의 뒤쪽에 위치했으며 마을 사람들이 다니는 큰 길이었다. 거기에서 골판骨版이 나왔는데, 대부분 가공을 거치지 않은 자연 상태의 뼈에다 글자를 새긴 것이었다. 글자가 없는 골판에는 간혹 불로 지진 것 같은 무늬가 있었는데, 이들은 모두 이 갱의 특징이다." 소위 제36갱은 "한韓씨 집의 남쪽 큰 도로 상에 위치했다." "소위 귀판층龜版層의 경우, 5자 이상 지점은 이미 촌민들이 발굴해버렸기 때문에 구체적 상황을 알 수 없었다. 하지만 5자부터 5.5자 되는 지점에서는 흙의 색이 분명하게 층을 이루고 있었으며, 넓은 곳은 몇 치寸에서 1자尺 남짓 되었다." "귀판은 이

층에서만 나왔는데, 네댓 조각이 서로 엉겨 붙어 있는 경우가 많았고, 모래 흙 속에 섞여 있었다. 1자쯤 되는 거리에 한 두 조각씩 서로 떨어져 있는 경우는 적었다." "이 귀판 층은 어떤 경우에는 두텁고 어떤 경우에는 얇았고, 어떤 경우에는 넓고 어떤 경우에는 좁았다. 비스듬히 동북쪽으로 내려갔으며, 1팔丈 5자 깊이에 이르렀을 때, 편평하게 흩어졌으며, 목탄 찌꺼기와 귀판이 사라졌다." 이 갱에서는 글자를 가진 귀판이 총 135편, 글자가 없는 귀판이 175편 출토되었다. 또 6자와 7자 깊이에 위치한 회토의 중간에서 골판 3편이 출토되었다. 이번에 새로이 얻은 것을 합하면 글자가 있는 거북딱지가 555편, 글자가 있는 뼈가 229편 해서 도합 784편이었다.[61] 이밖에도 골기・옥석기・청동기・도기 등과 같은 중요한 유물도 적잖게 나왔다.

은허의 발굴은 최초로 근대고고학의 과학적 방법을 이용한 갑골문의 발굴이었기에 국내외학계의 주목을 받았다. "많은 친구들, 아는 사람이든 잘 알지 못하는 사람이든 모두 이번 발굴의 경과 및 새로 출토된 실물에 대해 시급히 알고 싶어 했다." 이 때문에 중앙연구원 역사어언연구소는 『안양 발굴보고安陽發掘報告』를 만들어 "부분적으로 시기를 나누어 연구결과를 발표했다." 제1차 발굴 작업이 11월 30일 종결된 지 얼마 지나지 않아 동작빈은 발굴에서 얻은 784편의 갑골 중 381편을 선별해 발표했으며, 1928년 11월에는 「새로 얻은 복사 사본 후기新獲卜辭寫本後記」를 『안양발굴보고』 제1기에다 발표했다. 그는 의미심장한 투로 이렇게 말했다. "자형의 변화를 살펴 볼 때 새기는 방법과 자료의 변경은 결코 단시간 내에 이루어질 수 있는 것은 아니다. 더욱이 제36갱에서 출토된 귀판으로 증명해보건대 이 갑골복사들이 꼭 무을武乙에서 제을帝乙 때로 한정될 필요는 없다. 그 이전 시기의 복실卜室에 보존되었던 옛날 문서로서 무을武乙의 천도 때 함께 옮겨져 보존된 것임에 틀림없다." 그는 또 갑골문 '길吉'자의 자

61) 董作賓, 「民國十七年十月試掘安陽小屯報告書」, 『安陽發掘報告』 第1期, 1929.

형을 정리하여, "복사에는 적어도 38가지의 필사법이 나타난다"고 했다. 또 "길吉자의 변천 계통표"를 만들어 "그 변화의 실마리가 지극히 분명하다는 사실은 미루어 알 수 있다. 이는 지금 보고 있는 복사가 결코 한 시기 한 왕 때의 유물이 아니라는 증거이다. 단 시간 내에 이처럼 복잡하고 급격하게 변할 수는 없다." 그는 또 "갑골문자는 한 시대의 유물이 아니라는 것은 그 서체를 살펴보아도 큰 증명으로 삼을 수 있음"에 주의했다. 즉 이번에 발굴된 갑골에는 대자大字·소자小字·굵은체粗體·가는체細體·긴체長體·네모 필사법方筆·둥근 필사법圓筆 등의 다양한 모습을 갖고 있다. 이 때문에 그가 제1차 발굴 때 "언제나 고뇌의 깊은 사색에 빠져 복사의 시대를 판별하는 방법을 찾도록 만들었다"62)고 한 말은 결코 빈말이 아니다. 동작빈은 발굴 작업의 참가자로서 서로 다른 세 지역에서 출토된 갑골문자를 자세히 살폈고, "세 지역이 독자적인 그룹을 이루고 있으며, 특성을 갖고 있다"고 여겼다. 다시 말해 제1구역의 제9갱에서는 규격화된 많은 작은 글자가 발견되었으나, 웅위雄偉한 큰 글자도 있었다. 제2구역의 제6갱에서는 작은 글자로 된 갑골은 한 조각도 출토되지 않았으며, 단지 한 조각만이 가늘고 약한 서체로 되어 있었다. 제3구역 제24갱의 갑골서체는 제1·2 두 구역과 대동소이했다. 바로 "세 곳에서 출토된 갑골문자의 차이"가 동작빈으로 하여금 "커다란 시사"를 받게 했다. 그의 이러한 발견은 1930년 2월 「갑골문 연구의 확대甲骨文硏究的擴大」라는 글에서 이 문제를 반복해서 사색하도록 했다. 그는 "시험 발굴 할 때 나누었던 세 구역에서 출토된 갑골이 각기 자신의 특징을 갖고 있다면, 가장 분명한 것은 마을 북쪽과 마을 중간의 글자 사용의 차이였다"고 지적했다. "새로 출토된 갑골은 앞으로 법칙에 근거해 구역을 나누어 연구할 것이며, 그렇게 되면 분명 더 많은 새로운 소득이 있을 것이다." 그리고 고고지층 "즉 마을 가운데서 발굴한 제36갱에서 나온 순수한 귀판을 상나라

62) 董作賓, 「自序」, 『殷虛文字甲編』, 商務印書館, 1948.

의 윗대의 유물로 추정하는데, 이러한 문제는 반드시 지층연구의 결과에 근거해 해결해야만 비로소 정확해 질 수 있다"는 점을 강조하기도 했다. "은허를 반경 때의 도읍이라고 가정한다면 제을 때까지는 이미 2백여 년의 시간이 있다. 이 2백여 년의 시간 동안 귀골의 사용방법과 새겨진 문자에는 모두 상당한 변화가 일어났을 것이다. 그것들의 선후 순서도 단지 지층 속에서 찾을 수밖에 없다."[63]

1929년 가을 은허의 제3차 과학적 발굴에서 갑골 3,012판을 얻었으며, 특히 저명한 "대귀 4판大龜四版"이 출토된 이후, 동작빈은 "대귀 4판"의 시사를 받아 "정인貞人"설을 처음으로 제시하게 되었으며, 이로부터 "갑골문 시기구분 해결의 단초를 찾게 되었다."[64]

소위 "대귀 4판"은 1929년 은허의 제3차 과학적 발굴 때 "대련갱大連坑" 남쪽 부분의 장방형으로 된 갱 속에서 발견되었다. 그것들이 "동시에 같은 곳에서 출토되었고 또 비교적 완전하였기 때문에, 그것들을 함께 연구하게 되었고 이 때문에 대귀 4판이라 부르게 되었다."[65] 그리고 "대련갱"은 사실 갱 입구가 길고 넓이가 다른 4개(동쪽 부분 · 중간 부분 · 서쪽 부분 · 남쪽 부분)의 유적이 서로 연결되어 이루어진 것을 말한다. 당시의 고고학은 아직 현장 고고학의 초기단계에 놓여있었기 때문에, 고고학자들은 토질이나 흙 색깔의 변화에 근거해 지층을 구분하는 방법에 익숙해 있지 않았다. 즉 지층학의 방법으로 문화유적 및 유물을 처리하는 방법이 아니라 지질학을 옮겨온 야외 작업 방법, 즉 파 내려간 깊이가 얼마인지에 근거해 그 깊이에서 어떤 유적과 유물이 발견되었는가를 기록하고 처리하는 방법을 사용하였다. 지금 볼 때, 대련갱의 4개 부분은 이렇다. 동쪽 부분의 동서 길이는 6.3미터, 남북 넓이는 3.1미터, 지표로부터의 깊이는 2~2.95미터이다. 중간 부분의 동서 길이는 2.6미터, 남북

63) 董作賓, 「甲骨文硏究的擴大」, 『安陽發掘報告』 第2期, 1930.
64) 王宇信, 『甲骨學通論』, 中國社會科學出版社, 1989, 161면.
65) 董作賓, 「大龜四版考釋」, 『安陽發掘報告』 第3期, 1931.

넓이는 5.1미터, 지표로부터의 깊이는 3.45미터이다. 서쪽 부분의 길이는 2.2미터, 넓이는 5.1미터, 지표로부터의 깊이는 2.45미터이다. 남쪽 부분의 길이는 3.6미터, 넓이는 6.2미터, 지표로부터의 깊이는 3.5미터이다. 대귀 4판이 출토된 남쪽 부분의 장방형 갱은 "동서 길이가 3미터, 남북의 넓이가 1.8미터로, 가장 깊은 곳은 밑바닥이 보이지 않을 정도이며, 지면으로부터 5.6미터 떨어져 있고, 갱의 입구로부터는 2.1미터 떨어져 있었다. 갱의 입구에는 수隋나라 때의 묘가 1기 있었고, 그 아래에서 완전한 거북딱지 1점과 글자가 새겨진 귀판 4점이 출토되었다. 그 아래에 조개껍질로 된 층이 하나 있었고, 다시 그 아래 조개껍질이 한 층 있었는데, 그 사이에 청동기 및 돌칼 등이 끼어 있었다."66)

이렇게 말할 수 있을 것이다. 1928년 10월 이후, 동작빈은 「새로 획득한 복사 사본 후기」와 1930년 2월의 「갑골문 연구의 확대」에서 이미 과학적으로 출토된 갑골문의 갱위 · 동반 출토된 유물 · 점복의 사류事類 · 제사의 대상이 된 제왕 · 글자의 사용 · 문체 · 서법 등의 관찰과 분석이 이루어졌으며, "각 시기의 복사를 각각의 원래 시대로 되돌릴 수 있는", 그래서 "여러 측면의 관찰로부터 두루 통할 수 있는" 갑골의 시기구분 방법을 진지하게 고민했다. 그리고 "대귀 4판"에는 다음과 같은 "정인貞人"이 들어 있었다.

판 이름	월별	정인	판 이름	월별	정인
1	5	빈(賓)	4	10	쟁(爭)
	6	빈(賓)		11	현(允)
					고(告)
	7	고(告)		12	각([illegible])
		빈(賓)			각([illegible])
	8	고(告)		13	고(告)
2	?	빈(賓)		1	?

66) 李濟, 「民國十八年秋季發掘殷墟之經過及其重要發現」, 『安陽發掘報告』 第2期, 1930, 226~236면.

	3	빈(賓)		2	고(吿)
3	10, 1, 2			3	고(吿)
				4	고(吿)
				5	고(吿)
					현(𠑹)

동작빈은 이 4판이 주는 시사로부터 이전의 연구에서 다시 한 걸음 더 나가 다음과 같은 내용들을 밝혔다.

첫째, 정貞자 앞에 위치한 글자는 인명이다.

이전의 학자들은 복사를 연구하면서 종종 '정貞'자의 앞과 '간지'의 뒤에 놓인 글자를 관직 이름, 혹은 지점地點, 혹은 점을 친 사류事類가 아닐까 의심해 왔다. 동작빈은 제4판의 관찰과 연구에 근거해 "그것을 사람 이름으로 확정할 수 있다"고 했다. 만약 '정貞'자 앞의 한 글자가 지명이라면, "향向에서 점을 친다在向貞", "횡潢에서 점을 친다在潢貞"는 식으로 지명의 앞에 '재在'가 들어가야만 옳을 것이다. 하지만 여기서는 "간지복모정干支卜某貞"이라고 해 '재在'자가 빠졌기 때문에 이것은 지명이 아님을 알 수 있다. 또 점을 친 사류이거나 관직의 이름이라고 한다면, 모든 귀판이 같아야만 할 것이다. 하지만 "대귀 4판"은 모두 복순卜旬(향후 10일간의 길흉에 관해 점을 침)을 기록한 내용인데도 '정貞'자 앞의 한 글자가 6가지나 되므로, 이 글자는 일事이나 관직을 말한 것이 아님을 알 수 있다. 이 때문에 '정貞'자 앞의 한 글자는 분명 "점을 칠 때 거북에게 물어본 사람命龜之人임"이 분명하다. "옛날에는 관직으로 이름을 삼을 경우가 많았기 때문에" 어떤 경우에는 이 사람의 이름이 관직명과 비슷했던 것이다. 그밖에 갑골문에는 또 "간지복왕정干支卜王貞"이나 "왕복정王卜貞" 등과 같은 사례가 등장하는데, 당시의 왕도 어떤 경우에는 점복에 참여하였음을 알 수 있다. 그 때문에 '정貞'자의 앞에 놓인 글자는 점을 친 사람의 이름(왕王이나 사신史臣 등)임이 동작빈에 의해 확정되었다.

둘째, 정인貞人으로 시대를 확정했다.

동작빈은 "대귀 4판"에 총 6명의 정인, 즉 빈賓・고𡆥・쟁爭・현𤣥[67]・각𠱠・각𠷈[68] 등이 등장하며, 시간은 10・11・12・13・1・2・3・4・5월의 9개 달이 등장함을 확인했다. 이 6명이 돌아가면서 복순卜旬을 했고, 이 때문에 이 9달 기간 동안 그들은 모두 살아 있었다. 그들 중 "가장 나이가 든 사람과 가장 어린 사람과의 차이는 50년을 넘을 수 없다." 그래서 "동일한 판版에 등장하는 정인이라면 그들은 거의 같은 시기를 살았던 사람이라고 할 수 있다." 이 때문에 "정인으로부터 시대를 확정할 수 있게 된다." 동작빈은 복사를 정리하는 과정에서 "대귀 4판" 중의 "쟁爭"과 "그와 같이 일을 했던 정인이 대단히 많았음"을 발견했다. 그래서 "그는 가장 원로의 자격을 갖고 있었으며, 아마도 그가 가장 오랫동안 살았을 것이다."

동작빈은 또 한 걸음 더 나아가 『철운장귀』와 『은허 서계 정화』 등에 보이는 관련 있는 동일 판同版의 정인들을 "대귀 4판"의 정인과 비교하여 그들 간에는 일정한 관계가 있음을 발견했으며, 이를 그림으로 예시했다(그림 1). 그림에서의 쟁爭은 영永・긍亘과 동일 판의 관계를 보이지 않았지, 나머지는 모두 그와 같은 시기에 등장하였다(긍亘은 바로 긍ㄹ이기에 쟁爭과 동일 판의 관계에 있다고 해야 할 것이다—저자 주). 그림에서의 영永, 긍亘, 긍ㄹ, 각毃, 위韋 등은 "대귀 4판"에 나타나지 않는다. "대귀 4판"의 정인들이 동시기이고 이들은 다시 "제왕, 서체, 동시기의 인명" 등으로부터 증명할 수 있다면, 이는 무정武丁과 조경祖庚 때의 것임이 분명하다.

---

67) (역주) 𤣥은 달리 玄과 儿이 상하구조로 된 글자로도 쓰는데(『燕大』 380편), 㤥으로 옮길 수 있다. 『설문』에서는 人이 의미부이고 弦의 생략된 모습이 소리부이며, 懸으로 읽힌다고 했다. 무정 때의 貞人으로 𣪊, 賓, 𡆥, 爭, 𠱠 등과 함께 등장한다. 饒宗頤, 『殷代貞卜人物通考』(손예철 역, 민음사, 1996), 676면 참조.

68) (역주) 𠱠이나 𠷈에 대해서 陳邦福은 品으로, 丁山은 珏으로 해석하여 展이라고 했고, 陳晉은 臨으로 해석했으나, 아직 일치된 의견이 없다. 饒宗頤는 玉이 둘 그릇 속에 담긴 모습의 𠱠의 이체자가 있다는 것에 근거해 이것이 珏이라고 풀이했는데, 여기서는 饒宗頤의 설을 따른다. 『殷代貞卜人物通考』 662~663면; 于省吾, 『갑골문자고림』(중화서국, 1996), 733면 참조.

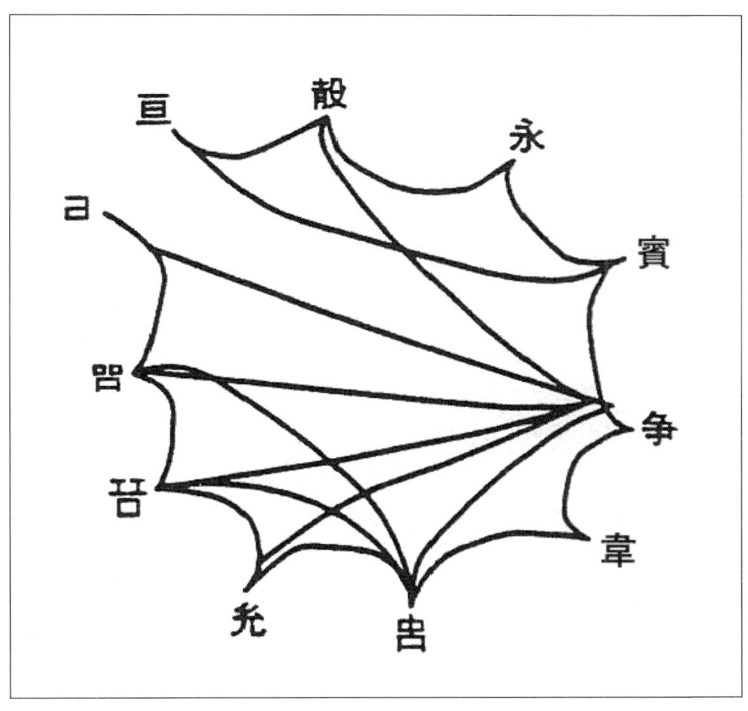

〈그림 1〉

이와 동시에 동작빈은 골구骨臼 각사刻辭를 정리하면서, "일을 기록한 수많은" 사관史官은 정인의 역할도 함께 했다는 사실도 발견했다." 그리고 "골구에 기록된 사관과 골면에 기록된 정인이 동명인 것으로 보아 그들은 동시대의 사람이며, 또 모두가 은나라 고종高宗인 무정武丁 때의 사람임을 증명할 수 있다"고 했다.69) 그래서 한 걸음 더 나아가 "정인설貞人說"을 만들었다. 즉 "동시기의 사관으로부터 동일한 시대를 확정하며, 시기구분 연구에서 가장 확실하고 유력한 증거를 하나 더 보태게 되었다."70)

69) 董作賓,「帚矛說」,『安陽發掘報告』第4期, 1933.

동작빈은 이렇게 생각했다. "시기구분의 방법은 각 방면의 관찰이 두루 통할 수 있도록 해야만 하는데, 대략 다음에 열거한 몇 가지를 넘지 않는다." 즉 1931년, 그 자신이 1928년 갑골문의 과학적 발굴에 대해 반복적으로 관찰하고 분석했을 때의 체험을 초보적으로 계통화 하여 갱坑의 층위 · 동반 출토 유물 · 정복 사류事類 · 제사 대상 제왕 · 정인 · 문체 · 글자 사용 · 서법 등 "8가지 항목"을 표준으로 만들었다. "대귀 4판"의 시대는 정인으로써 그 시기를 구분할 수 있을 뿐만 아니라 "시기구분 표준의 8가지 항목 중 어느 것이라도 모두 증명 가능하다"고 했다. 그리고 그림에서 제시된 정인과 "대귀 4판"에 열거된 정인 이외의 직접 혹은 간접적으로 관계된 다른 정인도 모두 같은 시기, 즉 무정 · 조경 시대 때의 정인으로 보아야만 한다고 했다.

동작빈이 「대귀 4판 고석」에서 "정인"설을 제시하여 갑골문의 시기구분 연구에 해결의 단초를 열었고, 동시에 시기구분의 "8가지 표준"을 설계하긴 했지만, 그의 시기구분 연구가 모든 복사의 시기구분에 적용되었던 것은 결코 아니다. 먼저, 동작빈은 단지 무정 때의 정인만 해결했지 다른 왕 때 존재했던 정인에 대해서는 언급하지 못했다. 그 때문에 이러한 방안은 완전하지 못했다. 둘째, 동작빈이 시기구분 탐색을 시작했을 때, 나진옥이 제시했던 은허의 시대가 "무을 때 옮겨와 제을 때 폐기되었다"는 설과 왕국유가 제시했던 "은"은 반경 때 천도하여 주紂왕 때 멸망하기까지 273년간의 도성이었다는 설에 대해 머뭇거리며 확정하지 못했기 때문에, 그는 제1차 발굴 때 제36갱을 "상나라 윗대의 유물"이라고 하면서 나진옥의 가설에 의문을 표시했다. 하지만 제2차 · 제3차의 과학적 발굴과 진일보된 연구 후, 그는 비로소 "은허의 시대를 알게 되었으며 그것이 무을 때부터 제을 때까지의 3대에 걸친 것이 아니며, 반경 때 은으로 천도했다는 왕정안王靜安 선생의 학설은 바뀔 수 없는 것임을 알

70) 董作賓, 「甲骨文斷代硏究例」, 『慶祝蔡元培先生六十五歲論文集』, 1933.

게 되었다." "만약 반경 14년에 은으로 천도하여 제을 말년에 폐기되었다면, 이 또한 2백여 년이 된다. 이 2백 년간 총 7세世 11왕王을 거쳤으며, 이 7세 11왕의 복사 간에는 필시 많은 차이점이 존재할 것이다." 그래서 동작빈은 당시 1929년과 1930년의 글에서 갑골문의 발전변화에 관한 심도 있는 견해를 아직 갱의 층위·동반 출토 유물·정복 사류事類·제사 대상 제왕·정인·문체·글자 사용·서법 등 "8가지 항목" 속에다 "두루 통하도록" 만들지는 못했으며, 그 때문에 계통화하고 이론화하지 못했다. 그는 이 "8가지 항목"을 "대귀 4판"의 관찰에 응용하기는 했으나, 이러한 표준을 어떻게 운용하고 이 표준을 따라 어떻게 그 시대를 확정했는지 일반인은 알 수가 없었다. 그럴진대 이를 다른 복사의 관찰로 확대한다는 것은 더 말할 필요도 없었다. 이 때문에 "8가지 표준"은 단지 발명자만 알고 있는, 아직 다수의 연구자가 시기구분을 할 때 쓸 수 있는 규칙성과 계통성을 가진 표준은 아니었다. 그래서 시기구분 문제의 해결은 더 진일보된 깊은 연구가 필요했다. 하지만 이때는 이미 부르기만 하면 금방이라도 나올 것 같은 상태에 도달해 있었다.

2) "시기구분 연구법"의 완성–「갑골문 시기구분 연구 예甲骨文斷代研究例」

동작빈에 의해 1932년 완성되고, 1933년 정식으로 발표된 「갑골문 시기구분 연구 예」는 그가 "정인"설을 제시한 이후, "① 갱의 층위, ② 동반 출토 유물, ③ 정복 사류, ④ 제사 대상 제왕, ⑤ 정인, ⑥ 문체, ⑦ 사용 글자, ⑧ 서법"[71] 등 8가지 표준의 기초 위에서 더욱 깊은 연구를 거쳐 제시된 273년간의 모든 갑골문을 정리할 수 있는 새로운 방안이었다. 바로 동작빈 자신의 말처럼, "내가 처음으로 은허를 발굴 했을 때가 중화

71) 董作賓,「大龜四版考釋」,『安陽發掘報告』第3期, 1931.

민국 17년(1928)이었다. 당시 나는 소둔촌의 가운데와 마을 북쪽 및 원수洹水 남쪽 강가의 각 지역에서 출토된 갑골의 문자·서법·자형·문례文例 등이 현저한 차이를 보이고 있음에 주목하였으며, 이것은 시대의 선후 문제임이 분명하다고 느꼈다. 그리하여 갑골복사를 어떻게 하면 시기구분을 할 수 있을 것인가를 여러 측면에서 발분하여 연구하였다. 또 4차례의 발굴을 거치고 민국 22년(1933)에 이르러서야 비로소 시기구분 연구의 방법을 찾아내었는데", "이것은 10개의 표준을 응용하여, 반경부터 제신까지 5시기로 나눈 연구방법으로 간단하게 '시기구분 연구법'이라 부를 수 있을 것이다."72)

1929년 가을, 제3차 발굴에서 3,012판의 갑골문, 특히 "대귀 4판"을 얻은 이후 중앙연구원에서는 1931년 봄 안양에서 다시 제4차 발굴을 진행했다. 주요 지점은 소둔촌의 북쪽이었으며 갑골문 781판을 비롯해 다른 중요한 유적과 유물을 발견했다. 또 그해 11월에 은허에서 제5차 발굴작업을 했는데, 작업의 주요 지점은 소둔촌의 북쪽과 마을 중심 등이었으며 갑골문 381판을 비롯한 많은 중요 유물과 유적을 발굴했다. 동작빈은 안양 은허에서 이루어진 "5차례의 발굴을 전면적으로 연구한 결과, 갱위坑位 및 출토된 갑골문자의 차이로 인해 문법文法·사구詞句·서체·자형 등에서 시기 구분의 표준이 나오게 되었다." 그래서 그는 제1차 은허발굴 이후 가져왔던 "의문", 즉 마을의 북쪽·마을 가운데·원하洹河 남쪽 강변 등 세 곳의 갑골문자의 차이가 "시대의 차이와 관련된 것인지의 여부", 그리고 "갖가지 방법을 동원해 시기 구분을 시도해 보며 깊이 사고해 보았지만 아무런 결론도 얻을 수 없었던"73) 연구가 끝내 봄기운에 얼음 녹듯 술술 풀리게 되었다. 동작빈은 원래 잠정적으로 설정했던 시기구분의 "8가지 표준"에다 더욱 과학적인 경계 짓기와 귀납을 통해, "독립적으로 연구한 후에야, 함께 비교할 수 있는 동반 출토 기물을 제

72) 董作賓, 「爲書道全集詳論卜辭時期之區分」, 『大陸雜志』 第14卷 第9期, 1957.5.

73) 董作賓, 『甲骨學六十年』, 藝文印書館, 1965, 63면.

외하고 갑골문자 자체만을 대상으로 다음과 같은 10가지 표준"을 확정했다.

① 세계世系
② 칭위稱謂
③ 정인貞人
④ 갱위坑位
⑤ 방국方國
⑥ 인물人物
⑦ 사류事類
⑧ 문법文法
⑨ 자형字形
⑩ 서체書體

은허 갑골문은 반경이 은으로 천도한 후부터 제신 때 멸망할 때까지의 273년간의 유물인데, 동작빈은 이를 다음의 5시기로 구분했다.

제1기 무정武丁 및 그 이전(반경盤庚·소신小辛·소을小乙)
제2기 조경祖庚, 조갑祖甲
제3기 늠신廩辛, 강정康丁
제4기 무을武乙, 문정文丁
제5기 제을帝乙, 제신帝辛

여기서 이 "10가지 표준"은 기본적으로는 "8가지 표준"에서 발전되고 계통화된 것임을 알 수 있다. 그중 제1항인 "세계"는 원래의 "8가지 표준"의 "제사 대상 제왕"인데, 이의 변동은 중요한 의미를 가진다. 주지하다시피 상나라는 역사적으로 선공先公 선왕先王의 경우 천간天干을 사용해 이름을 붙였다. “갑甲”을 사용한 임금이 7명(상갑上甲 · 대갑大甲 · 소갑小甲 · 하단갑河亶甲 · 옥갑沃甲 · 양갑陽甲 · 조갑祖甲), “을乙”을 사용한 임금이 6명(보을報乙 · 대을大乙 · 조을祖乙 · 소을小乙 · 무을武乙 · 제을帝乙), “병丙”을 사용한 임금이 2명(보병報丙 · 외병外丙), “정丁”을 사용한 임금이 8명(보정報丁 · 대정大丁 · 옥정沃丁 · 중정中丁 · 조정祖丁 · 무정武丁 · 강정康丁 · 문정文丁), “무戊”를 사용한 임금이 1명(대무大戊), “기己”를 사용한 임금이 2명(옹기雍己 · 조기祖己), “경庚”을 사용한 임금이 4명(대경大庚 · 남경南庚 · 반경盤庚 · 조경祖庚), “신辛”을 사용한 임금이 4명(조신祖辛 · 소신小辛 · 늠신廩辛 · 제신帝辛), “임壬”을 사용한 임금이 3명(주임主壬 · 중임中壬 · 외임外壬), “계癸”를 사용한 임금이 1명(주계主癸)이다. “제사 대상 제왕”은 단지 그 이름만 알 수 있을 뿐 그가 상나라 전체 역사에서 가지는 위치는 알 수 없었다. 그래서 갑골의 시기구분에서 보자면 여전히 “횡적으로 처리”할 수 있을 뿐 그 시대의 선후는 알 수가 없었다. 특히 갑골문이 반경의 천도 이후 273년간, 8세世 12왕王들의 은나라 후기의 유물로서, 각왕의 즉위의 선후 순서 즉 세계世系를 알아야만 갑골문의 횡적 정태적 관찰을 종적 동태적 발전의 시기로 변화시킬 수 있으며, 이로부터 그물의 벼리를 잡고 펼치듯 갑골문의 시기구분 연구에서 각왕들이 재위했던 시간적 차이의 근거로 만들 수 있다. 그리고 제2항의 “칭위”는 비록 “8가지 표준”의 “칭위”와 같긴 하지만, “제사 대상 제왕”의 횡적 고찰이 전면적이며 종적인 고찰 및 재위의 선후 처리로 변화되었기 때문에, 여기서의 “칭위”는 이미 “세계世系”를 근거로 한 “칭위”가 되었다. 그리고 “8가지 표준” 중의 “칭위”의 경우 “제사 대상 제왕”들 중 중복된 이름이 대단히 많을진대, 조祖 · 부父 · 형兄이라는 명칭으로 써만 어떻게 그 선후를 알 수 있었겠는가? 그리고 제5항의 “방국”, 제6항의 “인물”, 제7항의 “사류”는 바로 “8가지 표준”의 “사류”를 셋으로 나눈 것이며, 이렇게 되자 더욱 조리가 분명해져 내용적인 측면에서 복사의 선후 차이를 비교하기가 쉬워졌다. 이밖에 제3항의 “정인”, 제4항의 “갱위”, 제8항의 “문법”, 제9항의 “자형”, 제10항의 “서체” 등은 원래의 “8가지 표준"의 "정인"·"갱의 층위"·"문체"·"사용 글자"·"서법" 등과 기본적으로 같다. 다만 "8가지 표준"의 "동반 출토 기물"은 이미 앞서 말했던 것처럼 당시에는 아직 기물의 세밀한 "유형학"적 연구가 이루어지지 않아 운용하기 힘들었으므로 제외했던 것이다.

동작빈 "연구법"의 "10가지 표준" 가운데, 세계世系는 갑골문의 시대 순서를 판단하는 "벼리綱"에 해당한다. "세계가 정해져야만 비로소 시기 구분을 이야기할 수 있다." 세계는 상나라 조상의 즉위 순서 즉 세차世次의 객관적 근거일 뿐 아니라 상나라 선왕들 간의 친소 관계를 살피는 좌표가 되기 때문이다. 『사기』「은본기」에서 상나라의 선공 선왕의 상세한 세계를 나열했고, 왕국유의 「은 복사에 보이는 선공 선왕 고」 및 「속고」에서 그것의 신빙성을 증명하여, "상나라의 선공 선왕의 이름 중 복사에 보이지 않는 경우는 드물다"고 했으며, 「은본기」에서 열거한 개별 상나라 왕들의 세차의 잘못을 바로잡았다. 왕국유는 다시 진일보한 연구를 거쳐 1925년 『고사신증古史新證』에서 이렇게 지적했다. "상나라 30명의 임금 중에서 복사에 보이지 않는 임금으로는, 중임中壬·옥정沃丁·옹기雍己·하단갑河亶甲·옥갑沃甲·늠신廩辛·제을帝乙·제신帝辛 등 8명이 있다. 그리고 복사가 은허에서 출토되었고, 반경에서 제을 때까지 새겨진 것이므로 선왕先王 중에서 제을과 제신의 이름이 없는 것은 당연하다. 그렇게 되면 복사에 보이지 않는 왕은 28명 중에서 6명에 불과하다."[74] 동작빈은 왕국유의 연구의 기초 위에서 "지금 복사에서 확정할 수 있는 것은 3명인데, 옥정沃丁·옥갑沃甲·늠신廩辛이며, 의심 가는 부분疑似에 넣어야 할 것이 3명으로, 중임中壬·옹기雍己·하단갑河亶甲이 그들이다. 이렇게 되면 은대의 제왕 중 마지막 두 임금을 제외하면 모두 복사에 등장하는 셈이 된다."[75]

"은殷은 하夏나라의 명을 바꾸었다." 상 민족의 저명한 지도자였던 탕

74) 王國維, 『古史新證』, 淸華大學出版社, 1994, 36~37면.
75) 董作賓, 「甲骨文斷代硏究例」, 『慶祝蔡元培先生六十五歲論文集』, 1933.

湯이 하나라를 멸망시키고(B.C. 16세기 전후) 상 왕조를 건립했다. 상의 탕(대을大乙·당唐) 이전이 "선공先公의 먼 조상遠祖" 시기에 해당된다. 이 시기는 다시 두 시기로 나누어지는데, 곡嚳에서 진振에 이르는 선조는 "선공先公의 먼 조상遠祖"이 되고, 상갑미上甲微에서 주계主癸(즉 시계示癸)까지가 "선공의 가까운 조상近祖"이 된다. 그리고 탕湯 이후 제신帝辛까지는 "선왕先王 시기"가 된다. 그 사이의 탕湯에서 조정祖丁까지를 후세에서는 "선왕의 전기", 반경盤庚부터 제신帝辛까지를 "선왕의 후기"라 부른다. 『사기』「은본기」에 의하면, 상나라 선공先公의 먼 조상遠祖인 설契이 "우禹의 치수를 도운 공으로" "사도司徒가 되어" "상商 땅에 봉해지고 자씨子氏 성을 하사받았으며, 설契은 당우唐虞와 대우大禹 때 흥성했다"고 한다. 설契 이하 주계主癸(시계示癸)에 이르기까지는 기본적으로 중국사에서 최초의 노예제 왕조였던 하夏나라와 같은 시기, 즉 B.C. 21세기에서 B.C. 16세기에 해당되며 이를 "선상先商 시기"라 부른다. 그리고 대을大乙(탕湯)이 하나라를 멸망시킨 후부터 조정祖丁 때까지를 상 왕조의 초기와 중기라 부른다. 반경의 천도부터 제신 때까지 각 선왕들은 안양의 소둔에 위치한 은나라의 수도에서 안정하며 더 이상 수도를 옮기지 않았는데, 이 시기는 역사에서 상 왕조의 후기에 속한다. 은허에서 출토된 10만여 편의 갑골문은 바로 이때의 유물이다. 반경이 천도하기 이전 선공先公 선왕先王 시기 때의 글자가 새겨진 갑골문은 아직 많이 발견되지는 않았지만, 현재 그 몇몇 실마리를 찾아 볼 수는 있다.[76)]

---

76) 예컨대 鄭州電力學校에서 부호가 새겨진 뼈 1점(H10 : 4)이 발견되었는데, 그 위에 새겨진 "부호"는 비록 그 흔적이 매우 희미하지만, 필자가 1997년 12월 직접 이 뼈를 살펴본 결과 "개어(開卸)"라고 쓴 것으로 보인다. 이는 1989년 鄭州 水利工程局에서 발견된 또 다른 1점(89H1 : 1)의 뼈에 새겨진 문자와 같지만, 글자의 순서가 "卸開"로 되어 있으며, 電力學校의 H10 : 4는 그 시기가 二里岡 上層의 전반부에 해당한다. 「鄭州商城考古新發現與研究」(1985~1992), 中州古籍出版社, 1993, 177·183면 참조. 이밖에도 鄭州 二里岡 유적지에서 2점의 習刻字骨을 수습했는데, 1편에는 "㞢"자가, 다른 1편에는 "又土羊乙貞從受十月"이라는 10자가 새겨져 있었다. 하지만 모두 地層 근거를 가지지 못하고 있다. 『河南考古四十年』(1952~1992), 河南人民出版社, 1994, 197~198

"세계世系"라는 이 표준은 비록 갑골 연구에서 결코 직접 사용되지는 않지만, "세차世次와 세계世系는 시기구분 연구의 기초가 된다. 세수世數에 순서가 정해지고 나면 나머지 시기구분의 표준은 바로 논의할 수 있게 된다."77)

"칭위稱謂"는 "은나라 사람들이 제사를 지낼 때 가까운 친족에 대해 사용했던 호칭을 말한다. 제사를 드릴 때의 왕을 위주로 하여, 형인 경우에는 형모兄某, 아버지는 부모父某, 어머니는 모모母某, 할아버지나 할머니 이상은 조모祖某, 비모妣某라 불렀다. 또 관계가 비교적 먼 경우에는 이름이나 시호를 사용했다." 점을 칠 때에는 "정인"이 왕명을 받아 왕을 대신해 점괘를 물었기(어떤 경우에는 왕이 직접 묻기도 한다) 때문에 복사에서 제사의 대상이 되는 조상의 호칭은 자연히 당시 왕과의 친소와 원근에 의해 결정되기 마련이다. 이 때문에 "각종 칭위로부터 이 복사가 어느 왕 때의 것인지를 확정할 수 있으며, 이는 시기구분 연구에 대단히 좋은 표준이 된다."

"정인貞人"은 사관史官을 말하는데, 같은 판同版에 보이는 정인을 비롯해 그들 간의 관계를 연계시켜 그들이 동시대의 인물임을 증명한다. "더욱이 제사 대상이 된 선조의 칭위 등에 근거해 이 많은 정인이 어느 왕의 시대에 속하는지를 확정한다." 하지만 어떤 정인은 다른 정인과 계련 관계를 맺지 못하는 경우도 있고, 게다가 무을 때에는 정인이 없거나 왕이 직접 점을 치기도 했기 때문에, 정인에만 근거해 시기를 구분한다는 것은 일정한 한계성을 가진다. 그래서 "정인이 없는 복사는 반드시 자구字句·서체·문법·갱위 등에 근거해 그 시기를 확정해야 한다." 동작빈은 시기구분 연구가 막 시작되었고, 게다가 보았던 갑골자료도 적었던 탓에 계련 관계에 있는 정인을 "정인 집단"이라 부르고, 각 시기의 정인을 표로 나열했다. 즉 제1기(무정 시기)에는 쟁爭·각㱿·긍亘 등 11명이,

---

면 참조

77) 董作賓,「甲骨文斷代硏究例」,『慶祝蔡元培先生六十五歲論文集』, 1933.

제2기 조경과 조갑 시기에는 대大・여旅 등 6명이, 제2기의 늠신・강정 때에는 하何・저寧 등 8명이 있었으며, 여기에다 축逐・희喜・자自 등과 같이 시기를 확정할 수 없는 정인 8명을 더해 총 33명의 정인을 발견했다. 무을과 문정 이후에는 정인의 이름이 보이지 않는데, 동작빈은 이 시기를 "정인을 기록하지 않은 시대"라고 이름 했다.

동작빈은 "장차 각 방면의 연구로부터 언젠가는 그들의 시대를 찾아낼 것"이라고 했지만 「갑골문 시기구분 연구 예」에서 정리한 정인은 같은 판版이나 계련 관계에 있는 것에 한정되었다. 게다가 정리했던 자료도 한계가 있었기 때문에 제시된 "정인"이 많지 않았다. 동작빈은 한 걸음 더 나아가 복사를 정리한 기초 위에서 이후 다시 정인을 보충했다. 즉 제1기에 25명, 제2기에 18명, 제3기에 12명, 제4기에 14명, 제5기에 4명 등, 이상 각 시기의 정인의 총 숫자는 73명이었다.[78] 또 진몽가陳夢家는 복사에 나타난 정인을 더욱 발전적으로 정리하여, 제1기에 73명, 제2기에 22명, 제3기에 18명, 제4기에 1명, 제5기에 6명 등 총 120명을 찾아내었으며, 이를 「복인 시기구분 총표卜人斷代總表」에서 상세하게 제시했다.[79] 도방남島邦男은 『은허복사 연구殷墟卜辭研究』의 "정인 보정貞人補正"에서 동작빈과 진몽가가 확정한 정인을 정정하고 보충하여 제1기 정인의 합계가 36명,[80] 제2기의 정인이 총 24명,[81] 제3기의 정인이 총 24명,[82] 무을 때의 정인이 5명,[83] 문무정 때의 정인이 총 19명,[84] 제5기의 정인이 6명[85] 등 총 115명의 정인을 제시했다. 그 중에는 무을과 문정 때의 동일 인물 3명을 비롯해 제을과 제신 시기의 동일 인물 2명이 포함되어 있어 이를

78) 董作賓, 『甲骨學六十年』, 藝文印書館, 1965, 79~86면.
79) 陳夢家, 『殷虛卜辭綜述』, 202면; 표4 「卜人斷代總表」, 科學出版社, 1956.
80) 島邦男, 『殷墟卜辭研究』, 鼎文書局 中譯本, 1975, 11면.
81) 島邦男, 『殷墟卜辭研究』, 鼎文書局 中譯本, 1975, 15면.
82) 島邦男, 『殷墟卜辭研究』, 鼎文書局 中譯本, 1975, 20면.
83) 島邦男, 『殷墟卜辭研究』, 鼎文書局 中譯本, 1975, 22면.
84) 島邦男, 『殷墟卜辭研究』, 鼎文書局 中譯本, 1975, 30면.
85) 島邦男, 『殷墟卜辭研究』, 鼎文書局 中譯本, 1975, 32면.

제외하면 실제로는 110명이며, 이를 "정인표"로 제시했다.[86]

"정인은 시기구분의 기초가 된다." 이 때문에 동작빈이 "정인설"을 제창한 이후 많은 학자들이 정인의 정리와 발견에 노력했다. 앞서 인용한 여러 학자의 정인에 대한 고정考訂으로부터 30여 년간의 이 방면에 대한 연구 성과를 살펴볼 수 있다. 동작빈은 "각각의 정인이 든 복사를 함께 모으고 다시 이를 상세하게 비교 연구하여 그들 시대의 선후를 찾아내려고 언제나 생각했으나 끝내 실천하지 못했다."[87] 그러나 요종이饒宗頤가 1959년 출판한 『은대 정복 인물 통고殷代貞卜人物通考』[88]는 갑골문에 등장하는 정인 자료를 비교적 철저하게 정리한 것으로, 총 142명의 정인을 찾아냈다(그 중에는 "부附" 4명, "비고備考" 20명이 포함됨). 그는 이 책에서 정인이 참여했던 활동을 항목으로 나누어 설명했는데, 가장 많이 등장하는 정인인 쟁爭의 경우 18가지의 활동으로 나눌 수 있다고 했다. 즉 ① 비에 관한 점복卜雨, ② 날의 갬에 대한 점복卜晴, ③ 바람에 관한 점복卜風, ④ 구름과 기운에 관한 점복卜雲氣, ⑤ 물에 관한 점복卜水, ⑥ 월식에 관한 점복卜月食, ⑦ 10일 간의 일에 관한 점복卜旬, ⑧ 수확에 관한 점복卜年, ⑨ 사냥에 관한 점복卜狩, ⑩ 내왕에 관한 점복卜往來, ⑪ 꿈에 대한 점복卜夢, ⑫ 질병에 관한 점복卜疾病, ⑬ 거주지에 관한 점복卜邑, ⑭ 제사에 관한 점복卜祭祀으로 ㉮ 산천에 대한 제사, ㉯ 선공 선왕 선비에 대한 제사, ㉰ 옛날의 신하에 대한 제사와 잡다한 제사 등이 있으며, ⑮ 정벌과 방국에 대한 점복卜征伐與方國, ⑯ 쟁이 주관한 점에 등장하는 인물爭卜貞所見人物로, ㉮ 후侯, ㉯ 백伯, ㉰ 제자諸子, ㉱ 제부諸婦, ㉲ 복인卜人, ㉳ 기타 등이 있으며, ⑰ 잡다한 점복雜卜, ⑱ 성어成語 등이다. 쟁爭 이외의 다른 정인도 상 왕조에서 처한 지위나 직책을 맡은 시간, 혹은 점을 치는 사류事類에 따른 분업 및 생존 기간의 차이 등으로 인해 참여했던 활동이 다소 차이를 보이긴 하지

86) 島邦男, 『殷墟卜辭研究』, 鼎文書局 中譯本, 1975, 32면.
87) 島邦男, 『殷墟卜辭研究』, 鼎文書局 中譯本, 1975, 86면.
88) 饒宗頤, 『殷代貞卜人物通考』, 香港大學出版社, 1959.

만 대체로 이 18가지의 범위 속에 모두 포함된다.

갑골문의 정인을 체계적으로 정리하고 그 시기를 판단할 때 학자들의 견해가 꼭 일치했던 것은 아니다. 맹세개孟世凱는 동작빈・도방남・진몽가・요종이 등이 열거한 정인 중에서 120명을 뽑아 「여러 학자들이 확정한 갑골문 복사 정인 시기표各家所定甲骨文卜辭貞人時期表」를 만들어 『은허 갑골문 간술殷墟甲骨文簡述』의 뒤에 부록으로 달아 놓았다.[89] 이후 다시 123명으로 보충하여 「여러 학자들이 확정한 갑골문 복사 정인 시기표各家所定甲骨文卜辭貞人時期表」로 만들어 『갑골학 소사전甲骨學小辭典』의 부록으로 달아 두었다.[90] 이외에도 선배 고고학자인 은조비殷滌非는 갑골문 시기구분 연구의 논쟁에 대해 소개하면서 여러 학자들이 확정한 120명의 정인의 시기구분을 「여러 학자들이 확정한 갑골문 복사 정인 시기표各家所定甲骨文卜辭貞人時期表」로 제시했다.[91] 이는 정인의 시대에 대한 지금까지의 연구 성과들을 두루 반영해 놓았다고 해야 할 것이다.

그리고 "갱위坑位"도 시기구분 연구의 한 가지 표준이 되는데, 그것은 "갑골문자의 포함 시기가 제신 때까지 이어져 총 250여 년의 역사를 가진다. 이렇게 긴 시간 동안 각 갱坑에서 출토된 갑골문자의 시기에 조금의 구별도 없을 수는 없기" 때문이다. 여기서 말하는 "갱위"란 사실 갑골이 출토된 구역, 즉 소둔촌 및 그 북쪽 지역을 대상으로 구분했던 제1・2・3・4・5구역, 다시 말해 『갑골 출토 구역도甲骨出土區域圖』에서 현시된 것을 말하지 현대 고고학에서 말하는 엄격한 의미의 "층위層位"와 "회갱灰坑"을 말하는 것은 아니다. 이 때문에 이것을 시기구분의 한 잣대

---

89) 孟世凱, 『殷墟甲骨文簡述』, 文物出版社, 1980, 123~125면.

90) 孟世凱, 『甲骨學小辭典』, 上海辭書出版社, 1987, 217~220면.

91) 殷滌非, 『商周考古簡編』, 黃山書社, 1986, 70~76면. 이 글을 쓰면서 필자는 『商周考古簡編』을 들추어 보았는데, 이 책은 은 선생께서 病中에 계실 때 보내주신 것으로, 서명과 낙관이 있었다. 그 후 얼마 되지 않아 선생께서는 세상을 떠나셨는데, 이 책을 보니 은 선생을 1986년 長島에서 처음 뵈었을 때 선생께서 주셨던 강직하고 당찬 가르침이 생각난다.

로 사용하고자 할 때에는 "직접 발굴한 자료일 때만 가능하며",[92] 곽말약郭沫若의 말처럼 "갱위는 발굴자가 아니면 더더욱 이용할 수 없는 항목이다."[93] 동작빈의 관찰에 의하면, 제1구역은 "우리가 주목해야 할 곳으로, 주朱씨의 땅에서 출토된 갑골문은 그 부근에서 출토된 것과 마찬가지로 제1기 · 제2기, 제5기에 속한 것들 뿐이다." 그리고 제2구역에서는 제1기 · 제3기 때의 갑골이 발견되었다. "우리가 주목해야 할 것은 제5기의 복사가 단 1편도 없다는 점이다." 제3구역의 경우, "소둔촌 가운데 지역에서 출토된 모든 갑골과 유물을 포함해 모두 제3기와 제4기의 것만 있고 제1기 · 제2기 · 제5기의 것은 단 1편도 없다."[94]

동작빈은 이상의 "세계 · 칭위 · 정인 · 갱위 등 4가지"를 직접적인 표준이라고 했다.[95] 하지만 "갱위"를 갑골문 시기구분의 직접적 표준으로 삼는 것은 분명 문제가 있다고 생각한다. 왜냐하면 먼저, 과학적 고고학에서의 "갱위"란 출토된 갑골문의 교혈窖穴(즉 회갱灰坑) 및 교혈이 시작되는 부분에 위치한 "지층"의 층위層位를 지칭하는 것이어야 하기 때문이다. 이 때문에 "회갱"이든 "지층"이든 이는 모두 "옛날부터 이미 있던" 자연적인 퇴적이지, 초기 고고학 단계에서 기록의 편의를 위해 발굴자가 획정해 놓았던 구역이나 몇 미터 깊이에서 어떤 유물이 출토되었는가 하는 "층層"의 위치位가 아니며, 토질과 흙 색깔의 변화에 근거하여 획분한 "층層", 즉 고고학 형성시기의 표지—지층학이어야 한다. 따라서 「갑골문 시기구분 연구 예」에서 제시되었던 "갱위"는 명확한 개념이 아니다. 둘째, 설사 "갱위"라는 것이 오늘날 말하는 과학적 층위학에서의 교혈이나 지층을 비롯해 그들과 동반 출토되는 유물주로 도기과 관계가 분명하다 하더라도, 이에 근거해 갑골문의 시대를 단정한다는 것은 다소 어

92) 董作賓, 「甲骨文斷代研究例」, 『慶祝蔡元培先生六十五歲論文集』, 1933.
93) 郭沫若, 「序」, 『卜辭通纂』, 科學出版社, 1983, 16면.
94) 董作賓, 「甲骨文斷代研究例」, 『慶祝蔡元培先生六十五歲論文集』, 1933.
95) 董作賓, 『甲骨學六十年』, 藝文印書館, 1965.

려운 문제이기 때문이다. 당시에는 고고학의 수준이 한계가 있었기 때문에 도기에 대한 체계적인 "유형학"적 분석이 이루어지지 못했고, 계속해서 발표되는 불완전한 자료에 근거했기 때문에 출토 갑골의 지층·회갱 및 동반 출토 도기와의 총체적 관계를 판단하기가 어려웠다. 은허에서 출토된 유물과 유적에 대해 체계적인 유형학적 분석과 시기구분은 1964년 북경대학의 추형鄒衡교수의 「은허 문화 시기구분에 대한 시론試論殷墟文化分期」[96]이라는 글에서부터 이루어졌다. 그의 주요 논점은 은허의 과학적 발굴(1928~1937) 이후 및 1950년대의 은허의 과학적 고고자료에 근거해, 은허의 문화를 4시기 7조組로 나누고 각 시기의 상대 연대와 절대 연대를 추론한 데 있었다. 그리고 중국 사회과학원 고고연구소 안양 공작대에서도 1959년 이래 역대 발굴에서 얻은 중요한 지층관계 및 동반 출토 유물에 근거해 은허문화에 대한 시기구분을 탐색하여 은허 문화를 4시기로 나누었는데, 「은허 문화의 시기구분 문제殷墟文化分期問題」[97]에서 각 시기의 연대에 대해 전면적으로 기술했다.[98] 하지만 "은허 문화의 시기구분과 갑골문 시기구분 대조표"의 설명에 의하면, 고고연구소에서는 "비록 추형鄒衡의 은허 문화 시기구분과는 조금 차이를 보였지만, 도기의 변천과 시대의 순서는 기본적으로 일치한다"[99]고 했다. 석장여石璋如는 1982년 「은허문자 갑편의 5가지 분석殷虛文字甲編的五種分析」에서 『갑편』에 저록된 은허의 제1차에서 제11차 발굴과정에서 얻은 갑골을 갱위·깊이·부류·수량·시기 등의 항목에 따라 "7가지 23건의 통계표"를 만들어, "『은허문자 갑편』을 읽는 사람들이 도판이든 고석이든 언제나 출토된 갱위를 알지 못하는 어려움"[100]을 해결하고자 했다. 하지만 15차에 걸친 은허 발굴의 총체적 보고서가 지금까지도 발표되지 않은 탓에 출

96) 鄒衡, 「試論殷墟文化分期」, 『北京大學學報』(人文科學), 1964年 第4·5期.
97) 『殷墟的發現與研究』, 科學出版社, 1994, 26~31면.
98) 『殷墟的發現與研究』, 科學出版社, 1994, 37~39면.
99) 王宇信, 『建國以來甲骨文研究』, 中國社會科學出版社, 1981, 72~77면.
100) 石璋如, 「殷虛文字甲編的五種分析」, 『中央研究院歷史語言研究所集刊』 第5本, 1982.

토된 갑골과 갱위 및 동반 출토 도기를 종합해 고찰한다는 것은 여전히 어려운 상태이다. 게다가 갑골 출토의 "깊이"라는 항목은 문화층의 자연 퇴적 정황을 결코 반영할 수 없기 때문에, 몇몇 "갱위"는 그 자체의 시대를 분명하게 판단하기가 이미 어렵다. 셋째, 바로 지층관계가 비교적 명확한 갑골, 예컨대 1973년 안양 소둔 남쪽 지역에서 출토된 갑골이라 하더라도 "갱위"에 근거한 시기 구분이 여전히 어려운 상태이다. 예를 들어 한 회갱에서 출토된 갑골의 시대가 단순하여 무정 때의 유물만 존재한다 하더라도, 이 갱이 무정 시기 이후에도 계속 사용되었을 가능성이 있으며 회갱의 시대 또한 반드시 갑골과 동 시기인 것은 아니기 때문이다. 그래서 "어떤 갱의 갑골의 연대로써 같은 갱의 다른 실물의 연대를 규정할 수는 없다. 반대로 다른 실물의 무늬나 기물 형태가 이 갱의 퇴적층에 들어 있는 실물 중 가장 늦은 시기의 것이라 충분히 결정할 수 있지만, 그렇다고 해서 가장 늦은 시기에 퇴적된 것도 아니다."[101] 넷째, 갑골을 대량으로 저록한 책의 내용이 대부분 도굴에 의해 얻어진 것으로, 참고할 만한 "갱위"를 찾는다는 것이 근본적으로 불가능하기 때문이다. 다만 과학적 발굴 과정에서 출토되었던 갑골의 정황에 근거해 동작빈이 『갑편』 「자서」의 「저록 자료의 출토 시기와 지점표著錄材料出土時期地點表」에서 열거한 것처럼 그 대체적인 출토 구역만 미루어 짐작할 수밖에 없다. 하지만 이러한 갑골은 거의 10만여 편이나 되기 때문에 "갱위"라는 표준에 근거한 시기 구분은 달리 방법이 없다. 이상에서 살펴본 여러 문제는 "갱위"를 시기구분의 한 표준으로 사용한다는 것이 대단히 한계를 가지고 있음을 보여준다.

진몽가는 "갱위"에 의한 시기구분에 "대단히 신중한" 태도를 가졌다. 설사 하나의 독립된 그리고 의식적으로 저장된 교혈이라 하더라도, "그 실물 자체의 시기구분에 근거해야만 이 교혈에 포함된 실물의 최초 시

101) 陳夢家, 『殷虛卜辭綜述』, 科學出版社, 1956, 140면.

기와 최후 시기의 한계를 알 수 있으며, 실물의 가장 하한선이 바로 이 교혈의 퇴적이 정지된 가장 이른 상한선이다." 이러한 교혈은 "무정 때의 복사처럼 한 시기만을 포함할 수도 있다." 하지만 "연속된 몇 시기의 복사들, 예컨대 무정 · 조경 · 조갑 때의 복사를 포함할 수도 있다." 그리고 또 "너무 긴 시기가 포함되어 시기구분에 별다른 도움을 주지 못하는 경우도 있다." 한 시기의 갑골만 포함된 교혈만이 시기구분에 비교적 중요한 참고 가치를 제공할 수 있을 뿐이다. "비유컨대 연대를 확정하지 못하는 어떤 한 조組의 갑골이 있다고 하자. 만약 이들이 무정 때의 정인이 포함된 갑골과 언제나 같은 갱에서 함께 출토되었다면, 이들은 무정 시대 때의 것일 가능성이 높다."[102] 그래서 "갱위"가 갑골문의 시기구분에서 자기 역할은 한다손 치더라도 갑골문 자체의 여러 요인에 의해 결정되는 시대에 주변적인 증거를 제공할 수 있을 뿐이다.

그래서 이렇게 말해야만 할 것이다. 이상의 세계 · 칭위 · 정인은 삼위일체를 이루어 갑골문 시기구분의 기초가 되며, 이 때문에 이 세 가지를 시기구분의 "제1 표준"이라고 하기도 한다. 이 세 가지 중에서도 정인이 가장 중요하며, "복사에서 점을 친 사람은 당시의 왕과 복인卜人일 수밖에 없다. 하지만 당시의 왕은 복사에서 '왕王'이라는 한 글자만 기록해 두었기 때문에 어느 왕인지를 확정할 수가 없으며, 단지 그의 선조에 대한 칭위로 결정할 수 있을 뿐이다. 이에 비해 '복인卜人'은 바로 동작빈이 말했던 '정인'으로 복사에 그의 개인 이름이 기록되어 있다. 복인卜人이 중요한 이유는 칭위에만 근거해 시기를 구분하게 되면 그 자료가 결국 한계를 가지기 때문이다. 게다가 단독으로 나오는 칭위는 시기구분의 표준이 되기도 어렵다. 예컨대 '부을父乙'은 무정武丁이 소을小乙을 지칭한 것일 수도 있고, 문정文丁이 무을武乙을 지칭한 것일 수도 있기 때문이다." 그래서 "복인은 시기구분의 가장 훌륭한 표준이 된다. 그것은 첫째,

102) 陳夢家, 『殷虛卜辭綜述』, 科學出版社, 1956, 141면.

동일한 정인은 다른 복사속에서 약간의 칭위를 기록할 수 있기 때문이다. 예컨대 정인이 어떤 편에서 '형기兄己나 형경兄庚'이라 칭했다가 다른 편에서는 '부정父丁'이라고 칭했다면 이는 조갑祖甲 때의 사람임이 분명하다. 둘째, 동일한 갑골 편에서 종종 몇 명의 정인이 등장하는데, 그들은 같은 시기의 사람이다. 그래서 다른 판版에 나타나는 같은 시기의 정인들의 여러 칭위를 한데 모으게 되면 한 시대의 전체적인 칭위 체계를 얻을 수 있다."[103]

"제1 표준"에 의거하면 시대가 명확한 일련의 표준 갑골 편을 확정해 낼 수 있다. 여기에는 칭위에 의해 시기가 결정된 갑골문(그렇게 많지는 않다)이 포함될 뿐 아니라 정인에 의해 시대가 결정된 비교적 많은 갑골이 포함되기도 한다. 다시 이러한 표준 갑골 편을 정리하고 귀납하여 방국·인물·사류·문법·자형·서체 등과 같은 다른 표준을 만들어 낼 수 있다. 하지만 이러한 것은 이미 "제2차 표준"일 뿐이다.

"방국方國"이라는 표준은 먼저, "은나라에서 무력이 극성했던 시대라면 무정武丁을 들어야 할 것이고, 그래서 무정 때 정벌되었던 방국은 특별히 많다. 둘째, 각 시기마다 각국과의 관계가 서로 다르다"[104]는 것을 객관적 근거로 삼고 있다. 서로 다른 시기의 각 방국은 "제1 표준"에 의해 확정된 시대가 명확한 갑골문으로부터 귀납된 것이다. 그래서 매 시기의 갑골에 자주 출현하는 방국의 이름을 표준으로 삼아 몇몇 갑골의 시대를 판단할 수 있다.

그리고 "인물人物"은 동작빈의 설명에 의하면, "은허복사에 포함된 시기를 만약 상세하게 구분할 수만 있다면, 방국의 관계가 매 시대마다 다를뿐더러 사관·제후·신료 등과 같은 각 시기의 인물도 모두 귀속시킬 곳이 있게 된다. 이것은 시기구분 연구와 서로 인과관계를 가진다. 시기를 구분할 수 있다면 각 시대의 인물도 자연히 하나의 그룹을 만들 수

103) 陳夢家, 『殷虛卜辭綜述』, 科學出版社, 1956, 137면.
104) 董作賓, 「甲骨文斷代硏究例」, 『慶祝蔡元培先生六十五歲論文集』, 1933.

있게 된다. 역으로 인물의 상호관계도 그들의 시대를 증명할 수 있다." 「갑골문 시기구분 연구 예」에서는 사관·제후·소신小臣 등과 같은 각 시기의 서로 다른 인물을 초보적으로 열거했을 뿐이며, 또 무정 때의 몇몇 특별한 인물을 예로 삼아, "제1 표준"으로부터 시기를 구분한 후 확정된 서로 다른 시기의 "인물"을 증명했는데, 이러한 "인물"은 갑골의 시대를 단정하는 표준이 된다.

"사류事類"는 점을 친 내용을 말하는데, 제사와 관련된 복사는 시기구분에 대단히 중요하다. "매 시대의 제사 방법과 제사 대상이 되는 조상의 신지神祇가 모두 다르다. 예컨대, 아버지·할아버지·어머니·할머니의 칭위가 그렇고, '육순六旬'과 '사방四方'에 대한 제사의 방법이 그렇다." 「대귀 4판 고석」에서 원래 설계했던 "사류"는 지나치게 모호하고 너무 많은 내용을 포함했기 때문에, 거기서의 "방국"과 "인물"을 분리해 따로 표준으로 세웠다. 그리고 유람이나 수렵에 관한 복사를 예로 들어 시대의 차이로 인해 발생한 변화를 밝혔다. 물론 이러한 특정 풍속과 내용 또한 "제1 표준"에 의해 시기가 확정된 갑골문으로부터 귀납해 낸 것이며, 이러한 시대의 특정 풍속과 내용에 근거해 거꾸로 다른 갑골의 시대를 확정한다.

복사의 "문법文法은 극히 간단하긴 하지만, 문법은 시간에 따라 변하기 때문에 이를 시기 확정의 표준으로 삼을 수 있다." 특히 상나라의 "2백여 년 동안 끝까지 중단되지 않고 계속해서 점을 쳤던 내용은 바로 정순貞旬이다." "그리고 매 시기의 정순貞旬에 관한 문장은 각기 서로 다르고 문법적으로도 많은 변화가 있었기에 문법의 비교는 대단히 훌륭한 자료가 된다." 이밖에 "통사구조句法"와 "어휘의 사용用詞"에서도 시대의 차이에 따라 변화가 있었다. 물론 이런 경우도 "제1 표준"에 의해 명확한 시대를 확정한 복사가 있고 난 뒤에 "사류"의 차이를 정리해 낼 수 있다.

"자형字形"의 경우, "은허문자는 2백여 년이라는 긴 세월을 경과했기 때문에, 많은 글자들이 간단함에서 번잡함으로 변하는 과정에 있었다." 앞에서도 기술했다시피, 동작빈은 1928년 「새로 획득한 복사 사본 후기新獲卜辭寫本後記」에서 이미 이 문제에 대해 살핀 적이 있다. 물론 이 또한 "제1 표준"을 이용해 시대가 명확하게 확정된 갑골, 즉 "시기구분의 정리가 완성된 이후, 자연히 어떤 체계를 찾을 수 있는 것이다." 동작빈이 당시에 정리할 수 있었던 갑골문에 보이는 것에 근거해, 그는 "갑자표甲子表", "습관적으로 보이는 글자의 변천習見字的演化", "상형象形·가차假借가 형성形聲으로 변한 예", "월月과 석夕자의 상호 교환" 등 4가지 항목에 대해 논술했다. 특히 "갑자표"는 "갑골문자의 시기구분 연구에서 중요한 지위를 가지는데, 그것은 간지자干支字가 거의 모든 판마다 등장하기 때문에 이를 정밀하게만 정리한다면 각 시기 자형의 특징을 구분해 내는 데 더없이 훌륭한 표준이 되기 때문이다." 동작빈은 "더더욱 정인·제왕·칭위 등과 같은 다른 관계로부터 시대를 확정할 수 있는 간지자를 찾아내고 이를 대조함으로써 갑자표의 시대를 충분히 서로 증명할 수 있다"고 했다. 그리고 이로부터 "간지자 변화표"를 만들었고, 이를 칭위·정인과 방국·인물·사류 등 표준항목이 없는 비교적 잘려나간 갑골들을 '시기 구분'하는 중요한 수단으로 삼았다.

"서체書體"의 경우, "각 시기 서법의 차이로부터 은나라 2백여 년간 문풍의 성쇠를 살필 수 있다." 그리고 각 시기 정인들의 서법 스타일을 관찰하려면, "원판을 깨끗하게 닦아 내야만 서사와 계각의 예술미를 감상할 수 있으며, 부득이한 경우에 사진을, 그 차선책으로 탁본을 보아야 한다. 모사본의 경우 단지 그 형태만 보존하고 있을 뿐 원작품의 참모습은 이미 상실했다." 그래서 "제1 표준"에 근거해 시대를 확정한 복사로부터의 관찰을 통해 동작빈은 각 시기의 서법특징을 "제1기의 웅위雄偉", "제2기의 근칙謹飭", "제3기의 퇴미頹靡", "제4기의 경초勁峭", "제5기의 엄정嚴整" 등으로 개괄했다.

"정인"의 발견으로부터 시기구분의 "10가지 표준"의 건립에 이르기까지 동작빈은 갑골학 연구에 크게 공헌했다. 그는 "나진옥과 왕국유 이래로 273년간에 이르는 갑골문을 은나라의 뒤섞인 사료로 보아왔던 전통을 5개의 서로 다른 시기로 구분해 냈던 것이다. 이로부터 커다란 물길을 뚫어 갑골문에 기록된 사실史實·예제禮制·제사祭祀·문례文例의 발전변화 등을 탐색할 수 있게 되었으며, 후기 상나라 각 시기의 역사연구를 과학적 기초 위에다 올려놓았다. 그래서 '갑골문 시기구분 연구 예'의 발명은 갑골문 연구에서 시대의 획을 긋는 대 사건이었다."[105)]

3) 갑골의 시기구분과 갑골학의 발전

1899년 은허에서 갑골문이 출토된 이후 1928년 중앙연구원에서 은허의 갑골문을 과학적으로 발굴하기 전까지 갑골문의 연구는 기본적으로 아직 금석학의 범주에 속해 있었다. "복사가 세상에 모습을 드러낸 후 지금까지 연구자들은 모두 문자 연구에 치중했다. 그리고 문자의 고정考訂도 전적으로 탁본에 근거했지, 실물의 관찰에 의미를 두지는 않았으며, 실물을 본다는 것도 쉽지 않았다."[106)] 하지만 1928년 중앙연구원에서 과학적으로 은허를 발굴한 이후 근본적인 변화가 일어났다.

"은허의 발굴은 중국고고학에서의 중요한 사건이었을 뿐 아니라 갑골문자의 연구 방법에도 대단한 진전을 이루었다. 그래서 이러한 새로운 연구방법은 '발굴'된 것이라 할 수 있으며",[107)] 그 성과가 바로 「갑골문 시기구분 연구 예」에서 제시되었던 "10가지 표준"과 "5시기 구분법"이었다. 이처럼 "근대고고학 방법의 도입은 금석문자학의 영향 하에서 형성되었던 갑골학에 대단한 변혁을 이루게 했다. 즉 「갑골문 시기구분 연

105) 王宇信, 『建國以來甲骨文研究』, 中國社會科學出版社, 1981, 20면.

106) 董作賓, 『甲骨學六十年』, 藝文印書館, 1965, 63면.

107) 董作賓, 「商代龜卜之推測」, 『安陽發掘報告』 第1期, 1929.

구 예」는 갑골학 연구를 역사고고학의 범주에다 넣었으며, 이로부터 갑골학은 금석학의 부용에서 벗어나 중국고고학의 한 분과가 되었다."108)

1928년 시작된 은허의 과학적 발굴은 갑골문의 새로운 정리방법을 "발굴"해 내었을 뿐 아니라, 갑골문 연구의 많은 문제를 "발굴"해 내기도 했다. "옛날부터 내려오던 문자 연구가들은 언제나 개별 글자에 매달렸지 그 계통성에 주목한 경우는 드물었다." 하지만 지금의 학자들은 더 이상 과거처럼 그렇게 정태적이고 고립적으로 갑골의 탁본을 연구하지는 않으며, 과학적 발굴이 그들로 하여금 "전체인 부분에서 출발하도록 만들어 놓았다." "이렇게 해서 문제를 전체적으로 파악하면서 하나하나씩 파악해 나갈 수 있었지만 이전에는 이렇게 기본적인 데서부터 착수한 사람도 없었다."109) 바로 그 때문에, 이전의 갑골문 연구는 단순히 "종이 위"의 자료로부터 "종이 위"에서만 고석하고 상나라 역사를 연구함으로써 그 연구범위가 너무 좁을 수밖에 없었다. 은허 발굴을 통해 학자들은 이미 갑골학에서의 전통 금석학 연구의 한계성을 충분히 인식하고 있었기에, 점진적으로 연구의 범위를 확대해 나갔다. "민국 17년(1928) 가을, 국립중앙연구원에서 은허를 발굴한 이래, 갑골문의 연구범위는 자연스레 확대되었고, 점점 탁본 상의 문자 연구로부터 실물(거북딱지와 동물 뼈)의 관찰로, 실물로부터 다시 지층으로, 참조할 수 있는 다른 유물로 나아갔고, 비교할 수 있는 국외의 자료까지 주목하게 되었다. 바꾸어 말해서, 문자학과 고대 역사학의 연구로부터 고고학의 연구로 진입하게 되었다." 갑골문 연구가 고고학연구의 영역 속으로 들어오게 되면서, 일련의 문제에 주의를 기울여야만 했고 해결해야 할 중요 과제들이 제시된 것은 당연한 결과였다. 한 시대를 이끌었던 대학자 동작빈은 이전 30여 년간의 연구의 기초 위에서 자신의 갑골문에 대한 과학적 발굴의 실천에 근거해 갑골학 연구의 중요한 과제들을 제시했다. 동작빈의 말을 빌

108) 張豈之(主編), 『中國近代史學學術史』, 中國社會科學出版社, 1996, 514면.
109) 蔡元培, 「序」, 『安陽發掘報告』 第1期, 1929.

리자면, "나는 갑골문 연구의 범위를 설정했는데, '계학契學'을 하는 동지들과 하나 하나씩 논의해 나가길 원한다"고 했으며, 그 구체적 내용은 다음과 같다.

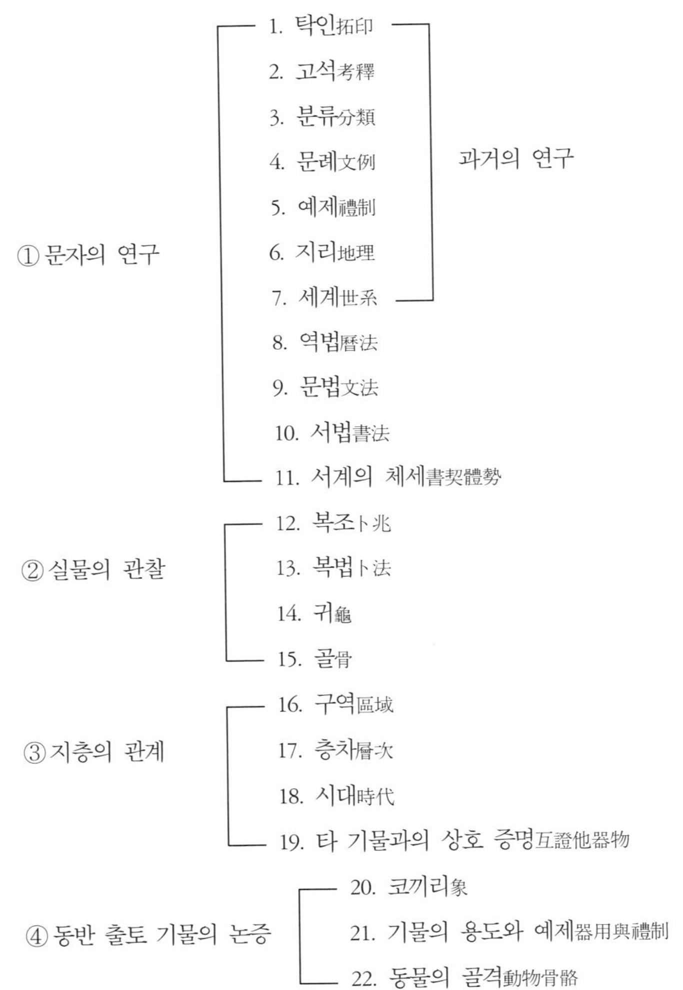

⑤ 국외 고대 학문의 참고
- 23. 상형문자의 비교象形文字的比較
- 24. 뼈 점의 풍속骨卜之俗
- 25. 고생물학과 귀골古生物學與龜骨[110]

동작빈은 1928년 갑골문의 과학적 발굴이 이루어지기 이전의 성과, 즉 "이상에서 든 7가지는 이미 훌륭한 성적을 거두긴 했지만 미완의 부분도 있어 계속 노력해야 할 곳이 아직 많이 남아 있다"고 했다. 그리고 나머지 항목, 즉 "실물의 관찰", "지층의 관계", "동반 출토 기물의 논증", "다른 나라 고대 학문의 참고" 등은 갑골문 자체에 대한 깊은 관찰 및 갑골문에 대한 고고학적 연구여야 하며, 중국의 갑골문을 세계의 기타 문명과 비교 연구하는 측면에서의 과제로 제시했다.

주지하다시피 "갑골학은 협의와 광의의 두 가지 의미를 담고 있다. 협의의 갑골학은 갑골 및 그 문자 자체의 연구만을 지칭하며, 광의의 갑골학은 갑골문을 자료로 논술한 역사 문화가 모두 포함된다."[111] 이 때문에 동작빈이 여기서 열거한 "5가지 큰 분류"와 25가지 세부 연구과제는 대체로 통상적으로 말하는 협의의 갑골학 범주에 속한다. 그러나 이러한 과제의 해결은 갑골문 자료 자체와 은허 고고 발굴 성과의 연구를 근거로 삼아야 할 것이다.

은허 발굴에서 과학적 기록이 있는 갑골문 24,918판(제1차부터 제9차 발굴 때 6,513판을, 제13차부터 제15차 발굴 때 18,405판)을 얻었다. 갱층坑層이 있고, 동반 출토된 유물과 유적을 가진 이러한 갑골문은 중요한 학술적 가치를 지닌다.

바로 동작빈의 시기구분 연구에서의 "10가지 표준"과 "5시기"는 겉으로는 서로 뒤섞여 온통 "혼돈"의 상태처럼 보이는 은허 갑골문을 질서정연한 5개의 서로 다른 시기로 갈무리함으로써, 갑골학에서 이미 제기되

110) 董作賓, 「甲骨文研究的擴大」, 『安陽發掘報告』 第2期, 1930.
111) 李學勤, 「甲骨學一百年的回顧與前瞻」, 『文物』, 1998年 第1期.

었거나 막 해결되어 가고 있던 일련의 과제들에 대해 시대가 명확한 연구 자료를 제공해 주었다. 시대가 명확한 갑골문 자료를 부류별로 정리한 연구를 통해 「갑골문 시기구분 연구 예」에서 제시된 엄밀한 규칙이 더욱 보충되고 수정될 수 있었을 뿐 아니라 갑골학이 직면한 과제를 논증할 수 있도록 했으며, 동시에 계속되는 연구과정에서 새로운 문제를 발견하도록 해 주었다. 이렇게 해서 새로운 발명과 창조가 있게 되었고, 나아가 규칙성을 가진 성과가 만들어져 갑골학의 내용을 더욱 풍부하게 만들어 주었다.

동작빈이 자신의 과학적인 실천과 예지와 심원한 안목에 근거해 제시한 25개의 과제는 갑골학 연구의 각 방면을 모두 포함한다고 해야만 할 것이다. 학자들의 70여 년의 추구와 탐색과정에서 어떤 문제는 이미 해결되거나 보충되고 풍부해지기도 했으며, 그리고 어떤 문제는 아직 탐색 중에 있어 지금까지도 일치된 의견을 도출하지 못한 것도 있다. 또 어떤 문제는 비록 동작빈 당시에 이미 제시되었지만 지금껏 논의한 자가 드물어 갑골학 연구의 박약한 부분으로 남기도 했다. 이것은 우리가 맞게 될 새로운 백 년의 갑골학 연구에서 주의하고 강화해야 할 부분이기도 하다.

그래서 동작빈의 「갑골문 시기구분 연구 예」의 발표는 갑골학이 형성되었다는 표지라 할 수 있다. 이때부터 갑골학 연구는 완전히 새로운 단계에 진입하게 되었다. 학자들은 유리한 고지를 차지하고 깊이 있게 탐색할 수 있게 되었으며, 그리하여 갑골학을 전문적인 연구대상과 풍부한 연구 자료를 가진, 또 자신의 학과를 가지고 비교적 엄밀한 규칙과 많은 중요한 연구 과제를 가진 하나의 신흥 학문이 되도록 했다. 또 일련의 연구과제의 해결과 새로운 문제의 제기는 갑골학 자체의 규칙을 더욱 체계적이고 엄밀하게 만들어 주었다.

3. "문무정文武丁 복사의 수수께끼"와 시기구분 연구의 심화

1) "문무정文武丁 복사"의 "수수께끼"

시기구분 연구에서 소위 "문무정文武丁 복사",[112] 제을帝乙 시대의 "비왕非王 복사",[113] "다자족多子族 복사"와 "왕족王族 복사"[114]라 불리는 것들은 사실 그 명칭은 서로 다르지만 실제로 가리키는 것은 『갑골문 합집』의 제7책에 집중 수록되어 "제1기 첨부附"로 이름 붙여진 갑甲·을乙·병丙 등 3조組의 복사를 말한다. 진몽가는 『은허복사 종술』에서 이 갑골들을 "자조子組"·"오조午組"·"사조𠂤組" 복사라 불렀다.

이러한 복사는 1936년 봄의 제13차 은허 발굴 이전까지는 많이 출토되지 않았으며, 그래서 동작빈의 갑골문 시기구분 연구에서는 그다지 주목하지 못했던 부분이다. 게다가 당시는 아직 시기구분 연구의 초기에 머물러 있었기 때문에, 동작빈은 "정인貞人"이라는 시기구분 표준을 지나치게 절대화했고, "복卜자의 아래에 정인貞人을 기록하되 정貞자를 생략해 버린 그러한 예에 주의하지 못했다."[115] 게다가 "제4기 무을武乙·문무정文武丁 때에 이르러서는 정인을 전혀 기록하지 않게 되었다"고도 했다. 이 때문에 그는 제4기를 "정인을 기록하지 않았던 시기"라고 불렀다. 소둔촌의 마을 가운데서 출토된 갑골은 바로 그가 「갑골문 시기구분 연구 예」에서 제4기 "정인을 기록하지 않던 시기"인 무을·문무정 복사의 표준으로 확정한 것들이다. 이외에 동작빈은 「갑골문 시기구분 연구 예」에서 비록 무을武乙·문무정文武丁이 제4기가 되어야만 한다고 지적하

112) 董作賓, 「序」, 『殷虛文字乙編』, 1949.
113) 李學勤, 「帝乙時代的非王卜辭」, 『考古學報』, 1958年 第1期.
114) 貝塚茂樹, 「序論」 第2章, 『京都大學人文科學研究所藏甲骨文字』(本文篇), 1960.
115) 董作賓, 「序」, 『殷虛文字乙編』, 1949.

기는 했지만, "당시 주목한 것은 무을 시대의 복사에 한정되었으며, 제시한 예도 무을 때의 것에 한정되었다."[116] 그래서 어떤 갑골이 문무정 시기의 복사인지에 대해 세밀하게 탐색하지 않음으로써 소홀한 부분이 나타났다. 이 때문에 마을 가운데서 출토되거나 이전에 저록되었던 원래부터 수량이 많지 않던 이러한 복사가 모두 제1기의 무정 시대로 분류되기도 했는데, 사𠂤조 복사의 정인인 "부扶"가 그렇다.

은허의 과학적 발굴이 진행됨에 따라 이러한 부류의 복사가 계속 발견되었다. 특히 제13차 발굴 때의 B구역 제119갱에서 갑골 296판이 집중적으로 출토되었는데, 이로부터 이러한 부류의 갑골에 대한 전면적인 인식과 연구가 가능해지게 되었다. 만약 동작빈의 시기구분 표준에서의 "법보"라 할 수 있는 "칭위"와 "정인"에 근거해 시기구분을 하면, 거기에는 "부을父乙"과 "모경母庚"(『갑』 2,907편)이라는 칭위가 보이기 때문에 자연히 "부扶"를 제1기 무정 때의 정인으로 확정해야만 한다. 비록 부扶가 쓴 글씨체가 제1기 때의 것과 차이는 있지만, "모경母庚"은 무정武丁의 아버지인 소을小乙의 배우자인 비경妣庚이며, 무정 때 그의 어머니를 모경母庚이라 불렀을 것이 분명하다. 하지만 "부을父乙"은 또 제4기의 문정文丁이 그의 아버지인 무을武乙을 부른 것일 수도 있다. 「무진이戊辰彝」라는 청동기에는 "무을의 배우자 비무武乙奭妣戊"라고 기록되어, 문무정文武丁의 어머니는 "모무母戊"이지 "모경母庚"이 아님을 알 수 있다. 이렇게 되자 결국 해결할 수 없는 모순이 등장하게 되었다. 동작빈은 정인인 부扶를 한 때 제1기에 넣기도 했었다. 그 때문에 그와 동시기의 인물들이 모두 문정文丁 시기에 비해 80~90년이나 앞당겨지기도 했다. 이렇게 해서 무정武丁 때 갖가지 서로 다른 서체·자형·문법·사류·방국과 인물들이 출현하게 되었고, 이로 인해 「갑골문 시기 구분 연구 예」는 스스로 자신의 체계를 혼란스럽게 해야 하는 곤혹과 해석하기 힘든 "수수께끼"

116) 董作賓, 「序」, 『殷虛文字乙編』, 1949.

가 되고 말았다.

중일전쟁의 발발로 은허의 발굴은 잠시 정지되었다. 동작빈은 10년간의 노력 끝에 갑골복사를 전면적으로 정리하여 그의 대작인 『은력보殷曆譜』를 완성했다. 그는 『은력보』를 저술하는 과정에서, 갑골문에서 신파와 구파간의 사전祀典에 차이가 있음을 발견하였으며, 이러한 사실은 그에게 문무정文武丁 복사의 수수께끼를 푸는 데 많은 시사점을 던져 주었다. 즉 그는 이렇게 말했다. "한 가지 사실만은 분명하게 정리해야만 했다. 그것은 무정·조경 시대 때 구파 중에서 대을大乙을 당唐이라 불렀던 사실에는 절대로 예외가 없다는 점이다. 또 조갑 때에 이르러 사전祀典을 개혁하고서야(소위 신파) 비로소 당唐을 대을大乙로 확정했다. 이후의 각 왕들은 모두 대을大乙이라 부르며 더는 당唐이라 부르지 않았다. 문무정은 복고를 주장하였으며, 기일법記日法·월명月名·사전祀典 등 각 방면에서 구파의 제도를 회복시켰으나 당唐이라는 명칭만은 부활시키지 못하고 여전히 대을大乙이라 불렀는데, 이는 대단히 강력하고 유일한 증거이다." 이와 동시에 동작빈은 1947년 1월 미국 시카고 대학의 중국고고학 객좌교수로 초빙되어 떠나기 전에 고경성高景成의 「갑골문 시기구분 연구에 관한 소견甲骨文斷代硏究管見」이라는 원고를 보았다. 고경성은 무을武乙과 문정文丁을 두 개의 시기로 구분해야 하며, 사𠂤·천㣇·자子 등은 문무정 때의 정인이 되어야만 한다고 했다. 미국에 체류하는 동안, 동작빈은 자신이 제4기 문무정 시대에 속해야만 한다고 생각했던 H127갱의 복사를 장병권張秉權이 『을편』에 다시 수록한 데서 보게 되었다. 학자들의 시사와 동작빈 자신의 다년간에 걸친 사색 끝에 그가 줄곧 곤혹스러워 해왔던 문무정 복사의 "수수께끼"를 끝내 통쾌하게 풀 수 있게 되었다. 문무정 복사의 "수수께끼"는 정인 "부扶"에게서부터 왔고 그래서 지금은 다시 "부扶" 자신에게로 되돌아가게 된 것이다. 그는 『갑』 2356판과 2907판의 정인인 "부扶"가 기록된 복사에서 "부을父乙"·모경母庚·형정兄丁·대을大乙 등을 발견했다. "이전에는 단지 부을·모경·형정, 그리고 왕王자를 왕𠙻으로 적은 것만 보고서 이것이 무정 때의 것이라 단정했다면, 지금 주목한 것은 도리어 대을大乙이라는 이 호칭이었다. 당唐을 대을大乙로 불렀기 때문에 이는 절대 무정 때의 것이 아니라 단정할 수 있다. 거꾸로 말해서 여기서 말하는 부을父乙은 바로 무을武乙이며, 그래서 이것이 문무정 때의 복사임을 증명할 수 있다. 이 때문에 문무정에게도 모경母庚이 있었고, 형정兄丁이 있었으며, 무정은 왕王자를 옛날체로 회복시켰던 것이다." 그리하여 동작빈은 그의 말처럼 "부扶에게 그의 동료를 소개해달라고 하여" 정인 "부扶"를 출발점으로 삼아 부扶와 동시대의 정인들을 찾아내었다. 먼저 찾아 낸 것은 "부扶"와 같은 판同版의 정인인 "작勺"(『후』 하 24.10편), 정인 "사自"와 "왕관을 쓰지 않았던科頭" 왕 문무정文武丁(『일』 586편)이었다. 그리고 정인 "사自"는 또 "화匧"를 소개했다(『일』 502편). 왕은 또 정인 "여余"(『갑』 2,907편)를 소개했다. 여余는 다시 아我·자子(13.0.13335편)·천㣔(13.0.11817, 11818편)을 "소개했고", 나아가 정인 "추𩰫"(13.0.1941편 등 19차례 등장함)·"거車"(13.0.10993편 등 2차례 등장함)·"사史"(13.0.15612편에 보임), "만萬"(13.0.472편)·"행幸"(13.0.52편)·"출㞔"(13.0.290편), "유卣"(『을』 124편) 등 많은 사람을 "찾아냈다." 이처럼 일련의 문무정 시기의 정인을 찾아내었기에 제4기를 "정인을 기록하지 않던" 시기라고 했던 원래의 학설은 자연히 수정될 수밖에 없었다. 제13차 과학적 발굴에서 얻은 갑골의 경우, YH127갱의 것 뿐 아니라 "거의 모두가 문무정 시기의 복사"인 B119갱의 갑골 298판과 YH006갱의 갑골 207판이 『을편』에 집중적으로 수록되었다. 게다가 "다른 갱에 산재하던 총 13판"도 동작빈이 "문무정 복사의 수수께끼"를 푸는 데 풍부한 자료를 제공했다.

동작빈은 이러한 복사를 면밀히 연구한 후 다음의 사실을 발견했다. 첫째, "문무정은 복고를 실시했으며", 이는 주로 문자·역법曆法·사전祀典 등의 측면에 반영되었다. 둘째, 문무정 시대에도 일련의 정인들, 예컨대 부扶·자子·여余와 같은 총 17명의 정인이 있었다. "많은 정인이 이전에 이미 저록되었음에도 어찌하여 찾아 내지 못했는가 하는 것은 바로 문법文法의 차이 때문이었다. 이 시기는 대부분 정貞자를 쓰지 않았기 때문에 복卜자 다음의 한 글자가 사람이름이라는 사실을 확정하지 못했으며, 또 이러한 사람이 문무정 때의 인물임을 확정할 수도 없었다." 셋째, 문무정 시대의 복정사례卜貞詞例는 비교적 복잡하다. "문무정이 복고를 시행했기 때문에, 사신史臣들은 극히 자유로웠다. 그래서 한편으로는 옛날의 문법을 사용해 복卜과 정貞자를 함께 쓰고 제목題名까지 붙이는 한편 달리 복卜이나 정貞 한 글자만 사용하기도 했다. 때로는 정鼎자로 정貞자를 대신하기도 했고, 복인卜人이나 정인貞人의 이름을 쓰느냐의 여부는 각자 편한대로 했기 때문에 극히 혼란스런 문례文例가 출현했으며, 심지어 한 복갑腹甲에 네 가지의 복사가 서로 거꾸로 놓여있는 경우도 있었으니(13.0.520편), 정말 없는 것이 없을 정도였다." 넷째, 문무정 시기의 정인의 사류事類도 대체로 무정시기의 범위를 회복했다. 예컨대 "신파에게서 질병과 사망에 관한 일은 절대로 정복貞卜하지 않았는데, 문무정 시기에는 이러한 내용이 출현하게 되었다." 다섯째, 문무정 시대의 복사의 칭위 체계는 상나라의 전통적인 대종·소종의 칭위와 대부분 합치되지 않는다. 그래서 "문무정 시대의 복사를 증명하는 또 다른 방법은 대종·소종 세계世系 이외의 칭위 문제이다."

동작빈은 이런 식으로 다시 고찰함으로써 그 스스로 "문무정 복사의 수수께끼를 풀었다"117)고 했다. 이로부터 이러한 복사의 시대는 80~90년 이른 무정 시기로부터 문정 시기, 즉 갑골문의 제4기로 후퇴하게 되었으며, 그리하여 "무정 시대에 존재하던 여러 서로 다른 서체書體·자형字形·문법文法·사류事類·방국方國, 인물人物" 등의 모순도 해결되었다. 이것이 바로 동작빈이 "문무정 복사의 수수께끼를 풀었다"는 내용이다.

117) 董作賓, 『殷虛文字乙編』「序」, 『中國現代學術經典』「董作賓卷」, 河北教育出版社, 1996.10, 721~735면.

2) "문무정 복사의 수수께끼"의 "해답"에 대한 재토론

하지만 "문무정 복사의 수수께끼"에 대한 동작빈의 해답은 결코 "해결된 것이 아니었다." 이 때문에 국내외 학자들은 이 갑골들을 세밀하게 정리하고 깊이 있게 분석했으며, 그것의 시대 문제에 대한 불꽃 튀는 논쟁이 벌어졌다.

중국 외에서 이 문제를 최초로 논의한 사람은 저명한 갑골 학자 패총무수貝塚茂樹였다. 그는 1935년부터 갑골문 연구를 시작하였고 동작빈의 「갑골문 시기구분 연구 예」의 "10가지 표준"과 "5시기 구분법"에 근거해 흑천黑川씨가 소장하고 있던 갑골을 정리하면서, 정인 사自·부扶·자子·여余 등이 서명된 복사의 경우 그 시기를 결정할 수 없음을 발견하게 된다. 그는 이러한 문제를 가지고서 이 갑골들을 정리 정돈한 결과 동작빈과 완전히 다른 결론을 얻게 된다. 그는 이등도치伊藤道治와 함께 「갑골문 연구의 재검토－동씨의 문무정 복사를 중심으로甲骨文研究的再檢討－以董氏的文武丁時代之卜辭爲中心」라는 논문을 1953년의 『동방학보東方學報』(경도) 제23호에 발표하여, 소위 "문무정 복사"에 대한 그들의 의견을 밝혔다. 그 후, 1959년에 출판된 『경도대학 인문과학연구소 소장 갑골문자京都大學人文科學研究所藏甲骨文字』(본문편)의 「서론」에서 "문무정 복사의 수수께끼"에 관련된 갑골에 대한 그의 관점을 다시 전면적으로 논술하고 총체적으로 결론지었다.

패총무수는 이렇게 생각했다. "자子·여余·아我·천㣖·추㠱 등 같은 판同版에 등장하는 정인들은 다자족多子族의 정인 집단을 구성한다." 그리고 "은나라 민족 중에는 다자족多子族이라는 집단이 있는데, 대단히 많은 숫자의 은나라 왕족의 왕자들로 구성되었으며, 복사에서는 상商 등으로 불렸다. 이러한 왕자들은 금문金文에서는 소자小子라는 신분으로 등장하고 있는데, 자子는 아마도 이러한 다자족多子族의 족장族長이었을 것으로 추정된다." 그는 복사를 정리하면서 "다자족은 은 왕조에서 강력한 힘을 가진 부족으로, 은 왕실과 밀접한 관계를 가지고 왕실 조종祖宗의 제사에 참여하기는 했으나 은 왕실의 직계 조종祖宗에 대한 제사 권을 부여받지는 못했던 것으로 보이며", "왕을 우두머리로 하는 부扶·사自·작勺·엽叶 등 5개의 정인 집단, 즉 필자가 말하는 왕족 정인을 형성"하였다. "이러한 복사는 한편으로는 내용·형식·서풍書風 등에서 다자족 복사와 상당히 유사하여 후기적 성질을 갖고 있지만, 다른 한편으로는 제1기 무정 시대의 정인 복사와도 많은 유사점을 갖고 있다."

패총무수는 왕족 복사가 무정 시대에 속해야 하는 당위성을 이렇게 논술했다. 먼저, 칭위라는 측면에서 볼 때, "이러한 정인 집단의 복사에는 부갑父甲(양갑陽甲), 부신父辛(소신小辛), 부을父乙(소을小乙), 모경母庚(소을小乙의 배우자)이 출현하며", "구시九示[118]의 제전祭典도 이 왕족 복사가 제1기 복사와 관계된다는 강력한 증거의 하나임을 보여 준다." 제1기 빈賓조 복사에서 구시九示는 대을大乙부터 시작해서 무정武丁의 조부인 조정祖丁에 이르는 직계 선왕先王의 합제合祭이다. "이것은 합제를 받는 조상이 현존 왕의 조부에서 그친다는 관습을 보여준다." "합제의 하한선에 해당하는 조상이 현존 왕의 조부라는 것은 제4기를 제외한 은 왕조 때의 사전祀典이다." 그래서 구시九示와 십시十示(시조인 상갑上甲을 더한 것)를 합제한 왕족 복사라면 조정祖丁이 조부가 되는 제1기의 무정 시대를 떠나서 다른 왕의 시기에 귀납될 수는 없다. 셋째, 그는 "갱위坑位"를 정리한 끝에 "왕족 정인인 부扶가 제1기에 출현한다고 본 것에는 잘못이 없으며", 게다가 "왕족 복사는 많은 갱에서 언제나 군群을 이루어 출토되기 때문에, 다른 군과 혼잡된 정황이라도 대부분 제1기 빈賓조 정인과 같은 복사이다"라고 했다. 예컨대 B119·YH6·제3지구 36갱의 갑골은 극소수가 제

118) (역주) 示는 제단의 모습을 그렸는데, 달리 제단에 모셔진 신주라는 뜻에서 '主'로 쓰기도 한다. 그래서 九示는 제사의 대상이 되는 아홉 조상을 말한다. 갑골문에 "九示自大乙至丁祖"(『粹』 149)라는 말이 있는데, 여기서의 丁祖는 祖丁을 말한다. 그래서 九示는 대을을 위시해 大丁, 大甲, 大庚, 大戊, 中丁, 祖乙, 祖辛, 祖丁 등 9명의 직계 선왕을 말한다.

1기 빈賓조 복사에 속하는 것을 제외하면 그 대부분이 왕족 복사이다. 그리고 E16갱은 그 대부분이 제1기 복사인데, 일정 수량의 왕족 복사가 섞여 나왔다. 특히 B119갱에서 출토된 쟁爭의 복사는 제1기의 표준자체를 약간 변화시켜 왕족 서체에 근거해 각사한 문자이지만, 여전히 제1기의 일수日數 계산법을 채택하고 있는데", "이는 왕족 정인 집단과 제1기 정인 집단과의 교류를 보여주는 중요한 자료가 된다." 넷째, 경도대학 인문과학연구소에서 소장한 세 편의 왕족 복사에 새겨진 "상길上吉"이나 "불고맹不告黽" 등과 같은 성어도 제1기 무정 시기에는 보이지만 다른 시대에는 보이지 않는다. 그 때문에 그는 "이 두 성어도 왕족 복사를 제1기 복사와 연결시켜주는 연계 고리의 하나라 여겼다." 다섯째, "왕족 복사 특유의 복골卜骨과 복갑卜甲의 처리법이다." 그는 왕족 복사인 B3230 · B3227편의 찬鑽의 직경과 조鑿의 길이가 거의 같음을 관찰했다. 그리고 B3228 · B707편의 조鑿의 길이는 찬鑽의 직경보다 짧아 조가 찬 속에 완전히 들어가 있다는 사실을 관찰했다. 그리고 B3226편은 둥근 찬에다 직접 불로 지졌고 조는 파지 않았음에 특히 주목했다. 이 때문에 그는 경도대학 인문과학연구소 소장 왕족 복사의 찬과 조의 기술을 두고, "왕족 복사는 소둔의 복골들 중에서 더욱 원시적인 단계에 속하는 것이다. 이러한 현상은 왕족 복사를 후기인 문무정 시대에 귀속시킬 수는 없으며, 반드시 제1기에 귀속시켜야 한다는 필자의 관점에 한 반증을 제공한다"고 했다.

패총무수는 이렇게 지적했다. 왕족 복사는 "한편으로는 내용 · 형식 · 서체 스타일의 측면에서 다자족 복사와 상당히 비슷한 후기적 성향을 갖고 있다. 하지만 다른 한편으로는 또 제1기 무정시대의 정인 복사와도 유사점을 많이 갖고 있다." 왕족 복사가 제1기 무정시대의 것이 되어야 한다면, "제1기 속에는 일반적인 정인 복사와는 다른 형식의 서체 스타일과 다른 복사도 병존해 있었을 것이다." "그리고 이를 매개로 하여 한 걸음 더 나아가면 후기의 다자족 복사를 제1기로 끌어올릴 수 있으며,

심지어 자상子䵍을 무정의 아들로 볼 수도 있다."[119]

호후선胡厚宣도 일찍부터 "필획이 혹은 섬세하고, 혹은 납작하고 넓으며扁寬, 혹은 굿세고 꼿꼿한勁挺" 이러한 글씨체를 가진 복사에 주목했다. 그는 1955년 출판된 『갑골속존甲骨續存』의 「서」에서 "이 시기의 복사에 부정父丁과 자경子庚이라는 칭위가 보이는데, 부정은 바로 조정祖丁이며 자경은 바로 반경盤庚이기 때문에, 이들은 모두 무정 이전 시기 즉 반경·소신·소을 때의 것으로 추정된다"고 했다. 하지만 그는 줄곧 이 문제에 대해 전문적으로 논의하지 못하다가, 1983년 『갑골문 합집』을 출판하면서 비로소 이 복사들을 "제1기의 첨부"로 넣고, 이를 "문무정 시대"의 복사에 넣어서는 아니 된다는 견해를 표시했다.

진몽가陳夢家는 갑골의 시기구분 문제를 계통적이고 전면적으로 연구했으며, 일찍부터 "문무정 복사의 수수께끼"에 관한 문제에 주목했다. 그가 1949년 쓴 「갑골 시기구분학甲骨斷代學」 4편은 1951년의 『연경학보燕京學報』(40기) 및 1951년부터 1954년까지의 『고고학보考古學報』 제5·6·8기에 연속해서 발표되었는데, 이후 다시 "그 대부분을 수정한 후" 1956년 출판된 『은허복사 종술殷虛卜辭綜述』의 제4장 시기구분斷代(상)과 제5장 시기구분斷代(하)에 포함시켰다. 그는 소위 "문무정 복사의 수수께끼"에 해당하는 이들을 사𠂤조·자子조·오午조 등 세 조로 분류하였으며, 하나하나씩 전면적으로 고찰하여 그 특징 및 시대에 관해 세밀히 논증했다.

"사𠂤조" 복사의 정인에는 사𠂤·부扶·작勺 등 세 사람이 있으며, 사조 복사는 은허의 제1·2·3·4·5·8·13차 발굴에서 출토된 바 있다. 이 세 정인은 언제나 공판共版의 관계를 갖고 있다. 예를 들어 『일』 9편의 사𠂤·부扶·작勺은 공판共版이며, 『철』 54.2편·『후』 하 24.10편 및 『남무南無』 156편의 부扶와 작勺이 공판共版인 것을 비롯해, 『갑』 3,045편의

119) 貝塚茂樹·伊藤道治, 『京都大學人文科學研究所藏甲骨』(本文篇) 「序論」. 또 이글은 馮佐哲이 발췌 번역하여 「關于甲骨文分期斷代的幾個問題」라는 제목으로 『外國研究中國』 4(中國社會科學出版社, 1980), 206~221면에 발표했다.

사自·작勹·왕王이 공판이며, 『일』 586편의 사自·왕왈王曰·부왈扶曰이 공판이며, 『을』 409편과 『전』 8.8.1편의 부扶와 왕王이 공판의 관계에 있다. 사조 복사의 칭위를 정리한 결과, 무정 때의 빈賓조 복사와 같은 경우도 있고, 자子조·오午조 복사와 같은 경우도 있었다. 이밖에 사조는 또 부계父癸·형갑兄甲·자신子㞒·자족子族·자함子咸·侯䜌 등과 같은 자신만의 고유한 칭위를 갖고 있었다. 사조 복사의 칭위를 빈賓조와 비교해 본 결과, "이들 두 조 간에 같은 칭위가 많다는 것을 알았다. 이들 간에 같은 호칭인 부갑父甲·부경父庚·부신父辛·부을父乙은 실제 무정武丁이 그의 아버지뻘에 해당하는 양갑陽甲·반경盤庚·소신小辛·소을小乙을 불렀던 것이며, 그래서 이 두 조는 모두 무정시대의 복사이다."120) 칭위뿐 아니라 글씨체에서도 "사조는 빈賓조의 옛날 필법을 준수하는 한편 이미 새로운 형식을 탄생시켰음을 알 수 있다. 사조의 시간 기록법紀時法은 빈조와 대동소이하다. 사조 복사의 몇몇 형식의 경우, 혹은 빈조와 같거나, 혹은 사조만의 특이한 부분이기도 하고, 혹은 아래로 조갑祖甲 때의 복사와 연계되기도 하는데, 이는 글씨체의 상황과 마찬가지로 사조 복사가 무정의 후기에 해당하여 다음 시대의 새로운 형식을 열었음을 충분히 보여주고 있다. 사조의 제사법은 빈조에도 보이지만, '유㞢'와 '우又'의 통용은 교체기의 흔적을 잘 보여준다. 또 호칭에서는 어떤 경우에는 무정武丁 때의 옛날 제도를 지키기도 하였으며, 간혹 대을大乙·상갑上甲 등과 같은 새로운 예를 만들기도 했다." 그래서 진몽가는 "사조 복사의 대부분은 빈조 복사와 중복된 관계를 형성하고 있으며 일부만이 다음 시대의 것과 중복되기 때문에, 이것들은 바로 무정에서 조경 때로 넘어가는 복사에 해당한다고 생각했다."121)

"자子조" 복사의 정인에는 자子·여余·아我·천彳川·추帚帚·사史 등이 있다. 『을』 4,758편에 보이는 정인 아我·여余·천彳川이 공판의 관계에 있

---

120) 陳夢家, 『殷虛卜辭綜述』, 科學出版社, 1956, 147면.
121) 陳夢家, 『殷虛卜辭綜述』, 科學出版社, 1956, 153면.

고, 『을』 4,949에 보이는 자子·여余·아我가 『후』 하 42.5편과 『을』 4,856편의 자子와 천𢓊이 공판 관계이다. 비록 정인 추𩰫가 다른 정인과 연계되어 있진 않지만, 그 글씨체·문례文例·내용 등이 일치함을 볼 때 자子조의 정인에 속해야 할 것으로 보이며, 자조 복사의 글씨체와 문례는 자신의 고유한 특색을 갖고 있다. 즉 첫째 정貞자의 다리 부분이 편평한 모양이며, 둘째 언제나 작은 글씨체로 쓰고 있다. 셋째 '우于'자를 '우亏'로 쓰고 '정丁'자를 동그라미로 쓴 것 등은 사조와 일치하며, '추隹'자도 새 모양으로 썼다. 넷째 자子·축丑·미未·오午·경庚 등과 같은 간지자는 항상 후기 때의 자형으로 써 사조와 같은 모습이다. 다섯째 "우사又史"·"모귀某歸"·"지모至某(地)" 등의 내용이 습관적으로 등장한다. 여섯째 "어御"나 "주酒" 등의 제사법이 자주 쓰였으며, 가끔 "우又"나 "우祐" 등도 쓰였다.

자조 복사는 자신의 독특한 스타일 이외에도, 칭위의 측면에서 대체로 빈조와 사조 복사와 동일하며, 오조의 자정子丁군이 갖고 있는 몇 가지 특이한 칭위와도 일치한다. 특히 자조 복사에 출현하는 자상子䚻(『짜맞추기편』 부록 도편 13)은 "무정 후기의 인물처럼 보인다."[122] 그래서 자조 복사도 응당 이 시기에 속해야만 한다.

이밖에 자조 복사가 출토된 "갱위坑位"도 "일찍이 두 조 복사(즉 사조와 자조)를 무정 때의 복사로 간주했던" 진몽가의 관점을 증명해 주었다. 즉 『을편』의 B119갱과 YH006갱은 사조와 자조가 혼합되어 있으며, 게다가 소수의 빈조가 포함되어 있다. 그리고 E16갱은 사조와 빈조가 혼합되어 있으며, YH127갱은 자조와 빈조와 혼합되어 있다. 또 E16과 B119는 사조와 동시대의 정인인 "출䢔"[123]의 복사도 있다. 그래서 "자조와 사조와

122) 陳夢家, 『殷虛卜辭綜述』, 科學出版社, 1956, 161면.

123) (역주) 䢔은 董作賓이 出자로 고석했다. 집의 입구口에서 나오는 발止를 그린 出의 古字에 다시 의미를 강조하기 위해 彳이 더해진 구조이다. 어떤 경우에는 行을 더한 衟로 쓰기도 한다. 饒宗頤는 䢔과 出이 같은 글자이므로, 貞人 䢔과 出도 동일인물로 보았다. 饒宗頤, 『殷代貞卜人物通考』 1,065면 참조.

빈조는 종종 같은 갱에서 출토되었으며, 이 두 갱에서 나온 복사의 경우 무정 이후의 것은 매우 드물다(아마도 조경 때의 것은 있을 것이다). 그렇다면 자조와 사조는 무정시대의 것에 속해야만 한다." 이로써 예를 들어 보건대, "YH127갱 중의 오조 및 나머지 소수의 복사도 이 시기에 속해야만 한다."124)

오午조 복사의 정인에는 "오午"와 "비宂"125) 두 사람이 있는데, 그들 간에는 계련 관계가 없다. 하지만 "글씨체는 같은 체계를 이루어, 빈賓조·사自조·자子조 등 세 조와 동일하다." 즉 대부분 뾰족하고 예리하며 비스듬한 필사법을 사용함으로써, 강하고 굿센剛勁 무을·문정 때의 서체와는 다르다. 그러나 칭위의 경우 빈조·자조·사조와 같은 것도 있으며, "스스로의 체계"를 이룬 경우도 있다. 그 중 "하을下乙"이라는 칭위는 "오조가 무정 시대에 속함을 충분히 증명해 준다." 그리고 스스로의 체계를 이룬 "약간의 특수한 칭위는 몇몇 판에 상호 출현하여"126) 계련 관계를 이루고 있다.

결론적으로 말해서, 진몽가의 연구를 통해 이러한 "문무정 시대의 복사"는 무정시대에 속해야만 하는 것이 되었다. "하지만 이들 간에도 시간의 선후 차이는 존재하여, 사조와 자조는 대체로 비교적 늦다. 시간의 선후라는 차이 외에도, 빈조는 또 왕실의 정통적인 복사로 보인다. 사조 정인들도 당시의 왕과 함께 점을 쳤기 때문에, 이 복사도 왕실의 것이긴 하지만 그 내용은 약간 다르다. 오午조에서 제사를 드렸던 인물은 매우 특별하며, 자子조에서 기록한 내용도 다른 조와는 다르다. 자子조 복인인 추帚와 천彳川은 부인婦人일 가능성이 매우 높으며, 이 조의 글씨체도 섬세하다는 특징을 가진다. 제15차 발굴 때 출토된(『을』 8,691~9,052편) 복사의

124) 陳夢家, 『殷虛卜辭綜述』, 科學出版社, 1956, 158면.

125) (역주) 飛로 고석한 張秉權의 독음을 따랐다. 饒宗頤, 『殷代貞卜人物通考』, 1,362면 참조.

126) 陳夢家, 『殷虛卜辭綜述』, 科學出版社, 1956, 162면.

글씨체가 자子조·사自조·오午조에 근접하며, 내용도 대부분 여자들의 일을 기술하고 있어, 빈비嬪妃에 의한 것으로 추정된다." "태복大卜 이외에는 아마도 왕실의 귀족 관리들이 점복에 참여했을 것이다."127) 이처럼 1956년 제시된 자조 복사가 여인들과 관계있다는 진몽가의 학설은 대단히 창의적임에 주목해야 한다.

"문무정 복사"에 대한 동작빈의 견해가 일본과 중국학자들로부터 도전을 받음으로써 이 문제에 대해 더욱 많은 갑골 학자들이 고민하게 되었지만, 그때까지만 해도 아직 그 체계가 흔들릴 정도는 아니었으며 게다가 일본의 저명한 갑골학가인 도방남島邦男의 지지까지 받고 있었다. 도방남은 1958년 완성한 『은허복사 연구殷墟卜辭研究』128)에서 동작빈의 제4기 "정인을 기록하지 않던 시대"에 관해서 보충했으며, 패총무수와 진몽가가 제시한 동작빈의 "문무정" 시대 정인에 대해 깊이 있게 논증했다. 그의 연구에 의하면, 제4기 무을 때의 정인으로는 팽彭·부扶·작勺·사自·역歷 등이 있었으며, "결코 정인을 기록하지 않던 시기"가 아니었다. 팽彭은 제3기부터 무을 때에 이르는 시기까지의 정인이다. 부扶는 무을 때 이미 그 직무를 시작했으며, 문무정文武丁 때의 정인이다. 작勺과 부扶는 서로 공판의 관계에 있으며, 부신父辛이라는 칭위를 사용한 것으로 보아 무을武乙 때까지 활동했던 정인이다. 사自와 부扶·작勺은 공판 관계에 있으며, 형갑兄甲이라 함께 부르고 있다. 하지만 형갑兄甲이라는 호칭은 제1기에는 나타나지 않고, 무을 때에만 나타나기 때문에, 이는 무을 때의 정인이라는 반증이 된다. 게다가 문법文法·글자체字體·서체 스타일書風 및 정貞자의 사용 등으로 볼 때, "력歷은 제4기 초기인 무을武乙 때의 정인이라 단정할 수 있다."129)

---

127) 陳夢家, 『殷虛卜辭綜述』, 科學出版社, 1956, 166~167면.

128) 中譯本, 鼎文書局, 1975.

129) 島邦男, 『殷墟卜辭研究』, 鼎文書局中譯本, 1975, 22면. (역주) 대륙에서도 濮茅左·顧偉良의 번역으로 2006년 8월 상해고적출판사에서 다시 출판되었다.

도방남은 이 책에서 또 "문무정 시대"의 복사는 제1기의 무정시기 복사여야 한다는 패총무수와 진몽가 등의 논증에 대해 일일이 반박하면서 이렇게 말했다. "패총무수와 진몽가가 주장했던 제1기 설에 대해 관련된 칭위·갱위·사례辭例 등을 검토해 본 결과, 이 두 사람이 들었던 증거는 어느 하나도 성립할 수 없다는 결론을 얻었다. 그들의 설을 믿게 되면 복사의 형식 및 글씨체의 변천에 혼란만 초래할 뿐이다."130) 이와 동시에 도방남은『은허복사 연구』에서 또 동작빈이 열거한 문무정 때의 17명의 정인의 시대에 대해 진일보된 깊이 있는 논증을 했다. 그 중 사自·부扶·작勺은 모두 무을 때의 정인이지만, "정貞자의 사용 및 칭위로 볼 때 그들은 문무정 때까지 이어졌던 정인임을 알 수 있으며, 결론은 동작빈의 설이 옳다는 것이다."131) 동판의 관계로부터 동시대의 정인인 여余·자子·아我·천𢓊·추𢑥 등을 찾아 나갈 수 있다. 그리고 㞢와 취取 두 정인의 글씨체와 서체가 앞의 8명과 엇비슷하기 때문에, 이들도 문무정 때의 정인으로 보아야 한다. "결론적으로 말해서, 동작빈이 열거한 17명의 정인 중, 문무정 때의 정인으로 볼 수 있는 자는 부扶·작勺·사自·여余·자子·아我·천𢓊·추𢑥·㞢·취取·출衠 등 11명이며, 나머지는 아직 확정할 수 없다(즉 사史·거車·만萬·집㚔132)·화𠥓·유卣 등). 이와 동시에 그는 문무정 때의 복인卜人으로 아亞·왈曰·순旬·정丁·乚·불不·사死·은犾 등 8명을 보충했으며, 이렇게 해 문무정 때의 정인이 총 19명이 되었다. 도방남은 진몽가가 열거했던 제1기 때의 자子조·사自조·오午조의 정인을 자신이 문무정 시대 때의 정인이라 생각했던 19명과 서로 비교 한 결과, 공통되는 두 명의 정인에 "전혀 문제가 없는" 것을 제외하고 나머지 "진몽가가 열거했던 정인은 모두 이 시기의 정인으

130) 島邦男,『殷墟卜辭研究』, 鼎文書局中譯本, 1975, 27면.

131) 島邦男,『殷墟卜辭研究』, 鼎文書局中譯本, 1975, 27면.

132) (역주) 執과 통용되며, 문헌에서의 縶은 이의 후기자이다. 于省吾의『갑골문자고림』(중화서국, 1996), 2,585·2,595면 참조.

로 볼 수 없다"[133]고 했다.

이학근李學勤도 비교적 일찍부터 이 복사에 주목했다. 그는 1958년『고고학보』제1기에 발표한「제을시대의 비왕 복사帝乙時代的非王卜辭」에서 은허 제15차 발굴 때 YH251와 YH330갱에서 출토된 "통일된 글씨체의 특수한" 복사들은 어떤 경우에는 부자婦子의 질병과 불행 등에 관해 점친 것으로 그 내용이 대부분 여자들의 일에 관한 것인데, 이는 점을 친 사람이 여성임을 보여준다고 했다. 그리고 다시 사전祀典이 간략하며 제사 대상이 되었던 친족도 대부분 여성이며 그 칭위 체계도 상나라 왕의 체계와 일치하지 않는 것으로 볼 때, 점을 쳤던 이 여성은 상나라 왕의 후비가 아니면 바로 직계 친속임이 분명하며, 이 때문에 이러한 "부녀婦女 복사"는 응당 "비왕非王 복사"로 보아야 한다고 했다. 그리고 제13차 발굴 때의 YH127갱은 절대 대부분이 무정 때의 복사이지만, 5가지의 "비왕非王 복사"도 그 속에 혼재되어 있다. 그중 하나는 "자子"를 중심으로 해 여余·아我·천𢓊·추𧾷 등 5명의 정인을 포함하는 "자子복사"이다. 이 복사의 제사 대상을 살펴볼 때, 점을 친 사람은 분명 YH251·YH330갱 복사 정인의 여자들과 지위가 같거나 친속관계에 있는 한 여성일 것이다. "자子"는 점을 친 사람의 개인 이름이며, "여余"는 자子의 대명사이고, "아我"는 이 집단을 대표하는 명칭이며, 자子는 이 집단의 우두머리를 말한다. "천𢓊"은 아마도 부천婦𢓊일 가능성이 높으며, 천𢓊을 비롯해 다른 정인들은 "자子"를 대신해 점을 치를 수 있었다. 이학근은 이러한 복사들을 "자子 복사"라 불렀다. 나머지의 "비왕非王 복사" 중, 한 가지는 "자子 복사"와 관계가 있는데, 이들은 선왕先王 계통의 복사에 보이지 않는 비妣의 개인 이름인 아亞와 도刀의 복사에 출현한다. 또 한 가지는 글씨체가 대부분 둥근 획을 사용하고, "정貞"자를 불룩한 배圓腹의 모습으로 그렸으며, 글자는 대부분 등딱지에다 새겼다. 또 다른 한 가지는 글씨체가 빽빽하

133) 島邦男,『殷墟卜辭研究』, 鼎文書局中譯本, 1975, 30면.

고 힘없는 모습을 했는데, 이것들도 모두 등딱지에 새긴 복사이다. 뒤의 두 가지 복사는 칭위 체계가 일치하기에, 그들은 분명 같은 시기의 사람, 즉 "자子"가 점을 친 것일 것이다. 나머지 한 가지 "비왕非王 복사"는 "비from"가 정인이며, 글씨체는 예리하고 꺾인 모습을 했으며, 정貞자의 귀耳 부분을 네모지거나 비스듬하게 쓴 복사들이다. 이러한 복사는 종종 좌우 대정對貞을 이루며, 왼쪽의 복사를 정사正辭로 삼는다. 이러한 복사의 석갑石甲(『을』 5,327편)은 YH127갱의 자子 복사와 관계된 "비왕非王 복사"(『을』 5,268편)에 보이며, "비㐱"는 분명 자子와 일정한 친족관계에 있다. 이러한 복사의 칭위도 스스로 한 체계를 이루고 있으며, 주인공이 군대를 이끌었고(『을』 4,692편), 지위가 비교적 높은(『을』 5,394편) 남자임을 알 수 있다. 그는 "비왕 복사"를 이렇게 5가지로 분류했다. 그리고 그는 이들의 전체적인 특징을 다음처럼 분석했다. 즉 ① 물어 본 사람이 상나라 왕이 아니다. ② 왕이 점을 친 경우가 없으며, 복사속에서도 왕을 거론하지 않았다. ③ 선왕先王의 이름이 없는 대신 다른 체계의 선조 이름이 있다. ④ 상나라 왕 계통에 부합하는 친속칭위 체계를 갖고 있지 않는 대신 또 다른 나름의 친속칭위 체계 등을 갖고 있다. 그는 또 "비왕 복사"의 점을 친 사람에 대해 이렇게 추정하기도 했다. 즉 ① 모갑某甲, 여성, YH251・YH330갱의 복사. ② 자子, 여성, YH127갱의 자子 복사, '정貞'자를 '정[illegible]'으로 적은 복사, 오로지 등딱지에만 기록한 복사, E16갱의 두 가지 복사. ③ 모을某乙, 남성, YH127갱의 비㐱 복사." 이와 동시에 그는 한걸음 더 나아가 모갑某甲의 경우 봉지封地를 가진 귀부인이며, 정치와 군사 활동에는 참여하지 않았다고 논증했다. 그녀는 자子와 공동의 할머니妣・어머니母・아들子을 가졌고, 자매일 가능성이 높다. 그리고 자子의 지위는 비교적 높아서 군사를 통솔하는 동시에 정치활동에도 참여했다. 모을某乙은 자子와 공동의 선조를 가지며, 군대를 통솔하는 고급귀족이었다. 그리고 은나라 말기의 9점의 청동기의 정리를 통해, 위에서 든 "자子"는 "비왕 복사"와 응당 동일 인물일 것이며, 이는 은나라 말 인방人方의 정벌과 관련되었을 것이다. 그래서 "자子 등은 제을帝乙 때 생존했던 인물이며", 이러한 복사는 "제을帝乙 때의 비왕 복사"라고 논증했다.134)

이처럼 동작빈이 1945년 『은력보』에서 "문무정 복사의 수수께끼"를 제시한 이후 학자들의 열띤 논의가 전개되었다. 그것들은 무정 때의 것인가? 아니면 문무정 때의 것인가? 이 논의에 참여한 쌍방이 근거로 삼았던 복사는 기본적으로 동일하고, 참증으로 삼았던 "갱위"도 기본적으로 일치한다. 하지만 결론은 도리어 첨예하게 대립되어 있으며, 시기에서도 큰 차이를 보인다. 이것은 한편으로 시기구분 연구가 심화됨에 따라 복사가 더욱 엄밀해지고 체계화 되었다는 것을 설명해 주지만, 다른 한편으로 "문무정 복사의 수수께끼"의 "해답"이 결코 진정으로 해결된 것이 아니며 아직 더 깊은 연구가 필요함을 설명해 준다. 하지만 논쟁 과정에서 보았듯, 문제가 이렇게 집중되고 교착 상태에 빠졌다는 것은 새로운 자료와 증거가 나와야만 논쟁의 논리적 근거가 증명되고 한계 극복이 이루어 질 수 있으며, "문무정 복사의 수수께끼"를 "풀게 될" 진정한 날도 도래할 수 있음을 말해 준다.

3) 새로운 증거의 발견과 "수수께끼"의 해결

자子조 · 오午조 · 사自조 복사가 무정 때의 것이라는 진몽가의 논증은 새로운 자료의 지속적인 발견으로 검증되고 보충되어 왔다고 해야 할 것이다.

1963년, 요효수姚孝遂는 『길림대학 사회과학 학보吉林大學社會科學學報』에

134) 李學勤 선생은 이미 "1960년 이후로, 점점 이 잘못된 견해를 수정하게 되었다"고 선언하였으며, 이러한 복사들이 응당 제1기 무정 때의 것이라는 견해에 찬성하는 쪽으로 돌아섰다. 그리고 自組 · 午組는 "모두 武丁 때의 가장 늦은 시기의 복사가 아니다"는 견해를 제시했다(「小屯南地甲骨與甲骨分期」, 『文物』, 1981年 第5期).

「길림대학 소장 갑골 선석吉林大學所藏甲骨選釋」을 발표했는데, 거기서 『전前』 3.14.2편에 수록되었던 갑골 1편을 발표했다. 『전』에서는 이 갑골의 탁본을 저록하면서, 윗부분에 있던 정인 "쟁爭"자의 남아 있는 부분을 잘라 버리는 바람에 "간지표" 부분만 남았었다. 하지만 이번에 새로 탁본한 비교적 완전한 탁본에 근거해 볼 때, 뼈의 상단 부분은 "□□卜, 爭, [貞旬亡]禍(□□일에 점을 칩니다. 쟁爭이 물어 봅니다. [앞으로 10일 동안] 불행한 일이 [없겠습니까?])"로 되어 있고, 뼈의 아랫부분은 전형적인 "자子조" 복사의 간지표였다. 자조 복사는 빈賓조 복사의 정인인 "쟁爭"과 공판으로, 이러한 사실은 그 시기가 정인 쟁爭 복사와 동시대로, 제1기 무정 때의 것임을 분명하게 보여준다.

1964년 추형鄒衡이 『북경대학 학보』(인문과학) 제4기 · 제5기에 발표한 은허 발굴 자료를 "전체적으로 정리"해 발표한 저명 논문 「은허 문화의 시기구분에 대한 시론試論殷墟文化分期」에서는 도기와 청동기의 연구를 통해 은허 유적과 묘장墓葬의 시대 구분 및 그 연대에 대해 논술했다. 그는 "YH16의 층위관계로 볼 때, 자子조에 부속된 복사들이 가장 아래층에서 출토되었고, 사조 복사는 항상 빈賓조 복사와 함께 가장 아래층으로부터 가장 위층까지에서 출토되었지만 상층(즉 제3 · 4층)에서만 제2기 복사(『갑편』 2,942~2,943편을 짜 맞추기綴合 할 수 있음)와 함께 출토되었다. YH106에 포함된 갑골의 경우도 사조 · 자조 복사는 빈조 복사와 함께 출토되었다. 만약 이러한 복사가 상나라 후기에 속한다면, 앞서 말한 단위(YH16 · YH106 · YH005 · YM331 · YM388 · HPKM1001 등)의 상한 연대도 상나라 후기가 될 수밖에 없다. 하지만 이는 층위관계나 동반 출토된 다른 기물 등 어느 것으로 보나 해석이 통하지 않는다. 이와 반대로 만약 이들 복사가 상나라 초기의 것이라면, 앞서 말한 층위관계와 동반 출토된 다른 기물 간에 전혀 모순이 생기지 않는다." 그래서 추형은 은허 문화의 시기 구분 연구에 근거해, 그간 시대에 대한 논쟁이 대단히 컸던 이 갑골에 대해 "우리는 초기의 것이라는 설을 받아들여서 그것들의 절대 연대가 대체로 무정 시대이거나 아니면 무정 전후의 것으로 추정한다"고 했다.

더욱 중요한 것은, 1973년 안양 소둔의 남쪽 지역에서 출토된 대량의 갑골이 "문무정 복사의 수수께끼"였던 갑골의 시기구분 연구에 새로운 국면을 열어주었다는 사실이다. 소둔 남지의 각 단위에서 출토된 서로 다른 시기의 갑골은 그 시기에 상응하는 도기와 공존했는데, 이는 『갑편』과 『을편』에서 공표된 은허 발굴 갑골이 단지 "갱위"의 기록만 있고 참고 자료로 삼을 수 있는 다른 출토 문물이 부족했던 점을 보충해 주었다. 이 때문에 1973년 소둔 남지 갑골의 출토는 "도기의 시기구분과 복골·복갑의 시대가 일치함"을 증명해 주었을 뿐 아니라, T53(4A)층에서 출토된 7편의 글자가 새겨진 "사조 복갑", 특히 T53(4A):146편(즉 『둔남』 4,517편)에 기록된 사조 복사의 정인 "부扶"는 과학적 발굴의 지층과 갱위라는 복사 시기구분 연구의 지층학적 고찰에 증거를 제공해 주었다. T53(4A)층에서 출토된 도력陶鬲·궤簋·관罐 등의 도기편은 그 형태가 기본적으로 소둔 남지의 초기 기물과 비슷하다. 초남肖楠은 T53(4A)층의 층위관계의 분석을 통해 "'사조 복사'의 시대가 절대로 제3기 이후(즉 늠신·강정 시대)와 무정 이전이 될 수는 없으며 무정 시대에 속한다"고 논증했다. 이외에도 소둔 남지의 T53(4A)층 아래쪽에 또 소둔 남지의 초기 회갱灰坑(H111·H112)이 겹을 이루어 눌려져 있었는데, 이 때문에 고고학자들은 "이러한 흔적으로 볼 때, '사조 복사'의 시대는 무정 후기에 속하는 것 같다"[135]고 했다.

고고지층학과 "갱위"를 이용해 "사조 복사"가 무정 시대의 것임을 논증한 고고학자의 이러한 논의에 대해서는 제6절 "시기구분 연구의 새로운 경로"에서 상세히 논술할 것이기에 여기서는 간단히 대강만 말하고자 한다. 여기서 특별히 강조하고자 하는 것은 소둔 남지 갑골의 발견을 계기로 학자들이 "문무정 복사"의 갑골 자체에 대해 다시 얼마나 열띤

135) 肖楠, 「安陽小屯南地發現的'𠂤組卜甲'」, 『考古』, 1976年 第4期.

논의를 전개하게 되었는가 하는 점이다.

초남은 소둔 남지에서 출토된 "사조 복사"를 분석한 이후 이렇게 말했다. "'사조 복사'는 칭위 · 인물 · 글씨체, 찬과 조의 형식 등 여러 방면에서 모두 '빈조 복사'와 유사하며 밀접한 관계를 갖고 있다. 이것은 '사'조와 '빈'조의 복사가 시대적으로 근접함을 말해 준다. 이는 T53(4A)이 위치한 지층관계의 분석으로부터 얻은 결론과도 일치한다. 그 때문에 '사조 복사'는 분명히 무정시기에 속한다고 생각한다." 이와 동시에 "사조 복사는 또 제2기 조경 · 조갑 복사와 일정한 관계가 있으며", "'사조 복사'는 앞 시대(무정)를 계승하여 뒷시대(조경)를 열어주는 작용을 했음을 알려 준다." 그의 결론은 진몽가의 『은허복사 종술』의 "사조 복사"의 시대에 대한 견해와도 일치하며, 또 과학적 발굴에 의한 지층과 갱위 자료로써 진몽가의 논술에 유력한 증거를 보탰다.

1973년 소둔 남지에서 발견된 중요한 갑골 자료는 전면적인 정리를 거친 후, 1980년 『소둔 남지 갑골小屯南地甲骨』 상책(1 · 2분책)에 저록되어 출판되었다. 특히 중요한 것은 이 책에서 과학적 지층 증거를 가진 15편의 "오午조"복사를 공표함으로써 시기구분 연구에 새로운 증거를 보탰다는 점이다. 오조 복사는 대부분 소둔 남지의 초기 회갱인 H102와 같은 초기 지층에서 발견되었다. 이 밖에 초기 회갱인 H107에서는 오조와 사조 복사가 함께 출토되었다. "이번에 발굴된 지층관계에 근거해 볼 때, 그것들은 초기 지층과 회갱에서 발견되었다." 그래서 "이 두 조의 복사의 시대는 빈조와 근접하며, 대략 무정 전후의 것으로 추정 된다." 동시에 한 걸음 더 나아가 오조 복사가 출토된 회갱인 H102가 T53(4A)를 파괴했던 것으로 볼 때, "오조 복사는 또 사조 복사보다 시기가 늦을 가능성이 높다."[136)]

학자들은 또 이 10여 편의 오조 복사 자체에 대해서도 연구하여, 이전

---

136) 「前言」, 『小屯南地甲骨』 上冊, 第一分冊, 中華書局, 1980; 肖楠, 「略論"午組卜辭"」, 『考古』, 1979年 第6期.

학자들의 결론처럼 특징이 동일하다는 것 이외에도 다음과 같은 새로운 특징을 발견했다. 첫째, 오조 복사에는 일련의 독특한 칭위가 존재하며, 이는 다른 복사의 칭위와 거의 연계되지 않고 독자적인 체계를 이루고 있다는 점이다. 새로 발견한 칭위로는 조계祖癸(『둔남』 2,771편) · 남경南庚(『둔남』 2,118편) · 모경母庚(『둔남』 2,673편) · [illegible](『둔남』 2,118편) · [illegible]『둔남』 2,671편) · [illegible]乙(『둔남』 2,598편) 등이다. 둘째, 내용이 간단하고 범위가 협소하여 주로 제사에 관한 내용이라는 점이다. 이들 제사의 대상은 점을 치는 자의 선조이거나 점치는 자가 자신의 안위를 위해 거행한 오知제이다. 오제는 오조 복사에서 가장 흔하게 보이는 제사 이름이며, 그 다음은 세제歲祭와 유제㞢祭이다. 셋째, 오조 복사에는 왕의 활동을 기록한 경우가 없기 때문에, 점을 친 사람이 분명 왕이 아니라는 점이다. 오조 복사에 언급된 내용은 전체 상 왕실이 아니라 한 가족에 관한 내용이다. 그들이 거행했던 주요 제사인 '오제'는 가족의 성원, 특히 가족 대표의 안위를 위한 것이었다. 그렇기 때문에 오조 복사에서 점을 친 사람은 스스로 "여余"라고 불렀으며, 이 가족의 족장이기도 했다. 그 때문에 "오조 복사는 상 왕실의 정통 복사는 아니라 생각된다."137)

사제謝濟는 이전 학자들이 이미 저록했던 "문무정 복사의 수수께끼" 갑골을 정리한 기초 위에서 다시 "소위 빈조 정통파 왕실 복사와는 다른" 이러한 갑골 자체에 대해 더 깊이 연구하였으며, 이들을 "다른 유형의 복사"라 불렀다. 그는 이러한 갑골들의 칭위와 세계世系를 관찰한 후, "주의할 만한 것은 바로 "사부四父"(『안명安明』 2,266편) · "부갑父甲부터 부을父乙까지"(『철이掇二』 170편) 등과 같은 집합 칭위集合稱謂"라고 했다. "복사에서 불렀던 부갑父甲부터 부을父乙까지는 분명 부갑父甲 · 부경父庚 · 부신父辛 · 부을父乙이지 다른 것일 수는 없다. 왜냐하면 다른 시기의 복사에서는 아버지 항렬에 대한 칭호가 부갑父甲부터 부을父乙까지 존재할 수

137) 「前言」, 『小屯南地甲骨』 上冊, 第一分冊, 中華書局, 1980.

가 없기 때문이다." 그래서 그는 "'다른 부류의 복사'에 이러한 집합 칭위가 존재하는 것은 매우 희귀한 것으로, 무정 때의 빈조에서는 시기구분에 의미를 가지는 이러한 집합 칭위는 아직 존재하지 않았다"고 했다. 그는 또 "다른 유형의 복사"의 정인을 관찰하여, "왕정王貞과 재정𢦏貞은 무정 때의 빈조와 무정 때의 다른 복사와 직접 연계될 수 있음을 발견했다." 이렇게 해서 "이 두 가지의 복사가 동시기의 것일 뿐 아니라 동판同版으로 연계되어 있다"고 했다. 이밖에도 그는 "그간 그다지 주목하지 않았던 한 가지 현상", 즉 대량의 정인들이 제1기·2기·3기, "그 중에서도 제1기에 많이 출현하며", "이후의 강정·무을·문정 때에는 단지 '력歷'이라는 정인 한 사람만 등장하고, 그의 이름을 기록한 복사도 겨우 20여 조목에 불과하며, 제5기에도 단지 3~4명의 정인만이 있었다"는 사실을 발견했다. "그리고 무정 때의 '다른 부류의 복사'에 나타나는 정인이 적지 않으며, 정인을 가진 복사도 매우 많다. 이러한 정황도 몇몇 규칙적인 문제를 설명해 줄 수 있는데, 즉 무정 때의 '다른 부류의 복사'가 분명 무을 문정 시대보다 늦지 않을 것이다"고 했다. 또 조사兆辭와 성어成語의 측면에서 "이고二告", "삼고三告", "협짐사協朕事", "협아사協我事", "복범유질㞢凡有疾" 혹은 "유질복범有疾㞢凡" 등은 "무정의 빈조에는 자주 보이지만 제4기 무을 문정 갑골에서는 결코 나타나지 않는데, 이 또한 무정 때의 '다른 부류의 복사'가 무을 문정 복사일 가능성을 배제해준다." 그리고 서사序辭와 서체書體의 측면에서도 '다른 부류의 복사'는 "초기 복사의 몇몇 특징을 반영하고 있다." 사류事類의 측면에서도 "무정 때의 빈조 복사와 무정 때의 '다른 부류의 복사'는 역법曆法과 천상天象, 후백자侯伯子, 지명과 방국方國, 인물과 수렵과 목축의 관리 및 화폐, 제사 질병 생육 등과 같이 많은 유사점을 갖고 있다. 하지만 "이러한 내용은 무을·문정 때에는 없던 것이거나, 있다손 치더라도 극히 드문 경우인데, 이 또한 무정 때의 빈조 복사와 무정 때의 '다른 부류의 복사'의 시대가 서로 일치함을 말해준다." 그는 동작빈의 "복고설"을 "같은 사물을 분할하여

두 개의 다른 시기에 배치한 것"이라 생각했다. 그리고 "무정 때의 다른 부류의 복사에 보이는 칭위 · 정인 · 갱위는 제1기에 속하는 것으로 복고로 볼 수는 없는 문제"라고 했다.138)

이상에서 1945년 동작빈의 『은력보』에서 탄생한 문무정 복사의 "수수께끼"는 더 깊은 연구를 거쳐 1949년 『을편』 「서」에서 "문무정 시대 복사"의 "수수께끼"의 해답을 "풀었다"고 선언한 이후 이루어진 이러한 복사의 시대 확정에 대한 여러 학자의 전 방위적인 탐색과정을 살펴볼 수 있었다. 이러한 논의는 그들의 시기가 제1기 무정 때의 비교적 이른 "반경 · 소신 · 소을" 시기로부터 제5기의 제을에 이르기까지, 시간적 간극이 대단히 커 후기 상나라 전체의 273년에 이르고 있고, 학자마다 다른 다양한 의견이 제시되었다. 그리고 이러한 복사의 정리는 전통적인 "10가지 표준" 외에도 "신파와 구파" 등 여러 방법이 제시되어, 다양한 각도에서 이들의 특징과 내용을 개괄하고 분석하였으며, 제1기의 빈조와 제4기의 역조, 심지어 제5기의 무을 · 제신 복사와 같은 다른 시기의 표준복사들과도 비교 연구했다.

학설이 분분하기는 하지만 객관적 실제에 근접한 시기는 단지 하나일 수밖에 없다. 또 복사 자체에 대한 깊이 있는 이러한 정리와 연구, 특히 1973년 출토된 과학적 지층과 갱위를 근거로 한 사自조 · 오午조 복사의 고찰은 문제를 진정으로 해결하는 데 믿을 만한 새로운 증거를 제공했다. 이 때문에 갑골 시기구분 연구가 심화되고 새로운 증거가 끊임없이 증가되었으며, "이러한 갑골의 시기구분에 대한 현재 중국 학계의 의견은 점점 일치되어 가고 있다. 기본적으로 모두가 소위 '문무정 복사' · '비왕非王 복사' · '왕족王族 복사' · '다자족多子族 복사'나 '사조 · 자조 · 오조' 복사 등 다양한 이름을 가진 갑골들의 시대는 제4기의 문무정 시기가 아니라 응당 제1기 무정시대로 앞당겨져야만 한다고 생각하고 있

138) 謝濟, 「武丁時另種類型卜辭分期硏究」, 『古文字硏究』 第6輯, 中華書局, 1981.

다. 그래서 오늘에 이르러서야 비로소 '문무정 복사의 수수께끼'가 진정으로 풀렸다"139)고 할 수 있다.

그리고 어떤 학자는 여기서 더 나아가 칭위에 근거하고, 고고학의 층위관계 분석과 결합하여, 현재 발견한 "사조 복사는 무정 초기에 속한다"는 사실을 밝혔다. 그리고 점복 자료로 볼 때, 사조 복사는 거북딱지를 주로 썼고 동물 뼈를 사용한 예가 매우 적다. "시기가 앞서는 갑골일수록 거북딱지를 사용한 점복의 비율이 높다는 분석은 거북딱지를 주로 사용했던 사조 복사가 비교적 이른 시기의 특징을 갖는다는 것을 설명해 준다." 그리고 대정對貞 형식이라는 측면에서도 "사조 복사는 긍정문을 많이 사용하였고, 긍정문과 부정문의 내용도 종종 차이를 보여", 비교적 이른 시기 빈조 복사의 대정對貞 형식에 더욱 근접하고 있다. 사조 복사의 "부정 형식의 문장은 빈조와는 다른데", "사조 복사는 부정 의문사를 문장의 끝에 둠으로써 동사와 목적어를 분리했고, 문장이 불완전해 보여 마치 말을 끝맺지 못한 듯한 느낌을 주는 경우가 많다." 빈조 복사와 사조 복사를 비교해 보면, "좌우 대정對貞이 비교적 격식화 되었으며, 긍정문과 부정문의 표현이 비교적 분명하여, 빈조 복사가 비교적 성숙했음을 알 수 있는데" 이는 사조 복사가 비교적 이른 시기의 특징을 가졌음을 보여준다.140)

이럼에도 일부 학자는 여전히 "문무정 시대의 복사"라는 견해를 견지하고 있다. 엄일평嚴一萍은 1985년 출판된 『상주 갑골문 총집商周甲骨文總集』(예문인서관)의 「서」에서 자신의 견해를 총체적으로 밝혔다. 즉 "동작빈 선생이 지적한 '대을大乙'이라는 칭위는 그것들이 문무정 시대의 것이라는 강력한 증거이다. 25년 전 나는 여기에다 '모무母戊'라는 칭위와 유제侑祭라는 제사 체계를 추가했으며, 가장 중요한 증거인 윤이월閏二月을 발견했다." 그리고 이렇게 물었다. "이러한 문제가 지층이나 다듬기 기

139) 王宇信, 『甲骨學通論』, 中國社會科學出版社, 1989, 194면.
140) 鄭振香・陳志達, 「論婦好墓對殷墟文化和卜辭斷代的意義」, 『考古』, 1981年 第6期.

술로 해결될 수 있단 말인가?" "만약 잘못된 지층에 근거해 갑골의 시대를 판단한 것이라면, 그 결과는 미루어 짐작할 수 있을 것이다"고도 했다. 또 "문무정 시대 때의 갑골이라는 사실에 반대하는 연구자들은 전면적으로 고려해야 하며, '그 전체를 살피는' 방법을 사용해 이 문제를 다시 생각하기"를 호소했다.

엄일평은 또 1973년 소둔 남지 갑골의 지층관계에 대해서도 이렇게 논박했다. 소둔 남지 T53(4a)에서 출토된 문무정 때의 거북 배딱지는 H91 : 1을 비롯해 H91 : 4와 짜 맞추기가 가능한데도, T53(4a)는 '무정 후기'의 것이라 하고, H91는 '강정 무을 문무정 때'의 것이라 한다. 지금 서로 다른 두 지층에서 출토된 거북 배딱지가 하나로 짜 맞추기가 가능하다는 것은 이유여하를 불문하고 이의 시기구분이 맞지 않다는 사실을 보여 준다."[141]

하지만 『소둔 남지 갑골』 하책 제1분책의 『석문釋文』 4,516편은 엄일평의 논박에 해답을 주었다. 현장 고고학에서 이러한 현상은 자주 보인다. 즉 "초기 지층이나 회갱이 후기 지층이나 회갱에 의해 파손되고, 이 때문에 초기 유물이 후기의 지층이나 회갱 속으로 들어가게 된다. 이렇게 해서 서로 다른 시기의 회갱이나 지층의 유물이 서로 짜 맞추기가 가능해 질 수 있다. 도기 조각도 그렇고, 갑골도 그렇다." 저자는 T53(4a)와 H91은 각각 소둔 남지의 초기와 중기에 해당하는데, H91이 T53(4a)를 파손시켰다고 생각했다. 이 몇몇 갑골은 T53(4A) 속에서 출토되었으나 모두 절반이 잘려나간 상태였는데, 이는 파손될 때 일어난 것이다. 잘려나간 이러한 은대의 복갑은 대부분 이미 어느 곳에 버려졌는지 알 수 없다. 다만 몇몇 작은 조각들이 H91 속에 있었는데, 그 중의 H91 : 1+4는 T53(4A) : 145와 서로 짜 맞추기가 가능하다. 이 때문에 "이 몇몇 갑골의 시대는 소둔 남지의 초기에 속하는 것이며 소둔 남지의 중기에 넣어서

141) 嚴一萍, 『甲骨斷代問題』, 藝文印書館, 1982, 9 · 277면.

는 아니 된다. 이것은 무정 시대에 속해야 하는 것이지 문무정 시대에 속하는 것이 아님을 말해준다."

4) 시기구분 연구의 심화와 날로 정밀해 진 시기구분

동작빈이 1932년 완성한 「갑골문 시기구분 연구 예」는 선구적인 저작이었다. 그가 제시한 "5시기" 구분법과 "10가지 표준"은 근대고고학의 방법을 갑골학 영역에 도입했다. 이로써 상나라 후기 갑골문 273년의 "혼돈"이 깨어졌고, 갑골 연구는 전혀 새로운 단계에 올라서게 되었다. 하지만 동작빈이 말했던 것처럼 "이는 시기구분 연구의 완성된 결론은 아니었으며", "이 학문을 하는 사람들이 이러한 방안의 적용 가능성과 완비 여부를 평상심으로 비판해 주기를 바란" 것이었다.142)

최근 70년 동안, 갑골자료의 지속적인 저록과 과학적 발굴에 의한 끊임없는 출토, 새로운 증거와 새로운 발견 등은 연구자들의 시야와 연구방법을 더욱 확대시키고 정밀하게 만들었다. 이 때문에 동작빈이 「갑골문 시기구분 연구 예」에서 제시했던 몇몇 관점도 당연히 보충·수정되어 더욱 정밀해지고 과학적인 것이 되어야만 했다. 그리하여 시기구분 연구는 끊임없이 깊이를 더해 갔다. 1933년 「갑골문 시기구분 연구 예」의 방안이 막 제시되었을 때, "이런 방법에 소수의 학자들만 찬동했으며, 어떤 사람들은 「정인 질의貞人質疑」와 같은 글을 발표하기도 했다. 내가 시기구분 방법을 응용해 『은력보』를 완성하고, 호후선 군도 시기구분 방법을 사용해 『갑골학 상사 논총』을 발표한 후에 이르러서야, 더 이상 이러한 방법에 대해 회의하는 사람이 사라지게 되었다고 생각한다."143)

동작빈의 「갑골문 시기구분 연구 예」를 찬성하고 지지했던 최초의 인

142) 董作賓, 「甲骨文斷代硏究例」, 『慶祝蔡元培先生六十五歲論文集』, 1933.
143) 董作賓, 「自序」, 『殷虛文字甲編』, 商務印書館, 1948.

물은 곽말약郭沫若이었다. 당시 곽말약은 일본에 머물고 있었는데, 갑골학의 대단한 명저라 할 『복사 통찬卜辭通纂』의 편찬에 빠져 있을 때였다. 그는 1931년 동작빈의 「대귀 4판 고석大龜四版考釋」을 보고서 "정인貞人"설의 발명을 대단히 높게 평가하며 이렇게 말했다. "이전에는 복卜과 정貞 사이에 놓인 한 글자가 무슨 뜻인지 알지 못했다. 최근 동언당(작빈)이 정인의 이름이라고 해독함으로써 드디어 커다란 물꼬가 트이게 되었다." 곽말약은 당시 갑골문 시기구분에 대해 탐색하고 있었으며, 『복사 통찬』의 "책 뒤에 '복사 시기 구분표'를 첨부하여 본문 속에서 열거한 것들 중 세대世代를 알 수 있는 복사들을 일일이 표로 나타낼 생각이었다." 그 후 얼마 지나지 않아, 동작빈과의 서신 교환 과정에서 「갑골문 시기구분 연구 예」의 "10가지 표준"을 알게 되었으며, 곽말약은 이를 "체제가 엄밀한" 논문이라 추앙했다. "필시 크게 볼만한 것이기에 여기서는 더 이상 일일이 논의하지 않겠다"[144]고 하면서, 『복사 통찬』에 첨부하려했던 '복사 시기 구분표'의 구상을 취소했다. 곽말약은 일본에서 「갑골문 시기구분 연구 예」의 세 번째 교정 원고를 받아 본 후, "그의 탁견에 다시 놀랐고 경의를 표한다. 이렇게 계통적이고 종합적인 연구는 실로 갑골문이 출토된 이후 없었던 일이다. 논문에서 나눈 10가지 항목은 「전서前序」에서 말했던 것처럼 거의 모두가 창조적 견해로 충만해 있다." "대다수 정인의 연대가 이미 밝혀졌기에 대다수 복사의 연대 확정도 식은 죽 먹기였는데, 이에는 동작빈의 공헌이 실로 적지 않다." 곽말약은 동작빈의 「갑골문 시기구분 연구 예」에서 처음으로 세운 시기구분의 표준과 방법에 대단히 찬동했다. 그는 "동씨의 창조적 견해 중, 가장 중요한 것은 당연히 '정인'을 꼽아야 할 것이며, 나머지는 모두 이로부터 역추적했거나 파생되어 나온 것이다. 동씨는 같은 편에 등장하는 정인이나 같은 복사에 보이는 칭위나 갱위 등으로부터 대다수 정인의 시대를 판

144) 郭沫若, 「序」, 『卜辭通纂』, 日本 文求堂 印行, 1933.

단할 수 있다"고 생각했다. 그가 정리한 정인의 결과에 근거해볼 때, "이들 중 旅·즉卽·행行 등 세 가지는 내가 본 것과 일치하며, 나머지는 내가 다시 검정해 본 결과, 모두 바꿀 수 없는 확실한 것이었다." 곽말약은 동작빈이 「갑골문 시기구분 연구 예」에서 열거했던 정인에 대해 보충을 하기도 했는데, "이외에도 윤尹이라는 이름을 가진 정인도 있지만 동씨는 이를 살피지 못했다. 지금 그 예에 근거해 그는 조경·조갑 때의 사람임을 알 수 있으며, 글자의 사용과 문례文例는 행行·즉卽의 것과 동일하다."145)

동작빈은 은허를 직접 발굴했다는 장점으로써 곽말약 보다 앞서 갑골문 시기구분 연구의 체계를 완성했다. 이에 비해 곽말약은 일본에서 갑골문을 정리하고 시기구분을 연구했음에도, "매번 이루어지는 은허 발굴의 진전을 대단히 중시했고 서양 고고학의 영향을 비교적 일찍부터 받았기 때문에 갑골문 연구의 시기구분에 공헌할 수 있었다."146)

동작빈과 곽말약이 걸었던 길은 서로 달랐지만 귀결점은 같았다. 그들은 약속이나 한 듯 갑골문 시기구분에서 창의적인 연구를 이루었다. 『복사 통찬』은 시기구분 이론에 근거해 갑골문을 정리한 최초의 저작이라고 해도 무방할 것이다.

동작빈이 「갑골문 시기구분 연구 예」에서 "10가지 표준"을 제시하긴 했지만, 바로 자신의 말처럼, "이는 시기구분 연구가 완성된 후의 결론이 아니라 시기구분 연구의 시도 중의 몇 가지 예일 뿐이었다." 그래서 적지 않은 표준들이 아직 "하나하나 정밀하게 연구해야 할 대상이었다."147) 예컨대 "10가지 표준" 중에서 주요한 "법보"의 하나로 불리는 '정인'은 자료의 한계로 당시에 찾아낸 숫자는 겨우 25명 정도에 지나지 않았다. 이후 다년간에 걸친 노력과 정리 끝에 이는 지속적으로 보충되

145) 郭沫若, 「後記」, 『卜辭通纂』, 日本 文求堂 印行, 1933.
146) 張豈之(主編), 『中國近代史學學術史』, 中國社會科學出版社, 1996, 513면.
147) 董作賓, 「甲骨文斷代硏究例」, 『慶祝蔡元培先生六十五歲論文集』, 1933.

었으며, 전술한 바와 같이 지금은 이미 123명에 이른다. 1973년 소둔 남지 갑골이 출토된 이후에도 무정 제1기의 정인에 "규니"(『둔남』 2,113편)·"수"(『둔남』 4,177편) 등과 같은 새로운 정인이 더 발견되었다.[148] 이밖에도 갑골문이 "제4기의 무을 문정 때 이르면 정인을 기록하지 않게 되었는데", 동작빈은 이를 "정인을 기록하지 않던 시대"라 불렀다. 하지만 "당시에 주목했던 것은 무을 시대의 복사에만 한정되었고, 열거한 제4기의 예도 무을 때의 것에 한정되었다."[149] 그 때문에 어느 것이 무을 때의 복사이고, 어느 것이 문정 때의 복사인지에 대해서 상세하게 분석하지 못했다. 그는 1945년 『은력보』에서 "문무정 시대의 복사" 문제를 제기했지만, 진정한 "해답"은 30여 년이 흐른 후에서야 진정으로 "풀리게" 되었으며, 이로부터 시기구분체계는 더욱 엄밀해졌고 시기구분 연구가 발전하게 되었다.

이밖에 "시기구분 연구라면 본래는 각각의 제왕을 1대代로 삼아야만 한다." "하지만 각각의 제왕이라 하더라도 여전히 그 시기 상의 선후는 존재한다. 무정의 경우 59년 동안 재위했는데 이는 조경부터 강정에 이르는 4세世에 해당하는 기간이기 때문에, 59년간의 역사적 사실에도 그 선후가 있는 것은 당연하다. 이러한 정밀한 획분은 모두 앞으로 해결되어야 할 문제이다."[150] 이와 같은 문제 등에 대해서는 더 이상 열거하지 않겠다. 세상에 전해지던 갑골이 저록을 거쳐 끊임없이 공표되고 학자들이 본 갑골 자료가 날로 증가하면서, 특히 과학적 발굴에 의한 갑골이 계속해 새로 얻어짐으로써 연구방법은 날로 정밀해 졌다. 여기에다 발굴과정에서 끊임없이 제기된 새로운 문제에 대한 답과 해결이 이루어져야 했기 때문에, 동작빈이 제시한 "시기구분 연구"의 "10가지 표준"과 '5시

148) 『小屯南地甲骨』「序」 및 郭振祿, 「小屯南地甲骨綜論」, 『考古學報』, 1997年 第1期.

149) 董作賓, 『殷虛文字乙編』「序」, 『中國現代學術經典』「董作賓卷」, 河北教育出版社, 1996, 721면.

150) 董作賓, 『甲骨文斷代研究例』, 『慶祝蔡元培先生六十五歲論文集』, 1933.

기' 구분법은 지속적으로 수정을 거쳐 충실해졌으며, 이로부터 시기구분 연구의 규칙들이 더욱 엄밀해 졌고, 시기구분에서의 조정 가능성이 더욱 확대되었다.

진몽가陳夢家는 『은허복사 종술殷虛卜辭綜述』에서 동작빈의 "10가지 표준"과 "5시기" 설의 기초 위에서, 더 깊이 탐색하고 계통적으로 논증해 나갔다. 그는 동작빈의 몇몇 견해를 수정했으며, 시기구분의 "3가지 표준"과 "9시기" 설을 제시했다. 소위 "3가지 표준"의 "제1 표준"은 세계世系・칭위稱謂・정인貞人인데, 이는 "갑골 시기구분에서 가장 중요한 요건이다." 그것은 대다수의 복사에서 ㉮선조의 세계世系, ㉯점복 당시 그 조상에 대한 칭위, ㉰점복자의 이름 등을 모두 찾아볼 수 있기 때문이다. ㉮로부터 각 왕들 간의 시간적 거리를 알 수 있는데, 그것은 재위의 차례位次, 세차世次 및 직계・방계 등이다. ㉯로부터는 점복 당시 그 조상에 대한 왕의 거리를 알 수 있는데, 그것은 그들 간의 친속 관계이다. ㉰의 연대는 ㉯에 의해 정해지는데, 점복을 한 사람은 당시의 왕과 동시대의 인물이기 때문이다." 이 세 가지 중에서도 "점복자가 가장 중요하며, 복사의 점복자는 당시의 왕과 정인에 한정 된다." "제1 표준"에 근거해 복인의 이름이 없는 복사들의 시대도 확정할 수 있는데, 그럴 경우에는 칭위에 의해 결정된 표준 연대의 갑골편에 근거해야만 한다. 이와 동시에 정인에 의해 표준 갑골편도 확정할 수 있다. "제2 표준"은 바로 시대가 명확한 표준 갑골편을 정리하여 연구해 낸 서로 다른 시기의 글씨체・어휘・문례文例의 특징 및 변화를 말하며, "이러한 특징으로써 정인이 없는 복사의 연대를 확정할 수 있다. 이들을 잠정적으로 제2 표준이라 이름 붙인다."

"제3 표준"은 바로 "앞서 말한 두 가지 표준을 이용하여, 모든 갑골각사를 그 내용에 따라 각각의 사류事類로 나누고 이를 연구하는 것을 말한다. 복사의 내용은 대체로 6가지로 나누어지는데", 제사祭祀・천상天象・수확年成・정벌征伐・왕의 일王事・복순卜旬 등이 그것이다. 또 "이러한 각각의 분류에다 시기구분법을 더하게 되면, 어떤 한 시기의 사전祀典・역법曆法・역사적 사건史實 및 기타 제도・각종 제도의 차이 등을 종합적으로 만들어 낼 수 있으며, 이는 시대를 판별하는 용도로 쓸 수 있기 때문에 잠정적으로 제3 표준이라 이름 해 둔다."[151]

진몽가의 "제1 표준"은 세계・칭위・정인인데 이는 동작빈이 말한 "직접 표준"인 세계・칭위・정인・갱위를 수정한 것이다. 진몽가는 갑골의 시기구분에 대한 "갱위"의 기능은 "한계가 있다"고 보고서는 "그것을 응용하여 시기구분 할 때에는 대단히 신중해야 한다"고 했다.[152] 진몽가의 "제2 표준", 즉 글씨체(자형의 구조과 서법・스타일 등을 포함)・어휘(상용어휘・술어・합문合文 등을 포함)・문례(행간・복사 형식・문법 등을 포함) 등은 사실 동작빈의 '10가지 표준'의 문자・서체・문법 등에 해당하는 항목이다. 하지만 진몽가는 여기서 동작빈보다 이 세 가지 항목이 시기구분 연구에서 가지는 작용을 더욱 중시했다. 왜냐하면 이러한 측면에서 각 시기의 특징 및 변화가 확정되어야만, 칭위・세계・정인을 갖추었거나 사류가 불명확한 복사도 시기를 구분할 수 있으며, 이럴 때 대단히 편리한 표준이 되기 때문이다. 복사라면 최소한 문자는 갖고 있기 때문에 이 "제2 표준"은 곧바로 사용 가능하게 된다. 진몽가의 "제3 표준"은 바로 동작빈의 "10가지 표준"의 방국・인물・사류 등이다. 동작빈은 "10가지 표준"의 세계・칭위・정인・갱위 등을 시기구분의 "직접 표준"으로 보았고, 나머지 항목들은 모두 "간접 표준"이라 했다. 진몽가는 동작빈의 "간접 표준" 중에서 "제2 표준"을 분리해 내고 그것이 시기구분에서 미치는 작용을 강조했는데, 이것은 갑골문 자체의 객관적 실제에 부합하는 것으로 복사의 정리가 심화되고 시기구분 연구가 발전한 것이라 하겠다.

진몽가는 이상의 세 가지 표준에 근거해 은허 갑골문을 다음의 9시기

151) 陳夢家, 『殷虛卜辭綜述』, 科學出版社, 1956, 137~138면.
152) 陳夢家, 『殷虛卜辭綜述』, 科學出版社, 1956, 139~141면.

로 구분했다.

1. 무정武丁 복사		①	1세世	초기
2. 경庚 · 갑甲 복사	조경祖庚 복사	②	2세世	
	조갑祖甲 복사	③		
3. 름廩 · 강康 복사	늠신廩辛 복사	④	3세世	
	강정康丁 복사	⑤		중기
4. 무武 · 문文 복사	무을武乙 복사	⑥	4세世	
	문정文丁 복사	⑦	5세世	
5. 을乙 · 신辛 복사	제을帝乙 복사	⑧	6세世	후기
	제신帝辛 복사	⑨	7세世	

진몽가의 이러한 시기구분은 동작빈이 「갑골문 시기구분 연구 예」에서 말했던 "원칙적으로는 각각의 제왕을 1대代로 삼아야 한다"고 한 처음의 고민에 부합하고 있다. 하지만 진몽가도 전체 복사를 정리하고 그것들을 각각의 왕세王世에다 배치하고자 했지만 그렇게 할 수 없다는 사실을 발견했다. "실제 분별하는 과정에는 언제나 어려움이 존재했다." 이 때문에 "9시기"설은 "5시기"설보다 발전한 것 같지만, 사실은 정인의 이름이나 칭위를 가지지 않은 복사 및 사류가 불분명한 많은 갑골을 세분하여 각각의 왕세王世에 배치한다는 것은 근본적으로 불가능하다. 그래서 진몽가은 "9시기"설의 기초 위에서 다시 "초기 · 중기 · 후기의 대략적인 3시기를 제시했으며, 그와 동시에 동작빈의 5시기 구분법도 남겨두었다. 세분할 수만 있다면 가능한 한 9시기 구분법을 따를 것이다. 하지만 세분하기 힘들 때에는 5시기, 심지어 3시기 구분법도 따를 것이다" 고 했다.[153] 이에 관해서는 이미 『갑골학 통론甲骨學通論』에서 이렇게 평

153) 陳夢家, 『殷虛卜辭綜述』, 科學出版社, 1956, 138면.

가한 적이 있다. "동작빈의 '5시기' 구분법은 세분할 수 있는 정황을 고려한 상태에서 복사를 9명의 상나라 왕의 이름 아래에다 배치한 '9시기'설을 이미 포괄하고 있기 때문에, 진몽가의 소위 '3시기'설은 그다지 필요해 보이지 않는다. 왜냐하면 '5시기'설이 이미 모든 복사를 획분할 수 있고, 또 어떤 복사가 '5시기'설의 범위에 포함될 수 없는 지도 모르는 상황에서, 이보다 더 막연한 '3기'설을 채택해야 할 필요가 없기 때문이다."[154]

1946년 『갑골 육록甲骨六錄』을 출판한 후부터, 호후선胡厚宣은 계속해서 『남북南北』·『녕호寧滬』·『경진京津』·『존속續存』 등을 출판했다. 이 네 책에서는 "총 13,814편의 갑골을 저록했는데, 은허 출토 전체 갑골 10만여 편의 10퍼센트 이상을 차지하고 있다." 호후선은 "갑골의 탁본(혹은 모사본)을 출판하여 유통의 범위를 확대했을 뿐 아니라 갑골저록 편찬의 새로운 체제를 창조하여 이후 과학적으로 갑골문을 저록하는 데 모범을 제시했다."[155] 호후선은 갑골을 "먼저 시기를 나누고, 그 다음 다시 분류"하는 과정에서 다음과 같은 "4시기" 분류법을 채택했다.

제1기 : 반경盤庚·소신小辛·소을小乙·무정武丁 시기

제2기 : 조경祖庚·조갑祖甲

제3기 : 늠신廩辛·강정康丁·무을武乙·문정文丁

제4기 : 제을帝乙·제신帝辛

제3기에 늠신·강정·무을·문정 등 3세世 4왕王이 포함되어 있는데, 이는 사실 「갑골문 시기구분 연구 예」의 "5시기"설의 제3기와 제4기를 합쳐 놓은 것이다. 이렇게 된 것은 제3기와 제4기의 갑골에는 칭위와 정인 등의 표준에 근거해 제3기와 제4기를 명확히 구분할 수 있는 일부 갑

154) 王宇信, 『甲骨學通論』, 中國社會科學出版社, 1989, 13면.
155) 王宇信, 『建國以來甲骨文硏究』, 中國社會科學出版社, 1981, 37면.

골이 존재하기도 하지만 시기기분에 많이 고민해야 하는 것도 많았기 때문이다. 이러한 갑골은 대부분 마을의 중간이나 마을 북쪽의 대련갱大連坑 부근에서 출토된 것들이다. 갑골의 글씨체가 엄정嚴整하고 필획도 머리와 꼬리부분이 뾰족하고 중간은 두터운 모습이다. 이러한 서체는 제3기의 정인 이름이 있는 갑골의 "퇴폐頹廢"한 모습과도 다른 뿐더러 제4기의 "경초勁峭"한 것과도 다른 모습이다. 정인 이름을 갖지 않은 이러한 갑골을 이전 학자들은 "무명조無名組"[156] 복사라 불렀다. 이러한 복사에는 어떤 경우에는 "부갑父甲"이나 "형신兄辛" 등의 칭위가 존재하는데, 이는 물론 제3기 늠신과 강정이 그의 아버지 조갑과 강정이 그의 형인 늠신을 부른 것이다. 그래서 『통通』 334편 같은 것은 분명히 제3기 때의 것이다. 하지만 이러한 갑골에는 어떤 경우에는 "부정父丁"이라는 칭위도 있는데, 이는 제4기 때의 무을이 그의 아버지 강정을 부른 것이다. 그래서 『갑甲』 840편은 제4기 때의 것이 분명하다. 이 때문에 문자의 서체가 완전히 같은 이러한 갑골을 칭위에 근거해 제3기와 제4기로 나눌 수 있게 된다. 하지만 칭위가 있는 복사는 이렇게 처리하면 되지만 그런 경우는 결국 그다지 많지 않다. 그렇다면 칭위가 없는 더 많은 복사를 어떻게 처리할 것인가? 예컨대 『췌萃』 554편의 경우, 문자의 서체는 『통通』 334편과 『갑甲』 840편이 조금의 차이도 없지만, 단지 칭위만 없을 뿐이다. 제3기와 제4기의 공통된 글씨체를 가진 이러한 복사는 또 어떻게 처리할 것인가? 이 때문에 호후선은 아예 동작빈의 제3·4기를 합쳐버렸는데, 그것은 이러한 골치 아픈 문제를 해결하는 일종의 편법이었다.

그래서 호후선의 "4시기" 시기구분법의 실질은 여전히 동작빈의 "5시기"설을 이론적 기초로 삼고 있으며, 이는 갑골을 실제 정리하고 저록하는 시기구분 실천과정에서 나오게 된 일종의 변통이었다. "4시기" 분기법은 실제 연구 과정에서 "5시기" 시기구분법이 처리하기 힘든 모순을

156) 李學勤, 「小屯南地甲骨與甲骨分期」, 『文物』, 1981年 第5期.

들추어내긴 했지만, 학자들의 지적처럼 "제3기에 3세世 4왕王이 포함된 것은 결국 너무 길었으며", "그가 동작빈의 3·4 두 시기를 하나로 합친 것은 타당하지 않다"고 생각된다.[157)]

1973년 소둔 남지 갑골의 발견은 이러한 복사의 시대를 확정하는 데 지층이라는 과학적인 증거를 제시해 주었다. "대사공大司空 3기에 상당하는"[158)] 소둔 남지 중기 지층과 회갱에서 시대가 비교적 복잡한 복사가 출토되었다. 고고학자들은 중기 지층 및 회갱이 파괴된 관계에 근거해, 각 단위는 다시 시대가 다른 두 조組, 즉 "H37·H99·H55와 H39·H85·H47의 두 조로 나누었다. 전자의 시기가 후자보다 비교적 이른데, 이를 중기 1조組라 부르고, 후자를 중기 제2조라 불렀다."[159)] 그리고 소둔 남지 중기 지층에서 출토된 갑골의 경우, 학자들은 그 칭위·문자·서체 등의 특징에 근거해 3가지 부류로 나누었다. 그중 "제1 부류"는 "모두 필획이 섬세하며, 글씨체가 수려하고 깔끔한 특징을 가진다. 주요 칭위로는 부갑父甲·부경父庚·부기父己·형신兄辛 등이 등장하는데, 『둔남屯南』 2,085편, 『둔남』 2,497편, 『둔남』 2,531편, 『둔남』 2,254편, 『둔남』 2,064편, 『둔남』 2,657편 등이 그렇다."[160)] 『소둔 남지 갑골』의 「머리말」에 의하면, "제1 부류와 제2 부류의 복사는 중기 1조의 회갱과 지층에서 출토되었다." "또 내용으로 볼 때, 이 제1부류의 복사에는 부경父庚·부갑父甲·부기父己·형신兄辛 등의 칭위가 등장하고 있다. 이러한 칭위는 문헌에 보이는 강정康丁의 여러 아버지들인 조경祖庚·조갑祖甲·효기孝己를 비롯해 그의 형인 늠신廩辛과 완전히 부합하고 있다. 그 때문에 제1부류의 복사는 강정 때의 복사임이 분명하다."

1973년 소둔 남지 갑골의 발견은 이러한 갑골의 시기구분에 믿을 만

157) 陳夢家, 『殷虛卜辭綜述』, 科學出版社, 1956, 139면.
158) 肖楠, 「論武乙」·「文丁卜辭」, 『古文字研究』 第3輯, 中華書局, 1980.
159) 『小屯南地甲骨』 「前言」, 中華書局, 1983.
160) 肖楠, 「論武乙」·「文丁卜辭」, 『古文字研究』 第3輯, 中華書局, 1980.

한 증거를 제공해 주었으며, 학자들도 여기서 한걸음 더 나아가 이런 복사의 특징을 다음처럼 개괄했다. 첫째, "가장 분명한 특징의 하나는 바로 복사에 더 이상 정인이 출현하지 않으며", 게다가 전사前辭의 형식도 대단히 간단하게 줄었다는 점이다. 둘째, "강정 복사는 글씨체의 부분에서 이전 복사에 비해 대단히 큰 변화가 일어났다." 서체뿐 아니라 특히 글자의 구조적인 측면에서도 커다란 변화가 일어났다. 특히 "강정 때의 글씨체는 무을 때의 글씨체와 밀접한 관계를 가지는데, 무을 때의 일부 글씨체의 경우 만약 칭위에 근거하지 않는다면 강정 때의 글씨체와 구분조차 힘들 정도이다. 68편(H2 : 72+769) · 2,281편(H57 : 39) 등과 같은 복사의 글씨체는 강정 때의 것과 차이가 없지만, 만약 부정父丁 · 부신父辛 등의 칭위가 등장한다면, 이들은 응당 무을 때의 것이지 강정 때의 복사에 포함될 수는 없다." 셋째, "강정 복사의 조사兆辭에는 주로 '길吉' · '대길大吉' · '인길引吉' · '어리馭釐' 등이 등장하며, 소수의 경우 '자용玆用'을 사용하기도 하고, 어떤 경우에는 '길吉'과 '자용玆用'은 연용하여 '길용吉用'이라 쓰기도 한다. 넷째, 강정 시기에도 기사記事각사가 존재했지만 그 형식은 간단하여 간지자만 기록하였다.161) 정인의 이름이 기재되지 않아 시기구분 연구에서 처리하기 힘들었던 이러한 갑골은 연구가 깊어짐에 따라 더는 모호하게 "3 · 4기"로 합칠 필요가 없게 되었으며, 분명하게 "강정" 때의 복사라 부를 수 있게 되었다.

이러한 것은 동작빈의 「갑골문 시기구분 연구 예」가 발표된 이후, 학자들이 그의 "10가지 표준"과 "5시기" 구분법을 보충하고 수정했던 것들이다. 동작빈의 "문무정 복사" 등과 같은 몇몇 견해는 시간문제에서 많이 조정되었다. 그리고 "무명조無名組" 복사와 같이 시대를 알기 힘들었던 몇몇 복사는 이미 강정 시대의 것으로 확정되었다. 이러한 연구는 시기구분을 더욱 정확하고 정밀하게 만들었다. 그리고 정인 등과 같은 "10

161) 「前言」, 『小屯南地甲骨』, 中華書局, 1983, 29~39면.

가지 표준"은 이미 대대적으로 보충되고 풍부해 졌으며, 이로부터 더욱 계통화 되고 이론화 되었다. 그리하여 갑골을 정리할 때 구체적으로 적용할 수 있게 되었다. 그래서 시기구분 연구의 심화와 날로 정밀해 진 시기구분은 근 백 년 이래 갑골학 연구의 커다란 성과라 할 수 있을 것이다.

4. 역歷조 복사 "수수께끼"의 제기와 논의

1) 갑골문 시기 구분의 또 다른 수수께끼―"역歷조복사" 시기의재구분과그특징

1976년 중국과학원 고고연구소 안양 공작대는 하남성 안양 소둔촌의 서북쪽, 즉 은허 궁전 구역의 서남쪽에서 중요한 것을 발견했다. 바로 은허 발굴사에서 대단히 드문 도굴되지 않은 왕실 중형묘(M5)를 발굴했던 것이다. 이 묘는 크지는 않았지만 부장품이 풍부하여, 청동기만 해도 440점, 옥기가 590여 점에 이르렀다. 그 외에도 석기・골기・상아 제품 등 총 1천6백 점 이상의 유물이 출토되어, 은허 묘장의 시기구분과 상나라 청동기의 시기구분 연구에 중요한 자료를 제공해 주었다.[162] 더욱 의미 있는 것은 이 묘에서 출토된 많은 청동기에서 명문이 발견되었으며, "부호婦好"라 표기된 청동기만 해도 60여 점이나 된다는 점이다. 이 묘의 주인은 바로 갑골문에 기록된 제1기 무정의 아내인 부호婦好로 알려졌으며,[163] 이 때문에 이 묘는 "부호묘婦好墓"라 불렸다.[164]

---

162) 中國社會科學院考古研究所安陽工作隊, 「安陽殷墟五號墓的發掘」, 『考古學報』, 1977年 第2期.

163) 王宇信 等, 「試論殷墟五號墓的婦好」, 『考古學報』, 1977年 第2期. 「試論殷墟五號墓的

이렇게 중요한 묘장의 발견은 학자들의 지대한 관심을 끌었고, 여러 관점에서 서로 열띤 논의가 전개되었다.[165] 부호묘의 시대를 추정하는 가장 중요한 근거는 지층·청동기·도기 외에도 갑골문 제1기와 제4기에 모두 등장하는 "부호婦好"라는 인물이다. 불완전한 통계이긴 하지만, "부호와 관련된 제1기의 복사는 240~250조항에 이르지만, 제4기에 기록된 것은 단지 5~6조항에 불과하다. 은허 제5호 묘의 연구자들에 의하면, 이 묘에서 출토된 도기와 청동기에 후기 상나라 이전의 특징이 존재하고 있으며, 또 5호 묘에서 출토된 적잖은 여성용 골제나 석제의 비녀笄와 빗梳을 비롯해 무기·예기 등에 근거할 때 묘의 주인은 지위가 비교적 높았던 한 여성임이 분명하다. 이러한 점을 고려해 보면 갑골문 제1기에 기록된 무정武丁 임금과 관계가 긴밀하고 중요한 지위를 가졌던 왕비 부호婦好만이 이에 비견될 수 있는 인물로 판단되며, 제4기에 기록된 부호는 그 신분과 지위가 5호 묘의 주인에 미치지 못하는 것으로 판단했다." 그리하여 어떤 학자들은 "5호 묘의 주인은 갑골문 제1기의 부호임이 분명하다"고 했다.[166]

바로 이 "부호" 때문에 이학근李學勤은 이렇게 말했다. "복골 『갑』 688편에 '신축일에 부호께 제사를 드릴까요? 辛丑𢾅(獻)祀婦好'라는 기록이 있는데, 이는 신일辛日에 부호婦好에게 제사 지낸 것을 말하며, 그 때문에 부호婦好는 무정武丁의 부인이었던 비신妣辛으로 추정된다. 또 청동기에서 불렸던 '후모신后母辛'은 무정의 아들 항렬에서 부호를 불렀던 칭위이다."[167] 그도 "'부호'묘를 무정 후기 때의 왕실 묘장"으로 여겼지만, 근거로 삼았던 갑골문의 시기(전통적인)는 전혀 달랐다. 전통적인 제4기 갑골, 즉 "소둔촌 마을 가운데쪽에서 많이 출토된 복골에도 부호라는 이름

年代」, 『鄭州大學學報』(哲學社會科學版), 1979年 第2期.

164) 『殷墟婦好墓』, 文物出版社, 1980.

165) 「殷墟五號墓座談紀要」, 『考古』, 1977年 第5期.

166) 王宇信, 『建國以來甲骨文硏究』, 中國社會科學出版社, 1981, 87면.

167) 李學勤, 「論'婦好'墓的年代及有關問題」, 『文物』, 1977年 第11期.

이 있다. 이러한 복골은 글자가 비교적 크고 가늘고 힘이 있으며細勁, 역歷이라는 정인만 존재하기에 이를 '역歷조 복사'라 부른다. 이전의 5시기 구분법에 의하면, 역조 복사는 무을·문정의 제4기에 속하는 것으로 알려져 있다. 새로 출토된 각종 청동기 및 옥기와 석기에 새겨진 글씨체는 역조 복사에 더욱 근접해 있다. 하지만 묘의 시대를 무을·문정 때로 늦추게 되면, 출토된 도기나 청동기의 초기적 특징과 결합시킬 방법이 전혀 없다." 이 때문에 이학근은 결합시킬 방법이 없는 이러한 모순 발생의 "근본적 원인이 전통적인 5시기 구분법에서 역조 복사의 시대를 잘못 처리한 데 있다"고 생각했다. 또 "문무정 복사"를 논의하면서 이학근은 "동작빈이 4기 때의 복사로 불렀던 것들에 주목하고, 지금 역조 복사라 부르는 것들은 인명이나 사항事項으로부터 문자의 구조에 이르기까지, 초기적인 특징이 비교적 분명하게 드러난다. 이러한 현상은 역조 복사의 연대가 앞당겨질 수 있다는 가능성을 생각하게 만들었다"[168]고 했다. 그리하여 1976년 은허 부호묘의 발견을 계기로 이학근은 "역조 복사의 시대도 앞 당겨지지 않으면 아니 된다"는 믿음을 더욱 강하게 갖게 되었으며, 그는 다음처럼 역조 복사의 "수수께끼"를 풀어 나갔다.

먼서, "글씨체의 변천으로 볼 때, 역조 복사는 초기 때의 것이다." 무정 시기의 왕王자는 윗부분에 가로획이 하나 빠진 꼴인데, 통상 "모자를 쓰지 않은不戴帽" 왕王자라고 부른다. 하지만 조갑 때에 이르면 왕王자의 윗부분에 가로획이 더해져 "모자가 씌워지게 된다." 역조 복사의 왕王자의 윗부분은 "모자가 씌워지지 않은" 꼴로, 무정 때의 것과 일치한다. 이 밖에도 역조 복사의 간지자와 정貞자 등과 같이 자주 보이는 많은 글자들의 필사법도 무정 때의 것과 비슷하다. 해석이 불가능한 이러한 현상에 대해 동작빈은 "문무정 때 이루어진 문자의 복고운동"이라는 말로 조정했다고 이학근은 생각했다.

168) 李學勤, 「小屯南地甲骨與甲骨分期」, 『文物』, 1981年 第5期.

둘째, "복사의 문례로 볼 때도 역조 복사는 초기 때의 것이다." 무정 때의 갑골에는 공납된 갑골의 다듬기를 기록한 서사署辭가 많았는데, 이러한 전통은 조경 때의 출出조 복사에까지도 그 흔적이 남아 있었다. 그런데 역조 복골에도 서사를 새긴 것이 적잖게 보이며 그 문례 또한 무정부터 조경에 이르는 시기의 갑골과 비슷하다. 이밖에 무정시기의 갑골은 대부분 복조卜兆 옆에 조서兆序를 새겼고, 이고二告·소고小告·불현명不玄冥 등의 조사兆辭가 있다. 역조 복사에도 이고二告·필현弜玄(『녕』 1,349) 등이 있다. 그리고 늠신·강정 때의 복사에는 대부분 길吉·대길大吉·필길弜吉·습일복習一卜 등이 있어, 역조 복사의 조사와는 차이가 크다.

셋째, "역조 복사에 출현하는 인명은 무정·조경 때의 복사와 동일한 경우가 많다." 예컨대 역조 복사의 부호婦好·자어子漁·자화子畵·부정婦井·자시子戠·부녀婦女 등은 모두 제1기 무정 복사에 보인다. 그리고 역조 복사의 몇몇 주요 인물인 망승望乘과 지혹沚或 등은 무정 때의 빈賓조 복사의 주요 인물인 망승望乘·지멱沚戜임이 분명하다. 이밖에도 역조 복사와 조경 때의 출出조 복사에도 필畢·夫·병幷·유由·사반自般·견지犬征 등과 같은 몇몇 인물이 공동으로 출현한다. 하지만 이상에서 든 인물들은 무정 시기의 복사에서는 잘 보이지 않는다.

넷째, "역조 복사는 무정 때의 빈조 혹은 조경 때의 출조 복사에서 점을 친 몇몇 내용과 동일한데", 이는 역조 복사가 빈조 복사나 출조 복사와 같은 시기임을 증명해 준다.

다섯째, "역조 복사에 보이는 칭위는 그것들의 시대를 명확하게 말해주고 있다." 이학근의 정리에 의하면, "역조 복사의 칭위는 두 가지 체계로 되어 있다. 하나는 부을父乙을 중심으로 한 체계로, 『남북』 명明 613편은 부을父乙과 모경母庚과 동판 관계에 있다. 『일존佚存』 194편과 『갑』 611판은 형정兄丁·자시子戠와 동판 관계이며, 자시子戠는 무정 때의 복사(『속편續編』 4.12.5편, 『을』 4,856편)에 보이는데, 모두 무정 때의 칭위임이 분명하다. 부을父乙은 소을小乙을, 모경母庚은 소을의 아내를 말한다. 다른 한 체계는 부정父丁을 중심으로 하며, 그 수자가 비교적 많다." 여기서의 "부정父丁"은 『짜 맞추기綴合』 15편의 "대을大乙・대정大丁・대갑大甲・조을祖乙・소을小乙・부정父丁"과 『남명南明』 477편의 "갑오일에 점을 칩니다. 을미일에 주酒제사를 드릴 때 고조高祖 해亥□□□ 대을大乙께는 강족 5명과 소 3마리를, 조을祖乙에게는 강족□□□, 소을小乙께는 강족 2명과 소 2마리를, 부정父丁께는 강족 5명과 소 3마리를 드리면, 무탈하겠습니까? 甲午貞, 乙未酒高祖亥□□□大乙羌五牛三, 祖乙羌□□□, 小乙羌二牛二, 父丁羌五牛三, 亡它"라는 내용에 근거해 보면, 이 두 편에서의 "부정父丁"의 세차世次가 소을小乙 다음에 놓였기 때문에 무정武丁임을 알 수 있다. 그래서 이학근은 이렇게 말했다. "만약 '부정父丁'을 강정康丁으로 이해하게 되면, 사전祀典에서 예기치도 않게 고종高宗을 지칭하는 무정武丁과 조갑祖甲의 두 왕을 빠트리게 되고 마는데, 이는 상상하기 힘든 일이다." 그래서 역조 복사는 무정 때의 것이어야만 한다. 이밖에 역조 복사에는 또 "이모二母"인 과妓와 단彖이, 갑모甲母인 경庚이 있는데(『경인京人』 2,297편) 이는 모과母妓와 양갑陽甲(무정의 아버지 항렬)의 배우인 경庚을 말한다. 그리고 "모과母妓"(『수췌』 8+276편)라는 칭위는 무정 복사에서의 칭위인 "모과母妓"(『을』 3,363)와 같다. 그래서 '모과'의 칭위에 근거해 볼 때도 역조 복사는 무정 때의 것이 되어야만 한다.

『소둔 남지 갑골小屯南地甲骨』의 출판은 역조 복사가 무정 시대의 것이라는 이학근의 주장에 새로운 증거를 제시해 주었다. 이학근은 1981년 「소둔 남지 갑골과 갑골의 시기구분小屯南地甲骨與甲骨分期」[169)]이라는 논문을 쓸 때, 새로 발견된 자료를 인용하여 역조 복사의 시기를 앞당겨야 한다는 자신의 학설에 논증을 더했다. 먼저, 그는 다음의 역조 복사를 인용했다.

169) 『文物』, 1981年 第5期에 게재.

을축일에 …… 을 사용했고 8월에 주酒제사를 드리면서, 대을大乙께 소 3마리, 조을祖乙께 소 3마리, 소을小乙께 소 3마리, 부정父丁께 소 3마리를 올렸다. …… 用乙丑, 在八月酒, 大乙牛三, 祖乙牛三, 小乙牛三, 父丁牛三.

—『둔남』 777편

경오일에 점을 칩니다. 왕께서□, 조을祖乙·조을祖乙(즉 소을)·부정父丁부터 고하여, 대을大乙까지 고할까요? 庚午貞, 王其□, 告自祖乙·毓祖乙(卽小乙)·父丁, 于大乙告.

—『둔남』 2,366편

조을祖乙부터 고하여, 조정祖丁·소을小乙·부정父丁께 고할까요? 自祖乙告, 祖丁·小乙·父丁.

—『둔남』 4,015편

동시에 그는 이렇게 말했다. "마지막 조항의 조정祖丁·소을小乙, 무정武丁은 연속되는 3세世로, 부정父丁이 누구를 말하고 있는지는 더욱 분명하다."

이밖에도 이러한 "문제를 더욱 잘 설명해 줄 수 있는" 증거는 바로 H57에서 출토된 『둔남屯南』 2,342편이다.

□축일에 점을 칩니다. 왕께서 '이윤'에게 축원을 드려 백어白魚를 취하고자 정벌하려 합니다. 부정父丁·소을小乙·조정祖丁·양갑羌甲·조신祖辛에게 고할까요? □丑貞, 王祝伊尹, 取白魚伐, 告于父丁·小乙·祖丁·羌甲·祖辛.

이 복사는 『수粹』 250편의 '출'조 복사와 비교가 가능하다.

기축일에 대大가 점을 칩니다. 정丁·조을祖乙·조정祖丁·양갑羌甲·조신祖

辛 등의 오시五示께 고할까요? 己丑卜大貞, 于五示告: 丁 · 祖乙 · 祖丁 · 羌甲 · 祖辛.

이상의 두 판에서 "제사지냈던 선왕先王 5시示는 모두 거꾸로 센 것이다. 이 둘을 비교해 보면 『수』 250편의 조을祖乙과 정丁은 바로 『둔남』 2342편의 소을小乙과 부정父丁임을 알 수 있다." 『수』 250편은 조경 · 조갑 때 점을 치른 것으로, "정丁"은 부정父丁으로 무정武丁임이 분명하다. "만약 『둔남』의 부정父丁을 강정康丁으로 이해하게 되면, 『수』 250편의 시대와 서로 배치되어, 강갑羌甲(방계의 선왕인 옥갑沃甲)에게는 제사지내면서 도리어 무정武丁에게는 제사를 지내지 않은 것이 되니, 더욱 이치에 맞지 않는 일이 되고 만다."

그는 또 『둔남』 2,384편의 역조 복사와 출조 복사가 공판 관계임을 발견했는데, 이는 그의 주장에 더 유력하고 직접적인 증거를 제공해 주었다. 이 갑골은 소둔 남지 H57에서 출토되었으며, 어깻죽지 뼈肩胛骨의 커다란 반쪽으로 글자도 뚜렷하다. 그 왼쪽 아래 부위에 역조 복사가 기록되었는데, 다음의 3행 15자로 되어 있다.

경진일에 물어봅니다. '척'제사를 '고조'와 ['상갑']께 드리는데, 이렇게 하면 될까요? 왕께서 해석해 말했다…… 庚辰貞, 其陟用高祖[上甲]. 茲用. 王占 ……

이 복사의 위쪽 부분에는, 위로부터 아래쪽으로 규칙적인 7조항의 출조 복사가 배열되었는데, 모두 "경진복왕庚辰卜王"이라 되어 있다. 이 때문에 이학근은 "이 골판骨版은 출조와 역조가 동시에 병존했던 예증이다"라고 했던 것이다. 이 갑골 상의 역조 복사는 가지런히 정비된 격식, 엄칙嚴飭한 글자의 흔적, 그 위쪽 오른편에 새겨진 이와 관련된 조서兆序 "일一" 등을 갖추고 있어, 이 복사가 "결코 연습 삼아 새긴 것이 아님"을 보여준다. 그리고 출조 복사에도 언제나 "일一"부터 "육六"에 상응하는 복조卜兆가 존재하고 있기 때문에 그것이 "연습 삼아 새긴 것일 수는 없다.” 이 갑골의 “글씨체가 역조와 출조에 나뉘어 귀속된 8조항의 복사에 보이는 점친 날은 모두 경진庚辰일이기 때문에, 모두 같은 날 정식으로 점을 친 복사임에는 의문의 여지가 없다.” 이 이외에도 『남지』 2,100편의 역조 복사에 보이는 병신丙申과 무술戊戌일에 친 점은 출조 ‘복왕卜王’ 복사의 임진壬辰(『문록文錄』 666편), 이월二月 계사癸巳(『문록』 472편), 이월 갑오甲午(『속존』 하 680편) 등에서 점친 말과 서로 연결되어 있는데, “이것도 역조와 출조의 ‘복왕卜王’복사가 동시기의 것이라는 또 다른 예이다.”

이상과 같은 직접적인 증거 외에도 간접적인 증거는 바로 역조 복사에 있는 “자상갑입시自上甲廿示(상갑으로부터 20시)”라는 말이다. 이는 전통적으로 상갑上甲부터 헤아린 직계 선왕이 20명이라는 것으로 해석하는데, 공교롭게도 무을武乙까지 해당된다. 그래서 이는 역조 복사가 문정 때의 것이라는 설을 지지해 주는 “명확한 증거”가 되었다. 하지만 이학근은 “자상갑입시自上甲廿示”의 갑골은 사𠂤조로 분류되어야 한다고 주장했다.170) 사조 복갑인 『둔남』 4,516편이 소둔 남지 T53(4A)의 초기 지층에서 출토됨으로써, 이러한 관점에 반증을 제공했다. 이 갑골편과 같은 층에서 출토된 귀갑에는 부扶(『둔남』 4,517편)라는 정인과 자타子妥(『둔남』 4,514편)라는 인명이 있어 무정 때의 복사이다. 하지만 『둔남』 4,516편의 “벌귀伐歸”는 『수편』 221·222편의 “벌귀伐歸” 및 “입시廿示”, 『경인』 2,997편의 “벌귀伐歸” 및 “입시廿示”, 『전戩』 1.9편에서의 “자상갑입시自上甲廿示” 등의 몇 차례 점복과 연계지어지고, 게다가 글씨체도 이 몇 차례의 점복과 동일하다. “이렇게 볼 때, 상갑上甲부터 12시示를 어떻게 계산해야 할지는 알지 못한다 하더라도, 앞서 말한 몇 편의 갑골이 무정 때의 것이라는 사실만은 긍정할 수 있다.”171) 이러한 것은 “상갑입시上甲廿示”가 문정 복사의 증거라는 전통에 도전장을 내밀었다.

이와 같이 이학근은 역조 복사가 제4기 무을·문정 때의 것이라는 전

---

170) 李學勤, 「論有關自組卜辭的一些問題」, 『古文字研究』 第3輯, 中華書局, 1980.

171) 李學勤, 「小屯南地甲骨與甲骨分期」, 『文物』, 1981年 第5期.

통적인 학설에 도전장을 내밀었다. 동시에 그것은 무정 시기로 앞당겨져야만 한다는 견해를 제시하고 이를 논증한 것은 매우 의미 있는 일이었다. 이 이후로 많은 학자들이 역조 복사의 시대 문제를 둘러싼 대 토론에 참여하게 되었다. 그중 전통적인 관점을 견지한 학자도 많았고, 새로운 학설에 찬동한 학자도 적지 않았다. 논의와 논변 과정에서 양측은 모두 제4기 갑골문을 깊이 있게 분석하고 아래위로 연결하여 자신의 관점에 유리한 예를 찾기 위해 온 힘을 쏟았다. 이 시기에 들어서야 비로소 "역조 복사"에 대한 총체적인 정리가 이루어졌으며, 갑골학 연구의 심화와 시기구분의 진전이 이루어졌다고 해야 할 것이다.

비록 역조 복사의 시대에 관한 논쟁은 지금까지도 일치된 견해를 얻지는 못했지만, 논쟁 과정에서 양측은 원래 갖고 있던 기초 위에서 전진을 이룰 수 있었다. 역조 복사를 무정시기로 앞당겨야 한다는 사람들은 점점 갑골문자 발전의 "두 체계설"이라는 새로운 체계를 완성했으며, 전통적인 제4기설을 주장하는 사람들은 무을 문정 복사의 세밀한 구분을 완성했다. 이야말로 "일석이조"가 아닐 수 없었으며, 이학근이 제시한 역조 복사의 "수수께끼"와 그것에 대한 창조적인 탐색은 갑골학 시기구분 연구를 진전시키고 심화시켰다.

2) "역조 복사"의 시대에 대한 논쟁

1977년 이학근이 제시한 갑골문 시기구분의 또 다른 "수수께끼"에 대한 "해답", 즉 "역조" 복사가 전통적인 해석처럼 제4기 무을·문정 때의 것이 아니라 "무정 후기부터 조경 사이로 앞당겨져야 한다"[172]는 주장이 나온 후, 갑골학계에 커다란 반향이 일어났다. 그것은 이 문제가 1933

172) 李學勤, 「論'婦好'墓的年代及有關問題」, 『文物』, 1977年 第11期.

년 동작빈에 의해 제기된 이후 그 동안 이미 보편적인 사실로 받아들여져 왔으며, 갑골문 "5시기" 구분설의 근본적 문제와 관련되어 있었기 때문이다. 그래서 갑골학과 상나라 역사 연구자라면 누구라도 이 문제와 부딪히게 되고 반드시 탐구하고 풀어야만 했던 문제라고 말할 수 있다. 그래서 이학근의 새로운 학설에 대해 찬성한 자도 있고 반대한 자도 있었으며, 이보다 앞서 논의되었던 "문무정" 복사의 "수수께끼"보다 더욱 광범위하고 심화된 논의가 이루어졌다. 그리하여 역조 복사에 대한 논의는 한 때 갑골학 연구의 뜨거운 쟁점으로 떠올랐으며 많은 저명한 갑골학자는 물론 후학들의 발표도 줄을 이었다.

이학근의 의견을 지지하면서 이를 발전시킨 논문으로는 다음의 것이 있다.

이학근李學勤, 「"부호"묘의 연대 및 그와 관련한 문제를 논함論"婦好"墓的年代及有關問題」, 『문물文物』, 1977년 제11기.

구석규裘錫圭, 「"역조 복사"의 연대를 논함論"歷組卜辭"的年代」, 『고문자 연구古文字硏究』 제6집, 중화서국中華書局, 1981.

이학근李學勤, 「소둔 남지 갑골과 갑골의 시기구분小屯南地甲骨與甲骨分期」, 『문물文物』, 1981년 제6기.

이선등李先登, 「소둔 남지 갑골의 시기구분에 관한 한 가지 의견關于小屯南地甲骨分期的一點意見」, 『중원문물中原文物』, 1982년 제2기.

팽유상彭裕商, 「역조 복사의 연대도 논함也論歷組卜辭的年代」, 『사천대학 학보四川大學學報』, 1983년 제1기.

임운林澐, 「소둔 남지 발굴과 은허 갑골의 시기구분小屯南地發掘與殷墟甲骨斷代」, 『고문자 연구古文字硏究』 제9집, 중화서국中華書局, 1984.

이학근李學勤, 「은허 갑골의 두 체계설과 역조 복사殷墟甲骨兩系說與歷組卜辭」, 『이학근집李學勤集』, 흑룡강교육출판사黑龍江教育出版社, 1989.

이학근李學勤 · 팽유상彭裕商, 「은허 갑골 시기구분 신론殷墟甲骨分期新論」,

『중원문물中原文物』, 1990년 제3기.

이학근李學勤, 「갑골문의 동판 이조 현상甲骨文中的同版異組現象」, 『하·상 문명 연구夏商文明研究』, 중주고적출판사中州古籍出版社, 1995.

이학근의 설에 반대하는 입장에서, "역조" 복사가 제4기 무을 문정 시대의 복사라는 전통적인 학설을 견지하면서 그의 특징에 대한 보충과 이론을 심화시킨 논문으로는 다음의 것이 있다.

초남肖楠, 「무을·문정 복사를 논함論武乙·文丁卜辭」, 『고문자 연구古文字研究』 제3집, 중화서국中華書局, 1980.

나곤羅琨·장영산張永山, 「역조 복사의 연대를 논함論歷組卜辭的年代」, 『고문자 연구古文字研究』 제3집, 중화서국中華書局, 1980.

초남肖楠, 『소둔 남지 갑골小屯南地甲骨』 「머리말前言」, 중화서국中華書局, 1981.

서제謝濟, 「역조 복사의 시기구분에 관한 시험적 논의試論歷組卜辭分期」, 『갑골탐사록甲骨探史錄』, 삼련서점三聯書店, 1982.

조정운曹定雲, 「무을·문정 복사를 논함論武乙·文丁卜辭」, 『고고考古』, 1983년 제3기.

초남肖楠, 「무을·문정 복사를 다시 논함再論武乙·文丁卜辭」, 『고문자 연구古文字研究』 제9집, 중화서국中華書局, 1984.

진위담陳煒湛, 「"역조 복사"에 대한 논의와 갑골문의 시기구분 연구"歷組卜辭"的討論與甲骨文斷代研究」, 『출토문헌연구出土文獻研究』, 문물출판사文物出版社, 1985.

구석규는 「역조 복사의 시대를 논함論"歷組卜辭"的時代」에서 "이학근의 글(즉 이학근의 「"부호"묘의 연대 및 그와 관련한 문제를 논함論"婦好"墓的年代及有關問題」)의 맥락을 따라 몇몇 보강된 논증을 펼치고자 한다"고 했다. 먼저 역조 복사의 문례와 글씨체의 몇몇 특징을 전면적으로 정리했으며, 그것이 "후기에만 출현 가능하고 제1·2기에서는 절대 출현할 수 없는지"의 가능성을 비교했다. 연구와 비교 후 그가 얻은 결론은 이러했다. “과거 몇몇 갑골 학자들은 주로 문례와 글씨체에 근거해 역조 복사의 ‘부을父乙’과 ‘부정父丁이 소을小乙과 무정武丁을 결코 지칭할 수 없으며, 오직 무을武乙과 문정文丁만 지칭할 수 있다고 단정했는데, 이는 분명 충분한 이유를 갖지 못한다.” 이밖에도 그는 “지금까지의 정황으로 본다 해도, 고고학적인 증거는 아직 역조 복사의 시기를 확정하기에 충분하지 않다”고 했다. 그래서 그는 오로지 복사의 인명・사항・칭위 등의 측면에서 역조 복사가 무정・조경 때의 것이라는 이학근의 논의를 “보충”했다. 그는 “고립적으로 칭위에 근거한 시기구분은 대단히 위험하지만 두 조의 복사가 짝을 이루어成套 상응한다면, 이 두 조의 복사가 동일시기에 속할 가능성은 대단히 크다”고 했다. 역조 복사에 보이는 부父・모母・형兄의 칭위가 등장하는 수량은 대단히 적어서, “부을父乙과 함께 공판에 출현한 모母에는 단지 모경母庚만 있고”, “부을父乙과 함께 출현한 형兄에는 단지 형정兄丁만 있다.” 하지만 “무정의 부친인 소을小乙의 경우 주제周祭에서의 법적 배우자는 비경妣庚이었다. 무정 때 빈賓조와 사自조 복사에서 가장 자주 보이고 가장 중요한 아버지는 부을父乙이며, 어머니는 모경母庚, 형은 형정兄丁이다. 이러한 상황은 역조의 부을父乙류의 복사와 완전히 부합하고 있다. 이것을 우연한 일치라고 하기는 어렵다.” 그는 또 빈조와 출出조 복사에도 보이면서 역조 복사에도 보이는 인명을 대조표로 만들었다. 이 표에서는 50여 명이 열거되었지만 이 두 복사에서 공동으로 보이는 인명 중 “빠뜨린 경우도 분명 적지 않을 것이다.” “게다가 역조 복사에서 보이는 이러한 사람들의 정황 또한 빈조와 출조 복사에 보이는 동일한 이름을 가진 사람들과 대단히 비슷하다.” 예컨대 빈조와 출조와 역조 복사에 함께 등장하는 필畢의 경우, 그와 관련된 내용은 “정말 너무나 비슷해 사람을 놀라게 할 정도이다.” 이와 동시에 그는 전통적인 늠신・강정 복사(마을의 북쪽에서 출토된 제3기 복사 포함)에서의 지멱沚戠・망승望乘・𡗗 등과 같이 빈조와 역조 복사에 자주 보이는 몇몇 중요 인명은 도리어 한 번도 출현한 적이 없음을 지적했다. 그래서 "족씨族氏를 인명으로 삼았다는 설에 기초한 이대동명설異代同名說(세대가 달라도 인명은 같다)의 이론으로는 이러한 현상을 원만하게 해결할 방법이 없다." 하지만 "이러한 두 가지 복사에 나타나는 동명의 인물을 한 사람으로 보게 되면, 앞서 말한 것에 아무런 문제도 존재하지 않게 된다."

이밖에도 역조 복사에는 빈조·출조의 초기 복사와 같은 내용이 많이 존재하며, "심지어 동일한 시기의 사건에 대한 점복이라고 간주할 수 있는 것도 있는데, 이는 역조 복사와 빈조·출조 복사의 시대가 서로 같다는 가장 유력한 증거가 된다." 이학근은 같은 사안에 대해 점을 친 20가지 예를 분석하기도 했는데, 특히 20번째 예에서 든 빈조 복갑과 역조 복골에서의 왕王이 망승望乘을 따르게 해야 할지 아니면 지멱沚戠을 따르게 해야 할지의 여부, 이방夷方을 정벌해야 할지의 여부 등이 일치한다. 빈조의 점복일이 신유辛酉일임에 비해 역조가 계해癸亥·갑자甲子·을축乙丑·정묘丁卯일인 것에 대해, 이는 "신유일과 계해일 사이에는 단지 '임술壬戌' 하루만 빠졌기에, 이러한 빈조와 역조 복사는 동일한 사건에 대해 점을 친 것임이 분명하다"고 했다. 이 때문에 그는 "점을 친 내용이 같다는 실례는 역조가 빈조와 출조의 초기 시대와 일치한다는 가정 외에는 다른 방법이 없다"고 생각했다.

임운은 「소둔 남지 발굴과 은허 갑골의 시기구분小屯南地發掘與殷墟甲骨斷代」에서 이렇게 말했다. "갑골의 시기구분 연구는 실질적으로 갑골의 분류를 비롯해 각각의 부류에 속하는 갑골의 존재 연대를 확정하는 두 가지 내용을 포함한다." 그리고 "글씨체의 변화는 비교적 빠르고 게다가 일정한 단계성을 보이기 때문에, 유형학적 관점에서 보면 분류의 가장 좋은 표준이 됨에 의심의 여지가 없다." 그는 "본문에서 강조하고 있는 유형학적 모델에 의한 변화의 서열은 바로 여러 부류의 복사를 종적으로 윗 시대와 연결시키는 유효한 방법이다"라고 공언했다. 그는 "복사에서 점 친 내용과 무관한 여러 가지 특징", 즉 글씨체 변화의 연속적인 서열, 찬조鑽鑿 형식, 복골의 골구骨臼 다듬기, 기사 각사 등의 측면에서 그 특징을 고찰하여, "순수한 유형학적 모델을 사용하면 '사조→사조·역조의 사이조→역조 1류→역조 2류→무명조→황黃조'의 순서로 발전했다는 가설의 합리성을 인정할 수 있으며", 이로 해서 전통적인 제4기 문정 복사, 즉 소위 역조 복사의 "사조·역조 사이조, 역조 1류, 소량의 역조 2류 복사에서 보이는 부을父乙의 칭위는 무정이 소을小乙을 불렀던 것임에 분명하며 문정이 무을武乙을 불렀던 것은 아니다"고 했다. 전통적인 제4기의 무을 복사, 즉 소위 "역조 2류 복사에는 부을父乙이라는 칭위가 있을뿐더러 또 부정父丁이라는 칭위도 있고, 게다가 부정父丁이라는 칭위가 자주 보이기 때문에, 그 상한 연대를 무정에서부터 조경 때까지로 연장해야 하며(하지만 형경兄庚이라는 칭위가 보이지 않기 때문에 반드시 조갑 때까지 연장되어야 한다고 하기는 어렵다), 또 이들은 조경 시대 때 주로 존재했기 때문에, 출出조 복사와 시대적으로 중복되는 관계를 가진다." 이와 같은 논의는 이학근이 제기한 "역조"복사의 글씨체 변화의 순서를 더욱 발전적으로 이론화시켰다.173) 하지만 그가 제시한 글씨체의 유형학적 모델의 분류는 지나치게 복잡하고 자의적이었다. 그래서 이는 일부 학자들의 지적처럼 '역조·사조 사이조歷自間組', '사조·역조 사이조自歷間組', '역조 1류歷組一類', '역조 2류歷組二類' 등과 같이 그 자신만 확실하게 그 의미를 분명히 알 수 있는 몇몇 새로운 명사를 만들어 냄으로써, 독자의 눈만 어지럽히고 갈수록 복잡해져 도무지 추측조차 할 수 없도록 만들고 있다."174)

"역조 복사"의 시기를 앞당겨야 한다는 학설에 대한 반대 의견, 즉 여전히 전통적인 제4기 무을·문정 때로 보아야 한다고 주장한 학자로는 초남肖楠 등이 대표로 꼽힌다. 그들은 역조 복사의 시기를 앞당겨야 한다는 학설의 논거에 대해 광범위한 자료의 수집 위에서 하나하나씩 반박

173) 林澐,「小屯南地發掘與殷墟甲骨斷代」,『古文字硏究』第9輯, 中華書局, 1984.
174) 陳煒湛,「"歷組卜辭"的討論與甲骨文斷代硏究」,『出土文獻硏究』, 文物出版社, 1985.

해 나갔는데, 그들이 제시한 근거는 다음과 같다.

첫째, 무을·문정 복사에는 기본적으로 정인이 등장하지 않지만, "무정·조경 복사에는 정인이 대량으로 등장한다."

둘째, 무을 복사의 전사前辭의 형식은 강정 복사와 공통된 특징을 갖고 있지만, 초기 복사(늠신 복사, 특히 무정 복사)처럼 그렇게 복잡하지 않다. "간지정干支貞"이 주요한 형식이며, 때로는 소수의 '간지복干支卜'·'간지복정干支卜貞'의 형식도 보인다. 정인 역歷이 첨부된 경우, 그 형식은 '간지역정干支歷貞'이거나 '간지정역干支貞歷'으로 나타나고 있다.

셋째, 조사兆辭의 경우, 무을 문정 복사에는 '자용茲用'이나 '불용不用'이 자주 보이지만, 무정 때에는 '이고二告'·'소길小告'·'불현명不玄冥' 등이 자주 쓰였다.

넷째, 글씨체의 경우 "총체적으로 말해서, 무을 복사의 글씨체는 비교적 크고, 필봉이 강경하며剛勁 힘이 있다." 이를 세분하면 세 가지 유형으로 나눌 수 있는데, "글씨체의 구조 상 강정 복사와 비슷한 곳이 많지만, 초기 복사와 차이가 비교적 크다." 그리고 문정 복사도 비교적 복잡하지만 세 유형으로 나눌 수 있다. "무을 복사의 특징을 가진 글자와 문정 복사의 특징을 갖춘 글자가 종종 교차되어 나타나기도 하는데", "이는 이 둘 간의 시기가 근접해 생긴 현상이다."

다섯째, 칭위의 경우, 무을 복사에서 가장 자주 보이는 칭위는 아버지 항렬의 부정父丁이며 가끔 부신父辛이라는 칭위도 보이는데, 이들은 무을의 여러 아버지인 늠신廩辛과 강정康丁임이 분명하다. 그리고 『둔남屯南』 2,281편에서의 "중종 조정·조갑에서부터 부신에 [이르기까지]自中宗祖丁·祖甲·[至于]父辛"라고 했을 때의 "중종 조정中宗祖丁"은 "무정을, 조갑은 아마도 무정의 아들을, 조경은 동생인 조갑祖甲을, 부신父辛은 아마도 늠신廩辛"을 지칭한 것으로 보인다. 『둔남』 4,331편에서 부정父丁과 상갑上甲으로부터 13시示까지 제사를 드렸는데, "이는 마침 삼보三報·이시二示·부왕父王(강정康丁)을 제외한 직계의 모든 선왕先王, 즉 상갑上甲·대을大乙

로부터 조갑祖甲에 이르기까지와 일치한다." 이러한 복사에 등장하는 "부을父乙"은 "당연히 문정文丁의 아버지인 무을武乙을 지칭한다." 주목해야 할 것은 "무정 복사에서 아버지 항렬에 대한 칭위는 부父 이외에도 부갑父甲·부경父庚·부신父辛 등이 있지만, 우리가 확정한 부정父丁의 경우 복사에 등장하는 아버지 항렬에 대한 칭위로는 부을父乙 하나뿐이라는 점이다." 이밖에도 "복사에서 무릇 합제대시合祭大示를 지낼 경우, 무정 때에는 구대시九大示를 넘어선 적이 없다." 그러나 "합제대시合祭大示의 자료가 가장 많은 무을 때의 복사"에는 십시十示 이상을 합제한 대시大示가 존재한다(『속존』 상 1.785편). 문정 복사에서 합제대시의 가장 큰 숫자는 "상갑입시上甲廿示"(『철鐵』 884편·『수粹』 221편 등)인데, "여기서의 상갑입시上甲廿示는 당연히 상갑上甲부터 무을武乙에 이르는 20명의 직계 선왕이어야 옳다."

여섯째, 동명同名 현상은 "복사에서 보편적으로 존재하는데, 무을·문정 복사에서만 존재할 뿐 아니라 무정·조경 복사에도 존재한다. 그리고 나머지 복사에서도 정도는 다르지만 모두 존재하고 있다." "나라 이름方名이나 지명과 일치하는 이러한 이름은 개인의 이름이 아니라 씨氏를 말한다."175)

또 어떤 학자는 이렇게 주장했다. "분조分組 연구는 필요하다. 그러나 반드시 과학적인 경계 짓기가 이루어져야 한다. 예컨대 왜 역歷조 복사인지 엄격한 구분이 이루어져야만 하며, '역정歷貞'이라는 말이 들어간 복사로부터 귀납해낸 특징을 역조 복사를 획정하는 척도로 삼아야만 한다." "발전의 순서로 살펴볼 때, 역조 복사는 후기의 특징을 더욱 많이 갖고 있으며, 무정에서 조경·조갑에 이르는 복사와는 비교적 거리가 멀다. 설사 비슷한 곳이 있다손 치더라도 계승관계의 표현일 뿐이지 동시대라는 증거는 아니다." 또 "역조와 빈조 복사에 기록된 전쟁의 대상이

175) 肖楠, 「論武乙」·「文丁卜辭」, 『古文字硏究』 第3輯, 中華書局, 1982; 「前言」, 『小屯南地甲骨』, 中華書局, 1980.

차이가 나기 때문에 그것들이 동시대의 유물, 즉 역조 복사의 시대가 무정에서부터 조경에 이르는 시기가 아님을 보여준다." 이밖에도 선왕에 대한 사전祀典에서도 역조 복사에서는 "아버지 항렬에 대한 제사가 오히려 성대해졌다." 이것은 아버지 항렬에 대한 제사에 사용된 희생 수가 그럴 뿐 아니라 기구祈求하는 사안의 종류가 증가되었음이 이를 증명한다. 아버지 항렬에 대한 역조 복사에서의 제사가 이전 시대를 능가하게 된 것은, 상나라 왕의 왕위 승계가 "형제 계승"에서 "부자계승"으로 변하게 된 것과 일치하고 있다. "무을 이후로는 더 이상 형제 계승의 기록이 보이지 않는다. 그래서 부정父丁에 대한 무을의 제사는 특별히 성대했다." 이 또한 "역조에 보이는 부정父丁이 무정이 아니라 강정임을 웅변해 주고 있다." 복사에 출현하는 동일한 이름을 고찰한 결과, "서로 다른 시기의 사람과 서로 다른 신분을 가진 사람이 동일한 이름을 가지고 있는데, 이러한 이름은 상나라 때의 금문의 경우를 살펴보면 처음에는 아마도 인명이거나 족명族名이었을 것이나 후기에는 족휘族徽로 쓰였으며, 이러한 전통은 서주 초기까지 이어졌다. 그래서 이러한 것들은 갑골문에서의 인명이 종종 족명族名임을 말해 주고 있다." 이 때문에 "동일한 이름을 가졌다고 해서 같은 사람으로 볼 수는 없으며, 인명을 시기구분의 중요한 표준으로 삼게 되면 필시 복사의 시기구분의 혼란이 일어나고 말 것이다."[176] 사제謝濟는 빈조와 강정, 제을・제신과 역조 복사의 글씨체(간지자・자주 보이는 글자)의 비교, 조사兆辭의 비교, 서사序辭와 서사署辭, 사류事類와 용어, 세계世系와 칭위, 갑골 출토 구역의 차이, 동명同名 문제 등의 측면에서 "역조 복사가 무정 조경 때의 복사가 아니라 무을 문정 때의 복사임을 전면적으로 논술하였다."[177]

이와 같은 학자들은 역조 복사가 제4기의 무을・문정 때의 것이라는 학설을 다시 펴는 동시에 역조 복사의 연구를 더욱 심화시키고 체계화

176) 張永山・羅琨, 「論歷組卜辭的年代」, 『古文字研究』 第3輯, 中華書局, 1980.
177) 謝濟, 「試論歷組卜辭的分期」, 『甲骨探史錄』, 三聯書店, 1982.

했다. 그리하여 제4기 무을·문정 복사에 대한 인식이 깊이나 넓이에서 모두 크게 진전을 이루었다.

비록 "역조 복사"의 시대에 대한 논의에서 양측이 각각의 의견을 고집하여 아직도 비교적 근접한 결론을 얻지 못하는 바람에 "각기 각자의 주장을, 각기 각자의 노래를 부르는" 추세가 되었다. 하지만 진위담陳煒湛이 1985년 발표한 「"역조 복사"에 대한 논의와 갑골문 시기구분 연구"歷組卜辭"的討論與甲骨文斷代硏究」는 양측 모두 주목할 만한 논문이다. 이 논문의 앞부분인 역조 복사의 시대에 대한 논의는 이론적으로나 연구 방법적인 측면에서 모두 근본적인 문제로부터 대단히 정교한 의견을 제시하였다. 그래서 진위담의 이 논문은 앞서 말한 논의에 대해 대단히 유리한 입장을 지니게 되었다. 진위담이 제시한 그간의 논의에서 가장 큰 문제점은 바로 "양측이 대단히 격렬한 논쟁을 해왔음에도 '역조 복사'의 핵심—즉 정인 역歷을 가진 복사가 진정으로 존재하느냐는 문제에 대해서는 그다지 논의하지 않았다는 것이었다. 어떤 글에서는 아예 이 문제를 한쪽으로 버려둔 채 '역조 복사'의 각종 특징만 크게 논하면서, 빈조·출조와의 동이점 등을 논의하기도 했다." 그래서 그는 "정인 역을 가진 복사를 구체적으로 분석하여 먼저 '소범위' 내에서 비교적 일치된 의견을 도출하는 것이 대단히 필요함"을 역설했다.

그렇다면 "소범위"란 어느 정도까지 "작은" 것은 말하는가? 진위담은 "10만여 편의 갑골 중에서 현재 정인 역歷이 들어 있다고 확정할 수 있는 복사는 단지 12편에 불과하다"고 했다. 게다가 "정역貞歷", 혹은 "역歷"과 같이 "전사前辭에 보이지 않고 명사命辭에 보이는 경우"를 "역歷이 점을 쳤거나 역歷과 관련된 확실한 복사"로 본다 하더라도 "지금까지 총 23편"에 지나지 않는다. 비교와 분석의 편의를 위해 진위담은 이러한 복사 및 그 모사본을 논문에 예시했다. 동시에 이러한 복사의 "몇몇 특수한 점", 예컨대 전사前辭의 형식에서 모두 "'복卜'자를 생략함으로써 무정에서 늠신 시기의 복사에서처럼 '간지干支+복卜+모정某貞'의 완전한 형식이 절대 출현하지 않고 있다"는 점 등도 제시했다. 또 복사의 내용적 측면에서 사류가 비교적 적어 정순貞旬을 위주로 하고 있으며, 정순貞旬 복사라 하더라도 지극히 간단하여 "왕점왈王占曰"과 같은 점사占辭가 없으며, 무정의 빈조 복사에서 기록했던 10일旬간의 큰 사건에 대한 험사驗辭도 보이지 않고, 조사兆辭에 대한 각사도 전혀 보이지 않는다. 또 "살필 수 있는 칭위도 출현하지 않으며, 참고로 삼을 만한 인물도 등장하지 않는다." 그리고 지층이나 갱위의 측면에서, 『둔남』 5편은 모두 중후기 회갱에서 출토되었으며, "초기의 회갱이나 지층에서는 역이 점을 친 복사는 절대 출현하지 않는다." 또 찬조 형식에서도 열거한 23편 중 단지 『화이트懷特』 1,621편에서만 찬조를 살펴볼 수 있는데, 이는 허진웅許進雄이 문무정 시기(즉 제4기)의 것으로 확정한 바 있다. 그리고 자형의 측면에서 특정한 성질을 지닌 글자가 적지 않았는데, "어떤 글자는 무정 조경 조갑 내지는 늠신 강정 시기에 자주 보이는 것들이었다." 하지만 "주목할 만한 것은 도리어 앞서 말한 각종 자형 중 적잖은 자형이 현재 무정 빈조와 조경 출조에는 보이지 않거나 보이더라도 극히 드문 것이어서", 일부 학자들의 주장처럼 결코 "초기의 것"이거나 "모두 무정 시기에 근접해 있는 것" 같지는 않다는 점이다. 오히려 "그와는 정반대로, 강정 및 제을·제신 시기의 것에 근접하고 있어 이것들이 중후기 때의 것임을 부여주고 있다." 그리고 서체의 비교도 일치하여, 붓의 사용이 강경하고剛勁 힘이 있으며, 구조도 균형을 이루고 있고, 크기도 적당하여, "마치 한 사람이 새긴 것 같이 보여, 그것들이 동일 시기의 것임에는 의심의 여지가 없어 보인다."

이와 같이 "역歷이 점을 친 복사는 무정·조경 복사와 다른 점은 많은 반면 같은 점은 적기" 때문에 "무을이나 문정 때의 것이라고 하는 것이 비교적 설득력이 있다." 그리고 23편의 복골 중 비교적 명확하게 그 연대를 확정할 수 있는 것은 『경진京津』 4,387편 및 『명후明後』 2,630편이며, 이 때문에 "정인 역을 비롯해 역이 점을 쳤던 복사들이 무을 시대에 속한다는 해석이야말로 비교적 믿을 만하다."

설사 역歷이 점을 친 23편의 복사를 확대하여 "조組"를 이룬다 하더라도, 글씨체 · 문례 · 칭위 등의 측면에서 분석해 보면, "대다수의 '역조 복사'는 무정 조경 시기에 속하는 것이 아니라 무을 문정 시기에 속한다." "논의가 비교적 적었던 부분은 소위 점을 친 사류事類가 같다는 문제인데", 이에 관해서 진위담은 그간 학자들이 들었던 20조목의 예증을 제시한 후 "진정으로 사류가 같다거나 '같은 시기'에 같은 사건에 대해 점을 쳤다는 증거가 비교적 정확한 것은 단지 한 예에 불과하다"고 했다. 그래서 역조 복사가 무정 때의 것이라고 주장할 때 사용했던 가장 유력한 증거들은 "대부분 믿을 만 하지도 않고 결코 가장 유력한 증거"도 아니게 되고 말았다.

그래서 이렇게 말할 수 있을 것이다. 1977년 소위 "역조 복사"의 "수수께끼"의 제기와 이의 대표 시간을 앞당겨야 한다는 논의가 전개된 이후, 1985년 「"역조 복사"에 대한 논의와 갑골문 시기구분 연구」가 나옴으로써 이 "수수께끼"는 다시 이를 제기한 사람들에게 되돌려 졌다. 진위담의 이러한 결론적 성격의 논문은 이학근의 「"부호"묘의 연대 및 이와 관련된 문제를 논함」과 마찬가지로 갑골학사에서 대단히 선구적인 논문이 되었다.

3) "역조 복사"의 논의와 시기구분 연구의 진전

역조 복사 시대의 "수수께끼"에 대한 한바탕 논쟁은 장기간의 토론을 거쳐 기본적으로 해결되고 비교적 일치된 견해를 도출해낸 "문무정 복사의 수수께끼"의 뒤를 이은 또 한 차례 대단히 영향력 컸던 논쟁이었다. "역조 복사"의 시기를 앞당겨야 한다는 주장(잠정적으로 "신파"라 부름)이든 아니면 여전히 전통적인 무을 · 문정 시대의 것으로 보는 주장이든

(잠정적으로 "구파"라 부름) 역조 복사는 갑골문 273년간의 전체적인 국면과 관련된 문제였다. "신파"든 "구파"든, 그것도 아니면 이에 대한 의견을 표명하지 않은 학자든(사실은 태도를 밝히지 않은 것도 하나의 "태도"로, 기본적으로는 여전히 전통적인 방법에 의해 갑골들을 처리하겠다는 것으로 볼 수 있다), 갑골을 연구하고 정리하자면 언제나 이러한 근본적인 문제와 만나게 되기 때문에, 이 문제는 더욱 진지하게 논의되었다. 그리고 광범위하고 깊은 논쟁은 시기구분 연구를 전 방위적으로 발전하도록 만들었다.

"역조 복사"에 대한 논의 과정에서 신파든 구파든 모두 "때로는 하늘로 때로는 땅으로, 찾을 수 있는 모든 방법을 다해 자료를 찾았으며", 가능한 한 각 방면에서 가장 유리한 예증을 찾아 상대방을 설득하려 노력했다. 그리하여 할 수 있는 말은 다 했고 쓸 수 있는 자료도 모두 사용했다. 그 때문에 1985년 이후로는 이전 "문무정 복사의 수수께끼"의 논의에서처럼 한 때 교착 상태에 빠지기도 했다. 그러나 표면적으로는 한 때 열띠었던 논의가 조용해지긴 했지만, "의문점"이 결코 진정으로 "풀린 것"은 아니었다. 논의에 참여한 쌍방은 더욱 유력한 증거와 자료를 찾거나, 아니면 자신의 이론을 체계화한 기초 위에서 총체적 결론을 도출했다. 그 때문에 쌍방은 "자子조·사自조 복사"의 시기를 "무정시기"로 앞당겨야 한다는 공동된 인식 기초 위에서, 또다시 "역조 복사"에 대한 "두 계열"을 형성하게 되었다. 한 계열은 "신파"학자로 그들은 앞 단계의 논의 기초 위에서 "은허갑골의 발전을 두 체계로 나눌 수 있고", "사조는 아마도 두 계통의 공통된 기원이며, 황黃조는 두 계통의 공동된 귀결점일 것이라 했다."[178] 이학근의 『은허 갑골 시대구분 연구殷墟甲骨分期研究』,[179] 팽유상彭裕商의 『은허 갑골 시기구분殷墟甲骨斷代』,[180] 황천수黃天樹의 『은허 왕 복사 연구의 분류와 시기구분殷墟王卜辭硏究分類與斷代』[181]

178) 李學勤, 「殷墟甲骨兩系說與歷組卜辭」, 『李學勤集』, 黑龍江敎育出版社, 1989, 98~99면.
179) 上海古籍出版社, 1996.12.
180) 中國社會科學出版社, 1994.5.

등은 바로 신파가 이 논쟁 과정에서 자신의 학설을 체계화한 총결이었고, "두 계통설"로 나아가는 이론탐색의 방향이었다. 이에 관해서는 다음의 제5절에서 다시 서술하게 될 것이다.

이와 동시에 다른 계열의 "구파"학자는 논쟁 과정에서 동작빈의 제4기 무을·문정 복사에 대한 재 구분을 이루어 냈고, 이로부터 "5시기" 시기구분 연구법을 더욱 정교하고 실천적인 것으로 만들었다. 방술흠方述鑫의 『은허복사 시기구분 연구殷墟卜辭斷代硏究』[182]의 출판은 "구파"학자의 관점에 대한 전면적 총결이었으며, 이로부터 동작빈의 "5시기" 구분법은 새로운 자료의 기초 위에서 더욱 수정되고 엄밀해 졌으며, 동작빈의 시기구분 학설의 기본 원칙을 더욱 활력있게 만들었다.

소위 "역조 복사"의 논의 과정에서 초남肖楠은 동작빈이 모호하게 불렀던 제4기 무을·문정 시기의 복사, 즉 "정인이 없는 시기"의 갑골을 세밀하게 분석했다. 특히 1973년 소둔 남지 갑골의 대량 출토와 출토 갑골의 과학적 지층관계는 "무을 복사와 문정 복사의 초보적 구분을 처음으로 가능하게 해 주었다."[183]

이미 앞서 기술한 바와 같이 1973년 소둔 남지의 발굴에서 얻은 소둔 남지의 초·중·후기 갑골의 경우, "안양 은허 고고자료의 분석에 의하면, 소둔 남지의 초기는 대사공大司空의 제1기에, 중기는 대사공의 제2기에, 후기는 대사공촌의 제4기의 전반기에 해당한다." 그중 초기 지층과 회갱에서 출토된 것을 보면 갑골은 많지 않고 주로 사조·오午조·빈조 복갑이었는데, 이는 초기 지층의 시대가 무정을 전후한 시기여야 함을 설명해 준다. 그리고 소둔 남지 후기 지층과 회갱에서 출토된 복사의 경우 초기·중기에서 출토된 것과 같은 것을 제외하고도 을신 시대 때의 갑골이 소량 포함되었는데, 이는 후기 지층이 은나라 말의 제을·제신

181) 臺灣文津出版社, 1992.7.
182) 臺灣文津出版社, 1992.7.
183) 肖楠, 「論武乙」·「文丁卜辭」, 『古文字硏究』 第3輯, 中華書局, 1980.

시대여야 함을 설명해 주고 있다. 여기서 주목할 만한 것은 소둔 남지의 중기 지층과 회갱에서 출토된 갑골문들이다.

소둔 남지의 중기 지층과 회갱이 뒤섞인 관계와 출토된 도기를 분석해 볼 때, 소둔 남지의 중기는 다시 시간상으로 조금 차이를 보이는 3개 조로 나눌 수 있다. 매 조의 지층과 회갱에서 출토된 갑골은 정리를 통해 다음의 세 가지로 분류할 수 있었다.

> 첫째 부류의 공동된 특징은 필획이 섬세하고, 글씨체가 수려하며 깔끔하다는 것이다. 주요 칭위에 부갑父甲 · 부경父庚 · 부기父己 등이 있다. 이에 관해서는 앞의 "시기구분 연구의 심화와 날로 정밀해진 시기구분"에서 이미 서술한 바 있다.
>
> 둘째 부류는 "글씨체가 비교적 크고, 필획이 비교적 굵으며, 붓의 사용이 강경하고剛勁 힘이 있으며", 주요 칭위에 부정父丁 등이 있다. 이의 전형적인 표본으로는 『둔남』 2,056 · 2,079 · 2,058 · 4,331편 등이 있다.
>
> 셋째 부류는 둘째 부류에 비해 "글씨체가 비교적 작고, 붓의 사용이 원윤圓潤하여 유연하며, 주요 칭위로는 부을父乙 등이 있다." 이의 전형적인 표본으로는 『둔남』 2,100 · 2,126 · 2,601편 및 『둔남』 751편 등이 있다.

고고학자들은 중기 지층과 회갱 및 출토된 세 부류의 갑골 분석을 통해 "초기 지층과 회갱 및 거기서 출토된 복사의 시기(즉 무정 시대)보다 늦으며, 동시에 후기 지층과 회갱 및 거기서 출토된 복사의 시기(즉 제을 · 제신 시대)보다는 빨라야 한다"고 했다. 하지만 소둔 남지 지층의 시기구분과 대사공 지층의 시기구분의 대응관계에 근거해 볼 때, "소둔 남지의 초기 지층과 회갱 및 중기 지층과 회갱 사이에는 시대상으로 긴밀하게 이어지는 것이 아니라 간격이 존재하고 있다. 여기에다 복사의 출토 정황까지 결합시켜 볼 때, 이번에는 조경 · 조갑 때의 복사와 늠신 복사는 발견되지 않았다." 그래서 "지층적인 부분에서 이미 고리가 빠져 있고,

복사에서도 빠진 고리가 존재한다는 것은 이 둘이 일치하는 것으로 볼 수밖에 없다." 그리하여 중기 지층과 회갱에서 나온 셋째 부류의 복사 자체의 지층관계는 다음과 같은 사실을 표명해 주고 있다. 즉 "첫째 부류의 복사와 둘째 부류의 복사는 중기 제1조의 지층과 중기 제2조의 지층에서 출토되었다. 셋째 부류의 복사는 단지 중기 제2조의 지층에서만 출토되었고 중기의 제1조 지층에서는 보이지 않는다. 그리고 "중기 제2조 지층과 회갱의 시간대는 중기 제1조의 지층과 회갱보다 늦다. 즉 셋째 부류 복사의 시간대가 첫째와 둘째보다 늦다."

그리고 이 세 부류 복사 자체의 특징도 서로 시대의 차이가 있음을 보여준다. 그중 둘째 부류의 복사에는 부정父丁이라는 칭위가 있고 간혹 부신父辛이라는 칭위도 보인다. 글씨체의 스타일도 첫째 부류와는 차이가 있다. 지층 관계와 아버지 항렬에 대한 칭위는 이들이 무을 복사에 귀속되어야 함을 보여주고 있다. 그러나 셋째 부류의 복사는 지층 관계로 볼 때, 첫째와 둘째 부류의 복사, 즉 강정과 무을 복사보다 늦어야 옳다. 그리고 그 내용적인 면에서도 부을父乙의 칭위, 즉 문정이 그의 아버지 무을을 불렀던 칭위가 존재하기 때문에, 그 시대는 분명 문정 때의 것으로 보아야 한다.

그래서 1973년 소둔 남지 갑골의 발견은 어떤 것이 무을 때의 복사이고 어떤 것이 문정 때의 복사인지를 판별하는 데 과학적 지층의 근거를 제공했다. 따라서 "역조 복사"의 시간을 앞당겨야 할 것인지의 여부에 관한 논쟁을 계기로 "구파"는 무을·문정 복사의 관계를 해결했고, 이로부터 「갑골문 시기구분 연구 예」에서의 "정인이 없던 시절"의 제4기 복사의 시기구분을 더욱 정밀하게 만들었다.

또 무을·문정 복사의 시기구분 기초 위에서, 다시 한걸음 더 나아가 무을·문정 복사의 글자체를 세 가지 유형으로 분류했다. 첫째 유형은 『둔남』 647·2,281편을 표본으로 삼을 수 있는데, 글씨체가 수려하여 "부정父丁·부신父辛 등의 칭위에 근거하지 않는다면 강정 복사와 구분하기 힘들 정도"여서 이들은 시기가 비교적 이른 것임에 분명하다. 둘째 유형은 『둔남』 1,116·4,331편을 표본으로 삼을 수 있는데, 글씨체가 굵고 크며, 강경하고剛勁 힘이 있으며, 무을 복사의 주류를 이루고 있다. 셋째 유형은 『둔남』 503·611편을 표본으로 삼을 수 있는데, 글씨체가 수려하긴 하나 스타일이 비교적 부드럽다. 어떤 글자는 문정 때의 글씨체와 비슷하나, 어떤 것은 독특한 스타일을 가진 것도 있는데, 이들은 무을의 비교적 늦은 시기 때의 것으로 보인다. 문정 복사의 글자체도 비교적 복잡한데, 이는 다시 네 가지의 유형으로 세분할 수 있다. 첫째 유형은 『수粹』 221편을 표본으로 삼을 수 있으며, "입시廿示라는 말이 보인다." 둘째 유형은 『일佚』 884편을 표본으로 삼을 수 있으며, "상갑입시上甲廿示"라는 말이 있으며, 정貞자를 모두 "정鼎"으로 쓴 것이 두드러진 특징이다. 셋째 유형은 『수』 375편을 표본으로 삼을 수 있는데, 글씨체가 강경하여 무을 복사의 스타일과 비슷하다. 넷째 유형의 글씨체를 가진 갑골은 1973년 가장 많이 발견되었는데, 『둔남』 751·2,100·2,126·2,601편을 표본으로 삼을 수 있으며, 특수한 구조를 가진 상용자도 자주 보인다.

이와 같이 "구파"는 제4기의 무을과 문정 복사를 구분해 냄으로써 동작빈의 "5시기" 시기구분법을 발전시켰다. 방술흠의 『은허복사 시기구분 연구』는 바로 두 파가 "무을과 문정 복사를 하나로 합쳤을" 때 "문무정 복사의 수수께끼"와 관련된 갑골들에 대한 공동 논의와 이를 무정 시기로 앞당겨야 한다는 성과를 비롯해서 "역조 복사"의 "수수께끼"가 제시된 이후 "문무정 복사를 무을과 문정의 둘로 나눈" "구파" 학설에 대한 총결이라 하겠다. 이 책은 총 3장으로 이루어져 있는데, 제1장은 "비왕非王 복사"에 대해, 제2장은 "사조 복사"의 시기구분에 관해, 제3장은 "역조 복사"와 무을·문정 복사에 관해 논의했다. 저자는 각각의 복사가 출토된 갱위와 지층을 정리하여 이를 갑골문의 자형·문례·인명·지명·방국·사류·친속칭위·동판 관계·복조卜兆와 찬조鑽鑿 형식 등과 결합하여 고찰하고 논증했다. 먼저, 소위 "비왕非王 복사", 즉 1천 편이 넘는 자子조·오午조 갑골이 은 왕실의 것이 아니라는 것은 정확하지 않다고 지적하면서 "이러한 복사도 무정 때의 왕실복사로 보아야만 한다"라고 했다. 그는 이러한 복사가 빈조·자조 복사와 같은 갱에서 나왔고 서로 중첩되어 눌려져 있는疊壓 관계에 있으며, 동판同版 현상을 보이고, 글씨체와 문례가 서로 같고, 인명과 지명이 서로 같으며, 조祖·비妣·부父·모母·형兄 등의 친속칭위가 같고, 게다가 어떤 복사에는 상나라 왕의 활동 내용이 기록되어 있다는데서 그 근거를 찾았다. 무정 시기의 복사는 빈조와 사조가 시기적으로 가장 앞서는데, 소위 "비왕 복사" 중의 도刀·아亞 복사와 "오조 복사" 및 자子조 복사와 근접하는 또 다른 부류의 갑골은 그 시대가 빈조와 사조에 근접하거나 조금 더 늦다. "비왕 복사" 중의 "부녀婦女복사"와 자조 복사 등은 또 앞서 말한 이러한 복사보다 시기가 더 늦다. 갑골복사에서의 "자子"는 상나라의 왕자를 말하며, "다자족多子族"은 바로 여러 왕자들, 즉 상나라 왕의 아들과 상나라 왕의 형제 항렬의 가족으로 구성된 씨족을 말한다. 다자족의 대표는 일반적으로 상 왕조의 외복外服의 우두머리를 맡았는데, 어떤 경우에는 내복內服의 관직을 맡기도 했다. 그리고 "왕족"은 바로 상나라 왕을 대표로 하는 씨족이며, "다성多姓"족族은 상 왕실과 혼인관계에 있는 다른 성씨의 씨족을 말하고, "다성"족의 대표는 일반적으로 상 왕조의 내복內服의 관직을 맡았다. "다자족"과 "다성족"은 은상 왕조의 종족宗族과 혼인을 구성하는 두 가지 큰 축으로, 상 왕조의 통치 기반이었다. 소위 "비왕 복사"에 상나라 왕의 활동이 잘 출현하지 않는 것은 주로 이러한 복사가 "다자족"에 관해 점을 친 것으로, 실제로는 은 왕실의 "다자족"과 관련된 내용의 복사였기 때문이다. 이러한 복사에서는 상갑上甲·상을上乙(대을大乙)·천경天庚(대경大庚)·천무天戊(대무大戊)·중정中丁(중정仲丁)·하을下乙(조을祖乙)·남경南庚·석갑石甲(양양陽羊)·반경盤庚·소신小辛 등에 대해 제사를 드렸고, 또 이윤伊尹·소왕小王, 소기小己(즉 효기孝己) 등에게도 제사를 드렸는데, 빈조나 사조 복사에서의 묻는 사람과 마찬가지로 왕실의 복인

이 왕을 대신해 물었음을 보여주고 있다.184)

다음으로, 사조 복사는 글씨체에 근거해 A・B・C 3개의 대 부류와 7개의 소 부류로 나눌 수 있다고 했다. 은허의 역대 발굴과정에서 출토된 각 부류 갑골들의 정황을 정리하고, 이를 칭위・정인・사용 글자・문례・인사人事 등의 각 방면과 결합하여 각 부류의 사조 복사의 시대를 고찰했는데, 사조 A군과 B_1류 복사 및 빈조 복사가 무정 초기에 이미 출현하고 있다. 사조의 D_1류는 빈조의 영향을 받아 이후 다시 사조 B_2류로 발전했다. 그리고 사조 C군 복사는 B군과 비교적 근접하고 있어 아마도 B군 복사, 특히 B_1류의 복사로부터 발전했을 가능성이 매우 높다. 이러한 복사와 "비왕 복사" 중의 "부녀 복사"와 사조 복사 등은 함께 무정 후기 복사의 지류를 형성했다. 그리고 사조 A군 복사와 B_1류 복사는 "비왕 복사" 중의 도刀・아亞 복사 및 "오午조 복사"와 함께 무정 초・중기 복사의 지류를 형성했다.185)

셋째, "역조 복사"와 무을・문정 복사에 대해 전면적으로 정리했다. 여기서 말하는 "역조 복사"는 정인 "역歷"이 등장하는 27개의 진정한 역조 복사를 말한다. 그리고 무을・문정복사는 정인 역歷이 없는 것도 포함되었지만 글씨체가 정인 역歷이 등장하는 복사와 같은 것, 아버지 항렬의 복사이면서 분류하여 연계 가능한 일련의 명확한 복사, 저자의 생각에 정인 역歷이 등장하는 복사와 글씨체가 완전히 같지는 않은 일련의 무을・문정 복사 등도 포함되었다. 그리고 글씨체 등의 특징에 근거하여 저자는 무을 복사의 글씨체를 세 유형으로 나누었고, 문정 복사를 6가지 유형으로 분류했다. 또 무을・문정 복사의 전형 글씨체를 표로 정리하고 나열하여, 언제나 비교하여 참고할 수 있도록 했다. 역대 고고 발굴에서 출토된 역조 복사의 정리를 통해, "명확한 갱위 기록을 갖고 있는 대량의 '역조 복사'는 모두 소둔 마을 가운데와 마을 남쪽에서 출토되었으며,

---

184) 方述鑫,『殷墟卜辭斷代硏究』, 文津出版社, 1992, 107～109면.
185) 方述鑫,『殷墟卜辭斷代硏究』, 文津出版社, 1992, 167면.

마을의 북쪽에서도 가끔 극소수의 '역조 복사'가 출토되었지만, '역조 복사'가 초기 지층이나 회갱에서 출토된 적은 한 번도 없다"[186]는 사실을 밝혔다. 그리고 다시 묘주廟主의 세계世系·친속칭위·인물과 사류·습관적인 언어와 문례·자형·이대동판異代同版·찬조 형태 등을 한데 모아 고찰함으로써 "역조 복사"가 당연히 무을·문정 시대의 것이지 무정·조경 때의 것으로 시대를 앞당길 수 없음을 증명했다.

이와 같이 『은허복사 시기구분 연구』의 제1장·제2장은 앞서 벌어졌던 "문무정 복사의 수수께끼"에 대한 총결이었다. 그리고 제3장은 바로 "역조 복사"의 시대를 앞당길 수 있는가의 여부에 대한 한바탕 논쟁으로, "구파"학설에 대한 기본적 개괄이었다. 그래서 『은허복사 시기구분 연구』는 동작빈이 처음 열었던 갑골문 시기구분 연구의 체계에 대한 발전이며, 학자들이 이러한 시기구분 체계를 어떻게 풍부하게 만들고 발전시켰는가, 그리고 새로운 고고발견에 기초하여 시기구분 연구를 전진시킨 대단히 중요한 참고적 가치를 지니는 저작이라 하겠다.[187]

1933년 동작빈은 갑골문 시기구분 연구 방안을 제시하면서, "모든 학문은 언제나 조략함으로부터 정밀함으로 발전하는 과정을 거치게 되며, 갑골문자의 연구도 물론 예외가 될 수 없음"을 재삼 강조했다. "지금은 단지 조략하게 5시기로만 구분했지만", 더욱 많은 학자들이 이러한 시기구분 방안이 "완비되었는지에 대해 깊은 연구를 계속해 주길" 희망한다고 했다. 강산은 변했고 인재도 많이 배출되었다. 그 후 60여 년간 시기구분 문제에 관한 학자들의 다양한 논쟁과 성과를 볼 수 있었는데, 이는 바로 갑골학의 대가 동작빈의 당시 고충이 실현되었음을 말해 준다.

---

186) 方述鑫, 『殷墟卜辭斷代硏究』, 文津出版社, 1992, 205면.

187) 최근 臺灣 藝文印書館에서 1999年 1月 吳俊德의 『殷墟第三』「四期甲骨斷代硏究」을 출판하였는데, 여기서도 "歷組卜辭"의 시기구분에 대해 의견이 제시되었다고 한다.

5. "시기구분 연구의 성공"을 위한 새로운 방안의 구축

1) 분파 정리법分派整理法의 제기

동작빈이 1933년 발표한 「갑골문 시기구분 연구 예」는 시기구분 연구의 새로운 방안을 제시해 주었으며, 이로써 273년간 뒤엉켜 있던 후기 상나라 갑골의 혼돈 상태를 깨트릴 수 있었고, "갑골학 연구에 완전히 새로운 시대가 열렸다." 갑골문 시기구분 연구에 대한 수십 년간의 실천을 통해 동작빈이 제시한 방법은 조정되어야 할 필요가 있음을 알게 되었고, 실천 과정에서 얻은 새로운 지식은 이러한 방안의 가능성을 증명해 주었다. 그와 동시에 실천적 기초 위에서 이에 관한 내용이 더욱 풍부해지고 이론화되었을 뿐 아니라 동작빈의 초기 방안보다 훨씬 더 진보한 모습으로 발전하게 되었다. 바로 "동작빈의 이러한 방안은 분명 실행 가능한 것이었기 때문에", 최근 백 년 동안의 "몇몇 중요한 갑골저록들, 예컨대 『경진京津』·『녕호寧滬』·『남북南北』·『속존續存』·『경인京人』 등을 비롯해 얼마 전 완간된 『갑골문 합집甲骨文合集』·『상주 갑골문 총집商周甲骨文總集』·『안명安明』·『명후明後』·『화이트懷特』·『동경대학 동양문화연구소 소장 갑골문자東京大學東洋文化硏究所藏甲骨文字』(도판편) 등은 모두 '5시기' 구분법과 '10가지 표준'에 의거하고 있다. 이들 책은 갑골문을 5시기로 처리함으로써 연구의 편의를 제공해 주었는데",188) 동작빈의 시기구분학설의 지대한 영향과 갑골학에 끼친 위대한 공헌을 볼 수 있는 대목이다.

하지만 동작빈은 자신이 제기했던 갑골문 시기구분 연구의 "5시기" 구분법과 "10가지 표준"이 대단히 성공했다고 해서 결코 걸음을 멈추지

---

188) 王宇信, 『甲骨學通論』, 中國社會科學出版社, 1989, 203~204면.

는 않았다. 이후 그는 10년간의 힘을 쏟아 은대의 역보曆譜를 완성하며, 1945년 갑골학사에서의 명저인 『은력보殷曆譜』[189)]를 출간했다. "이 책은 이름은 『은력보』라고 했지만 사실은 '더욱 진일보한 방법을 응용한 시기구분 연구'로, 갑골문자의 시기구분·분류·분파를 연구한 책이다."[190)] 그는 『은력보』를 지으면서 이렇게 말했다. "복사를 시기 구분하고 분류하고 정리한 결과 더욱 새로운 방법을 얻을 수 있었는데, 소위 분파分派 연구가 그것이다. 이러한 방법은 이전에 나누었던 나 자신의 5시기 설을 깨트려야만 가능하며, 은대의 예의제도를 신구新舊 두 파로 나누어, 무정·조경 이전 시기 및 문무정을 구파로, 조갑부터 무을·제을·제신까지를 신파로 나누는 방법이다." 이렇게 하여 시기구분 연구의 "분파" 정리법이 제시되었다. 그는 이러한 새로운 방법으로 "전체 갑골문자를 정리하게 되면 은대의 예제 정리는 식은 죽 먹기라고 생각했다. 신구 두 파가 서로 교체해 가는 과정 속에서 특수한 현상도 자연히 존재했다. 즉 신파와 구파가 있고 또 각기 대동소이한 점도 있는데, 세심하게 연구하면 곧 알게 된다"[191)]고 했다. 그리고 『은력보』의 상편 제1권 "은력 조감殷曆鳥瞰"의 제1장 "서언"의 제2절에서, 신파와 구파·사전祀典의 차이·역법의 차이·문자의 차이·점친 사안의 차이 등 몇 가지 측면에서 "은대 예제의 신구 두 파에 대해 전문적으로 논의했다." "신구 두 파라는 것은 나의 시기구분 연구의 더욱 진보한 관찰이며, 여기서 그 대강을 밝혀 두었다."

그는 이렇게 생각했다. "분파라는 관점에서 복사를 보는 것과 시기구분이라는 관점에서 복사를 보는 것은 완전히 다르다. 전자는 복사가 대표할 수 있는 문화와 은대의 270여 년간의 예제의 변혁, 정치의 기복 등에 대해 산봉우리에 올라 아래를 내려다보고 역경 속에서도 희망이 보

189) 『史語所 專刊』 二十三, 1945年 4月 初版. 또 1992年 9月 景印 二版.
190) 董作賓, 「自序」, 『殷曆譜』, 1945.4.30.
191) 董作賓, 「自序」, 『殷曆譜』, 1945.4.30.

이는 듯 가슴을 확 트이게 하는 경지에 이르게 한다. 하지만 후자는 단지 갑골을 다섯 무더기로만 나눌 줄만 알아 이리저리 끌어 모으고 단장취의 하는 바람에 캄캄한 길에서 모색을 해보지만 여전히 앞을 캄캄하게 할 뿐이다. 이 둘을 비교해보면 정말 이처럼 천양지차라 하겠다."

하지만 갑골문을 정리할 이렇게 과학적인 방법은 1945년 제시된 이후, 곡이 너무나 고상한 바람에 따라 부르는 사람이 적듯, "그것을 이해하는 갑골 학자는 여전히 적었다."[192] 이는 「갑골문 시기구분 연구 예」가 발표되었을 당시 모두가 한 목소리로 합창하며 구름처럼 몰려들었던 상황에 비하면 확실히 "천양지차였다." 하지만 동작빈은 자신의 새로운 방안에 낙심하지 않았고, 혼자 열심히 연구해 나갔다. "내 자신은 최근 10년 동안 발표되는 새로운 갑골자료에 한시도 주의를 기울이지 않은 적이 없다. 그 결과 분파 연구에 반하는 증거는 찾을 수 없었다. 뿐만 아니라 이러한 연구 방법에 맞는 증거가 날로 증가함을 봄으로써 내 자신에 대한 신념을 더욱 강화할 수 있었다." 분파 연구라는 새로운 방법에 대한 학계의 주목을 끌어내고 갑골 시기구분학의 발전을 추동시키기 위해, 동작빈은 여러 해 동안 지속적으로 "분파의 방법을 번거럽다 여기지 않고 논의의 장으로 이끌어 내 많은 사람들이 주목해 주기를 희망했다."[193]

1945년 출판된 『은력보』에서 동작빈은 "분파分派의 새로운 방법"에 관해 기술했다. 하지만 "아홉 가지 역보九譜에서 수록한 것은 겨우 580편에 불과했는데, 이는 10만여 편에 이르는 전체 갑골의 1천분의 6에도 이르지 못하는 숫자이다. 그래서 새로운 방법을 응용해 정리하고 연구하는 자가 나오길 기다려야 한다는 사람이 오히려 대다수를 차지하게 되었다"[194]는 점도 지적했다. 1948년 『은허문자 을편殷虛文字乙編 서序』에서

---

192) 董作賓, 「爲書道全集詳論卜辭時期之區分」, 『中國現代學術經典』 「董作賓卷」, 河北教育出版社, 1996, 50면.

193) 董作賓, 「爲書道全集詳論卜辭時期之區分」, 『中國現代學術經典』 「董作賓卷」, 河北教育出版社, 1996, 530면.

194) 董作賓, 「自序」, 『殷曆譜』, 1945.

그는 "문무정이 복고를 했다"고 주장하면서 다시 소리 높여 이렇게 호소했다. "『을편』에 이러한 자료가 이미 존재하고, 『갑편』과 이미 저록된 다른 책들을 참고하여 전체 갑골을 정리하고, 신구파의 모든 예제의 차이를 비교한다는 것은 그다지 어려운 일은 아닐 것이니, 나보다 먼저 이러한 작업을 해주는 사람이 나타나길 바란다."[195] 이렇게 간절한 마음은 문자로 표현되어 종이 위를 뛰어 다니고 있었다.

"분파" 연구법이 제시된 지 30여년이 지났으나, 1957년까지도 "국내외를 두루 살펴보았지만 아직 많은 사람들이 나의 제안을 깊이 이해하지 못하고 있다. 그래서 번거로움을 무릅쓰고 다시 서술하노니, 여러분과 함께 논의하여 정확한 방법을 찾고 나아가 모든 복사를 정리할 수 있기를 바란다"[196]고 했다. 그가 1956년 일본의 『정본 서도전집定本書道全集』에 발표한 「복사의 시기구분卜辭之時期區分」은 중국어로 번역되어 「서도전집을 위해 복사의 시기 구분을 상세히 논함爲書道全集詳論卜辭時期之區分」이라는 제목으로 『대륙잡지大陸雜志』 제14권 제19기에 발표되었다.

이 글은 "분파의 새로운 방법"에 대한 동작빈의 가장 체계적인 견해이자 원래의 "시기구분"법에 대한 수정이었다. 그 방법은 표 5에서 예시한 바와 같다.

---

195) 董作賓, 「序」, 『殷虛文字乙編』, 1949.

196) 董作賓, 「爲書道全集詳論卜辭時期之區分」, 『中國現代學術經典』 「董作賓卷」, 河北教育出版社, 1996, 524면.

〈표 5〉 동작빈의 "분파 신법" 표

분파	시기구분
제1단(段) 구파 전기(舊派前期) : 반경(盤庚)·소신(小辛)·소을(小乙)·무정(武丁)·조경(祖庚)	제1기
	제2기(옛날 법을 준수함, 총 111년)
제2단(段) 신파 전기(新派前期) : 조갑(祖甲)·늠신(廩辛)·강정(康丁)	제2기
	제3기(새로운 제도로 개혁함, 총 47년)
제3단(段) 구파 후기(舊派後期) : 무을(武乙)·문무정(文武丁)	제4기(옛날 법을 복고함, 총 17년)
제4단(段) 신파 후기(新派後期) : 제을(帝乙)·제신(帝辛)	제5기(새로운 제도를 회복함, 총 98년)

"구파"는 바로 동작빈이 『은력보』의 「서언」에서 말했던 다음과 같은 내용이다. 즉 "반경이 은으로 천도한 이후부터 소신·소을에 이르는 시기를 말하며, 초기 복사에서는 언제나 분별하기가 쉽지 않기 때문에 잠정적으로 무정을 구파의 대표로 둔다." "지금 복사에서 그 당시의 기상이 웅위하고 크기도 크며 점도 모든 내용을 다 포함하고 있고 사신史臣들이 쓴 서계 문자는 자유로운 작풍을 충분히 표현하고 있음을 볼 수 있다. 『은력보』에서도 여전히 옛 제도를 계승하여 고치지 않은 역법을 볼 수 있는데, 나는 이를 '존고파遵古派'라 이름하였다. 사전祀典 또한 조갑祖甲 때의 것과 전혀 달랐고, 문자나 점을 친 내용 또한 대부분 달랐다. 그 당시의 예제는 소위 '선왕의 정치先王之政'라는 것이었을 것이다. 그래서 나는 이를 '구파'라고 이름했다." "무정 이후에는 조경이 이를 계승했으며, 이러한 법을 지키면서 고치지 않았다. 아래로 문무정에 이르러 다시 구파의 예제를 회복시켰는데, 이들은 모두 구파에 속하는 계파들이다."

소위 "신파"라는 것은 이렇다. "조갑부터 시작되었으며, 복사에는 그 혁신적 정신이 충분히 표현되어 있다. 예컨대 역법의 개정, 사전祀典의 수정, 점을 친 일을 비롯해 문자의 조정 등이 모두 그러한 것들이다." "조갑이 이러한 '신파'를 창제한 이후, 늠신과 강정이 그 예제를 이어갔으며", "제을과 제신은 다시 신파를 복원했는데, 이들은 모두 같은 계파이다.”

“분파 신법은 네 가지 항목으로 나누었는데, ① 사전祀典, ② 역법曆法, ③ 문자文字, ④ 점친 내용卜事 등이 그것이다.”197)

(1) 사전祀典

구파 :

모든 제사마다 반드시 점을 쳐 물어보았으며, 제사를 받는 사람의 동의를 구했다. 그 때문에 조祖와 비妣가 많을뿐더러 제사의 종류도 복잡하며, 거행하는 날짜 또한 미리 정할 수가 없었다.

신파 :

조갑 때 사전祀典을 개혁하여, 그 “방법은 복순卜旬복사의 뒷부분에 첨부해 둔 「사전 비망록祀典備忘錄」에 보인다.” 그리고 “미리 순서를 정해 놓은 이러한 책자가 바로 ‘사전祀典’이며, 신파의 후기인 제을 때의 사전祀典 초록본(『수』 113편)이 보인다.” 그리고 “신파의 5가지 제사는 각각 ‘융彡·익翌·제祭·치壴·협叀’이며, 모두 질서정연한 모습을 보이고 있다.”

이밖에도 구파의 특유한 사전으로는 어御·방匚, 책冊·제帝·교烄·고告·구求·축祝·유虫·료寮·침沉·매埋 등이 있다.

또 신파의 특유한 제사에는 우又(虫를 고친 글자)·료叙(寮를 고친 글자)·일日·[illegible]·[illegible]·호濩·융석彡夕·융약彡龠·석복夕福 등이 있다.

그리고 구파와 신파가 공동으로 지냈던 제사에는 작勺·복福·세歲 등이 있다.

197) 董作賓, 「爲書道全集詳論卜辭時期之區分」, 『中國現代學術經典』 「董作賓卷」, 河北敎育出版社, 1996, 524~546면.

(2) 역법曆法

윤달의 배치置閏:

구파의 역법에서는 윤달을 배치할 때, 윤달이 들어가는 달 다음이 아닌 한 해의 마지막에다 배치하고서 "13월月"이라 불렀다. 하지만 신파에서는 조갑이 먼저 달 이름月名의 조직을 깨트렸고, 윤달을 윤달이 들어가는 달 다음에 배치하면서, 한 달의 이름을 중복하여 나열했다. 그 이후로는 더 이상 "13월"이라는 이름은 보이지 않는다.

달 이름月名:

구파에서는 1년의 태음월太陰月의 달 이름이 일월一月에서 십이월十二月까지 이르러 분할하거나 증감할 수가 없었다. 하지만 신파에서는 조갑이 역법을 고치면서 숫자의 조직을 파괴하여, 첫 번째 달을 "일월一月"이라 하지 않고 "정월正月"로 고쳤다.

날짜의 기록紀日:

구파에서는 옛날의 제도를 이어 여전히 간지干支로써 날짜를 기록하는 독립된 체계를 가졌으며, 연年과 월月의 제한을 받지 않았다. 날짜의 기록은 어느 간지로부터 계산하더라도 언제나 1부터 9까지 차이가 났다. 복순卜旬은 계일癸日날 이루어졌고, 10일을 순旬이라 했으며, 10일 이상일 때에는 "순 그리고 며칠旬又幾日"이라는 식으로 표현했다. 20일을 2순旬이라 불렀고, 9순旬까지 나간다. 10순旬은 "백일百日"이라 불렀다. 하지만 신파의 경우 간지干支를 가지고 일수日數의 거리를 표현하는 방법을 사용하지 않았으며, 간지일干支日을 태음월太陰月과 연속시켜, 달 이름月名에다 "재在"자를 덧붙였다. 신파의 경우 언제나 "순旬"을 비롯해 "백일百日" 등의 계산법은 사용하지 않았다.

시간의 기록紀時:

신구파 모두 하루의 낮을 "일日", 밤을 "석夕"이라 했다. 두 파 간에 시간의 기록에서 차이를 보이는 것은, 구파의 경우 하루를 7개의 시간대로 구분하여 명明・대채大采・대식大食・중일中日・측昃・소식小食・소채小采 등의 전문 명칭이 등장한다. 신파의 경우에도 중일中日이 보이며 "조朝"로써 "대채大采"를, "모暮"로써 소채小采를 대체했으며, "조朝"의 앞에 "혜兮"가 "모暮"의 뒤에 "혼昏"이 더 들어 있다.

(3) 문자文字

간지干支와 상용자에서 글자의 변천이 가장 두드러진다. 구파 후기의 간지자干支字는 종종 고체古體를 회복하였으며, 이 때문에 시기구분 문제를 연구할 때 자형을 표준으로 삼는 것에 많은 어려움이 생긴다. 그래서 20년 전 자형에 근거해 시기를 구분할 때, 문무정 복사를 항상 무정 때의 것과 혼동했던 것이다. 지금은 분파의 방법으로 세밀히 관찰할 수 있으며, 또 다른 표준으로 자형을 확정함으로써 그것을 일목요연하게 만들었다. 예컨대 "왕王"자의 경우, 구파에서는 왕王자의 윗부분에 가로획이 없지만 신파에서는 반드시 첨가해야 한다. 또 "료敹"자의 경우, 구파에서는 료尞로 쓰지만 신파에서는 이 글자로 바꾸었다. 또 "우又"자의 경우, 구파에서는 유무有無라고 할 때의 유有, 다시라고 할 때의 우又, 유제侑祭라고 할 때의 유侑, 복우福佑라고 할 때의 우佑자 등이 있었지만, 신파에서는 일괄적으로 "우又"로 바꾸었다. 이밖에도 "전田"자의 경우, 구파에서는 농사짓다의 뜻에는 전田을, 수렵하다田獵고 할 때에는 일률적으로 수狩를 사용했다. 하지만 신파에서는 전田을 수렵하다는 뜻으로 사용하였으며 수狩자는 사용하지 않았다.

(4) 점친 내용卜事

갑골문에서 점을 친 내용은 동작빈이 "30년 동안 연구한 대략의 관찰에 의하면, 대체로 아래에서 나열할 20가지로 분류할 수 있는데", 구파와 신파의 점친 일에 관한 정황은 다음과 같다.

"구파와 신파에 공통으로 등장하는 것으로는 다음의 8가지이다. ① 제사祭祀, ② 정벌征伐, ③ 수렵田獵, ④ 유람游觀, ⑤ 향사享祀, ⑥ 행지行止, ⑦ 복순卜旬, ⑧ 복석卜夕 등이다.

하지만 구파에게만 존재하는 것으로 12가지가 있는데, ⑨ 복길卜吉, ⑩ 복개卜匄, ⑪ 구년求年, ⑫ 수년受年, ⑬일식과 월식日月食, ⑭ 유자有子, ⑮ 복만卜娩, ⑯ 복몽卜夢, ⑰ 질병疾病, ⑱ 사망死亡, ⑲ 구우求雨, ⑳ 구계求啓 등이다."

이밖에도 구파에게는 복사 외에도 기사記事문자가 존재하여, 각 지역에서 거북딱지와 동물 뼈를 공물로 보낸 일들을 기록하고 있다. 하지만 신파에서는 이런 기사 문자는 존재하지 않는다.

점을 친 내용에서 신파가 구파보다 적은 이유는, "신파들은 점을 친 많은 것들을 폐기해버렸기 때문이다." 동작빈의 고증에 의하면, "간지복干支卜+왕王"과 같은 구조의 복왕卜王 복사는 신파의 조갑이 "큰 사안에 대해 직접 그 영험을 살핀 것이다". 조갑이 오랜 기간 동안 시험을 하면서, 그는 1~8까지의 내용은 어떤 상황에서도 계속 유지해 나가야만 한다고 생각했는데, 그것은 조종祖宗이 남겨 놓은 제도였기 때문이다. 그 나머지는 모두 당시의 왕이 한 때 즐겼던 것으로 그다지 중요하지 않았기 때문에 모두 폐기해 버렸다."

전체 갑골문자 중에서 신파와 구파의 갑甲과 골骨의 사용과 필사의 스타일에서도 그 차이가 두드러진다.

이러한 것이 바로 동작빈이 제시했던 시기구분 연구의 새로운 방안-"분파 신법分派新法"이었다. 갑골문을 정리할 수 있는 이러한 새로운 방안의 시행 가능성에 대해 동작빈은 대단한 믿음을 갖고 있었으며, 이렇게 말했다. "최근 10년 동안 나는 새로 출판된 갑골자료와 갑골학 연구의 논저에 주목해 왔는데, 분파分派 연구에서 나의 학설을 뒤집을 만한 반대되는 증거를 발견하지 못했을 뿐 아니라, 앞서 들었던 이러한 분파 방법이 정확한 것임이 충분히 증명되었다."

동작빈이 『은력보』를 저술하면서 "분파" 방법이라는 갑골문 정리의 새로운 방안을 제시하고 실천하긴 했지만, 그 후 다시 "문무정 복사의 수수께끼"를 푸는 과정을 거치면서 그것을 끊임없이 보완했으며 새로운 방안을 계속해서 학계에 공개해 더 많은 학자의 지지를 얻기를, 또 이러한 방안이 갑골문을 정리하고 상나라 역사 연구에 쓰이기를 희망했다. 그래서 그는 "학자들이 역할을 나누어 함께 작업하지 않는다면 믿을 만한 은대의 역사라 할지라도 그 연구 성과를 얻는 날은 영원히 오지 않을 것이다"고 했다. 하지만 이러한 외침에 대한 호응은 결국 미미하기 그지없어 "분파"정리법은 여전히 이론적 검토에 머물러 있어야만 했다.

그렇게 된 것은, 동작빈의 "신"·"구"파의 4기 구분이 도리어 원래의 「갑골문 시기구분 연구 예」에서 나누었던 "5시기" 구분법보다 정밀하지 못했기 때문이다. 그밖에도 "구파"가 보수적이며 옛날의 제도를 준수했다는 갖가지 내용과 "신파"가 제도를 고치고 마음을 단단히 먹고 나갔다는 등의 해석은, 진몽가가 지적했던 것처럼 "설사 같은 조대朝代에 속한다 하더라도 글씨체와 문례文例 및 모든 제도가 한번 정해지면 결코 변하지 않는 것이 아니거늘, 앞을 향해 점차 변화하는 그것들이 어느 한 임금에 의해 단절될 수는 없는 법이다. 대체적인 불변과 작은 부분의 창신創新은 어떤 조대의 상례常例와 변례變例(즉 예와 예외) 간의 대립과 관계되며, 발전 과정에서 관건적인 부분이다. 한 조대에서의 변례와 예외는 바로 다음 왕의 시대에서의 새로운 상례常例의 선하가 된다. 이미 새로운 상례가 세워지고 나면 옛날의 상례 또한 예외적으로 중시될 수도 있다."[198] "이 때문에 동씨의 『은력보』에서 제시한 신파와 구파는 필요하지도 않을뿐더러 정확하지도 않다."[199] 특히 최근의 논의를 통해 소위 "문무정 복사의 수수께끼"가 진정으로 "해결된" 이후, 동작빈이 일찍이

198) 陳夢家, 『殷虛卜辭綜述』, 科學出版社, 1956, 153면.
199) 陳夢家, 『殷虛卜辭綜述』, 科學出版社, 1956, 155면.

"곤혹"스럽게 느꼈던 갑골들이 무정시대로 앞당겨지게 되자, 이를 계기로 동작빈이 세웠던 "복고"의 "문무정 시대" 복사는 이미 더 이상 존재하지 않게 되었으며, 이 때문에 신파·구파의 "분파"설의 기초가 근본적으로 흔들리게 되었다. 또 "역사발전이라는 관점에서 볼 때도 '복고'설은 성립될 수가 없다. 역사에서의 '복고'는 정치제도와 의식형태의 범위에 속하는 현상이며, 문정의 '복고'와 같이 문자의 구조, 점을 칠 사안, 심지어 부婦·자子·조정 신하의 이름까지 4대 전의 무정시기와 꼭 같게 복고한다는 것은 상상할 수 없는 일이다."[200] 그래서 동작빈의 "분파 신법"은 줄곧 학계의 인정을 받지 못하고 있으며, 그것은 우연한 일이 아니다.

2) 갑골문자 발전의 "두 계파설"과 새로운 방안의 구축

1933년 동작빈은 「갑골문 시기구분 연구 예」를 구축하면서 갑골문 시기구분 연구에서 최초의 비교적 체계적이라 할 이 방안에서 "갑골문자의 시기구분 연구가 필요한 이상 가장 먼저 해결해야 할 문제는 바로 어떻게 시기를 구분할 것인가 하는 것"이라고 했다. 그는 진심으로 "이 학문을 하는 사람들이 평상심으로 이 방안이 쓸 수 있는 것인지? 완비된 것인지를 평가해 주길 바란다"고 하였으며, "이것이 시기구분 연구가 완성된 후의 결론이 아님을 정중하게 선언했다."[201]

앞서 말한 것처럼, 동작빈은 몸소 자신만의 "사색과 고민을 계속하면서" "시기구분 연구가 완성된 후의 결론"을 찾아 나갔다. 1933년 시기구분 연구법을 발표한 후, 그는 "자신 스스로 이 방법을 사용하여 진일보한 연구를 했다." 즉 10년의 세월을 쏟아 전심전력으로 『은력보』를 찬술

200) 李學勤, 「小屯南地甲骨與甲骨分期」, 『文物』, 1981年 第5期.
201) 董作賓, 「甲骨文斷代研究例」, 『慶祝蔡元培先生六十五歲論文集』, 1933.

했던 것이다. "이번 시기구분에서 집록된 복사는 정리 연구한 1천여 편의 결과에 불과하지만, 복사에 반영된 은대의 예제禮制가 일찍이 네 차례의 변동이 있었음을 알게 되었고, 이로 인해 시기구분 방법을 수정하였으며 분파설도 제시하게 되었다." 그는 「갑골문 시기구분 연구 예」를 "시기구분의 옛 학설"이라 하였고, 그가 새롭게 제시한 "분파법"을 "분파의 새로운 학설"이라 불렀다. 비록 동작빈이 제시한 "분파의 새로운 학설"이 학계의 광범위한 인정을 받지는 못했지만, 동작빈은 「갑골문 시기구분 연구 예」에서의 "10가지 표준"과 "5시기 구분법"을 결코 "금과옥조"가 아닌, 계속해 발전시켜 나가야 하는 것이라 생각하고 있었음을 알 수 있다.

1950~1960년대에 "문무정 복사의 수수께끼"에 대한 논의가 종료되고 1970~1980년대에는 "역歷조 복사"의 수수께끼에 대한 연구가 깊이를 더해 감으로써 일부 학자들은 "동작빈이 1933년 제시했던 복사의 5시기 구분법이 이미 낡은 것임"202)을 강하게 느끼게 되었다. "실천 과정에서 5시기 구분법에는 결함이 있음이 증명되었으며, 중요한 결함은 갑골 자체의 분조分組와 왕세王世의 추정이 한데 뒤섞여 버린 데 있었다. 단순히 왕세로 시기를 나누자면, 사실 한 왕세에는 한 가지 유형의 복사만 존재하게 된다. 동일 왕세의 것이면서 서로 다른 종류의 복사를 발견한다 하더라도 5시기의 틀에 편입시키기가 어렵게 된다." 복사의 시기구분에 관한 논쟁에 참여하고 복사를 더욱 심도 있게 정리한 기초 위에서, "단순히 왕세로 갑골복사를 구분한다는 것은 지나치게 부족하다는 사실을 발견하게 되었다. 진몽가는 이 때문에 사自조니 빈賓조니 하는 등의 명칭을 만들어 내게 되었고, 이러한 방법은 분명 왕세에 근거한 구분보다 상세하게 적용될 수 있었다." 이학근은 자신이 정리한 모든 갑골에 근거해 "은허 갑골은 대체로 다음과 같은 9조組로 나눌 수 있으며, 각각의 조는

202) 李學勤, 「論"婦好"墓的年代及有關問題」, 『文物』, 1997年 第11期.

정인의 이름으로써 조의 이름을 정할 수 있다. 다만 한 조는 정인이 없는데 이를 무명조라 부를 수 있다"고 했다. 그리하여 이를 표로 만들어 동작빈과 진몽가와의 견해와 대조했다.

〈표 6〉 복인卜人의 이름과 조組 대조표

지금의 이름	동작빈	진몽가
빈조(賓組)	1기	빈조(賓組), 무정복사(武丁卜辭)
사조(𠂤組)	4기 문무정 복사	사조(𠂤組), 무정(武丁) 후기
자조(子組)		자조(子組)
비조(𠂤組)		오조(午組)
출조(出組)	2기	출조(出組), 경갑복사(庚甲卜辭)
역조(歷組)	4기	문정복사(文丁卜辭)
무명조(無名組)	3기	강정복사(康丁卜辭)
하조(何組)		하조(何組), 늠신복사(廩辛卜辭)
황조(黃組)	5기	을신복사(乙辛卜辭)

동작빈의 "정인 집단貞人集團"을 진몽가는 『은허복사 종술』에서 정인 "조組"로 변화시켰다. 이처럼 일찍부터 복사를 "조"로 나누긴 했지만, 이학근이 나눈 "조"는 자신의 말처럼 "진몽가가 나눈 조는 주로 복인卜人에 의해 계련된 것으로 필자의 개념과는 차이가 있어"203) 이름은 같지만 내용은 다르다. 이학근의 학설을 강력하게 지지했던 사람은 임운인데, 그의 「소둔 남지 갑골의 발굴과 은허갑골의 시기구분小屯南地甲骨發掘與殷墟甲骨斷代」204)은 이학근의 "조"와 그 획분 및 특징에 대해 기술했다. 이 글에서의 "부류類"는 바로 이학근이 말했던 "조", 즉 소위 "역조 1류"·"역조 2류"·"사조"·"사·력 사이조"·"무명조" 등이다. 임운은 이렇게 생각했다. "사조 복사를 획정하는 또 다른 기본 표준"은 "글씨체의 특징(서체·자형 구조와 글자 사용 습관 등 세 가지 측면을 모두 포함)"이다. "복인의 이름이 보이지 않는 복사는 글씨체에 근거해 사조에 귀속시킬 수 있다."

203) 李學勤, 「小屯南地甲骨與甲骨分期」의 본문 및 주 8); 『文物』, 1981年 第5期.
204) 『古文字硏究』 第9輯(中華書局, 1984)에 실림.

"공판共版 관계를 가지지 않는 그러한 복인들이 사조로 확정된 이유도 바로 글씨체의 특징이 동일한 것으로 계련되었기 때문이다." 나머지 "빈조 복사의 획정도 마찬가지이다." 그리고 "역조 복사"도 "완전히 '글씨체에만 근거해' 두 개의 조로 나눌 수 있으며, 칭위에 근거해 '부정류父丁類'니 '부을류父乙類니 하는 식으로 나누어서는 안 된다." 그리고 이론적으로 다음과 같이 해석했다. "글씨체의 변천은 비교적 빨리 진행되고 일정한 단계성을 보이기 때문에 유형학적 관점으로 보면 분명 분류의 가장 좋은 표준임에 틀림없다. 나머지 복사 내용에서 독립된 찬조 형식·갑골의 다듬기 형식·기사각사의 형식 등도 물론 유형학적 분류라는 의미는 가지지만 그 어느 것도 글씨체만큼 세밀하지는 못하다. 게다가 많은 사람들이 탁본에만 근거해 분류하는 상황에서 글씨체는 가장 사용하기 편리한 표준이다." 특히 "습관적으로 복인의 이름을 서명하지 않았던 대량의 복사를 분류하는 첫째 표준은 바로 글씨체뿐이라고 할 수 있다." 그러나 이학근은 「은허 갑골 시기구분에 관한 새로운 이론殷墟甲骨分期新論」205) 등의 글에서 자신의 이론을 끊임없이 발전시키고 체계화했다. 그는 "복사의 유형학적 분석은 바로 글자의 구조적 특징과 필사 스타일을 포함한 문자의 글씨체에 근거해 몇 개의 조와 부류로 나누는 것을 말한다. 이러한 과정을 분류라고 부른다"고 했다. 또 "분류"의 표준에 대해서도 전면적으로 기술했다. 그에 의하면, "글씨체가 분류의 유일한 표준이다. 글씨체에 의거해 분류한 후 어떤 조組나 분류의 복사가 내용적인 측면에서 어떤 특징을 가졌는지를 확정해 낼 수 있으며, 이를 어떤 복사가 해당 조류組類에 속하지는 지의 여부를 판단하는 근거로 삼는다. 복사 내용의 하나인 복인은 가장 효과가 있는 근거임이 경험적으로 증명되는데, 이러한 의미에서 분류의 또 다른 한 '표준'으로 보아도 무방하다." "앞으로는 갑골의 재질과 형태 등에 관한 연구가 더욱 늘어나게 될 것인데,

205) 『中原文物』, 1990年 第3期에 실림.

아마도 복사를 분류하는 외적 부분에서의 다른 표준이 될 것이다." 이학근은 이렇게 말했다. 갑골문의 "분류와 시기구분은 시기구분 연구에서의 두 가지 다른 절차이다. 분류를 한 후, 어떤 조류組類에 해당하는 지의 시대를 추정하는 것을 시기구분이라 부른다. 추정한 시대는 상대적인 경우도 있고 절대적인 경우도 있다. 상대적인 시대는 발굴품의 층위에 의해 추정된다. 어떤 경우에는 복사 간의 횡적 · 종적인 관계에 의해 추정되기도 한다." 그러나 "절대적인 시대(왕세王世)의 추정 근거는 바로 칭위 체계이다." 이렇게 해서 이학근은 자신의 연구를 더욱 발전시켜 "소둔의 갑골을 10개 조로 나누었다(이는 단지 습관적 편의를 위한 것이지 복인을 주요 표준으로 삼은 것은 아니다)." 그중 3개 조에는 복인이 존재하지 않으며, 1개 조에는 옛날 이름(오午조)를 연용했고, 2개 조는 무명조無名組와 비왕무명조非王無名組라 이름 했다. 그리하여 이학근의 "10개 조"는 원래의 "9개 조"에 비해 1개 조가 더 늘어났고, 비록 기본적으로는 차이가 없었으나 더욱 정밀해짐으로써, 그들의 분류와 시기구분체계가 더욱 진보했음을 보여주었다.

은허갑골의 이러한 10개 "조"는 "성질이나 발견된 지점에서도 차이를 보인다." 성질적인 면으로 말하자면, 상나라 왕을 점복의 중심으로 하는 왕王복사가 있고, 상나라 왕을 점복의 중심으로 삼지 않는 비왕非王복사도 있다. 발견지점으로 볼 때, 어떤 조는 주로 소둔촌의 북쪽에서 출토되거나 거기서만 출토된 것도 있고, 어떤 조는 소둔촌의 가운데와 남쪽 지역에서 주로 출토되거나 거기서만 출토된 것도 있다. "왕王복사 중에서도 사自조만 마을의 북쪽과 남쪽에서 모두 출토되었고, 나머지는 마을의 북쪽과 마을의 남쪽에서 출토된 두 계통으로 나눌 수 있다." 그 후 그는 이 학설을 더욱 상세하게 밝혔는데, "소위 두 계통이라는 것은 은허갑골의 발전을 두 가지 계통으로 나눌 수 있다는 말이다. 한 계통은 빈賓조로부터 출出조 · 하何조 · 황黃조로 발전한 계통이며, 다른 한 계통은 사自조로부터 역歷조 · 무명無名조로 발전한 계통이다. 임운과 팽유상彭裕商은 이러한 견해를 보충하고 바로잡았다. 그들의 견해에 근거하면, 사조가 아마도 이 두 계통의 공동된 출발점이며, 황黃조가 이 두 계통의 공동된 귀결점일 것이라고 했는데, 이는 분명 대단히 창의적인 견해였다."[206]

복사에서 "새로운 '분조'설의 제기는 '두 계통'설로써 동작빈의 시기구분 방법을 대체하고자 하는 새로운 탐색이었다."[207] "은허의 왕실복사를 발전 과정에서 두 가지 계통으로 나눌 수 있다는 가설은 이학근에 의해 제1차 고문자토론회에서 처음으로 제시되었다." 임운은 그의 학설을 계통화하고 각 복사의 연진 추세를 표로 만들어 다음과 같이 기술했다.

〈표 7〉 복사 변화 추세표

〔武丁〕 〔武丁→祖庚〕 〔祖甲→武乙〕 〔文丁〕 〔帝乙、帝辛〕

自历间组 → 历组一类 → 历组二类 → 无名组 → 无名组晚期 → 黄组

(历组一类 · 历组二类: 历组)

自组大字 → 自组小字 → 自宾间组 → 典型宾组 → 宾组晚期 → 出组 → 何组

(自组大字 · 自组小字: 自组〔武丁〕)

(自宾间组 · 典型宾组 · 宾组晚期: 宾组〔武丁〕)

(出组 · 何组: 〔祖庚、祖甲〕〔廩辛〕→ ?)[208]

이것은 "두 계통설"의 체계를 비교적 완벽하게 정리한 최초의 방안이라 할 수 있다.

1978년 이학근이 장춘長春의 한 회의 석상에서 "두 체계설"이라는 시기구분 연구의 새로운 가설을 제기한 이후, 갑골학계에 커다란 반향이

---

206) 李學勤, 「殷墟甲骨兩系說與歷組卜辭」, 『李學勤集』, 黑龍江教育出版社, 1989, 98~99면.

207) 王宇信, 『甲骨學通論』, 中國社會科學出版社, 1989, 201면.

208) 林澐, 「小屯南地甲骨與殷墟甲骨斷代」, 『古文字研究』 第9輯, 中華書局, 1984.

일어났다. 갑골학 시기구분의 새로운 체계의 구축에 열심이었던 학자들은 많은 논저를 발표하여 갑골 시기 구분학의 이론과 방법적인 측면에서 전 방위적이고 다각도적인 측면에서 탐색하고 고민하였고, 이를 통해 "두 계통설"의 체계는 날로 계통화 되고 엄밀해졌으며 갑골학 연구의 번영을 가져왔다. 황천수黃天樹가 1991년 대만의 문진文津출판사에서 출판한『은허 왕 복사의 분류와 시기구분殷墟王卜辭的分類與斷代』, 팽유상彭裕商이 1994년 중국사회과학출판사에서 출판한『은허 갑골의 시기구분殷墟甲骨斷代』및 이학근 등이 1996년 상해고적출판사에서 출판한『은허 갑골 시대구분 연구殷墟甲骨分期硏究』등은 바로 "두 계통설"이라는 새로운 방안의 구축에 관한 탐색의 총결과 모범적인 저작들이다.

그중에서도 황천수의『은허 왕 복사의 분류와 시기구분』은 "최근 10년 동안 대륙 갑골학계의 시기구분 연구에 대한 최신 성과를 충분히 흡수한 기초 위에서 은허 갑골문의 주요 부분인 왕王복사의 시기구분에 대해 비교적 전면적이고 세밀한 분류와 시기구분을 한 연구로", 주로 사조 복사, 𠂤류 복사, 빈조 복사, 빈・출류 복사, 사・빈 사이 류 복사, 사조 소자류小字類 복사의 시대를 논함, 역류 복사, 사・력 사이 류 복사, 하何조 복사, 역歷・무명無名 사이 류, 무명 류, 무명・황黃 사이 류 복사, 황류 복사 등의 특징 및 변화에 대해 논술했다. 이 책에서 명명한 갑골복사의 "부류類"는 바로 저자가 "갑골 학자들에게 익숙하던 정인 조組의 명칭으로써 새롭게 획분해 낸 '류類'에 대한 명명으로, '빈・출조賓出類'나 '하조 1류何組一類'와 같은 식의 이름은 모두에게 편의를 제공하기 위한 것임을 알 수 있다."[209] 이 책에서는 은허복사를 A계통(즉 소둔촌의 북쪽과 가운데)과 B계통(즉 소둔촌의 남쪽) 두 계통의 20류類로 나누었으며, 각 부류의 복사를 획분하게 된 근거 및 차지하고 있는 연대에 대해 전면적으로 기술하였다(첨부:「은허 왕복사의 분류 및 각 부류가 차지한 연대 총표殷墟王卜辭的

209) 黃天樹,「自序」,『殷墟王卜辭的分類與斷代』, 臺灣文津出版社, 1991.

分類及各類所占年代總表」).[210] 이 책은 "시기구분의 새로운 학설을 체계적으로 발전시킨 것이다. 저자는 엄밀한 유형학적 분석으로부터 착수하여 소둔의 왕王복사를 대단히 세밀하게 12부류로 나누고, 그 내함 및 피차간의 관계를 단계적으로 대단히 명쾌하게 기술했다. 갑골 전문가라면 이 책이 이전에는 알지 못했던 수많은 부분을 밝혀내고 시기구분 연구에서 많이 진보했음을 분명하게 볼 수 있을 것이다. 설사 갑골 전문가가 아니라 하더라도 이 책의 논술과 분석 속에서 많은 도움을 얻을 수 있을 것이다."[211]

그리고 팽유상의 『은허 갑골 시기구분』은 바로 "현 상황에서 총결해낸 몇몇 시행 가능한 시기구분의 유효한 방법"이라 할 수 있다. 복사를 정리할 때는 "고고학적 방법을 충분히 응용하여, 분류를 먼저 한 후 다시 시기구분을 해야 한다. 분류의 주요 표준에는 글씨체와 복인이 있는데, 그중 글씨체의 분류 척도는 비교적 좁지만 복인의 분류 척도는 비교적 넓다. 시대를 확정하는 주요 표준에는 칭위 계통, 고고학적 근거, 복사간의 상호연계 등 세 가지가 있다. 그중에서도 칭위 계통은 절대 연대(즉 왕세)를 확정할 수 있고, 나머지 둘은 시기의 상대적인 선후를 추정할 수 있다." 하지만 "어떤 정황, 예컨대 어느 한 왕세王世의 복사에 대해 다시 그 선후를 세분할 때, 칭위 계통은 기능을 하지 못하게 되며, 이럴 경우에는 단지 뒤의 두 가지를 주요 근거로 삼을 수밖에 없다."[212] 이 책에서는 주로 은허의 초기 왕실복사에 대해 분류와 시대를 분석했으며, 사조 복사·빈조 복사·출조 복사 및 역조 복사 등에 대해서도 논의했다. 이 밖에도 비왕非王 복사, 예컨대 자조·오조·비왕非王 무명조·부속 자조 및 도刀·아亞 복사 등에 대해서도 분석했다. 이 책은 광범위한 증거와 인용을 통해 "은허 초기의 각종 복사의 연대"를 분석한 기초 위에

210) 黃天樹, 「前言」, 『殷墟王卜辭的分類與斷代』, 臺灣文津出版社, 1991.
211) 李學勤, 「序」, 『殷墟王卜辭的分類與斷代』, 臺灣文津出版社, 1991.
212) 彭裕商, 『殷墟甲骨斷代』, 中國社會科學出版社, 1994, 21면.

서 다음과 같은 결론을 제시했다.

사조 복사自組卜辭: 무정武丁 초기—무정武丁 중기

빈조 복사賓組卜辭: 무정武丁 중기—무정武丁 후기(조경祖庚까지 연장 가능)

출조 복사出組卜辭: 조경祖庚·조갑祖甲(상한은 무정武丁 말까지 이름)

역조 복사歷組卜辭: 무정武丁 중기—조갑祖甲 전기

"사·빈 사이 조自賓間組": 무정武丁의 이른 중기

"사·역 사이 조自歷間組": 무정武丁 중기

비왕 복사非王卜辭: 무정武丁 중기

이로부터 『은허 갑골 시기구분』에서 실제로 "구분했던斷" 시기는 은상의 초기 즉 무정부터 조갑 전기까지의 각종 왕실복사와 비왕복사의 "왕세代"임을 알 수 있다. 팽유상은 수년간에 걸쳐 이학근의 "두 계통설"의 이론을 완전히 수용하고 발전시켰는데, 『은허 갑골 시기구분』의 완성은 초기 복사에 대한 이학근의 관점에 대한 전면적인 실현이라 할 수 있다. 이는 그와 이학근이 합작하여 은허갑골의 "두 계통설"의 진전과 시기구분의 새로운 방안을 구축하는 데 기초를 마련해 주었다. 팽유상과 이학근이 1990년 공동으로 발표한 「은허 갑골 시기구분에 관한 새로운 이론」[213]은 바로 이 책을 쓰기 위한 대강의 목차였다. 그리고 1996년 출판된 『은허 갑골 시기구분 연구』는 그때 말했던 "조만간 작은 책자를 저술하게 될 것"의 실천이었고, "당시 의도했던 것을 완전히 실현하지 못했던 것"의 완성이었다.

이학근과 팽유상의 『은허 갑골 시기구분 연구』는 바로 이학근의 "두 계통설"의 전면적인 총결이자 이론적 심화라 할 수 있다. 이 책은 팽유상의 저서를 기초로 다시 "하何조 복사"·"황黃조 복사"·"무명조 복사"

213) 李學勤·彭裕商, 「殷墟甲骨分期新論」, 『中原文物』, 1990年 第3期.

의 세 부분을 더했다. 이렇게 함으로써 은대 왕실 초기복사의 분석에 머물렀던 팽유상의 논의는 후기 상나라 전체 273년, 즉 무정에서 제을·제신까지의 전체 복사의 분석으로 확장되었다. 그 발전의 정황은 간단히 다음처럼 개괄할 수 있다.

(마을 북쪽) 사조自組→사·빈 사이 조自賓間組→빈조賓組→출조出組→하조何組→황조黃組
↓ ↑
사·역 사이 조自歷間組→역조歷組→무명조無名組→무명·황 사이 류無名黃間類

"사조 복사는 마을의 남쪽과 북쪽에서 모두 출토되었으며, 두 계통의 공통 출발점이다. 사·빈 사이 조는 마을의 북쪽에서만 출토되었고, 사·역 사이 조는 마을의 남쪽에서만 출토되었는데, 이때부터 두 계통으로 발전하게 된다. 이후 빈조·출조·하조·황조는 마을의 북쪽村北 계열로, 역조와 무명조와 무명·황 사이 류는 마을 남쪽村南 계열로, 무명·황 사이 류 이후에는 마을 남쪽 계열이 다시 마을 북쪽 계열에 합병되어, 황조는 두 계통의 공동 귀결점이 된다." "마을 북쪽의 점복 기관은 결코 한 시기 만에 폐쇄되었거나 마을의 남쪽에 합병되지는 않았으며, 마을의 북쪽과 마을의 남쪽 두 계열은 끝까지 병행 발전했다"[214]는 것이 이 체계에서의 자리매김이다.

"『은허 갑골 시기구분 연구』는 두 계통설을 전면적으로 서술했다."[215] 다시 말해 이 책은 은허 갑골 분류의 시기구분 연구의 "두 체계설"을 주장하는 학자들, 특히 주창자인 이학근이 다년간에 걸친 연구와 탐색 끝에 이루어 낸 이론과 방법론적인 측면에서의 새로운 돌파라 하겠다. 이와 동시에, 동작빈의 전통적인 "5시기" 구분법에 대한 포기이자 복사 고유 규칙의 심층적 차원으로부터 정교하게 구축해낸 시기구분 연구의 새로운 방안이었다. 그래서 이 책은 시기구분 연구의 "두 계통"설을 전면

214) 李學勤 等, 『殷墟甲骨分期研究』, 上海古籍出版社, 1996, 305~307면.
215) 李學勤, 「後記」, 『殷墟甲骨分期研究』, 上海古籍出版社, 1996, 419면.

적으로 인식하고 이해한 경전적인 저작이라 하겠다. 갑골을 연구하는 모든 사람들이 갑골문의 시기구분 및 시기구분 연구가 어떻게 발전되어 왔는지를 알고자 한다면 이 책을 진지하게 읽어야 할 것이며, 그 과정에서 많은 시사를 얻을 수 있을 것이다.

『은허 갑골 시기구분 연구』에는 또 "복사에 보이는 상나라의 중요한 역사적 사실卜辭中所見商代重要史實"이라는 장을 따로 설정하여 "각종 은허 복사로부터 약간의 비교적 중요한 상나라 때의 역사적 사건을 배열했는데",216) 시간의 순서에 따라 수록해 두었다. 주요 내용은 전쟁・수렵・기타(기상・'삽납화舌疋化' 복사217)・상나라 왕의 출행과 순시에 관한 복사) 등이며, 이는 상나라 각 시기의 중요한 역사적 사건들의 변화를 반영하였을 뿐 아니라 역사적 사실의 차이를 통해 각 복사들의 특징에 대한 인식을 강화했다. 이는 "분류법"을 기초로 한 "두 계통설"을 이용해 갑골문에 반영된 상나라 역사 연구의 범례를 제시해 주었다.

이처럼 황천수의 『은허 왕 복사의 분류와 시기구분』과 팽유상의 『은허 갑골 시기구분』은 시기구분 연구의 "두 계통설"을 전면적으로 총결한 최신 성과물이다. 그리고 이학근과 팽유상의 『은허 갑골 시기구분 연구』는 이론과 방법론적인 측면에서 "두 계통설"의 체계를 전면적으로 기술했으며, "두 계통설"의 새로운 체계를 구축해 낸 경전적인 저작이었다. 이 세 저작은 이론이나 방법론적인 측면에서 "두 계통설"을 대대적으로 발전시켰으며, "두 계통설" 연구의 최신 수준을 반영해 주고 있다. 이 때문에 "두 계통설"을 지지하든 아니면 아직 이를 지지하지 않는 사

---

216) 李學勤 等, 『殷墟甲骨分期硏究』, 上海古籍出版社, 1996, 333면.

217) (역주) 舌疋化는 갑골문에 등장하는 武丁 때의 舌方의 武將의 이름이다. "삽납화가 왕의 일을 도울까요? 왕의 일을 도우지 않을까요?(舌疋化協[王事], 弗其協王事)"(『합집』 150편)에서와 같이 그가 출현하는 복사를 특별히 "舌疋化 복사"라고 부른다. 疋에 대해, 羅振玉은 處로, 孫詒讓은 遙의 생략된 글자로, 葉玉森은 內(納), 于思泊은 退로 고석했으며, 張秉權과 林小安 등은 各(格)으로 고석했다. 여기서는 이 책의 저자인 王宇信의 고석을 따라 納으로 읽었다. 于省吾, 『갑골문자고림』(중화서국, 1996), 780~783면 참조.

람이든 모두 이들 저작에 특별히 주목해야 할 것이다.

전통은 일종의 타성적 힘이라고 해야만 할 것이다. 어떤 새로운 학설이 출현할 때, 전통적인 관점을 가진 사람들이 그것을 받아들이려고 하면, 언제나 인식과 이해와 비교와 분석의 과정을 거치게 된다. 시기구분에 관한 계통적 연구가 결핍되었기에 "시기구분 연구의 성공"을 위한 새로운 방안의 구축에 대한 논의에서 말참견은 용납될 수 없다. 하지만 전통적인 "5시기 구분법"과 "10가지 표준"에 이미 습관이 된 갑골 학자들도 "두 계통설"에서 제기된 일련의 중대한 문제를 필연적으로 만나게 된다. 그래서 "두 계통설"을 인식하고 학습하며 소화화고 흡수하는 과정에서도 의문과 느낌을 "주마간산" 식으로 보는 것을 면할 수 없다.

먼저, 은허복사가 두 계통으로 발전했다는 새로운 방안은 갑골의 분류적인 측면에서 훨씬 엄밀해졌지만, 분류가 지나치게 엄밀하여 그 요령을 쉽게 파악하지 못하도록 만들고 있다고 생각한다. 예컨대 황천수의 『은허 왕복사의 분류와 시기구분』에서는 무정부터 조경에 이르는 초기 왕실복사의 분류만 하더라도 20여 가지가 넘는다. 그리고 이학근의 『은허 갑골 시기구분 연구』는 상나라 후기 273년간의 전체 은허갑골을 대상으로 분류하였는데, 조組로만 계산해도 총 10조이며, 조組와 분류가 가능한 조組(예컨대 출出조 1류 · 출出조 2류)까지 계산하면 총 21개의 대 부류가, 조組 · 류類 · 류類를 다시 분류한 소 부류까지(A · B · C 등) 계산에 넣게 되면 총 30가지의 소 부류가 된다. 여기에다 역歷조 2B류의 갑甲 · 을乙 · 병丙 세 가지 군과 2C류의 1 · 2 조합 · 사조 대자 첨부大字附 등과 같은 가장 작은 단위까지 계산에 넣게 되면 총 36가지나 된다. 이처럼 복사를 세밀하게 분류하긴 했지만 세분이 지나치면 번거로워지기 십상이다. "두 계통설"의 발명자인 이학근은 이미 일찍부터 이런 문제에 주목하였으며, 이렇게 말했다. "실용적인 측면에서 복사의 분류는 지나치게 세밀할 필요가 없다고 생각한다. 소수의 표본에만 존재하는 몇몇 특수 복사에 대해서는 다른 조와 부류에 부속시키는 방법으로 처리하는 것이 제일 낫다."[218]

왜냐하면 분류가 지나치게 세밀해지면 실제 작업에서 사람마다 결과가 달라질 수 있고, 글씨체를 표준으로 삼는 "부류類"의 파악이 힘들어지기 때문이다. 『은허 왕복사의 분류와 시기구분』의 저자도 갑골 자체의 글씨체의 특징에 근거해 분류할 때의 어려움을 인식했다. 그의 말처럼 "글씨체는 결코 한번 만들어지면 변하지 않는 것이 아니어서, 얽히고 섥히는 복잡한 상황이다. 같은 현상이라도 각자의 관찰에 차이가 있고, 어떤 경우에는 서로 다른 분석이 나오게 된다. 그래서 분석해 낸 부류가 실제 정황과 꼭 일치하라는 법도 없는데, 이것이 바로 갑골의 분류에서 장악하기 힘든 부분이다."[219] 갑골의 분류를 "머리카락처럼 세밀하게 했고", "두 계통설"을 발전시킨 깊은 학문을 가진 학자도 이러할진대, 이러한 부류類, 작은 부류小類, 작은 부류의 A와 B, 작은 부류를 다시 군群이나 조합으로 나누는 것이 어떻게 일반 연구자들에게 익숙해지고 이해되며, 갑골문의 정리라는 실천에 응용될 수 있겠는가?

다음으로, 은허복사 발전의 "두 계통설"이라는 새로운 방안은 이론적으로 말하자면, 대단히 엄밀하여 대단히 잘 짜여 진 것이라 할 수 있다. 그리고 이학근·팽유상의 『은허 갑골 시기구분 연구』는 이 "두 계통설"의 구축에 성공한 금자탑이라 하겠다. 자신의 이론체계를 증명하고 학자들의 비교연구의 편의를 위해 책의 뒤에 각 부류 복사의 총 968개의 조각 번호片號(사조 대자自組大字·빈조 1B류·황黃조, 비왕非王 복사의 특징이 비교적 명확한데도 예로 들지 않았던 것)를 제시하고 있다. 약 1천 편에 이르는 이 갑골은 "두 계통설"의 이론체계를 지지하는 견고한 초석이며 상당히 강한 설득력을 갖고 있다. 주지하다시피 백 년 동안 은허에서 출토된 갑골은 10만 편을 헤아리지만, 지금의 문제는 이것을 확대해서 이 이론을 10만 편의 갑골을 정리하는 과정에 응용하고자 하는 것이다. 갑골 저록서를 편찬하고 갑골문 연구를 상나라 역사문화에 응용하는 측면에서 진일

218) 李學勤, 彭裕商, 「殷墟甲骨分期新論」, 『中原文物』, 1990年 第3期.
219) 黃天樹, 「前言」, 『殷墟王卜辭的分類與斷代』, 臺灣文津出版社, 1991, 11면.

보한 실천이 가능할 것이다. 실천은 진리를 검증하는 유일한 표준이다. 만약 이러한 전형적인 표준 갑골 편으로부터 승화시킨 이론이 10만 갑골편의 정리와 연구에서 증명된다면, 이 "두 계통설"의 새로운 방안은 분명 가능한 이론임을 설명해 줄 것이고 그와 동시에 더욱 많은 학자들에 의해 수용될 것이다. 하지만 아직까지는 이와 거리가 먼 상태이다.

"두 계통설" 이론을 수용하고 이를 갑골문의 실제 정리에 응용한 저록서도 출판되었는데, 러푸웨雷煥章(Jean A. Lefeuwe)가 1997년 출판한 『독일·네덜란드·스웨덴·스페인 소장 몇몇 갑골록德荷瑞比所藏一些甲骨錄』(이씨학사利氏學社, 한학漢學 신총서, 제77책)이 그것이다. 그는 이 책에 저록된 각각의 갑골편 아래에 언제나 "××시기. ×조組×류類. 갑甲(혹은 골骨). ×류의 내용" 등의 식으로 기록해 두었다. 저록 과정에서 "서로 다른 각종 견해를 가진 독자들에 부응하기 위해서 '사조'와 '비왕非王' 각사를 '빈조' 각사 뒤에 배치해 둠으로써, 그것들이 『합집』의 배열과 일치하도록 했다(유일한 예외가 있는데, 그것은 이 저록에서는 '역조' 각사가 없다는 점이다)." 또 전체 시기구분 문제를 파악할 수 있도록 "정인 조 분류표貞人組類表"를 만들어 두었다.[220] 이 책은 비록 수록한 갑골의 수가 비교적 적긴 하지만(총 226편), "원래 시기구분을 할 때는 단지 5시기로 나누었다. 하지만 지금은 20개의 '정인 조류貞人組類' 및 하위 부류次類에서 합병을 고려해야만 한다. 아마도 다른 학자들은 이 저록의 몇몇 각사의 시기구분에 대해 의문을 가질 것이다"고 하여 일정한 어려움을 토로했다. 하지만 "해당 갑골 실물의 이해와 본 저록의 발전에 빛을 던져주는 자가 있기만 한다면 우리는 언제나 기꺼이 받아들일 것이다"고 했다.[221] 이와 동시에 갑골문의 시기구분에 대한 "두 계통설"의 이론을 이용해 복사를 수집하고 상나라 역사를 연구한 학자도 있다. 범육주范毓周의 「은대 무정시기의 전쟁殷代武丁時期的戰爭」[222]은 바로 "두 계통설"에 의거해 무정 때의 전쟁

220) 雷煥章, 『德荷瑞比所藏一些甲骨錄』, 利氏學社, 1997, 467~469면.
221) 雷煥章, 『德荷瑞比所藏一些甲骨錄』, 利氏學社, 1997, 467~468면.

복사를 연구한 논문이다. 그는 무정 초기의 역·사 사이 조歷自間組, 빈조賓組 복사, 무정 중기의 역·사 사이 조歷自間組, 빈조賓組 복사, 오조午組 복사, 자조子組 및 그 부속 복사, 무정 후기의 역조歷組 복사(부을父乙類), 빈조 복사 등을 고찰하여, 전체 무정 시기 때의 전쟁을 초·중·후기의 세 시기로 구분했다. 임소안林小安의 「은 무정 신하들의 정벌과 행제에 관한 고찰殷武丁臣屬征伐與行祭考」[223]은 전통적인 "5시기"설의 기초 위에서 "동판同版, 동일한 사항事項이 얼마나 많은가, 동판의 유무에 근거해 무정시기 여러 신하諸臣屬를 조로 나누고 시기를 나누어 연계할 수 있다. 그들 간에 누가 빠르고 누가 늦은지 그들과 무정의 한 세대 아래인 조경·조갑의 '출조' 복사와의 동판同版과 동일한 사항事項의 관계에 의해 확정할 수 있다. '출'조 복사와 동판이고 동일한 사항이라면 무정 후기의 신하臣屬에 속할 것이며, '출'조 복사와 동판 관계도 동일한 사항 관계도 아닌 경우에는 무정 초기 혹은 중기의 신하臣屬에 속할 것이다." "각 신하臣屬들 간의 시간의 차이가 일단 확정되면, 그들이 참여했던 전쟁의 시간대도 이를 따라 정해진다." 왕우신王宇信의 「무정 시기 전쟁복사 시기구분에 대한 시도武丁期戰爭卜辭分期之嘗試」[224]도 "5시기" 구분법의 기초 위에서, 즉 "무정 시기의 대외전쟁 중에서 많은 사람의 주목을 끈 인물인 무정의 아내인 부호婦好"에 근거했다. "이에 근거해 무정 시기 전쟁복사의 초기와 후기의 표준을 만들어 냈다. 즉 부호가 참가한 몇몇 정벌 전쟁은 그 시간이 비교적 일러 무정 전기에 속하지만, 부호의 죽음과 관련된 전쟁은 그 시간이 필경 전자에 비해 상대적으로 늦을 것이기에 무정 후기의 것이 된다." 하지만 연구 결과에 의하면, "두 계통설"과 전통적인 "5시기" 구분법 학자들의 무정 시기에 진행되었던 전쟁에 대한 초·중·후기의 결과는 꼭 일치하지 않을 뿐더러, 특히 상나라 무정 복사에는 공방

222) 『甲骨文與殷商史』 第三輯(上海古籍出版社, 1991)에 게재.
223) 『甲骨文與殷商史』 第二輯(上海古籍出版社. 1986)에 게재.
224) 『甲骨文與殷商史』 第三輯(上海古籍出版社, 1991)에 게재.

舌方과 주방周方이 일치하는 것을 제외하면 몇몇 중요한 전쟁, 즉 파방巴方·토방土方·인방人方·하위下危 등에서는 완전히 차이를 보이고 있다.

셋째, "두 계통설"을 지지하는 학자들 사이에서도 "정인"이 복사의 분류에서 가지는 기능에 대한 평가가 일치하지는 않는다. 어떤 학자들은 "분류는 도리어 단지 글씨체에 근거할 수밖에 없음"을 강조하기도 하여,225) 일부 학자의 찬동을 얻기도 했다. "동일한 정인이 점을 친 복사라도 글씨체 상으로는 서로 다른 분류에 귀속될 수도 있다. 또 다른 측면에서 서로 다른 조의 정인이 점을 친 복사라도 글씨체 상에서는 같은 부류에 귀속될 수도 있다. 그래서 정인과 글씨체라는 두 가지 표준을 동시에 사용해 갑골을 획분하게 되면 이것저것 다 고려할 수 없는 어려움에 빠지게 된다. 이러한 의미에서 갑골의 분류는 단지 하나의 표준을 사용할 수밖에 없다. 분류는 반드시 글씨체를 가지고만 해야지 정인의 간섭을 받아서는 아니 되며, 조를 나누는 것은 정인을 표준으로 해야지 글씨체의 간섭을 받아서는 아니 된다."226) 하지만 이학근과 팽유상은 이와는 관점을 달리 했다. 즉 "복사의 시대적인 횡단면과 연계될 수만 있다면 이것이 바로 분류의 표준이 된다. 성질로 볼 때, 글씨체는 유형학적인 측면에 속하며 복인은 복사의 내용적인 측면에 속한다." 그래서 "갑골의 시기구분은 응당 고고학적인 방법을 충분히 응용하여, 먼저 분류한 후 그 다음에 시기를 구분해야 한다. 분류 표준에는 글씨체와 복인이 있다. 그중에서도 글씨체의 분류 범위가 비교적 좁고, 복인의 분류 범위가 비교적 넓다." "글씨체와 복인은 분류 척도의 차이일 뿐, 그 근본적 성질은 같다. 즉 이 모두 어떤 동일 시기의 갑골과 연계시킬 수 있다."227) 연구과정에서도 정인이 복사의 분류에서 가지는 작용을 중시한 모습을 보여주었다. 하지만 "두 계통설"의 분류와 시기구분과 갑골의 정리 결과, 적

---

225) 林澐, 「無名組卜辭中父丁稱謂的硏究」, 『古文字硏究』 第13輯, 中華書局, 1986.
226) 黃天樹, 「前言」, 『殷墟王卜辭的分類與斷代』, 臺灣文津出版社, 1991, 4~7면.
227) 李學勤, 『殷墟甲骨分期硏究』, 上海古籍出版社, 1996, 19~21면.

잖은 정인이 왕실에서 복무했던 기간이 지나치게 길다는 사실을 발견할 수 있다. 예컨대 『은허 갑골 시대구분 연구殷墟甲骨分期研究』의 169~172면에 실린 "하조何組 복인"에 관한 정리에서 왕실에서 두 세대 이상의 왕을 모신 복인들로, 하何 · 전專 · 우敘 · 구口 · 팽彭 · 선卯228) · 부頙 · 대犾 등이 있다. 이들 정인이 존재했던 조대를 다음과 같은 표로 표시할 수 있다.

〈표 8〉 정인이 재위했던 조대 표

정인 / 시간	무정59	조경7 조갑33	늠신6 강정8	무을4	문정13	제을 제신
재위	초 중 후	초기 후기		초기 후기	초기 후기	
하(何)	○	○ ○	○ ○			
구(口)		○	○ ○	○		
전(專)	○	○ ○				
팽(彭)		○	○ ○	○		
선(卯)		○	○ ○	○		
부(頙)		○	○ ○	○		
대(犾)			○ ○	○		

이렇게 볼 때 "하조" 정인은 5대朝 · 4대朝 · 3대朝를 거친 원로가 보편적이었음을 볼 수 있다. 그러나 한 사람이 몇 대의 왕을 거치면서 요직인 정인의 지위를 지켰다는 것은 분명 받아들이기 힘든 부분이다. 첫째, 상나라 왕의 재위 연대에 대한 견해가 일치하지는 않지만 통상적인 설명에 의하면, 무정이 59년, 조경이 7년, 조갑이 33년, 늠신이 6년, 강정이 8년, 무을이 35년, 문정이 13년, 제을이 35년, 제신이 63년이라 한다.229) 그중 "하"는 정인을 역임한 기간이 무정 후기(20년)에다 조경 7년 · 조갑 33년 · 늠신 6년 · 강정 8년을 더해서 총 74년이나 되는데, 그가 20살 때부터 정인의 직을 맡았다 하더라도 상 왕조의 5왕을 거쳐 그가 94세 될

228) (역주) 두 사람이 나란히 꿇어앉은 모습으로, 撰, 選, 饌 등을 구성하는 巽의 원래 글자로 보인다. 『廣韻』에서는 갖추다(具)는 뜻이며, 士와 戀의 발절음이라 했다.

229) 董作賓, 「爲書道全集詳論卜辭時期之區分」, 『中國現代學術經典』 「董作賓卷」, 河北教育出版社, 1996, 528면.

때까지 했다는 말인데 이는 분명 불가능한 일이다. 둘째, 무정·조갑 등과 같은 왕들은 재위 시간이 비교적 길기 때문에 이들 때의 복사를 초·중·후기나 초기, 후기 등으로 나눈다는 것은 믿을 만하다. 하지만 재위 기간이 겨우 4년 정도에 불과한 데도 무을 복사를 다시 초기와 중기로 나누어, 부頭가 "무을의 초기까지", 혹은 "구口"가 "무을 초기까지" 역임 했다고 하였다. 또 하何조 3A류가 "무을 초기"까지, 3B류는 "무을 중기"까지, 무명조 2류는 "무을 중기"까지, 무명조 3조는 무을 중·후기까지 계속되었다고 하였다. 무명·황 사이 류無名黃間類는 "무을 중후에서 문정까지" 재직했다고 하였다. 이밖에도 조경의 재위 기간은 7년인데도, 역歷조 2A류는 "조경 초기"까지라 했고, 2C류는 "조경 후기"까지 이르렀다고 했는데, 이러한 것은 실천적 근거가 결여되어 있다. 이렇게 세분한다는 것은 필요치 않을뿐더러 불가능하다.

"두 계통설"을 제기한 학자들도, 그들의 "시기구분에 관한 새로운 학설이 동언당董彦堂 선생의 논저와 비교해 볼 때 그 면모는 이미 상당히 다르지만 자세히 살펴보면 여전히 동작빈 학설의 보충이자 수정임"을 인정하고 있다. "새로운 학설은 5시기 구분법에 비해 복잡한데, 이는 갑골의 새로운 발견과 증가에 의한 결과이며, 그것을 응용할 때에는 그래도 쉽게 적용 가능하다." 그리고 "고고학 연구의 경험으로 볼 때, 편협한 선입견만 가지지 않는다면, 서로 다른 각도에서 접근하더라도 종국에 가서는 같은 곳으로 모이게 되고 하나로 합쳐지게 된다."[230] 하지만 실제로, "두 계통설"에서 복사를 분류하는 "제1 표준"은 주로 "자형字形"이며 여기에 간혹 "정인"이 더해지기도 한다. 그러나 "5시기"설의 "제1 표준"은 "세계世系·칭위稱謂·정인貞人"으로, 양측의 "제1 표준"이 이미 완전히 다르다. 또 "두 계통설"에서 "제1 표준"을 운용하는 것은 복사의 "횡단면적인 연계"를 위해서이다. 시대를 구하기 위해서는 "칭위 계통", "지

230) 李學勤, 「序」, 『殷墟王卜辭的分類與斷代』, 臺灣文津出版社, 1991.

층 관계", "복사간의 상나라 관계" 등에 근거한다. 그러나 "5시기설"의 "제1 표준"은 복사의 시대를 확정하기 위한 것이며, 글씨체 · 복사간의 상대적 관계 등은 모두가 "제1 표준"에서 파생되어 나온 것들이다. 그래서 "근년 들어 은허 갑골에 출현한 중요한 차이는 바로 똑 같은 표준이라 하더라도 표준을 운용하는 방법이 다르면 그 결론도 완전히 달라진다는 것을 보여 준다는 점이다."[231] 그래서 "5시기 설"과 "두 계통설"은 "각기 제 갈 길을 간" 것이라 하겠으며, 각자 자신의 이론체계를 강화하는 한편 연구의 심화를 따라 조정과 보충을 거침으로써, 각기 이론과 방법적인 측면에서 더욱 체계화되고 엄밀해졌다. "두 계통설"은 자기 이론체계의 『은허 갑골 시기구분 연구』를 완성했으며, "5시기설"의 구분법도 시대를 따라 전진하여 끊임없이 수정하고 심화되었다. 진위담陳煒湛의 「"갑골문 시기구분 연구 예"를 읽고 난 뒤의 작은 기록讀『甲骨文斷代研究例』小記」[232]은 바로 최근의 "5시기"설 연구체계가 점점 엄밀해지고 전진했음을 보여준다. 그리하여 "5시기"설이 오랜 기간 동안 쇠퇴하지 않고, 무한한 생명과 활력을 가지게 된 이유가 바로 여기에 있다. 그래서 현재 상태에서 두 가지의 방안은 절대 "같은 데로 모이고 하나로 합쳐질" 수는 없다. 하지만 이것이 바로 갑골학 시기구분 연구가 심화되었음을 반영한다고는 말할 수 있다.

진정으로 공통된 인식을 얻기 위해서는 도대체 시기구분 연구의 "고고학적 표준"이 무엇인지에 대해서 심도 있는 논의가 필요하다. 특히 "두 계통설"을 주장하는 학자들은 갑골문 글씨체의 분석이 바로 갑골 고고 유형학 연구의 근거라고 말한다. 그래서 학자들은 여러 지혜를 한데 모아, 진지하게 갑골문의 고고 유형학적 분석이 도대체 어떤 의미를 가지는지, 또 어디서부터 착수해야만 공동된 인식에 도달할 수 있는지를 진지하게 살펴야 한다. 이러한 공동된 기초 위에서 각 측의 깊이 있는

231) 林小安, 「武丁晚期卜辭考證」, 『中原文物』, 1990年 第3期.
232) 『中山大學學報』, 1997年 第4期에 실려 있음.

연구를 통해야만 비로소 점차 일치되는 의견은 구하고 다른 것은 남겨 둘 수 있게 되며, 진정으로 "가는 길은 다르지만, 같은 데로 모이고, 하나로 합쳐질" 목표에 도달하게 될 것이다.

6. 시기구분 연구의 새로운 길

1) 고고지층과 "갱위坑位"의 증거

과학적 발굴에 의해 출토된 갑골문이 대표하는 시기는 필연적으로 그 출토된 층위와 매장된 회갱灰坑과 이런 저런 관계를 가질 수밖에 없다. 동작빈董作賓이 1933년 발표한 「갑골문 시기구분 연구 예」의 "10가지 표준" 중에서 한 가지 표준이 바로 "갱층坑層"이었다. 하지만 당시의 현장 고고학은 아직 초보 단계에 놓여 있었고, 고고 지층학의 발굴 방법을 장악하지 못하고 있었기 때문에 "갱층"이 갑골의 시기구분 연구에서 가지는 작용에는 한계가 있을 수밖에 없었는데, 이점에 관해서는 이미 앞서 논의한 바 있다.

하지만 은허발굴이 "지층"을 표지로 하는 고고학의 형성시기에 접어들면서,[233] 시기구분 연구에서 갱위가 가지는 작용도 날로 커졌다. 『갑편甲編』과 『을편乙編』에 저록된 갑골은 갱위와 비교적 쉽게 대조할 수 있는 편이다. 하지만 제15차 은허발굴의 총 보고서가 이런저런 이유로 출판되지 못하는 바람에 갑골과 갱위 중에서 함께 출토된 다른 유물, 특히 도기와 연계된 종합적인 분석은 어려운 형편이다. 은허의 과학적 발굴에

---

233) 王宇信, 「論殷墟發掘的第一階段在我國考古學史上的地位」, 『史學月刊』, 1994年 第6期.

참여하지 못했던 갑골 학자들에게는 "갱위가 직접 발굴한 사람이 아니면 사용할 수 없는 표준"으로 생각되었기 때문에,[234] "갱위"를 시기구분 연구에 사용하기가 힘들었다. 은허 갑골문의 과학적 발굴에 참여하였으며 "갱위"라는 항목을 "시기구분법"의 "직접 표준"의 하나로 제시했던 동작빈도 그저 막연하게 이렇게 말했다. "만약 모든 발굴에서 얻은 은허 문자 갑·을편이 있다면, 또 소둔 유적지의 갱위도坑位圖가 있다면, 등록된 번호를 갱위와 대조해 일일이 구분해 가며 연구할 수 있을 것이다. 각 갱에서 출토된 복사의 포함 시기가 다르다고 느낀다면, 직접 원수洹水가로 나가 우리의 발굴 작업에 참여한다면, 장차 이 문제에 깊은 흥미를 가질 수 있을 것이다."[235] 그는 이렇게만 말했을 뿐, 이러한 표준을 이용해 어떻게 시기구분을 할 것인가에 대해서는 구체적으로 말하지 않았다. 그리고 갑골문의 시대를 확정할 때에는 각 갱에서 나온 갑골 자체의 칭위·정인·글씨체 등과 같은 요소에 기대야 한다고 했다.

중국 고고학에서 현대 고고 지층학이 발전하고 유형학적 연구가 심화됨에 따라, 특히 추형鄒衡의 「은허문화 시기구분에 관한 시론試論殷墟文化分期」[236]에서는 역대 은허 발굴의 전형적 단위를 자료로 삼아 거기서 출토된 도기와 청동기의 유형학적 분석으로부터 유적과 묘장의 발전 체계를 확정하고, 이로부터 은허문화를 체계적으로 시기구분하게 되었다. 그런 이후에서야 비로소 15차에 걸친 은허의 발굴에서 출토된 갑골 갱위의 시간적 순서가 명확하게 정리되었으며, 이로써 진정한 의미에서의 갱위 표준을 갑골문 시기구분 연구에 응용할 수 있게 되었다.

먼저, 시기구분에서 가지는 층위와 갱위의 중요한 작용은 "문무정 복사의 수수께끼"의 시대에 관한 논의 과정에서 표현되었다. 1973년 소둔 남지에서 갑골이 출토된 과학적 지층관계와 갱위를 증거로, 이러한 복사

234) 郭沫若, 「序」, 『卜辭通纂』, 文求堂印行, 1933.
235) 董作賓, 『甲骨學六十年』, 藝文印書館, 1965, 89면.
236) 鄒衡, 「試論殷墟文化分期」, 『北京大學學報』, 1964年 第4·5期.

의 시대가 무정시기로 앞당겨져야만 한다는 초보적인 결론을 얻었다(이에 관해서는 앞에서 이미 소개한 바 있다). 소둔 남지의 지층 증거는 결코 고립된 것이 아니며, 신 중국 성립 이전 은허의 발굴에서 이루어진 지층관계도 이를 증명해 주고 있다. 학자들은 여기서 한 걸음 더 나아가 해방 전 갑골이 출토되었던 을조와 병조의 두 기단基址 아래 겹겹이 눌려진 몇몇 회갱의 층위 상황에 근거해 분석하는 한편, 출토 갑골의 대부분이 빈賓・사自・자子・오午조 복사라는 특징도 조사했다. "전체적으로 볼 때, 을조 기단은 제3기 회갱에 의해 파손되었기에, 그 시대는 제3기보다 늦을 수 없다. 그 아래에는 다시 출出조 복사가 출토된 갱을 눌리고 있었기 때문에, 그 시대는 아마도 제3기 초기 단계의 묘장인 YM222에 접근하거나 은허 제2기 후기 단계에 이를 것으로 추정된다. 을조 기단 아래에 눌려서 갑골이 출토된 갱의 시대는 은허 제2기보다 늦지 않으며, 거기서 출토된 복사도 마찬가지로 은허 제2기보다 늦지 않다." 특히 저명한 YH127갱의 경우, "이 갱은 초기 지층에서 출토되었는데, 가장 위층은 제3기의 묘장이 누르고 있어, 지층관계로 보자면 소둔 남지의 사조나 오조 복사의 출토 상황과 거의 완전히 일치하는데, 이는 소둔 남지 지층관계의 가장 좋은 반증이 된다." 이밖에 신 중국 성립 전 은허 발굴에서 복사가 출토된 갱위의 정황을 보아도 "시대가 서로 비슷한 빈조・사조・자조・오조 복사는 항상 같은 갱에서 출토되었다. 그래서 이러한 결론을 얻을 수 있다. 언제나 같은 갱에서 출토되는 복사는 그 시대가 근접하며, 이는 복사의 시기구분으로 볼 때 비록 직접적 증거는 아니더라도 적어도 참고적 가치는 가진다."237)

다음으로, 강정 복사의 시대 확정과 "역조" 복사의 시대 논의에 고고학적 근거를 제시했다. 이 논의에서 "시기구분"설을 견지한 학자들은 무을・문정 복사의 세밀한 구분을 완성했다. 이에 관해서는 이미 앞에서

---

237) 郭振祿, 「小屯南地甲骨綜論」, 『考古學報』, 1997年 第1期.

서술한 바 있다. 주지하다시피 초남肖楠과 『둔남屯南』의 「전언」을 쓴 학자들은 소둔 남지 중기지층에서 출토된 제1류의 갑골이 강정 복사, 제2류는 무을 복사, 제3류는 문정 복사라고 했다. 게다가 그들은 한걸음 더 나아가 소둔 남지 회갱에서 출토된 갑골 전체적 통계 위에서(즉 초기 제1단계 1개, 초기 제2단계 5개, 중기 제3단계 11개, 중기 제4단계 21개, 후기 제5단계 21개) 이렇게 지적했다. "특히 중기 회갱에서 출토된 갑골은 소둔 남지 중기 제1류·제2류 복사가 이미 중기 제3단계(중기 제1조)의 회갱에서는 출토되었지만 중기 제4단계(중기 제2조)의 회갱에서는 출토되지 않았고, 중기 제3류의 복사는 단지 중기 제4단계의 회갱에서만 출토되고 중기 제3단계의 회갱에는 출토되지 않는데, 이는 이러한 현상이 우연이 아니라 법칙성을 갖고 있음을 보여 주며, 그래서 이는 믿을 만하다." 신 중국 성립 전 은허에서 출토된 갑골의 지층 정황은 그 외에도 "역조 복사는 조경·조갑 시대나 그보다 약간 이른 을조의 기단 아래에서는 출토되지 않음"을 보여 주고 있다. 또 "역조 복사는 빈조·사조·오조·자조 복사처럼 초기 지층이나 회갱의 같은 갱에서 출토되지 않는다." 이 또한 역조 복사가 후기의 것이지 초기의 유물이 아니라는 고고학적 반증이다.

셋째, 무정 이전(반경·소신·소을)의 갑골을 탐색하는 데 의미 있는 실마리를 제공했다. 『1973년 소둔 남지 발굴보고1973年小屯南地發掘報告』에서는 소둔 남지 지층 및 파괴 관계에 근거해 H115가 소둔 남지의 초기 제1단계의 유적임을 확정했다. 이 회갱(H115)에서 출토된 1편의 복갑(『둔남』 2,777편)은 "확실한 지층관계를 알 수 있는 현재까지 알려진 최초의 복사로, 이는 무정과 무정 이후의 복사와 구별된다. 하지만 찬조 형태는 무정 초기 복갑과 기본적으로 일치한다. H115의 지층관계는 대단히 이르다. 이러한 특징에 근거해 볼 때, H115에서 출토된 그 복갑(『둔남』 2,777편)은 아마도 무정 이전의 복사로 추정된다."[238] 이외에도 해방 전 YM331에서

238) 中國社科院考古研究所安陽工作隊, 「小屯南地發掘報告」, 『考古學集刊』 第9集, 科學出版社, 1995.

출토된 1편의 갑골(『을』 9,099편)은 "글씨체로 볼 때 무정 초기 때의 사조·오조·자조 복사 등과 그다지 닮지 않아 이 몇 조의 복사에 포함시키기가 어려웠다." 하지만 YM331에서 출토된 청동기의 분석을 통해 안양安陽 삼가장三家莊 M3에서 출토된 청동기와 근접함이 밝혀졌다. 그리고 이 묘의 "시대는 정주 이리강二里崗 시기와 은허 대사공大司空 제1기 사이에 속한다." "YM1331에서 출토된 청동기와 M3이 접근하기 때문에, 그 시대도 이리강 시기와 대사공 제1기 사이, 즉 이리강 시기보다는 늦지만 대사공 제1기보다는 앞서며, 그 절대 연대는 대략 반경·소신·소을 시대에 해당한다. YM331의 시대가 이미 확정되었기에 거기서 나온 복사의 시대도 묘장의 시대보다 늦을 수는 없다. 그래서 『을乙』 9,099편의 시대는 대략 반경·소신·소을 시대로 확정될 수 있다."

이처럼 고고 층위와 갱위의 연구는 동작빈의 "시기구분 연구"체계에 더욱 충분한 증거를 제공했을 뿐 아니라 불완전한 개별적인 부분을 수정하고 조략한 점을 더 보완함으로써, 더욱 엄밀한 체계를 가지도록 만들어 주었다.

역조 복사에 관한 논의와 연구가 점차 심화됨에 따라, 동작빈의 "시기구분 연구법"과 서로 어울려 빛을 발하려는 듯, 몇몇 학자는 은허복사 발전의 "두 계통설"이라는 새로운 체계를 성공적으로 구축했고, 이로부터 갑골문 시기구분 연구의 이론적 탐색은 더욱 깊이를 더해 갔다(이에 관해서는 앞에서 상술한바 있다). 여기서 강조하고 싶은 것은 "두 계통설"을 주장한 학자들에게 시기구분 연구에서의 고고지층과 갱위의 작용이 전통적인 "시기구분 연구"법에서보다 더 중시되었다는 점이다. 그들은 "갑골의 시기구분은 고고학 방법을 충분히 사용하여 먼저 분류하고 그 다음에 시기를 구분해야만 한다고 했다." "분류"의 표준은 글씨체와 복인이다. 그리고 "시기구분"의 표준에는 칭위 계통·고고학적 근거·복사 간의 상호연계 등 세 가지이다. "그중 칭위 계통은 절대 연대(왕세王世)를 확정할 수 있고, 그 나머지 두 가지 항목은 시기의 상대적인 선후를 추정할 수 있기 때문에, 이 세 가지는 상호 보완적인 관계에 놓인다." 하지만 어떤 정황 "예컨대 어떤 한 왕세王世의 복사를 나아가 초기와 후기로 세분하면 칭위 계통은 무슨 작용을 할 수가 없게 되며, 여기서는 단지 뒤의 두 가지가 중요한 근거가 될" 뿐이다. "시간의 상대적인 선후를 추정할 때에는 칭위 체계는 이미 차요의 지위로 떨어지게 되며, 결정적인 작용은 고고학적 근거와 각류 복사들 간의 상호연계에 의해 이루어진다."[239] 이렇게 함으로써 시기구분은 더욱 정밀해질 수 있었다.

고고학적 근거는 시기구분에 중요한 작용을 할뿐더러, 은허의 "두 계통설"의 발전에도 기초를 마련했다. 학자들은 은허의 각종 복사들이 출토된 갱위의 정리와 분석을 통해 각 복사들 간의 횡적 연계와 종적 발전의 변화 규칙을 발견했다. "출토 지역으로 볼 때, 소둔의 마을 북쪽과 마을 남쪽에서 출토된 복사는 완전히 구별되며, 두 가지의 분명한 계열을 보여주고 있다. 마을 북쪽의 계열에는 사조 소자小字 제2류, 사・빈 사이 조自賓間組, 빈조賓組, 출조出組, 하조何組, 황조黃組 등이, 마을 남쪽의 계열에는 사・역 사이 조自歷間組, 역조歷組, 무명조無名組, 무명・황 사이無名黃間 복사 등이 포함된다. 마을의 북쪽에서 나온 복사는 마을 남쪽에서 전혀 출토되지 않거나 거의 출토되지 않았고, 마을 남쪽에서 출토된 복사는 마을 남쪽에서 전혀 출토되지 않거나 거의 출토되지 않았다." 게다가 "고고학적 관점으로 볼 때", "소둔촌의 전체 지층과 복사 계열의 발전의 전통적인 관점은 서로 모순을 이룬다. 마을 남쪽에서 역조와 무명조가 출토된 중기 지층은 마을 북쪽에 광범위하게 대응하여 존재하고 있다. 게다가 하조何組가 출토된 지층도 역조와 무명조가 출토된 소둔 남지의 중기보다 결코 이르지 않으며, 심지어 후가장侯家莊 지층과 같은 중기의 제2조에 상당할 뿐이다. 고고 발굴 정황에서도 은허복사는 마을 북쪽과 마을 남쪽의 두 가지 계통이 병행해 발전했음을 설명해 주고 있다."[240]

---

239) 李學勤, 『殷墟甲骨分期硏究』, 上海古籍出版社, 1996, 21～22면.
240) 李學勤, 『殷墟甲骨分期硏究』, 上海古籍出版社, 1996, 407～408면.

이상의 분석을 통해 전통적인 "시기구분 연구"든 아니면 "두 계통설"의 새로운 체계든, 이론과 방법적인 측면에서는 전혀 다른 모습이지만, 지층과 갱위의 고고학적 근거가 복사의 시기 구분을 더욱 정밀하게 만든다는 것에는 인식을 같이 하고 있음을 알 수 있다. 그래서 앞으로 은허에서 더욱 많은 과학적 발굴에 의한 갑골이 출토되기를 기대한다. 아울러 더욱 많은 새로운 지층과 갱위의 증거가 학자들의 연구에 제공되어 앞으로 갑골시기구분 연구가 끊임없이 전진할 수 있기를 희망한다.

2) 새로운 길의 개척–갑골문 찬조鑽鑿 형태의 고찰

갑골문 시기구분의 심화 연구 과정에서 출현한 전통적인 "시기구분" 연구든 아니면 새로 구축한 "두 계통" 체계든 모두 그 목표를 갑골문 자체와 고고학적 근거에 집중하여 다각도로 탐색하고자 하는 데 두고 있다. 특히 근년에 들어 학자들은 시기구분 과정에서 잊고 있었던 구석–찬조鑽鑿형태라는 측면에서 정리를 했는데, 이는 새로운 길의 개척이라 하겠으며, 이로부터 갑골문 시기구분의 전 방위적인 연구가 실현되었다.

갑골 연구는 주로 저록된 탁본(혹은 모사본)에 의해 이루어진다. 그리고 뒷면에는 글자가 새겨져 있지 않기 때문에, 갑골을 저록할 때에 뒷면의 찬조鑽鑿 형태는 넣지 않는 것이 일반적이었다. 갑골문 연구에서 동작빈이 "전체를 살필 것"을 누차 강조하긴 했지만, 볼 수 있는 가장 완전한 탁본도 갑골의 "반쪽"에 지나지 않았다. 1953년 곽약우郭若愚의 『은계 습철殷契拾掇』 제2편에서 몇 판版의 갑골 뒷면의 탁본을 수록함으로써 위쪽에 있던 몇몇 찬조를 관찰할 수 있게 되었다. 그는 「서」에서 이 몇 판의 찬조 탁본을 발표한 의도는 "한 점의 현상이라도 근본적으로 홀대할 수는 없으며, 게다가 있는 대로 설명하여 독자들에게 연구할 수 있도록 하기 위해서"라고 강조했다. 하지만 저록서에서 볼 수 있는 갑골 뒷면의 탁본은 너무나 적었고, 대부분은 갑골 실물을 접촉할 기회도 없었기 때문에, 갑골의 찬조형태에 대해 계통적인 연구가 이루어지지 못했다. 캐나다의 중국인 학자인 허진웅許進雄은 시기구분에서 찬조의 형태가 가지는 중요성을 발견했다. 그리고 그의 독창적인 저작인 『복골 위의 찬조형태卜骨上的鑽鑿形態』[241]가 1973년 대만의 예문藝文인서관에서 출판되었는데, 이를 계기로 갑골 시기구분 연구는 완전히 새로운 길을 걷게 되었다. 그는 이러한 기초 위에서 진일보한 자료 수집과 깊이 있는 연구를 통해 1979년 『갑골의 찬조 형태 연구甲骨上鑽鑿形態的研究』(예문인서관)를 출판하였으며, "찬조에 관한 초보적 연구를 총결하여" 학계에 제공했다. 이 책의 "제1부분은 실례로써 찬의 각종 형태 및 찬과 시대와의 관계를 설명했다. 제2부분은 찬을 판 형태를 이용해 몇 가지 문제를 살폈는데, 하나는 왕족王族복사의 귀속 시대였고, 둘째는 정인의 공직이기供職異期(다른 시기에 걸쳐 점복관의 직책을 맡음)에 관한 것이며, 셋째는 제3기와 제4기 복사의 구분이었으며, 넷째는 복사의 사류와 찬을 판 형태와의 관계에 관한 것이다." 『갑골의 찬조 형태 연구』는 중앙연구원의 갑편甲編, 일본 경도대학 인문과학연구소 소장 갑골, 캐나다 온타리오 박물관 멘지스 및 화이트 소장 갑골, 미국 카내기 박물관 및 영국 대영박물관의 쿨링·찰펀트 소장 갑골, 캠브리지 대학 소장 홉킨스 갑골 등을 자료로 하여 분석 연구한 기초 위에서 갑골 상의 조鑿를 다음의 다섯 가지 유형으로 나누었다.

① 단독으로 된 긴 형태의 조 單獨的長鑿形
② 원찬에 긴 조를 포함한 형태 圓鑽包攝長鑿型
③ 작은 원형으로 된 찬 小圓鑽型
④ 긴 조의 옆에 둥근 조를 한 형태 長鑿旁圓鑿型

241) 許進雄, 「序」, 『甲骨上鑽鑿形態的研究』, 藝文印書館, 1973.8.

⑤ 골면의 중하부에 조를 판 형태骨面中下部位施鑿型

아울러 이상 각 기관에서 소장한 표본의 예시도 505편(모사본) 및 도판 49점(사진)을 만들어 책의 뒤에 열거해 두었다. 이 책 제1부분에서는 찬의 형태에 대한 논의를 통해, "형태 변천의 추세와 동작빈의 시기구분 표준에서 확정한 시대가 대략 일치함을 발견할 수 있다. 그래서 긴 형태의 조鑿는 동작빈 시기구분 표준의 분명한 반증으로 삼을 수 있으며, 어떤 경우에는 동작빈 시기구분법에서 힘을 쓸 수 없었던 기능도 발휘할 수도 있다"고 했다. 제2부분에서는 찬을 판 형태를 관찰하면, "동작빈 시기구분법에서 응용된 예를 수정하거나 확충할 수 있다"고 했다. 그중 하나가 소위 "왕족王族복사"의 귀속 문제인데, "그 시대는 조의 형태에 의해 확정할 수 있다." 그리고 둘째는 정인이 관직에 있었던供職 연대의 문제인데, "찬을 판 형태 및 각사라는 두 가지 측면에서 조사해 본 결과 정인이 여러 왕의 재위 동안 관직에 있었던 것은 보편적인 현상이다." 셋째는 시대의 세밀한 분류인데, "본문에서는 비교적 분명한 통계 처리가 쉬운 현상에 근거하여 제3기와 제4기의 복사를 어떻게 구분할 것인지, 그리고 각 시기 내에서 차지하는 시기의 선후의 가능성에 대해 논의했다." 넷째는 찬을 판 형태의 관점에서 문제를 본 것인데, "조鑿의 길이와 형태가 중요하며, 뼈의 주변骨沿을 다듬는 방법, 긴 조鑿의 배열 위치, 불로 지지는 방법 등도 많든 적든 모두 시기마다 차이를 보여주고 있다. 어떤 경우에는 미세한 차이가 도리어 시기구분에 대단히 중요한 표준이 되기도 한다."242)

이 이후로 갑골학계에서는 이 방면에서의 관찰과 연구가 시작되어 갑골학 시기구분 연구의 진전을 이루었다. 그래서 찬조 형태의 연구는 오랜 기간 동안 버림받았던 갑골문의 다른 한쪽(즉 뒷면)의 가치를 발휘하

242) 許進雄, 『甲骨上的鑽鑿形態』, 藝文印書館, 1979, 95~96면.

게 하였고, 갑골문 시기구분 연구에 새로운 증거를 제공하게 했다. 이는 기존의 10만 편 갑골에 10만 편의 뒷면의 새로운 자료를 "다시 발굴"한 것과 같았다.

1951년, 우수청于秀淸 등은 북경도서관 소장 갑골을 정리하고 탁본하는 과정에서 허진웅의 찬조 형태 연구에 시사를 받아 "찬조 형태는 분명 갑골학 연구에서 빠질 수 없는 항목이며, 특히 갑골의 찬을 판 형태의 변화는 갑골문자의 시기구분에서 대단히 중요한 것임을 느낄 수 있었다"고 했다. 그들은 정리된 5시기, 9대 왕의 30편 갑골(복갑 10편, 복골 20편)을 관찰하여 각 시기 갑골의 찬조형태의 특징을 다음처럼 개괄했다.

제1기(무정 및 무정 이전)

"찬조의 형태가 대추씨의 모습이다. 즉 좁은 폭窄肩으로 된 양 끝에 바늘모양으로 뾰족하게 튀어 나왔으며, 양쪽 벽肩壁은 곧고 조鑿가 깊이 파였다." 그리고 "정면의 각사로부터 뒷면의 찬과 조의 시대를 증명할 수 있는데, 대추씨 모양은 제1기에서 일상적으로 보이는 표준형태이다." 이밖에도 "둥글고 큰 찬大圓鑽 속에 긴 모양의 조長鑿가 포함된 형태가 있는데, 불로 지진 흔적이 매우 작고, 둥근 찬圓鑽 안에 위치한" 것들은 "지금까지 알려진 바에 의하면, 단지 제1기에서만 나타나며 그 수량도 그리 많지는 않다." 제1기의 복갑과 복골의 찬과 조는 대부분 다듬기가 진지하고 정미하며 세밀하고 바깥 선이 가지런함을 특징으로 한다.

제2기(조경 · 조갑)

"이 시기 찬의 형태는 일반적으로 제1기에 비해 넓고 크며 얕고 편평하다. 작은 호선 모양의 어깨小孤肩에 평평하게 둥근 끝平圓頭으로 되었고, 찬鑿 속의 머리 부분에 삼각형이 드러나 있으며, 조鑿의 주위가 제1기에 비해 거친데, 이것이 제2기의 일반적인 형태이다." 다른 한 종류는 미세한 곡선의 어깨微曲肩에 뾰족한 원형의 머리尖圓頭를 하였지만, "조鑿의 모습이 거칠고 얕아서 제1기와 구별되는 또 다른 표지가 된다." 셋째 종류는 긴 조鑿 옆에 둥근 모양의 찬圓鑽이 수반되어, 긴 조鑿가 오디桑椹 모양을 하였으며, 둥근 조圓鑿의 조鑿도 그다지 둥글지 않은 모습이다. "이러한 모양의 조鑿는 일반적으로 갑골의 뼈 가장자리에서 나타나며, 긴 조鑿의 옆에다 원형의 조鑿를 팠다. 그것의 기능은 불로 지진 후 조兆의 무늬가 복卜자 모양으로 나타나게 하기 위함이었다." 넷째 종류는 "편평한 머리平頭에 네모꼴의 어깨方肩와 손도장을 찍은 듯한 모습의 동판同版 간에 만들어진 조鑿이다." "결론적으로 말해서, 제2기의 찬은 스타일이 비교적 다양하며, 전기(제1기)를 계승해 후기(제3기)를 연 특징을 보여주고 있다."

제3기(늠신 · 강정)

찬을 판 형태가 "대부분 살지고 큰 호형弧形의 네모진 어깨方肩에 편평하고 둥근 머리平圓頭를 하였으며 어깨 벽肩壁이 골면骨面과 가지런한 모습이다." "찬을 판 형태는 너비가 넓고 깊이는 얕고 편평하여 올리브 모양으로 생겨, 제1기와 제2기의 전기의 특징을 깨트렸다. 조鑿의 옆에 불로 지진 흔적이 보이며 일반적으로 제1 · 2기보다 크고, 불로 지진 흔적은 1.1센티미터에서 1.3센티미터 정도인데, 제3기에서 흔하게 보인다."

제4기(무을 · 문정)

찬을 판 형태는 "제3기 때의 얕고 편평한 조鑿의 모습에서, 다시 폭이 좁고 짧은 조鑿로 변했으며, 조鑿의 형태로 볼 때 제1기 때와 다소 유사하다." 조鑿의 형태는 두 가지로 나눌 수 있는데, 하나는 하나로 된 긴 조鑿로, "대부분 굽은 호 모양의 어깨彎弧肩를 하였고, 미세한 곡선 모양의 어깨微曲肩에 편평한 둥근 머리平圓頭 모양은 적다." 다른 하나는 긴 조鑿에 둥근 찬鑽이 동시에 하나의 골판骨版에 등장하는 경우로, 뼈의 정면 중 · 하부에 찬과 조를 판 경우이다. 이러한 특징은 현재 제3 · 4기에서 자주 보인다. 하지만 작은 둥근 찬小圓鑽은 제1기 때의 큰 둥근 찬大圓鑽과 크기에서 차이를 보이고, 게다가 둥근 찬圓鑽 속에 긴 조長鑿를 포함한 경우는 보이지 않는다.

제5기(제을 · 제신)

복갑 상의 조鑿의 형태는 "조鑿와 둥근 찬鑽이 붙어서 서로 연이어졌으며 가지런하게 배열되었다. 그 형태는 긴 조鑿의 길이가 짧고, 머리 부분이 뾰족하고 둥글어 살구 씨 모양이고, 둥근 조鑿는 폭이 넓고 크며, 어깨 모양은 가로로 넓고, 불로 지진 흔적이 크게 나타나고 있다." 그 외에도 특수한 형태는 "긴 조鑿가 둥근 찬鑽에 연결되어 있고, 둥근 찬은 또 긴 조鑿를 포함하고 있어, 쌍으로 된 조鑿가 즐비하게 서로 연결된 경우이다."243)

이처럼 각 시기 갑골의 찬조형태에 변화가 있었을 뿐더러 이러한 변화는 각 시기 복사의 스타일의 변화와 서로 호응하고 있다. 비록 정리와 관찰을 거친 갑골이 많지는 않았지만, 결국 중국학자에 의해 도외시 되었던 갑골의 또 다른 면의 찬조 형태가 이미 주목을 받기 시작했던 것이다. 그리고 대규모의 계통적인 정리와 연구는 바로 1973년 소둔 남지 갑골이 발견된 이후에 이루어졌다. 정리에 참여한 학자들은 갑골상의 각사에 주목하였을 뿐 아니라 갑골의 찬조에도 주목하였다. 1983년 출판된 『소둔 남지 갑골』은, "책 전체가 5권의 분책으로 이루어졌는데, 찬조 부분만 완전한 한 권을 차지하고 있다. 이 분책에서는 찬조의 도판만 276쪽에 걸쳐 실렸는데, 그중 실선 그림이 87쪽, 묵탁이 187쪽으로, 찬조의 실선 그림과 탁본을 합치면 총 421편이다."244) 그래서 『둔남』은 갑골학사에서 갑골문자 탁본과 함께 갑골 뒷면의 찬조형태를 전면적으로 수록한 최초의 저작이 되었으며, 학계에 다방면 · 다각도에서 갑골을 관찰하고 연구하도록 가장 완전한 과학적 정보를 제공해 주었다.

1973년 소둔 남지 갑골을 관찰한 결과, "갑골 상의 조鑿와 찬鑽 형태의 변화에서 중요하고 분명한 변화는 주로 조鑿에서 일어났으며", 게다가

243) 于秀清 · 賈双喜 · 徐自强, 「甲骨的鑿鑽形態與分期斷代硏究」, 『古文字硏究』 第6輯, 中華書局, 1981.

244) 郭振祿, 「小屯南地甲骨綜論」, 『考古學報』, 1997年 第1期.

내연內緣(골구의 모서리臼角 혹은 골구를 자른 모서리切臼角의 한 변)과 외연外緣의 조鑿가 비교적 전형적이었다. "그래서 복골 뒷면의 조鑿의 모양을 분석할 때, 가능한 한 외연이나 내연 두 쪽의 조鑿를 표준으로 삼았지 중간 부분의 조鑿를 사용하지는 않았다." 연구 결과 소둔 남지 갑골의 조鑿는 총 다음의 여섯 가지 유형으로 나뉜다.

I형型, 호선형의 조弧形鑿. 이는 다시 다음의 세 가지로 세분된다.

I_1식式 : 복부腹部가 호선형이며, 머리 · 꼬리부분이 바늘 같이 뾰족하게 돌출되었고, 세로로 새긴 면이 일반적으로 호저형弧底形인데, 대부분 복갑에서 출현한다.

I_2식式 : 복부가 호선형이며, 머리 · 꼬리 두 끝부분이 뾰족한 원형이지만, 바늘 같이 돌출되지는 않았고, 세로로 가른 면이 호저弧底 혹은 대형저袋形底 모양이며, 역시 주로 복갑에서 발견된다.

I_3식式 : 복부가 호선형이며, 머리 · 꼬리가 비교적 둥근 모습이며, 세로로 새긴 면이 호저弧底 모양이다.

II형型, 뾰족한 원에 복부가 곧은 조尖圓直腹鑿. 머리와 꼬리에 삼각형이 드러나며, 조鑿의 종단면이 일반적으로 호평저弧平底 모양이다.

III형型, 둥근 찬이 긴 조를 포함한 모양圓鑽包含長鑿으로, 조鑿가 둥근 찬圓鑽의 아랫부분이나 중앙에 위치한다.

IV형型, 장방형의 조鑿. 복부腹部에 직선에 가깝거나 약간 호선의 각도弧度를 가졌으며, 머리와 꼬리가 평평하고 둥글다. 소수의 경우 규칙적인 장방형인 경우도 있다. 소둔 남지에서 1973년 발견된 갑골은 이러한 형태의 조鑿가 대부분이다. 조鑿의 길이에 따라 다시 다음의 네 가지로 나뉜다.

IV_1식式 : 조鑿의 길이가 2.6센티미터 이상.

IV_2식式 : 조鑿의 길이가 2.2～2.5센티미터.

IV_3식式 : 조鑿의 길이가 1.8～2.1센티미터.

IV_4식式 : 조鑿의 길이가 1.7센티미터 이하.

IV형型의 조鑿의 종단면은 역사다리 꼴에 평저平底 모양이다. 대부분 조鑿의 곁이 찬鑽이 없고, 모두 힘을 써 파내고 새겨 만들었다.

V형型, 배가 북 모양으로 된 조鼓腹鑿. 복부腹部가 호선형이며, 비교적 살지고 크며, 머리와 꼬리가 뾰족한 원형이거나 편평한 원형이다. 조鑿의 길이에 근거해 다시 다음의 세 가지로 나뉜다.

V_1식式 : 조鑿의 길이가 2.3센티미터 이상.

V_2식式 : 조鑿의 길이가 1.8~2.2센티미터.

V_3식式 : 조鑿의 길이가 1.7센티미터 이하. 이러한 형식의 조鑿는 먼저 칼로 장방형의 오목한 홈을 파내고, 다시 칼을 사용해 바깥 방향으로 깎기 때문에, 조鑿의 복부腹部가 바깥 방향으로 확장되면서 크게 굽은 호선 모양을 띠게 된다. 평면에서 관찰하면 대부분 내권內圈과 외권을 볼 수 있다. 이밖에도 조鑿의 곁에는 불로 지진 흔적은 있으나 찬鑽은 없다.

VI형型, 불규칙적인 호선형의 조鑿이다. 모습의 차이에 따라 다시 다음의 두 가지로 나뉜다.

VI_1식式 : 복부에 불규칙적인 호선형이 드러나며, 머리와 꼬리는 뾰족하거나 원형이다. 이러한 유형의 조鑿는 소둔 남지에서 비교적 자주 보이며, 대부분 둥글고 작은 찬小圓鑽과 함께 존재한다.

VI_2식式 : 머리가 뾰족하고, 꼬리는 편평하고 둥글며, 물방울 모양이다. 소둔 남지 갑골에는 이러한 유형의 조鑿가 잘 보이지 않는다.

VI형型의 조鑿의 가장자리 선은 그다지 가지런하지 않으며, 조鑿의 상하 좌우가 종종 대칭을 이루지 않고, 일부 조鑿의 곁에는 찬鑽이 있다.

소둔 남지 갑골의 각 시기 조鑿의 유형을 정리하고 이의 전체 통계를 분석한 결과, 각종 조鑿가 어떤 시기에 유행했는지를 다음과 같은 규칙으로 만들 수 있었다.

I형型의 조鑿는 사조와 오조를 포함한 무정시기에 유행했으며, 다른 시기에는

보이지 않는다. 저록에서 I_1식式의 조鑿가 자주 나타나는 경우는 『수』 1,043편과 『병』 1·2·4편 등이다.

II형型의 조鑿도 무정시기에 유행했다. 비록 소둔 남지 갑골에서 발견되는 것은 많지 않지만, 이전의 갑골 저록에서는 자주 보이는데, 『화이트』 966·963·944편 등이 그렇다. 이러한 조鑿의 머리와 꼬리 부분은 대부분 뾰족한 모습이 돌출되어 있다.

III형型의 조鑿는 소둔 남지에서 단지 1편(『둔남』 4,314편)만 발견되었다. 저록에서 이러한 조鑿는 단지 무정시기에만 보이는데, 『경인京人』 3,228·3,229편·『멘지스』 1,123편·『화이트』 943·899·906편 등이 그러하다. 허진웅의 『갑골의 찬조 형태 연구』에서 그림圖 1~43에서 열거한 예가 특히 상세하다.

IV형型의 조鑿는 강정·무을 시기에 성행했으며, 문정시기의 것은 비교적 적다. 소둔 남지의 경우, IV_1식은 총 56편이며 그중 강정 때의 것이 48편으로 86퍼센트를 차지하고 있다. IV_2식은 강정시대 때 유행했으며, 무을 때에도 조금 있고, 문정 복사에서는 보이지 않는다. 총 146편이며, 강정 때의 것이 118편으로 80.8퍼센트를 차지하고 있다. IV_3식은 강정·무을 시기에 유행했으며, 문정 때에도 소량 존재했고, 총 244편에 강정 때의 것이 111편으로 45.4퍼센트를 차지하고 있다. IV_4식의 경우 강정의 것이 비교적 적으며, 무을 시기에 성행했고, 문정 때의 것은 드물다. 총 73편이며, 무을 때의 것이 63편으로 86.3퍼센트를 차지하고 있다.

V형型의 조鑿는 주로 강정시대나 강정과 무을의 사이 시대 때 유행했다. 제을·제신 시대의 것도 있다. V_1식은 총 7편인데 강정 때의 것이 6편으로 85.7퍼센트를, V_2식은 총 15편인데 강정 때의 것이 10편으로 66.6퍼센트를, V_3식은 총 6편인데 강정 때의 것이 1편으로 16.7퍼센트를, 제을·제신 때의 것이 5편으로 83.3퍼센트를 차지하고 있다.

VI형型의 조鑿는 무을 때부터 이미 출현하기 시작하며, 문정시기에 유행했으며, 다른 시기에는 보이지 않는다.

1973년 출토된 사조·오조 복사는 층위로 볼 때 모두 초기 지층에서 출토되었으며, 갱위로 볼 때 항상 같은 갱에서 출토되었고, 은허문화의 구분으로 볼 때 모두 초기 제2단계에 속한다. 조鑿의 유형으로 볼 때 모두 I형과 II형만 있을 뿐 다른 유형은 존재하지 않는다. 그리고 중기 제1류 복사와 제2류 복사는 층위 상으로 볼 때 은허의 초기 지층과 유적지에서 출토된 것이 아니다. 갱위로 볼 때, 1973년 소둔 남지에서는 언제나 같은 갱에서 출토되었다. 그리고 해방 전의 은허발굴에서도 그것들은 같은 갱에서 출토되었다는 흔적을 보여주고 있는데, 이는 은허문화 시기구분에서 중기에 해당한다. 그리고 중기 제1류와 제2류 갑골의 조鑿의 모습은 모두 IV형이며 I형과 II형의 조는 보이지 않는다. 이는 그것들이 사조·오조 복사와 층위나 갱위, 조鑿의 형태 등에서 모두 큰 차이를 보인다는 것을 말해 주고 있다. 그리고 중기 제3류 복사는 층위나 갱위 상에서 중기 제1류·제2류 복사와 공통성이 대단히 많으며, 조의 형태도 제1류·제2류와 공통성을 갖고 있기도 하지만 다른 부분도 있다. 하지만 초기 복사와는 대단히 분명하게 구별된다. 그래서 학자들은 지층관계와 갱위관계에 근거하고 이에 복사의 내용을 결합하여 소둔 남지에서 출토된 사조·오조 복사가 무정 때의 복사이며, 중기 제1류·제2류·제3류 복사는 강정·무정·문정 때의 복사라는 견해를 확정했고, "조鑿의 형식의 분석을 통해 또 우리가 앞에서 분석했던 것에 새로운 증거를 제공했다."[245]

학자들이 무자無字 복갑과 복골 상의 찬조 형태의 연구에 주목하게 됨으로써 그간 유자有字 갑골의 찬조 형태에만 주목하였던 연구에서 한 걸음 더 나아가 연구의 범위를 확대시켰다는 점은 의미 있는 일이다. 「1973년 소둔 남지 발굴 보고(1973年)小屯南地發掘報告」[246]에서는 출토된 무자無字 갑골 5천여 편의 찬조형태를 총체적으로 정리하였으며, 조鑿의 형

245) 郭振祿, 「小屯南地甲骨綜論」, 『考古學報』, 1997年 第1期. 또 「小屯南地甲骨的鑽鑿形態」, 『小屯南地甲骨』 第二分冊, 中華書局, 1983, 1,489~1,525면.

246) 『考古學集刊』 第9集, 科學出版社, 1995.

태를 다음과 같이 분류했다.

I식式 : 머리와 꼬리가 뾰족하고, 복부는 비교적 곧으며, 어떤 것은 머리 부분에 바늘 같이 뾰족한 모양이 돌출되어 있으며, 대부분 복갑에서 발견된다(즉 『둔남』의 II형).

II식式 : 장방형이며, 편평한 바닥平底에, 조鑿의 옆에 대부분 지진 흔적은 있으나 찬鑽은 없다(즉 『둔남』의 IV형).

그래서 학자들은 "소둔 남지의 무자無字 갑골의 조鑿의 출토 층위가 유자有字 갑골 상의 조鑿와 기본적으로 일치 한다"고 여겼다. 따라서 "유자 갑골이든 무자 갑골이든, 조鑿 형태의 발전 순서는 마찬가지이다. 찬조의 발전 순서를 정확하게 이해하게 되면 한결음 더 발전된 복사의 시기구분 연구에 도움이 된다. 그래서 찬조의 연구도 복사연구와 떨어질 수 없는 한 부분이 되었다."247)

하지만 허진웅과 『둔남』의 분석에서 얻은 찬의 형태 변화 추세가 기본적으로는 일치한다 하더라도 완전히 같은 것은 아니라고 해야만 할 것이다. 예컨대 사조·오조 복사의 시대에 대한 견해의 불일치가 그것이다. 허진웅은 이러한 복사의 조鑿의 형태가 "대부분 굽은 어깨彎曲肩에 둥글고 뾰족한 머리尖圓頭로 되었으며, 소수의 경우 미세하게 굽은 어깨微曲肩에 둥글고 편평한 머리平圓頭"이며, 조鑿의 길이는 "1.5센티미터 이하를 위주로 하고", 조鑿의 주위는 수정을 거쳐, 제1기 때처럼 편평하고 가지런하며 반들반들하지 못하며, 골면에 찬조가 있다고 보았다. 그래서 허진웅은 이러한 복사에 "가장 적합한 시대는 제4기 때의 문무정임에 의심의 여지가 없다"고 했다.248)

하지만 『둔남』에서는 출토된 실물분석을 통해 볼 때, 사조 복갑의 경

247) 郭振祿, 「小屯南地甲骨綜論」, 『考古學報』, 1997年 第1期.
248) 許進雄, 『甲骨上的鑽鑿形態研究』, 藝文印書館, 1979, 53~62면.

우 I_2형의 조鑿가 위주이며 그 다음이 I_1이고 II와 I_3은 비교적 적다. 그리고 오조 복갑의 경우 II과 I_1의 수량이 같아 각기 39.3퍼센트를 차지하며, I_3과 II형은 비교적 적다. "I_1과 II형은 무정시기 갑골에서 가장 자주 보이는 두 가지 조鑿의 형태이며, 그들의 시대가 비교적 이르다는 것에는 의심의 여지가 없다."

그리고 소둔 남지의 I_3식式의 조鑿(허진웅이 말했던 소위 완곡한 어깨彎曲肩에 둥글고 뾰족한 머리尖圓頭 혹은 미세하게 굽은 어깨微曲肩에 둥글고 편평한 머리平圓頭를 한 조鑿)의 시대는 다음의 정황으로 판단 가능하다. 첫째, I_2식과 I_1식의 조鑿는 종종 동판同版 관계에 있는데, 이는 시간이 같거나 접근함을 말해준다. 둘째, 『둔남』 2,777편은 전체가 모두 I_2식의 조鑿이다. 이 복갑은 대사공大司空 제1기 혹은 그보다 조금 이른 H115갱에서 출토되었는데, 이로 볼 때 I_2식의 조鑿의 출현은 상당히 이르다고 해야 할 것이다. 그리고 이 편에서 보이는 I_2식의 조鑿의 길이는 1.4～1.6센티미터인데, 이는 무정(혹은 그보다 이른) 때의 몇몇 갑골 상의 조鑿가 비교적 짧다는 것을 보여준다. 셋째, 사조 복갑인 4,515편의 뒷면의 조鑿는 I_1・I_2식에 속하는데, 거기에는 무정 때의 갑교甲橋 각사가 있다. 넷째, 저록서에 실린 부분적인 사조 복골에서 골면骨面에 조鑿를 판 경우가 보인다. 하지만 빈조복사에도 골면에 조鑿를 판 경우가 있는데, 『홉킨스金章』 680편이 그렇다. 그래서 『둔남』의 저자는 "조鑿의 형식으로 볼 때, 사조와 오조 갑골은 초기 특징을 비교적 많이 갖고 있으며, 다시 지층과 갱위와 다른 정황들과 결합해 분석해 볼 때 이러한 복사는 무정시대의 것으로 보아야만 한다"고 했다.[249)]

---

249) 「小屯南地甲骨鑽形態」, 『小屯南地甲骨』 第三分冊, 中華書局, 1983, 1,514～1,516면.

3) 최신 과학기술의 이용

1928년 은허의 과학적 발굴은 근대 현장 고고학의 방법을 갑골학 영역에 도입했다. 그리하여 갑골학은 전통적인 금석학의 영역에서부터 분리되어 고고학의 분과 학문으로 변했으며, 이로부터 이론적이나 방법적으로 비약을 이루게 되었다. "그리고 현대 과학기술이 비약적으로 발전한 오늘날, 현대 과학 기술과 방법을 갑골학 연구에 도입하게 된다면, 갑골학 연구는 다시 한 번 비약적인 발전을 이루게 될 것이다. 근년에 들어, 일부 연구자가 컴퓨터를 이용해 갑골의 단편들을 짜 맞추고 갑골의 내원 자료를 컴퓨터에 수록함으로써 어느 정도의 성공을 이루긴 했지만, 갑골학 연구의 현대화 요구에는 훨씬 못 미치고 있다." 그래서 이렇게 호소한 적이 있다. "오늘 이후, 갑골학 연구의 어떤 영역에 현대화된 기술을 도입할 수 있을 것이며, 또 어떻게 도일할 것인가 하는 문제는 여러 사람들의 지혜를 모아 이를 갑골학 발전의 전략적 지위에다 놓고서 진지하게 연구하고 탐색할 필요가 있다."[250]

갑골문 시기구분의 갖가지 논쟁에 대해, 현대 과학기술 수단의 응용은 이 문제의 해결에 새로운 희망을 가져다주었으며, 학자들은 C-14 질량 분광기質譜儀(mass spectroscope)와 현대 천문학 수단 등을 사용하여 상나라 갑골의 연대에 대한 탐색을 시작했다.

(1) C-14 질량 분광기의 이용

1989년 하남 안양에서 개최된 "은허 갑골문 발견 90주년 국제학술 토론회" 석상에서 오스트레일리아의 거러스퍼格勒斯派는 "갑골을 사용했던 구체적 시간대에 대해서는 아직도 여전히 서로 다른 의견이 있고", 특히 "상 왕조의 절대 연도에 대해서도 서로 다른 견해가 존재한다"는 인식에

250) 王宇信, 「甲骨學硏究九十年」, 『史學月刊』, 1989年 第4期.

기초하여, 현대의 과학기술 수단을 이용한 새로운 연구 방법을 제시했다. 즉 "여기서 이 시간적 문제를 해결할 수 있는 두 가지 방법을 제시할 수 있다. 나이테年輪 분석과 C−14 측정 연대법이 그것이다." 그리고 "하·상·주 시기의 연대를 확정하는 가장 좋은 방법은 이 두 가지 기술의 결합"이라 생각했다.

"나이테年輪 분석"법은 오래 자란 나무의 나이테의 순서 및 이러한 나이테와 죽은 나무의 나이테를 서로 비교하는 방법이다. 과학자들은 이러한 방법에 근거해 8천 년간 계속된 나이테의 기록을 얻을 수 있었는데, "이 기록은 세계의 다른 수많은 지역에서도 동일하다는 것을 보여주었다. 그래서 고고 발굴 과정에서 발견된 고목의 나이테와 파악하고 있는 곡선의 일치는 가능하다." 이것은 이론적으로 상나라 왕이 재위했던 정확한 연대를 측정하는 데 이상적인 방법이다. 하지만 상나라 유적지에서 출토된 목재의 보존 상태가 좋지 않아, 상당히 큰 목재 표본의 확보가 어렵기 때문에 이러한 방법은 현재 성공률이 그다지 높지 않은 상태이다.

"C−14 측정" 연대법은 오차범위가 비교적 커서, 종종 실제 역법의 연도와 일치하지 않기도 하는데, 그것은 C−14측정 연대법이 "어떠한 표본의 실제 연대에 대해서도 단지 유사치만 제공해 줄 수 있기 때문이다." 그래서 "측정된 결과는 그다지 정확하지가 않다." C−14로 측정한 연대를 실제 연대로 환산할 때에는 "교준 곡선校準曲線", 즉 "과거 6천 년간에 대한 고도의 정밀한 곡선이 있어야만 하는데, 이 곡선은 두 개의 실험실에서 서로 다른 방법과 서로 다른 표본을 측량하여" 얻게 된다. 이러한 "교준 곡선"은 바로 C−14로 측정한 연대를 역법의 연대로 쉽게 환산하게 해준다. 하지만 이러한 방법은 표본의 양이 비교적 많아야 하고 게다가 갑골을 측정할 때 갑골을 파손시킬 수 있다는 단점이 있다.

하지만 "새로운 희망은 C−14 측정 연대의 새로운 방법에서부터 나타났는데, 질량 분광기가 바로 그 것이다." 이는 미립자 가속제로 탄소의 동위원소를 분리시켜 직접 측정하는 기기를 말한다. 이러한 방법의 가장 큰 장점은 "1밀리그램의 탄소라는 대단히 적은 양의 표본으로도 실험을 할 수 있고, 갑골을 훼손시키지 않고서도 갑골의 연대를 확정할 수 있으며, 정확도가 ±60년까지 이른다는 데 있다." 이러한 방법은 한 조각의 갑골로도 쉽게 샘플을 만들 수 있으며, 또 갑골 상의 문자 및 갑골의 완전한 모습을 훼손시키지도 않는다. 그래서 거러스퍼는 "C－14 질량 분광기 측정법을 수목의 나이테 교준과 서로 결합하여 연대를 측정하는 방법이며, 상나라의 연대를 확정하는 데 도움이 된다"[251]고 생각했다. 그러나 이러한 가능성에도 불구하고 "갑골 연구는 지금까지 그 어떤 연구에 필요한 중국에서 광범위하게 수집된 가치 있는 그 어떤 표본도 아직까지 구하지 못했으며", 그 때문에 지금도 이론적인 검토 단계에만 머물러 있다.

이 이후 중국학자도 이 문제에 주목하기 시작했다. 1995년 거행되었던 "중국 상 문화 국제 학술토론회" 석상에서 구사화仇士華와 채련진蔡蓮珍은 「상·주의 기년 문제를 해결할 한 가닥 희망解決商周紀年問題的一線希望」이라는 논문에서 "질량 분광기로 C－14 측정 방법의 기술이 진전을 이룸에 따라 미량의 샘플로서도 고도의 정밀한 측정이 가능하게 되었다. 과거 샘플 채취로 측정하지 못했던 상·주의 갑골도 지금은 그 연대를 측정할 수 있게 되었다. 갑골의 샘플은 그 연대에 있어서 종종 어떤 왕과의 관계가 대단히 밀접한데, 이는 곧 명확한 역사적 가치를 갖고 있다"고 하여, 학회 참석자들을 흥분시켰다. 어떤 참석자들은 "고도로 정밀한 이러한 측정이 일단 실시되기만 한다면 갑골 시기구분의 학설도 앞으로 대단히 훌륭한 검증 장치를 거치게 될 것이며, 이러한 날을 열렬히 기대한다"고도 했다.[252]

중국 국가 "9·5" 중점 연구과제인 "하·상·주 시기구분 프로젝트夏商周斷代工程"의 가동과 순조로운 진행에 따라, "고도의 정밀도를 가진 C

251) [澳] 格勒斯派, 「商代甲骨年代的測定」, 『中原文物』, 1990年 第3期.
252) 李學勤, 「後記」, 『殷墟甲骨分期硏究』, 上海古籍出版社, 1996, 420～421면.

－14 연대 측정 기술의 출현은 은허 갑골 실물의 연대 측정을 가능하도록 만들어 주었다." 이를 위해 먼저 "갑골의 분조分組 시기구분 연구의 기초 위에서 적당한 표본을 선택해야 하는데, 이는 고고학자와 고문자학자들이 할 일이다. 가능한 한 출토 기록을 가진 발굴품을 사용해야 할 것이고, 필요한 경우에는 비非 발굴품으로도 보충해야 할 것이다. 어떤 표본의 문자에는 명확한 연사年祀나 칭위 등이 있어, 연대 측정의 결과를 문헌기록과 연계시키기가 쉽다." 갑골 학자들은 이미 10만 편의 갑골 중에서 연대 측정과 천문학적 분석과 관련된 일식과 월식 등의 천상天象과 명확한 연대 기록이 있거나 칭위를 가진 갑골 220편을 선택해 두었다. 그 중에는 명확한 지층을 가진 발굴품도 있는데, 주로 고고연구소가 1973년 소둔 남지에서 발굴한 것이며 1972년 소둔 서지에서 출토된 황조黃組 복사, 1991년 화원장花園莊 남지와 동남쪽 등에서 발굴한 총 78편이 포함되어 있다. 그리고 나머지 편들은 모두 중국 내의 각 소장가들이 전해 오던 것인데, 거기에는 북경 도서관·산동성 박물관·역사연구소·고궁 박물관 등 17개 기관의 소장품이 포함되어 있다.

갑골 실물에 손상을 입히지 않는 소량의 샘플이 질량 분광기의 연대 측정을 거친 후, 다시 문헌·고고학·천문학적 수단 등이 종합 분석과 결합됨으로써, 상나라 후기 "무정 때부터 제신紂에 이르는 시기가 비교적 정확한 연대로 확정되었다."253) 그리하여 후기 상나라 각 왕들의 갑골문의 시대도 확정될 수 있었다. 이러한 의미에서 말하자면, 전통적인 "시기구분 연구"법과 은허 갑골문 발전의 "두 계통설"의 새로운 방안 간의 갖가지 논쟁과 차이는 현대 과학기술의 검증을 통해 분명 "길은 달라도 한 곳으로 모이고, 하나로 통일 될 것이다."

253) 李學勤, 「夏商周年代學的新希望」, 『中國文物報』, 1996.9.29.

(2) 현대 천문학 계산 수단과 여러 학문과의 결합

현대의 천문학적 성과를 이용하여 상·주의 역보曆譜를 재구성함으로써, 갑골문 시기구분 연구에서의 논쟁이 되었던 문제를 점검하고, 이를 통해 비교적 일치된 관점을 획득하는 데 계기를 제공할 수 있다. "문무정 복사의 수수께끼" 논의가 일단락되긴 했지만, 중국 내 학자들은 이러한 갑골 자체 및 고고 지층학의 증거로부터 출발하여, 그것들이 무정 때의 것임을 논증했다(이에 대해서는 이미 앞에서 서술했다). 하지만 여전히 "문무정 복사"라는 견해를 견지하고 있는 학자들은, 천문학이라는 "신통한 보물"을 사용해 "문무정 6년 때의 윤2월閏二月"의 존재에 근거해 그것들이 문무정 복사임을 "객관적 사실"로 여기고 있다. 엄일평嚴一萍은 이렇게 말했다. "원래 동작빈 선생이 『은력보』를 쓸 때 문무정을 구파로 보았기 때문에, 역법에서도 한 해의 끝에다 윤달을 배치하여 13월月로 안배했다. 하지만 일본 『경도대학 인문과학연구소 소장 갑골문자』의 왕족王族복사 중(일렬 번호 3099)에 6년 2월의 윤달 배치와 같은 윤이월閏二月의 복사가 1편 있었다. 『갑골문 시기구분 연구의 새로운 예甲骨文斷代研究新例』(『사어소집간史語所集刊』 외편 제4종, 1961) 및 『갑골학甲骨學』 제7장 「시기구분斷代」(대북 예문인서관, 1978)을 보라. 1972년 필자는 다시 수정된 문무정 역보에 근거하고, 두 점의 뼈 숟가락骨柶 각사에 근거해 문무정 사보祀譜를 배제해, 위로는 문무정 원사元祀 1월月 갑술甲戌 삭朔으로부터 시작해 아래로는 제을 원사元祀 3월月까지에 이르고, 4월月부터 시작된 제을 사보祀譜를 위로 붙였다. 「문무정 사보文武丁祀譜」(『사어소 집간』 제46본 제2분, 1975)를 참조하면 된다." 이 "문무정 복사의 수수께끼"에 관한 논의 중, 중국 본토의 학자들은 줄곧 역법과 사보祀譜라는 측면에서 논증한 적이 없기 때문에, 이들은 "문무정 역보의 수정은 이미 20년 이전의 일이며, 지금까지 이 역보를 수정할 수 있는 사람은 없다"고 했다. 그리고 "「문무정 사보」라는 글이 실린 지도 이미 7년이나 지났는데도, 이에 대해 문제를 제기한 사람도 없었다. 문무정 복사의 시기구분 문제를 논의하고자 하면서 이 두 가지의 객관적인 사실을 방치해 둔 채 살피지 않는다면, 이것은 학문 연구의 불완전한 태도이다"고 했다.[254] 그래서 천문역법의 측면에서 연구를 강화하여 여전히 "문무정 복사"설을 견지하고 있는 학자들로 하여금 이러한 복사가 무정 때의 것이라는 의혹을 풀어주는 것은 중국 본토의 학자들이 반드시 강화해야 할 작업이다.

이밖에 "갑골문에는 '월유식月有食(월식)'이 5번 출현하며, 게다가 4번은 계미癸未 · 경신庚申 · 을유乙酉, 임신壬申 등 확실한 간지干支를 갖고 있다. 앞 세 가지의 갑골 편에는 정인 쟁爭의 이름이 새겨져 있다. 쟁爭은 무정 시기 때의 저명한 점복관이며, 『상서』「무일無逸」, 『제왕세기帝王世紀』, 『금본 죽서기년今本竹書紀年』 등에서는 상나라 무정이 59년 동안 재위했다고 했다. 이 4차례의 월식 기록에 근거해 무정이 재위했던 연대와 기원전의 연도를 비교적 정확하게 대응시킬 수는 있지만 실제 작업은 결코 쉽지 않다. 1940년대 동작빈으로부터 시작해서 지금에 이르기까지 이미 15명의 학자가 이 복사에 대해 연구하였으나, 얻어진 결론은 B.C. 1373년부터 B.C. 1180년까지 총 30여 가지에 이르는 학설이 제시되는 등 다양했다."

이렇게 볼 때, "단순한 천문학적 계산은 하 · 상 · 주의 연대 문제를 해결할 수 없으며, 반드시 여러 학문과 서로 배합해야만 진전을 이룰 수 있음을 알 수 있다. 하 · 상 · 주 시기구분 프로젝트는 바로 이러한 합작에 미증유의 선례를 만들어 주었다."[255]

은허 갑골문은 상나라에 전해져 오던 믿을 만한 제1차 자료이다. 그래서 거기에 보존된 일식이나 월식 등의 천상 기록은 연대학 연구에 더더욱 진귀한 자료가 된다. 그리고 칭위와 왕의 연대가 기록된 갑골은 상나라의 역법 연구에도 가치를 가진다. 하지만 이러한 자료는 갑골 학자들의 연구와 고증을 거쳐야만 비로소 천문학자들에 의해 과학적인 계산이

254) 嚴一萍, 『甲骨斷代問題』, 藝文印書館, 1982, 8~9면.

255) 席澤宗, 「夏商周斷代工程中的天文課題」, 『中國文物報』, 1996.2.23.

이루어질 수 있으며, 신빙성 있는 연대를 얻어낼 수 있다. 한때, 상나라 때 금환일식金環日蝕의 "삼염식일三焰食日"이 한 차례 일어났다고 여겼으며, 이에 근거해 B.C. 1302년 6월 5일에 한 차례의 완전 일식이 일어난 것으로 추산해냈으며, 또 당시 지구의 자전의 속도가 지금보다 1천분의 47초 짧았다는 결론도 얻었다. 그리고 "삼염三焰"은 당시 보았던 홍염日珥(prominence)[256]이 세계 최초의 홍염紅焰이라고도 한다. 하지만 갑골 학자들의 연구에 의하면, "삼염식일三焰食日"에서의 "삼염三焰"은 세 사람을 구덩이에 빠트려 지낸 제사陷祭로 해석해야만 하며, "식일食日"은 갑골문에서 "한 낮中午"을 부르던 시간대라고 한다. 그래서 이 복사는 원래부터 일식과는 전혀 관련이 없는 것이었다. 그리고 일식 발생의 시간과 홍염紅焰 현상 운운하는 것도 순전히 허구에 속한다. 그래서 천문학자들은 갑골학 연구의 성과를 충분히 이용하여야 하고, 갑골학계에서는 천문학자들의 천문계산의 과학적 수단에 의거함으로써 서로의 장단점을 보완해야 할 것이다. 상나라의 천문과 역법을 연합적으로 연구한다는 것은 대단히 필요할 뿐 아니라 상나라 연대학 연구에서 한계를 뛰어 넘는 성과를 내는 데 관건이 된다.

갑골 학자들이 정확하게 고석한 천상이나 역법 방면의 갑골문이 천문학자들의 정밀한 계산을 거치고, 이로부터 얻어낸 연대 수치를 다시 C-14 질량 분광기로 계산해 낸 연대와의 비교를 통해 비교적 믿을 만한 연대의 수치가 나올 수 있다.

---

256) (역주) 태양의 가장자리에 보이는 불꽃 모양의 가스를 말하며, 흑점이 출현하는 영역에 집중적으로 나타나는 경향이 있다. 불꽃의 주성분은 수소원자로, 붉은빛을 강하게 방출한다. 형상은 여러 가지인데 평균적인 크기는 높이 3만km, 길이 20만km, 폭 500km이다. 태양 코로나 중에 떠 있는 비교적 고밀도, 저온, 强磁場의 영역으로 紅色으로 빛나는 데서 그 이름이 유래했다. 비교적 안정하고 수명이 긴 靜隱域 홍염과 단시간 동안만 나타나는 활동 영역 홍염으로 대별된다. 靜隱域 홍염은 수개월간의 수명을 지니며, 높이 1~10만km, 폭 수천~2만km, 길이 수만~수십만km인 수직으로 세워진 형태로 되어 있으며 자장의 극성이 변화하는 線上에 위치한다. 온도는 코로나 속에 있음에도 불구하고 약 7,000K로 낮으며, 자장은 5~10Gauss이다.

그래서 현대 천문학적 계산 수단이 갑골학 연구 영역에 들어오고, “천문학자와 갑골 학자들이 합작하여 갑골문 속의 천상과 역법 자료를 한 차례 총 정리한다면 분명히 새로운 수확을 얻게 될 것이다.”257) 이를 통해 성공적이고 비교적 믿을 만한 상나라의 역보를 재구할뿐더러 갑골 자체도 역보 속에서 자기 자신의 위치를 찾을 수 있을 것이며, 이는 분명 시기구분 연구에 또 한 차례의 커다란 비약을 이루게 할 것이다.

257) 席澤宗, 「夏商周斷代工程中的碳14斷代方法」, 『中國文物報』, 1996.10.20.

제6장 갑골 점복과 복사의 문례文例와 문법文法(상)

1. 상나라 갑골 점의 격식

점복은 원시 종교 신앙의 전조前兆 미신에서 기원했다. 원시 인류는 자연세계와 교류하고 생존해 오면서 종종 전혀 인과관계가 없는 사건 간의 우연한 일치를 귀신이 내린 징조로 보기도 했다. 시간이 지나면서 이것이 점복 도구를 매개로 삼아 인간과 귀신 간에 소통을 하게 하였고, 인간은 만들어진 징조에 근거해 미래의 길흉과 화복을 예측했다.

자연의 생존 배경과 경제적 여건의 차이로 인류의 점복 방법도 자연히 차이를 보인다. 예컨대 『주역』 「계사전繫辭傳」에서는 오래된 전설상의 인물 포희씨庖犧氏에 대해 "처음으로 팔괘를 만들어 천지신명의 덕과 통하고자 하였고 만물의 성정을 유형화하려 했다始作八卦, 以通神明之德, 以類萬物之情"고 했다. 우성오于省吾에 의하면, 팔괘八卦의 최초 형식은 팔삭점복법八素占卜法의 일종으로, 점복관은 여덟 가닥의 소털로 짠 줄을 손에 들고 이를 땅에 내던져 길흉을 점쳤다고 한다.[1)] 이는 원시 유목부락의 숫자점數占法에서 나온 것임이 분명하다. 이밖에도 『사기』 「태사공자전太史公自傳」에서는 "세 왕조의 거북점이 각각 다르고 사방 이민족들의 점치는 방법도 달랐지만, 모두 이에 근거해 길흉을 점쳤다 三王不同龜, 四夷各異卜, 然各以決吉凶"고 했다. 또 『묵자』 「경주耕柱」에서는 하후夏后 계啓가 "늙은이 난을을 시켜 백약의 거북에다 점을 치게 하였다使翁難乙卜于白若之龜"고 했다. 『사기』 「귀책열전龜策列傳」에서도 "삼대三代가 흥한 이래, 각기 다음과 같은 것에 근거해 길상을 점쳤다. 도산涂山의 징조兆에 근거했기에 하夏나라의 계啓가 세상을 다스렸고, 비연飛燕의 점복卜을 따랐기에 은殷나라가 흥성했으며, 백곡百谷의 시초 점筮이 길하였기에 주周가 왕 노릇을 할 수 있었다"고 했다. 백약白若의 거북龜 · 도산涂山의 징조兆 · 비연飛燕의 점복卜 · 백곡百谷의 시초 점筮 등은 서로 다른 지역에 살았던 하 · 상 · 주 세 민족의 점복 방법에 관한 전설이며, 이러한 차이는 하 · 상 · 주 세 민족이 처했던 자연적 생존 배경과 경제적 생활 조건에 의해 생겨난 것이었다. 물론 지역이 근접하거나 조건이 비슷하면, 점복법도 서로 교환되고 병존할 수도 있다. 『예기』 「표기表記」에서도 이러한 점을 언급했다. 즉 "삼대三代의 현명한 왕들은 모두 천지신명을 섬겼고, 복서卜筮를 쓰지 않은 왕이 없었다." 『사기』 「귀책열전龜策列傳」에서도 "오제五帝와 삼왕三王은 일을 시작하기 전 반드시 먼저 시초 점蓍과 거북점龜에 근거해 결정했다고 들었으며", "하은夏殷 때의 점은 시초蓍와 거북龜을 사용했다"고 했다. 소위 점복卜과 서筮 · 귀龜와 시蓍의 경우, 복卜과 귀龜는 거북딱지나 동물의 뼈를 불로 지져 그 갈라지는 모습兆象을 보고 길흉을 판단하는 것을 말하며, 서筮와 시蓍는 시초蓍草를 뽑아 그 수열에 근거해 길흉을 예측했던 것으로, 이 둘은 고대 중국에서 가장 광범위하게 유행하던 점복

---

1) 于省吾, 「伏羲氏與八卦的關係」, 『紀念顧頡剛學術論文集』 上冊, 巴蜀書社, 1990.

법이다.

하지만 하나라의 계夏啓가 사용했다던 백약白若의 거북이든, 아니면 "삼대三代가 흥하면서 각기 길상에 근거했다"던 도산涂山의 징조兆·비연飛燕의 점복卜·백곡百谷의 서筮든, 그것도 아니면 "하은夏殷에서 점을 칠 때" 사용했던 복서卜筮나 시귀蓍龜든, 서한 전기에 이르러 이들의 "심오하고 미묘함"은 이미 "대부분 없어지고 말았다." 『사기』 「귀책열전」에서는 종종 진한秦漢 때의 복법으로 선대先代의 예를 삼고 있었지만, 후인들이 갖은 방법을 동원해도 이미 언제나 쉬 이해하기는 어려웠다. 명나라 때에는 양시교楊時喬가 「귀복변龜卜辨」을, 계본季本이 「복서론卜筮論」을, 담강談綱이 「복서절요卜筮節要」를, 청나라 때에는 호후胡煦가 「복법상고卜法詳考」를 지어 "예경禮經을 추적하여 자신의 의견을 밝혔지만", 모두 문헌자료를 찾아 점복법에 관한 옛날의 제도를 논의한 것에 불과했으며, 그것이 삼대三代 때의 실제 정황과 맞다고는 감히 확언할 수 없다. 하지만 오늘날은 은허의 갑골문이 출토됨으로써 3천 년 전의 갑골 점복과 관련된 실물을 볼 수 있게 되었다. 상나라의 거북점龜卜이나 뼈 점骨卜 등과 관련된 일련의 내용과 점복법의 신비를 살펴보게 됨으로써, 문헌 기록에서의 공백이 메워졌을 뿐 아니라 이로부터 시야를 확장해 갑골 점복의 원류를 찾아 나서게 되었다.

갑골문은 발견되자마자 "은상 때의 정복문貞卜文"으로 인식되었고,[2] 광서光緖 갑진년(1904) 손이양은 『계문거례契文擧例』의 「서叙」에서 『시』·『예』 등 문헌 자료에 근거해 계각契刻 문자와 갑골 점복법의 관계에 대해 이렇게 논급했다.

> 『시』 「대아大雅」 「면緜」에서 "이에 계획을 시작하시고는, 거북으로 점을 쳐 보셨네爰始爰謀, 爰契我龜"라고 했다. 모공毛公은 계契를 열다開는 뜻으로 해석

2) 胡厚宣, 『五十年甲骨文發現的總結』, 商務印書館, 1951, 8~9면; 王宇信, 『甲骨學通論』, 中國社會科學出版社, 1989, 61면 참조.

했는데, 개開는 각刻(새기다)과 같은 뜻이다. 그래서 계각契刻은 거북딱지에다 새긴 것을 말함을 알 수 있다. 『주례』에서는 "수씨菙氏가 점복에 쓰기 위한 불 막대燋와 계契를 제공하는 일을 맡았다"고 했다. 또 "그 다음 태운 계焌契를 입으로 불어 가면서, 그것을 점복관에게 건네준다"고 했다. 두자춘杜子春은 "계契는 거북에 판 조鑿를 말한다"고 했으며, 그 역시 『시』「면緜」의 시를 들어 증명했다. 정현은 계契는 바로 「사상례士喪禮」에서 말한 것처럼 초돈楚焞을 사용해 거북을 불로 지지는 것을 말한다고 했다. 두자춘과 정현의 뜻을 종합해 볼 때, 거북을 새기는데開龜 금계金契가 있고 목계木契가 있었음을 알 수 있다. 두자춘은 금계金契로써 찬鑽과 조鑿를 판다고 했고, 정현은 목계木契로써 태우고 불로 지진다고 했는데, 이는 아마도 같은 명칭에 대한 다른 물건일 것이다. 금계金契는 바로 글을 새기는 칼을 말한다. 점을 치고자 하면, 거북딱지를 새겨서 조兆가 잘 나타나게 하고, 점복이 끝나면 사안을 기록해 길할지를 물어보는데, 이것이 아마도 계각契刻에 관한 일일 것이다.

이는 실물 갑골문을 상나라의 점복법과 대조해 논의한 최초의 논술이다. 여기서 말한 "점을 칠 때 거북딱지를 새겨서 조兆가 잘 나타나게 하고, 점복이 끝나면 사안을 기록해 길할지를 물어보는데, 이것이 아마도 계각契刻에 관한 일일 것이다"고 한 것은, 거칠긴 하지만 이미 "대부분 사라져버린" 은나라 사람들의 점복의 "심오하고 미묘한" 부분을 파헤친 것이다.

대략 손이양과 비슷한 시기, 나진옥은 『철운장귀』「서」와 「은허 정복문자고」(1910)에서 이미 상나라 점복법에 관해 언급했다. 1914년 나진옥은 그의 『은허서계 고석』에서 "은주殷周 때의 점복법이 한나라 때 이미 없어져버린" 것에 유감을 느껴 "복법卜法 제8"이라는 독립된 장을 설정하여 은허 갑골에 근거해 "고대 점복법의 대강을 살펴보게 되었는데", 다음과 같은 몇 가지 사실을 밝혔다.

• 점복에서 거북딱지도 썼지만 짐승 뼈도 사용했다. 거북은 배딱지를 사용했고, 등딱지는 버렸다. 짐승 뼈는 어깻죽지 뼈肩胛 및 정강이 뼈脛骨를 사용했다.

• 제사에 관한 점복卜祀에는 거북을 썼고, 다른 사안에는 짐승 뼈를 사용했다. 수렵田獵에 관한 점은 정강이 뼈脛骨를 사용했으며, 어깻죽지 뼈는 다른 나라의 정벌에 관해 점을 칠 때 많이 사용했다. 점치는 방법卜法은 거북딱지와 동물 뼈를 깎아 편평하게 만들고, 여기에다 조鑿나 찬鑽을 팠고, 가끔 찬鑽을 파고 다시 조鑿를 파기도 했다. 거북딱지의 경우 모두 조鑿로 되었으며, 동물 뼈의 경우 찬鑽이 열에 한둘이고, 조鑿가 열에 여덟아홉이며, 찬과 조를 모두 판 경우는 20분의 1 정도였다. 이것이 바로 『시』와 『예』에서 말한 계契라는 것이다.

• 파는 것契이 이루어지면 불로 지지게 되는데灼, 판契 부분에다 갈라지게 한다. 그 안쪽을 지지면 갈라진 흔적이 겉으로 드러나게 된다. 먼저 세로의 직선이 나타나며 그 후에 가로로 갈라지게 되는데, 이것이 바로 조兆이다.

• 조兆로써 길흉을 살필 수 있으며, 길흉을 조兆의 측면에다 새겨 넣고, 점 친 내용을 기록한다.

나진옥이 자신이 관찰한 것에 근거해 개괄한 이상의 몇 가지는 손이양과 다소 차이를 보인다. 손이양은 『시』·『예』에서의 "계契"자는 두 가지 뜻을 가진다고 했다. 즉 하나는 "거북딱지를 열어 조兆가 잘 나타나게 하는 것", 즉 찬鑽과 조鑿를 파 갑골을 얇게 만들어 조兆가 잘 나타나도록 하는 것을 말하고, 다른 하나는 "점복이 끝나고 일을 기록해 길한 일이 일어났는지를 검증하는 것", 즉 복사를 새기는 것을 말한다. 하지만 나진옥은 계契가 전적으로 갑골의 찬鑽과 조鑿를 가리킬 뿐이라고 했다. 오늘날의 입장에서 볼 때, 손이양의 해석이 은주 때의 실제 상황에 더 근접하고 있다. 더구나 나진옥이 말했던 "제사에 관한 점복은 거북을 쓰고, 나머지 사안은 모두 동물 뼈를 썼으며", "수렵에 관한 점은 전적으로 정강이뼈를 사용했다"는 말은, 오늘날 갑골학에 관해 조금의 상식이라도 있는 사람이라면 이는 순전히 부분에 근거해 전체를 해석한 것임을 알 수 있다. 사실 제사에 관한 점복에서도 소의 어깻죽지 뼈가 사용되었으며, 나머지 사안도 거북딱지가 사용되는 등, 이에는 엄격한 규정이 없었고 거북의 등딱지로 점을 치기도 했다. 그 외에도 정강이뼈를 사용했다는 나진옥의 주장은 소 어깻죽지 뼈의 골선骨扇 주위로 만들어진 가늘고 긴 모양의 잔골殘骨 부분을 오인한 것이다. 이에 대해 진몽가는 이렇게 말했다. "소둔에서 출토된 소 어깻죽지 뼈의 경우, 농민들은 그 상단의 골구骨臼 부분을 '말발굽馬蹄兒', 그 이하의 가장자리에 기다랗게 선형을 이루는 갈라진 곳을 '골조骨條'라 부른다. 소 어깻죽지 뼈 자체의 구조적 두께 때문에, 출토 후 골구骨臼와 골조骨條는 종종 갈라지게 된다. 가장자리 부분에는 융기한 두터운 변이 형성되어 있고, 또 그 뒷면의 가장자리 가까운 부분에 곧바로 선 등뼈脊가 깎여 나갔기 때문에, 긴 선형으로 갈라지기가 쉽다. 그래서 이것을 분리시켜 사용한 것을 정강이뼈로 오인하기 쉽다."[3] 하지만 나진옥이 갑골문 발견 초기에 이미 이렇게 귀납할 수 있었다는 점은 쉽지 않은 일이었다.

1928년에 이루어진 중앙연구원 역사어언연구소의 은허 고고 발굴에서, 동작빈은 제1·2차 발굴에서 출토된 갑골에 근거해 상나라 거북점의 방법을 체계적으로 연구해 「상나라 거북점에 대한 추측商代龜卜之推測」[4]이라는 장문의 글을 발표했다. 그는 "먼저 실물의 관찰에 중점을 두고", "가능한 한 실물을 이용하고자 했다"고 하면서 이렇게 말했다.

> 지금 상나라 거북점의 방법을 체계적으로 연구하기 위해서는 다음의 문제가 선결되어야만 한다. 점복에 사용했던 거북은 어디로부터 왔는가? 이는 "갖다 쓰기取用"에 해당하는 문제이다. 종류와 크기는 어떻게 구분했는가? 이는 "변별辨

---

3) 陳夢家, 『殷虛卜辭綜述』, 科學出版社, 1956, 4면.

4) 『安陽發掘報告』 第1期(1929)에 보인다. 또 『董作賓學術論著』 上冊(臺北世界書局, 1962), 7~80면, 『董作賓先生全集』 甲編 第3冊(臺北藝文印書館, 1977), 『中國現代學術經典』 「董作賓卷」(河北教育出版社, 1996) 등에도 수록되었다.

相"에 관한 문제이다. 산 거북은 쓸 수 없기 때문에 제사를 지내고 죽여서 사용해야만 했는데, 이는 "흔료釁燎"에 관한 문제이다. 거북을 죽인 후 배 아래쪽의 딱지를 분리해 "다듬게 된다攻治." 이들이 점복 준비의 첫 단계의 일이다.

준비가 이루어지면, 점복貞卜을 시작할 수 있다. 그러면 무엇에 대해 점을 칠 것인가? 이는 반드시 먼저 확정되어야 했는데, 이는 "유별類例"에 관한 문제이다. 그리하여 "찬鑽과 조鑿를 파고", "불로 달구고 지지며", "갈라진 흔적이 나타나고兆璺" 길흉이 정해지며, 그런 뒤에 조兆의 옆에다 "글을 새겨書契" 그 일을 기록한다. 이것이 점복의 전 과정이다.

점복貞卜이 완료되면 거북딱지를 "저장庋藏"하게 되고, 그러면 점복이 모두 끝난다.

동작빈은 "갑골 실물의 관찰에 중점을 두고" 이를 문헌자료와 결합함으로써, 상나라 거북점의 방법을 이상의 10가지 과정으로 순서에 따라 기술했다. 제1장은 "가져와 쓰기取用"에 관한 내용이다. "거북을 사용할까요? 1월이었다用龜, 一月"(『전』 4.54.6편)고 한 갑골은 상나라 사람들의 "가져다 쓰기取龜"에 관한 점복이라고 했다. 『주례』「춘관」「귀인龜人」에서 "가을에 거북을 갖고 와 봄에 거북을 다듬어 사용한다"고 했는데, 가을에 거북을 갖고 와 봄이 되면 거북을 다듬는다. 즉 거북을 죽이고 피와 살과 내장을 발라내고 거북딱지만 남긴다는 말이다. 이것이 "상나라의 옛날 제도인지는 살필 길이 없지만, 갖다 사용하는 방법에서는 차이가 없었을 것이다." 제2장은 "변별辨相"에 관한 내용이다. 『주례』「춘관」「복사卜師」에서 "점을 칠 때에는 거북의 상하·좌우·음양을 변별하고, 점복관에게 주어 자세히 살펴보게 한다"고 했다. 이것은 거북을 가져와 종류 및 크기를 살피는 과정인데, 상나라에서 사용했던 거북은 일반적으로 남생이水龜였다. 그래서 오늘날의 남생이의 배딱지를 표준으로 삼아 이의 비율로 이미 떨어져나간 거북딱지의 크기를 추산하면 될 것이다. 제3장은 "흔료釁燎"에 관한 내용이다. 『주례』「춘관」「귀인龜人」에서는 또 "봄이 되면 점복에 앞서 거북에 피를 발라釁龜 제사를 지낸다"고 했는데, 흔釁은 희생을 죽여 거북에게 제사를 지내는 것을 말한다. 하지만 복사에 근거해 볼 때 "거북에게 '료'제사를 지내는데 소 3마리를 쓸까요?燎龜三牛"(『사본』 381편)라는 말처럼 소가 희생으로 사용되었다는 사실만 알 수 있을 뿐이다." 제4장 "다듬기攻治"에서는 상나라 사람들의 거북 다듬기에 관해 파헤쳤다. 다듬는 도구로는 톱鋸·줄錯·칼刀·끌鑿·송곳鑽 등 5가지가 사용되었다. 다듬는 방법을 보면, 먼저 톱鋸으로 등딱지를 제거하고 배딱지를 사용한다. 둘째, 톱으로 배딱지 양쪽 상하의 돌출된 부분을 제거해 양쪽 가장자리(오늘날의 "갑교甲橋"부분을 말한다)를 타원형으로 만든다. 셋째, 거북 표피의 끈끈한 비늘을 제거한다. 넷째, 평평하게 깎고 무늬를 없애 갈라진 흔적兆과 각사刻辭가 잘 드러나게 한다. 다섯째, 높고 두터운 곳을 갈아 전체가 고르도록 만든다. 여섯째, 간 후 다시 깎고 갈아 광택이 나도록 만든다. 제5장은 "유별類例"에 관한 내용이다. 상나라 때에는 제사에 관한 점복卜祭·보고에 관한 점복卜告·상대 국가의 응징에 관한 점복卜敎·출행에 관한 점복卜行止·사냥에 관한 점복卜田獵·정벌에 관한 점복卜征伐·수확에 관한 점복卜年·비에 관한 점복卜雨·날의 개임에 대한 점복卜霽·치료에 관한 점복卜瘳·10일간의 길흉에 관한 점복卜旬·잡다한 점복雜卜 등이 있었다고 했다. 제6장은 "찬조鑽鑿"에 관한 내용이다. 찬鑽의 모습이 둥근圓 반면 조鑿는 약간 타원형으로 뾰족하고 길다. 대체로 어깻죽지 뼈의 두터운 곳에는 찬鑽을 얇은 곳에는 조鑿를 팠으며, 거북딱지에서는 찬鑽과 조鑿를 함께 팠다고 했다. 일반적으로 조鑿를 먼저 파고 찬鑽을 나중에 팠으며, 조鑿는 배딱지의 앞면이 세로로 갈라지도록, 찬鑽은 앞면이 가로로 잘 갈라지게 하기 위한 것이었다. 은허에서 나온 거북딱지와 짐승 뼈를 보면, 찬鑽과 조鑿만 파놓고 불로 지지지 않은 경우가 종종 보이는데, 이는 점복 때 찬과 조를 판 것이 아니라 그 전에 팠다는 것을 보여 준다. 제7장 "지지기焦灼"에서는 점복에 관련된 단어나 글자 및 지지는 방법에 관해 고증했다. 그는 『주례』

「춘관春官」의 “수씨菙氏는 초계焌契를 제공하는 일을 관장하여, 점복을 준비하며”, “점복이 시작되면 불을 지펴 거북을 지지는 막대燋에 불을 붙이고, 입으로 불을 불어가며 거북을 지지고, 이를 점복관에게 건네준다凡卜, 以明火爇燋, 遂歙其焌契, 以授卜師”고 했다. 『의례』「사상례士喪禮」에서는 “거북 지지는 막대를 숯 위에 놓는데, 모두 거북의 동쪽에다 둔다楚焞置于燋, 在龜東”고 했다. 초燋는 목탄을 말하고, 초화燋火는 바로 거북딱지를 태우기 위한 전용 불을 말한다. 준계焌契와 초돈楚焞은 같은 것을 말하는데, 초楚는 가시나무荊로 모두 땔감 이름이다. 초돈楚焞은 거북을 지지는 기술로, 이를 숯 위에 놓고서, 태워서 복사卜師에게 주어 쓰게 한다. 거북을 지질灼龜 때는 먼저 가시나무 가지荊支에 불을 붙여 구멍鑽을 판 곳을 태우면 조兆의 무늬가 생기게 된다. 제8장 “조문兆璺”에서는 거북딱지 표면에 종횡으로 갈라진 무늬에 관해 논술했는데, 조兆는 묵墨과 탁坼의 두 가지 이름이 있으며, 갑골문의 “복卜”자는 바로 조가 갈라진兆璺 모습이라고 했다. 소위 귀어龜語라는 말은 거북을 불로 지져 조兆가 나타나려 할 때 나는 갈라지는 소리를 말한다. 은허 갑골에서 두 개의 조탁兆坼 사이에 그인 선은 아마도 두 복사의 경계를 구분하기 위한 것으로 보인다. 제9장 “서계書契”에서는 귀판에 새긴 문례文例·자례字例 및 서계書契 방법에 대해 논의했다. 문례文例로 말하자면, 중갑中甲 각사는 중간선中縫으로부터 오른쪽에 있는 것은 오른쪽으로, 왼쪽에 있는 것은 왼쪽으로 읽어 나간다. 거북딱지의 아래 위쪽 두 끝에 새겨진 각사의 경우 오른쪽에 있으면 왼쪽으로, 왼쪽에 있으면 오른쪽으로 읽어 나간다. 자례字例를 보면, 골판의 경우 앞뒷면 두 쪽 모두에 각사가 새겨진 경우도 있고, 붉은 색이나 검은 색으로 덧칠을 한 경우도 있고, 단락을 획분해 놓은 것도 간혹 있다. 서계書契 방법에는 단봉單鋒·쌍봉雙鋒·평봉平鋒의 구별이 있고, 귀판에 새겨진 문장의 순서는 대체로 아래쪽에서 위쪽으로, 필순은 대체로 세로획을 먼저 가로획을 나중에 새겼으며, 삐침 획은 한 번에 완성했다. 제10장 “저장庋藏”에서는, 은허 제36갱에서 나온 귀판들이 1년 사이의 복사라는 사실에 근거해 당시 태복太卜은 갑골문을 1년 단위로 저장했을 것이라고 추정했다. 갑골문에는 "책육冊六"·"편육𠬝六" 등이 있는데, 이는 귀판을 책冊처럼 엮을 수 있었다는 말이다. 𠬝은 '편編'자의 고문으로, 귀판을 연결해 엮어 책처럼 만들다는 뜻이다. 이는 모두 점복 당일 귀책을 저장했다는 증거가 된다.

동작빈의 이러한 기술은 그 내용에서 나진옥보다 훨씬 나았으며, 상나라 거북점의 방법에 대한 갑골학계 최초의 체계적인 장편 논문이었다. 그가 논의했던 점복법의 10가지 과정은 상나라 점복법을 전면적이고도 깊이 있게 정리했다. 뿐만 아니라 거북의 생물학적 특징, 점복용 거북의 다듬기, 거북점의 찬조鑽鑿 형태와 복사 새기기, 문례文例와 행의 배치行款 등 갑골학 연구의 많은 기초적인 명제를 포함했다. 그래서 이는 이전의 성과를 계승하고 미래의 연구를 열어 준 일목요연하고 명실상부한 서막이 되었으며, 이 글의 발표로 "많은 부분이 상실되었던" "심오하고 미묘한" 상나라 거북 점복법은 비로소 혼돈과 미망의 상태에서 벗어나 질서를 갖춘 존재가 되었다.

물론 동작빈의 이 글이 완벽한 것만은 아니어서 보충되고 수정되어야 할 곳도 적지 않다. 예컨대 당시 자료의 한계로 말미암아 단지 거북점에만 주의했을 뿐 뼈 점에 대해서는 상세하게 살피지 않았다는 것은 커다란 결점이다. 또 글에서의 명확한 오류는 "책육冊六"·"편육𠬝六"에 대한 해석인데, 육六은 바로 "입入"자를 잘못 해석한 것이다.[5] 이러한 기사 각사는 갑미甲尾 부위에 위치하여, 어떤 사람이 거북을 공납했다거나 문서로 편입시키는 책임을 맡은 사람을 기록한 것으로, 책冊과 편𠬝은 모두 사람의 이름이지 귀책龜冊으로 만들다는 뜻은 아니다. 하지만 이러한 것은 옥의 조그만 티에 지나지 않는다. 장병권은 일찍이 이렇게 말했다. "책입冊入"과 같은 기록이 물론 거북딱지를 책冊으로 만들어 보관했다는 분명한 증

---

5) 唐蘭, 「關于尾右甲卜辭－董作賓氏典冊卽龜版說之商榷」, 『國學季刊』 第5卷 3號, 1936 참조.

거가 되지는 못한다. 하지만 당시에 "문서로 편입시키는 과정은 존재했는데, 이는 성투成套 갑골이 질서정연하게 보관된 점이나 어떤 경우에는 하나의 갑골을 연속해서 여러 날 계속 사용한 것 등과 같은 몇몇 다른 현상에 근거해 추측할 수 있다. 이러한 일은 모두 보관을 담당하는 전문 인력과 저장을 위한 전문 장소가 있어야만 가능한 것이기에, 당시에 분명 문서로 편입시키는 것과 같은 작업이 존재했음을 말해 준다."[6]

동작빈의 뒤를 이어 많은 갑골 학자들이 동작빈의 논술에 대해 정교하고 상세한 수정과 진일보한 논의를 계속했다. 1931년 구윤민瞿潤緡은 「복골 고骨卜考」[7]를 발표해, 동작빈의 글에서 복골骨卜에 관한 부족한 부분을 보충하였다. 1936년에는 동작빈 자신도 계속해서 「골문 예骨文例」[8]를 발표해, 복골骨卜의 방법과 찬조鑽鑿 형태 및 복사의 문례文例에 관해 고찰했다. 1940년대 초에는 심계원沈啓元과 주운창朱耘蒼이 함께 「귀복 통고龜卜通考」라는 글을 5차례에 걸쳐 연속으로 발표했다.[9] 그 후 심계원은 또 「복골 중의 '요사' 및 기타卜辭中之繇辭及其他」[10]를 발표했는데, 이는 갑골복사의 조사兆辭에 관해 분석한 비교적 이른 시기의 글이다. 호후선은 「은대 복귀의 내력殷代卜龜之來源」,[11] 「무정 시기의 5가지 기사각사에 대한 고찰武丁時五種記事刻辭考」,[12] 「복사 동문 예卜辭同文例」,[13] 「복사 기사문자의 사관 서명 예卜辭記事文字史官簽名例」,[14] 「복사 잡례卜辭雜例」[15] 등을

6) 張秉權, 『甲骨文與甲骨學』, 臺灣國立編譯館, 1988, 67면.
7) 『燕大月刊』 第8卷 1期, 1931.
8) 『中央研究院歷史語言研究所集刊』 第7本 1分, 1936, 5~44면. 또 『董作賓學術論著』 下冊(臺北 世界書局, 1962), 735~774면, 『董作賓先生全集』 甲編 第3冊(臺北 藝文印書館, 1977)에도 수록됨.
9) 『華北編譯館館刊』 第1卷1~3期 · 第2卷1~2期, 1942.10.~1943.2.
10) 『眞知學報』 第3卷 2期, 1943.6.
11) 『甲骨學商史論叢』 初編 第4冊, 成都齊魯大學國學研究所專刊, 1944.
12) 『甲骨學商史論叢』 제3책.
13) 『中央研究院歷史語言研究所集刊』 第9本, 1947.
14) 『中央研究院歷史語言研究所集刊』 第12本, 1947.
15) 『中央研究院歷史語言研究所集刊』 第8本 3分, 1939.

발표하여, 상나라 점복법에서의 갑골의 내력, 복사와 간접 관계에 있는 갑교甲橋각사 · 갑미甲尾각사 · 배갑背甲각사 · 골구骨臼각사 · 골면骨面 각사 등 5가지 기사각사의 내용과 형식과 성질, 동문同文 복사의 문례文例와 동일 사건에 대한 여러 점同事多卜 및 갑골 상에서의 복사의 서수, 점에 사용한 갑골의 보관과 다듬기를 비롯해 서각書刻과 덧칠한 조兆와 같은 일련의 문제에 대해 논의했다.

현대의 과학 기술을 이용해 은허에서 출토된 갑골과 이와 관련된 분석 연구도 이미 일찍부터 시작되었다. 예컨대 병지秉志의 「하남 안양의 거북 딱지河南安陽之龜殼」,[16] 비앤卞美年(M. N. Bien)의 「하남 안양의 거북 유물河南安陽遺龜」,[17] 오헌문伍獻文의 「'무정 대귀'의 배딱지'武丁大龜'之腹甲」(Note On the Plastron of Testuds Emys Schl. & Mull From The Ruins of Shang Dynasty at Anyang)[18] 등은 은허의 점복용 거북의 종류와 생물학적 특징 및 학명 등을 감정하고 분석했다. 복골 상의 덧칠한 수식涂飾의 광물질 안료인 주사朱砂(硫化汞)와 식물성 염료인 탄묵炭墨의 과학적인 감정은 미국의 피쉬러皮其來(A. A. Benedetti-Pishler)의 「중국 복골 도색의 현미경 분석中國卜骨涂色之顯微分析」[19]과 미국의 중국학 연구자인 브리톤白瑞華(Roswell S. Britton)의 「복골 중의 염료卜骨中之顔料」[20]에서 소개되었다.

1950년대 진몽가는 일찍이 "소둔에서 나온 실물의 관찰을 통해 문헌의 기록을 보완했는데, 소둔의 점복에 사용한 갑골 재료 취득에서부터

16) 英文 보고서는 『靜生生物調査所彙報』 第1卷 13號(1930)에 보이며, 中譯本은 『安陽發掘報告』 第3期(1931)에 보인다.

17) M. N. Bien, On The Turtle Remains from the Archaeological Site of An-Yang, Henan, 『國地質學會會志』 第17卷 1號(*Bull. Geol. Soc. China, Vol.XVII*, No.1), 1937.

18) 『中央硏究院動植物硏究所集刊』 第14卷 1~6期, 1943. 提要는 『讀書通訊』 第79 · 80期 合本(1943)에 보인다.

19) A. A. Benedetti-Pichler, "Microchemical Analysis of Pigments Used in the Fossae of the Incisions of Chinese Oracle Bone", *Industrial and Engineering Chemistry*, Vol.9, No.3, 1937.

20) Roswell S. Britton, "Oracle-Bone Color Pigments", *Harvard Journal of Asiatic Studies*, Vol.2, No.1, 1937.

글 새기기刻辭까지의 과정을 약술했으며", 다시 다음과 같은 9가지 단계로 조리 있게 설명했다. ① 재료의 취득取材. 소둔에서 출토된 다듬질을 한 수많은 소 어깻죽지 뼈와 완전한 모습의 거북 배딱지와 등딱지 등은 점에 사용된 원시 재료들이다. ② 톱질과 깎기鋸削. 갑골의 가공 단계에 속하며, 복골의 경우 어깻죽지 뼈는 좌우의 구별이 있다. 골구骨臼 부분을 긴 면으로부터 절반이나 3분의 1쯤을 잘라 내어 월아月牙형으로 만들고, 또 구각臼角 부분을 잘라 내 정각正角에서 결구缺口한 형태가 되도록 만들고, 골판骨版 뒷면의 골수骨脊를 깎아 낸다. 골판을 편평하게 만들고 잘라 낸 척근脊根이 직각으로 오른쪽에 있으면 우갑골右胛骨이라 하고, 그와 반대면 좌갑골左胛骨이라 한다. ③ 깎아 갈기刮磨. 거북딱지 정면의 표피상의 아교질의 비늘을 제거하고 앞뒷면의 높고 두터운 울퉁불퉁한 부분을 깎아 편평하도록 간다. 어깻죽지 뼈 앞뒷면의 톱으로 자르고 깎은 부분도 깎아내고 간다. ④ 찬조鑽鑿. 갑골의 뒷면에 파는 것이 일반적이며, 일정한 규칙이 있다. ⑤ 지지기灼兆. ①~④까지는 모두 점복의 준비 과정이며, 지지기灼부터가 점복 행위의 시작된다. 언제나 갑골 뒷면의 조鑿의 좌우로 가까운 옆이나 찬鑽의 중간에 지지며, 이는 갑골 앞면의 조兆가 갈라져 복卜자 모양으로 갈라지게 한다. 만약 뒷면에서 불로 지진 찬鑽이 왼쪽에 있으면 앞면의 갈라진 조兆는 오른쪽으로 향하게 되는 것이 원칙이다. 거북딱지의 중간선 혹은 중척中脊을 기준으로 배딱지든 등딱지든, 왼쪽 딱지든 오른쪽 딱지든 관계없이 조兆는 일률적으로 중간선이나 중척中脊을 향하게 된다. 어깻죽지 뼈의 경우는 대체로 척골脊骨(골구骨臼의 절구切口) 쪽으로 나타나게 된다. ⑥ 글자 새기기刻辭. 불로 지지고 갈라진 흔적兆이 나타나면, 그 다음엔 글을 새긴다. 복사를 새길 때에는 늘 상 상관된 조兆의 부근에다 새기는데, 앞면에 새기는 경우가 많지만 뒷면에 새긴 경우도 있다. ⑦ 글자쓰기書辭. 갑골의 뒷면에는 또 붉은 색이나 검은 색으로 글자를 새긴 경우가 있다. 하지만 글자 쓰기書辭와 글자 새기기刻辭가 동시에 이루어지는 것만은 아니다. ⑧ 글자 덧칠涂辭. 이는 새긴 글자에 색깔을 채워 넣는 것을 말하는데, 종종 큰 글자에는 붉은 색을, 작은 글자에는 검은 색을 채워 넣었다. ⑨ 조 새기기刻兆. 이는 글자 덧칠涂辭과 함께 특히 무정 때 성행했다. 개략적으로 말하자면, 은나라 사람들은 점을 칠 때 업무를 분장했지 결코 한 사람이 모든 것을 담당했던 것이 아니다. 점복의 순서는 점복 이전의 준비 단계인 거북의 들여오기와 거북 선택・톱으로 깎기와 줄로 갈기・찬조鑽鑿 파기, 점복 단계인 명귀命龜・거북지지기灼龜・점귀占龜・각사刻辭 등, 점복 이후 단계인 험사驗辭 기록・문서 보존 처리 등으로 나누어진다. 진몽가는 특히 은허의 점복에 사용되었던 갑골에는 "왕실과 왕실이 아닌 것의 구분이 있었음"을 지적하면서, 갑골 점복의 응용 목적이나 상황(의식용인지 일상용인지) 등에 주의해야만 하며, 점복 주체의 계급신분(왕실・귀족 혹은 일반인), 점을 치는 사람의 신분(전문적인 점복관인지 일반인지, 왕실의 점복관인지 일반의 점복관인지 등), 갑골에 표현된 형태와 재료 등에 대해서도 주의해야 한다고 했다. 예컨대 왕실의 점복인 경우 점복관이 전문적으로 관리하였으며, 각사를 할 때에는 신중히 하고 징험을 살폈고, 주로 의식 때 사용되었으며, 문서를 보존 처리하기 위한 기호 등이 있지만 정교하고 세밀하게 다듬었다. 왕실 이외의 일반적인 점복에는 식용의 소・양・돼지・사슴 등을 골료로 사용했으며, 다듬기도 조략했다.[21]

은허의 점복용 갑골에 "왕실의 것과 왕실의 것이 아닌 구분이 있다"고 한 진몽가의 지적은 대단한 선견지명이다. 문헌의 기록에 의하면, "천자의 거북은 1자 2치寸, 제후는 8치, 대부는 6치, 사민士民은 4치"라고 했는데,[22] 고대의 점복용 거북에 크고 작은 등급의 구별이 있었음을 알 수 있다. 최근 유일만劉一曼은 이렇게 지적했다. "은나라에는 서로 다른 등급과 신분의 차이에 의해 사용된 점복용 거북에 일정한 차이가 존재했느냐에 대한 대답은 긍정적이다. 은허의 서로 다른 6곳의 유적지에서

---

21) 陳夢家, 『殷虛卜辭綜述』, 科學出版社, 1956, 19~29면.

22) 『太平御覽』 卷931 "鱗介部三"에서 인용한 『逸禮』.

출토된 복갑의 수량과 크기에는 분명 차이가 존재한다. 즉 소둔에서 나온 복갑이 가장 많아 수만 편을 헤아리며, 큰 복갑도 가장 많아 최고 큰 경우에는 44센티미터나 된다. 후가장侯家莊의 남쪽 지역에서 나온 대귀 7판은 27~29센티미터 정도 된다. 화원장花園莊 동쪽 지역의 H3 갑골갱坑에서는 복갑이 1천5백여 판이 출토되었는데, 큰 거북의 수량도 적지 않아 최고 큰 복갑은 약 34.5센티미터에 이른다. 이상의 3곳을 제외한 은허의 9곳의 유적지에서 출토된 복갑의 총 숫자는 6백 편도 되지 않는다. 게다가 모두 비교적 작은 크기의 복갑으로, 지금까지 28센티미터 이상의 큰 복갑은 아직 발견되지 않았다." 그 원인의 하나는 "복갑의 점복주체의 신분 차이", 즉 왕·귀족·평민·소귀족 등의 구분이 있었기 때문이다. 다른 하나는 "거북딱지의 내력과 관련된 것으로", 왕의 점복에 사용된 거북은 대부분 각지에서 올라온 공물이었지만, 평민이나 소 귀족들은 일반적으로 자신들이 있던 곳이나 부근에서 생산된 1자 남짓한 다소 작은 크기의 거북을 사용했으며, 특히 큰 거북은 등급·권력·지위를 나타내 주는 일종의 표지물이었기 때문이다.[23]

1950년대 이후, 대만의 장병권은 「'길'에 대해서-'상길'·'소길'과 '대길'·'홍길'의 비교 연구說"吉"-"上吉""小吉"與"大吉""弘吉"的比較研究」,[24] 「은허 점복 거북의 복조 및 관련 문제殷虛卜龜之卜兆及其有關問題」,[25] 「점복 거북 배딱지의 서수卜龜腹甲的序數」,[26] 「성투 복사를 논함論成套卜辭」,[27] 「갑골문의 발견과 골복 습관의 고증甲骨文的發現與骨卜習慣的考證」,[28] 「갑골문에 보이는 숫자甲骨文中所見的數」[29] 등의 논문을 발표했다. 여기서 갑골 점복

23) 劉一曼, 「安陽殷墟甲骨出土地及其相關問題」, 『考古』, 1997年 第5期.
24) 『中央研究院歷史語言硏究所集刊』 第23本, 1952.
25) 『中央研究院院刊』 第1輯, 1954.
26) 『中央研究院歷史語言硏究所集刊』 第28本 上冊, 1956.
27) 『慶祝董作賓先生六十五歲論文集』, 『中央研究院歷史語言硏究所集刊外編』 第4種 上冊, 1960.
28) 『中央研究院歷史語言硏究所集刊』 第37本 下冊, 1967.
29) 『中央研究院歷史語言硏究所集刊』 第46本 3分, 1975.

재료의 수집과 저장, 갑골 다듬기, 점 쳐 물어본 사류事類, 불로 지지기, 조兆의 변별과 길흉의 판단, 조兆 새기기, 조兆를 기록한 술어, 글자 새기기書契, 징험의 기록과 문서 보존, 점복의 순서에 관한 소위 '서수序數', 5개의 거북이 한 조가 된 "성투 복사成套卜辭"(호후선이 말했던 "동문 예同文例"와 비슷하다)를 비롯해 갑골 출토지의 전국적 분포와 연대 등에 대해서 세밀하게 고찰했다. 요종이饒宗頤는 「복조의 숫자 기록으로부터 은나라 사람들의 수에 대한 관념을 추측함由卜兆記數推測殷人對于數的觀念」[30]에서 갑골상에 표기한 은나라 사람들의 점복 순서에 관한 숫자를 이용해 당시의 숫자에 관한 관념을 논의했다. 유연림劉淵臨은 「은대의 귀책殷代的龜冊」[31]과 「은허 '골간' 및 관련 문제殷虛'骨簡'及其有關問題」[32]를 발표했다. 앞의 논문은 무정 때의 일종의 특수한 "형태를 고친 등딱지改制背甲"에 관해 고찰했다. 거북의 등딱지를 중척中脊을 중심으로 절반으로 자르고, 그 좌우의 비교적 평탄한 등딱지 부분을 취해 각기 모양을 타원형으로 만드는데, 모양이 신발 밑창처럼 생겨 거북을 불로 지지면 조兆가 잘 나타나게 한다. 형태를 고친 등딱지의 중간 부분에 찬鑽이라는 작고 둥근 구멍을 하나 파 다른 것들과 연결시키기 위해 꿰는 데 사용되었다. 유연림은 그 형체·크기·성질 등 내용에 근거해 이를 "귀책龜冊"이라 불렀다. 뒤의 논문에서는 복골의 톱질의 흔적·서수序數와 복수卜數 등의 내용에 대해 논의했다. 특히 그는 갑골의 복조卜兆의 숫자에는 두 가지 부류가 있는데, 하나는 서수序數로 점복의 순서를 매긴 순서이며, 다른 하나는 복수卜數로 한 사건에 대한 점복의 숫자를 말한다고 했다. 성투成套 복사에서는 한 가지 사안을 몇 개의 거북으로 점을 쳤으며, 몇 개의 거북을 사용했다는 것은 바로 이 사안에 대해 몇 차례의 점복을 거행했다는 의미이다. 각각의 거북의 복조卜兆에 동일한 숫자를 새겨 두었는데, 이 숫자

30) 『中央硏究院歷史語言硏究所集刊外編』 第4種 下冊, 1961.
31) 『東吳大學中國藝術史集刊』 第2卷, 1972.
32) 『中央硏究院歷史語言硏究所集刊』 第39本 上冊, 1969.

는 몇 번째 점이었는지를 나타낼 뿐, 같은 판同版에서의 숫자에 선후의 구별은 없다. 유연림은 서수序數와 복수卜數의 상호 구분에 관해서도 밝혔는데, 과거 이에 대한 오해로 생겨났던 복법卜法 연구의 혼란상을 바로잡았으며, 지금까지도 중요한 가치를 가지고 있다. 팽유상彭裕商은 최근 「은대 점복법 초탐殷代卜法初探」[33]에서 갑골복사의 시기구분법의 인식에 근거해 소위 초기와 후기 복법의 원칙을 분석했다. 이를 통해 초기에 속하는 빈賓조·사𠂤조·역歷조·출出조 등과 후기에 속하는 출出조 2류·하何조·황黃조 및 무명조 간에는 복법에서 많은 차이가 있었다고 했다. 예컨대 초기의 빈賓조의 복수卜數는 많은 경우 22번 점을 친 것도 있지만(『합집』 1,656편 임신복壬申卜의 긍정-부정 2복사),[34] 후기는 3번 점을 쳤다는 특색을 가진다. 하지만 팽유상의 논문에서 갑골에 점복의 차례를 표시한 서수와 복골의 투수套數(즉 임연림劉淵臨이 말한 "복수卜數")를 통합적으로 보고서, "결코 어떤 구별이 있는 것이 아니다"라고 했고, 또 후기 복사에는 "성투成套 갑골이 없다"고 한 것은 그다지 정확한 결론이 아니다. 그 외에도 논문에서 "엄일평嚴一萍선생이 일찍이 제기한 소위 '성투成套 복사'의 현상"이라는 표현도 잘못으로, 장병권張秉權의 학설이라고 해야만 옳다. 주목할 만한 것은 민족학적 조사 자료를 통해 이미 실전된 고대의 갑골점복 습속을 복원하고 증명한 것으로, 이는 갑골학계에 커다란 시사점을 가져다주었다는 점이다. 이러한 방면의 성과로는 임성林聲의 「이족·강족·납서족의 '양 복골'에 관한 기록記彝·羌·納西族的'羊骨卜'」[35]과 「운남 영승현 이족(타로인)의 '양 복골'의 조사와 연구雲南永勝縣彝族(他魯人)'羊骨卜'的調査和硏究」,[36] 왕녕생汪寧生의 「이족과 납서족의 '양 복골'-고대의 갑골 점복 습속을 다시 논함彝族和納西族的羊骨卜-再論古代甲骨占卜習俗」,[37]

33) 『夏商文明硏究』, 中州古籍出版社, 1995.

34) 『合集』 1,656편의 壬申卜 正反 두 복사를 확인한 결과 가장 높은 숫자는 "十"이다. 그래서 "卜數가 가장 많은 경우 22번에 이른다"는 것은 사실이 아니다.

35) 『考古』, 1963年 第3期.

36) 『考古』, 1964年 第2期.

아비해방俄比解放의 「고대 이족 문자와 이족 복골의 갈라진 흔적의 관계에 관한 탐색古彝文與彝族骨卜裂紋的關係探微」,[38] 과아간戈阿干의 「납서 동파 복골과 상형문 골복서納西東巴骨卜和象形文骨卜書」,[39] 장순덕張純德의 「이족의 점복술彝族的占卜術」[40] 등이 있다. 중국 서남부의 일부 소수민족에게서 양의 어깻죽지 뼈羊胛骨로 점복을 했던 습속이 장기간 존재해 왔다. 점복의 범위도 출행出行이나 장사·타지에 있을 때·수렵·농사의 파종·축양畜養·집짓기·이사·장례·소송·이혼·원수 갚음 등이 포함되어 일상생활의 갖가지 측면이 모두 언급되어 거의 포함하지 않는 것이 없을 정도였으며, 모든 일을 언제나 점복에 근거해 결정했다. 점을 치는 사람은 일반적으로 모두 해당 민족의 무사巫師로, 사천 양산凉山의 이彝족의 경우 마을마다 거의 한 두 사람씩 있었다. 하지만 그들은 양 뼈 점복으로 생계를 유지하는 것은 아니어서, 점복이 아직 그 사회에서 하나의 전문적인 직업으로 형성되지는 않았다. 단지 "점을 잘 치는" 사람이 특별한 영험으로 이름이 났고, 알지도 못하면서 아는 체를 했다면 여론의 질책을 받을 정도였다. 점에 사용한 재료는 양의 어깻죽지 뼈를 위주로 했으며, 양산凉山의 이彝족은 간혹 소나 돼지의 어깻죽지 뼈를 사용하기도 했다. 또 닭의 뼈나 계란을 사용한 점을 비롯해 일종의 대쪽竹籤을 헤아리거나 나무에 새긴 숫자에 의한 점복법을 사용하기도 했다. 점복에 사용된 양의 어깻죽지 뼈는 평소 사용할 때를 대비해 저장해 두었는데, 반드시 직접 죽이거나 제사를 위해 산채로 때려잡은 양을 사용해야 했으며, 특히 제사의 희생물로 썼던 어깻죽지 뼈는 가장 영험이 있는 것으로 생각되었다. 만약 병으로 죽었거나 야수에 물려 죽은 경우에는 그 뼈를 점복에 사용할 수 없었다. 뼈에 붙은 고기는 칼로 도려내거나 손으로 찢

37) 『文物與考古論集』, 文物出版社, 1986.
38) 『考古與文物』, 1997年 第4期.
39) 『國學硏究』 第4卷, 北京大學出版社, 1997.
40) 『雲南民族學院學報』, 1994年 第4期.

어 버려야지, 입으로 물어뜯으면 영험이 없는 것으로 간주되었다. 이러한 뼈는 실내에 두는 것이 금기시되었고, 일반적으로는 실외의 담벼락 밑이나 나뭇가지에다 두어야 했다. 각 지역의 민족마다 양골을 사용한 점복 방법은 분명 차이를 보이지만 그 구체적 순서는 대체로 다음과 같이 귀납할 수 있다.

① 축도祝禱. 이는 점복 전에 점복에 쓸 양 뼈를 송축하는 말로, 양 뼈의 영험함을 송축한다. 다만 사천 양산凉山의 이彝족이 운남 이彝족인 타로인他魯人보다 훨씬 복잡한데, 그들은 송축할 때 각종 신의 이름을 열거하며, 복골이 그들과 의논하여 계책을 마련해 줄 수 있길 빈다. 그리고 운남의 강羌족은 손에 생보리青稞를 들고 소나무 가지를 불태우며 축도 의식을 거행한다. 축도를 하면서 점을 주관하는 사람이 점을 칠 사안에 대해 말한다.

② 제사祭祀. 이는 점을 치기 전 복골의 상징성을 받아들이고 음식물을 드리는 제사를 말한다. 타로인他魯人은 양의 어깻죽지 뼈에게 쌀을 먹이며, 강족羌族은 생보리青稞를 태우고, 납서인納西人은 양의 어깻죽지 뼈에다 밀小麥을 흩뿌린다.

③ 불로 뼈 지지기灼骨. 여기에 이르러서야 점복행위가 비로소 정식으로 시작된다. 복골은 사전에 다듬거나 찬조鑽鑿를 파지 않고, 척脊이 없는 면 즉 뼈의 뒷면에 직접 불로 지지게 되며, 그러면 척脊이 있는 면 즉 복골의 정면에는 조兆가 나타난다. 점복관은 쑥으로 만든 솜艾絨이나 건초를 꼬아서 둥근 기둥 모양이나 콩 모양으로 쌓아 양의 어깻죽지 뼈의 등뼈가 없는 면에 놓는다. 불을 붙인 끈을 뼈의 주위로 몇 바퀴 돌리고, 뼈 위에 놓인 쑥 솜이나 건초에 불을 붙인다. 일반적으로는 골선骨扇의 넓고 엷은 부분에서부터 태우기 시작하며, 한 줄 한 줄씩 차례로 골구骨臼 방향으로 태워 나가고, 골면이 불로 지진 흔적으로 가득할 때까지 계속하는데, 하나의 뼈는 8~9번에서 십 수차례까지 불로 지진다. 점을 치는 사람은 주문을 외우기 시작하고, 쉴 새 없이 입으로 불어 불이 꺼지지 않도록 한다. 어떤 때에는 복골의 정면에도 신속하게 불을 한번 붙여 골면

에 경미한 갈라진 흔적이 나타나도록 해야 하는 경우도 있다. 이때가 되면 점치는 사람은 복골을 입가에 갖다 놓는데, 이는 기도를 드리는 모든 일이 이미 복골에게 전달되었음을 상징한다. 그러다가 다시 갑자기 뼈를 땅에 내던지거나 복골을 땅을 향하게 하여 가볍게 한 번 두드린 후 땅에 몇 초간 내려놓아, 천지신명에게 그 소리를 듣게 한다. 여기에서 뼈를 불로 지지는灼骨 과정은 일단락된다. 양산凉山의 이족彝族은 정식으로 점을 치기 전, 일종의 특수한 "시험 점복試卜"을 거행하는데, 시험 점복에서 영험이 있으면 다시 정식 사안의 점복으로 옮겨 가고 그렇지 않으면 날짜를 바꾸어 다시 점을 친다. 정식 사안에 대한 점복은 중복해 치는 것이 관습이었다. 전체 사안의 길흉화복에 대해서도 점을 치지만 구체적인 대응 방법에 대해서도 알려주길 기구한다. 어떤 때에는 한 가지 사안에 여러 번 점을 쳐, 몇 번 혹은 십 수번까지 반복해서 계속 점을 친다. 마서摩西의 이족彝族의 면양 어깻죽지 뼈를 이용한 점복은 일반적으로 한 가지 사안에 대해 세 번 점을 친다. 즉 전체 점복이 삼복三卜으로 되어, 한 가지 사안에 세 번 점을 친 후에는 더 이상 점을 칠 필요가 없다. 세 번 친 점이 모두 길하거나 두 번이 길하면 그것은 길한 것이 되고, 그와 반대면 흉한 것이 된다. 운남 납서족納西族과 강족羌族은 대체로 한 가지 사안에 대해 한 번만 점을 친다.

④ 점괘의 해석釋兆. 점을 치는 사람은 혀로 핥고, 엄지손가락으로는 복골의 불이 붙었던 곳을 눌리고, 꼬집고, 문지른다. 침을 이용해 쑥 솜과 건초가 타고 남은 재를 척脊이 있는 면에다 가볍게 발라서 조兆의 무늬가 분명하게 드러나게 한다. 양산凉山의 이족彝族은 조兆의 무늬를 천天·지地·주主·객客의 네 부분으로 나누는데, 천天은 양의 어깻죽지 뼈의 넓고 얇은 윗부분을, 지地는 골구骨臼가 있는 아래쪽을 말하며, 천天과 지地 사이의 대비 관계로써 길흉을 결정한다. 주主는 골척骨脊이 있는 방향으로, 자신들의 방향을 상징하며, 그와 반대 방향이 객客으로 적의 방향을 상징한다. 마서摩西의 이족彝族은 이를 고각辜角·길지吉智·복福·비比로 부른다. 타로인他魯人도 천天·지地·주主·외外로 부르며 지칭하는 내용도 동일하다. 하지만 조兆의 무늬에 대한 해석은 종종 지역에 따라 다르고, 사안에 따라 달라지며, 사람에 따라 서로 달라진다. 조兆의

모양은 상길上吉·길吉·중中·평平·불길不吉 등으로 나누어진다.

⑤ 처리處理. 이미 사용한 복골의 처리를 말하는데, 납서족은 한데 모아서 산자락에 묻거나 태워버리지 제멋대로 버리지는 않는다. 그렇지 않으면 재앙이 일어나거나 적어도 점을 친 사람이 더 이상 영험하지 않게 된다고 믿는다. 양산의 이족彝族은 사용한 복골을 한데 모으되, 집 안에 두는 것을 꺼려 집 밖의 담 옆에 두는 것이 일반적인데, 아직 사용하지 않은 뼈와 함께 두어도 무방하다. 특별히 영험했던 복골은 기념품으로 보관하기도 하지만 극히 드문 경우이다.

이렇게 볼 때, 중국 서남부의 소수민족에게서 유행했던 양 어깻죽지 뼈를 이용한 점복 습속은 은허의 갑골 점복과 일부 유사한 점이 있다. 그것은 주로 점복 전의 뼈에 대한 제사祭骨, 점복 때 복골의 뒷면에 불로 지지고 점복을 할 사안에 대해 기도를 하는 것, 그리고 복골의 정면에 나타난 조兆를 살피고, 한 가지 사안에 대해 여러 번 점을 치거나, 한 가지 사안에 대해 세 번 점을 치는 것을 비롯해, 점복에 사용한 복골의 몇몇 처리방법 등에서 표현되고 있다. 예컨대 점복 전의 뼈에 대한 제사祭骨는 동작빈이 말했던 은허 갑골 점복 과정에서의 "흔료釁燎"와 매우 유사하다. 복골의 뒷면에 불로 지지고 정면에 나타나는 조兆를 관찰하는 것도 은허의 갑골과 같다. 하지만 은허 갑골의 경우 정면과 뒷면 모두에 조鑿를 파고 불로 지진 경우가 있는데, 『갑』 2,907편의 경우 복골의 정면에 조鑿의 흔적이 있다. 1971년 소둔 서쪽 지역에서 출토된 21점의 복골의 경우, 혹은 정면에 혹은 뒷면에 모두 조鑿를 파고 불로 지졌다.[41] 하지만 이러한 복골이 자주 보이는 것은 아니다. 불로 지질 때 복골을 향해 점을 칠 사안을 알리고 기도하는 것도 상나라 점복법에서의 "명귀命龜"와 비슷하다. 검은 재로 양의 어깻죽지 뼈의 정면에 가볍게 발라 조兆의 무늬가 분명하게 드러나게 하는 것은, 은허 갑골에서 조兆를 새기고

41) 中國社會科學院考古研究所編著, 『殷墟的發現與研究』, 科學出版社, 1994, 154면. 卜骨은 『屯南』 附冊 1~10에 보인다.

붉은 색이나 검은 색을 입히고 복사를 새길 때 붉은 색과 검은 칠을 한 것의 원초적 의미가 어디에 있는지를 검토하는 데 도움을 준다. 은허 갑골에서 조나 복사를 새길 때 붉은 색이나 검은 칠을 했던 것은 주로 무정 때에 이루어졌는데, 진몽가는 그 당시 종종 크기가 큰 글자에는 붉은 색을 작은 글자에는 검은 색을 채워 넣었다는 사실을 지적하기도 했다. 하지만 최근 들어 은허의 화원장花園莊에서 출토된 갑골문에서는 작은 글자에 붉은 색이, 조금 큰 글자에 검은 색이 칠해진 것이 발견되기도 했다.[42] 이것의 상징에 대해서는 의견이 분분하다. 어떤 학자는 "붉고 검은 색을 칠한 것은 장식미를 위한 것이며",[43] "그 목적은 글자를 드러나게 하기 위한 것이다"[44]고 했다. 또 어떤 학자는 글자를 새기기 위한 초안과 관련이 있다고 주장하면서, "아마도 골료에다 먼저 색칠을 해둠으로써, 글자 획을 관찰하고 파악하는 데 용이하도록 했을 것이며, 그런 후에 문질러 닦아버리면 글자 획 속으로 색깔이 들어가 매우 분명하게 드러나게 되는데, 출토된 어떤 글자들에 칠해진 붉은 색은 아마도 모종의 종교의식과 관련되어 그 신비적 색채를 더하고자 한 것일 가능성이 높다"고 하기도 했다.[45] 왕우신에 의하면, "갑골에 검은 색을 칠한 것은, 글자를 새길 때 흰색의 필획이 잘 드러나도록 하기 위한 것이며, 이로써 새긴 글자와 아직 새기지 않은 글자의 위치가 쉽게 구분되었다"고 했다. 글자를 다 새긴 후 검을 색을 칠하면, 글자의 입구字口에 자연히 검은 색이 남게 되고, 문자도 눈에 잘 드러나게 된다. 하지만 붉은 색을 칠한 것은 글자를 새기는 것과 큰 관계가 없어 보인다. 그것은 붉은 색을 오래 보면 눈이 어지러워지고, 게다가 갑골문에서 붉은 색을 칠한 큰 글자는 대부분 중요한 내용이기 때문이다. 그래서 "단지 '미관'을 위한 것만은

42) 劉一曼, 「殷墟花園莊東地甲骨坑的發現及主要收獲」, 『甲骨文發現一百周年學術研討會論文集』(1898～1998), 206면, 臺灣師範大學國文系·中央研究院歷史語言研究所, 1998.
43) 董作賓, 『殷虛文字乙編』 上輯 序, 商務印書館, 1948.
44) 胡厚宣, 「釋雙劍誃所藏甲骨文字」, 『甲骨六錄』, 成都齊魯大學國學研究所專刊, 1945.
45) 趙銓·鍾少林·白榮金, 「甲骨文字契刻初探」, 『考古』, 1982年 第1期.

아닐 것이며, 분명 일정한 종교 신앙이나 제사의식과 관련 있을 것이다." 그리고 조兆를 새기면서 붉은 색이나 검은 색을 칠한 것은 "조兆의 무늬를 잘 알아보지 못해 글자를 새길 때 '조兆를 침범할까' 하는 염려 때문이었다. 즉 새긴 복사가 복조卜兆와 상충되지 않도록 하기 위한 것이었다.[46] 지금 색칠된 갑골문 자료를 보면, 붉은 색을 칠한 것도 있고 검은 색을 칠한 것도 있으며, 각사의 경우 자주색을 칠한 것도 있고(『갑』 2,578편) 누런색을 칠한 것도 있으며(『갑』 2,800편) 빨간 색을 칠한 것도 있다(『갑』 2,671편). 그래도 붉은 색과 검은 색이 다수를 차지하고 있으며, 색칠을 한 것은 어떤 점복 심리나 특정한 종교 관념과 관련되어 있어 보인다. 그러나 양산凉山 이족彝族의 점치는 사람이 검은 재를 양의 어깻죽지 뼈의 정면에 가볍게 발라 조兆의 무늬를 드러나게 한 것을 보면, 적어도 "눈에 드러나게 하기 위한 것"이라는 설도 일리가 있다 하겠다.

서남부 소수민족 중에는 복골의 조兆의 무늬를 천天·지地·주主·객客의 네 부분으로 나누고, 손에 쥔 골구骨臼 쪽이 "지地" 즉 아래쪽으로, 골병骨柄을 위로 향하게 한 경우가 보인다. 이것은 상나라의 점복용 소 어깻죽지 뼈의 상하 위치 및 복사 문례에서 복골 상의 선후 순서를 정확하게 이해하는 데 대단히 시사적이다. 아마도 상나라 당시에도 골구骨臼 쪽을 아래쪽으로 삼았을 것인데, 이는 복골 상의 복사를 읽는 방법이 일반적으로 모두 아래로부터 위로, 골선骨扇의 넓은 부위로부터 위쪽의 골구骨臼 방향으로 거꾸로 읽어 나간다는 사실로부터 알 수 있다. 바꾸어 말해서, 은허의 복사가 골선骨扇의 넓고 얇은 부위인 윗 방향으로부터 골구骨臼가 있는 아래 방향으로 차례차례로 새겨 나갔다. 다만 글자를 새길 때, "조작의 편의를 위해(분명 꽉 쥔 골구骨臼는 어떤 물건으로 받쳐 놓았을 것이다) 골구骨臼를 위쪽으로 했던 것일 뿐이며",[47] 직선으로 세로로 써 내려

46) 王宇信, 『甲骨學通論』, 中國社會科學出版社, 1989, 120～122면.
47) 汪寧生, 「彝族和納西族的羊骨卜－再論古代甲骨占卜習俗」, 『文物與考古論集』, 文物出版社, 1986.

감으로써 골선骨扇을 아래로 향하게 하는 시독視讀 습관이 생겼던 것이다.

사용한 복골의 마지막 처리에서, 납서족은 한데 모아서 산자락에 묻거나 태워버린다고 했다. 『예기』「곡례曲禮」 상上에서 "제사 때 쓰는 옷이 헐면 태워버리고, 거북과 점대가 헐면 묻어버린다祭服敝則焚之, 龜筴敝則埋之"고 했는데, 정현의 주석에서 "이는 모두 타인에 의해 더렵혀지지 않게 하기 위함이다"고 했다. 『백호통白虎通』 제7권의 「시귀蓍龜」에서는 "시초와 거북이 망가지면 묻어버리는데 그것은 무엇 때문인가? 그것을 존중해 그 존엄함이 다른 사람들에 의해 더럽혀지지 않게 하기 위해서이다 蓍龜敗則埋之何? 重之不欲人褻尊者也"고 했다. 이러한 말을 참고로 하면, 이러한 처리가 "다른 사람에 의해 더렵혀지지 않게 하기 위함이고", 갑골을 모독함으로써 재앙을 불러오지 않도록 하기 위함이었다. 이러한 관념은 그 유래가 매우 오래되어 상나라까지 거슬러 올라간다. 1940년대 말, 동작빈은 일찍이 은허 발굴 자료에 근거해, "점복이 이미 끝나면 거북딱지로 만든 책龜冊을 갈무리해 보관했다"는 자신의 초기의 견해를 수정하면서, 은나라 사람들이 갑골을 처리하던 최종의 방법에는 대체로 "보존存儲", "매장埋藏", "산일散佚", "폐기廢棄" 등 네 가지가 있다고 했다.[48] 여기서는 동작빈의 설에 대해 보충해 서술하고자 한다.

첫째의 "보존存儲"은 의식적으로 보존함을 말한다. 동작빈은 은허의 제1차 고고 발굴에서 제9갱에서는 1·2·5기 때의 갑골이, 제3차 발굴 때의 "대련갱大連坑"에서는 1·2·3·5기 때의 갑골이 발견된 사실을 들어, 이 두 갱坑이 무정·조경·조갑에 이르는 비교적 긴 세월 동안 갑골을 보존해 두던 곳이었으나 이후 사용이 정지되었다가 제을 때에 이르러 다시 보존 창고를 열어 계속 사용한 것으로 보인다고 했다. 제4차 발굴 때 발견된 E16의 깊은 구덩이深竇에서는 1·2기 때의 갑골만 발견되었는데, 조갑 때에 무너져 내리는 바람에 폐기되고 말았으며, 거기에 보

48) 董作賓, 「自序」, 『殷虛文字甲編』, 商務印書館, 1948.

존되었던 것들은 오늘날에 이르러서야 다시 빛을 보게 되었다. 의식적으로 보존했다는 가장 명확한 증거는 바로 소둔촌 북쪽의 주朱씨 땅의 지하에서 나온 제을 때의 인방人方의 정벌에 관한 복사인데, 그 대부분이 외지에서 약 1년간에 걸쳐 점을 친 것들로, 천리 길을 멀다 않고 수도로 실어가 보존했던 자료이다. 소둔촌의 가운데 지역에서는 3·4기 때의 복골이 집중적으로 출토되었고, 원수洹水 북쪽의 후가장侯家莊 남쪽 지역에서 발견된 6편의 배딱지와 8편의 등딱지는 한 저장고 속에서 포개진 채 출토되었는데, 이들은 모두 문서로 보관되던 자료였다. 1973년 소둔의 남쪽 지역의 출토를 보면, H17 회갱灰坑은 "갱의 벽이 비교적 직선이고, 바닥은 평평하며, 갱의 안쪽은 순정한 황토로 채워졌고, 무더기를 이룬 갑골이 층층이 눌려진 채 포개져 있었으며, 복골의 중간에는 다른 물건이 섞여 있지 않았다." 이 갱에서는 복갑과 복골 165편이 출토되었는데, 그중 글자가 있는 복갑이 2편, 복골이 135편이었다. H24 회갱에서는 복사가 새겨진 갑골 1,315편이 발견되었는데, 그중에는 커다란 소 어깻죽지 뼈도 50여 편이나 포함되어 있었지만, 복갑은 없었다. 또 "갱의 입구 아래서부터 곧바로 빽빽하게 쌓여 무더기를 이룬 복골이 발견되었는데, 골판 사이에는 거의 조그만 틈조차 없었으며", "복골 무더기 사이에는 어떤 다른 것도 들어 있지 않았다."49) 이외에도 1973년 소둔 남쪽 지역의 발굴 지역의 동편 T44~54 등 몇 개의 시험 측정 갱위와 층위에서, 한꺼번에 20여 편의 복순卜旬 복골이 발견되었다. 이들은 모두 일정한 규격에 따라 톱으로 잘라 가공을 한 후, 다시 찬鑽과 조鑿를 팠고 불로 지졌으며 문자를 새겼던 것들이다. 선택 사용되었던 것이 왼쪽 어깻죽지 뼈면 톱으로 자른 후에는 모양이 되고, 오른쪽 어깻죽지 뼈면 모양이 되는데, 고고 발굴자들의 추측에 의하면 이곳은 "한데 모아 보존하던

49) 中國社會科學院考古硏究所編著, 『殷墟的發現與硏究』, 科學出版社, 1994, 155면. 또 「1973年小屯南地發掘簡報」, 『考古』, 1975年 第1期를 참조. 이 둘 간의 갑골 숫자는 서로 차이가 있는데, 앞의 책에 근거했다.

장소"라고 한다.[50] 1991년 은허의 화원장花園莊 동쪽 지역에서 발견된 장방형의 규격화된 H3 갑골갱의 경우, 갱의 벽 아래 위쪽으로 출입이 가능한 굴이 만들어져 있었는데, "전적으로 갑골을 매장해 보관해 두었던 곳을 파헤친 것"이며, 이 또한 의식적으로 "보존"했다는 것의 방증이 된다. 갱 속에서 갑골 1,583편이 출토되었는데, "서로 쌓여 대단히 빽빽하게 눌려져 있었으며, 갑골 무더기 사이에는 거의 틈조차 없었다." 그중 복갑이 절대 다수를 차지해, 1,558편이었으며, 각사가 기록된 것이 574편이다. 복골은 25편으로, 5편에는 각사가 기록되어 있다. 이들은 모두 "자子"라는 가족에 속하는 복사들이다. 갑골을 방치하던 이러한 상황은, "먼저 몇몇 완전한 복갑을 갱의 구석에 세로로 세우고, 그런 후에 다시 대량의 갑골을 갱 속에다 거꾸로 넣었으며, 다 넣고 나면 흙을 덮어 버리고, 달구로 단단하게 다졌음을 보여준다."[51] 당연히 이들은 모두 먼저 한데 모았다가 저장한 후 매장을 한 것들이고, 게다가 대부분 복갑과 복골을 분리 매장했었다. 이외에도 화원장花園莊에서 출토된 점복용 거북을 보면, 둥근 원을 뚫은 것이 비교적 많다. 그중 한 부류는 점복이나 복사를 새긴 후에 비로소 뚫은 것인데, 이는 점복을 했거나 이미 복사를 새긴 몇몇 복갑이 갈라져 떨어져 나가는 바람에 보존해 두기가 불편하자, 점복관이 갈라져 떨어져 나간 주변에 작은 구멍을 뚫고, 다시 가는 끈으로 그것들을 함께 묶었던 것이다. 이는 당시 복갑을 점복이 끝나면 결코 바로 버렸던 것이 아니라, 일정 기간 동안 보존하였다가 처리했음을 설명해 준다.[52]

둘째는 의식적인 "매장"이다. 예를 들어 제9차 발굴의 후가장侯家莊

50) 郭振祿, 「試論康丁時代被鋸截的卜旬辭」, 『殷墟博物苑苑刊』 創刊號, 中國社會科學出版社, 1989.

51) 中國社會科學院考古研究所安陽工作隊, 「1991年安陽花園莊東地・南地發掘簡報」, 『考古』, 1993年 第6期. 劉一曼, 「殷墟花園莊東地甲骨坑的發現及主要收獲」, 『甲骨文發現一百周年學術硏討會論文集』(1898~1998), 臺灣師範大學國文系・中央硏究院歷史語言硏究所, 1998.

52) 劉一曼, 「殷墟花園莊東地甲骨坑的發現及主要收獲」.

HS20 회갱의 경우, "커다란 거북딱지 7판이 같은 층에서 출토되었고 모두 제3기에 속했는데",53) 이는 분명 "거북과 점대가 헐면 묻어버린다龜筴敝則埋之"는 현상의 반영이었다. 하지만 제13차 발굴에서 발견한 저명한 YH127 갑골 갱에서는 무정 때의 거북딱지가 1만7천여 편이나 발견되었지만, 복골은 겨우 8편만 발견되었다. 이 갑골들은 전후 약 30년간 사용되던 것이었다.54) 이 갱을 처음 만들었을 때는 곡식을 보존하기 위한 창고였지만 이후 갑골을 묻어두는 장소로 변했다. 갑골은 한꺼번에 쏟아 넣었다. 여기서는 인골 1구도 함께 발견되었는데, 아마도 갑골을 관리했던 사람으로 보인다. 갑골이 이미 매장되었기에 그도 따라 순장되어야 했던 것이다. 이는 이 갱의 갑골이 처음에는 먼저 한데 모아 보존되어 오다가 여기에 이르러 비로소 매장 처리되었음을 보여준다. 1971년 소둔 서쪽 지역에서 21점의 복골이 출토되었는데, "중첩되어 무더기를 이루어 한데 놓여 있었고, 질서정연하였으며 골구骨臼도 대부분 동쪽을 향하고 있었다." "그것들을 가지런하게 회토 위에 놓고, 다시 회토를 덮었던 것으로 추정된다."55) 1973년 소둔 남쪽 지역에서 발굴된 H62 회갱의 경우, "갱의 안에 다듬기를 거치고 조鑿를 파고 불로 지진 흔적을 가진 20편의 복골이 매장되어 있었다."56) 당연히 이 모두는 의식적으로 "매장" 처리된 것들이다.

셋째는 "산일散佚"이다. 은허의 수많은 회갱과 회구灰溝나 판축법으로 다져진 층에서 간혹 낱개로 된 갑골이 발견되기도 한다. 당시 점복에 사용되었던 갑골이 너무 많았던 관계로, 보존하기 위해 운반하는 과정에서

53) 石璋如, 「殷虛文字甲編的五種分析」, 『中央硏究院歷史語言硏究所集刊』 第53本 3分, 1982, 440면. 원래의 6점의 腹甲은 『甲』 3,913~3,918편에, 1점의 背甲은 『甲』 3,919편에 보인다.

54) 劉學順, 『YH127坑賓組卜辭硏究』, 中國社會科學院硏究生院博士學位論文, 1998, 17면.

55) 郭沫若, 「安陽新出土的牛胛骨及其刻辭」, 『考古』, 1972年 第2期. 또 『郭沫若全集』 考古編第 1卷(科學出版社, 1982), 440~442면에도 보인다.

56) 中國科學院考古硏究所安陽工作隊, 「1973年小屯南地發掘簡報」, 『考古』, 1975年 第1期.

곳곳에 떨어지는 것을 완전히 막을 수는 없었다. 판축으로 다져진 층 속에 든 갑골은 바로 산일되어 회토 속으로 들어가 건축물을 짓는 과정에서 다져진 층 속에 들게 된 것이다. 제6차 소둔 E구역의 발굴 때, 갑甲4와 갑甲6 기초 터의 사이에 위치한 땅 굴의 흙 계단 옆에서 제5기 때의 글자가 새겨진 복골 1점이 발견되었는데, 이것도 무의식적으로 떨어진 유물일 것이다.

넷째는 "폐기廢棄"나 "폐기물의 이용"인데, 은허에서 출토된 갑골 중에는 당시에 문자의 절반을 잘라내고 다시 다른 용도로 사용된 골판이 있다. 예컨대 『갑』 513・2,244~2,248・2,353・2,386・2,412・2,444・2,532・2,870・2,900편 등은 모두 제2기 때의 소 어깻죽지 뼈로 "골간骨簡"처럼 고쳐진 것인데, 그중 몇 개는 가장자리가 톱으로 가지런하게 잘려나가기도 했다.[57] 『을』 8,684편이나 『안명』 B1,640편 등도 이러하다. 이외에도 사용한 후 폐기된 갑골을 연습용習刻으로 사용한 것도 있는데, 적잖은 "간지표干支表" 골판들이 바로 폐기물을 재활용 한 것이다. 『갑』 2,692・2,880편은 원래는 커다란 크기의 어깻죽지 뼈였는데, 둘로 잘려져 앞뒷면 모두에 글자가 기록되었다. 정면에는 10조組의 복사가 복조卜兆와 함께 기록되었고, 정인 하何가 점복을 주재했다. 나머지 40단段의 글자들은 모두 초학자들이 모방해 연습 삼아 새긴 것으로, 이 역시 폐기물을 이용한 것이었다. 『갑』 2,777편의 경우 3조항의 복사 외에도 또 연습 삼아 새긴 곳이 2곳 보인다. 1973년 소둔 남쪽 지역에서 발견한 깊이 약 2.5미터의 H99 회갱에서는 8편의 점복용 갑골과 31편의 가공되지 않은 소 어깻죽지 뼈 및 1편의 소 늑골이 동시에 출토되었다. 그중에는 각사를 새긴 복골이 10편이었는데 연습 삼아 새긴 것이 7편이나 차지했다.[58] 이러한 현상은 폐기물을 다시 사용하기 위해 의식적으로 보존했음을 보여 준다. 점복용 갑골의 "폐기물의 재활용"은 이성적인 사유의 결과물이었다. "거북과 점대

57) 屈萬里, 『殷虛文字甲編考釋』, 中央研究院歷史語言研究所, 1961.
58) 『殷墟的發現與研究』, 155면.

가 헐면 묻어 버린다"는 것과 비교해 보면 이는 신앙이나 관념상의 혁신이었다. 소둔남지에서는 또 수많은 복갑과 복골, 그리고 대량의 도기 잔편·소뼈·돼지 뼈·잡동사니 등이 함께 출토되었는데, 쓰레기장으로 썼던 갱 속에 들어 있었다. 예컨대 H2갱에서는 점복에 사용했던 갑골 795편이 이러한 쓰레기들과 뒤섞여 있었고, H38은 여러 차례 낱개로 된 점복용 갑골을 쓰레기 구덩이에다 갖다 버린 것들이다.59) 이렇게 볼 때, 사용한 복골의 최후 처리에서 상나라 사람은 서남 민족들이 한데 모아 산자락에 묻거나 불에 태워버리던 방법에 비해, 서로 비슷한 점도 있고 각자의 고유한 시대적 특색도 갖고 있음을 쉽게 볼 수 있다.

결론적으로 말해, 양 뼈를 이용한 서남 소수민족들의 점복 습속은 이미 실전된 상나라 갑골 점복법을 복원하고 증명하는 데 참고할 만한 부분이 분명 존재한다. 하지만 그대로 가져와 적용시킬 수는 없으며, 반드시 은허 고고발견을 비롯한 갑골실물의 실제와 결합해서 구체적으로 분석하고 연구해야만 한다. 게다가 서남민족들의 양 뼈 점복 습속의 경우, 복골은 다듬어지지도 않았고, 찬鑽이나 조鑿도 없으며, 직접 뼈의 뒷면 커다란 면적에다 불로 지졌고, 복사의 기록도 없고, 점복관도 비전문직이었다. 이는 비교적 원시적이었음에 분명하다. 이에 비해 은허 갑골의 점복 과정은 상당히 복잡하다. 거북을 들여오고 재료로 취하고 톱으로 자르고 깎아내고 다듬는 등의 다듬기, 찬鑽과 조鑿 등과 같은 점복 이전의 준비과정, 점복 때의 명귀命龜·작귀灼龜·점귀占龜·각조刻兆·각사刻辭·색칠하기涂飾, 점복 이후의 험사驗辭 기록·문서보존 처리·한데 모아 파묻기 등에는 이에 종사하는 일련의 전문적인 사람이 있어야 했다. 진몽가에 의하면, "은나라 사람들은 점복에 관한 일에서 분업을 이루었으며, 결코 한 사람이 모든 것을 다 관장했던 것은 아니다"고 했다. 갑골문에는 "다복多卜"(『합집』 24,144편)이라는 집체적 명칭이 있으며, 스스로 하나의 체계

---

59)「1973年小屯南地發掘簡報」,『考古』, 1975年 第1期.

를 가진 복관卜官 제도가 만들어졌는데, 다음 절에서 논의하게 될 좌사左卜·우사右卜 등이 바로 그것이다. 그렇게 볼 때 진몽가의 가설은 잘못된 것이 아님을 알 수 있다. 진몽가는 일찍이 『주례』에서 기록한 귀인龜人·수씨菙氏·복사卜師·대복大卜·점인占人 등과 같은 복사를 관장하던 일련의 점복관 및 그 직분 등을 열거하면서, "이 책에서 기록한 것이 비록 주나라의 이상적인 제도이긴 하지만, 전혀 근거가 없는 것은 아니다"[60]고 했다. 여기서 지칭한 것은 아마도 은나라의 예제에서 근원한 것일 것이므로 여기에서 옮겨와 기술해도 무방할 것이며, 상나라 갑골 점복의 순서와 "다복多卜"의 직무 분장을 이해하는 데 참조가 될 것이다.

귀인龜人 : 거북의 취합取龜, 거북 다듬기攻龜(즉 거북을 죽이고, 톱질하고鋸·깎고削·잘라내고刮·가는磨 일 등도 여기에 속한다).

수씨菙氏 : 불로 지질 수 있는 재료 공급(즉 불로 지질 연료를 준비함).

복사卜師 : 작귀作龜(즉 불을 불며 거북을 지지는 일灼龜, 찬鑽·조鑿를 파는 일도 여기에 속한다).

대복大卜 : 작귀作龜, 명귀命龜(즉 거북에게 점을 칠 사안을 알리는 일).

점인占人 : 점귀占龜(즉 조兆의 흔적을 보고 길흉을 정함), 계폐繫幣(즉 명귀命龜한 일과 조兆를 간책에다 기록해 거북딱지에 매다는 일).

2. 은상殷商 왕조의 점복 제도

은허의 갑골 점복은 절차가 복잡하고 번거롭지만, 전 과정이 일관되

60) 『殷虛卜辭綜述』, 17면.

어 매우 질서정연하다. 점복관의 직무가 나누어져 있었다는 것은 은상의 점복 습속이 일찍부터 이미 원시점복에서 승화되어 성숙되고 규범화하였음을 보여주고 있다. 하지만 주의해야 할 것은, 갑골점복이 상 왕조의 왕권정치 강화와 매우 밀접하게 연계된 채 점차 제도화되어 갔고, 한 시대의 고유한 예제의 구성부분으로 발전해 나갔다는 점이다.[61]

여기서 반드시 지적해야 할 한 가지는, 고대 중국의 갑골점복 제도가 의식형태의 범주에 속한다는 점이다. 그래서 갑골 점복 형태의 변화는 사회의 일정한 역사의 진전과 대체로 걸음을 같이 하며, 시대의 정신생활의 추이를 구성하는 중요한 내용의 하나가 된다. 또 초기 정치제도의 진전에 따라 갑골점복은 매우 빠른 속도로 통치자에 의해 이용되면서 규범화 되어갔다. 하지만 이와 동시에 실천경험의 풍부한 축적, 인식사유의 제고, 사회 관념의 변화 등은 암암리에 갑골점복을 점차 자의적인 것에서 전문적인 것으로, 성행하던 것에서 쇠퇴하는 것으로 나아가도록 만들었다. "의심나는 것을 점복으로 해결하고",[62] "나라에서 거북을 보관했던 것은 그 어떤 일이라도 점을 치지 않은 것이 없었기 때문"[63]이며, "복서卜筮라는 것은 (…중략…) 백성들로 하여금 혐의가 있는 것을 해결하게 하고, 유예적인 것을 확정하게 한다. 그래서 의심이 나면 시초 점을 친다고 했는데, 이는 틀린 말이 아니다."[64] "복서卜筮에 위배되지 않으며"[65] "서귀蓍龜와 복서卜筮는 혐의를 확정해 준다."[66] "거북점은 하늘에게 묻는

61) 은허 갑골 점복에는 왕조와 보통사회, 왕실과 비왕실, 귀족과 일반평민의 서로 다른 계급과 계층 간의 점복법에 등급 차이가 존재한다. 陳夢家는 『殷虛卜辭綜述』 25면에서 이러한 갑골 점복의 "왕실과 비왕실의 차이"를 지적하면서, 왕실의 점복에는 전문적 관리자가 있어, 典禮에 사용되었고, 비교적 정교하고 세밀한 다듬기 및 문서로 보관하기 위한 기호 등이 새겨졌으며, 왕실 이외의 귀족이나 일반평민들의 갑골 점복은 이와 구별된다고 했다. 여기서는 은상 왕조의 갑골 점복제도의 논증에 한정한다.

62) "卜以決疑." 『左傳』, 桓公 11年.

63) "國之守龜, 其何事不卜." 『左傳』 昭公 5年.

64) "卜筮者 (…中略…) 所以使民決嫌疑定猶與(豫)也, 故曰疑而筮之, 則弗非也." 『禮記』 「曲禮」 上.

65) "不違卜筮." 『禮記』 「表記」.

것이요, 시초 점은 땅에게 묻는 것이다. 시초와 거북이 신령스러워, 그 조수兆數는 응답을 내려 준다." "무릇 기蓍라는 것은 기耆(노인)와 뜻이 같고, 귀龜는 구舊(옛 것)와 뜻이 같다.[67] 의심나는 일을 밝힐 때에는 노인耆과 옛날舊 것에 물어보아야 하며",[68] "길흉은 반드시 거북에게 물어 본다."[69] "복서卜筮라는 것은 성인께서 망설임을 확정하고 의심나고 비슷한 것을 결정하던 것이며",[70] "뼈를 불로 지져 점을 치고 이로써 길흉을 결정했다."[71] 이러한 언급처럼 갑골 점복은 일상생활에서 일을 행하는 준칙이었다. 비록 상나라 때가 그 전성기였지만, 그 속에 배태된 변혁적 요소는 오히려 상나라 때부터 이미 존재했으며, 은상 왕조의 갑골 점복제도 또한 암암리에 이러한 점복이 필연적으로 쇠락하도록 만들었다.

은허에서 출토된 갑골문 자료를 보면, 은상 왕조의 통치자들이 생로병사, 출입과 정벌, 읍의 건설과 관리의 임용, 사냥과 농사, 천상天象과 기후의 변화, 혼인, 신에 대한 제사 등, 일의 대소에 관계없이 매번 갑골 점복으로 예측했음을 알 수 있다. 즉 앞 절에서 동작빈이 거북점에 관해 언급하면서 말했던 "유별類例"에서의 복제卜祭·복고卜告·복돈卜敦·복행지卜行止·복전렵卜田獵·복정벌卜征伐·복년卜年·복우卜雨·복제卜霽·복료卜瘳·복순卜旬·잡복雜卜 등처럼, 그들은 길흉을 묻고, 화복을 점치며, 망설임을 결정하고, 의심나는 것을 확정하였으며, 사안의 실행 가능성을 점쳤고, 이에 상응하는 점복관 제도를 만들었다. 이렇게 해서 일련의 갑골 점복제도가 점차 확립 되었는데, 대체로 다음의 네 가지가 있었다. 첫째 정반대정正反對貞으로, 같은 사안에 대해 달리 묻고, 한 가지 사안에

66) "蓍龜卜筮, 以定嫌疑."『潛夫論』「叙錄」.

67) (역주) 독음이 같은 글자를 가지고 뜻풀이를 한 경우이다. 이런 것을 聲訓이라 하는데, 한나라 때에 유행했던 의미 해석법으로 劉熙의 『釋名』에서 절정을 이루었다.

68) "卜者問天, 筮者問地, 蓍神龜靈, 兆數報應", "夫蓍之爲言耆也, 龜之爲言舊也, 明狐疑之事當問耆舊也."『論衡』「卜筮」.

69) "必問吉凶于龜者."『淮南子』「說林訓」.

70) "卜筮者, 聖人所以定猶豫, 決疑似."『左傳』莊公 2年조 杜預의 注.

71) "灼骨以卜, 用決吉凶."『後漢書』「東夷傳」.

대해 여러 번 점을 치는 것이며, 둘째 습복習卜의 제도이며, 셋째 삼복三卜의 제도이며, 넷째 복서卜筮 병용으로 복卜과 서筮를 서로 연계시켜 참조하도록 한 것이다. 은상 왕조에 실제로 존재했던 이러한 갑골 점복제도에 대해, 과거 갑골학계에서는 통상 은상 귀복 방법이나 골복骨卜 습관이라는 측면에서만 고찰하거나, 아니면 문례文例와 문법의 측면에서만 논의해 왔다. 그 제도적 성질을 처음으로 밝히고 이러한 측면의 연구를 개척한 것은 1980년대 이후에야 비로소 이루어졌다.72)

1) 정반대정正反對貞, 동사이문同事異問, 일사다복一事多卜

은상 왕조의 통치자들은 같은 판同版의 갑골에서 특정 사안에 대해 다음처럼 반복적으로 묻곤 했다.

계해일에 점을 칩니다. '각'이 물어봅니다. 우리 사관이 '부'를 정벌할까요? 癸亥卜, 𣪊, 貞我史𢦔缶? 일一 이二 상길上吉

계해일에 점을 칩니다. '각'이 물어봅니다. 우리 사관이 '부'를 정벌하지 말까요? 癸亥卜, 𣪊, 貞我史毋其𢦔缶? 일一 이二 상길上吉

계해일에 점을 칩니다. '각'이 물어봅니다. 오는 을유일에 '다신'이 '부'를 정벌할까요? 癸亥卜, 𣪊, 貞翌乙丑多臣𢦔缶? 일一 이二

물어봅니다. 오는 을축일에 '다신'이 '부'를 정벌하지 말까요? 翌乙丑多臣弗其𢦔缶? 일一 이二

—『병』 1편

72) 宋鎭豪, 「殷代"習卜"和有關占卜制度的硏究」, 『中國史硏究』, 1987年 第4期; 「論古代甲骨占卜的"三卜制"」, 『殷墟博物苑苑刊』, 創刊號, 1989. 또 『夏商社會生活史』, 中國社會科學出版社, 1994, 522~532면 참조.

갑진일에 점을 칩니다. '염'이 물어봅니다. 오늘 낮에 비가 올까요? 甲辰卜, 併, 貞今日其雨? 일一 이二 삼三 사四 오五

갑진일에 점을 칩니다. '염'이 물어봅니다. 오늘 낮에 비가 오지 않을까요? 辰卜, 併, 貞今日不其雨? 일一 이二 삼三 상길上吉 사四 오五

물어봅니다. 오는 을사일에 비가 오지 않을까요? 貞翌乙巳不其雨? 일一 이二 삼三 사四

물어봅니다. 오는 정미일에 비가 올까요? 貞翌丁未其雨? 일一 이二 삼三

물어봅니다. 오는 정미일에 비가 오지 않을까요? 貞翌丁未不其雨? 일一 이二 삼三 소길小吉

—『병』 63편

계해일에 점을 칩니다. '빈'이 물어봅니다. 질병이 없겠습니까? 癸亥卜, 穷, 貞其亡疾? 일一 불오不牾 이二 삼三 사四 오五 육六 칠七 팔八 구九 십十

물어봅니다. 질병이 있겠습니까? 貞其㞢疾? 일一 소길小吉 이二 상길上吉 삼三 사四 오五 육六 칠七 팔八 구九 십十

—『병』 345편

갑오일에 점을 칩니다. '빈'이 물어 봅니다. 기우제를 '정'에게 지내면 패하지 않겠습니까? 甲午卜, 穷, 貞雩丁亡貝? 일一 이二 삼三 사四 오五 육六 칠七 소길小吉 팔八 구九 십十 상길上吉

물어 봅니다. '정'에게 기우제를 지내면 패하겠습니까? 貞雩丁其有貝? 일一 이二 삼三 사四 오五 육六 칠七 팔八 구九 상길上吉 십十

—『병』 61편

물어 봅니다. 왕께서 꿈을 꾸었는데 불행한 일이 생기겠습니까? 貞王夢隹禍? 일一 이二 삼三 상길上吉 사四

물어 봅니다. 왕께서 꿈을 꾸었는데 불행한 일이 생기지 않겠습니까? 貞王夢不

隹禍? 일一 [이二 삼三 사四]

—『합집』 272편 앞면

물어 봅니다. 상제께서 이 도읍을 완성하게 해 주시겠습니까? 貞帝隹其冬玆邑?

물어 봅니다. 상제께서 이 도읍을 완성하게 해 주시지 않겠습니까? 貞帝弗冬玆邑?

—『병』 71편

신묘일에 점을 칩니다. '내'가 물어봅니다. 왕에게 불행한 일이 생기겠습니까? 辛卯卜, 內, 貞王㞢乍禍? 일一 이二 삼三 사四 오五 육六 칠七

신묘일에 점을 칩니다. '쟁'이 물어봅니다. 왕에게 불행한 일이 생기지 않겠습니까? 辛卯卜, 爭, 貞王亡乍禍? 일一 이二 삼三

—『병』 284편

정사일에 점을 칩니다. '빈'이 물어봅니다. '빈'제사를 '조을'께 드려 왕의 병을 아뢸까요? 丁巳卜, 穷, 貞穷于祖乙告王𡆥?73)

물어봅니다. '관'제사를 '조을'께 드리고 왕의 병을 아뢰지 말아야 할까요? 貞勿蕭祼于祖乙告𡆥?74)

정사일에 점을 칩니다. '각'이 물어봅니다. 왕의 병을 '조을'께 아뢰면서 '유侑' 제사, '세歲'제사, '관祼'제사를 드리지 말까요? 丁巳卜, 殼, 貞告𡆥于祖乙勿㞢歲祼?

'유侑'제사와 '관祼'제사를 '조을'께 드리지 말까요? 勿㞢祼祖乙?

—『병』 91편

---

73) (역주) 𡆥는 정도가 비교적 약한 재앙을 뜻하며, 冎·骨·禍 등으로 옮기기도 한다. 饒宗頤는 이를 米와 □으로 구성된 囷자라고 하면서 독음은 莫과 兮의 반절이라 하였고, 迷나 眯 등과 같이 사용되어 혼미한 상태나 안질 등을 뜻한다고 보기도 했다. 『殷代貞卜人物通考』, 183면 참조.

74) (역주) 蕭은 주로 부정사와 연결되어 어기를 강조하는 용법으로 쓰인다.

계유일에 점을 칩니다. 풍년을 비는 제사를 산악 신에게 드릴까요? 癸酉貞, 其𠦪禾于岳?

계유일에 물어봅니다. '소'가 산악 신을 불러 '즉'제사를 '상갑'에게 드릴까요? 癸酉貞, 召得岳其取, 卽于上甲?

'즉'제사를 '상갑'에게 드릴까요? 卽岳于上甲?

계유일에 물어봅니다. 풍년을 비는 제사를 무소 신에게 드리는데, 10마리의 작은 희생양을 불에 태우고, 10마리의 희생 소를 배를 갈라 쓸까요? 癸酉貞, 其其𠦪禾于兕, 燎十小宰, 卯十牢?

—『둔남』 2,322편

을축일에 점을 칩니다 …… 乙丑卜 …… ?

보살핌이 없을까요? 弜又?

'비신'에게 복이 내려질까요? 又妣辛祼?

보살핌이 없을까요? 弜又?

사용하여 지금 점을 칠까요? 其用茲卜?

이번 점복에 사용할까요? 叀茲卜用?

을축일에 점을 칩니다. 이번 점복에 사용할까요? 乙丑卜, 叀?(여기에는 "茲卜用"의 3글자가 생략되었다.)

—『합집』 31,678편

임신일에 점을 칩니다. 태양의 그림자로 날짜를 측정할까요? 壬申卜, 至日?[75)]
일一 이二 삼三 사四 오五 육六 칠七 팔八 구九 십十 십일十一

임신일에 점을 칩니다. 태양의 그림자로 날짜를 측정하지 말까요? 壬申卜, 弜至日? 일一 이二 삼三 사四 오五 육六 칠七 팔八 구九 십十 십일十一

—『합집』 22,046편

75) (역주) 至日은 달리 日至로 쓰기도 하는데, 태양의 그림자로 날짜를 측정하는 것을 말한다. 袁庭棟・溫少峰의 『殷墟卜辭研究－科學篇』, 23면 참조.

다음 을사일에 '유侑'제사를 조을께 드릴까요? 翌乙巳㞢祖乙? 일一

물어봅니다. 내려 주실까요? 貞降? 일一

—『병』 26편

위에서 든 12가지 사례에서, "무기毋其", "불기弗其", "기其"와 "불기不其", "기무其亡"와 "기유其㞢", "기유其有"와 "무亡", "추隹"와 "불추不隹", "추기隹其"와 "불弗", "유㞢"와 "무亡", "기其"와 "필弜", "우又"와 "필우弜又"는 긍정과 부정으로, 긍정적인 측면에서 물어본 것과 부정적인 측면에서 물어보았다. 담긴 어투나 단어 구성 등이 같으며, 모두 동일한 사안의 가능성 여부에 대해 같은 판同版에서 긍정과 부정으로 동시에 물었는데, 이를 "정반대정正反對貞(긍정－부정으로 대칭해 묻는 것)"이라 한다.

또 위에서 든 『병』 1편의 경우 동일한 사안에 대해 점을 치면서, 같은 판同版에서 "'부'의 정벌𢦏缶"에 대해 긍정과 부정으로 물어 본對貞 것 이외에도, 또 두 조를 나누어 "우리 사관이 '부'를 정벌할 것인지我史𢦏缶" 아니면 "'다신'이 '부'를 정벌할 것인지多臣𢦏缶"를 긍정과 부정의 대칭으로 이루어 물어 보았다. 또 『병』 63편에서는 연속되는 3개의 조에서 오늘 낮今日·정사丁巳일·정미丁未일에 비가 내릴 것인지의 여부를 긍정과 부정의 형식으로 물어 보았는데, 모두 같은 날 점을 친 것으로, 이런 경우를 "동사이문同事異問(같은 사안에 대해 달리 묻는다)"이라 한다. 앞에서 들었던 『병』 284편과 『병』 91편은 같은 날 같은 사안에 대해 긍정과 부정의 대정對貞 형식으로 묻거나, 혹은 같이 물었지만 점복관貞人이 다른 경우인데, 통상 이를 "동문이사대정同文異史對貞(같은 사안을 다른 사관이 긍정과 부정 형식으로 물음)"이나 "동문이사동정同文異史同貞(같은 사안을 다른 사관이 같은 형식으로 물음)"이라 부른다. 그 중에서도 『병』 91편은 "'관'제사를 조을께 드릴까요祼于祖乙?"를 핵심 내용으로 한 대정對貞의 형식으로 되어 있는데, 물어보았던 구체적인 제사법은 착종되어 있지만 모두 같은 날 친 점이기 때문에 "동사이문同事異問"의 한 유형에 속한다. 복사에는 또 소위 "긍정문 형식의 대정肯定句式對貞"과 "부정문 형식의 대정否定句式對貞"[76] 등이 있다. 예컨대 "오는 갑오일에 '유'제사와 '벌'제사를 '상갑'께 올릴까요? 십來甲午侑伐上甲十.－오는 갑오일에 '유'제사와 '벌'제사를 '상갑'께 올릴까요? 팔來甲午侑伐上甲八"(『병』 330편), "갑신일에 점을 칩니다. '쟁'이 물어봅니다. '니'가 보내오지 않겠습니까? 甲申卜, 爭, 貞伲弗其氐?－갑신일에 점을 칩니다. '쟁'이 물어봅니다. '니'가 보내오지 않겠습니까? 甲申卜, 爭, 貞伲弗其氐"(『합집』 9,050편)[77] 등은 모두 "동사이문同事異問"에 귀속시킬 수 있을 것으로 생각된다. 『둔남』 2,322편의 4조항의 복사는 같은 날 "풍년을 비는桒禾" 것에 대해 점을 쳤는데, "풍년을 비는" 대상과 제사 방법과 사용할 희생 등에 대해 반복해서 물어 보았다. 『합집』 31,678편은 같은 날 동시에 같은 뼈를 갖고서 달리 물어 보았으며, 비신妣辛에게 유侑제사를 드리는 일에 관해 점을 쳤고, 서로 다른 각도에서 반복해서 7번 이상이나 물어 보았는데, 이들은 모두 "동사이문同事異問"에 속한다.

위에서 든 여러 예 중에서, 어떤 복사는 일一에서 십十에 이르는 숫자로 연계되어 있는데, 이를 통상 "서수序數"라 한다. 이는 거북을 불로 지질 때의 점복의 순서를 말하며, 은나라 사람들이 신에게 계시를 내려 달라고 계속 반복해 기도하면서 한 가지 사안에 대해 여러 번 점을 쳐 의심스럽고 어려운 것을 풀려고 했던 신앙 심리에 의해 만들어진 것이다. "서수序數"에 관한 연구는 호후선의 「복사 동문례卜辭同文例」[78]에 의해 최초로 범례가 만들어졌고 그 체계가 드러났다. 또 이를 가장 심도 있게 탐색했던 이는 장병권인데, 그는 「은허 복귀의 '복조'와 그와 관련된 문제殷虛卜龜之卜兆及其有關問題」,[79] 「복귀 복갑의 서수卜龜腹甲的序數」,[80] 「성투

---

76) 朱歧祥은 이를 "正正句同文對貞"·"反反句同文對貞"·"正正句異文對貞"·"反反句異文對貞" 등으로 불렀다. 『殷墟卜辭句法論稿』, 臺灣學生書局, 1990, 2～7면.

77) (역주) 伲는 泥와 같이 쓰이고 사람이름이며, 氐는 厎와 같아 보내오다致는 뜻이다(『간명갑골문사전』 128면). 『합집』 9,050편은 『합집』 9,055편의 잘못이다.

78) 『中央硏究院歷史語言硏究所集刊』 第9本, 1947.

79) 『中央硏究院院刊』 第1輯, 1954.

복사를 논함論成套卜辭」,[81] 「갑골문에 보이는 수甲骨文中所見的數」[82] 등의 논문을 연속해서 발표했다. 이와 관련된 학설은 그의 『갑골문과 갑골학甲骨文與甲骨學』[83]에도 반영되었다. 서수序數를 파서 새겼던 시점은 거북을 불로 지져 조兆가 나타난 후였을 것이다. 불로 지질 때마다 한 개의 조兆가 나타나고, 그때마다 서수序數의 숫자를 새겨 넣어 거북을 불로 지졌던 순서를 나타냈을 것이다. 그러나 복사를 새기는 행위는 점복이 완성된 이후에 이루어졌을 것이다. 갑골 상에는 서수序數가 새겨진 뒤 복사의 위치 때문에 삭제된 경우도 종종 보이며, 어떤 경우에는 다시 다른 빈 공간으로 옮겨 새기기도 했는데, 이는 서수序數가 복사보다 먼저 새겨졌다는 증거이다. 갑골 상의 서수는 복사와 관계가 밀접하긴 하지만 독립된 부분으로, 서수는 있지만 복사는 없는 갑골도 매우 많다. 서수가 새겨진 위치를 보면, 조兆의 가지가 왼쪽으로 난 경우에는 일반적으로 왼편 위쪽에, 그와 반대는 오른편 위쪽에 새겨진다. 조兆의 세로선 위쪽 끝부분에 새겨진 것도 있지만, 아래쪽 끝부분에 새겨진 경우는 극히 드물다. 호후선에 의하면, 같은 판同版에 새겨진 서수로 동일 사안에 대한 점복이 18차례나 된 경우도 있다고 한다. 하지만 10 이상의 서수는 "합문合文해서 쓴다하더라도 많은 공간을 차지하기 때문에, 십十 이후의 숫자라도 일一부터 다시 시작했을 것이다."[84] 물론 극소수의 예외는 존재해, 앞에서 든 『합집』 22,046편의 거북 배딱지 상의 좌우 대정對貞에 의한 두 복사의 서수는 "일一 이二 삼三 사四 오五 육六 칠七 팔八 구九 십十 십일十一"로 되어 있는데, "십일十一"은 합문으로 쓰여 있어, 10 이상일 경우 다시 "일一"부터 헤아렸던 것만은 아님을 보여준다. 또 한 가지 지적해야 할

80) 『中央研究院歷史語言研究所集刊』 第28本 上冊, 1956.

81) 『慶祝董作賓先生六十五歲論文集』, 『中央研究院歷史語言研究所集刊外編』 第4種 上冊, 1960.

82) 『中央研究院歷史語言研究所集刊』 第46本 3分, 1975.

83) 臺北國立編譯館, 1988, 165~238면.

84) 「卜辭同文例」, 『中央研究院歷史語言研究所集刊』 第9本, 1947.

것은, 같은 조각의 갑골 상의 점복 순서를 나타내주는 이러한 "서수"는 다음에서 서술하게 될 동일 사안의 점복에 사용된 여러 개의 뼈同事卜用多骨에서 각각의 갑골 상에 통일된 숫자를 새겨 둔 소위 "복수卜數(달리 "투수套數"라고도 부름)", 즉 동시에 이루어진 점복에 사용한 여러 개의 갑골 중 몇 째에 속하는지를 말해주는 숫자와는 그 성질이 다르다는 점인데, 이는 반드시 구분해야 할 부분이다. 거북 배딱지 상의 서수의 배열은 대부분 위에서부터 아래쪽으로, 안에서부터 바깥쪽으로 배열되며, 소 어깻죽지 뼈의 경우에는 아래서부터 위쪽으로 된 것이 많다. 같은 판同版에서 한 가지 사안에 여러 번 점을 쳤다는 것은 이러한 서수의 기록으로 알 수 있다. 같은 판同版의 복사의 경우, 한 두 문장은 비교적 상세하게 기록하여 전체의 서문 기능을 하게 하지만, 나머지는 간단한 형식을 사용하게 된다. 어떤 경우에는 동일 사안에 대한 다른 물음同事異問이어서 복사가 서로 다르다 하더라도 순서를 잡을 수 있다. 예컨대 위에서 든 『병』 26편의 경우, 서수 "일一"로부터 "오는 을사일에 조을께 '유侑'제사를 지낼까요? 翌乙巳㞢祖乙"와 "물어봅니다. 내려주실까요? 貞降"가 "긍정 형식의 대정對貞"임을 알 수 있다. 그래서 뒤의 복사가 설사 극히 간단하게 줄어서 명사命辭에 "내려주다降"는 한 글자만 남긴 했지만, 그래도 다른 각도로부터 '유'제사를 지낼 때 '조을'이 강림할지를 물은 것임을 알 수 있다. 앞 절에서 서술했듯이, 양산凉山 이족彝族들의 양 뼈를 이용한 점복에서도 중복해서 점을 치는 습관이 존재했는데, 전체적인 길흉화복을 원하기도 했지만, 또 그에 대한 구체적인 대응 방법을 물어보기도 했다. 어떤 경우에는 한 가지 사안에 여러 번 점을 쳤고, 계속 반복해서 몇 차례 심지어는 10여 차례까지 물어보았다. 이는 은허 갑골에서 보이는 일一부터 십十에 이르는 숫자로써 거북을 불로 지져 점을 치던 순서를 기록한 것을 비롯해 같은 판同版의 복사가 긍정-부정으로 대칭해 묻거나正反對貞, 동일 사안에 대해 달리 묻고同事異問, 한 가지 사안에 여러 번 점을 친一事多卜 것과 비슷한 부분이다.

같은 판同版에 출현하는 이러한 정반대정正反對貞, 동사이문同事異問, 일사다복一事多卜은 대부분 같은 날 같은 시간에 점복이 이루어졌다. 그 목적은 갑골을 매개로 삼아 인간과 신간의 소통과 교류를 충분하게 하고, 사람들의 바람이 신에 의해 자세히 살펴져 신의 용납과 보살핌을 받고자 한 데 있었다. 이는 단순히 "복서를 위배하지 않는다不違卜筮"는 관념보다 크게 진보한 것임에 분명하다.

2) 습복習卜 제도

같은 날 같은 시간에 반복해서 점을 쳐 물어 본 것 이외에도, 또 다른 날 다른 시간에 이전에 쳤던 점을 이어서 점복한 경우도 있다. 다음을 보자.

경신일에 점을 칩니다. 왕께서 물어 봅니다. '부'를 사로잡겠습니까? 庚申卜, 王, 貞獲缶? 일一

경신일에 점을 칩니다. 왕께서 물어 봅니다. '작'이 '부'를 사로잡지 못하겠습니까? 庚申卜, 王, 貞雀弗其獲缶? 일一

계해일에 점을 칩니다. '각'이 물어 봅니다. 오는 을사일에 '다신'이 '부'를 정벌하겠습니까? 癸亥卜, 殼, 貞翌乙丑多臣𢦏缶? 일一 이二

오는 을사일에 '다신'이 '부'를 정벌하지 못하겠습니까? 翌乙丑多臣弗其𢦏缶? 일一 이二

— 제1기 거북 배딱지, 『병』 1편

신미일에 점을 칩니다. 왕께서 □으로 하여금 '자윤'을 '백' 땅에 세우게 할까요? 辛未卜, 王令□以子尹立帛?

임신일에 점을 칩니다. 왕께서 '㚇'로 하여금 '자윤'을 '백' 땅에 세우게 할까요? 壬申卜, 王令㛸以子尹立于帛?

임신일에 점을 칩니다. 왕께서 '개'로 하여금 '腐'을 '상' 땅에 세우게 할까요? 壬申卜, 王令介以腐立于狀?

임신일에 점을 칩니다. 왕께서 '주'로 하여금 '자윤'을 '돈' 땅에 세우게 할까요? 壬申卜, 王令壴以朿尹立于敦?

갑술일에 점을 칩니다. 종묘에서 연회를 베풀까요? 甲戌卜, 于宗饗?

궁정에서 연회를 베풀까요? 于庭饗?

—제3기 소 어깻죽지 뼈, 『둔남』 341편

신해일에 물어봅니다. 왕께서 '소방'을 정벌하면, 신의 보살핌을 받겠습니까? 辛亥貞, 王正召方, 受佑?

계축일에 물어봅니다. 왕께서 '소방'을 정벌하면, 신의 보살핌을 받겠습니까? 癸丑貞, 王正召方, 受佑?

정벌을 할까요? 其正?

을묘일에 물어봅니다. 왕께서 '소방'을 정벌하면, 신의 보살핌을 받겠습니까? 乙卯貞, 王正召方, 受佑?

병진일에 물어봅니다. 왕께서 '소방'을 정벌하면, 신의 보살핌을 받겠습니까? 丙辰貞, 王正召方, 受佑?

—제4기 소 어깻죽지 뼈, 『둔남』 4,103편

임신일에 점을 칩니다. 물어봅니다. 왕께서 '빈'제사와 '세'제사를 드리면, 허물이 없겠습니까? 壬申卜, 貞王賓歲, 亡尤?

계유일에 점을 칩니다. 물어봅니다. 왕께서 '빈'제사와 '세'제사를 드리면, 허물이 없겠습니까? 癸酉卜, 貞王賓歲, 亡尤.?

—제5기 거북 배딱지, 『합집』 38,493편

이상에서 든 4개의 예는 각각 다른 시기에 속하는 복사로, 모두 같은 판同版의 갑골 상에서 같은 사안에 대해 날짜가 연속되거나 며칠 걸러 점을 친 것들이다. 『병』 1편은 경신일과 계해일에 점을 쳐 4일 간의 간격이 있었고, 점치는 날마다 모두 긍정과 부정으로 물어 보았으며, 한 번부터 여러 번까지 횟수는 일정하지 않았다. 거북 배딱지의 중간선을 경계로 해 좌우 대정對貞을 이루며, 질서정연한 모습을 보이고 있는데, 이 또한 무정 때 이루어진 거북점의 특색의 하나이다. 『둔남』 341편에서는 관리 임명 때 녹봉과 직위에 관한 일을 물었다. "왕께서 누구를 어떤 지위로서(혹은 어떤 사람과) 어디에 세운다"고 한 것은, 상나라 왕이 조정에서 어떤 지역의 관리로 선임한 누구누구가 어느 지방관에 적합한 것인지를 물은 것이다. 먼저 신미일에, 다시 이튿날인 임신일에 이틀 연속해서 어떤 지방관에 선임된 사람에 대해 점을 쳤으며, 이후 하루가 지난 갑술일에 다시 어느 장소에서 신령께 제향을 드려야 할 것이며 이미 작위를 받아 곧 부임지로 떠나게 될 이 관리를 위해 어떤 잔치를 베풀어야 할 것인지를 재삼 물었던 것이다.[85] 후기 상 왕조의 각 시기에 널리 보이는 이러한 점복 예제의 경우, 다른 시간대에 이전의 일을 이어받아 계속해서 그 일이나 그 이후의 사안에 대해 점을 치는 것이 특징인데, 은나라 사람들은 이를 "습복習卜"이라 불렀다.[86] 예컨대 "습자복習茲卜"(『합집』 31,667편), "습귀복習龜卜"(『명』 715편), "습원복習元卜"(『경인』 2,226편), "습우일복習靏一卜"(『합집』 31,670편) 등이 그러하다. 하지만 갑골학계에서 습복習卜제도를 인식하기까지는 대단히 오랜 기간 동안의 논의 과정이 필요했었다.

1933년 곽말약이 『복사통찬卜辭通纂』을 편찬할 때, 하서보何敍甫가 소장하고 있던 갑골 탁본에 "계미일에 점을 칩니다. 습일복, 습이복癸未卜, 習一卜. 習二卜."이라는 기록이 있는 것을 보게 되었다. 이에 대해 그는 이렇게 추정했다. "아마도 옛 사람들은 3개의 거북三龜을 1습習으로 삼았고,

85) 宋鎭豪, 『夏商社會生活史』, 320면.

86) 宋鎭豪, 「殷代"習卜"和有關占卜制度的硏究」, 『中國史硏究』, 1987年 第4期.

매번 점을 칠 때마다 3개를 사용했던 것 같다. 첫째 점이 길하지 않으면 다시 3개로 점을 쳤는데, 이는 동물 뼈로 점을 칠 때도 마찬가지였다. '습일복習一卜', '습이복習二卜'이라고 한 것은 아마도 전후 총 6개의 뼈로써 점을 쳤다는 말일 것이다."[87] 이후 1971년 12월 중국과학원 고고연구소의 안양安陽공작대가 소둔小屯의 서쪽 지역에서 소 어깻죽지 뼈 무더기를 발굴하게 되었다. 총 21점이 발굴되었는데, 골구骨臼는 일률적으로 모두 동쪽을 향해 있었으며, 복골은 3조組로 나뉘어 있어 3을 공약수로 하고 있었다. 곽말약은 이러한 출토 상황에 근거해, "40년 전 나의 추측이 출토된 실물로 증명된 것 같다. 즉 복골이나 복갑은 3개가 한 조組로 되었고, 한 번의 점복에 3개의 거북딱지나 동물 뼈를 사용했던 것이다"고 했다.[88] 습習자에 대해 1934년 당란은 이렇게 고증했다. "습習자의 독음은 첩疊이나 습襲자와 비슷하다. 그래서 중첩과 습관이라는 의미가 들어 있다. (…중략…) 복사의 '습일복習一卜', '습귀복習龜卜'의 습習은 중복되다重는 뜻이다."[89] 1950년 이아농李亞農은 이와 다른 견해를 제시했는데, "곽말약은 습習을 명사로 보았는데 아마도 깊이 체득하지 못했던 결과인 것 같다. 『서』「대우모大禹謨」에 "복불습길卜不習吉"이란 말이, 「금등金滕」에 "일습길一習吉"이라는 말이 있는데, 「전傳」에서 모두 '기인하다因는 뜻'으로 풀이했다. 그래서 인일복因一卜(첫 번째 점복에 근거해), 인이복因二卜(두 번째 점복에 근거해)의 뜻이 된다. 아마도 첫 번째 점복이나 두 번째 점복을 이어서 행하다는 뜻일 것이다"고 했다.[90]

최근 30년 동안, 갑골문 정리가 날로 정밀해짐에 따라 은나라 사람들의 점복수단과 "습복習卜"용어의 의미에 대해서도 새로운 해석이 생겨났다. 1956년 장병권은 점복에 사용한 거북 배딱지의 서수序數를 고찰하면

87) 郭沫若, 『卜辭通纂』「附錄」1, 日本 東京 文求堂, 1933, 13면 下.
88) 郭沫若, 「安陽新出土的牛胛骨及其刻辭」, 『考古』, 1972年 第2期.
89) 唐蘭, 『殷虛文字記』, 中華書局, 1981, 22면.
90) 李亞農, 『殷契摭佚續編』, 58면 上, 商務印書館, 1950.

서, "은나라 사람들의 거북 사용 습관을 보면, 한 가지 사안에 한 개의 거북이나 여러 개의 거북을 사용한 것 외에도, 성투成套(세트를 이룬) 귀갑으로 한 가지 사안이나 여러 사안에 대해 점을 치기도 했다. (…중략…) 은나라 때의 성투成套 배딱지는 5편이 한 세트를 이루었다"고 했다.91) 그 후 그는 더 나아가 "성투 복사"란 "갑골 상에서 같은 날 동일 사안에 대해 점을 쳐 복조卜兆의 옆에다 연속해서 새긴, 의미가 동일하고 서수序數가 연속된 긍정과 부정의 형식으로 물은 그러한 몇몇 복사의 조합을 말한다"고 했다.92) "5개의 거북이 한 세트를 이룬" 점복 형태의 실례는 "점복 때 쓰는 3개의 거북을 1습習"이라고 한다는 학설을 부정한 것이었는데, 이는 주로 점복용 거북의 서수序數에 대한 인식에서 나온 것이었다. 하지만 갑골 상의 서수序數는 사실 두 가지 개념을 포함하는데, 점복의 횟수를 말하는 숫자와 점복에 사용한 뼈의 숫자가 그것이다. 전자를 "서수序數"라 부를 수 있고, 후자는 "복수卜數"나 "투수套數"로 부를 수 있다. 이에 대해서는 유연림이 매우 정확하게 설명했다. "서수는 점복의 선후를 나타내는 순서이며", "복수卜數는 한 사안에 대해 점을 친 횟수를 말한다. 예를 들어, 성투成套 복사에서 몇 개의 거북딱지를 한 가지 사안의 점복에 사용했다면, 이 사안은 몇 번이나 점을 쳤고, 각각의 복조卜兆에는 모두 동일한 숫자를 새기게 될 것이다. 이 숫자는 어떤 한 사안에 대해 몇 번째 점을 친 것인지를 말할 뿐, 같은 판同版에 새겨진 복조卜兆 간에 선후의 관계가 존재하는 것은 아니다. 같은 판同版에서 조兆는 하나에 그치는 것은 아니며, 모든 복조卜兆마다 동일한 숫자가 존재하게 된다. (…중략…) 복조卜兆 상의 숫자라면 서수序數가 아닌 경우에는 모두 복수卜數가 된다."93) 장병권은 이러한 갑골 점복형태와 "습복習卜"을 연계시켜 고

91) 張秉權, 「卜龜腹甲的序數」, 『中央研究院歷史語言研究所集刊』 第28本 上冊, 1956.
92) 張秉權, 「論成套卜辭」, 『中央研究院歷史語言研究所集刊外編』 第4種, 1960.
93) 劉淵臨, 「殷虛"骨簡"及其有關問題」, 『中央研究院歷史語言研究所集刊』 第39本 上冊, 1969.

찰하지 않았기 때문에, "서수序數"나 "복수卜數"(투수套數)와 "습복習卜"이라는 용어 사이에 어떤 관계가 있는지를 분명하게 인식하지 못했다. 1959년 요종이는 처음으로 "습복習卜"과 "점복에 사용한 5개의 거북"을 함께 논의하기 시작했다. 그에 의하면 "습習은 습襲과 같으며 중복되다重는 뜻이다. '습복비길習卜非吉'이라는 것은, 『역』「몽괘蒙卦」에서 말한 '재삼 더럽혀지고 더럽혀지면 신의 뜻을 알려주지 않는다再三瀆, 瀆則不告', 『시』「소만小旻」에서 말한 '우리 거북이 이미 염증을 내어 우리에게 오히려 알려주지 않네我龜旣厭, 不我告猶'라고 한 것과 같다. 은허복사에는 '습복習卜'이라는 말이 자주 보인다. 갑골에 새겨 둠으로써 그 일을 밝히고자 한 것이다. (…중략…) 아마도 은나라 때의 통용되던 제도로, 5개의 거북을 점복에 사용했던 것으로 보인다. 다만 주나라 때의 예제를 살펴보면 점복에는 통상 3개의 거북이 사용되었다. (…중략…) 하지만 은나라 사람들의 경우 5개의 거북을 사용한 경우가 많은 것이 사실이지만, 각각의 거북에 기록된 조상兆象을 지금 다 살펴 볼 수 있는 것은 아니다."[94] 요종이는 은나라 사람들이 점복에 5개의 거북을, 주나라 사람들은 3개의 거북을 사용했으며, "습복習卜"은 각각의 거북에 기록된 "길하지 않은非吉" 조상兆象이라고 했다. 은·주 두 왕조의 점복제도의 증감 관계로부터 풀이한 이러한 해석은 새로운 논의를 이끌어 내었고 매우 신선한 충격을 가져다 주었다. 하지만 그는 은나라 때에 이미 존재하던 점복제도의 변화에 대해서 소홀했으며, 골복의 특징에 대해서도 논술하지 않았기 때문에, "습복習卜"의 의의에 대한 진정한 인식에도 영향을 줄 수밖에 없었다. 1961년 굴만리는 여전히 당란 당시의 견해를 중복하여, "습習은 (…중략…) 여기서 『상서』「금등金縢」의 '습길習吉'의 습習으로 읽어야 하며, 중복되다重는 뜻이다. 습일복習一卜의 의미는 아마도 중복해서 한 번 더 점을 쳤다는 의미일 것이다"고 했다.[95]

94) 饒宗頤, 『殷代貞卜人物通考』 上冊, 66~69면. 香港大學出版社, 1959.
95) 屈萬里, 『殷虛文字甲編考釋』, 中央研究院歷史語言研究所, 1961, 142면.

1960년대에 들어서는 갑골문의 "습복習卜"에 대한 논의에 거의 진전이 없었던 것 같다. 1972년에 이르러서야 구석규가 "매번 점을 칠 때에는 3개의 뼈나 3개의 거북을 사용했는데 이를 1습習이라고 한다"는 곽말약의 견해에 대해 이의를 제기했다. 그는 습習은 『예기』 「곡례曲禮」 상上에서 말한 "복서는 서로 이어지지 않는다卜筮不相襲"고 할 때의 습襲으로, 같은 사안에 대해 다른 방법으로 점을 친 것을 말한다고 했다. 또 제3·4기 때의 복골에 "습귀복習龜卜"이 기록되어 있기 때문에, "복사에서 말하는 습복習卜은 골복과 귀복을 연이어 친 것이다. '습일복習一卜'은 바로 한 가지 사안에 대해 동물 뼈와 거북딱지로 각각 한 번씩 점을 쳤다는 것이며, '습이복習二卜'은 동물 뼈와 거북딱지로 각각 두 번씩 점을 쳤다는 말이다"고 했다.96) 이러한 해석은 대단히 창의적이고 참신한 견해였다. 그는 한편으로는 갑골문에서의 "습사복習四卜"에 주의하여, 만약 3개의 뼈를 1습習이라고 한다면 모두 12개의 뼈가 되지만, 그 시기에 "복조卜兆의 순서를 기록한 숫자"가 마침 "오五"를 넘는 경우가 없다고 했다. 더욱 중요한 것은 그는 갑골재료 그 자체의 고찰에 유의하였기 때문에 그가 얻은 결론은 극히 견실한 기초를 갖고 있었다는 점이다. 하지만 1981년, 류증부는 구석규의 견해에 대해 다시 의문을 제기했다. 그는 "복사 동문예卜辭同文例"에 근거해 은나라 사람들의 점복법을 보면, "한 가지 사안에 여러 번 점을 치는 것이 일상적이었지만, 항상 같은 판同版에다 점을 쳤다. 다른 판異版에다 같이 점을 친 경우, 사용한 재료는 언제나 같이 거북딱지이거나 같이 동물 뼈였다. 즉 간혹 거북딱지와 동물 뼈가 함께 사용된 경우도 있지만, 이는 특수한 예로 보아야 하며, 결코 동물 뼈와 거북딱지를 돌려가며 점을 치지는 않았기 때문에, 당연히 '습복習卜'의 해석과는 무관하다." 그는 또 "습일복習一卜", "습이복習二卜" 등은 늠신·강정 시기의 조사兆辭이고, 습習자는 연속하다는 뜻으로 해석해야만 하며, 그

96) 裘錫圭, 「讀『安陽新出土的牛胛骨及其刻辭』」, 『考古』, 1972年 第2期.

래서 "습복習卜"은 "연속해서 길조吉兆를 얻었다"는 뜻이라고 했다.[97] 1987년 송진호는 연속된 두 편의 논문에서, 처음으로 "습복習卜"과 "삼복제三卜制"가 후기 상 왕조의 갑골 점복제도를 구성하는 중요한 부분임을 밝혔고, "습복習卜", "삼복제三卜制"와 "서수序數"나 "복수卜數"(투수套數)의 형식적 관계 및 이 제도의 총체적인 변화에 대해 동태적으로 분석했다."[98] 1993년 곽진록도 "습복習卜은 은나라 사람들의 점복제도"라는 견해에 동의하면서, "습복習卜과 삼복제三卜制는 동시에 발전했으며", 혹자에 의하면 "은나라 사람들의 점복제는 불완전한 습복제習卜制로부터 더욱 완전한 모습의 삼복제三卜制로 발전했다"고 했다.[99]

갑골문에서의 "습복習卜"의 의미에 대한 논의에서, "습복"이 은상 왕조의 점복제도에 속한다는 학설을 제외한, 과거 60여 년간의 논의는 다음과 같은 세 가지로 귀납할 수 있다. 첫째는 점복 때마다 3개의 거북이나 3개의 뼈를 사용한 것을 1습習이라고 보는 견해이다. 둘째는 "습복"은 조상兆象을 말한다는 것인데, 이에는 다시 두 가지의 견해가 있다. ① "습복"은 길吉한 것이 아니어서 이를 새겨두어 그 일을 밝히고자 한 것이라는 주장, ② "습복"은 연속해서 길吉하다는 뜻이며, 이는 조사兆辭라는 주장인데, 이상의 두 가지는 서로 상반된 견해이다. 셋째는 습習을 습襲으로 읽고, 그 의미는 같은 사안에 대해 다른 방법을 사용하여 친 점이라는 뜻으로, "습복"은 동물 뼈와 거북딱지를 번갈아 가며 친 것을 말한다는 견해이다.

첫번째의 견해처럼, 은상 왕조에서 과연 매번 습복習卜 때 3개의 거북

---

97) 柳曾符, 「釋"習卜"」, 『中國語文』, 1981年 第4期.

98) 宋鎮豪, 「殷代"習卜"和有關占卜制度的研究」, 『中國史研究』, 1987年 第4期; 「論古代甲骨占卜的"三卜制"」, 『殷墟博物苑苑刊』, 創刊號, 1989. 주요한 관점은 다시 『夏商社會生活史』, 522~532면에 반영되어 있다.

99) 郭振祿, 「試論甲骨刻辭中的"卜"及其相關問題」, 『中國考古學論叢－中國社會科學院考古研究所建所40年紀念』, 科學出版社, 1993. 하지만 곽진록은 송진호의 "元卜"·"右卜"·"左卜"의 三卜制의 기술에 대해 오해를 했는데, 아마도 위의 주에서 밝힌 송진호의 두 번째 논문인 「論古代甲骨占卜的"三卜制"」를 보지 않은 것으로 보인다.

딱지 혹은 3개의 동물 뼈를 사용했는가? 앞서 들었던 장병권의 견해에 의하면, 무정 때 같은 날 같은 사안에 대해 점을 친 기록을 거북딱지에 남긴 것을 보면 5편을 한 세트套로 삼고 있기 때문에, 3개의 거북딱지를 사용했던 것이 아니다. 예컨대 『병편』 도판 11편부터 20편까지는 세트를 이루는 5개의 거북 배딱지의 앞뒷면인데, 점을 쳤던 내용은 무정 임금의 하위下危 정벌에 관한 것이었고, 5편의 거북딱지 상의 복수卜數는 각각 일一·이二·삼三·사四·오五였다. 은허 갑골문으로 볼 때 무정 때의 거북 점은 5개를 사용했으며, 뼈 점의 경우 9개까지 사용한 경우도 있다. 예컨대 『합집』 6,860~6,863편은 모두 "왕의 '부'에 대한 정벌王敦缶"에 관한 점복인데, 뼈에 새겨진 복수卜數가 서로 연계되어 있고, 그중 한 뼈에서 등장하는 최고의 복수卜數는 "구九"이다. 또 『합집』 6,883~6,886편은 "왕이 '도'를 정벌하는 것王戎衜"[100]에 관해 점을 친 것인데, 이 또한 복수卜數들이 서로 연계되어 있고, 등장하는 최고의 숫자는 구九이다. 『후』 하 11.9편, 『합집』 10,060편, 『남방』 4.56편, 『속보』 7,402편(즉 『문물』 72~11·도판 삼參·4, 무자일에 "누에치는 것을 살피게 한 것乎省蠶"에 대해 점을 친 것) 등의 복수卜數는 각각 삼三·사四·팔八·구九로 점복에 9개의 뼈를 사용한 예가 보인다. 하지만 제1기 무정 시대 때에 이미 점복에 3개의 뼈를 사용한 경우가 많이 보이며, 특히 제2기 이후는 점복에 3개의 뼈를 사용하는 것이 일상적인 예가 되었다. 다음을 보자.

경진일에 [물어봅니다. 왕께서 정해일에 '필'에게 명령을 내릴까요?] 庚辰[貞, 王于丁亥令㚸.][101] 일一

경진일에 물어봅니다. '필'에게 '대시'로 하게 할까요? 庚辰貞, 㚸以大示[102]? 일一

100) (역주) 衜는 徒와 같고, 상나라 때의 方國 이름이다.

101) (역주) 㚸은 무정 때의 대장군이다.

102) (역주) '대시'에 대해 이전에는 상나라의 직계 先王을 지칭하는 제사라고 했으나, 曹錦炎에 의하면 上甲부터 示癸에 이르는 6명의 先王을 지칭하는 제사하고 한다.

신사일에 물어봅니다. '이시'로 하게 할까요? 辛巳貞, 以伊示[103]? 일一

'이시'로 하게 하지 말까요? 弜以伊示? [일一]

—『합집』 32,848편

경진일에 물어봅니다. 왕께서 정해일에 '필'에게 명령을 내릴까요? 庚辰貞, 王于丁亥令毖? 이二

경진일에 물어봅니다. '대시'로 하게 할까요? 辛巳貞, 以伊示? [이二]

'이시'로 하게 하지 말까요? 弜以伊示? 이二

—『합집』 32,848편

경진일에 물어봅니다. 왕께서 정해일에 '필'에게 명령을 내릴까요? 庚辰貞, 王于丁亥令毖? 삼三

경진일에 물어봅니다. 신사일에 왕께서 '필'에게 명령을 내릴까요? 庚辰貞, 辛巳王令毖? 삼三

'칭'에게 '대시'로 하게 하지 말까요? 弜爯大示? 삼三

—『합집』 32,849편

이상은 제4기 때의 3개의 뼈인데, 같은 사안에 대해 같이 점을 쳤다. 떨어져 나간 복사도 있으며, 차례로 첫 번째, 두 번째, 세 번째 점을 친 것이다. 각각의 뼈에는 같은 날 같은 사안에 대해 몇 번씩 점을 친 것이 기록되었으며, 여기에는 정반대복正反對卜이나 동사이문同事異問 등이 포함되었다. 다른 날 다시 원래의 뼈를 가지고 그때의 일에 대해 다시 점을 쳤는데, 이때에도 반복해서 점을 쳐 물었다. 하지만 같은 날 친 점이든 다른 날 친 점이든 각 판에 새겨진 복수卜數는 모두 일치되도록 했는

103) (역주) 伊尹의 神位를 말하며, 달리 黃示로도 쓰기도 한다. 伊尹은 상나라 때의 大臣으로 이름이 摯이며 伊는 族名이고 尹은 官名이다. 갑골문에서는 달리 黃尹으로 쓰기도 하며, 문헌에서는 保衡이나 阿衡이라 부르기도 한다.

데, 이전에 친 점이 첫 번째 점이라면 이후 계속해서 친 점도 이와 이어지는 첫 번째 점이다. 이러한 사실은 소위 "3개의 뼈를 1습習, 6개의 뼈를 2습習"이라고 한 해석은 성립될 수 없음을 보여준다. 뒤에서도 다시 말하겠지만, "습복習卜"은 "삼복제三卜制"와 마찬가지로, 사실 모두 그들 간의 내재적 의미에서만 차이가 있을 뿐 은상 왕조의 갑골 점복제도의 서로 다른 측면을 말한 것이다.

두번째 견해처럼, 과연 "습복習卜"은 길吉하지 않은 것을 말한 것인가? 혹은 길吉함이 연속된 것을 말한 것인가? 다시 말해 "습복"이 조사兆辭인가의 여부에 관한 문제이다. 갑골문에서의 조사兆辭는 갑골 점복에서 조의 모습兆象과 관련된 술어로, 조兆가 갈라진 모습을 보고서 길흉을 정하는 간단한 판단어를 말한다. 예컨대 "길吉"(『둔남』 2,265편), "소길小吉", "상길上吉"(『병』 63편), "대길大吉"(『둔남』 728편), "인길引吉"(『둔남』 678편), "불길不吉"(『둔남』 2,291편), "불오不牾"(『병』 345편), "사연叙𣪊"(『합집』 30,757편)104) 등과 같은 것들로, 대부분 갑골의 조兆가 갈라진 부근에 새겨지며, 이번 점복에서 나타난 조兆의 모습을 나타내주는데, 그것과 점을 친 사안 간에는 "이중성"의 관계가 존재한다. 일반적으로 말해서 은대의 점복 과정을 보면, 준비 절차가 끝나면, 먼저 점을 칠 사안을 갑골에게 알리게 되는데 이를 통상 "명귀命龜"라고 한다. 그런 후 거북을 불로 지져 조兆를 살피고, 조상兆象에 근거해 길흉을 확정하는데, 점괘의 판단과 관련된 말을 조사兆辭라고 하며, 이로써 사안의 실행 가능성을 결정한다. 그래서 조사兆辭의 뒤에는 다른 용어가 부기되어 있다. 예컨대, "길吉, 용用; 대길大吉, 용用"(『경인』 2,210편), "길吉, 불용不用"(『합집』 31,755편), "대길大吉, 불용不用"(『합집』 31,737편), "대길大吉, 자용玆用"(『둔남』 1,088편), "인길引吉, 용用"(『갑』 386편), "인길引吉, 불용不用"(『경진』 4,597편) 등이 그러하다. 이렇게 볼 때, 명귀命龜 이후의 점괘의 판단은, 먼저 조兆가 갈라진 것을 보고 길흉을 정하고, 그

104) (역주) 叙𣪊은 복사의 占辭에 자주 보이는 상투어인데, 첫 글자는 肆로, 뒷 글자는 延으로 옮겨지며, '복이 계속되다'의 뜻으로 해석된다.

다음에 길흉에 근거해 사안의 실행 가능성을 결정한다. 조사兆辭는 몇 번째 점복의 결과인지를 말하는 것이지, 사안의 실행 가능성에 대한 최종 결정은 아니다. 그것은 갑골의 조兆의 갈라진 모습과 직접적인 관계를 가지지만, 사안의 점복과는 간접적인 관계만 가질 뿐이다. 그래서 바로 "이중적"인 관계라는 것이다. 은나라 사람들의 점복 과정에 의하면, 조사兆辭는 명귀命龜의 기록에 속하지 않으며, 명사命辭 속에도 출현하지 않아, 상나라적인 독립성을 유지하고 있다. 조사兆辭는 갑골의 조兆가 갈라진 모습에 대한 점괘의 판단이기 때문에, 어떤 때에는 점사占辭에 등장하기도 한다. 예컨대, "'중'이 군중을 모으지 못할까요? 왕이 점괘를 해석해 말했다. '크게 길하리라' 中不雉衆. 王占曰, 引吉"(『전』 5.6.1편), "경신일에 점을 칩니다. '고'가 물어봅니다. '조'를 불러 왕의 모친을 불러오게 할까요? 왕께서 점괘를 판단해 말했다. '길하리라. 불러오게 하라' 庚申卜, 𡆥, 貞乎肇王母來. 王占曰, 吉, 其乎"(『병』 65편)와 같다. 그렇다면 갑골문에서의 "습복"은 위에서 기술한 조사兆辭의 이런 특징을 구비하였는가? 다음의 복사를 보자.

> 계미일에 점을 칩니다. '습일복 癸未卜, 習一卜.'
> '습이복 習二卜.'
>
> —『통』 별別 1, 『하』 12, 『일』 220, 『합집』 31,672편

> '습일복.' 다섯을 …… 에 …… 習一卜, 五于 ……?
>
> —『합집』 31,675편

> '습일복 習一卜.'
>
> —『갑』 920, 『합집』 31,671편

> '습이복.' '책'이 보내왔다. [習二卜, 冊至].
>
> —『소련』 50편

'…기'에게 '주'제사를 드릴까요? …… 己酒?

'습이복 習二卜.'

…… 을 점복에 쓸까요? …… 用卜?

—『척속』 61, 『합집』 31,673편

'기[□일에 점을 칩니다. 습일복.] 己[□卜, 習一卜.]

'습이복 習二卜.'

'습삼복 [習三卜].'

'습사복 習四卜.'

—『녕호』 1.518, 『합집』 31,674편

'습 …… 習 …….'

희생 소 2마리를 올릴까요? 二牢?

희생 소 □마리를 올릴까요? □牢.?

—『안명』 1,773편

'계'일에 '주'제사를 올릴까요? 叀癸酒?

목을 베지 말까요? 弜𣍘?

목을 벨까요? 其𣍘?

'습 …… 習 …….'

—『화이트』 1,393편

…… '습귀복.' 다시 와서 사로잡아, 쓰면, [왕께서 도움을 받을까요?] …… 習龜卜, 又來執, 其用, [王受又.]

—『명』 715, 『합집』 26,979편

□□일에 점을 칩니다. '습우일복', 오 …… □□卜, 習龜一卜, 五 …….

—『수』 1550, 『합집』 31,669편

□□일에 점을 칩니다. '습우일복', 오…… □□卜, 習龜一卜, 五…….

—『합집』 31,670편

'습……', '자용.' 叀習 …… 茲用

—『합집』 39,441편

"습복"이라는 용어가 언제나 명사命辭에 출현하고, 상대적으로 독립되어 있으며, 점사占辭에 출현하는 예는 한 개도 없다는 사실을 분명하고도 쉽게 볼 수 있다. 그래서 이는 명귀命龜 때의 용어이지 갑골의 조兆의 갈라진 모습에 대한 점괘의 판단에 대한 용어가 아니며, 조사兆辭와 관련된 특징이 "습복"에 모두 갖추어져 있는 것도 아니다. 그래서 소위 "길吉한 것이 아니다"거나 "길吉함의 연속이다"는 것과 같이 점괘의 결과에 대한 판단을 말하는 조사兆辭와는 전혀 관련이 없다.

세 번째 견해처럼, 과연 습習이라는 것이 동일 사안에 대한 동일 점복의 다른 방식을 말한 것인가? "습복"이라는 것이 동일한 사안에 대해 동물 뼈와 거북딱지를 번갈아 가면서 친 점을 말하는 것인가? 갑골문에서의 습習자를 『예기』 「곡례曲禮」 상上에서의 "복서卜筮는 서로 번갈아 하지 않는다卜筮不相襲"라고 할 때의 습襲자로 읽는다고 한 것은 믿을 만하지만, 동일한 사안에 대해 거북딱지와 동물 뼈를 번갈아 사용해 점을 친 것을 지칭하는 것은 결코 아니다. 이 점에 대해서는 류증부柳曾符가 앞에서도 이미 지적했듯이, 은나라 사람들이 다른 판異版에 함께 점을 친 경우라면 언제나 같은 거북딱지거나 같은 동물 뼈로써 했지, 결코 동물 뼈와 거북딱지를 돌려가며 한정한 것은 아니다. 지금 살펴보건대, 후기 상왕조에서 동일 사안에 대해 점복을 할 때에는 종종 정반대정正反對貞, 동사이복同事異卜, 이판동사異版同事, 이일동사異日同事 등과 같이 몇 가지 서로 다른 각도에서 반복적으로 점을 쳤다. 또 각각의 점복에서는 3개의 뼈를 사용했으며, 같은 날 동일한 사안에 대해 다른 갑골에다 점을 쳤을 경우 사용한 재료는 대부분 일치하였으며, 거북딱지와 소뼈를 번갈아 가면서 점을 친 경우는 개별적인 예에 불과했다. 그래서 "뼈 점과 거북점을 서로 번갈아 했다"는 것이 은대의 점복법을 구성하는지는 매우 의심스럽다. 소뼈와 거북딱지를 번갈아 가며 점을 쳤다는 견해가 나오게 된 것은, 대체로 다음의 두 가지 복사에서 증거를 찾고 있다.[105] 첫째 복사는 "습귀복, 또 희생으로 쓸 사람을 가져오고, 그것을 사용하면, [왕께서 신의 보살핌을 받겠습니까?] 習龜卜, 又來執, 其用, [王受又](『명』 715편)인데, 이는 소 어깻죽지 뼈의 잔편인데도 "습귀복習龜卜"이라는 말을 기록하고 있다. 이 복골은 이미 『합집』 26,979편으로 수록되었는데, 만약 "소뼈와 거북딱지를 번갈아 가며 점을 쳤다"는 말대로라면, 당시 같은 점을 쳤던 다른 편은 거북딱지가 되어야만 할 것이다. 하지만 "동문 예同文例"를 찾아본 결과 모두 뼈를 사용한 점이지 거북점이 아니었다. 예를 들어 『합집』 26,984편에서 " …… 포로를 데려와 희생으로 사용하면, 왕께서 [신의 보살핌을 받겠습니까?] …… 來執, 其用, 王[受又]"라 했고, 『합집』 26,980편에서 " …… 점을 칩니다. 포로를 데려와 희생으로 사용하면, 왕께서 신의 보살핌을 받겠습니까? …… 卜, 其用執, 王受又"라고 했는데, 이 두 편은 모두 소 어깻죽지 뼈로, 『명』 715편과 동시에 점을 쳤던 것으로 추정된다. 이외에도 다음의 두 조組를 얻을 수 있었다.

제1조

갑자일에 점을 칩니다. 포로를 희생으로 삼아 …… 甲子卜, 其乍執 …… ?

—『합집』 26,978편

105) 李學勤, 「評陳夢家殷虛卜辭綜述」, 『考古學報』, 1957年 第3期.

□자일에 점을 칩니다. 포로를 잡아…… 희생으로 쓰면……? 길할 것이다□子卜, 執, 其用……吉.

—『합집』 26,982편

왕께서 포로를 희생으로 삼아…… 王其用執, 叀……?

—『합집』 26,981편

제2조

을해일에 점을 칩니다. 포로를 희생으로 삼아, 배를 갈라 제사를 지내면 정벌 때 보살핌을 받을까요? 乙亥卜, 其乍執, 其卯又正?

—『합집』 26,977편

…… 포로를 희생으로 삼아, 배를 갈라 제사를 지내면, 왕께서 □□을 받을까요? ……執, 卯, 王受□□?

—『합집』 26,987편

을해일에 점을 칩니다. 포로를 희생으로 삼아……? 크게 길할 것이다 乙亥卜, 執, 其用……大吉.

'고'를 희생으로 쓰면, 왕께서 신의 보살핌을 받을까요? 高用, 王受又又?

희생으로 쓸까요? 其用?

'중종 조을'부터 하면, 왕께서 신의 보살핌을 받을까요? 自中宗祖乙, 王受又又?

'대을'부터 포로를 희생으로 쓰면, 왕께서 신의 보살핌을 받을까요? 自大乙用執, 王受又又?

—『합집』 26,991편

이상에서 두 조는 3편으로 되었으며, 갑자일과 을해일은 11일의 시간차가 난다. 이들과 "습귀복習龜卜"이 기록된 조組의 3편은 아마도 다른 날 같은 사안에 대해 친 점일 것이다. 아마도 당시 "포로를 희생으로 사용하는用執" 사안에 대해 서로 다른 날짜에 몇 번씩 차례로 점복을 했던 것으로 추정된다. 매번 점복에 사용했던 재료를 보면, 같은 몇 개의 소뼈이거나 혹은 같은 몇 개의 거북딱지였으며, 다행히도 그중 세 차례에 걸쳐 치러진 점복의 소뼈 몇 개가 오늘날 다시 모습을 드러내었던 것이다. 하지만 다른 한 차례의 점에서 사용했던 거북딱지는 아마도 아직 출토되지 않았거나, 어떤 원인에 의해 보존되지 못했던 것으로 보인다. 이 "습귀복習龜卜"은 같은 날 같은 사안에 대해 거북점과 소뼈 점을 번갈아 가며 친 것이 아니라, 다른 날의 소뼈 점이 며칠 전의 거북딱지 점을 이어서 이루어진 것임을 보여주고 있다.

둘째 증거는 소 어깻죽지 뼈의 골판의 왼쪽 가장자리에 기록된 "□□일에 점을 칩니다. 습우일복. 오…… 卜□□卜, 習䨺一卜, 五……"(『수』 1,550편)인데, 원래 뼈는 지금 북경도서관에 소장되었으며, 이미 『합집』 31,669편으로 수록되었다. 우䨺는 거북의 종류를 말한다. 이 또한 "습복習卜"이 "동일한 사안에 대해 뼈와 거북을 서로 번갈아 가며 쳤다"는 주장의 튼튼한 증거가 된다고 했다. 하지만 이러한 주장대로라면, 같이 점을 친 다른 편은 당연히 거북딱지가 되어야만 할 것이다. 그러나 찾아낸 다른 편은 공교롭게도 또 다시 소 어깻죽지 뼈였으며, 이 또한 골판의 왼쪽 가장자리에 "□□일에 점을 칩니다. 습우일복. 오…… □□卜, 習䨺一卜, 五……"라고 기록되어 있다. 원래 뼈는 지금 제남濟南의 산동성 박물관에 소장되어 있으며, 이미 『합집』 31,670편으로 수록되었다. 복사의 글자체와 내용과 새긴 스타일이 위의 골편과 완전히 일치하며, 이 골편의 "일복一卜"에서의 복卜자를 卜으로 새겼지만 위편에서는 ㇀으로 적어 서로 대응하고 있기에, 같은 날 친 점으로 보인다. 이 두 편의 소 어깻죽지 뼈는 같은 사안에 대한 동일한 점복으로, "습복習卜은 동일한 사안에 대해 뼈 점과 거북점을 번갈아 가면서 친다"는 해석을 근본적으로 부정하고 있다. 복골 상에 기록된 "습우일복習䨺一卜"은 이번에 치러진 뼈 점에서 사용한 몇 개의 복골이 바로 먼저 치러진 거북점을 이어서 이루어진 것이라는 사실을 말해준다. 다만 이전에 사용했던 몇 개의 거북딱지에 대해서는 그 행방을 알 수 없을 뿐이다. 이렇게 볼 때, 증거로 들었던 두 복사도 "습복習卜이 동일한 사안에 대해 뼈 점과 거북점을 번갈아 가면서 쳤다"는 것을 증명해 줄 수 없다. 특히 『합집』 31,670편의 소뼈의 발견은 이미 뼈 점과 거북점을 번갈아 가면서 쳤다는 가설이 성립할 수 없도록 만들어 주었다.

"습복習卜" 제도에 관해서, 습習은 습襲과 같고 중복되다重나 기인하다因라는 뜻으로, 습복習卜은 이전의 것에 기인해 이후에 치는 점복을 말한다. 이러한 사실은 문헌에도 보이는데, 『상서』 「금등金縢」에서 "그리하여 세 개의 거북으로 점을 치는데, '일습'이 길했다乃卜三龜, 一習吉"고 했고, 『대우모大禹謨』에서도 "복불습길卜不習吉"이라 했는데 공영달의 소疏에서 "습習은 이후에 이전의 것에 기인한다는 뜻이다"고 했다. 『좌전』 「양공襄公」 13년 조에서 "선왕께서 정벌에 관해 5년 동안 점을 쳤는데, 해마다 길상하다고 계속되었다. 길상하다는 점괘가 계속되었기에 순행을 하게 되었다. 길상하다는 점괘가 이어지지 않게 되면 덕을 더 쌓아 다시 점을 치게 된다先王卜征五年, 而歲習其祥, 祥習則行, 不習, 則增修德而改卜"고 했는데, 두예杜預의 주에서 "5년 동안 다섯 번 점을 쳤는데 모두 동일하게 길하다고 나와서 비로소 순행을 하게 되었다. '불습'이라는 것은 점복의 결과가 불길함을 말한다五年五卜, 皆同吉, 乃巡守, 不習, 謂卜不吉"고 했다. 어떤 학자는 습복習卜을 길조吉兆를 얻은 후 다시 길조를 얻은 것이라 주장하기도 한다. 하지만 이는 지나치게 절대화 한 것 같이 보인다. 앞에서 인용한 문헌에 바로 "습길習吉"과 "복불습길卜不習吉"이라는 말이 있지 않은가? 습복習卜은 언제나 이전의 사안을 이어서 다시 점을 친 경우이며, 거기에는 언제나 특수한 원인이 있었다. 즉 은상 왕조에서는 점을 친 사안이라고 해서 반드시 그날 시행할 필요는 없었으며, 아마도 점을 쳐 길조를 얻었지만 때에 임박해 기후가 악화되거나 질환이 발생하거나 전쟁이 갑자기 일어나거나 일에 우여곡절이 생기거나 준비의 부족 등 어떤 변고 때문에 그것의 시행이 어려워지자, 부득불 다시 점복을 하게 되었을 것이다. 하지만 이전의 점복이 그다지 이상적이지 못해 왕의 의지와 거리가 있었지만 반드시 시행을 해야 할 상황이어서, 두 번 세 번 다시 점을 쳐 인간과 신 사이의 깊은 소통을 구하고 이로부터 사람의 바람과 신의 의지를 통일시키고자 했던 것일 가능성도 있다. 『춘추』에서는 생쥐鼷鼠가 교郊제사에 쓸 소의 뿔과 살코기를 먹어버려 "소를 바꾸어 점을 친改卜牛" 일에 대해 세 번이나 기록하고 있다.[106] 『춘추』 선공宣公 3년 조에서는 또 "교郊제사에 쓸 소가 입을 다쳤다. 그래서 소에 대해 점을 쳤는데卜牛, 소가 죽어버렸으므로 교郊제사를 올리지 않았다"[107]고 했으며, 『공양전』에서는 "희생을 키우면서 키우는 것에 대해 두 번 점을 쳤는데, 체禘제사에 쓸 희생이 불길한 것으로 나왔고, 그래서 농사 신稷에 대한 제사에 쓸 희생을 끌고 와서 점을 쳤다養牲養二卜, 帝牲不吉, 則扳稷牲而卜之"라고 했다. 양백준楊伯峻에 의하면, "바꾸어 점을 친 소가 다시 죽어버리자, 교郊제사를 행하지 않았는데, 전傳에서는 이를 두고 '예가 아니다非禮'고 했으며, 아마도 다시 소로 점을 쳤어야지 교郊제사를 폐지하는 것은 옳지 않았다는 뜻으로 보인다"[108]고 했다. 이렇게 볼 때 고대의 습복習卜이나 개복改卜은 어떤 변화나 특수한 원인으로 이전의 점복에서 얻었던 길吉과 불길不吉에 관계없이 다시 점복을 행한 것을 말한다. 하지만 점을 친 사안은 "이후에 이전에 기인한" 계승 관계를 특징으로 하고 있다. "습일복習一卜"은 이전의 한 차례 점복을 이은 두 번째 계속된 점복이며, "습사복習四卜"은 다섯 번째의 점복이다. "습자복習茲卜"은 전적으로 그보다 먼저 치러진 동일 사안에 대한 점복 중 어떤 한 가지 점에 대해 다시 점을 치는 것으로, 점을 친 시간은 언제나 앞뒤로 "벌어져" 있다. 습복習卜은 일반

106) 각각 『左傳』 成公 7年・哀公 元年・定公 15年 조에 보인다.
107) "郊牛之口傷, 故卜牛, 牛死, 乃不郊."
108) 『春秋左傳注』, 667면.

적으로 먼저 치러졌던 점복에서 사용한 갑골에다 시행하며, 앞의 점복과 관련해서 여러 번 반복해 점복을 했지만 사실은 새로 쓸 갑골이 더해진 것은 아니었다. 물론 가끔 새로운 갑골을 사용하기도 했다. 예컨대 앞의 점복에서 거북딱지를 사용했다면 뒤에는 다시 소뼈로 바꾸었는데, 소 어깻죽지 뼈에서 보이는 "습귀복習龜卜"과 "습우일복習䨻一卜"은 아마도 이러한 정황을 반영한 것일 것이다. 습복習卜 제도의 중점은 다른 시간대에 이전의 일과 연계해서 그 일이나 그 일의 후속 작업에 대해 계속해 점을 쳤다는 것에 있다. 그것은 갑골 점복의 조상兆象을 더욱 이상적으로 나타나게 해, 사안에 더욱 잘 적응시킬 수 있는 가변성을 얻기 위한 것이었다. 다시 말해, 이는 은상 왕조에서 복잡한 사태에 응변하고 점복의 상황에서 주관적이고 능동적인 요소를 발휘하고자 하는 노력에 의해 만들어진 것이라 할 수 있다.

3) 삼복三卜 제도

은상 왕조의 갑골 점복은 한 가지 사안을 하나의 거북딱지나 소뼈로 반복해서 물어본 것 이외에도 통상 같은 사안에 대해 몇 개의 갑골을 동시에 사용해 반복적으로 물어보기도 했다. 이때에는 각각의 갑골 상에 각기 서로 다른 숫자를 기록하였는데, 이를 복수卜數라 한다. 이는 동일 차수의 점복에 사용된 갑골 중 그 갑골이 소속된 차례를 나타내는 숫자로, 앞에서 말했던 갑골 상에 새겨진 점복의 순서를 나타내는 1부터 10까지의 "서수序數"와는 그 성질이 다르다. 요종이饒宗頤에 의하면, "은나라 사람들의 점치는 과정은 대단히 복잡했다. 같은 사안에 대해 같은 날 같은 사람에 의한 점복도 있는데, 거북딱지를 다섯 개까지 사용한 경우도 보인다. 그것들의 명사命辭는 모두 동일하지만 일一 이二 삼三 사四 오五 등과 같은 숫자를 다른 거북딱지에다 기록해 구별했다." 이는 바로 복수卜數를 두고 한 말이다. 은허 갑골 상에는 또 "일복一卜"에서부터 "육복六卜"이라는 용어가 보이는데, 이 또한 점복에 몇 개의 갑골을 사용했는가를 말한 것이다. 지금 이에 관한 것들을 모아 분석해 보기로 한다.

1. "일복一卜"이라고 한 것이 2조항이며, 제1기에 속한다.

…… 왕께서 점괘를 해석하여 말하셨다. '일복'이었다. …… 王占曰, 隹一卜 ……

—『합집』 17,669편

임신일에 점을 칩니다. 왕께서 [물어봅니다]. '일복을 하였다.' 신묘일에 '탁의 [illegible]'가 이르지 않겠습니까? 10월이었다. 壬申卜, 王, [貞]用一卜, 弜前, 辛卯槖[illegible]至. 十月.[109)]

—『합집』 21,401편

2. "이복二卜"이라고 한 것이 5조항이며, 모두 제1기에 속한다.

□□에 점을 칩니다. 왕께서 …… '지금 이복을 하라.' …… 을 불러 …… 하지 말까요? 4월이었다. □□卜, 王 …… 玆二卜 …… 乎勿 …… 人. 四月.

—『합집』 17,671 · 21,402편 중복 출현

…… 물어봅니다. '이복'을 할까요? …… 점괘를 해석해 말했다. '각'이 …….
…… 貞二卜 …… 占曰, 角 ……

—『합집』 17,672편

109) (역주) 槖은 지명으로, 常弘은 『산해경』에 보이는 槖山과 槖水를 말하여 지금의 하남성 陝縣에 있었다고 했다. 崔恒昇, 『簡明甲骨文詞典』, 645면.

…… 점괘를 해석해 말했다. '이복' …… 하지 않을 것이다. …… 占曰, 二卜 …… 不 ……

—『합집』 17,670편

…… '이복' …… '견遣' …… 二卜 …… 𢀛

—『합집』 28,002편

…… '이복', …… 로 하여금 …… '부'가 …… 二卜, 令 …… 夫 ……

—『화이트』 465편

3. "삼복三卜"이라고 한 것이 21조항이며, 제1기부터 제4기에 속한다.

무인일에 점을 칩니다. 물어봅니다. '삼복을 하였다', '혈'제사에 3마리의 양을, '책'과 '벌'제사에 20주전자의 술과 30마리의 희생 소와 30명의 포로와 2명의 '선'족을 사용해 '비경'께 올릴까요? 戊寅卜, 貞三卜用, 血三羊𠬝伐廿鬯卅牢卅㞋二卬于妣庚. 삼三

—『합집』 22,231편

을묘일에 점을 칩니다. '빈'이 물어봅니다. '삼복'을 하고, 왕께서 '운경'에서 '𢓊'으로 갈까요? 괜찮을 것이다. 6월이었다. 乙卯卜, 穷, 貞三卜, 王往𢓊于隕京, 若. 六月.

—『합집』 8,039편

□미일에 점을 칩니다. 왕께서 물어봅니다. '豖'이 '𩡧'을 사로잡을까요? □未卜, 王, 貞三卜, 豖執𩡧.

—『철』 186.3, 『합집』 5,330편

□미일에 점을 칩니다. 물어봅니다. '삼복'을 하면, '羌'을 사로잡을까요? □未卜, 貞三卜, 執羌.

—『을』 8,892편

□자일에 점을 칩니다. 물어봅니다. '삼복'을 하고 …… '병'일에 과연 ……? 왕께서 점괘를 해석해 말했다 …… □子卜, □, 貞三卜 …… 丙允 …… 王占曰 ……

—『합집』 21,403편

□□일에 점을 칩니다. □가 [물어봅니다]. '삼복'을 ……? 점괘를 해석해 말했다 …… 사로잡을까요 ……. 크게 길할 것이다. □□卜, □, [貞]三卜 …… 占曰 …… 執 ……. 上吉.

—『속존』 하 381편

□□□, □, 물어봅니다. '삼복'을 …… '작'이 …… □□□, □, 貞三卜 …… 雀以 ……

—『합집』 9,034편

…… 물어봅니다. '삼복'을 할까요? …… 貞三卜.

—『합집』 17,673, 『합집』 21,404편 중복 출현

…… 물어봅니다. '삼복'을 하면, 우리에게 불행한 일이 있겠습니까? …… 貞三卜, 余禍.

—『영국』 1,608편 이상 9조항은 제1기에 속함

갑술일에 점을 칩니다. '대'가 물어봅니다. 30마리를 쓰지 말아야 할까요? 甲戌卜, 大, 貞勿䶒, 用三十.

—『합집』 25,020편 이상 1조항은 제2기에 속함

갑진일에 점을 칩니다. '대'가 물어봅니다. '[illegible]'이 '삼복'을 하지 말까요? 복이 계속 지속되리라. 甲辰卜, 狄, 貞[illegible]弜三卜. 叙[illegible].

—『합집』 30,757편

'삼복'을 할까요? 其用三卜.

—『합집』 31,677+『전』 42.10편 이상 2조항은 제3기에 속함

병진일에 점을 칩니다. 물어봅니다. '여'가 '복삼'을 할까요? 丙辰卜, 貞余用卜三.

—『합집』 22,123편

계축일에 '역'이 물어봅니다. 10일 동안의 길흉에 대해 물어봅니다. '삼복'을 하면, 불행한 일이 없겠습니까? 癸丑, 歷, 貞旬, 三卜, 亡禍.

계해일에 '역'이 물어봅니다. 10일 동안의 길흉에 대해 물어봅니다. '삼복'을 하면, 불행한 일이 없겠습니까? 癸亥, 歷, 貞旬, 三卜, 亡禍.

계유일에 '역'이 물어봅니다. 10일 동안의 길흉에 대해 물어봅니다. '삼복'을 하면, 불행한 일이 없겠습니까? 癸酉, 歷, 貞旬, 三卜, 亡禍.

—『화이트』 1,621편

계묘일에 '역'이 물어봅니다. 10일 동안의 길흉에 대해 물어봅니다. '삼복'을 하면, 불행한 일이 없겠습니까? 癸卯, 歷, 貞旬, 三[卜, 亡禍]

계해일에 '역'이 물어봅니다. 10일 동안의 길흉에 대해 물어봅니다. '삼복'을 하면, 불행한 일이 없겠습니까? 癸亥, 歷, 貞旬, 三卜, 亡禍.

—『화이트』 1,622편

계□일에 '역'이 □. □, '삼복'을 하면, □□? 癸□, 歷, □□, 三卜, □□.

—『합집』 41,501편 이상 7조항은 제4기에 속함

무술, '삼복.' 戊戌, 三卜.

—『둔남』 2,504편

[이에] '삼복'을 하면, 허락하지 않을까요? [玆]三卜, 亡若.

—『합집』 31,676편 이상 2조항은 제3~4기에 속함

4. "사복四卜이라고 한 것이 2조항인데, 정반대정正反對貞으로 되어 있으며, 동일한 거북배딱지의 좌우 갑수首甲 부분이지만 떨어져 나가 서로 결합이 되지 않는 상태이며, 제1기에 속한다.

정사일에 점을 칩니다. 왕께서 물어봅니다. '사복'을 하고, 사람들을 불러 모아 방국을 칠까요? 과연 사로잡았다. 丁巳卜, 王, 貞四卜, 乎比征方. 允獲.

—『합집』 20,451편

정사일에 점을 칩니다. 왕께서 물어봅니다. '사복'을 하고, 방국을 정벌하면 사로잡지 못할까요? 丁巳卜, 王, 貞四卜, 弗其獲, 征方.

—『천리』 305편

5. "오복五卜"이라고 한 것이 3조항이며, 모두 제1기에 속한다.

'오복'을 할까요? 五卜.

—『합집』 22,075편

'오복'을 할까요? 五卜.

—『갑』 268편

오늘 밤에 '오복'을 할까요? 此夕五卜.(염재棪齋 소장 갑골)[110]

6. “육복六卜”이라고 한 것이 1조항이며, 제1기에 속한다.

무자일에 점을 칩니다. ‘육복’을 할까요? 卜戊子卜, 用六卜.

—『합집』 22,046편

이렇게 “일복一卜”부터 “육복六卜”까지의 용어는 모두 정사貞辭나 점사占辭에 출현하고 있는데, 이는 앞에서 말한 “습복習卜”이 점사占辭에서 출현하는 것과는 약간 다르다. 『합집』 22,231편의 정사貞辭에서 말한 “삼복三卜”은 뼈에 새겨진 복수卜數인 “삼三”과 일치한다. 『화이트』 1,621편은 소 어깻죽지 뼈에 새겨졌는데, 3조항의 복사가 등장하며, 점을 친 날짜는 전후 3순旬 동안 서로 이어지고, 정사貞辭는 모두 “삼복三卜”으로 통일되어 있다. 『합집』 20,451편과 『천리』 305편은 정반대정正反對貞의 형식으로 “사복四卜”으로 통일되어 있다. 어떤 경우에는 “용일복用一卜” 할 것인지 “용삼복用三卜” 할 것인지의 여부를 강조한 것도 있는데, 이는 점복 중에서도 특히 이전의 같은 점복에서 몇 번째 뼈에서의 조兆의 모습과 서로 연계되어 있는가에 중점을 둔 것이다. 이렇게 볼 때 이러한 용어는 결코 같은 편에서 갑골 상의 점복 순서를 나타내는 일一부터 십十에 이르는 “서수序數”의 의미와는 관련이 없으며, 점복에서 몇 개의 뼈를 사용했는가 하는 복법제도와 관련되어 있음이 분명하다. 앞에서 들었던 『합집』 30,757편의 “갑진일에 점을 칩니다. ‘대’가 물어봅니다. ‘[illegible]’이 ‘삼복’을 하지 말까요? 복이 계속 지속되리라 甲辰卜, 狄, 貞[illegible]弜三卜. [illegible]”의 원래 딱지는 완전한 모습의 거북 배딱지이다. 이는 『갑』 3,915편에도 보이는데, 굴만리屈萬里는 “필삼복弜三卜”은 “세 번 점을 쳐 물어볼 필요가 없다”는 뜻이라고 했다.[111] 하지만 같은 판同版에는 공교롭게도 갑진일에 ‘대狄’가 점을 친 4번째의 복사가 있으며, 그중 세 복사는 각기 일一·이二·

110) 劉淵臨, 「殷虛“骨簡”及其有關問題」, 圖 11.2.
111) 『殷虛文字甲編考釋』, 491면.

삼三으로 순서를 매겨놓았기 때문에, 적어도 이미 세 번의 물음이 있었으며 그래서 이는 "세 번 점을 쳐 물어볼 필요가 없다"는 것이 아님은 분명하다. 따라서 굴만리의 해석은 성립하기 힘들다. 하지만 주의할 만한 것은, 이 거북딱지가 은허의 제9차 발굴 때 후가장侯家莊이 HS20 회갱灰坑에서 출토되었으며, 같은 갱坑에서 나온 6편의 큰 거북大龜 배딱지와 1편의 등딱지는 모두 '대狄'가 점을 친 것인데, 출토 당시 7편의 거북딱지가 한데 엉겨 붙어 있었으며, 6편의 큰 거북 배딱지는 삼三의 배수로, 마치 정사貞辭인 "삼복을 하지 말까요?弜三卜"가 점복의 상황을 암시하는 듯하다. 결론적으로 말해서 『합집』 30,757편의 "삼복을 하지 말까요?弜三卜"는 당연히 같은 점복에 사용된 뼈의 숫자 및 그 전에 친 점의 조兆의 모습과 연관 관계가 있다 하겠다.

위에서 든 34조항의 복사로 볼 때, "삼복三卜"이라고 한 것이 21개로 전체의 61.76%를 차지하고 있으며, 그중 제1기가 9차례, 제3·4기가 11차례로, 후기에 많이 나타남을 보여주고 있다. 제5기에는 나타나지 않지만, 제5기 때의 갑골에 보이는 최고의 복수卜數가 거의 "삼三"을 넘지 않는 것으로 보아, "점복 때 3개의 뼈를 사용한卜用三骨" 것은 제5기에 들면 이미 제도화되어 더 이상 강조할 필요가 없었던 것으로 보인다. 그리고 "사복四卜", "오복五卜", "육복六卜"은 합해도 겨우 6차례로 전체의 17.65%를 차지해 "삼복三卜"의 숫자보다 훨씬 적고, 게다가 모두 제1기에만 보인다. 종합적으로 말해서 은상 왕조의 갑골점복은 매번 한 가지 사안에 여러 번 점을 쳤으며, 통상 하나 혹은 몇 개의 갑골을 사용해 한 가지 사안에 대해 동시에 점을 쳤다. 사용한 갑골의 수를 보면, 제1기의 무정 때는 가끔 "사복四卜", "오복五卜", "육복六卜"도 있으며, 앞에서 말했듯이 무정 때의 거북점에는 5개가 한 세트套를, 소뼈 점에는 9개의 어깻죽지 뼈가 한 세트를 이루는 경우도 있다. 하지만 일반적인 상황에서는 3개의 뼈로 점복을 했으며, 이후 점차 일상적인 제도로 변했다. 예컨대 다음에 열거한 복사들은 각각 세트套를 이루고 있다.

제1세트套

기해일에 점을 칩니다. '쟁'이 물어봅니다. 왕께서 깃발을 세우지 말까요? 己亥卜, 爭, 貞王勿立中? 일一

—『구미아歐美亞』 200편

기해일에 점을 칩니다. '쟁'이 물어봅니다. 왕께서 깃발을 세우지 말까요? 己亥卜, 爭, 貞王勿立中? 이二

—『합집』 7,367편

기해일에 점을 칩니다. '쟁'이 물어봅니다. 왕께서 깃발을 세우지 말까요? 己亥卜, 爭, 貞王勿立中? 삼三

—『합집』 7,368편

제2세트套

경신일에 점을 칩니다. '□'이 □합니다. 오는 정해일에 왕의 침실에서 역귀를 쫒아내는데 '유'제사와 '예'제사와 '세'제사를 드리면서 강족 30명과 [소] 10마리를 배를 갈라 쓸까요? 12월이었다. 庚申卜, □, □來丁亥寇寚㞢枆歲羌卅卯十[牛. 十二月].[112)]

—『합집』 319편

경신일에 점을 칩니다. '대'가 물어봅니다. 오는 정해일에 왕의 침실에서 역귀를 쫒아내는데 '유'제사와 '예'제사와 '세'제사를 드리면서 강족 30명과 소 10마리를 배를 갈라 쓸까요? 12월이었다. 庚申卜, 大, 貞來丁亥寇寚㞢枆歲羌卅卯十牛. 十二月. 이二

—『합집』 22,548편

112) (역주) 寇는 儺와 같아 역귀를 쫒아내는 일을 말하며, 寚는 寢의 옛글자로 상나라 왕이 거처하는 침실을 말하며, 枆는 埶(藝)의 본래 글자로 여기서는 제사이름으로 쓰였다.

□□□, □, □ [오는 정]해일에 왕의 침실에서 역귀를 쫓아내는데 희생용 양을 쓸까요? 12월이었다. □□□, □, □[來丁亥寢𡨦宰. 十二月].

—『합집』 13,573편

제3세트套

신유일에 물어 봅니다. 계해일에 또 '부정'께 '세'제사를 드리는데 희생 소 5마리를 쓸까요? 쓰지 말라. 辛酉, 貞癸亥又父丁歲五牢, 不用. 일一

—『경진』 4,068편

신유일에 물어 봅니다. 계해일에 또 '부정'께 '세'제사에 드리는데 희생 소 5마리를 쓸까요? 쓰지 말라. 辛酉, 貞癸亥又父丁歲五牢, 不用. 이二

—『둔남』 723편

신유일에 물어 봅니다. 계해일에 또 '부정'께 '세'제사를 드리는데 희생 소 5마리를 쓸까요? 쓰지 말라. 辛酉, 貞癸亥又父丁歲五牢, 不用. 삼三

—『경진』 4,067편

제4세트套

임술일에 점을 칩니다. '후둔'을 '상갑'부터 '십시'에 사용할까요. 壬戌卜, 用侯屯自上甲十示?[113] 일一

임술일에 점을 칩니다. 을축일에 '후둔'을 사용할까요. 壬戌卜, 乙丑用侯屯? 일一

계해일에 점을 칩니다. 을축일에 '후둔'을 사용할까요. 癸亥卜, 乙丑用侯屯? 일一

계해일에 점을 칩니다. 을축일에 햇빛이 날까요. 癸亥卜, 乙丑易日?[114] 일一

---

113) (역주) 侯는 諸侯에서처럼 지방장관을 지칭하고, 屯은 사람이름이다. 十示는 두 가지를 지칭하는데, 하나는 大乙부터 祖丁까지의 9명의 조상신과 上甲을 더한 10명의 조상신을 말하고, 다른 하나는 報乙, 報丙, 報甲에서 扎甲에 이르는 10명의 조상신을 말한다. 趙誠, 『甲骨文簡明詞典』, 30면.

114) (역주) 易日은 賜日로 햇빛을 내려주어 날이 개다는 뜻이다. 혹자는 暘日로 보아 날

—『합집』 32,187편

임술일에 점을 칩니다. '오시'에게 '둔'을 사용할까요. 壬戌卜, 于五示用屯?[115] 이二

임술일에 점을 칩니다. '둔'을 을축일에 사용할까요. 壬戌卜, 用屯乙丑? 이二

계해일에 점을 칩니다. '둔'을 을축일에 사용할까요. 癸亥卜, 用屯乙丑? 이二

갑자일에 점을 칩니다. 을축일에 햇빛이 날까요? 정말 그러했다. 甲子卜, 乙丑易日. 允. 이二

—『둔남』 2,534편

임술일에 점을 칩니다. '후둔'을 '상갑'부터 '십시'에 사용할까요. 壬戌卜, 用侯屯自上甲十示. 三壬戌卜, 于五示用侯屯? 삼三

계축일에 점을 칩니다. 을축일에 햇빛이 날까요? 癸亥卜, 乙丑易日? 삼三

—『합집』 32,189편

제1세트는 제1기에, 제4세트는 제2기에, 제3세트와 제4세트는 제4기에 속하며, 매번 3개의 뼈를 사용했다. 뼈에는 복수卜數인 일一·이二·삼三이 새겨졌는데, 각각 첫 번째, 두 번째, 세 번째 복골임을 나타낸다. 가장 명확한 것은 제1·2·3세트의 3조組로, 점복에 3개의 뼈를 사용했으며 각각의 뼈에 새겨진 복사가 모두 같은 내용이다. 다만 제4세트는 3개의 뼈를 사용했고 동일한 사안에 같은 점을 쳤지만 복사에는 차이가 있는데, 이는 "삼복제三卜制"가 "습복習卜" 및 동사이문同事異問·일사다복一事多卜과 유기적으로 연계되어 있음을 보여준다. 즉 소위 성투成套 복사의 경

이 개다나 날씨가 바뀌다의 뜻으로 해석하기도 한다.

115) (역주) 五示는 두 가지를 지칭하는데, 하나는 上甲, 戊(大乙), 大丁, 大甲, 祖乙의 5명의 先王을, 다른 하나는 丁(武丁), 祖乙(小乙), 祖丁, 羌甲, 祖辛 등 5명의 先王을 말한다. 趙誠, 『甲骨文簡明詞典』, 29~30면.

우 내용이 반드시 같을 필요는 없다. 예컨대, 같은 날 같이 점을 친 것과 다른 날에 이루어진 "습복習卜"은 제삿날의 날씨 변화 등과 같은 원인 때문에 같은 사안에 대해 다른 각도에서 반복해서 점을 친 것일 수 있지만, 원래의 뼈에다 점을 치기 때문에 복수卜數는 계속 이어진다. "삼복제三卜制"의 확립도 분명 "습복習卜"이 더욱 규범화하고 제도화 하도록 만들었을 것이며, 거꾸로 "습복習卜"제도도 "삼복제三卜制"가 점복 예제에서 더욱 심층적으로 운용될 수 있도록 추동했을 것이다. 이렇게 둘은 서로 서로를 보완하면서 더욱 빛을 발하게 되었다.

"삼복제三卜制"의 확립은 은상 왕조의 복관卜官 제도 수립과 상응된다. 갑골문에서는 이렇게 말하고 있다.

……'우복'…… 右卜……

— 제1기, 『경진』 2,539편

…… 왕께서 복을 받을까요? …… 아니다, '좌복'에게 재앙이 출현하여 …… 王祼……非, 左卜有祟……

— 제1기, 『합집』 15,836편

경신일에 점을 칩니다. '려'가 물어봅니다. '원복'이 사용할까요. 庚申卜, 旅, 貞惟元卜用?

— 제2기, 『합집』 23,390편

기유일에 점을 칩니다. '대'가 물어봅니다. '우복'이 사용할까요. 己酉卜, 大, 貞惟右卜用?

— 제2기, 『합집』 25,019편

'원복'의 점을 이어서 칠까요. 習元卜?

— 제3기, 『합집』 31,675편

'우복. 右卜.'

— 제3기, 『합집』 28,974편

…… '상'에다 들일까요? '좌복'이 점괘를 해석해 말했다. "'상'에 들이지 말라'. 갑신일 메뚜기 떼가 일어나 밤까지 계속되었다. '녕'제사를 올리는 데 큰 희생 소 3마리를 사용했다. …… 入商. 左卜占曰, 弜入商. 甲申𧒒夕至, 寧, 用三大牢.[116]

물어봅니다. 메뚜기 떼를 가라 앉히는 '녕'제사를 상제의 5가지 옥신들께 드리고 태양신께도 아뢸까요? 貞其寧𧒒于帝五玉臣, 于日告?

'녕'제사를 '상'에서 드릴까요? 寧于滴?[117]

— 제3기, 『둔남』 930편

정묘일에, '우복'이, 축도를 드릴 때 '세'제사를 쓰지 말까요? 丁卯, 右卜, 兄不歲用?[118]

— 제4기, 『합집』 41,496편

이미 출토된 갑골문 자료에 의하면, 제1기에서는 "원복元卜"이 빠졌지만 "우복右卜"과 "좌복左卜"이 존재하고, 제2기에서는 "좌복左卜"이 빠졌지만 "원복元卜"과 "우복右卜"이 존재한다. 하지만 "삼복제三卜制"는 제1기의 무정 시기에 이미 형성되기 시작했다. 그렇다면 제1기 때도 "원복元

---

116) (역주) 𧒒은 冬과 같고 이는 終의 옛글자이다. 終夕은 밤이 끝나는 때를 말한다.

117) (역주) 滴은 강 이름이다. 李學勤에 의하면, 沁水를 말하는데, 沁水는 황하의 지류로 산서성 沁源 동북쪽의 羊頭山에서 발원하여 남쪽으로 흘러 安澤과 하남성 武陟縣을 거쳐 황하로 흘러든다. 갑골문에서는 제사의 대상이 되기도 했고 지명으로 쓰이기도 했다. 滴을 漳으로 읽고 안양 은허 북쪽에 있는 漳河로 보기도 한다. 崔恒昇, 『簡明甲骨文詞典』, 623면.

118) (역주) 兄은 祝과 같은데, 祝禱를 드리다는 뜻으로도 쓰였고, 그러한 祝禱를 주관하는 사람을 지칭하기도 한다.

卜"이 존재했을 것이며, 제2기 때에도 "좌복左卜"이 분명 존재했을 것이다. 이렇게 되면 "삼복三卜"이 되지만, 아직 발견되지 않고 있을 뿐이다. 원복元卜・우복右卜・좌복左卜은 바로 삼복三卜에서의 3개의 갑골을 말한다. 예컨대 위에서 든 "원복이 사용할까요? 惟元卜用", "우복이 사용할까요? 惟右卜用", "좌복에게 재앙이 나타났다 左卜有祟"는 것 등은 바로 3개의 뼈를 가리킨다. 그것이 아니라면 혹 세 사람이 동시에 점을 쳤을 때의 점복관을 지칭할 수도 있는데, 그 경우에는 "좌복이 점괘를 해석해 말했다 左卜占曰"에서와 같이 관직의 이름을 두고 한 말일 것이다. 원元은 처음首이라는 뜻으로, 첫째와 제일의 뜻을 가진다. 갑골문에서는 매번 "왕이 점괘를 해석하여王占"라는 말이 가장 중요한 위치에 놓인다. 그렇다면 원복元卜은 왕이 아니면 될 수가 없다. 또 은나라 사람들은 좌우左右라고 할 때 대부분 우右를 먼저 좌左를 나중에 표현했다. 그렇다면 우복右卜이 둘째였고, 좌복左卜이 셋째였을 것이다. 『예기』「예운禮運」에서 "복서卜筮 때에는 소경瞽이 도왔는데, 좌우 모두에 있었다. 왕은 중심에 위치하고 하는 일이 없었지만 지극히 정확한 점복을 지키기 위한 것이었다"119)고 했다. 은상 왕조의 갑골점복 형태는 대체로 왕이 원복元卜이 되어 중간에 위치하고, 우복右卜과 좌복左卜이 각기 양측에 서서 일을 도왔을 것이다. 소위 "습원복習元卜"이라 한 것은 왕이 담당했던 원복元卜을 이어서 다음에 다시 점을 친다는 뜻으로, "삼복제"와 "습복習卜"이 결합된 형태이다.

"삼복제"를 구체적으로 시행할 때 3개의 갑골을 사용하는 것이 표준 형식이었다. 각각의 갑골은 한 사람이 처음부터 끝까지 맡았다. 하지만 대부분의 경우에는 상나라 왕과 우복과 좌복이 각기 각 점복의 주요한 절차를 관장했으며, 또 몇몇 신직인神職人들의 도움을 받기도 했는데 이들을 "다복多卜"이라 불렀다.120) 『주례』「춘관春官」에는 복사卜師가 있는데, "거북의 상하 좌우의 음양을 변별하고 거북에게 물어보는 자를 말하

119) "卜筮瞽侑, 皆在左右, 王中心无爲也以守至正."

120) 『合集』 24,144편.

며 辨龜之上下左右陰陽, 以授命龜者", "수씨는 불로 지지고 글을 새기는 일을 담당했으며 菙氏掌共燋契", "점인은 거북으로 점을 치고 길흉을 살피는 일을 맡았다 占人掌占龜, 以眂吉凶"고 했다. 상나라 때에는 대체로 명귀命龜·찬조鑽鑿·불로 지지기燋灼·갈라진 흔적으로 점괘 판단하기占坼·조의 변별辨兆象·효험의 기록記效驗·복사의 계각契刻 등에 각기 전문 인력이 배정되어 업무를 분담하고 있었음을 알 수 있다. 『예기』「옥조玉藻」에서는 "복인은 거북을 정하고, 사관은 조兆의 넓이를 정하고, 임금은 조兆의 모습을 정한다 卜人定龜, 史定墨(兆廣), 君定體(兆象)"고 했고, 『주례』「점인占人」에서는 "복서 때에는, 임금은 몸통을 점치고, 대부는 조兆의 색깔을 점치며, 사관은 조兆의 넓이를 점치며, 복인은 조兆의 갈라진 모습을 점친다 凡卜筮, 君占體, 大夫占色(兆气), 史占墨, 卜人占坼(兆璺)"고 했다. 이처럼 임금君(대부까지 포함)·사관史·복인卜이 삼위일체가 된 점복형태는 당연히 후기 상 왕조의 "삼복제"에 그 근원을 두었을 것이다. 예컨대 후기 상나라의 갑골점복의 "삼복제"에서는 변통된 예도 적잖게 있는데, 왕과 다복多卜이 동일한 복사 속에 출현하여, 각기 정사貞辭와 점사占辭나 징험을 기록하는 등 각각의 점복 과정을 분담하기도 했다.

> 계축일에 점을 칩니다. '쟁'이 물어 봅니다. 10일 동안 불행한 일이 없겠습니까? 왕께서 점괘를 해석해 말했다. 재앙이 있을 것이다. 흉몽을 꾸게 될 것이다. 갑인일에 과연 재난이 닥쳐왔다. 귀족인 '좌고'가 보고하기를, 12명의 목축 노동자들이 '익' 땅에서 도망을 하였다고 했다. 癸丑卜, 爭, 貞旬亡禍. 王占曰, 有祟, 有夢. 甲寅允有來艱. 左告曰, 有亡芻自益, 十人又二.
>
> —『합집』 137편 앞면

> 왕께서 '𢀛'제사를 드리면, 비를 만나지 않겠습니까? '우복'이 말했다. 체禘제사를 올리십시오. 王其𢀛, 不遘雨. 右曰, 帝.
>
> —『합집』 30,111편

기해일에 □. □이 물어봅니다. 왕께서 …… 𤞷? '우복'이 점괘를 해석해 □. 이번에는 '조신'께서 우실 것이다. 己亥□, □, 貞王 …… 𤞷. 右占□, 茲隹祖辛鳴.

—『합집』 27,253편

□□일에 점을 칩니다. '각'이 물어봅니다. 왕께서 점괘를 해석해 말했다. 그 …… □□卜, 殼, 貞. 王占曰, 其 ……. 일—

—『영국』 482편

임술일에 점을 칩니다. '빈'이 물어봅니다. 왕께서 점괘를 해석해 말했다. '자목'은 '정'에 해당하는 날이면 아이를 낳을 것이고, □에 해당하는 날에는 아이를 낳지 못할 것이다 壬戌卜,宾, 貞. 王占. 卜曰, 子𠳋其隹丁娩, 其隹□不其娩.

—『영국』 1,117편 앞면

왕께서 점괘를 해석해 말했다. 좋을 것이리라. 王占, 其嘉.

왕께서 점괘를 해석해 말했다. 좋지 못할 것이리라. 王占, 不其嘉.

—『영국』 1,117편 뒷면

정유일에 점을 칩니다. 왕께서 물어봅니다. 죽지 않겠습니까? '부'가 말했다. 죽지 않을 것입니다. 丁酉卜, 王, 貞勿死. 扶曰, 不其死.

—『외』 240편

을해일에 점을 칩니다. '사'가 물어봅니다. 왕께서 말했다. 아이를 가졌다. 좋을 것이다. '부'가 말했다. 좋을 것이다. 乙亥卜, 自, 貞. 王曰, 有孕, 嘉. 扶曰, 嘉.

—『합집』 21,072편

임오일에 점을 칩니다. "중"이 물어봅니다. 점복관이 말했다. 퇴비를 넣으라. 9월이었다. 壬午卜, 中, 貞. 卜曰, 其𡰥. 九月.

정해일에 점을 칩니다. '대'가 물어봅니다. 점복관이 말했다. 또 '기'가 '승'제사와 '세'제사를 '상갑'부터 올려야 합니다. 왕께서 □을 빌었다. 丁亥卜, 大, 貞. 卜曰, 其又𢦔升歲自上甲. 王乞□.[121]

—『영국』 1,924편

기사일에 왕께서 …… 연회를 베풀까요? 점복관이 말했다. …… 왕께서 점괘를 해석해 말했다. …… 乙巳王 …… 饗. 卜曰, …… . 王占曰, ……

—『합집』 24,117편

병인일에 점을 칩니다. '矣'가 물어봅니다. 복관인 '죽'이 말했다. '유'제사를 '정'에 해당하는 날에 희생양을 사용해 드려야 합니다. 왕께서 말했다. 기도를 드릴 필요가 없다. 다음 정묘일에 '솔'제사를 올려라. 허락하셨다. 丙寅卜, 矣, 貞. 卜竹曰, 其侑于丁𦍌. 王曰, 弜疇, 翌丁卯率, 若.[122]

기사일에 점을 칩니다. '矣'가 물어봅니다. '과'가 말했다. 들여올 것입니다. 왕께서 말했다. 들여올 것이다. 과연 들어왔다. 己巳卜, 矣, 貞. 冎曰, 入. 王曰, 入. 允入.

—『합집』 23,805편

□자일에 왕께서 점을 쳤다. …… '다복'이 말했다. …… 좋다. 그리고 …… □子, 王卜 …… 多卜曰, …… 若暨 ……

—『합집』 24,144편

위에서 든 여러 예들 중, 『합집』 137편 앞면은 정인이 쟁爭이고 왕이 점괘를 해석했으며 좌복이 이를 보고하는 삼위일체를 이루고 있다. 『합

121) (역주) 升은 조상의 신주를 모셔놓은 곳을 말한다. 그래서 升歲는 그속에서 거행하는 歲제사를 말한다.

122) (역주) 疇는 禱와 같아 祝禱하다는 뜻이다. 率은 여기서 膟과 같아 희생의 피와 고기를 드리며 지내는 제사를 말한다.

집』 30,111편과 『합집』 27,253편에서의 정인과 "우복", 『영국』 482편의 정인 "각"과 점괘를 해석한 왕, 『영국』 1,117편 앞면의 정인 "빈"과 점을 해석한 왕과 조兆의 모습을 정한 복인, 『외』 240편의 점을 친 왕과 점괘를 해석한 "부", 『합집』 21,072편의 정인 "사"와 점괘를 해석한 왕과 조兆의 모습을 확정한 복인 "부扶", 『영국』 1,924편의 정인과 복인의 "이사동정異史同貞", 『합집』 24,117편의 점괘를 판단한 복인과 왕, 『합집』 23,805편의 정인 "矣"와 "점복관 죽卜竹" 및 "과冎"의 점괘 판단과 왕의 점괘 해석, 『합집』 24,144편의 왕의 직접 점복과 여러 점복관의 점귀占龜 등, 어느 하나도 합심하여 점을 치루지 않은 것이 없다. 이는 바로 군君대부 포함·사史·복卜이 삼위일체를 이루었다는 『주례』의 점복형태에 근접하고 있다. 후기 상 왕조의 갑골점복에서 복인卜人들의 점괘 판단은 통상 왕의 점복이나 왕의 점괘 해석과 보조를 맞추어 진행되었음이 분명한데, 언제나 신의 뜻과 왕의 존엄 간의 통일성을 의식적으로 유지하고자 했고, 상나라 왕은 점복과정에서 상당한 권위를 확보하고 있었다. 이것은 "삼복제"의 수립이 신령과 왕에 복종하는 사회정치제도의 기초 위에서 만들어졌으며, 종교적인 숭배 신앙을 빌려와 왕에게 복종하는 제도를 수립한 것임을 설명해 주고 있다. "삼복제"는 왕을 신령과 동등한 중요한 위치로 올려놓았지만, 점복 이후의 효과는 도리어 왕의 실제 생활경험과 국가를 통치하는 정치력에 의해 결정되었다. 또 왕이 갑골점복의 특수한 사유 모델을 어떻게 교묘하게 운용하여 객관사물의 인과적 표상表象을 합리적으로 판단하고 추측했는가에 의해서도 결정되었을 것이다. 물론 잘못된 예측으로 왕권의 안정에 영향을 주거나 왕의 위신을 손상시킬 수도 있었기 때문에 이에는 모험이 수반되기 마련이었다. 이 때문에 실제로 후기 상의 점복관들은 이미 여러 가지 보완 조치를 취하고 있었으며, 점괘의 판단에서 일어날 수 있는 상나라 왕의 잘못된 예측을 은폐하거나 바래도록 하는 방법을 강구했다. 미국의 키틀리吉德煒 교수는 이미 무정 때의 복사에서 점사占辭와 험사驗辭를 기록하지 않는 경우가 적지 않다고 했다. 어떤 경우에는 험사驗辭가 있다 하더라도 이미 왕의 점사占辭를 증명하거나 부정하지 않은 내용이며, 어떤 험사驗辭는 왕의 점괘 해석을 보충하고 수정하거나 그 내용을 멋지게 꾸미기 위한 답변만으로 이루어져 점복과정에서의 상나라 왕의 매력을 유지하고자 한 것도 있으며, 이후 몇몇 왕에 이르면 무정 때의 진실함보다 더 멀어져, 조종하고 희롱한 흔적이 대단히 분명해 진다고 했다.[123] 이는 후기 상나라의 점복 예제가 확립되고 왕권정치제도가 심화됨에 따라, 전통적인 "점복으로 의심스런 것을 묻는다卜以問疑"거나 "복서를 벗어나지 않는다不違卜筮"는 신성한 관념이 이미 충격을 받고 요동치게 되었으며, 갑골 점복도 날로 공식화되고 쇠퇴해가는 추세에 있었음을 보여준다.

장병권의 연구에 의하면, 후기 상나라에서는 이미 삼三이라는 숫자로 전체와 일체를 대표하는 관념이 발생했다고 한다.[124] "삼복제"도 이러한 차원의 의미를 가졌을 것이다. 『국어』「주어周語」 상上에서 "사람이 셋 모이면 "중"자가 된다, 人三爲衆"고 했는데, 원복元卜 · 우복右卜 · 좌복左卜의 삼위일체를 이룬 "삼복제"는 점복을 통해 인간과 신의 영역 간의 전면적인 소통을 시도했을 것이다. 『공양전』「희공僖公」 31년 조에서 말한 "삼복三卜의 예禮"에 대해 하휴何休는 "세 번 점을 쳤던三卜 것은, 반드시 홀수가 되어야만 길흉의 의문을 해결할 수 있으며, 길함을 추구할 때에는 반드시 세 번 점을 쳐야 했기 때문이다"고 풀이했다. 아마도 은상 왕조의 "삼복제"의 형성은 전체 통치 집단의 정치적 이익을 대표하는 점복 예제를 수립하고자 하는 데 그 의도가 있었을 것이다. 다만 왕의 점복과 "왕의 점괘 해석王占"을 일거수일투족 영향력을 미치는 대단히 중요한 위치에다 놓았고, 점복관의 점괘 판단은 주로 왕의 점복이나 왕의 점괘 판단에 서로 호응시켰을 뿐이다. 하지만 은상 왕조의 "삼복제"가 확립되

123) 吉德煒, 「中國正史之淵源, 商王占卜是否一貫正確?」, 『古文字硏究』 第13輯, 中華書局, 1986.

124) 張秉權, 「甲骨文中所見的數」, 『中央硏究院歷史語言硏究所集刊』 第46本 3分, 1975.

어 감에 따라, 우복右卜과 좌복左卜이라는 대복관大卜官 체계는 조정에서 각기 상당한 권세를 가진 두 지계支系로 발전했을 것이다. 그들은 왕권정치에서 각자의 정치적 역할을 담당하는 동시에 점복법의 전문적 귀속과 신직神職의 세습으로, 꼬리가 너무 커 흔들 수 없을 정도로 강화된 권력을 가진 채 점복상의 두 계통으로 자리잡아 갔을 것이다. 『좌전』「성공成公」 6년 조에서 「상서商書」를 인용해, "세 사람이 점을 쳐 두 사람의 결과를 따른다三人占, 從二人"고 했으며, 「홍범洪範」에서도 "이 사람들을 세워 거북점과 시초점을 치는데, 세 사람이 점을 쳤다면 두 사람의 말을 따르십시오立時人作卜筮, 三人占則從二人之言"라고 했고, 또 "거북점과 시초점이 모두 다른 사람과 다를 경우, 가만히 있으면 길할 것이고 움직이면 흉할 것입니다龜筮共違于人, 用靜吉, 用作凶"라고도 했다. 우복右卜과 좌복左卜의 두 대복관 체계는 후기 상나라의 왕권체제와 귀족의 정치생활에 모두 일정한 지배력을 미쳤을 것이다.

4) 복서卜筮 병용

후기 상 왕조의 점복제도는 같은 사안에 여러 번 점을 치는 것同事數貞과 다른 시간대에 이전의 점을 이어서 치는 점異時習卜을 비롯해 왕의 점괘 해석을 핵심으로 좌우 두 계통의 복관이 설치된 "삼복제三卜制" 등을 중요한 특징으로 하고 있다. 이외에도 중앙 정부의 갑골점복은 중하층 사회에 오랫동안 유행해 왔던 간단한 절차의 서점법筮占法과 서로 보완을 이루고, 복서卜筮를 병용함으로써 두 가지가 서로 참조되고 연계되도록 했다.

복卜과 서筮는 두 가지의 다른 점복법이다. 복卜은 거북과 뼈로 치는 점으로, 갑골의 조兆의 모습에 근거해 길흉을 판단한다. 이에 비해 서점筮占은 숫자로 치는 점이다. 『좌전』「희공僖公」 15년 조에서, "귀龜는 형상象이며, 서筮는 숫자數이다"고 했다. 『사기』 「귀책열전龜策列傳」에서는 "채찍을 내던져 숫자를 정하고, 거북을 불로 지져 갈라진 무늬를 본다揲策定數, 灼龜觀兆"고 했다. 시초 점筮占은 갑골 점복이 조상兆象의 변화에 근거해 길흉을 판단하는 것과는 달리, 시초蓍草를 당겨 얻은 숫자의 변화에 근거해 좋고 나쁨과 복과 재앙을 결정하는데, 아마도 원시사회의 간단한 수학 운산법에서 기원하였다가 이후 점복의 수단으로 변화한 것일 것이다.125) 시초 점筮占과 팔괘八卦는 같은 데서 근원했다. 이 장을 시작하면서 우성오의 말을 인용해, 팔괘는 원래 일종의 여덟 가지 끈八索으로 점을 치는 방법이라고 했는데, 점을 치는 사람은 점을 칠 때 손에 여덟 가닥의 소털로 짠 끈을 쥐고 이를 땅에 내던져 길흉을 예측하는데, 이는 원시 유목부락에서의 숫자 점이었을 것으로 보인다. 『주례』에서도 태복太卜이 "삼역三易의 방법을 관장했는데, 첫째는 연산連山이요, 둘째는 귀장歸藏이요, 셋째는 주역周易이다"고 했다. 『제왕세기帝王世紀』에서는 "포희庖犧씨가 팔괘를 만들고, 신농神農씨가 24괘를 만들었으며, 황제黃帝와 요堯와 순舜이 이를 가져와 확대해 두 개의 역易으로 만들었다. 하나라 사람들은 염제炎帝의 것을 가져와 연산連山이라 했고, 은나라 사람들은 황제黃帝의 것을 가져와 귀장歸藏이라 했으며, 문왕文王은 이를 64괘로 확대하고 9·6의 효爻를 만들었는데 이를 주역周易이라 한다"고 했다. 『연산連山』·『귀장歸藏』·『주역周易』은 바로 오래된 옛날의 시초 점筮占을 모아 놓은 것이지만, 그중 『주역』만이 지금까지 전해진다. 『산해경』 「해외서경海外西經」의 곽박郭璞 주에서 『귀장歸藏』의 일문佚文을 인용했는데, "하후夏后씨가 시초筮를 열었더니, 어룡御龍이 하늘로 올라가, 길하였다"고 했다. 아마도 『연산』과 『귀장』은 주로 하나라와 상나라 사람들의 시초 점 자료에 근거했을 것이다. 『상서』 「홍범洪範」에는 하나라 우禹 때의 두 가지 시초 점의 조상兆象의 분류를 전하면서 "정貞괘와 회悔괘"라고 했다. 『세본』에는 상

---

125) 彭邦炯, 『商史探微』, 重慶出版社, 1988, 300면.

나라의 대무大戊 때 "무함巫咸이 시초筮를 만들었다"는 설이 기록되어 있는데, 아마도 전혀 날조된 이야기는 아닐 것이다.

현전하는 기물은 물론 고고 발굴품에서도 고대 시초 점의 수열 부호가 발견되었는데, 과거 일부 학자는 이에 대해 여러 가지 추측을 해왔다. 하지만 1970년대 말에 이르러 장정낭에 의해서 비로소 이의 진상이 밝혀지게 되었다.[126] 시초 점의 이러한 수열 부호는 이미 적잖게 출토되었다. 하남・섬서・산동・호북성 등지에서 발견되었으며, 가장 이른 것은 신석기시대 후기까지 거슬러 올라가며, 늦은 것은 전국 진한 때까지 이어지고, 특히 은상・서주 시기의 것이 많다. 후기 상나라 때의 것으로는 은허 이외에도 산동성 평음平陰의 주가교朱家橋 유적지에서 출토된 것이 있다. 후기 상나라의 시초 점의 수열 부호는 주로 일상 용품인 도기・거푸집陶範・숫돌磨石・청동 예기・점복에 사용한 갑골 등에 보이는데, 많은 학자가 이에 대해 연구했다.[127] 상나라의 시초 점에 출현하는 숫자는, 지금 이미 확인된 것으로 일一・오五・육六・칠七・팔八・구九・십十이 있으며, 시초 숫자의 형식에는 3효爻 1조組・4효爻 1조組・5효爻 1조組・6효爻 1조組 등 네 가지가 있다. 3효爻는 단괘單卦를 말하는데 『주역』의 경괘經卦와 유사하다. 6효爻는 중괘重卦를 말하는데 『주역』의 별괘別卦와 유사하다. 4효爻 1조組 및 5효爻 1조組는 호체괘互體卦의 범주에 속하지만, 이 또한 『주역』에서 그 귀착점을 찾을 수 있다.[128] 후기 상나라의 4효 1

---

126) 張政烺, 「試釋周初青銅器銘文中的易卦」, 『考古學報』, 1980年 第4期. 「殷墟甲骨文中所見的一種筮卦」, 『文史』 第24輯, 中華書局, 1985. 이후의 인용에서는 따로 주석을 달지 않는다.

127) 張亞初・劉雨, 「從商周八卦數字符號談筮法的幾個問題」, 『考古』, 1981年 第2期. 鄭若葵, 「安陽苗圃北地新發現的殷代刻數石器及相關問題」, 『文物』, 1986年 第2期. 曹定云, 「殷墟四盤磨"易卦"卜骨研究」, 『考古』, 1989年 第7期. 饒宗頤, 「殷代易卦及有關占卜諸問題」, 『文史』 第20輯, 中華書局, 1983. 馮時, 「殷墟"易卦"卜甲探索」, 『周易研究』 第2期, 1998. 이후의 인용에서는 따로 주석을 달지 않는다.

128) 蔡運章, 「筮數易卦研究」, 中國第三屆西周文明國際學術研討會論文, 1996. 「論甲骨金文中的互體卦」, 『第三屆國際中國古文字學研討會論文集』, 香港中文大學, 1997. 이후의 인용에서는 따로 주석을 달지 않는다.

조의 호체교互體卦의 경우, "호체互體는 '중효中爻'를 중시하고 초효初爻와 상효上爻는 따지지 않음을 말하는데, 그래서 전적으로 이二·삼三·사四·오五 효爻에만 신경을 써고 이 네 개의 효爻만 하나의 괘卦로 생각하는" 것이라 장정낭은 이해했다. 은허 갑골 상의 5효 1조의 호체괘互體卦는 바로 채운장蔡運章과 풍시馮時에 의해 확정된 것이다. 정약규鄭若葵에 의하면, 6효 1조의 중괘重卦의 경우 그 역괘易卦의 효爻의 변화가 모두 상괘上卦와 같은 조건 하에서 하괘下卦의 각 효爻가 모두 변할 수 있으며, 변괘變卦가 되었다면 홀수를 짝수로(양이 음으로 변함), 짝수를 홀수로(음이 양으로 변함) 변할 수도 있고, 홀수가 홀수로(양이 양으로 변함), 짝수가 짝수로(음이 음으로 변함) 변할 수도 있는데, 이 모두 『주역』에 비해 훨씬 원시적이지만 활발하다고 한다.

은허 갑골 상에 새겨진 시초 점의 숫자 자료는 겨우 6편에 11조항만 보이고 있는데, 지금 이를 『주역』의 괘이름과 참조해 제시한다.

〈표 9〉 서수筮數 괘명卦名 참조표

갑골자료	시기 구분	복사와 시초 점 숫자의 해석문	점복형태	괘 그림	『주역』 괘 이름		자료 출처
					단괘 명	중괘명 혹은 호체괘명	
소 어깻죽지 뼈	1	上甲. 六六六.		☷	坤		『외』 448편
거북 배딱지	1	을축일에 …… 물어봅니다. 다…… 점괘를 해석해 말했다. 부을 …… (乙丑 …… 貞多 …… 占曰父乙 ……)(앞면); 익, 육일일육(弋, 六一一六)(뒷면)		䷛		大過	앞면은 『파리』 24에 보인다. 뒷면은 『文史』 24집의 饒宗頤의 글에 근거.
소 어깻죽지 뼈	3	…… 도망하였는데, 재앙이 없을까요? 길할 것이다. 육칠칠육(…… 喪, 亡戋. 吉. 六七七六)		䷛		大過	『합집』 29,074편

소 어깻죽지 뼈	3	……矢……十六五[129)]		☳	震		『둔남』 4,352편
소 어깻죽지 뼈	4	七八七六七六曰隗. 八六六五八七. 七五七六六六曰魁.	鑿와 불로 지진 흔적이 있는 것이 10조, 같은 갱에서 소 어깻죽지 뼈 3개가 함께 출토	䷿ ䷣ ䷋	上離 下坎 上坤 下離 上乾 下坤	未濟 明夷 否	『중국고고학보』 5, 1951, 도판 41 : 1
거북 배딱지	5	阜九, 阜六. 七七六七六六. 貞吉. 六七八九六八. 六七一六七九. 友, 八八八八八.	鑽과 鑿, 불로 지진 흔적, 갈라진 兆가 있는 것이 93조	䷴ ䷦ ䷹ ䷁	老陽 老陰 上巽 下艮 上坎 下艮 上兌 下兌	漸 蹇 兌 坤	『고고』 1989-1, 도판 8

위의 표에서 볼 수 있는 것과 같이, 3효의 단괘單卦 및 4효의 호체괘互體卦는 제1기의 무정 시기에만 보이며, 이후에 들어서면 5효의 호체괘 및 6효의 중괘重卦로 변화하고, 후기에서는 주로 6효로 되어 있다. 이는 시초 점이 간단한 데서부터 점차 복잡함으로 변해갔음을 보여준다. 이밖에도 이러한 시초 점에 의하면 『주역』에서의 기양奇陽 — 과 우음偶陰 -- 과 비슷한 음양 술수數術 관념이 이미 싹튼 것처럼 보여 진다. 특히 3효와 6효의 괘의 그림은 『주역』에서 이와 상응하는 괘 그림卦畵이나 괘 이름卦名과 참조가 가능한데, 이는 『주역』의 형성과정에서 상나라 사람들의 시초 점의 방법을 흡수해 새롭게 해석하고 필요 없는 것을 도태시켰던 것으로 보인다. 그리고 또 점복용 거북에서 딱지 부분에 새겨진 "부구阜九・부육阜六" 등의 효수爻數는 『주역』에서 말한 "양효가 9가 되고 음효가 6이 된다陽爻爲九, 陰爻爲六"는 말, 즉 노양老陽과 노음老陰 혹은 대양大陽과

129) 원래는 "八七六五"로 해석했으나, 曹定云이 직접 原片을 살펴본 결과 "八"은 骨紋이고, 七은 十으로 해석되어야 한다고 했다. 여기서는 曹定云의 설을 따랐다. 「新發現的殷周"易卦"及其意義」, 『考古與文物』, 1994年 第1期.

대음大陰의 뜻과 비슷하다. 이는 『제왕세기』에서 말했던 "문왕이 64괘로 늘여 9·6의 효를 지었다文王廣六十四卦, 著九·六之爻"는 설을 수정할 수 있을 것으로 보이며, 상나라 사람들의 시초 점이 사실은 『주역』과 일맥상통하여 주나라 문왕이 만들어 낸 것이 아님을 설명해 준다. 위 표의 제5기 점복용 거북에 새겨진 "팔팔팔팔팔八八八八八"은 다섯 열로 평행되게 나열된 "====="의 단선 부호인데, 초남肖楠에 의하면 "그것은 이미 수괘數卦도 아닐뿐더러, 『주역』에서의 양효陽爻와 음효陰爻도 아니며", "『태현太玄』에서 보이는 평행의 단선을 갖춘 몇몇 '수首'와 일부 닮은 점이 있다." 그래서 아마도 당시에 존재했던 또 다른 수점법數占法으로, 『태현』과 연원적 관계가 있었던 것으로 보인다고 했다.130) 하지만 채운장蔡運章에 의하면, 양웅揚雄의 『태현경太玄經』에 수록된 일종의 상고시대 수점법數占法은 "괘卦"를 "수首"로 불렀는데, "수首"의 기본 부호는 "—"·"--"·"---"로 각각의 "수首"는 이러한 4개의 부호로 구성되어 방方·주州·부部·가家의 "사위四位"가 되고, 전체 경전의 81수首는 모두 이 "사위四位"로 구성되며, 여기에는 전혀 예외가 없다. 하지만 평행으로 된 단선부호가 5개로 이루어진 이러한 것은 이들과 차이를 보이는데, "응당 『주역』의 호체괘互體卦에서 그 답을 찾아야 할 것이다." 그래서 "팔팔팔팔팔八八八八八"로 해석할 수 있는데, "이는 서수筮數가 총 5개의 효爻로 된 것으로, 5개 그림의 호체괘互體卦의 통례通例에서 찾아본다면, 이는 『주역』에서의 곤괘坤卦인 ䷁으로 해석되어야 할 것이다"고 했다.

한 가지 분명하게 지적해야 할 것은, 서수筮數가 기록된 이러한 골료는 모두 점복용 갑골이며, 어떤 것은 복사卜辭까지 함께 기록되어 있어, 복卜과 서筮가 결합된 모습을 반영해 주고 있다는 점이다. 이학근은 일찍이 서주갑골의 복조卜兆 옆에 기록된 서수筮數를 분석한 적이 있다. 그는 이러한 서수筮數는 모두 점을 치기 전에 행했던 동일한 사안에 대한 시

130) 肖楠, 「安陽殷墟發現"易卦"卜甲」, 『考古』, 1989年 第1期.

초 점의 결과에 관한 것으로, 복조卜兆와 참조하여 연계한 것이지 조상兆象으로부터 얻어낸 것은 아니라고 했다.131) 은허 갑골의 서수筮數가 반드시 "점복 전의 시초 점의 결과"일 필요는 없지만, 점복 후에 이루어진 시초 점의 결과일 가능성도 있다. 하지만 그것과 갑골 점복과의 관계는 마찬가지로 모두 "참조하여 연계시킨 것"이다. 이러한 의미에서 본다면, 복卜과 서筮에는 상호 계승의 관계가 아니며, 어떤 경우에는 각자 개별적으로 점을 친 결과를 서로 참조하기도 했다. 하지만 시초 점의 결과를 갑골점복의 결과에 연계시켰다거나 갑골점복의 결과를 시초 점의 결과로 연계시켰다고는 절대 말할 수 없다. 소위 "복卜과 서筮는 서로 연결되지 않는다不相襲"는 말은 점복법의 차이를 강조한 동시에 점복을 한 사안의 동일성을 강조한 말이다. 『예기』 「곡례曲禮」 상上에 "거북점과 시초 점은 서로 이어지지 않는다卜筮不相襲"는 말이 있는데, 정현鄭玄의 주석에서는 "뼈 점卜이 불길한 것으로 나오면 다시 시초 점筮을 치게 되고, 시초 점筮이 불길한 것으로 나오면 다시 뼈 점卜을 치는데, 이것은 귀책을 모독하는瀆龜策 것이다"고 했다. 아마도 고대에서는 복卜과 서筮를 병용하는 몇몇 금기가 있었던 것 같다. 『주례』 「춘관春官」 「서인筮人」에 의하면, "나라의 큰일에는 시초 점을 먼저, 뼈 점을 나중에 쳤다凡國之大事, 先筮而後卜"고 했다. 정현의 주석에서는 "뼈 점을 쳐야 할 경우에는 시초 점을 먼저 쳤다. 그런 일에는 순서가 있기 때문이다. 시초 점이 흉凶으로 나오면 중지하고 더 이상 뼈 점을 치지 않았다"라고 했다. 아마도 복卜과 서筮를 병용하여 먼저 시초 점을 치고 나중에 뼈 점을 치는 경우라면, 시초 점이 반드시 길吉한 결과가 나와야만 뼈 점을 계속해 쳤다는 말이다. 만약 시초 점이 불길不吉로 나왔는데도 다시 뼈 점을 치게 되면 이는 귀책龜策을 모독하는 것이 되었다. 하지만 뼈 점을 먼저 치고 시초 점을 뒤에 칠 경우 이러한 금기는 없었다. 예컨대 『좌전』 「희공僖公」 4년 조에서 진

131) 李學勤, 「西周甲骨的幾點研究」, 『文物』, 1981年 第9期.

晉나라 헌공獻公이 여희驪姬를 아내로 데려오고자 하면서, "뼈 점을 쳤는데 불길不吉한 것으로 나왔다. 시초 점을 쳤더니 길吉로 나왔다." 점복관이 이르길, "시초 점은 짧고 거북점은 오래 갑니다. 오래 가는 것을 따르는 것이 나을 것입니다"고 했다. 이렇게 볼 때 뼈 점에서 불길한 점괘가 나오면 계속해서 시초 점을 쳤다. 하지만 일반적으로는 갑골점복의 결과를 따라야만 했다. 이러한 금기는 분명 거북점을 중시하고 시초 점을 경시한 관념에서 나왔을 것이다. 『의례』 「사상례士喪禮」의 당나라 가공언賈公彦의 소疏에서는 "거북을 중시했던 것은 위의가 많았고, 시초 점을 경시했던 것은 위의가 적었기 때문이다龜重, 威儀多, 筮輕, 威儀少"고 했다. 당나라 때의 공영달孔穎達이 소疏를 단 『예기』 「곡례曲禮」 상上에서는 뼈 점과 시초 점의 두 가지 점복법의 차이에 관해서 논의하면서 두 가지의 중요한 금기가 있음을 밝혔다. "하나는 대사大事와 소사小事에 각기 시행하는 바가 있었는데, 거북을 가지고 작은 일에 점을 치지 않았으며, 시초를 가지고 큰 일에 점을 치지 않았다. 둘째는 시초 점에서 불길한 결과를 얻으면 더 이상 뼈 점으로 물어 보지 않았으며 다시 시초 점을 치지도 않았다"고 했다. 이러한 언급은 은대의 점복 제도를 고찰하는 데 시사점을 던져 준다. 위의 표에서 어떤 경우에는 복골에 기록된 "길吉"이라는 조사兆辭를 시초 점과 서로 대조해 보았는데, 이를 통해 후기 상나라에서는 "뼈 점이 길하면 시초 점을 쳤다卜吉則筮"거나 "시초 점이 길하면 뼈 점을 쳤다筮吉則卜"는 점복 예제가 이미 출현했음을 알 수 있다.

상나라 후기의 시초 점은 언제나 조組를 이루어 출현하고 있다. 위의 표에서 든 두 가지 예에서 갑골에 모두 3개의 중복된 괘卦가 하나의 조組를 이루고 있어, 『곡례』 상에서 말한 "복서는 3개를 넘지 않는다卜筮不過三"고 한 말과 꼭 맞아 떨어진다. 특히 그 중의 한 예는 출토 당시 같은 갱坑에서 총 3개의 소 어깻죽지 뼈가 출토되었다. 다른 한 예에서 보이는 복귀 상의 3개의 중복된 괘卦의 경우, 초남肖楠은 글자체와 새기는 스타일이 달라 아마도 제삼자의 손에서 나왔을 것이라고 했다. 이는 후기 상나라의 복서卜筮 병용의 출현을 따라 갑골의 "삼복제三卜制"도 복서卜筮 삼인점三人占의 형식으로 흡수되었음을 보여 주고 있다.

후기 상 왕조는 점차 경직된 갑골 점복제도로 변해가는 과정에서, 중하층 사회에서 유행하던 시초 점을 흡수함으로써 상당한 활력이 더해졌을 것이다. 「홍범洪範」에서는 은나라의 예제를 기술하면서 "이 사람들을 세워 뼈 점과 시초 점을 치는데, 세 사람이 점을 치면 두 사람의 말을 따르십시오立時人作卜筮, 三人占則從二人之言"라고 했는데, 이러한 시초 점의 출현은 당시 정치제도의 해이함을 틈타 초기 민주의식을 추동하였을 것이다. 하지만 주나라가 상나라를 멸망시키면서 이러한 발전은 갑자기 중단되고 말았다. 그러나 후기 상나라 사상의 성숙 정도로 말하자면, 초기의 갑골점복은 객관사물의 주체와 인간의 주관 인식의 객체 사이에 놓여진 것으로, 인간의 직접적인 관찰 대상은 객관적 사물 그 자체가 아니라 갑골의 조상兆象의 변화였으며, 인간은 단지 그러한 주관적 억측에 근거해 지각적 표상에 대해 감성적 추측을 행한 것으로, 어떤 논리적 판단이나 추상적 사유가 있었다고 말하기 어렵다. 하지만 시초 점에 담겨진 수학의 논리적 추측은 설사 전통적 귀신숭배의 종교의식의 속박을 받았다고는 할지라도 그 속에는 결국 변증법적 운동과 변화에 대한 인식이라는 원시 철학적 요소가 존재하고 있다. 복서卜筮제도는 전체 통치 집단의 정치 이익을 공고히 하고, 신의 의지와 통치자의 존엄 사이의 통일성을 유지하는 데 도움이 되었는데, 이것 또한 이 제도가 이후 통치자들에 의해 오랫동안 계승되어진 완고성과 매력으로 존재하는 부분이기도 했다.

3. 고대 갑골 점복의 원류

3천 년 전의 은상 왕도에서 갑골점복의 실물이 출토되어 고대 갑골복법의 신비를 다시 파헤치는 계기가 되었으며, 나아가 갑골점복의 시원을 찾아 나서는 서막이 되었다. 1920년대 말 발표된 용조조容肇祖의 「점복의 원류占卜的源流」[132]는 이러한 방면에서의 최초의 시도였다. 이 이전 중국 전역에서 고고 발굴에 의해 출토된 갑골자료는 은허 외에는 거의 전무했다. 그래서 점복의 원류를 말할 때면 여전히 "그것의 시초를 끝까지 파헤칠 수가 없었고", 문헌의 정리를 통한 주진周秦부터 당송까지의 점술 원류만 밝힐 수 있을 뿐이었다. 그래서 한계를 극복했다 할 수 있는 그런 진전은 애초부터 기대할 수 없는 상황이었다. 일본 패총무수貝塚茂樹의 「거북점과 시초 점龜卜和筮」[133]은 바로 은대의 거북점과 주대의 시초 점 사이의 내재적 변천 관계를 논의한 글이다. 하지만 앞에서 말했던 것처럼, 시초점은 상나라에 이미 존재했으며, 주나라 사람들의 전유물이 아니었다. 지금은 새로 출토된 재료에 근거해 완전히 새로운 연구가 이루어졌지만, 옛날에는 그렇게 할 수 없었다. 또 위취현衛聚賢 같은 이는 「진한 때 갑골문을 발견했다는 설秦漢時發現甲骨文說」, 「진한 때 갑골문을 발견했다는 설의 보충과 증명秦漢時發現甲骨文說補證」, 「갑골문이 고대에 발견되었다는 것에 대한 추측甲骨文在古代曾經發現的推測」 등 3편의 논문을 발표했고,[134] 하천행何天行은 「섬서에서 발견된 갑골문에 대한 추측陝西曾發現甲骨文之推測」, 「갑골문이 이미 고대에 발견되었다는 설甲骨文已發現于古代

132) 『中央研究院歷史語言研究所集刊』 第1本 1分, 1928. 또 『古史辨』 第3冊(中華書局, 1982)에 수록.

133) 『東方學報』(京都) 第14冊, 1947. 또 『貝塚茂樹著作集』 第3卷(日本中央公論社, 1977)에 수록.

134) 3편의 논문은 각각 『說文月刊』 第1卷 第4期, 1939, 第3卷 第9期, 1943, 『自由學人』, 1956年 第2期에 발표되었다.

說」 등의 논문을 발표했지만,135) 대체로 모두 문인의 글처럼 전체 상황을 살핀 것에 불과하다.

하지만 1930년대에 들어 중국의 근대고고학이 흥기함으로써 새로운 세대의 고고학자들이 갑골점복의 원류를 파헤치기 시작했는데, 도리어 매우 특색을 가지게 되었으며 진정으로 학술발전을 대표하는 방향으로 이끌었다. 당시 중앙연구원 역사어언연구소 고고조 조장을 맡고 있던 이제李濟는 1930~1931년 산동 용산진龍山鎭 성자애城子崖 선사 유적지에 대한 두 차례의 고고 발굴을 주도했으며, 『성자애城子崖』 고고 보고서를 발간하기도 했는데 「서」에서 이렇게 말했다.

> 성자애에서 가장 주목할 만한 실물은 복골卜骨이다. 그래서 성자애 문화는 은허 문화와 가장 친밀하게 연계 될 수 있었다. 하층에서는 소와 사슴의 어깻죽지 뼈가 함께 사용되었지만, 상층에서는 소의 어깻죽지 뼈만 사용되었다. 그래서 상하의 두 문화층은 두 개의 시기에 속하지만, 사실은 하나의 계통에 속한다. (…중략…) 뼈를 사용한 점복骨卜 습속의 시작 및 그 전파 과정에 대해서는 현대 민속학에서도 여전히 미해결의 문제로 남아 있다. 이러한 문제를 논의할 때에는 대개 모두 중국의 삼대三代 시기의 거북점까지 거슬러 올라가는 것으로 한정된다. 하지만 은허의 발굴은 이미 중국의 거북점이 골복骨卜으로부터 변화되어 온 것이라는 사실을 증명해 주었다. (…중략…) 은상 시대 때의 이러한 골복습속은 분명 극히 오랜 역사적 배경을 갖고 있다. 이러한 역사적 배경은 중국 북부 및 서북부에 분포한 극히 광활한 석기시대의 앙소 문화 유적지에서도 전혀 그 흔적을 찾을 수가 없다. 하지만 성자애에서는 도리어 찾아 낼 수 있었다. (…중략…) 이러한 사실은 은상문화가 바로 성자애 식의 흑도문화의 기초 위에서 만들어졌음을 증명해 주었다. (…중략…) 단지 복골骨卜만 가지고 말하자면, 은상시기 중국 초기 시기의 문화를 만들어 낸 것 이외에도, 이후 동쪽으로 일본

135) 이 논문들은 모두 『學術』 第1輯(上海, 1940)에 발표되었다.

까지 전해졌으며, 북쪽으로는 퉁구스 및 시베리아의 바닷가 민족까지 전해졌다. 역사시기에 들어서는 타타르 족도 이러한 관습에 물들기 시작했으며, 이후 서쪽으로 전파되어 아일랜드나 모로코 일대까지 전해졌다. 지금 우리가 알고 있는 바에 의하면 이러한 습속의 역사에서 가장 이른 단계는, 흑도문화와 불가분의 관계에 있다는 것이다. 가장 분명하고도 중요한 증거는 바로 우리가 현재 알고 있는 흑도문화의 유적지에서는 모두 복골의 흔적이 나타나고 있다는 점이다. 흑도의 유적지는 이미 산동 및 하남의 동부에까지 흩어져 분포하고 있으며 그 중심 지점은 대략 산동 일대로 보인다. (…중략…) 모든 경험에 근거해 볼 때, 은허로 대표되는 중국의 가장 이른 시기의 역사 문화 중에서 골복은 그 당시의 모든 정신생활과 연계되어 있음은 물론 중국문자 초기의 변화도 대체로 골복의 습관에 매우 크게 추동되었다. 성자애의 복골에는 문자가 없긴 하지만 당시의 도기 편에는 이미 기호가 존재한다. 이로 볼 때 하층의 성자애 문화는 이미 그러한 "우매"한 시대를 완전히 탈피했던 것으로 보인다.[136]

이제李濟는 성자애의 선사 유적지의 고고 발굴에서 출토된 16편의 점복용 소뼈와 사슴 어깻죽지 뼈에 근거해, 골복 습속의 시원 및 그 전파과정을 전 방위적이며 다각도로 정교하게 추론했다. 그에 의하면, 중국의 거북점은 뼈 점으로부터 변화되어 왔으며, 은상의 골복 문화는 동부지역의 흑도문화(필자 주-즉 전형적인 용산문화)와 가장 긴밀히 연계되고, 그 중심 지점은 산동 일대라고 했다. 이러한 견해는 당시의 견실한 고고발견에 기초하고 있기 때문에 대단히 매력적이며, 중국 학계에 장기간 영향을 미쳤던 중요한 학설의 하나가 되었다. 거북점의 시원 및 그 전파과정에 대해서는 고고자료가 결핍되어 이제李濟 자신도 더 이상 진전된 추측을 하지 못했다.

1940년대에 들어, 호후선은 「은대 거북점의 내원에 관하여關于殷代卜龜

136) 『城子崖－山東歷城縣龍山鎭之黑陶文化遺址』, 中央硏究院歷史語言硏究所, 1934, XV ~XVI. 또 1992年의 景印版이 있다.

之來源」[137]에서 이제의 학설을 보충했다. 호후선은 한나라 이전의 8가지 문헌과 8조항의 갑골복사 재료에 근거해 거북의 생산와 내원을 고찰했는데, 문헌의 경우 남방에서 7조항이, 서방에서 1조항이 왔다고 했으며, 복사에서는 남쪽에서 4조항이, 서쪽에서 1조항이 왔다고 했으며, 3조항은 밝혀지지 않았다고 했다. 이를 통해 "은대의 점복용 거북은 아마도 남방과 서방의 장강 유역에서 왔을 것이다"고 하면서 다음과 같이 말했다.

> 은나라 때에는 이미 남방의 장강 유역 혹은 더 남쪽 지역과 분명 빈번하게 교류하고 있었다. 은나라 이전의 "흑도시기"에는 이미 점복이 보편적으로 유행하고 있었지만, 소의 뼈만 사용했지 절대 거북을 사용하지는 않았다. 은나라 사람들이 동방의 흑도문화를 이어 여전히 점복을 했고, 게다가 더 혁신적으로 변화시켰으며, 남방과 이미 빈번하게 교류하고 있었던 터라 널리 거북딱지를 취해 사용하게 되었다. 이 이후로 "거북은 영험하다"는 관념이 생기게 되었다.

호후선의 이러한 설명은 거북점의 기원에 관한 이제의 부족한 점을 보충해 주었다. 다만 선사 시대의 동방지역에서 "절대 거북을 사용하지 않았으며", 거북점은 은나라 사람들의 혁신의 산물이다. "거북은 신령스럽다"는 관념이 은 이후에 생겼다는 점은 아마도 더 많은 지하 고고발견이 이루어져야만 확인할 수 있을 것이다.

1950년대에는 대만의 석장여石璋如가 「골복과 거북점의 탐원－흑도와 백도의 관계骨卜與龜卜的探源－黑陶與白陶的關係」[138]라는 논문을 발표했는데, 당시 이제와 호후선 등이 제기했던 의문에 대해 이렇게 답했다. "뼈 점과 거북점복은 은나라 사람들의 창조물인가? 아니면 다른 문화를 계승

137) 『史學叢刊』, 1944年 第1期. 또 增訂되어 『甲骨學商史論叢』 初編 第4冊(成都齊魯大學國學硏究所專刊, 1944)에 수록됨.

138) 『大陸雜志』 第8卷 第9期, 1954. 또 『先秦史硏究論集』 上(大陸雜志史學叢書 第1輯 第2冊, 臺北大陸雜志社, 1960), 161～165면에 수록됨.

한 것인가? 이에 대한 대답은 두 가지로 나눌 수 있다. 첫째는 갑골 상에 새겨진 복사는 아마도 은나라 사람들의 창조일 것이고, 둘째는 거북점과 뼈 점의 습관은 아마도 다른 지역에서 들어간 것이라는 것이다. 그렇다면 어디에서 배워 간 것일까? 한 곳에서만 들여간 것일까?" 이에 대해 그가 알고 있는 고고학적 자료를 통해 복골과 복귀의 분포 및 이 둘 간의 관계에 대해 재검토했다. 예를 들어 은상보다 시대가 앞서는 복골의 분포에 대해 그는 성자애, 하남 안양의 후강後岡, 안양 후가장侯家莊의 고정대자高井臺子, 은허 소둔의 은 이전 문화층, 안양의 동락채同樂寨, 하남 준현浚縣의 대뢰점大賚店, 요녕성 여순旅順의 양두와羊頭洼 등 7곳의 유적지를 제시했으며, 은상시대 이전의 복귀 분포에 대해서는 산동 등현滕縣의 안상촌安上村, 하남 영성永城의 흑고퇴黑孤堆 등 두 곳의 유적지를 열거했다. 그에 의하면, 복골이 출토된 곳은 모두 흑도와 관련되어 있고, 복귀가 나온 곳은 모두 박문도拍紋陶와 관련 있다는 것이다. 그래서 이렇게 추정할 수 있다. "뼈 점은 동방의 습관으로, 아마도 동이東夷의 조상들의 흑도문화 전통일 가능성이 매우 높다. 거북점은 남방의 습관으로, 아마도 회이淮夷의 조상들의 박문도拍紋陶 문화의 전통일 가능성이 매우 높다." "거북은 물에서 사는 것이기에 북방의 건조한 지역에서 거북이 생산되지 않는다는 것은 당연하다. 거북을 처음으로 사용했던 사람들도 북방의 건조한 지역의 거북이 나지 않는 그런 곳에 살지 않았으며, 물과 가까운 민족에게 알맞다." "뼈 점과 거북점은 본디부터 두 개의 다른 체계였으며, 서로 관련이 없었다. 은나라 사람들은 흑도문화를 계승했기 때문에, 그들은 뼈 점과 거북점을 동시에 함께 사용하게 되었으며, 심지어는 어떤 일에 뼈를 사용해야만 하는지, 어떤 일에 거북을 사용해야만 하는지도 알지 못했다." 대략 이와 비슷한 시기, 진몽가도 고고 발견에 의한 점복용 갑골의 분포 상황에 대해 분석 연구하여, 소둔을 제외한 25개 점복용 갑골의 출토 지를 열거하였다. 지역적 분포로 말하자면, 하남성의 북부 · 하남성의 중부 · 하남성의 동부 · 산동성의 서부 · 산동성의 남부와 섬서성의 중부 등으로, 가장 동쪽은 요동遼東에까지, 가장 서쪽은 경수涇水의 상류에까지 미친다. 시대로 말하자면, 대체로 4가지로 나누어진다. 첫째는 용산龍山 식으로, 성자애 하층 · 후강後岡 중층 · 고정대자高井臺子 · 대뢰점大賚店 · 양두와羊頭洼 · 안상촌安上村 · 흑고퇴黑孤堆 · 동락채同樂寨 등이다. 둘째는 소둔小屯 식으로, 소둔의 북쪽 지역 · 소둔 주위의 후강後岡 상층 · 사반마四盤磨 · 왕유구王裕口와 곽가소장霍家小莊 · 남패대南壩臺 · 대사공촌大司空村 · 화원장花園莊 · 정주鄭州 팽공사彭公祠 · 제남濟南 대신장大辛莊과 남쪽 근교 등이다. 셋째 돼지 뼈 점猪卜 식으로, 이리강二里崗 · 유리각琉璃閣 등이다. 넷째 은나라 말 서주 초의 것으로, 낙양의 동대사東大寺 · 나현那縣 · 방퇴坊堆 · 객성장客省莊 등이다. 그에 의하면, 용산龍山 식의 복골은 직작법直灼法과 비교적 거칠고 간단한 찬鑽을 이용했고, 소둔小屯 식의 특색은 조鑿 · 구의 절단切臼 · 구각의 제거去臼角와 척골脊骨을 편평하게 깍아 다듬기 및 귀갑의 응용 등에 있다. 소둔 북쪽 지역의 각사 복골은 소둔 주위의 글자가 새겨지지 않은 복골과 다듬기에 번잡함과 간단함의 차이가 있을 뿐이다. 이는 바로 왕실과 비非왕실의 차이이며, "왕실이 아닌 곳에서 일상적으로 사용했던 점복에는 집의 작은 가축이 사용되었고 비교적 거칠고 간단한 제작방식을 채택하여, 다소 원시적인 형식을 보존하고 있다." 그리고 또 이렇게 강조했다. "이상의 4가지 부류 중, 소의 어깻죽지 뼈가 시종 다수를 차지했으며, 거북딱지는 은대에 들어서 비로소 출현했고, 등딱지의 이용은 소둔 북쪽 지역과 대신장大辛莊에서만 보인다. 소수의 사슴 · 양 · 돼지 등과 같은 작은 짐승의 어깻죽지 뼈도 보이며, 어깻죽지 뼈를 점복에 이용한 것은 중원 지역 한족의 특색으로 보인다."139) 진몽가도 점복용 거북딱지는 은대에 들어서야 비로소 등장한다는 점을 인정했는데, 이는 석장여石璋如의 의견과는 다르다. 또 거북딱지 중에서 안상촌安上村과 흑고퇴黑孤堆 두 곳의 유적지를

139) 陳夢家, 『殷虛卜辭綜述』, 科學出版社, 1956, 19~29면.

용산龍山 식에다 배치했는데, 이는 모순이 아닐 수 없었다. 석장여는 원래부터 고고학적 분석에 근거했다. 그래서 "은나라 사람들이 흑도문화를 계승했다"는 그의 말이 정확한지의 여부는 잠시 논외로 한다하더라도, "거북점은 남방의 습관으로, 아마도 회이淮夷의 조상들의 박문도拍紋陶 문화의 전통"일 것이라는 가설은 진몽가보다 더 명료하고 더 실제에 근접해 있다 하겠다.

1960~1970년대 이후, 하련규何聯奎는 「거북 문화의 지위龜的文化地位」,[140] 정선丁驌의 「계문의 '귀'자를 말함說契文龜字」,[141] 능순성凌純聲의 「중국 고대의 거북 제사 문화中國古代的龜祭文化」[142] 등은 사회사·민속학·민족학 등의 시각에서 논의했다. 하련규의 논문에서는 상고 시대부터 당송 이전에 이르기까지 거북을 숭상했던 풍기가 비교적 성행했으나, 원명 이후 다소 수그러들었고, 명나라 때부터는 거북을 기피하기 시작했는데, 아마도 주술로 사람을 복종시켰기 때문일 것이라고 했다. 정선의 논문에서는 은상 때의 거북 공급·거북 만들기·거북 제사 등의 풍속을 논의했다. 능순성은 갑골문에서의 거북 제사와 고대의 거북 점 및 거북이 영험하다는 관념 등에 대해 고찰했는데, 거북 제사 문화는 아시아·지중해 동쪽 연안·중국 화동華東 지구 등에서 기원한 해양문화로, 대만 민남 지역과 태평양의 도서 지역에서는 지금도 유풍을 찾을 수 있다고 했다. 그리고 계통적으로 고고학 자료를 이용해 갑골점복 형태의 변화를 고찰했다. 이 시기에는 또 장병권張秉權과 유연림劉淵臨 등의 연구가 있는데, 장병권의 「갑골문의 발견과 골복 습관에 대한 고증甲骨文的發現與骨卜習慣的考證」[143]에서는 중국 전체의 산동·하북·요녕·길림·산서·섬서·감숙·사천·호북·안휘·강소 등 12개 성 74곳의 유적지에서 출토된 점복용 갑골을 정리했

140) 『中央研究院民族學研究所集刊』 第16期, 1963年 秋季.
141) 『中央研究院民族學研究所集刊』 第27期, 1969年 春季.
142) 『中央研究院民族學研究所集刊』 第31期, 1971年 春季.
143) 『中央研究院歷史語言研究所集刊』 第37本 下冊, 1967.

다. 유연림은 먼저 「복골의 다듬기 기술의 변화 과정에 대한 논의卜骨的攻治技術演進過程之探討」[144]라는 글을 발표했는데, 선사시대 때부터 상주시대에 이르는 중국 전역의 적잖은 복골 출토자료를 종합했으며, 다듬기 기술의 변화 형태에 관해 고찰했다. 이 글은 뒤에 증보를 거쳐 『점복용 갑골 상의 다듬기 기술의 흔적에 대한 연구卜用甲骨上的攻治技術的痕迹之研究』[145]라는 책의 제1편에 수록되었다. 이 책의 제2편은 "소둔 복골 상의 다듬기 기술의 흔적", 제3편은 "복갑 상의 다듬기 기술의 흔적과 변화 과정에 대한 논의"인데, 복갑 자료로 든 것 중 안상촌安上村·흑고퇴黑孤堆의 두 곳이 가장 이른 시기에 속하는데, 그는 이를 용산龍山시기에 열거했고 그 이후는 은상 초기·은상 후기·서주 시기 등으로 구분했다. 이 책은 뼈 점과 거북점의 시원에 대해 논의했지만, 고고자료의 수집 등 여러 이유로 해서 사실 별다른 진전을 이루지 못했다. 엄일평嚴一萍의 『갑골학甲骨學』도 "은허 이외 지역의 점복용 갑골의 발견" 분포 정황에 대해 서술했다. 거기서 신석기 시대 때의 것으로 확정된 곳은 하남 안양 주위의 3곳과 능현浚縣 대뢰점大賚店 1곳, 산동 성자애 1곳, 섬서 풍서灃西 객성장客省莊 1곳, 하북 당산唐山의 대성산大城山·한단邯鄲 간구澗溝·귀대龜臺·영연대구永年臺口·자현磁縣의 하반왕下潘汪 등 5곳, 내몽골 소맹파림좌기昭盟巴林左旗 부하구문촌富河溝門村과 녕성남산근寧城南山根 2곳, 요녕 적봉赤峰의 약왕촌藥王村·하가점夏家店·여순旅順의 양두와羊頭洼 등 3곳, 길림 연길延吉의 백초구百草溝 1곳, 감숙 영정永靖의 대하장大何莊·진위가秦魏家·무위武威의 황낭낭대皇娘娘臺 등 3곳, 안휘 숙현蕭縣의 화가사花家寺 1곳 등이다. 은상시대의 갑골 분포로는 하남의 22곳, 산동의 4곳, 산서의 1곳, 요녕의 2곳, 하북의 6곳, 강소의 2곳, 섬서의 1곳 등이 있다. 양주 시기의 갑골에는 하남 1곳, 하북 2곳, 산서 2곳, 섬서 9곳, 사천 1곳, 호북 1곳, 강소 1곳 등이 있으며, 또 전국적으로 10곳의 연대 불명의 출토지가 있다고 했다.[146]

144) 『中央研究院歷史語言研究所集刊』 第46本 1分, 1974.
145) 臺北國立編譯館中華叢書編審委員會印行, 1984.

한국 이형구李亨求의 「발해 연안의 초기 무자복골의 연구－고대 동북아 제민족의 복골문화를 함께 논함渤海沿岸早期无字卜骨之研究－兼論古代東北亞諸民族之卜骨文化」[147]과 「발해 연안의 갑골문화와 한국의 갑골문화渤海沿岸之甲骨文化與韓國之甲骨文化」[148]는 발해 연안・한반도 및 일본 열도에서 출토된 고대복골에 대해 유관 문헌의 기록에 대해 고찰했다. 골복 습속이 발해연안 북부 즉 동북지구 요하遼河 상류의 지류인 서랍목륜하西拉木倫河 일대에서 기원했으며, 이후 중국의 중원지역으로 들어갔다고 했다. 그가 근거한 것은 중원의 복골의 고고학적 연대가 모두 용산시대를 넘지 않지만, 서랍목륜하西拉木倫河 유역 북측의 내몽골 소맹파림좌기昭盟巴林左旗의 부하구문富河溝門 유적지에서 출토된 사슴과 양의 어깻죽지 뼈는 그 연대가 B.C. 3510년에 이른다는 것이었다. 하지만 고고 발굴 자료에 근거하면, 부하구문의 복골이 용산 시대보다 이르긴 하지만 이를 최초의 것으로 볼 수는 없다.[149] 이점에 대해서는 다음에 다시 논의하기로 한다. 골복의 습속이 동북에서부터 중국의 중원지역으로 들어갔다는 그의 결론도 성립되기 힘들다. 장병권은 이형구의 학설에 대해 이렇게 말했다. 골복이라는 "이 습속의 원시 발원지는 도대체 어디인가? 아마도 더욱 많은 재료들을 찾아야만 결론을 내릴 수 있을 것이다. 지금 그것을 용산 혹은 부하구문에서 근원했다고 한다면 그것은 지나치게 빠른 결론이라 할 수 있다."[150] 일본의 강촌수전岡村秀典도 최근 이렇게 말했다. 복골의 출현은 사실 감숙 무산武山의 부가문傅家門 유적지와 하남성 점천淅川의 하왕강下王崗 유적지의 출토 예가 시대적으로 가장 빠르다. 이 이후의 복골에서야 비로소 화북 지역이 중심이 되며, 비교적 넓은 범위 내에서 끊

146) 嚴一萍, 『甲骨學』, 臺北藝文印書館, 1977, 77～97면.

147) 『故宮季刊』 第16卷 第1～3期, 1982.

148) 『國際甲骨學學術討論會』, 韓國淑明女子大學校中國學研究所, 1995, 45～50면.

149) 謝端琚, 「中國原始卜骨」, 『文物天地』, 1993年 第6期. 宋鎭豪, 『夏商社會生活史』, 中國社會科學出版社, 1994, 515～517면.

150) 張秉權, 『甲骨文與甲骨學』, 臺北國立編譯館, 1988, 31면.

임없이 확산되었고, 종교 의식의 점복재료는 B.C. 3천년의 신석기시대부터 시작되었는데, 거의 모두 양·돼지·소 등 가축의 어깻죽지 뼈를 사용했다. 특히 섬서·감숙 등 황토 고원지대에서는 양 뼈가 가장 많고, 돼지 뼈가 그 다음이며, 소뼈는 적게 보인다. 이와 반대로 화북 평원지역에서는 양으로 된 복골이 없고 소의 복골만 있는데, 이처럼 점복용 재료에 반영된 동물의 종류는 지리 환경 및 생활습관과 밀접한 관계를 가진다.[151)]

유옥건劉玉建의 『중국 고대의 귀복 문화中國古代龜卜文化』[152)]는 중국고대 귀복 문화의 발전사를 체계적으로 연구한 책이다. 이 최근의 연구결과에서는 귀복의 기원을 약 8천년 전의 복희 시대로부터 잡고 있으며, 하·상·서주의 귀복, 춘추시기의 귀복의 대대적인 보급, 전국 시대 이후 귀복의 쇠망 등과 같은 내용에 대해 논술했다. 최근 일본의 황목일려자荒木日呂子는 「중국 신석기시대의 복골 및 사회적 의의中國新石器時代的卜骨及其社會意義」[153)]를 발표했는데, 복골은 용산 시대 초기, 조粟를 주식으로 하며 돼지·양·개·소 등의 목축업에 종사하던 화전 문화권에서 생겨났으며, 용산 시대 후기 복골은 황하를 중심으로 단절된 중원 이북 지역까지 널리 유행하게 되었고, 이리두 문화 시대에는 다시 정鼎 문화권의 이리두 유형 지역 및 언甗 문화권의 산동 악석岳石 문화 지역까지 확대되었다고 했다. 또 복골의 출토는 집단적 규모의 밀집된 취락을 중심으로 하며, 대부분 비교적 큰 취락이나 성읍에서 출토되었는데, 이러한 취락이나 성읍은 주변 지역의 경제와 정치를 제어하고 있었다고 했다.

이상에서 1920년대 이후의 뼈 점과 거북점의 근원 탐색에 대한 여러 측면의 연구를 개략적으로 살펴보았는데, 다음에서는 현재 파악하고 있

---

151) 岡村秀典, 「商代的動物犧牲」, 中國社會科學院考古研究所編印, 『殷墟發掘70周年學術紀念會論文』, 1998.

152) 廣西師範大學出版社, 1992.

153) 中國殷商文明國際學術硏討會論文, 山東桓臺, 1997.8.

는 신구 고고자료에 근거해 이에 대한 우리의 인식을 살펴보고자 한다. 총체적으로 말해서, 은허의 과학적 발굴이 이루어진 이후 점복용 갑골은 하남·산동·강소·안휘·호북·사천·섬서·산서·하북·요녕·길림·내몽골·감숙·영하·청해·북경 천진 등 17개 성과 시와 자치구의 약 2백여 곳의 고고 유적지에서 출토되었다. 일찍이 신석기 시대 초기의 약간 후반기 단계에까지 거슬러 올라가며, 하·상시기 때 가장 성행했고, 춘추 전국 이후로는 막을 내렸다. 최초의 점복용 뼈는 매우 복잡해, 돼지·양·소·사슴의 어깻죽지 뼈를 비롯해 거북딱지 등이 있었다. 거북점은 주로 강회江淮와 동부의 해안 지역에서 유행했고, 뼈 점은 중원과 북방 지역에서 통용되었으며, 서북지역까지 분포했다. 예를 들어 청해성 악도樂都의 쌍이동평雙二東坪의 신점辛店문화 유적지에서 최근 비교적 많은 수량의 돼지와 양의 어깻죽지 뼈 복골이 발견되었는데, 찬조鑽鑿의 흔적이 있으며 그 연대는 중원의 은과 주 사이에 해당한다.[154] 이러한 점복재료의 귀속과 내력은 동물의 산지 및 사용자의 생활습관과 밀접하게 관계되어 있다.

현재까지 알려진 최초의 복골 출토 지점에는 두 곳이 있다. 그중 하나는 하남성 서남지역 한수漢水 상류의 지류인 단강丹江 일대의 석천淅川 하왕강下王崗 유적지이다. 거기서 출토된 앙소문화 3기 때의 양의 어깻죽지 뼈 복골은 다듬지 않은 상태이며, 위에는 불로 지진 흔적이 있고, 사용 연대는 B.C. 4070년 전후로 지금부터 약 6천 년 전쯤 된다.[155] 다른 하나는 감숙성 무산武山의 부가문傅家門 유적지인데, 고고학적으로 마가요馬家窯 문화의 석령하石嶺下 유형에 속하며, 출토된 복골 6점 중 5점은 장방형의 반 지하 움집 형식의 거주지 내에서 나왔다. 양·돼지·소의 어깻죽지 뼈로 되어 있으며, 복골은 다듬기가 되어 있지 않은 상태였으며, 찬鑽

154) 『中國考古學年鑒』(1996), 文物出版社, 1998, 249면.

155) 河南省文物研究所長江流域規劃辦公室考古隊河南分隊, 『淅川下王崗』, 圖版 53·8, 文物出版社, 1989, 200면.

도 조鑿도 없으며 단지 불로 지진 흔적만 있다. 복골 상에는 또 음각으로 된 단독 부호인 "二", "丨", "S" 등이 새겨져 있었다. 그 연대는 B.C. 3800년 전후로 지금부터 약 5800년 전쯤 된다.156) 이 두 곳은 모두 앞서 말했던 내몽골의 소맹昭盟의 부하구문富河溝門의 유적지에서 출토된 사슴과 양의 어깻죽지 뼈 연대(B.C. 3510)보다 수백 년 앞선다.

비교적 이른 시기의 점복용 거북의 경우, 산동성 사수泗水 윤가성尹家城 유적지의 용산문화층에서 나온 것이 있는데, 거북 배딱지이며 찬鑽도 조鑿도 없이 불로 지진 흔적만 있고, 지금으로부터 약 3900년 전 쯤의 것으로 추정된다.157) 안휘성 숙현蕭縣의 화가사花家寺 신석기시대 유적지에서도 부서진 점복용 거북딱지 4편이 발견되었는데,158) 그 연대는 미상이다. 강소성 남경시 북음양영北陰陽營 유적지의 제3층 문화층에서도 점복용 거북 7점이 출토되었다. 뒷면에는 불로 지진 반점이 있었고, 앞면에는 갈라진 무늬가 있었는데, 지금으로부터 약 3천여 년 전의 것으로 상나라의 초기에 속한다.159) 이렇게 볼 때 이전에 얘기되어 왔던 소위 선사 시대 동방지역에서는 "절대 거북을 사용하지 않았으며", 거북을 이용한 점복은 은나라 사람들의 혁신의 결과물이며, "거북이 영험하다"는 관념의 발생이 은 이후라는 인식은 분명 수정되어야 할 것이다.

거북점의 기원은 매우 오래되었으며, "복희씨가 거북점을 만들었다"는 전설이 전해져 온다.160) 비록 다 믿지는 못하더라도 그 속에는 거북점이 선사시대까지 거슬러 올라간다는 역사적 흔적은 남아있다. 하지만 분명히 지적해야 할 것은, 고고발견 자료로 볼 때 가장 원시적인 거북점은 불

---

156) 謝端琚, 「中國原始卜骨」, 『文物天地』, 1993年 第6期. 中國社會科學院考古研究所甘青工作隊, 「甘肅武山傅家門史前文化遺址發掘簡報」, 『考古』, 1995年 第4期.

157) 『泗水尹家城』, 圖版 69 : 1, 文物出版社, 1990.

158) 「1959年冬徐州地區考古調査」, 『考古』, 1960年 第3期.

159) 「南京市北陰陽營第一」·「二次發掘」, 『考古學報』, 1958年 第1期. 南京博物院, 『北陰陽營－新石器時代及商周時期遺址發掘報告』, 文物出版社, 1993, 157～158면.

160) 『格致鏡原』 卷94에서 인용한 『物原』.

로 지지는 법을 사용한 것이 아니라 냉점복법冷占卜法이라는 것이다. 하남성의 회하淮河 지류인 무양舞陽의 가호賈湖에서 지금으로부터 8천 년 전쯤 되는 배리강裴李崗 문화 유적지에서는 거북딱지를 부장품으로 쓰는 장례 습속을 발견했는데, 묘주는 대부분 나이가 든 남녀였으며, 장년의 남성도 있었다. 거북딱지는 주로 머리끝이나 정강이 뼈 부위에 놓여져 있었는데, 3~8개 등 수량이 일정하지 않았다. 거북의 등딱지와 배딱지에는 가장자리에 구멍이 뚫어져 있는 것도 있어 술과 같은 장식물을 맬 수 있도록 되어 있었으며, 어떤 거북딱지에는 "목目"이나 "왈曰"자와 비슷한 부호가 새겨져 있었다. 거북딱지 안쪽에는 수량·크기·모양·색깔이 일정치 않은 작은 돌이 들어 있었다.161) 안휘성 함산含山의 능가탄凌家灘에서 지금으로부터 약 4600년 전 쯤으로 추정되는 한 묘장에서 줄로 뀔 수 있는 옥귀玉龜가 출토되었는데, 그 속에는 8각형의 별무늬 옥 조각이 들어 있었다. 이는 묘주가 생전에 무술에 종사할 때 냉점복법冷占卜法에 쓰던 기물로 추정된다. 옥귀玉龜는 거북딱지의 승화된 모습이며, 거북딱지 속에 작은 돌이 담겨 있거나 옥귀玉龜 속에 8각형의 별무늬 옥 조각이 들어 있다는 것은 냉점복冷占卜이라는 구체적인 점복법과 관련되어 있을 것으로 보이지만, 안타깝게도 지금까지 그 실상은 알려져 있지 않다. 하지만 불로 지져 갈라진 흔적으로 보고 점을 치던 복법과는 다르다. 그러나 냉점복법冷占卜法이든 아니면 불로 지지는 홍작법烘灼法이든, 거북이 인간과 신을 연계하는 중개적 영험을 갖고 있다고 보는 공통점을 갖고 있음은 분명하다. 하남성 중부 무양舞陽의 가호賈湖 유적지에서는 거북딱지를 부장하는 장례 습속이 반지하식의 한 움집 거주지에서 발견되었다. 실내에는 회토로 만든 9개의 굴洞이 있었는데, 그중 한 곳의 바닥에는 완전한 상태의 거북딱지가 묻혀 있었다. 이로 보건대, 8천 년 전의 회하淮河 유역 일대의 선사인들은

161) 「舞陽賈湖遺址的試掘」, 『華夏考古』, 1983年 第2期. 「河南舞陽賈湖新石器時代遺址第二至六次發掘簡報」, 『文物』, 1989年 第1期. 張居中, 「舞陽賈湖遺址出土的龜甲和骨笛」, 『華夏考古』, 1991年 第2期.

이미 거북이 영험하다는 관념을 갖고 있었음을 알 수 있다. 이러한 관념은 당시의 사회생활에 분명 적잖은 영향력을 미쳤을 것이며, 게다가 계속해서 전승되어 갔을 것이다.

거북이 영험하다는 관념은 후세의 문헌에서 자주 기술되고 있다. 예컨대 『박물지博物志』에서는 "거북은 3천 년을 살며, 권이卷耳의 위에서 살기 때문에, 길흉吉凶을 알 수 있다"고 했다.162) 『회남자』 「설임훈說林訓」에서는 "반드시 거북에게 길흉을 묻는 것은 그것의 나이가 오래되었기 때문이다"고 했다. 또 『논형』 「복서卜筮」에서는, "시초는 신비하고 거북은 영험하여, 조兆와 숫자數는 응답을 알려 준다"고 했고, 『포박자 내편』 「논선論仙」에서는 "나면 반드시 죽는다고 하지만, 거북과 학은 영원하다네"라고 했다. 『예기』 「예운禮運」에서는 "기린麟·봉황鳳·거북龜·용龍을 사령四靈이라 한다"고 했고, 『대대예기』 「역본명易本命」에서는 "딱지甲를 가진 것이 360가지나 있는데, 그중에서도 신령스런 거북神龜이 가장 오래 산다"고 했다. 「낙서洛書」에서도 "영험한 거북은 검푸른 무늬黝文에 오색을 띠는데, 신령스런 정기 때문이다. 위로 불룩 솟은 것은 하늘을 본받았고, 아래가 네모진 것은 땅을 본받았다. 존망을 능히 보여 줄 수 있으며, 길흉에 밝다"고 했다. 『홍범오행전洪範五行傳』에서도 "거북의 말은 오래 간다. 천 년이 되면 영험해지는데, 이는 짐승이면서도 길흉을 알기 때문이다"고 했다. 『설문』의 귀龜자에 대한 단옥재의 주석에서 한나라 유향劉向의 말을 인용하여, "시초蓍의 말은 오래 가고耆, 거북龜의 말은 장구하다久. 거북은 천 년을 살아 영험하며, 시초蓍는 백 년을 살아 신비하다. 그것들은 장구하게 살기 때문에, 능히 길흉을 변별할 수 있다"고 했다. 대체로 거북의 장생, 강경强勁하면서도 일한逸閑함, 안락하면서도 굶주림을 견디는 능력, 유식과 양생에 뛰어남, 마음대로 신축할 수 있는 귀두龜頭, 거북 등딱지 무늬의 형상 등과 같은 생물적 생리적 특성이 거북

162) 『太平御覽』 卷78의 인용.

이 영험하다는 관념을 생겨나게 했을 것이다.

지금으로부터 약 5~6천 년 전 쯤, 거북을 부장하던 습속은 적잖은 지역의 몇몇 특수한 사회계층에서 여전히 유행했을 것이다. 예컨대 한수漢水 상류의 앙소 문화시기에 속하는 묘장인 섬서성 서향西鄕의 하가만何家灣 유적지에서는 1기의 무덤에 1개의 거북이 출토되었고, 섬서성 남정南鄭의 용강사龍崗寺 유적지에서는 3기의 무덤에서 3개의 거북이 출토되었고,[163] 하남성 석천淅川의 하왕강下王崗 유적지에서는 6기의 앙소 제1기의 무덤에서 총 9개의 거북이,[164] 사천성 무산巫山의 대계大溪 유적지에서는 4기의 무덤에서 거북이 부장되었다. 장강 하류의 강남 지역인 무진武進의 우돈圩墩 마가빈馬家濱 문화 유적지에서는 1기의 무덤에 1개의 거북을 부장했다. 동부 해안 지역의 대문구大汶口 시기의 무덤군에서는 총 39기의 무덤에서 53개의 거북이 발견되었는데, 그중 11기의 무덤에서 나온 20개의 거북이 대문구 유적지에 속했다. 산동성 연주兗州의 왕인王因 유적지에서는 3기의 무덤에서 3개의 거북이, 사평茌平의 상장尙莊 유적지에서는 1기의 무덤에서 1개의 거북이, 강소성 구현邱縣의 대돈자大墩子 유적지에서는 15기의 무덤에서 16개의 거북이, 유림劉林 유적지에서는 9기의 무덤에서 13개의 거북이 출토되었다.[165] 동부지구에서 부장된 거북을 보면, 어떤 것들은 붉은 색을 칠했고, 어떤 것은 딱지에다 구멍을 뚫었으며, 속에는 많은 곡식알과 작은 돌이나 골침과 골추骨錐 등이 들어 있어, 가호賈湖의 배리강裴李崗 문화 유적지의 부장 형태와 분명한 계승 관계를 갖고 있다. 각 유적지에서 부장된 거북의 숫자는 무덤의 총 숫자의 1.16~8.27% 사이에 분포하여, 평균 4.04%를 차지하는데, 이는 각 거주민들이 공동체 속에서 거북은 영험하다는 관념을 믿고 있었으며 일부 사람들은 생전에 거북을 이용한 냉점법冷占卜에 종사하였음을 보여준다. 거북

163) 『龍崗寺－新石器時代遺址發掘報告』, 文物出版社, 1990, 176면.
164) 『淅川下王崗』, 342~348면.
165) 高廣仁・邵望平, 「中國史前時代的龜靈與犬牲」, 『中國考古學硏究』, 文物出版社, 1986.

의 냉점복법冷占卜法은 이후 각지에서 유행하고 있던 작식 골복법灼熄骨卜法과 다시 결합함으로써, 갑골 점복이 병행될 수 있는 상고 시대의 점복 습속으로 발전했다. 예컨대 산동성 사수泗水 윤가성尹家城 유적지의 용산문화 층에서는 점복용 거북이 출토되었지만 악석岳石 문화층에서는 또 소·사슴의 점복용 어깻죽지 뼈가 발견되었고, 산동의 임평茌平 상장尙莊 유적지의 대문구문화 시기에서는 거북을 부장했지만, 제3기의 용산문화 층에서는 불로 지진 양의 점복용 어깻죽지 뼈가 발견되었다.166) 하남성 석천淅川의 하왕강下王崗 유적지의 앙소 제1기 무덤에서는 거북을 부장하는 습속이 있었지만, 제3기에서는 양의 점복용 어깻죽지 뼈가 출토되었다. 이러한 것은 모두 같은 지역에서 일찍부터 거북은 영험하다는 고유한 관념을 드러낸 것이며, 이는 거북점과 뼈점이 병용되는 습속으로 전화할 내재적 조건을 갖춘 것이었다. 남경의 북음양영北陰陽營 유적지에서는 뼈점과 거북점이 함께 나타나며, 복골은 다듬기를 거쳤고 찬鑽도 있고 불로 지진 흔적도 있어 분명 비교적 성숙한 모습이지만, 거북딱지는 단지 불로 지지기만 하여 비교적 원시적인 모습이다. 이는 거북점과 뼈점이 합류되는 초기 상태를 어느 정도 반영해 주고 있다 하겠다.

지금으로부터 4천 년 전의 용산문화 시기 때 갑골 점복이 병행되었지만, 중원지역에서는 주로 골복이 성행했다. 대부분 돼지·양·소·사슴의 어깻죽지 뼈가 사용되었으며, 일반적으로 불로 지지기만 했을 뿐, 깎고 다듬기를 하지 않은 상태였다. 하지만 골료의 두께 때문에 뼈에는 복조卜兆의 흔적이 언제나 나타나는 것은 아니었으며, 후세에서 점치는 사람들이 뼈에 나타나는 조兆의 변화를 조절하기 위해 만들었던 찬鑽·조鑿 등과 같은 기술적 처리도 보이지 않는다. 하나라 시기에는 그 모습이 변화하게 되었는데, 다음의 표에서는 고고 유적지에서 출토된 갑골재료에 대해 분석해 두었다.

166) 『山東茌平尙莊遺址第一次發掘簡報』, 圖 2, 『文物』, 1978年 第4期, 45면.

〈표 10〉 갑골 재료 출토 일람표

번호	점복용 갑골 출토 지점	고고학 문화 연대	골료	다듬기 상태	점복형태	자료출처
1	山西襄汾陶寺	龍山 후기	猪 肩胛骨	다듬지 않음	灼	『考古』, 1980.1
2	山西五臺陽白	龍山 후기	牛 肩胛骨	末	灼	『考古』, 1997.4
3	山西夏縣東下馮	二里頭文化 東下馮類型	猪肩胛骨이 많고, 후기에는 또 羊·牛·鹿肩胛骨이 보이며, 또 牛肩胛骨이 많다	초기는 다듬기가 되지 않은 상태이나, 후기의 牛·猪胛骨은 이미 切削하여 다듬기를 하였음	초기에는 直灼, 후기에는 鑽, 灼, 卜兆가 있음	『夏縣東下馮』, 1988, 49·99·146·207면
4	山西永濟東馬鋪頭	二里頭 1·2기	羊 肩胛骨	臼·骨脊을 제거하지 않음	灼	『考古』, 1980.3
5	山西翼城感軍村	二里頭	羊 肩胛骨	다듬지 않음	灼	『考古』, 1980.3
6	山西翼城葦溝北壽城	二里頭文化東下馮類	猪 肩胛骨	다듬지 않음	灼	『考古學研究』 1, 1992
7	山西垣曲丰村	二里頭	羊 胛骨	다듬지 않음	灼	『考古學集刊』, 1987.5
8	山西垣曲商城	二里頭 후기	羊·猪·牛 肩胛骨	骨脊은 간혹 削除됨	直灼이 많고 鑽灼은 소량	『垣曲商城』, 1996, 153~154면; 『文物』, 1997.12
9	山西垣曲南關	二里頭 후기	肩胛骨	다듬지 않음	灼	『문물』, 1997.10
10	山西太原光社	龍山 후기부터 商까지	牛肩胛骨을 위주로 하며 猪 肩胛骨은 적음	牛胛骨은 刮削을 거쳤고, 猪胛骨은 다듬지 않음	牛 胛骨에는 鑽灼이, 猪胛骨에는 灼만 있음	『文物』, 1962.4·5
11	山西忻州游邀	二里頭	猪·羊 肩胛骨	骨脊 및 가장자리는 削磨를 거침	초기는 左右對稱의 直灼에 兆가 있고, 후기에는 鑽灼이 있음	『考古』, 1989.4
12	河南浚縣大賚店	용산 후기	복골	다듬지 않음	灼	『田野考古報告』 1, 1936
13	河南安陽大寒村南崗	용산 후기	猪·牛 肩胛骨	다듬지 않음	灼	『考古學報』, 1990.1
14	河南湯陰	용산 후기	牛 肩胛骨	다듬지 않음	灼	『考古學集刊』,

	白營				1983.3
15	河南登封程窯	용산 후기	猪 肩胛骨	背面은 磨光, 刀砍痕이 있음		『中原文物』, 1982.2
16	河南盟津小潘溝	용산 후기	羊 肩胛骨	다듬지 않음	灼	『考古』, 1978.4
17	河南登封王城崗	이리두 2·3·4기	牛·羊·猪 肩胛骨	다듬지 않음	灼	『登封王城崗與陽城』, 1992, 125·143·149면
18	河南臨汝煤山	이리두 초기	鹿·羊 肩胛骨	다듬지 않음	灼	『考古』, 1975.5
19	河南鄭州上街	이리두	牛·猪 肩胛骨	다듬지 않음	灼	『考古』, 1966.1
20	河南鄭州南關外	先商 文化	牛 肩胛骨이 비교적 많고, 猪 肩胛骨·龜甲은 적음	다듬지 않음	灼	『考古學報』, 1973.1
21	河南鄭州洛達廟	이리두	羊·猪 肩胛骨	다듬지 않음	비교적 큰 灼의 흔적이 있음	『文物參考資料』, 1957.10
22	河南偃師灰咀	이리두 3기	牛·猪 肩胛骨	다듬지 않음	灼	『文物』, 1959.12
23	河南偃師二里頭	이리두	猪·羊 肩胛骨이 많고, 牛 肩 胛骨은 적음	다듬지 않음	灼	『考古』, 1961.2, 1974.4
24	河南洛陽東干溝	이리두	猪·羊·鹿·牛 肩胛骨·龜甲	다듬지 않음	灼이 둥글고 크며, 牛胛骨에 鑽이 있음	『考古』, 1959.10; 『洛陽發掘報告』, 1989
25	河南新鄕潞王墳	先商 文化	猪 肩胛骨	다듬지 않음	灼	『考古學報』, 1960.1
26	河南淅川下王崗	이리두 1·3기	鹿·羊·猪 肩胛骨	다듬지 않음	燒灼	『淅川下王崗』, 1989, 285·306면
27	河南密縣新砦	二里頭一期	牛·羊·鹿 肩胛骨	다듬지 않음	灼	『考古』, 1981.5
28	河南滎陽河王	龍山 후기	龜甲	미상	미상	『考古』, 1961.2
29	河南滎陽竪河	이리두 2·3기	2기는 龜腹甲, 3기는 牛 肩胛骨	다듬지 않음	灼	『考古學集刊』, 1996.10
30	河南澠池鄭窯	이리두 1·2·3기	猪 肩胛骨이 많고, 牛 肩胛骨은 적음	鋸痕이 있고, 3기의 猪 肩胛骨에는 口·門·‖ 등의 卜刻 부호가 있음	灼	『華夏考古』, 1987.2
31	河南杞縣	先商文化	肩胛卜骨		鑽灼의 배열	『考古』, 1994.8

	鹿臺崗				이 비교적 가지런함	
32	山東歷城城子崖	岳石文化	牛·鹿·羊肩胛骨	刮削을 거침	單鑽·三聯鑽·灼	『城子崖』, 1934, 85~89면
33	山東牟平照格莊	岳石文化	鹿·羊·猪肩胛骨	다듬지 않음	單鑽·三聯鑽·灼	『考古學報』, 1986.4
34	山東泗水尹家城	岳石文化	牛·鹿 肩胛骨	다듬음, 가장자리는 刮削됨	鑽·灼	『泗水尹家城』, 1990
35	山東桓臺史家	岳石文化	羊 肩胛骨	다듬지 않음, 刻劃 符號가 있음	灼	『考古』, 1997.11
36	安徽壽縣斗鷄臺	二里頭	羊·牛·鹿肩胛骨	다듬지 않음	灼	『考古學硏究』 3
37	河北磁縣下七垣	二里頭	羊·獸 肩胛骨	다듬지 않음	灼	『考古學報』, 1979.2
38	河北磁縣下潘汪	龍山-商	초기는 사슴이나 양의 肩胛骨이 많고, 후기에는 소의 肩胛骨이 많음	다듬지 않음	灼, 牛 肩胛骨에는 鑽에 灼의 흔적이 있음	『考古學報』, 1975.1
39	河北永年臺口	龍山 후기	牛 肩胛骨	다듬지 않음	灼	『考古』, 1962.12
40	河北永年何莊	先商文化	猪 肩胛骨	다듬지 않음	灼	『華夏考古』, 1992.4
41	河北邯鄲龜臺寺	龍山 후기	卜骨	다듬지 않음	灼	『考古』, 1959.10
42	河北邯鄲澗溝	先商文化	羊·牛肩胛骨	다듬지 않음	灼	『考古』, 1959.10·1961.4·1962.12
43	河北內丘南三岐	先商文化	복골	다듬지 않음	灼	『考古學集刊』, 1982.2
44	河北唐山大城山	夏家店 하층	牛·鹿 肩胛骨	臼·骨脊은 削除되었고 磨光했음	灼, 정면에 兆가 있음	『考古學報』, 1959.3
45	河北蔚縣篩子綾羅	夏家店 하층	牛·羊 肩胛骨	다듬음	灼	『考古』, 1981.2
46	河北蔚縣莊窠	夏家店 하층	肩胛骨	다듬음	鑽과 灼이 있고, 정면에는 兆가 있음	『考古與文物』, 1984.1
47	內蒙伊盟伊金霍洛旗朱開溝	龍山 후기-二里頭	羊·牛 肩胛骨	약간 다듬음	鑽·灼	『考古學報』, 1988.3·1988.6·1996.4
48	內蒙赤峰喀喇沁旗大山前	夏家店 하층	肩胛骨	打磨를 거침	圓鑽·灼, 정면에는 卜兆가 있음	『考古』, 1998.9

49	內蒙赤峰 夏家店	夏家店 하층	猪 肩胛骨	약간 다듬음	灼	『考古』, 1961.2, 『考古學報』, 1974.1
50	內蒙赤峰 藥王廟	夏家店 하층	猪 肩胛骨	다듬지 않음	鑽·灼	『考古學報』, 1974.1
51	內蒙赤峰 大甸子	夏家店 하층	卜骨	약간 다듬음	鑽·灼	『文物』, 1976.1
52	內蒙赤峰 蜘蛛山	夏家店 하층	猪·羊 肩胛骨	다듬지 않음	鑽·灼·兆	『考古學報』, 1979.2
53	內蒙寧城 南山根	夏家店 하층	卜骨	다듬지 않음	鑽·灼	『考古學報』, 1975.1
54	遼寧北票 丰下	夏家店 하층	卜骨	약간 다듬음	鑽·灼	『考古』, 1976.3
55	遼寧建平 水泉	夏家店 하층	猪·羊·牛 肩胛骨	다듬지 않음	鑽·灼	『遼海文物學刊』, 1986.2
56	甘肅武威 娘娘臺	齊家文化	羊肩胛骨이 가장 많고, 猪·牛의 肩胛骨은 소량	다듬지 않음	灼	『考古學報』, 1960.2·1978.4
57	甘肅永靖 大何村	齊家文化	羊 肩胛骨	다듬지 않음	灼	『考古學報』, 1974.2
58	甘肅永靖 秦魏家	齊家文化	羊 肩胛骨	다듬지 않음	灼	『考古學報』, 1975.2
59	甘肅靈臺 橋村	齊家文化	猪·羊 肩胛骨	약간 다듬음	灼	『考古與文物』, 1980.3

이상의 표에서 볼 수 있듯, 하나라 시기의 점복용 골료는 대부분 가축의 어깻죽지 뼈였는데, 그것은 면적이 크고 두께가 얇아 불로 지지기에 편리했기 때문이다. 황하 유역의 하남성 북부·하북성 남부·산서성 남부 지역에서는 주로 돼지·양·소의 어깻죽지 뼈를 사용했지만, 한수漢水와 회수淮水 유역의 상류 및 동방 지역에서는 사슴의 어깻죽지 뼈가 많이 출토되었는데, 이는 각지의 자연생태·동물의 생산 및 사람들의 생활 습관 등과 관련 있을 것이다. 대체로 그곳에서 가장 구하기 쉽거나 가축으로 키우던 짐승의 뼈를 취해 점복의 도구로 삼았을 것인데, 『회남자』「사론훈氾論訓」에서 말한 것처럼 "집안사람들이 일상적으로 키우던 얻기 쉬운 것이었으며, 그 편리함 때문에 그것을 자주쓰게 되었다." 일반적으로 말해서 이 시기 복골의 다듬기 정황은 아직 상당히 낮은 수준으로 용

산 시기의 복골에 비해서도 별다른 차이가 없었다. 불로 지지는 것이 주요한 점복법이었으며, 이후 상나라의 갑골에서 늘 보이는 잘라내고刮·깎고削·톱질하고鋸·자르고切·가는磨 등의 정교한 기술의 다듬기와 찬鑽·조鑿·작灼을 동시에 시행했던 것에 비교하면 분명 훨씬 원시적인 상태였다.

하지만 분명하게 보아야 할 것은, 당시 동방 지역의 점복문화는 중원지역보다 한 단계 높은 수준을 보여, 복골의 다듬기와 점복 형태에서 선도적 위치를 차지하고 있었다는 점이다. 이밖에도 동방 지역에서는 대문구大汶口 시기의 거북은 영험하다는 관념을 계승해, 용산 시기에 이르면 이미 중원지역에 앞서서 거북을 불로 지져 조兆를 살피는 새로운 점복 습속을 만들어내게 된다. 이러한 측면에서의 발전은 산동 사수泗水 윤가성尹家城 유적지의 고고발견이 대표성을 띠고 있다.167)

> 용산 문화 층에서 완전한 상태의 점복용 거북 배딱지가 출토되었는데, 불로 지진 부분이 거북딱지를 통과하여, 앞면에서도 불로 지진 흔적을 볼 수 있다.
>
> 악석岳石 문화 층(하나라에 해당)에서는 점복용 소·사슴의 어깻죽지 뼈가 출토되었는데, 가공과 다듬기를 거쳤으며, 가장자리는 잘라낸刮削 흔적이 있고, 찬鑽도 있고 작灼도 있다.
>
> 상나라 문화층에서는 소·사슴의 어깻죽지 뼈와 거북 배딱지가 출토되었는데, 소·사슴의 뼈는 잘라내 거칠게 갈았지만, 어떤 것은 비교적 정교하게 가공하기도 하였으며, 골척骨脊을 편평하게 잘라내고, 주변을 평탄하게 만들었으며, 관절은 톱으로 제거했다. 찬鑽도 있고 작灼도 있으며, 찬鑽에는 단찬單鑽·쌍련찬雙聯鑽·삼련찬三聯鑽의 구분이 있었다. 거북 배딱지와 등딱지는 잘라내 거칠게 갈았고, 크고 작은 찬공鑽孔과 작灼이 있었으며, 앞면에는 불로 지진 흔적이 있고, 또 세로로 난 짧은 복조卜兆의 갈라진 흔적이 있다.

---

167) 『泗水尹家城』, 圖版 69 : 1, 197면, 圖版 78 : 3, 252면, 圖版 99 : 2~3, 圖 166, 文物出版社, 1990.

동방지구의 점복문화가 같은 시기 중원지구에 비해 크게 발전했음을 쉽게 확인할 수 있다. 더욱 주의해야 할 것은, 동방지구에서는 거북점과 뼈점이 동시에 시행되었으며 이러한 것이 실제 용산 시기에 이미 시작되었다는 점이다. 물론 하남성 형양滎陽 수하竪河 유적지의 이리두 문화 제2기에서 거북 배딱지가, 제3기에서는 소의 어깻죽지 뼈가 출토되었고, 하남성 낙양洛陽 동간구東干溝의 이리두 문화 유적지에서는 복골과 거북딱지가 동시에 출토되었으며, 하남성 정주鄭州 남관외南關外의 선상先商 문화층에서는 소량의 복골과 거북딱지가 동시에 출토되기도 했다. 이는 중원지구의 거북점 출현이 다소 늦긴 하지만 이미 상나라 이전부터 존재했으며, 과거의 인식처럼 거북점이 은나라 사람들의 혁신에 의한 결과물은 아님을 보여준다. 다음으로, 임의적이고 맹목적이라는 갑골점복의 속성을 극복하기 위해, 매우 일찍부터 갑골의 다듬기와 가공과 찬작鑽灼의 시행방법 등과 같은 과정을 통해 조兆가 나타나기 쉽게 하고 가능한 한 인위적으로 통제하고자 했다. 이는 생활의 경험과 자신들의 적극적인 요구를 갑골점복의 조상兆象의 해석이라는 면에 의식적으로 시행한 결과였다. 이러한 점은 의식형태 영역의 사상事象 변천에 속하는 것으로, 동방지구의 악석岳石 문화시기에는 이미 일상적인 습속이 되었으나, 중원지구에서는 이보다 늦어 상나라에 들어서야 비로소 보편적으로 유행하게 되었음을 말해준다.

예컨대 하북성 자현磁縣 하칠원下七垣 유적지의 경우, 이리두 문화층에서는 다듬지 않은 상태에서 불로 지진灼 양의 어깻죽지 뼈와 같은 것만 출토되었지만, 상나라의 초·중기 문화층에서는 거북점과 뼈 점의 동시 시행이 갑자기 증가하며, 갑골의 다듬기 기술과 찬조작鑽鑿灼(찬과 조를 판 후 불로 지지는 법)을 함께 시행하는 점복법이 단숨에 동방지역과 같은 수준으로 올라갔다.[168] 이는 상나라의 대외교류를 통해 동방문화의 요소

168) 「磁縣下七垣遺址發掘報告」, 『考古學報』, 1979年 第2期.

가 대량으로 중원지역으로 들어갔다는 것을 말해 준다. 하북성 형대邢臺 조연장曹演莊의 상나라 유적지의 경우, 점복용 골료에는 소·양·사슴·돼지의 어깻죽지 뼈와 거북딱지가 있는데, 그중 소의 어깻죽지 뼈는 대부분 골척骨脊이 잘려져 나갔고 반구半臼도 제거되었으며, 찬鑽과 작灼이 있고, 또 소의 두개골로 점복을 한 것도 있다. 거북의 경우 배딱지·등딱지를 같이 사용했으며, 찬조작鑽鑿灼을 함께 시행했고, 양·사슴·돼지의 어깻죽지 뼈는 모두 다듬기를 하지 않은 상태였다. 그 외에도 초기에서는 뼈가 많이 출토되었는데, 돼지 뼈는 초기에만 보이며 후기에서는 거북이 많이 출토되었다.[169] 이는 상나라의 점복용 골료의 주류가 이미 거북딱지와 소의 갑골로 한정되었음을 말해 준다. 일본의 강촌수전岡村秀典에 의하면, 신석기 시대부터 이리두 문화 시기까지 거의 모두가 양·돼지의 뼈를 사용한 점복이었으며, 특히 섬서·감숙 등의 황토고원 지대에서는 양·돼지의 뼈를 사용한 점복이 다수를 차지했다. 상나라의 이리강二里崗 문화시기 때부터 소의 뼈를 사용한 점복이 우위를 차지하기 시작했으며 상나라 후기에 들어서 거북딱지를 포함하게 되었는데, 이때 들어서야 소의 뼈와 거북딱지를 사용한 점복제도가 기본적으로 확립되었다고 할 수 있다.[170] 이러한 해석은 기본적으로 성립 가능하다 하겠다.

상나라 전기의 왕성이었던 정주鄭州 상성商城의 고고발견으로 볼 때, 소의 어깻죽지 뼈가 점복용 골료의 대부분을 차지하고 있으며, 그 다음이 거북딱지이고, 이외에도 소수의 사슴·양·돼지·개의 어깻죽지 뼈가 있다. 점복형태는 세 가지로 나눌 수 있는데, 하나는 불로 지지기만 한 경우로, 소·돼지의 뼈가 많다. 둘째는 먼저 찬鑽을 판 후 불로 지진灼 경우로, 이에는 소뼈가 많고 거북딱지가 그다음이다. 셋째는 찬鑽과 조鑿를 판 후 불로 지진灼 경우로, 거북딱지가 많이 차지하고 있다. 그리고

169) 「邢臺曹演莊遺址發掘報告」, 『考古學報』, 1958年 第4期.

170) 岡村秀典, 「商代的動物犧牲」, 中國社會科學院考古研究所 編印, 『殷墟發掘70周年學術紀念會論文』, 1998.

찬鑽에는 단찬單鑽과 쌍련찬雙聯鑽이 있고, 깊이도 깊고 조밀하게 팠다.[171] 후기 상나라의 왕성이었던 은허에 이르면, 거북딱지와 동물 뼈를 사용한 점복이 일시에 대단히 성행하게 되었는데, 주로 소의 어깻죽지 뼈와 거북딱지가 골료로 채택되었고, 삭削·거鋸·절切·착錯·괄刮·마磨·천공穿孔 등이 이미 다듬기 과정의 순서로 자리 잡았으며, 찬鑽·조鑿·작灼 형태의 변천 또한 이들과 상응하는 세대교체의 특색을 반영해 주었다. 은허 갑골에서는 조상兆象이 분명하게 드러나는데, 그것은 찬鑽·조鑿·작灼의 수단이 성숙되었고 극히 규범화되었기 때문이다. 그 배열은 질서정연하고, 조합도 가지런해져 규격화되었으며, 조兆의 갈라진 모양 또한 복卜자 형을 형성해 가로와 세로 방향으로 달려 나가, 이미 이리저리 뒤섞여 질서가 없거나 조상兆象이 나타나지 않는 양 극단의 원시적 현상을 이미 벗어났다.

『상서』「홍범洪範」에서는 하나라 때의 5가지 복골의 조상兆象이 전해진다고 하면서, "우雨·제霽·몽蒙·역驛·극克"이 그것이라고 했다. 공영달의 「전」에서 "복조卜兆에는 5가지가 있다. 우雨는 조兆가 비가 내리듯 한 모양이요, 제霽는 조兆가 비가 그치듯 하는 모양이요, 무霧는 조兆의 기운에 어두움이 뒤덮인 모양이요, 환圜은 조兆의 기운이 말에서 떨어져 연속되지 않는 듯한 모양을 말하며, 극克은 조兆가 서로 교체된 모양을 말한다"고 했다. 만약 은허의 점복용 갑골 상에 나타난 조兆의 형태를 본다면, 이와 대응시키기는 힘들며, 오히려 갈라진 조兆의 무늬가 혼잡 되어 변화가 많은 용산 시기나 이리두 문화 시기의 갑골과 비슷한 부분이 있다. 조상兆象의 이러한 분류는 원시적 의미가 농후하여, 은나라 사람들에게서 나온 것으로 보이진 않는다. 하지만 벽을 마주하고 만들어낸 가공의 이야기는 아닐 것이며, 아마도 하나라 사람들의 복조에 근거한 분류일 가능성이 높다. 은허 갑골의 조상兆象에는 인위적으로 통제한 요소

171) 『鄭州二里崗』, 科學出版社, 1959, 37~38면; 「鄭州旯旮王村遺址發掘報告」, 『考古學報』, 1958年 第3期; 「鄭州南關外商代遺址的發掘」, 『考古學報』, 1973年 第1期.

가 극히 분명하며, 갈라진 조兆의 변화가 무질서하던 상태는 이미 훌륭하게 극복되었다. 당시의 점복관 집단은 갑골 점복을 중개로 삼아, 인간과 신 사이의 소통과 교류인 "점복으로 의문점을 물을" 때, 매번 인간의 주관적이고 능동적인 요소를 부여함으로써, 가능한 한 적극적인 태도로 객관사물의 인과관계를 마주하려 했다. 『좌전』「애공哀公」 18년 조에서 「하서夏書」를 인용해 "점복관이 뜻대로 된다고 단정할 수 있으면, 그 뒤에 거북에게 물어보고 점을 친다官占唯能蔽志, 昆命于元龜"라고 했다. 두예의 주석에서는 "관점官占이란 복서卜筮를 하는 관리를 말하고, 폐蔽는 끊다斷는 뜻이다. 곤昆은 뒤後라는 뜻이다. 먼저 의지를 정하고 그 다음에 거북을 사용함을 말했다"고 했다. 정확하게 말해서, 거북점은 하나라 시기 동방지구에서의 점복 습관이며, 상나라 때에 이를 계승했다. 점복관이 먼저 주관적 희망을 정한 후 거북에게 물어보았다고 한 것은, 인간의 희망과 인식이 미치는 부분이다. 갑골 조상兆象을 보고 점괘를 판단하는 과정에서, 이러한 특수한 사유 모델에 기대어 조兆의 갈라지는 변화를 인위적으로 통제했을 가능성이 높다. 객관사물의 인과적 표상은 비교적 이성적인 판단의 해석으로 관통되었는데, 적어도 후기 상나라 왕실의 갑골 점복인 경우에는 이미 이러한 것이 반영되었다.

4. 은허 점복용 갑골의 내력과 재료 다듬기

1) 은허 점복용 갑골의 내원

후기 상 왕조에서는 갑골 점복이 성행했는데, 점복용 골료가 은허에서 발견되고 있다. 이제李濟는 이전 6차례의 고고 발굴을 총결하면서 "점복은 갑골로 했으며, 전해지는 유물에는 문자 기록이 없는 것이 많고, 문자가 있는 것은 10분의 1에 지나지 않는다. 거북甲의 경우 배딱지가 많고, 등딱지는 보충적으로 사용했다. 뼈骨의 경우 소의 어깻죽지 뼈가 가장 많고, 양・사슴의 어깻죽지 뼈를 보충적으로 사용했다"고 했다.[172] 하지만 역대로 발견된 것을 보면 소의 늑골・소의 정강이 뼈・소머리뼈・사슴 머리뼈・사슴 뿔・무소 뼈兕骨・호랑이 뼈・자라 딱지・코끼리 어깻죽지 뼈・사람의 머리뼈 등으로 점복을 하거나 기사記事한 경우도 있다. 1970년대 소둔 남쪽에서는 또 돼지의 어깻죽지 뼈 복사 1편이 출토되었고,[173] 근년에는 은허의 묘포苗圃 북쪽 지역에서 사람의 허리뼈髖骨를 사용한 점복 재료가 발견되기도 했지만,[174] 모두 극히 드문 예들이다. 그래서 은상 왕조에서 점복으로 사용한 골료의 대부분은 소의 어깻죽지 뼈와 거북의 배딱지가 차지했다.

후기 상 왕조에서 점복용으로 사용한 갑골의 양은 대단했다. 이전에 호후선은 「은대 점복용 거북의 내력殷代卜龜之來源」이라는 글에서, 은허 갑골문 발견 이후 40여 년간의 거북딱지와 점복용 뼈의 출토수량을 대략적으로 통계 낸 적이 있는데, 글자가 새겨진 거북딱지가 80,015편, 글자가 있는 뼈가 29,595편이라고 했다. 그리고 "역대로 폐기되어 확보하지 못한 글자가 없는 갑골의 수량도 실로 많고, 또 사용되지 않은 갑골의 원재료도 적지 않다"는 점을 상기시켰다. 글자가 새겨지지 않은 이러한 갑골들은 "적어도 글자자 새겨진 갑골의 수량과 동일할 것이다"고 했다. 그렇다면 "글자가 새겨진 갑골과 새겨지지 않은 갑골을 모두 합치면, 거북딱지가 160,030편, 뼈가 59,190편에 이른다." "갑골은 대부분 부서진 상태인데", "거북딱지의 경우 10편을 하나의 완전한 것으로, 짐승 뼈는 5

172) 李濟, 「安陽最近發掘報告及六次工作之總估計」, 『安陽發掘報告』 第4期, 1933. 또 『李濟考古學論文選集』, 文物出版社, 1990, 282면.

173) 이 돼지 肩胛骨 복사는 현재 中國社會科學院考古研究所 安陽工作站 신관 2층 전시실에 전시되어 있다.

174) 「1982~1984年安陽苗圃北地殷代遺址的發掘」, 『考古學報』, 1991年 第1期.

편을 하나의 완전한 어깻죽지 뼈로 추정하여" 계산한다면 최소한으로 계산해도 "거북딱지는 16,003개, 뼈는 11,858개에 이른다." 호후선은 또 『철운장귀鐵雲藏龜』 등 20여 종의 갑골문 저록서 및 몇몇 미 저록 재료에 근거해 복사에서 희생으로 사용되었던 소의 숫자가 "적어도 9,374마리 이상"에 이르며, "소를 희생으로 삼아 제사 지낸 후, 소를 강에 빠트리거나 땅에 묻거나 불에 태우는 이외에도, 그 어깻죽지 뼈를 보존해 점복에 사용하게 했다." 그밖에도 갑골문에는 거북을 공납한 숫자가 갑교甲橋·갑미甲尾·배갑背甲 등의 부위에 새겨져 있는데, 1천 마리의 거북을 공납한 경우가 1번, 5백 마리와 3백 마리가 각각 2번, 250마리가 12번, 백 마리가 15번, 50마리가 16번, 10마리가 59번 등 해서, "공납된 거북은 총 491차례에 걸쳐 12,334마리에 이른다." "이는 앞에서 말한 16,003이라는 숫자와 그다지 차이나지 않는 숫자이다"고 했다.[175]

하지만 호후선이 동시에 고려했던 것처럼, 갑골문에 보이는 거북의 공납 수량에 대한 통계 처리에도 "비합리적인 부분이 없을 수 없었다. 예컨대 동일한 사람이 동일한 수량을 여러 차례에 걸쳐 공납한 경우, 그것이 한 번에 공납한 거북의 수량을 여러 차례 나누어 기록한 것인지, 아니면 여러 차례 공납한 거북에 대한 각각의 기록인지, 아니면 한 번에 공납한 거북을 여러 차례 나누어 기록했거나 또 여러 차례에 걸쳐 공납한 것을 매번 기록한 것인지는 알 수가 없다." 동작빈은 바로 이러한 부분에 대해 비판한 적이 있다. 그는 갑교甲橋·배갑背甲 각사에서의 동일하게 기록된同文 거북 공납 수량을 동시에 공납한 거북으로 계산했다. 예컨대 갑교 각사에서 "'작'이 250마리를 들여왔다雀入二百五十"는 기록이 『을편』에서만 총 7번 보인다. 그것들은 "거북딱지의 크기가 거의 비슷해, 이들이 어떤 특정 지역에서 생산된 같은 종류의 거북임을 알 수 있는데", "이는 한꺼번에 들여온 공납이지, 7번에 걸쳐 공납이 이루어졌고

175) 『甲骨學商史論叢』 初編 第4冊, 成都齊魯大學國學硏究所專刊, 1944.

매번 250마리를 들여온 것은 아니다."[176] 이렇게 계산해 나가면 이것만 해도 1,500개의 차이가 생긴다. 일본의 백천정白川靜도 이와 같은 견해를 가졌다. 그에 의하면, 『을편』에는 갑교 각사에 "'아'가 천 개를 갖고 왔다我氏(以)千"는 기록이 총 4번 나오는데, 이 거북은 모두 같은 종류의 크기가 작은 것으로, 결코 몇 차례에 걸쳐 천 마리의 거북을 들여왔다는 것은 아닐 것이라고 했다. 호후선의 계산법에 의한다면 총 4천 마리의 거북을 들여온 것이 된다. 그러나 동작빈처럼 숫자가 같은 거북을 모두 동시에 들여온 것으로 처리해버린다는 것도 매우 위험하다. 예컨대『을편』에는 "'전'이 10마리를 들여왔다奠來十"는 기록이 4번 나오는데, 거북의 크기에서 매우 큰 차이가 나, 꼭 한꺼번에 들여온 공물인 것은 아니다.[177] 결론적으로 말해, 갑골문에 보이는 거북의 공납 수량의 계산법은 아직 더 보완되어야 할 것이다. 최근 유일만劉一曼의「안양 은허 갑골의 출토 지 및 그와 상관된 문제安陽殷墟甲骨出土地及其相關問題」[178]에서는 은허의 역대 고고 발굴에서 출토된 갑골에 대한 최신 통계를 제시했다. 1928년부터 1937년까지 소둔小屯·후가장侯家莊·후강後岡 등 세 곳의 발굴에서 출토된 글자 있는 거북딱지가 25,391편, 글자 있는 뼈가 3,184편 해서 총 28,575편이며, 글자가 없는 갑골은 통계가 불가능하다고 했다. 또 1950년부터 1991년까지, 은허의 소둔·화원장花園莊·효민둔孝民屯·북신장北辛莊·매원장梅園莊·사반마四盤磨·백가분白家墳·장가분張家墳·왕유구王裕口·설가장薛家莊·묘포苗圃·후강後岡·대사공촌大司空村 등 22개 지점에서 발굴한 글자가 없는 복골이 5,973편, 글자가 없는 복갑이 1,690편, 글자가 있는 복골이 5,604편, 글자가 있는 복갑이 662편 등 총 13,931편이라고 했다. 이를 합하면, 글자가 있는 복골과 없는 복골의 합이 14,763

176) 董作賓,『殷虛文字乙編』「序」.

177) 白川靜,「胡厚宣氏の商史研究－甲骨學商史論叢」上·下,『立命館文學』第102·103號, 1953. 또 宋鎮豪의 번역이『甲骨文與殷商史』第3輯(上海古籍出版社, 1991)에 보인다.

178)『考古』, 1997年 第5期.

편, 글자가 있는 복갑과 없는 복골의 합이 27,743이며, 이 둘을 합치면 42,506편이 된다. 역대로 도굴 과정에서 출토된 전래품을 계산에 넣지 않더라도 그 수량은 실로 "사람을 놀라게 할 만한" 숫자임이 분명하다.

후기 상 왕조에서 점복용으로 사용한 갑골의 수량이 이렇게 많았다면, 그것은 어디서 왔던 것일까? 호후선은 일찍이 관련 갑골복사 및 선진 문헌자료에 근거해 "은대의 점복용 거북은 대체로 남방과 서방의 장강 유역에서 왔으며, 특히 남방에서 온 것이 많았다"고 했다. 또 "은대에는 남방의 장강 유역 혹은 더 남쪽 지역과 분명 빈번하게 교통하고 있었을 것이다. (…중략…) 그리하여 광범위한 지역에서 거북을 가져와 사용했다"고 했다.[179] 지금 갑골문을 살펴보면 다음과 같은 기록이 보인다.

경신일에 '견'으로 하여금 가져오게 하였다. '견'이 거북 2마리를 갖고 왔다. 허락했다. 명령을 내렸다. 庚申令犬隹來, 犬氏龜二, 若, 令.

—『합집』 21,562편

'弃'가 10마리를 가져왔고, 거북 100마리를 가져왔다. 弃來十 · 龜百.

—『합집』 9,188편 뒷면, 즉 『산박』 0,244편

□해일에 신령스런 거북 50마리를 들여왔다. '부정'이 거북을 □에서 7마리, '이'에서 15마리를 받았다. □亥入五十[龜]. 帚井乞龜自□七, 耳十五.

—『합집』 9,395편

물어봅니다. □가 왕에게 가져올까요? '추'가 가져올까요? 과연 갖고 왔다. 거북을 갖고 왔는데, 신령스런 거북이 8마리, 龜 거북이 510마리였다. 4월이었다. 왕께서 점괘를 해석해 말했다. '가져올 것이다'. 貞□來王, 隹來. 允至, 氏龜, 龜八 ·

179) 胡厚宣, 「殷代卜龜之來源」, 『甲骨學商史論叢』 初編 第4冊, 成都齊魯大學國學研究所專刊, 1944.

龜五百十. 四月. 王占曰, 隹來.

—『합집』 8,996편 앞면과 뒷면

이상의 4편의 복사들은 거북딱지를 공납한 내력과 수량 및 거북의 종류 등에 대해 기록하고 있다. 복사에서 말한 "씨氏"는 "치致"와 같이 읽어, 공납하다 · 보내오다 · 징수하다 등의 뜻을 가지며, "입入"과 같은 뜻이다. "래來" 또한 공납을 들임을 말한다. 공납으로 들인 거북의 수량을 보면 혹은 몇 마리, 혹은 수십 마리, 혹은 백 마리부터 510마리 등에 이르고 있다. "'부정'이 신령스런 거북을 □에서 7마리, '이'에서 15마리를 받았다帚井乞龜自□七, 耳十五"는 문장에서, 흘乞은 요구하다乞求 · 받다는 뜻으로, 사람들이 공납한 총 50마리의 신령스런 거북 중에서 두 부류의 몇 개씩은 부정帚井이 □과 이耳라는 두 곳으로부터 가져 온 것이다. 이상 4편의 복사에 보이는 것을 종합해 볼 때, 은나라 사람들은 이미 거북의 종류를 거북龜 · 제穧 · 신령스런 거북龜 · 乘 등으로 구분하고 있었다. 거북의 공납은 또 다음처럼 수량을 포함하여 그 내력까지 말할 때도 있었다.

물어봅니다. 거북이 남쪽으로부터 공납되지 않을까요? 貞龜不其南氏.

—『합집』 8,994편

남쪽으로부터 거북이 공납될까요? 㞢來自南氏龜.

—『을』 6,670편

무술일에 점을 칩니다. '각'이 물어봅니다. '斦' 제사를 올리면, '육'에서 거북 3마리를 가져올까요? 戌卜, 殼, 貞斦祀, 六來龜三.[180]

—『합집』 185편

180) (역주) 斦은 哲의 初文으로 誓과 같으며, 갑골 복사에서 제사이름, 지명, 인명 등으로 쓰인다.

서쪽에서 …… 거북이 …… 1월이었다. 西 …… 龜. 一月.

—『합집』 9,001편

'주'가 들여왔다. 周入.

—갑교 각사, 『합집』 6,649갑편의 뒷면

'아'가 천 마리를 갖고왔다. 我氏千.

—갑교 각사, 『합집』 9,013편 뒷면

'작'이 거북 5백 마리를 들여왔다. 雀入龜五百.

—갑교 각사, 『합집』 9,774편 뒷면

'죽'이 10마리를 들여왔다. 竹入十.

—갑교 각사, 『합집』 902편 뒷면

'당'이 10마리를 들여왔다. 唐入十.

—갑교 각사, 『합집』 9,811편 뒷면

'당'이 10마리를 보내왔다. 唐來十.

—갑교 각사, 『병』 56편 뒷면

'강'이 5마리를 들여왔다. 羌入五.

—갑교 각사, 『합집』 13,648편 뒷면

'화'가 100마리를 들여왔다. 畵入百.

—갑교 각사, 『합집』12,102편 뒷면

'부호'가 50마리를 들여왔다. 帚好入五十.

—갑교 각사, 『합집』 10,133편 뒷면

'전'이 5마리를 보내왔다. 奠來五.

—갑교 각사, 『합집』 10,345편 뒷면

신하 '대'가 1마리를 들여왔다. 臣大入一.

—갑교 각사, 『병』 33편 뒷면

위에서 든 복사 중 거북의 산지나 내력만 보아도 그것들이 남방과 서방에서 왔다는 것은 이미 명백하다. 이외에도 위에서 든 일련의 갑교 각사는 다음에 다시 소개하겠지만, 거북 배딱지의 뒷면의 양쪽 가에 돌출된 갑교甲橋 부위에 새겨진 문자로, 대부분 해당 점복용 거북딱지가 어디에서부터 공납되어 왔는지에 관한, 즉 공납자에 대한 기록이다. 예컨대 "주에서 들여왔다周入"는 것은 주周지역에서 거북을 공납했다는 말인데, 주周는 황하 상류의 섬서 일대에 위치하여 상 왕조의 서부에 해당한다. 또 "작이 거북 5백 마리를 들여왔다 雀入龜五百"고 했는데, 정산과 정걸상은 모두 작雀이 지금의 하남성 정주 서북쪽 근교의 영택滎澤 부근, 즉 『목천자전穆天子傳』에서 말한 "작량雀梁"이라고 했는데,[181] 안양 은허의 서남쪽에 위치해 넓은 의미에서 은의 서방에서 거북을 공납했다고 할 수 있다. 일본의 도방남島邦男은 작雀의 영지가 은의 서쪽에 있었다고 했고,[182] 종백생은 작雀의 위치가 지금의 산서성 서남부나 하남성 서북쪽,[183] 즉 황하가 굽어지는 지점 부근에 있었을 것으로 추정했다. 이러한 것들은

181) 丁山, 「甲骨文所見氏族及其制度」, 中華書局, 1988, 125면; 鄭杰祥, 『商代地理概論』, 中州古籍出版社, 1994, 221~223면.

182) 島邦男, 溫天河・李壽林 譯, 『殷墟卜辭研究』, 臺北鼎文書局, 1975, 459면.

183) 鍾柏生, 『殷商卜辭地理論叢』, 臺北藝文印書館, 1989, 187면.

모두 거북을 서방에서 들여왔다 증거가 된다. 『일주서』「왕회편王會篇」에서 "이윤伊尹이 명을 받았다. 그리하여 사방에 령을 내려 이르기를, (…중략…) 서쪽을 정벌하였다 (…중략…) 신령스런 거북을 헌상했다"고 했는데, 상고시대 때 소위 서방이라 불렸던 황하 유역의 중상류 지역에서 거북이 생산되었음을 분명히 알 수 있다. 또 『문선』「촉도부蜀都賦」의 주석에서도 초주譙周의 『이물지異物志』를 인용하여, "부릉涪陵에는 큰 거북이 많은데, 그 딱지는 점복에 쓸 수 있다"고 했다. 그렇다면 장강의 서부 유역인 사천 지역에서도 거북이 생산되었다는 말이다. 또 앞에서 들었던 갑골복사의 "육에서 거북 3마리를 보내올까요? 六來龜三"의 경우, 요종이는 다음처럼 고석했다. "육六은 지명으로 보인다. 『춘추』 문왕文王 5년 조에서 '초나라 사람들이 육六을 멸망시켰다'고 했는데, 지금의 안휘성의 육안六安 지역을 말하며, 바로 은의 남쪽 지역이 된다. 「우공禹貢」에서의 '구강에서는 큰 거북을 공납한다九江納(「하본기」에서는 입入으로 되었음錫大龜)'라 했고, 「노송魯頌」「반수泮水」에서는 '각성한 회 땅의 오랑캐들이, 찾아와 조공하니, 큰 거북과 상아 있고, 남쪽에서 나는 황금 보물 있도다 憬彼淮夷, 來獻其琛. 元龜象齒, 大賂南金'라고 했는데 큰 거북元龜과 상아는 모두 회이淮夷에서 헌상한 것들이며, 이들로 증명을 삼을 수 있다."[184] 제문심에 의하면, "육六"은 상나라의 봉지로 강회江淮 사이에 있었으며, 지금의 안휘 육안현六安縣 북쪽으로, 상나라 "남토"의 동남방에 위치했다고 했다.[185] 이러한 사실은 남쪽의 강회江淮 지역에서도 거북을 공납했다는 증거가 된다. 『국어』「초어楚語」에서 초나라의 운몽택雲夢澤에서는 "거북龜, 구슬珠, 뿔角, 상아齒"가 생산된다고 했다. 금본 『죽서기년』에서는 주周나라 여왕厲王 원년에 "초나라 사람들이 귀패龜貝를 헌상했다"고 했다. 『장자』「추수秋水」에서는 "저는 초나라에 신비한 거북이 있다 들었습니다"고 했고, 『사기』「귀책열전龜策列傳」에서는 "신비한 거북은 강물에도

184) 饒宗頤, 『殷代貞卜人物通考』 上冊, 香港大學出版社, 1959, 38~39면.

185) 齊文心, 「"六"爲商之封國說」, 『甲骨探史錄』, 三聯書店, 1982, 450~466면.

나타난다. 여강군廬江郡 상세常歲에서는 산 거북이 수시로 잡혔는데, 길이가 1자2치 되는 것이 20마리였고, 이를 태복관太卜官에게 보냈다"고 했다. 이러한 문헌 기록은 모두 남방의 장강 유역에서도 거북이 생산되었으며, 특히 초나라에서 많이 생산되었음을 말해 주고 있다.

이렇게 볼 때, 은대의 점복용 거북은 과거의 해석처럼 반드시 남방이나 서방의 장강 유역에서 왔을 필요는 없으며, 실제로는 서방의 황하 유역 중상류에서도 거북이 생산되었다. 그리고 앞에서 들었던 갑교 각사에서 "죽이 10마리를 들여왔다竹入十"고 했는데, 죽竹은 상 왕조 때 북방에 있던 제후국으로 다른 복사에서는 "죽후竹侯"(『합집』 3,324편)라 불리기도 한다. 엄일평은 죽국竹國을 『사기』「진본기秦本紀」에서 "제齊나라 환공桓公이 산융山戎을 정벌할 때, 고죽孤竹에서 잠시 머물렀다"고 한 고죽孤竹으로 보았다. 『정의正義』에서 『괄지지括地志』를 인용하여 "고죽孤竹의 옛날 성은 평주平州 노룡현盧龍縣 12리 되는 지점에 있으며, 은나라 때에는 제후국이었다"고 했는데, 지금의 하북성 노룡盧龍·무녕撫寧현 일대에 위치하고 있다.[186] 이학근과 팽방형도 이에 동의했다.[187] 또 "당에서 10마리를 보내왔다唐來十", "강에서 5마리를 들여왔다羌入五"라고 했는데, 이 두 지역은 산서성 중부 일대로 보인다. 그렇다면 은의 서북쪽에서도 거북을 보내 온 것이 된다. "화에서 10마리를 들여왔다畵入百"는 것에 대해, 호후선은 화畵가 산동성 임치臨淄의 서북쪽, 즉 맹자가 제齊나라를 떠날 때 숙박했던 화畵를 말한다고 했는데,[188] 그렇다면 동방에서도 거북을 공납한 것이 된다. 그리고 거북을 들인 사람 중에는 부호帚好·전奠·신하 대臣大 등이 있는데, 그들의 영지는 왕기王畿 내에 있었을 것이므로 은상 왕조가 관할했던 자기 지역에서도 거북이 생산되었음을 알 수 있다. 그래서 은

186) 嚴一萍, 『甲骨學』 上冊, 臺北藝文印書館, 1978, 132~136면.

187) 李學勤, 「試論孤竹」, 『社會科學戰線』, 1983年 第2期; 彭邦炯, 「從商的竹國論及商代北疆諸氏」, 『甲骨文與殷商史』 第3輯, 上海古籍出版社, 1991.8.

188) 胡厚宣, 「殷代封建制度」, 『甲骨學商史論叢』 初編 第1冊, 成都齊魯大學國學硏究所專刊, 1944, 6면.

대의 점복용 거북의 내력은 다원적이었다고 해야만 할 것이다. 이 때문에 엄일평은 일찍이 은대의 점복용 거북이 반드시 남방과 서방에서 왔을 필요도 없으며, "사실도 꼭 그렇지는 않다"고 했던 것이다. 지금 고고 유적지로 살펴볼 때, 은의 수도 북방에 위치한 하북성 자현磁縣의 하칠원下七垣 유적지, 고성藁城 대서臺西의 상나라 유적지, 형대邢臺 지역의 상나라 유적지 등에서는 모두 점복용 거북딱지가 적잖게 출토되었으며, 그 시대도 상나라 중기까지 올라간다. 멀리 북경 유리하琉璃河의 연燕나라 수도와 북경 창평昌平의 백부白浮의 서주시대 무덤에서도 점복용 거북이 발견되었다. 이러한 점복용 거북은 그곳에서 생산된 것이라 보기는 힘들다. 그중 형대邢臺는 앞서 말한 죽국竹國과 중원의 은상 왕조가 교통하는 교통 요지에 위치해 있고, 형대邢臺에서 다시 북쪽으로 올라가면 은대의 안국晏國 즉 이후 서주 소공召公이 봉해졌던 북경 유리하琉璃河의 언도匽都 일대가 나온다. 은허의 갑골문에서는 또 "부안이 5둔을 검시했다婦晏示五屯"(『합집』 6,177편), "안이 소를 보내왔다晏來牛"(『합집』 9,178편)라고 했는데, 이들은 안국晏國과 중원의 은상 왕조가 이미 통혼通婚하였고 소와 같은 희생물이나 점복용 뼈 등을 공납하는 등 왕래가 있었음을 보여 준다. 『본초연의本草衍義』에서는 "진귀秦龜는 진나라에서 나는 거북을 말한다. 진나라 지역에는 산속에 오래된 거북이 많은데, 매우 크고 오래 산다. 거북을 사용할 때에는 진나라에서 나는 것만 사용하는 것은 아니며, 사방 각지의 것을 모두 쓴다. 하지만 진나라에서 나는 큰 거북을 쓰면 좋다. 오늘날 하북의 독류조대獨流釣臺에서 매우 많이 난다"고 했다. 이렇게 볼 때, 서방에서만 거북이 생산된 것도 아니며 북방에서도 거북이 생산되었다. 그리고 은상의 동쪽인 산동, 더욱이 등현滕縣의 한상촌安上村 유적지, 제남濟南의 대신장大辛莊 유적지, 강소 비현邳縣의 사호진四戶鎭 대돈자大墩子 유적지, 동산銅山 구만丘灣 유적지 등에서도 거북딱지가 출토되었다. "그래서 은상 왕조에서 사용했던 거북딱지가 동방과 북방에서 왔다고 하는 것도 결코 불가능한 것이 아니다."189)

생물학자들은 안양은허에서 출토된 거북딱지에 대해 몇 차례 감정을 한 바 있다. 병지秉志의 「하남 안양의 거북딱지河南安陽之龜殼」[190]라는 글은 이에 대한 최초의 감정 보고서인데, 은허의 제3차 고고 발굴에서 얻은 완전한 상태의 거북딱지 구조가 "그리스 야생 거북(Testudo craecea)과 비슷하며, 이 때문에 안양 야생 거북(Testudo Anyangensis)이라고 이름 붙였다." 하지만 점복용 거북의 내력에 대해서는 안양에서 생산된 것인지, 아니면 3천년 전 은나라 사람들이 다른 곳에서 가져 온 것인지에 대한 판단에서는 신중한 태도를 취했으며, "하남의 동물을 비롯해 화석을 상세하게 조사한 후에야 비로소 말할 수 있다"고 했다. 비엔卞美年(M. N. Bien)의 「하남 안양에 남겨진 거북河南安陽遺龜」[191]은 또 다른 감정 보고서인데, 은허에서 출토된 이 실물 거북딱지에 대해 중국 교귀中國膠龜(Ocadia sinensis)라는 학명을 부여했고, 보고서에서는 이렇게 말했다. "중국 교귀中國膠龜(Ocadia sinensis)는 땅거북地龜(Geoclemys reevesii)과 함께 모두 지금도 현존하는 종류이다. 전자는 남방(복건·광동·광서·해남·대만)에서만 존재하지만, 후자는 중국의 광범위한 지역에서 생산되며, 늘 인공 양식되기도 한다. 후자의 화석은 일찍이 주구점周口店(제3지점) 하층(즉 초기)의 갱신통층更新統層에서 출토된 적이 있다." 이러한 보고서에 근거해 볼 때, 그들은 감정 대상물인 실물표본에 근거해 말한 것으로, 은허의 거북딱지가 남방에서 수입된 것임을 확정했지만, 안양을 포함한 다른 지역에서 생산된 거북일 가능성도 완전히 배제하지는 않았다. 1936년 은허 제13차 YH127갱坑의 발굴에서 오헌문은 그 중 크기가 가장 큰 길이 44센티미터, 폭 35센티미터의 크기에 등 뒷면에 204개의 찬조鑽鑿가 있는 거북배딱지(『을』 4,330+4,773, 『합집』 14,659편)에 대해 감정을 했다. 그는 영국 그레이葛萊(Gray) 대영박물관의 『귀류지龜類志

189) 嚴一萍, 『甲骨學』 上冊, 5면.

190) 영문 보고서는 『靜生生物調查所彙報』 第1卷 13號(1930)에, 중국어판은 『安陽發掘報告』 第3期(1931)에 보인다.

191) M. N. Bien, 「On the Turtle Remains from Archaeological Site of An-Yang, Henan」, 『中國地質學會會志』 第17卷 1號(*Bull. Geol. Soc. China*, Vol.XVII, No.1), 1937.

(Catalogue of Tortoises)』에 근거해 이 큰 거북은 현재 말레이 반도에서 생산되는 거북과 동종임을 밝혔다.[192] 동작빈은 이에 대해 총결하면서, 은허의 거북딱지의 감정은 오헌문이 "오늘날 말레이 반도에 이러한 종이 있다"고 했다. 또 "발굴에서 얻은 거북딱지들은 크기가 서로 다르고, 내력도 일치하지 않는다. 하지만 병지秉志가 논의했던 안양 야생 거북은 분명 일반적인 점복용 거북딱지의 대표물이라 할 만하다"고 했다.[193] 이것은 과거 은허의 거북딱지에 대한 감정이 두 가지로 나뉘었음을 말해 준다. 하나는 안양 야생 거북(Testudo Anyangensis)으로 중간 크기의 거북이 이에 속하는데, 아마 그곳에서 나는 종류였을 것이다. 다른 하나는 중국 교귀中國膠龜(Ocadia sinensis)로 44센티미터 정도의 큰 거북인데, 대단히 유명한 거북으로, 남방의 장강 유역 혹은 남방에서 더욱 먼 바다 지역에서 수입한 것이다. 미국의 키틀리吉德煒(David N. Keightley) 교수는 『상나라의 역사자료—중국 청동기 시대의 갑골문(*Sources of Shang History, The Oracle Bone Inscriptions of Bronze Age China*)』의 부록에서 베리貝利(James F. Berry)의 「상나라 거북딱지에 대한 감정商代龜甲的鑒定」이라는 글을 실었는데, 여기서도 미얀마를 비롯한 인도네시아 일대에서 나는 거북의 종류(Geochylene 'Testude' Emys)라고 했다.[194] 이러한 감정 의견은 은대의 점복용 거북의 내력에 대한 깊은 이해에 시사점을 던져 주었으며, 갑골각사에 기록된 거북딱지 내력의 다원성을 고찰하는 데도 상호 보완적이며 훌륭한 참고 가치를 가진다 하겠다.

최근 유일만劉一曼의 연구에 의하면, 은허의 여러 유적지에서 출토된 복갑은 수량과 크기에 차이가 있다고 한다. 예를 들면 소둔에서 나온 복

---

192) 伍獻文, 「"武丁大龜"之腹甲」(Notes on the Plastron of Testuds Emys Schl. & Mull From the Ruins of Shang Dynasty at Anyang), 『中央研究院動植物研究所集刊』 第14卷 1~6期, 1943. 또 提要는 『讀書通訊』 第79·80期 合本(1943)에 보인다.

193) 董作賓, 「甲骨實物之整理」, 『中央研究院歷史語言研究所集刊』 第29本 下冊, 1958. 또 『董作賓學術論著』 下冊, 臺北世界書局, 1962, 1,091~1,108면; 『董作賓先生全集』 甲編 第3冊, 臺北藝文印書館, 1977; 『中國現代學術經典』 「董作賓卷」, 河北教育出版社, 1996, 505~523면에도 수록되었다.

194) Berkeley / Los Angeles / London, University of California Press, 1978, p.160.

갑이 가장 많아 수량만 해도 만 편 이상을 헤아리고, 큰 복갑도 많아, 가장 큰 것은 길이가 44센티미터에 이른다. 후가장侯家莊 남쪽 지역에서 나온 7편의 큰 거북은 길이가 27~29센티미터에 이른다. 화원장花園莊의 동쪽 지역의 H3 갑골갱에서는 복갑 1,500여 편이 출토되었는데, 큰 거북의 수량도 적지 않아, 가장 큰 것은 복갑의 길이가 약 34.5센티미터에 이른다. 크기 차이가 나게 된 원인을 살펴보면, 하나는 "복갑 점복 주체의 신분의 차이이고", 다른 하나는 "거북딱지의 내력과 관련이 있다." 왕의 점복에 사용되었던 거북은 대부분 각지에서 올라온 공물로 충당되었다. 특히 크기가 큰 점복용 거북은 청동 예기와 마찬가지로, 바로 등급·권력·지위를 나타내는 일종의 표지였기 때문에, 평민이나 소 귀족들은 일반적으로 그곳이나 부근에서 나는 1자 남짓 크기의 비교적 작은 거북을 사용했다.195)

다음으로 은허 복골의 내력에 관해 살펴보자. 호후선에 의하면, 은나라 시대 북방에는 소가 많았으며, 소를 기르는 것도 매우 성행했다. 소를 희생으로 삼은 제사를 보면 가장 많을 때에는 한 번에 천 마리를 사용한 경우도 있으며, 이렇게 많은 희생으로 쓰인 소의 "어깻죽지 뼈는 보존되어 점복용으로 쓰였다."196) 1950년대 초 진몽가는 고생물 학자였던 양종건楊鍾健에게 은허의 점복용 짐승 뼈의 종속種屬에 관해 문의한 적이 있는데, 1953년 3월 12일 보내온 양종건의 답신에서 이렇게 말하고 있다.

① 점복으로 쓴 어깻죽지 뼈에는 사슴(종류가 다른 사슴)·말·돼지·양·소 등 각종 동물이 다 들어 있다. 하지만 어깻죽지 뼈가 점복으로 쓰이거나 문자가 새겨지면, 이후 출토될 때 종종 부서지거나 잔편들로 나오기 때문에, 그것이 어느 동물의 어깻죽지 뼈인지를 분별하기가 쉽지 않다. 그래서 개별적으로 판정

---

195) 『考古』, 1997年 第5期.

196) 胡厚宣, 「殷代卜龜之來源」, 『甲骨學商史論叢』 初編 第4冊, 成都齊魯大學國學研究所專刊, 1944.

할 수밖에 없다.

②사용된 늑골에는 소 이외에도 사슴과 같은 다른 동물도 있다. 늑골이 일단 작은 마디로 절단되고 나면 어느 동물의 것인지 판별하기 쉽지 않다. 소의 늑골의 경우 더더욱 어떤 종류의 소의 늑골인지 구별하기가 어렵다.

③위에서 말한 소에는 물론 두 종류가 포함되는데, 바로 소牛(Bos exiguus Mats)와 성수우聖水牛(Bubalus mephistopheles Hopw)가 그것이다. 이들은 단지 습성상의 구별이 있을 뿐이다. 소는 들에서 생활하고, 물소水牛는 소택지에서 생활하며 들이나 산지에서의 생활에 익숙하지 않다. 처음 당시의 용도는 어떠했는지 알 방법이 없다.197)

양종건은 안양의 은허에서 출토된 포유동물의 유해에 대해 자세히 감정하고 분석한 적이 있었다.198) 그는 당시 점복에 사용된 어깻죽지 뼈에는 "각종 동물이 다 있었다"고 했는데, 이는 그의 실제연구에 의해 얻어진 결론이기 때문에 믿을 만하다. 그래서 진몽가는 바로 양종건의 이러한 해석을 결합해, "안양의 은허발굴에서 얻은 점복용 어깻죽지 뼈는 물론 소뼈가 가장 많은 부분을 차지하고 있지만, 소수의 양·사슴·돼지·말의 어깻죽지 뼈도 일부 포함되어 있다"고 했던 것이다.

하지만 여기서 지적할 만한 것은, 잘 알려졌듯이 말의 어깻죽지 뼈를 점복 재료로 사용한 경우는 유사 이래로 아직 발견된 적이 없으며, 은허에서도 말의 뼈는 많이 출토되었지만 복골로 사용된 경우는 아직 발견되지 않았다는 점이다. 그래서 "점복용의 어깻죽지 뼈에는 각종 동물이 다 들어 있다"는 말은 결코 "개별적인 판정"에 의한 것이 아니라 뭉뚱그려 이야기 한 것이다. 그래서 말의 어깻죽지 뼈는 여기서 제외되어야만

197) 陳夢家, 『殷虛卜辭綜述』(科學出版社, 1956), 5면에서 재인용.

198) 德日進(Pierre Teihard de Chardin)·楊鍾健, 『安陽殷虛之哺乳動物群』(中國古生物志 丙種 第12號 第1冊, 1936), 楊鍾健, 「安陽殷虛扭角羚羊之發見及其意義」(『田野考古報告』 第3冊, 1948), 楊鍾健·劉東生, 「安陽殷虛之哺乳動物群補遺」(『田野考古報告』 第4冊, 1949) 등을 참조.

할 것이다. 동작빈의 말처럼, 점복용의 어깻죽지 뼈의 경우, "단지 직관에 근거할 뿐이다. 작은 것들은 사슴과 양과 같은 것에 속하며, 비교적 큰 것은 보통 소의 어깻죽지 뼈다. 하지만 그것이 물소인지 황소인지는 쉽게 구분하기 힘들다."[199] 설사 은허에서 출토된 소의 어깻죽지 뼈로 본다하더라도 크기의 차이가 존재한다. 가장 큰 것은 『은계습철』 2.159편에 보이고, 또 『합집』 33,747편에도 보이는데, 오른쪽 어깻죽지 뼈로서 길이가 42센티미터 넓이가 24센티미터이다. 조금 작은 것으로는, 『둔남』 2,307편과 같은 것으로, 길이가 37센티미터 넓이가 23센티미터이고, 『둔남』 2,180편은 길이가 32센티미터 넓이가 18센티미터이다. 소 어깻죽지 뼈의 크기 구별은 소의 연령과 관계된 이외에도 아마 종속種屬과도 관계있을 것이다. 즉 앞에서의 양종건의 말처럼 "두 가지 소가 모두 포함되었을 것이다." 속칭 황소의 어깻죽지 뼈는 좁고 길지만, 물소의 어깻죽지 뼈는 골선骨扇 부분이 넓고 크다. 이것은 은허의 점복용 소 어깻죽지 뼈의 크기 구분에도 어떤 시사를 줄 수 있을 것이다. 이전에 나진옥은 "점복용의 뼈에 대단히 큰 것이 있는데, 아마도 코끼리의 뼈로 보인다"고 한 적이 있다.[200] 왕양王襄도 "갑진년과 을사년 사이에, 틈틈이 여가 시간을 이용해 갑골문자를 공부하기 시작했는데, 거북딱지와 코끼리 뼈 두 가지가 있다는 것을 알게 되었다. 이들은 바로 옛날 점복에서 사용하던 것이다"고 했다.[201] 이에 대해 동작빈은 이후 대만대학교 이과대학理學院 동물학과에 소장하고 있던 코끼리뼈의 전체 표본에 근거해, 코끼리의 어깻죽지 뼈가 삼각형임을 보고서 "지금까지 저록된 커다란 어깻죽지 뼈 복사의 탁본은 모두 '장방형'에 가깝지 절대 '삼각형'에 가까운 것은 없다"고 했다. 그래서 나진옥의 『은허서계 청화』의 4판의 큰 어깻죽지 뼈는 절대 코끼리의 뼈가 아니라고 했다.[202] 이 말은 틀리지 않았다.

199) 董作賓, 「甲骨實物之整理」, 『中央研究院歷史語言研究所集刊』 第29本 下冊, 1958.
200) 羅振玉, 『殷虛書契考釋』 初印本, 36면 下 "象"字條, 1914.
201) 陳夢家, 『殷虛卜辭綜述』, 4면에서 재인용.

물론 나진옥은 이 뼈가 바로 소 어깻죽지 뼈라고는 했지만, 은허에서는 대단히 드물긴 하지만 점복용 코끼리 어깻죽지 뼈도 출토되었다. 작고한 대만의 김상항은 다시 코끼리 어깻죽지 뼈 각사 하나를 찾아내었다.[203] 원래 뼈는 지금 심양沈陽시의 요녕성 박물관에 소장되어 있고, 모사본은 『갑골속존』 하편의 제390호 앞뒷면으로, 탁본은 『합집』 13,758편의 앞뒷면으로 수록되었다. 앞면에는 "기사일에 점을 칩니다. '쟁'이 물어봅니다. 왕의 배를 만들까요? …… 己巳卜爭貞乍王舟 ……"라는 복사이며, 뒷면에는 "기사일에 점을 칩니다. '각'이 물어봅니다. '황'에게 질병이 생기지 않겠습니까? 물어봅니다. 왕께서 사냥을 나가는데 비가 오겠습니까? 己巳卜殼貞𡧊亡疾. 貞王其往田其雨"라는 복사가 기록되었고, 무정 때의 복골이다. 김상항은 "코끼리의 어깻죽지 뼈는 약간 '삼각형'인데 비해 소의 어깻죽지 뼈는 '장방형'에 가깝다"는 생물학적 골격 표본의 특징에 근거해, 이 뼈의 크기와 모습을 두고 "골구骨臼 부분이 특히 크고 골면骨面 부분은 약간 '삼각형'으로 되어 있어서, 장방형에 가까운 소의 어깻죽지 뼈와는 다르고", 그래서 "이는 코끼리의 어깻죽지 뼈로 판단된다"고 했다. 이러한 "삼각형"의 어깻죽지 뼈는 은허에서 출토된 갑골문 재료 중에서 단지 이것 하나만 보인다. 만약 김상항의 견해가 사실이라면, 은허에서는 코끼리의 뼈를 사용한 점복은 절대 없었다는 이전의 인식을 바꿀 수 있다. 그렇게 되면 은나라 사람들은 코끼리의 뼈와 상아로 아름다운 기물을 만들었을 뿐 아니라 가끔 점복에도 사용했다는 것이 된다.

이상을 정리하자면, 은허에 출토된 복골에는 사슴·돼지·양·소·코끼리 등 각종 동물의 어깻죽지 뼈가 모두 들어 있지만, 말의 뼈가 사용된 경우는 발견되지 않았다. 가장 많은 수량을 차지하는 것은 소의 어깻죽지 뼈이다. 과거 코끼리 어깻죽지 뼈라고 말해지던 것은 물소 뼈의 어

---

202) 董作賓, 「大肩胛骨絶非象骨之證」, 『中國文字』 第3期, 1961.

203) 金祥恒, 「甲骨文中的一片象胛骨刻辭」, 『大陸雜志』 第69卷 4期, 1984. 또 『金祥恒先生全集』 第2冊, 臺北藝文印書館, 1990年에도 수록됨.

깻죽지 뼈에 지나지 않았지만, 은나라 사람들이 코끼리의 뼈를 복골로 사용했다는 가설은 여전히 배제할 수 없다. 이러한 복골의 내력을 보면, 야생의 것을 사냥으로 잡은 것도 있다. 하지만 주로 기르던 가축을 사용하는 것이 수요를 보장할 수 있는 조치가 될 수 있었다. 갑골문에는 "'강' 제사를 지내는데 소 천 마리를 희생으로 쓸까요? 降𠬝千牛"(『합집』 1,027편)라는 말이, 또 "'금'이 소 백 마리를 바쳤다 禽見(獻)百牛"(『합집』 102편)는 말이 있는데, 전자는 제사에 쓸 소를 우리에서 길렀다는 말이고, 후자는 희생으로 쓸 소를 바친 사람을 말하고 있다. 이러한 것은 소의 어깻죽지 뼈가 점복용으로 쓸 수 있으며, 복골은 기르던 짐승에서 가져온 것도 있고, 또 다른 지방에서 공납되어 온 것도 있음을 알려준다. 복골 내력의 다원성은 점복용 거북딱지의 경우와 매우 유사하다. 하지만 복골의 산지가 주로 중원을 비롯한 북방 지역인데 비해, 점복용 거북딱지의 산지는 분포 지역이 광범위해, 남방의 강회江淮 유역에서 온 것도, 황하 유역의 동·서방 지역에서 온 것도, 북방 지역에서 온 것도 있으며, 심지어는 남방의 장강 유역보다 더 먼 바다에서 수입해 온 것도 있었고, 안양의 은허 주위 일대에서 생산된 거북도 적지는 않았다.

2) 은허 갑골의 다듬기

갑골의 다듬기整治는 달리 공치攻治라고도 표현하는데, 점복에 쓸 갑골의 전 단계 준비 작업을 말한다. 이에는 갑골 재료의 선택取材·깎기削·톱질하기鋸·자르기切·줄로 갈기錯·긁기刮·숫돌로 갈기磨·구멍 뚫기穿孔 및 찬鑽과 조鑿 파기 등의 과정이 포함된다. 갑골을 다듬는 목적은 갑골의 점복 과정을 질서정연하게 하는 동시에 조兆가 제멋대로 갈라질 수 있는 조상兆象의 변화를 제어하고자 하는 데 있었다. 후기 상나라에서는 다듬기를 거친 갑골이라고 모두 점복 장소에 보내졌던 것은 아니다.

점복 장소에 보내지지 않은 다듬기를 거친 갑골, 즉 불로 지져 조兆가 만들어지지 않은 것도 성격상으로는 여전히 점복의 준비 자료에 속한다. 하지만 점복을 거친 갑골은 일반적으로 모두 다듬기를 거쳤고 불로 지져 조兆가 만들어진 상태이다.

은허 갑골 재료의 선택과 내력에 대해서는 이미 앞에서 기술했다. 여기서는 이를 이어서 은허 갑골에서의 깎기削·톱질하기鋸·자르기切·줄로 갈기錯·긁기刮·숫돌로 갈기磨·구멍 뚫기穿孔 등과 같은 다듬기 방법에 관해 논의하기로 한다. 제6장의 제1절에서 동작빈의 「상나라 때의 거북점에 대한 추측商代龜卜之推測」에서 언급한 "다듬기"에 관해 논의한 바 있다. 상나라 사람들이 거북딱지를 다듬을 때 사용한 도구로는 톱鋸·줄錯·칼刀·끌鑿·송곳鑽 등 5가지가 있으며, 거북 배딱지를 다듬는 방법을 보면 다음의 여섯 단계가 있다고 했다. 즉 첫째, 톱으로 등딱지와 배딱지를 잘라 분리해낸다. 둘째, 배딱지 양쪽의 갑교甲橋 가장자리 아래위로 돌출된 부분을 톱으로 잘라내고, 양쪽 가장자리 부분의 "갑교甲橋" 부분이 가지런한 호선형이 되도록 자르고 간다. 셋째는 배딱지 표피의 교질膠質로 된 비늘을 제거한다. 넷째 비늘을 제거한 후 갈라진 남은 무늬를 편평하게 갈아 조兆를 새기고 각사刻辭하기에 편하도록 한다. 다섯째 높고 두터운 곳을 줄로 갈아錯 판 전체를 고르고 편평하게 만든다. 여섯째 줄로 간錯 후 다시 긁고 갈아刮磨, 반들반들하게 윤이 나도록 한다. 거북 등딱지의 다듬기를 보면, 진몽가는 은허 소둔에서 출토된 등딱지의 제작 형식에는 주로 다음의 두 가지가 있다고 했다. 즉 "하나는 중척中脊을 편평하게 두 부분으로 대칭이 되도록 나눈 것인데, 비교적 크기가 큰 등딱지가 종종 이런 모습이었다. 다른 하나는 대칭으로 둘로 나눈 후 다시 중척中脊의 요철이 비교적 심한 부분과 수미首尾 양 끝을 제거하여 신발 밑바닥 모양으로 만들고 중간에는 구멍을 뚫은 형태인데, 크기가 작은 등딱지가 종종 이런 모습이었다."204) 진몽가가 말한 둘째 유형에서의 신발 밑바닥 형태에 구멍이 뚫린 등딱지를 갑골학계에서는 통상 "모양을 바꾼 등딱지改制背甲"라 부르는데, 실제 상황에서는 무정시기에만 한정되어 출토된다. 유일만에 의하면, 은허 부근의 화원장花園莊 동쪽 지역에서 출토된 점복용 거북딱지의 경우, 등딱지는 주로 대칭되는 두 부분으로 잘라 만들었으며, 가장자리를 약간 긁고 갈았을刮磨 뿐 앞에서 말한 "모양을 바꾼 등딱지改制背甲"는 발견되지 않았다. 하지만 배딱지의 경우 둥근 구멍을 뚫은 것이 비교적 많았는데, 이는 다시 두 가지 상황으로 나눌 수 있다. 그중 하나는 갑교甲橋에다 비교적 큰 크기의 둥근 구멍을 뚫은 경우이다. 이는 복갑을 가공하고 난 후 아직 점복에 사용하기 전에 뚫은 것이다. 각 판의 갑교甲橋에 뚫은 구멍의 위치와 크기가 기본적으로 비슷한 것으로 볼 때, 당시 가공과 다듬기를 거친 거북 배딱지를 다소 굵은 끈으로 함께 묶어 두고서 점복용으로 준비해 두었다는 사실을 추측할 수 있다. 다른 하나는 점복이나 각사刻辭를 한 후에 구멍을 뚫은 경우이다. 이런 경우는 점복을 거쳤거나 이미 복사를 새긴 몇몇 복갑이 부서져 보존하기가 불편한 바람에, 점복관들이 부서진 부분에 작은 구멍을 뚫고 다시 가는 끈으로 매어 놓은 상황을 말한다.[205] 은허의 묘포苗圃 북쪽 지역에서 출토된 거북딱지의 다듬기를 보면 또 다른 특색을 보여주고 있다. 배딱지의 갑수甲首는 대부분 구멍을 팠고, 넓고 두터운 가장자리를 남겼으며, 갑교甲橋와 배딱지가 이어지는 부분이 예리한 각이 형성되어 있다. 그리고 등딱지의 모습은 두 가지가 있는데, 하나는 베틀의 북梭 모양을 하였고, 앞에서 진몽가가 말했던 소둔에서의 제1식의 등딱지와 비슷하다. 다른 하나는 도월刀鉞과 같은 ⊙의 모습을 하였는데, 안쪽의 양쪽 끝은 비교적 두텁고, 가운데는 비교적 얇으며, 자르고 간鋸磨 흔적이 분명하고, 중간 부분에 둥근 구멍이 하나 뚫어졌는데, 이러한 형식은 묘포苗圃에서만 볼 수 있는 독특한 형식이다.[206]

204) 陳夢家, 『殷虛卜辭綜述』, 10면.

205) 劉一曼, 「殷墟花園莊東地甲骨坑的發現及主要收獲」, 『甲骨文發現一百周年學術硏討會論文集』(1898～1998), 臺灣師範大學國文系·中央硏究院歷史語言硏究所, 1998.

은허의 점복용 거북의 다듬기는 위의 설명과 같고, 이어서 은허의 점복용 뼈卜骨의 다듬기에 대해 살펴볼 것인데, 여기서는 주로 소 어깻죽지 뼈의 다듬기를 말하게 될 것이다. 소 어깻죽지 뼈는 좌우의 구별이 있고, 한 마리의 소에는 각각 하나씩, 앞 다리의 가장 윗부분에 위치한다. 소 어깻죽지 뼈를 갖고 온 후, 탈지脫脂 작업이 필요하며, 그렇지 않은 상태에서 오래되면 썩은 냄새가 나게 된다. 지금 안양에서 가짜 갑골을 만드는 방법을 보면, 먼저 원 상태의 어깻죽지 뼈를 물에 넣고 끓여 기름기를 제거하는데, 뭉근한 불로 천천히 삶아야지 불이 지나치게 세면 안 된다. 불이 세면 뼈가 퍼석퍼석해져 쓸 수 없게 되고, 너무 약하면 기름기가 제거되지 않는데, 이 모두가 불의 조절에 달려있다. 그런 다음 다시 맑은 물로 갈고 간장을 넣어 다시 끓이는데, 이는 뼈의 색깔을 이전처럼 만들기 위한 것이라고 한다. 하지만 은나라 사람들에게 탈지脫脂 과정이 있었는지, 있었다면 어떤 방법으로 기름기를 제거했는지는 알려져 있지 않다.

소 어깻죽지 뼈가 부채扇子를 닮아 "선자골扇子骨"이라 부른다. 여기에는 골구骨臼와 골선骨扇의 두 부분이 포함된다. 골구骨臼는 관절 고리關節窩 부위로, 속칭 "말발굽馬蹄儿"이라고 불린다. 구臼의 표면은 계란형의 움푹 들어간 모습을 하였고, 구臼의 한쪽에는 기둥처럼 생긴 부분이 돌기해 있는데 이를 구각臼角이라 부른다. 이 구각을 따라 아래로 내려가면 골선骨扇의 반대 면 한쪽에 돌출된 골척骨脊이 있다. 골척骨脊에 근접한 가장자리를 내연內緣이라 하고, 이와 상대되는 가장자리를 외연外緣이라 하는데, 외연外緣은 골면骨面이 약간 융기해 내연內緣에 비해 훨씬 두텁고 둥글다. 골선骨扇에서 골척骨脊이 없는 쪽이 복골의 앞면(정면)이다.

소 어깻죽지 뼈의 다듬기를 보면, 먼저 골구骨臼의 가장 윗부분부터 시작해서, 긴 가로 방향으로 선을 그리고 이를 따라 그 절반이나 삼분의

206) 劉一曼, 「安陽殷墟甲骨出土地及其相關問題」, 『考古』, 1997年 第5期.

일 정도를 톱으로 잘라낸다. 그렇게 되면 구臼의 표면이 반 초승달 모양으로 안쪽이 오목하게 되고, 골선骨扇의 정면을 위로 향해 편평하게 놓기 좋도록 한다. 또 구각臼角의 줄기 부분을 잘라내 곡자曲尺 모양의 이가 빠진 직각 모양이 나도록 하는데, 이가 빠진 가로변과 세로변의 비율은 보통 1대3 정도가 된다. 다시 골선骨扇의 뒷면 골척骨脊을 깎아 내고, 뼈의 무늬 결을 따라 드러난 잔구멍이 많은 꺼칠꺼칠한 곳은 깎고 갈아 처리한다. 골선骨扇의 하단 가장자리의 연골도 깎아버리고 편평하고 반들반들하도록 간다. 은허 지역에서 출토된 소 어깻죽지 뼈의 다듬기를 보면, 거북딱지와 마찬가지로 왕실과 비 왕실, 혹은 상층 귀족과 일반 귀족 및 보통의 평민 간에 약간의 차이가 존재한다. 예컨대 화원장花園莊 남쪽 지역에서 출토된 복골은, 잘려나간 골각臼角이 직각이 아니라 예각으로 되었으며, 가로변과 세로변의 비율도 1대3이 아닌 2대5, 즉 가로변이 세로변보다 두 배 조금 더 되는 긴 모습이다.[207] 소 어깻죽지 뼈는 좌우의 구분이 있는데, 다듬기를 거친 어깻죽지 뼈의 경우, 골판骨版을 편평하게 놓고 골척骨脊을 제거한 면을 아래로 향하게 한 상태에서, 골각臼角의 줄기 부분이 잘려나가 직각의 이가 빠진 부분이 오른쪽에 있으면 오른쪽 어깻죽지 뼈, 왼쪽에 있으면 왼쪽 어깻죽지 뼈가 되는데, 이는 쉽게 구별된다. 다듬기를 거치지 않은 좌우 어깻죽지 뼈라 해도 이런 식으로 골각臼角의 줄기 부분이 좌우에 있는가에 따라 구분할 수 있다. 이외에도 다른 한 가지 방법이 있는데, 바로 동작빈의 소개처럼 "(소 어깻죽지 뼈의) 상하 두 부분을 수직의 중간선으로 삼아 보면, 원래 뼈 좌우 양쪽의 오목한 각도가 조금 차이를 보이게 된다. 왼쪽 어깻죽지 뼈는 좌변의 원래 가장자리의 움푹한 정도가 우변보다 크다. 즉 우변이 좌변보다 곧은 모습을 하고 있다."[208] 바꾸어 말해서, 소 어깻죽지 뼈의 정면을 마주했을

---

207) 劉一曼, 「安陽殷墟甲骨出土地及其相關問題」, 『考古』, 1997年 第5期.

208) 董作賓, 「甲骨實物之整理」, 『中央硏究院歷史語言硏究所集刊』 第29本 下冊, 1958. 또 『董作賓學術論著』 下冊, 臺北世界書局, 1962年; 『董作賓先生全集』 甲編 第3冊, 臺灣藝

때, 가장자리의 움푹한 정도가 좌변이 크면 왼쪽 어깻죽지 뼈고 이와 반대면 오른쪽 어깻죽지 뼈다.

마지막으로 찬鑽과 조鑿에 대해 살펴보자. 『순자』「왕제王制」에서 "거북에 찬을 뚫어 점괘를 나타낸다鑽龜陳卦"고 했고, 『한비자』「식사飾邪」에서 "거북에 조를 뚫어 갈라진 눈금을 헤아린다鑿龜數策"고 했는데, 갑골의 다듬기와 관련된 "찬조鑽鑿"라는 이름이 매우 오래전부터 있었음을 알 수 있게 한다. 갑골의 찬조鑽鑿는 점복 때 불로 직접 지져 가로와 세로로 갈라진 조兆가 쉽게 나타나게 하기 위한 것인데, 그것을 만드는 데는 일정한 규칙이 있었다. 은허 갑골의 찬조鑽鑿는 갑골의 뒷면에 파는 것이 일반적이다. 이는 인공으로 만들어진 둥지 모양의 구유槽를 지칭하는 것으로, 통상 둥근 둥지 모양으로 된 것을 찬鑽, "대추씨 모양"으로 된 것을 조鑿라 한다. 동작빈에 의하면, "찬鑽은 둥글고 비교적 깊은 구멍으로, 대부분 어깻죽지 뼈 한쪽의 두터운 부위(정면에서 보면, 오른쪽 어깻죽지 뼈의 왼쪽, 왼쪽 어깻죽지 뼈의 오른쪽)에 만들어 진다. 조鑿는 타원형의 구멍으로, 양쪽 끝이 뾰족해 대추씨 모양이고, 중간은 직선의 구유 모양이며, 대부분 어깻죽지 뼈의 얇은 부위에 만들어 진다. 조鑿와 찬鑽이 함께 쓰이는 경우도 있는데, 이미 만들어진 조鑿의 곁에다 다시 찬鑽을 만들고, 거북딱지에 찬鑽과 조鑿를 함께 판 것처럼 하여, ◁나 ▷의 형태가 되게 한다. 결론적으로 찬鑽과 조鑿, 조鑿가 있는 곳에 다시 찬鑽을 판 것은 모두 거북딱지나 소뼈에 조兆가 쉽게 나타나도록 하고, 또 조兆가 드러내는 가로 세로 선이 가지런하게 하기 위한 것이다." 그는 또 이렇게 지적했다. 일반적인 상황에서는 찬鑽이 있는 곳을 불로 지지며, 그렇게 되면 조兆는 조鑿를 따라 세로 방향으로 갈라지게 된다. 그래서 조兆의 방향은 일정한 모습이 된다. 예를 들어, 오른쪽 어깻죽지 뼈의 경우, 조鑿의 왼쪽에다 불로 지지면, 정면에서는 조兆가 모두 오른쪽으로 갈라진 "ㅏ" 모양을 하게 되고, 왼쪽 어깻죽지 뼈는

文印書館, 1977年; 『中國現代學術經典』「董作賓卷」, 河北教育出版社, 1996, 510~511면에도 수록됨.

이와 반대로 조兆가 모두 왼쪽으로 갈라진 "ㅓ" 모양을 하게 된다. 하지만 예외도 있다. 예를 들어 하나의 조鑿에 좌우 양쪽으로 불로 지지는 경우 불로 지진灼 모습이 ⊕처럼 되고 조兆는 ┼와 같이 나타나, 또 두 개의 조鑿에 좌우에서 대칭되게 불로 지지는 경우도 있다.[209] 진몽가도 이렇게 지적했다. 조鑿는 언제나 거북딱지의 중간선이나 중척中脊 혹은 소뼈의 좌우 양쪽으로 평행하게 만들어 진다. 조鑿는 양측에서 비스듬하게 깎아 아래로 내려가며, 그래서 깊은 부위에는 직선이 만들어지지만 골면까지 조鑿가 구멍을 뚫고 나가지는 않으며, 찬鑽을 불로 지지게 되면 갑골의 정면에는 세로로 된 조兆의 줄기幹가 있는 곳에 드러나게 된다. 하지만 만약 찬鑽과 조鑿를 함께 파게 되면, 찬鑽은 반드시 조鑿에 가까이 붙어 만들어지며, 그 일부는 조鑿가 있는 곳에 의해 침입을 받아 완전한 형태의 둥근 모양을 만들지 못하게 된다. 찬鑽을 판 곳이 갑골 정면에서는 조兆의 가지枝가 드러나는 곳이 된다. 찬鑽이 조鑿의 왼쪽에 있느냐 오른쪽에 있느냐가 갑골 정면 조의 가지兆枝의 복卜자 형태가 갈라지는 방향을 결정하게 되는데, 등딱지에서 불로 지진 찬鑽이 왼쪽에 있으면 정면에서 조兆의 가지枝는 오른쪽을 향하게 된다. 그 원칙은 다음과 같다. 거북딱지라면 중간선이나 중척中脊을 중심으로 삼아, 배딱지든 등딱지든 왼쪽 딱지든 오른쪽 딱지든 조兆의 가지枝는 일률적으로 중간선이나 중척中脊을 향하게 된다. 어깻죽지 뼈는 통상 척골脊骨(골구骨臼의 절단된 각)의 한쪽을 향하게 된다.[210] 다시 말해, 찬鑽과 조鑿는 거북 배딱지의 뒷면에 분포하며, 통상 "천리로千里路"라 불리는 중간선을 중심으로 해 왼쪽 절반인 경우에는 찬鑽은 안쪽 편에 있으면서 조鑿의 오른편에 위치하고, 오른쪽 절반인 경우에는 찬鑽이 안쪽 편에 있으면서 조鑿의 왼편에 위치한다. 이렇게 되면 좌

209) 董作賓, 「骨文例」, 『中央研究院歷史語言研究所集刊』 第7本 1分, 1936. 또 『董作賓學術論著』 下冊, 臺北世界書局, 1962年; 『董作賓先生全集』 甲編 第3冊, 臺北藝文印書館, 1977年에도 수록됨.

210) 陳夢家, 『殷虛卜辭綜述』, 科學出版社, 1956, 10~12면.

우 대칭을 이루게 되고, 등딱지에 만들어진 찬鑽과 조鑿는 왼쪽 등딱지의 뒷면이면 찬鑽이 조鑿의 왼편에, 오른쪽 등딱지의 뒷면이면 찬鑽이 조鑿의 오른편에 위치하게 된다. 거북딱지에 있는 찬鑽이라면, 정면의 조兆의 가지枝는 언제나 "천리로"를 향하며 마찬가지로 중척中脊을 향하게 된다. 소 어깻죽지 뼈 뒷면의 찬鑽과 조鑿의 분포를 보면, 왼쪽 어깻죽지 뼈라면 찬鑽이 오른쪽에 조鑿가 왼쪽에 위치하며, 오른쪽 어깻죽지 뼈라면 찬鑽이 왼쪽에 조鑿가 오른쪽에 위치하여, 찬鑽은 언제나 마찬가지로 골척骨脊을 향하게 된다. 그리고 소뼈 정면의 조兆의 가지枝는 마찬가지로 절각切角 즉 골선骨扇의 안쪽 가장자리 쪽을 향하게 된다. 물론 소 어깻죽지 뼈에서의 찬鑽과 조鑿의 분포는 모두 일률적으로 골척骨脊을 향하는 것은 아니다. 몇몇 복골의 골선骨扇 뒷면에는, 내연內緣과 외연外緣에 두 줄로 만들어진 찬鑽과 조鑿가 서로를 향하게 하여 정면에 나타나는 조兆의 가지枝가 모두 복골의 중앙을 향하도록 만든다. 이밖에도 은허의 어떤 곳에서 출토된 갑골의 경우, 그 찬조 형태에도 위에서 기술한 것과는 다른 모습을 보이기도 한다. 예컨대 묘포苗圃 북쪽 지역과 화원장花園莊 남쪽 지역에서 발견된 복갑의 경우, 찬鑽과 작灼의 일부가 조鑿의 바깥 편에 위치하여 중간선과 배치되어 같은 방향을 향하고 있지 않다. 복골의 경우 찬鑽 조鑿 작灼의 배열이 서로 같은 것이 절대 다수를 차지하고 있다.211)

오늘날의 입장에서 볼 때, 은허 갑골에서의 가장 기본적인 찬조 형태에는 대체로 다음의 7가지 방식이 있다. 대부분 나 의 모습이고, 단찬單鑽으로 된 이나 의 모습(소위 장방형의 조鑿와 "대추씨 모양"의 조鑿 등)을 한 것도 있으며, 소수이긴 하지만 의 모습(원찬圓鑽, 조鑿가 찬鑽 속에 들어감. 『경인』 3,228 · 『합집』 39,906 · 『안명』 730 · 『둔남』 4,314편 등)도 있으며, 극소수이긴 하지만 의 모습(두 개의 조鑿 가까이 붙어 있으며, 찬鑽은 서로 반대 방향이다. 『갑』 2,906편 어깻죽지 뼈의 뒷면의 왼쪽 줄 위쪽에서 둘째 조組의 찬조鑽鑿, 또 역사어

211) 劉一曼, 「安陽殷墟甲骨出土地及其相關問題」, 『考古』, 1997年 第5期 참조.

언연구소 소장 글자 없는 소뼈 3.3.0105편의 왼쪽 어깻죽지 뼈 뒷면의 왼쪽 줄 위쪽에서 2~4번째 조組의 찬조鑽鑿)[212]이나 ◐의 모습(크고 작은 두 개의 조鑿가 가까이 붙어 있으며, 작은 조鑿에다 불로 지졌다. 『둔남』 1,002편 왼쪽의 2번째 조鑿)을 한 것도 있다. 다만 앞서 말한 동작빈이 말했던 하나의 조鑿에 좌우 양쪽으로 불로 지진 것으로, 작灼의 형태가 ◐이고 정면의 조兆가 ㅏ의 모습으로 나타나는 것에 대해서는 아직 그 실례를 찾지 못한 상태이다.

찬鑽과 조鑿의 제작에 대해, 동작빈은 일찍이 「골문 예骨文例」[213]에서 "찬鑽은 송곳鑽을 사용하고, 조鑿는 끌鑿을 사용해, 사용하는 도구도 다르고 사용하는 방법도 다르다"고 했다. 그리고 진몽가는 이렇게 말했다. 그가 은허 소둔의 각사 갑골을 직접 검증해본 결과, 절대 다수의 찬鑽과 조鑿는 모두 끌鑿로 파낸 것임을 발견했다. 다만 정주 이리강二里崗에서 나온 복골의 경우 송곳鑽으로 판 것이었다. 정주에서는 상나라 때의 이러한 청동 송곳鑽이 출토되었다. 그리고 갑골의 실물 관찰을 통해 은나라 사람들은 찬鑽을 파기 전에, 먼저 칼로 작은 원을 그려 표시를 해 두었고, 조鑿를 파기 전에는 먼저 칼로 쌍으로 된 사선 무늬를 그려 표기해 두었음도 발견했다.[214] 허진웅은 한 걸음 더 나아가 진몽가의 설을 보충했다. 그에 의하면, 조鑿와 찬鑽은 그것을 파는 도구가 다르며, 그와 동시에 파낸 형태도 달라 그렇게 이름이 붙여진 것이다. 이전에는 줄곧 세로로 긴 구덩이 모양의 것을 조鑿라 했는데, 조鑿는 V자 형의 청동 새김칼刻刀로 반복해서 파내 만들고, 다시 직선으로 된 날이나 호선으로 된 날을 가진 칼로 양쪽 가를 넓게 되도록 수정한다. 그 곁에 있는 반원형의 구덩이 모양의 것을 찬鑽이라 하는데, 찬鑽도 대부분 파서 만든 것이며, 지지는 불이 지나치게 센 바람에 갈라져 구멍이 난 것이지, 구멍을 뚫어鑽 만든 것은 극소수에 불과하다.[215] 이렇게 볼 때, 은허 갑골 상의 조鑿

212) 嚴一萍, 『甲骨學』 上冊, 圖 10(臺北藝文印書館, 1978), 564면에서 인용.
213) 『中央研究院歷史語言研究所集刊』 第7本 1分, 1936.
214) 陳夢家, 『殷虛卜辭綜述』, 科學出版社, 1956, 10~12・17면.

는 주로 파서 만든 것이라는 사실에 학자들의 견해가 비교적 일치하고 있다. 하지만 찬鑽의 제작에 대해서는 의견이 일치하지 않아, 어떤 사람은 모두가 청동 송곳鑽으로 만들어 진 것은 아니며, 단지 그 중의 대단히 적은 일부만이 송곳鑽으로 만들어졌고, 대부분은 청동 칼로 파서 만든 것이라고 여기고 있다.

1973년 소둔 남쪽 지역에서 갑골이 출토됨으로써, 앞에서 기술한 여러 학설들의 검증에 새로운 기회를 마련해 주었다. 중국사회과학원 고고연구소 연구원들의 관찰에 의하면, 소둔 남쪽 지역의 갑골에 만들어진 조鑿는 "결코 송곳鑿子으로 뚫어鑿 만든 것이 아니며", 조鑿는 주로 다음과 같은 두 가지 방법으로 만들어졌다고 한다. 첫째, 칼로 파서 만드는 방법인데, 이것이 절대 다수를 차지한다. 이러한 경우는 조鑿의 내벽에 종종 칼의 흔적이 대단히 분명하게 남겨져 있다. 어떤 것들은 장방형의 조鑿를 파 낸 후, 양쪽 가장자리에 다시 칼로 넓게 파서 두루마리 모양의 돌출된 모서리圈突棱를 드러내고 있는데, 평면으로 보면 마치 내외에 두 개의 두루마리圈가 있는 것처럼 보인다. 어떤 것들은 바깥쪽의 두루마리外圈가 북의 배鼓腹 모양에 뾰족한 호선尖弧 모양을, 안쪽 두루마리內圈는 장방형을 한 것도 있다. 둘째 윤개조輪開槽인데, 이는 이전에는 잘 몰랐던 방법이다. 이곳의 복골에 나타난 조鑿에서 벗겨 분리해낸 흙덩이土鑄塊를 보면, 어떤 것들은 아랫부분이 매우 규칙적인 호선을 이루고 동시에 회전 무늬旋紋도 갖고 있어, 이러한 조鑿는 분명 타륜砣輪처럼 생긴 크기가 작은 바퀴를 이용해 먼저 구유槽 모양으로 팠다고 추측할 수밖에 없다. 하지만 구체적인 제작과정에서, 어떤 것들은 바퀴로 구유를 판 후, 더 이상 칼로 가공하지 않았거나, 칼로 단지 조鑿의 가장자리만 수정하고 바닥부분은 가공하지 않았는데, 이렇게 되면 조鑿의 종단면은 규칙적인 호형을 유지할 수 있게 된다. 어떤 것들은 바퀴로 구유를 판 후 바닥부분

215) 許進雄, 『甲骨上鑽鑿形態的硏究』, 臺北藝文印書館, 1979, 4~8면.

을 심하게 가공했는데, 이렇게 되면 이미 호선 모양을 유지할 수 없게 된다. 소둔 남지 갑골의 찬鑽을 보면, "이것도 송곳鑽을 이용해 뚫은 것은 매우 드물다." 찬鑽의 제작은 주로 다음과 같은 세 가지가 있다. 첫째, 송곳鑽으로 뚫는 경우인데, 이 방법은 단독으로 된 원찬圓鑽과 조鑿의 곁에 만들어진 극소수의 찬鑽에 응용되었으며, 이는 속이 채워진 둥근 모양의 막대로 복골에서 회전을 시키면서 만들어 나간다. 고고연구소 동료들이 이에 대해 모의시험을 한 적이 있다. 원형의 작은 나무 막대를 쓰고, 활의 현으로 이를 감아 묶고, 뼈 위에는 젖은 모래를 두고, 나무 막대가 뼈 위의 찬鑽이 만들어 질 곳을 수직으로 누르게 했다.216) 그 후 활을 당기며 움직이면 나무 막대가 뼈 위에서 신속히 회전하고, 그렇게 되면 뼈 위에는 벽의 바닥까지 윤이 나는 둥근 모양의 구덩이가 만들어진다. 둘째, 먼저 바퀴로 구유를 파고輪開槽, 다시 칼로 가공을 해, 찬鑽의 안쪽과 조鑿가 서로 연결되게 하는 방법이다. 매우 규칙적인 호선형의 조鑿가 있고 그 조鑿의 곁에 있는 찬鑽은 대부분 이러한 방법에 의해 만들어졌다. 셋째, 칼로 파서 만드는 방법이다. 이러한 찬鑽은 평면이 불규칙하며, 옆쪽의 가장자리도 가지런하지 않고, 벽과 바닥이 만나는 곳의 꺾이는 각도가 분명하며, 언제나 칼의 흔적을 남기고 있다. 소둔 남쪽지역의 갑골 중 조鑿의 옆에 있는 절대 다수의 찬鑽은 모두 이렇게 만들어진 것이다.217) 소둔 남쪽 지역에서 출토된 갑골을 검색해 보면, 찬鑿과 조鑽를 대부분 칼로 팠다는 과거의 이해는 성립될 수 있다는 것이 증명될 수 있으며, 찬鑽과 조鑿를 바퀴를 사용해 구유를 파는 방식으로 만들었다는 것

216) 이 글에서는 진몽가가 은허의 갑골 다듬기를 할 때 鑽鑿가 만들어 지는 곳에 먼저 표기를 해두어 미끄러지거나 어지럽게 되지 않도록 했음을 발견했다는 점도 언급했다. 濟南의 大辛莊 商代 유적지에서 출토된 복갑의 다듬기 형태를 보면, 어떤 鑿槽의 곁에는 x자와 같은 미세한 선이 새겨졌던 흔적이 남아 있는데, 이는 뼈에 파려는 鑽鑿의 위치에 먼저 위치를 설정했다는 것을 알 수 있게 해 준다. 또 鑿은 刻刀를 사용해 판 것과 輪開槽로 만든 것, 혹은 구멍을 파 발라내고 파들어 간 것도 많이 보인다. 徐基, 「濟南大辛莊遺址出土甲骨的初步研究」, 『文物』, 1995年 第6期 참조.

217) 『小屯南地甲骨』 下冊 第3分冊 "鑽鑿", 中華書局, 1983, 1,491~1,495면.

은 갑골 찬조 형태 연구에서의 새로운 발견이다.

은허 갑골의 찬조鑽鑿 형태를 비롯해, 갑골 상에서의 찬조의 분포와 배열은 왕의 교체를 따라 달라지는 특색을 가지게 되는데, 이러한 부분은 갑골학계의 주목을 받았고, 전문적으로 연구되기도 했다. 예컨대 캐나다의 허진웅은 『복골 상의 찬조 형태卜骨上的鑽鑿形態』,[218] 『갑골 상의 찬조 형태 연구甲骨上鑽鑿形態的硏究』[219]를 연속해 발표했다. 대만의 엄일평도 은허 각 시기의 갑골의 찬조鑽鑿 배열 형식을 귀납한 결과 소 어깻죽지 뼈에는 10가지 형식이, 등딱지에는 5가지 형식이, 배딱지에는 48가지 형식이 있으며, 갑골 상에서 찬조의 배열도 한 줄에서부터 수십 줄까지 일정하지가 않고, 초기 때의 배딱지 및 등딱지에서는 찬조의 숫자가 1백 개 이상 되는 것도 있지만 후기 때의 소 어깻죽지 뼈에서는 정면에 조鑿가 29개 뒷면에 조鑿가 70개 인 것도 있다고 했다.[220] 이밖에도 북경도서관의 우수경于秀卿·가쌍희賈雙喜·서자강徐自强도 「갑골의 찬조 형태와 시기구분 연구甲骨的鑽鑿形態與分期斷代硏究」[221]를 발표했다. 앞에서 들었던 중국사회과학원 고고연구소의 동료들도 『소둔 남지 갑골小屯南地甲骨』 하책 제3분책에서 따로 조鑿의 형태 변화와 시기 구분, 복골에서의 조鑿의 배열, 찬조鑽鑿 형태로 본 복사의 시대 등에 대해 전문적으로 논술했다. 이러한 것들은 이 책의 제5장 "갑골문의 시기구분"에서 이미 기술했으므로, 여기서는 이만 줄인다.

---

218) 臺北藝文印書館, 1973.
219) 臺北藝文印書館, 1979.
220) 嚴一萍, 『甲骨學』 上冊, 臺北藝文印書館, 1978, 554~692면.
221) 『古文字硏究』 第6輯, 中華書局, 1981.

제7장 갑골 점복과 복사의 문례와 문법(하)

1. 은허 갑골문의 성질

은허 갑골문은 그 성질로 볼 때 대체로 다음과 같은 5가지의 큰 유형으로 나눌 수 있다. 첫째는 복사卜辭로, 통상 일정한 공문 형식이라 하겠으며, 점을 친 내용을 갑골에다 새겨 기록했는데 중요한 경우에는 붉은색이나 검은 색을 칠하기도 했다. 둘째는 점복과 관련 있는 기사記事 각사로, 순전히 갑골의 내원 및 다듬기, 검사한 사람 등을 기록한 것이다. 셋째는 점복과 무관한 특수한 기사記事 각사와 일반적 성격의 기사 각사이다. 전자는 전적으로 공적을 기록하거나 사건의 증거를 만들기 위해 새긴 것을 말하며, 후자는 일상생활의 일을 기록한 것을 말한다. 넷째는 표보表譜 각사로, "간지표干支表"나 "가보家譜 각사" 등이 이에 속하며, 비람備覽으로 쓰기 위한 것이었다. 다섯째는 "습각習刻"으로, 모방해 가며 연습 삼아 새긴 것을 말한다. 대략적으로 말해서, 복사卜辭가 은허 갑골문의 주류로 전체의 약 99%를 차지하고, 나머지 4가지는 합쳐도 전체의 1% 정도에 불과하다. 나머지 네 가지 중에서도 셋째 부류가 가장 적고, 둘째 · 넷째 · 다섯째의 수량은 모두 셋째보다 몇 배씩 많이 나타나고 있다. 이를 나누어 기술하기로 하자.

1) 갑골 복사卜辭

갑골 복사란 주로 은허에서 출토된 점복용 거북딱지와 소의 어깻죽지뼈에 새겨진 점복의 기록을 말한다. 그 내용은 대체로 은상 왕조의 무정武丁 이후(조금 더 이를 수도 있다)부터 상나라 말에 이르는 각 왕들의 점복이 주를 이루며, 일부 다른 귀족 가문의 점복 기록도 포함된다. 갑골복사는 통상 정인貞人이 거북을 불로 지지며 물어보고 점을 친 후, 일정한 공문 형식으로 갑골에다 새기고 써 내려간 문장을 말한다.

일반적으로 말해서, 복사는 갑골의 앞면에 새기는 경우가 많지만 뒷면에 새기기도 한다. 대부분 연관된 조兆의 부근에다 새기게 되는데 이를 "수조守兆"라고도 한다. 새기는 방향은 가로로 갈라진 조兆의 가지枝가 가리키는 방향에 따르게 된다. 조兆가 왼쪽으로 갈라졌는데도 복사를 오른쪽으로 새겨나가 역방향이 되게 하거나, 조兆가 오른쪽 방향으로 갈라졌는데도 복사를 왼쪽으로 새겨나가 역방향이 되게 하는 경우도 있는데 이를 "영조 복사迎兆卜辭"라고 부른다. 이에 비해 조兆가 가리키는 방향을 따라서 복사를 오른쪽으로 새기거나 왼쪽으로 새기기는 것을 "순조 복사順兆卜辭"라 부른다. 하지만 한 가지 지적해야 할 것은, 대다수의 갑골 복사를 새길 때 복조卜兆를 침범하지 않지만, 어떤 복사는 복조를 피하지 않고 종종 가로로 갈라진 조兆를 넘어가기도 하는데, 이를 "범조犯兆"라고 부른다는 것이다. 게다가 침범당한 조兆의 갈라진 부분은 대부분 글자가 새겨졌기 때문에 종종 서수序數가 없다는 또 다른 공통된 현상을 갖게 된다. 이에 대해서는 장병권張秉權이 「은허복사의 '조'와 그와 관련된 문제殷虛卜龜之兆及其有關問題」[1]에서 다음의 두 가지가 원인일 것이라고 했다. "하나는 이러한 복조卜兆 표기가 이미 지워져 버렸을 가능성이고, 다른 하나는 복사와의 혼동을 피하기 위해 서수序數를 삭제해 버렸을 가능성인데", 그중에서도 "둘째의 가능성이 크다."

완전한 복사는 서사敍辭・명사命辭・점사占辭・험사驗辭 등 네 부분으로 구성되는데, 일반적인 상황에서는 여기에 서수序數(혹은 복수卜數)와 조사兆辭가 더 포함된다. 하지만 서수序數는 일반적으로 복사보다 먼저 새겨진다는 점에 주의해야 한다. 거북을 불로 지져 점을 치면, 지질 때마다 조兆가 하나씩 나타나므로 그때마다 순서를 나타내는 숫자를 새겨 점의 순서를 표시해야 하는데, 이를 합쳐서 조서兆序라 부른다. 조兆의 갈라지는 방향이 왼쪽이면 서수序數는 통상 복조卜兆의 왼쪽편 위에, 그 반대면 오른쪽의 위에다 새기며, 조兆의 세로선의 가장 윗부분에 새기는 경우도 있다. 하지만 복사는 서수와 달리 점복을 완료한 이후에 새긴다. 갑골 상의 어떤 서수序數들은 복사卜辭가 새겨질 공간을 차지하고 있다고 해서 파내 버린 경우도 자주 발견되며, 어떤 경우에는 다른 빈 공간에다 다시 새긴 경우도 발견되는데, 이는 조서兆序가 복사卜辭보다 먼저 새겨졌다는 것을 증명해 준다. 조서兆序는 복사와 관계가 밀접하긴 하지만 상대적으로 독립적이어서, 서수序數는 있지만 복사는 없는 갑골도 매우 많다. 거북딱지에 배열된 조서兆序의 형식을 보면, 일반적인 상황 하에서는 위로부터 아래로, 한 줄에서 몇 줄까지 세로로 새겨지는데, 안(중간선中縫)에서 밖(가장자리邊緣)으로, 혹은 밖(가장자리)에서 안(중간선)으로 새긴다. 어깻죽지 뼈 상의 서수序數나 복수卜數는 주로 아래서 위로 배열되는 경우가 많지만, 아래에서 위로 갔다가 다시 방향을 꺾어 아래로 배열된 경우도 있

---

1) 『中央研究院院刊』 第1輯, 1954.

다. 『합집』 23,988 · 『수』 1,328+『유주』 948편이 그러한 예에 속하지만 많지는 않다. 조사兆辭는 거북을 불로 지지고 점을 칠 때 조兆의 모습을 보고 길흉을 결정하는 간단한 말로, 이 또한 복사를 유기적으로 구성하는 성분이다. 하지만 서수序數 · 복수卜數 · 조사兆辭만 보아서는 점을 친 내용을 알 수가 없으며, 복사의 주 구성부분인 서사敍辭 · 명사命辭 내지는 점사占辭 · 험사驗辭 등을 보아야만 알 수 있다.

서사敍辭는 달리 전사前辭라고도 하는데, 전제 복사의 앞부분에 기록한 점복 날짜와 정인貞人의 이름을 기록한 부분이다. 명사命辭는 달리 정사貞辭라고도 하는데, 정貞자로 시작되기 때문에 붙여진 이름이다. 이는 점을 친 내용으로, 점을 친 사안을 말하며, 복사의 중심부분이다. 점사占辭는 조兆가 갈라진 모습을 보고 길흉을 정하며 일의 실행 여부를 판단하고 예측한 것으로, 점복의 결론부분에 해당한다. 그것과 조사兆辭와의 차이는, 조사兆辭의 구성법이 언제나 일정하다는 점에 있다. 즉 조사는 "일고一告", "이고二告", "삼고三告", "소고小告", "길吉", "소길小吉", "상길上吉", "대길大吉", "인길引吉", "불길不吉", "불오不牾", "불오맹不牾黽", "사연[illegible]", "자용玆用", "자불용玆不用", "자무용玆毋用" 등과 같이, 일정한 약속에 의해 정해진 상용어恒語로 되어 있다. 하지만 점사占辭는 간혹 조사兆辭를 직접 인용하기도 하지만 대부분 점을 친 사안의 미래에 대해 점복자가 예측을 내린 말이다. 험사驗辭는 이후 점을 친 사안에 징험이 있었는지를 추가로 기록한 것으로, 점복의 결과에 대한 구체적이며 사실적인 답변이다. 이는 점복을 하던 당시에 새겨진 것이 아니기 때문에 "추각追刻 복사"라 불리기도 한다. 다음의 예를 살펴보자.

癸丑卜, 爭, 貞自今至于丁巳, 我𢦏周. 王占曰, 丁巳我毋其𢦏, 于來甲子𢦏.

서사敍辭　　　명사命辭　　　　　　　　　점사占辭

계축일에 점을 칩니다. '쟁'이 물어봅니다. 오늘부터 정사일까지 우리가 '주'나라를 정벌할까요? 왕께서 점괘를 해석하여 말했다. 정사일에는 우리가 정벌하지 말라. 오는 갑자일에 정벌을 하라.

旬有一日癸亥, 車弗𢦏, 之日𡆥甲子允𢦏. 一二

험사驗辭 서수序數

11일이 지난 계해일에, 전차를 동원해 정벌했으나 이길 수 없었다. 그날이 막 끝나고 갑자일이 시작될 때쯤에서야 과연 정벌할 수 있었다. 일, 이.

—『합집』 6,834편

위에서 열거한 것처럼 서사敍辭에는 간지와 정인貞人이 기록되었고, 명사命辭에서는 점을 친 당일부터 정사일까지 5일 내에 주𠕋나라와의 전쟁에서 이길 수 있을지를 물었다. 점사占辭에는 일반적으로 "누가 점괘를 해석하여 말했다 某占(繇)曰"라는 말이 등장한다. 여기서는 왕이 조兆의 갈라진 모습을 보고 점친 사안에 대해 예측한 말을 기록해 두었는데, 정사일에는 승리를 거둘 수 없으며, 12일 후인 갑자일에야 비로소 승리를 이룰 수 있다고 했다. 험사驗辭에서는 일의 경과를 기술하였는데, 12일이 지난 후의 추가 기록으로 11일 후인 계해일에 전차를 동원했지만 적을 이길 수 없었으나, 그 날이 끝나는 시간대부터 갑자일로 이어지는 날이 밝을 때 쯤 해서 비로소 예측대로 적을 이길 수 있었다는 내용이다. 서수序數인 일一과 이二는 거북을 불로 지진 두 차례의 순서를 표시한 것이다. 다만 이런 식으로 서사敍辭·명사命辭·점사占辭·험사驗辭 등 이 네 가지와 서수序數 등을 모두 갖춘 완전한 복사는 사실 그다지 많지 않으며, 대다수의 복사는 그 중 몇 가지만 갖추고 있다는 사실에 유의해야 한다.

庚戌卜, 亘, 貞王弗疾𠕁. 王占曰, 勿疾. 一二三 上吉 四五

서사敍辭 명사命辭 점사占辭 서수序數 조사兆辭 서수序數

경술일에 점을 칩니다. '긍'이 물어봅니다. 왕께서 뼈에 통증이 생기지 않을까

요? 왕께서 점괘를 판단해 말했다. 아프지 않을 것이다. 일. 이. 삼. 상길. 사. 오

—『병편』 334편

戊午卜, 小臣不其嘉. 癸酉皇甲戌毋嘉. 一二

서사叙辭 명사命辭 험사驗辭 서수序數

무오일에 점을 칩니다. '소신'에게 기쁜 일이 일어나지 않겠습니까? 계유일이 끝나고 갑술일이 시작될 때 쯤 나쁜 일이 일어났다. 일. 이.

—『병편』 90편

乙卯卜, 永, 貞隹毋丙害. 一二 不梧黽 三四五六七 不梧黽

서사叙辭 명사命辭 서수序數 조사兆辭 서수序數 조사兆辭

을묘일에 점을 칩니다. '영'이 물어봅니다. '모병'에게 해가 있겠습니까? 일. 이. 불오맹. 삼. 사. 오 육. 칠. 불오맹.

—『병편』 267편

이처럼 서사叙辭·명사命辭·점사占辭와 서수序數·조사兆辭 등 몇 가지만 갖춘 것도 있고, 서사叙辭·명사命辭·험사驗辭와 서수序數 등 몇 가지만 갖춘 것도 있으며, 서사叙·명사命辭와 서수序數·조사兆辭 등 몇 가지만 갖추어, 서로 빠진 것이 보이기도 한다. 어떤 경우에는 하나의 복사를 갑골의 앞뒷면에 나누어 새기고 내용이 앞뒤로 연결되도록 만들기도 했다. 예컨대『화이트』32편의 배딱지 앞면의 복사를 보면 "계사일에 점을 칩니다. '쟁'이 물어봅니다. 오는 갑오일에 '주'제사와 '융'제사를 드리는데 '상갑'부터 '다육'까지 '의'제사를 드릴까요? 癸巳卜, 爭, 貞翌甲午酒彡自上甲至于多毓衣?"2)라고 했는데, 명사命辭의 의衣자 뒤에 나오는 달 이름 "시월+

2) (역주) 多毓은 多后와 같아 여러 왕후들을 지칭한다. 衣는 제사이름인데, 殷祭를 말한다.『예기』「왕제」에 의하면, "犆礿, 祫禘, 祫嘗, 祫烝"이라 했는데, 정현의 주석에서 "노나라 예제에 의하면, 3년 상이 끝나면 大祖에게 祫祭하게 되고, 이듬해 봄 群廟에서 禘제사를 지내게 된다. 이 이후 5년이 지나면 다시 殷祭를 지내는데, 하나는 祫제사이고 다른 하나는 禘제사이다"고 했다.『설문』에 의하면, "祫제사는 친소 원근에 관계

月"은 앞면에 이미 빈 공간이 없어 뒷면에다 새겼다. 또 앞면에는 서사叙辭・명사命辭를 뒷면에는 점사占辭를(『합집』 6,057편), 앞면에는 서사叙辭를 뒷면에는 명사命辭를, 앞면에는 명사命辭를 뒷면에는 서사叙辭를(『합집』 5,298편), 앞면에는 명사命辭를 뒷면에는 서사叙辭・점사占辭를(『화이트』 53편), 앞면에는 명사命辭를 뒷면에는 서사叙辭・점사占辭・험사驗辭를(『합집』 8,912편), 앞면에는 서사叙辭・명사命辭・점사占辭를 뒷면에는 험사驗辭를(『병편』 207편 앞면, 208편 뒷면) 새긴 경우도 있다. 적잖은 복사에서 '험사'가 나타나지 않으며, '점사'가 등장한다 하더라도 소수이며, 대부분 '서사'와 '명사'로 된 형식이다. 예컨대, "을해일에 점을 칩니다. 오늘 낮에 비가 오지 않을까요? 乙亥卜, 今日其晝不雨"(『척속』 205편), "병인일에 물어봅니다. 주변 국가들이 적게 출현할까요? 丙寅, 貞方小出"(『안명』 545편) 등이 그렇다. 더욱 많은 복사의 경우, '고'제사를 '비경'께 드릴까요? 貞告于妣庚"(『안명』 46편), "'유侑'제사를 '소갑'께 드리지 말까요? 勿㞢于少甲"(『화이트』 38편) 등처럼 전사前辭를 생략한 채 명사命辭만 기록하기도 한다. "하나의 완전한 복사는 서사序辭・명사命辭・점사占辭・험사驗辭 등 네 가지가 다 있어야 하지만, 갑골에서 이렇게 네 가지를 다 갖춘 경우는 매우 드물다. 그래서 복사를 이해하기 위해서는 글자의 해독 외에도, 문례文例와 문법文法 등에 관한 지식을 반드시 갖추어 보조 수단으로 삼아야 한다. 하지만 문자・문례文例・문법 등의 기본지식을 갖추었다고 해서 각각의 복사에서 표현된 의미를 완전히 이해할 수 있는 것은 아니다. 왜냐하면 몇몇 복사에서 종종 직접 표현한 말을 넘어선 의미를 표현하고 있기 때문에, 반드시 갑골문을 비롯한 다른 지식을 한데 모아 연구하고 탐색하여 이리저

없이 모든 선조들을 함께 모아 모시는 제사"라고 했고, 『이아』 「석천」에 의하면 "禘제사는 큰 제사"라고 했다. 그렇다면 祫제사와 禘제사가 포함된 殷祭는 대단히 성대한 제사였을 것이다. 殷이 크다(大)는 뜻을 가지는 것도 이를 반영한다. 하지만 갑골문의 용례에 근거해 보면, 衣제사는 두 가지로 나타나고 있는데, 하나는 선조들을 한데 모아 모시는 祫제사이고, 다른 하나는 개별적인 선왕께 드리는 제사이다. 여기서는 전자의 뜻으로 해석했다. 趙誠, 『甲骨文簡明詞典』, 249~250면 참조.

리 두루 관통시켜야만 그 속에 담긴 진정한 의미를 찾을 수가 있다"는 장병권의 지적[3]은 대단히 적절하다 하겠다.

갑골복사에는 또 '형태를 고친改制' 등딱지 복사와 소 어깻죽지 뼈를 톱으로 자르고 가공해 네모꼴 모양으로 만든 것도 있다. 전자는 등딱지를 절반으로 자른 후, 톱으로 중척中脊 부근의 요철이 비교적 심한 부분과 머리首와 꼬리尾 양 끝을 잘라내, 신발 밑창이나 도끼刀鉞 모양의 ⊙형태로 만들고, 중간에는 구멍을 뚫었으며, 점복에 재사용하고 글을 새긴 복사인데, 주로 제1기의 무정 때에 자주 보인다. 후자는 1973년 소둔 남쪽 지역에서 출토된 24편의 복순卜旬 복골처럼, 모두 일정한 규격에 의해 자르고 가공한 후, 다시 찬鑽과 조鑿를 새기고 불로 지지고 글자를 새긴 복사이다. 오른쪽 어깻죽지 뼈가 선택 사용되었으며 톱으로 자른 후의 모양은 □가 되고, 왼쪽 어깻죽지 뼈는 □ 모양이 되는데, 모두 제3·4기 때의 복골이다.[4]

갑골복사에는 또 극히 드물긴 하지만 소의 갈비뼈肋骨 복사도 있다. 하지만 이의 성질에 관해서는 그간 오랫동안 논란이 되어 왔다. 1930년대에 동작빈은 은나라 사람들의 정복貞卜문자의 재료에 대해 논술하면서, "제1·2기 때의 거북 등딱지를 겸용한 정복 각사, 제4기 때의 소 갈비뼈를 겸용한 각사는 모두 제5차 발굴(1924년 겨울)에서 얻은 새롭고 진실된 명확한 지식이다"고 했다.[5] 동작빈이 말한 제4기 때의 소 갈비뼈 각사는 『갑편』 3,629편으로, 제3기의 늠신·강정 때의 것에 귀속시켜야 옳으며, 이에는 다음의 두 복사가 기록되어 있다.

---

3) 張秉權, 『甲骨文與甲骨學』, 國立編譯館, 1988, 179면.

4) 郭振祿, 「試論康丁時代被鋸截的卜旬辭」, 『殷墟博物苑苑刊』 創刊號, 中國社會科學出版社, 1989年 참조.

5) 董作賓, 「甲骨文斷代研究例」, "書體" 甲 : 寅節. 『慶祝蔡元培先生六十歲論文集』, 『中央研究院歷史語言研究所集刊外編』 第1種 上冊, 1933. 또 『董作賓學術論著』(臺北世界書局, 1962), 中央研究院歷史語言研究所 專刊 50號의 附冊(1965), 『董作賓先生全集』 甲編 第2冊(臺北藝文印書館, 1977), 『中國現代學術經典』 「董作賓卷」(河北教育出版社, 1996)에 수록되었다.

□자일에 점을 칩니다. '부갑'께 감주醴를 올릴까요? □子卜, 父甲豊.

…'…부'께 '행'제사와 '세'제사를 올리고, '즉'제사를 '조…'에게 올릴까요? …… 父杏歲, 卽且 ……

굴만리屈萬里에 의하면, "이 갈비뼈는 소 갈비뼈보다 좀 크다. 왕우섭王友燮 선생은 이렇게 크다면 코끼리의 것에 가깝다고 했다. 이것은 갈비뼈의 왼쪽 첫 번째 갈비뼈(Ribs)이다. 이것은 코끼리의 갈비뼈가 아니라면 무소兕牛의 갈비뼈일 것이다. 뼈에는 찬鑽과 불로 지진 흔적과 갈라진 무늬兆는 없이 복사만 기록되었다. 호후선의 『갑골학 서론甲骨學緖論』 및 『종술綜述』(6면)에서는 모두 글씨를 배우는 사람이 새긴 것이라고 했는데, 믿을 만한 이야기이다."[6] 이 갈비뼈가 코끼리의 뼈인지 무소의 뼈인지에 대해서는 아직 정식 감정이 이루어지지 않았기 때문에 알 수가 없다. 굴만리가 제기한 호후선의 말은, 원문을 보면 이 뼈를 소의 갈비뼈 각사라고 했으며, "글씨가 초솔하고 또 찬鑽과 지진 흔적과 복조卜兆의 흔적이 없기 때문에, 연습 삼아 새긴 글자들이지 보통의 복사는 아니다"[7]고 되어 있다. 1954년 호후선은 이후 『전후 북경 천진 지역에서 새로 얻은 갑골집戰後京津新獲甲骨集』에서 다시 예 하나를 더 찾아내었다. 그는 이 책의 「서요序要」에서 이렇게 밝혔다. "3,922편처럼 소의 갈비뼈다. 은나라 왕의 점복에는 갑골에 쓰였는데, 갑甲은 거북딱지로 배딱지와 등딱지를 함께 쓰며, 골骨은 소뼈로 언제나 어깻죽지 뼈를 쓴다. 소의 갈비뼈가 사용된 경우는 지금까지 알려진 바로는 이전 중앙연구원에서 발굴한 1편이 유일한데, 『은허문자 갑편殷虛文字甲編』(필자 주-앞에서 든 3,629편)에 수록되었다. 지금 이것까지 합치면 모두 2판版이 되지만, 새긴 글은 모두 기사記事문자로 점복에 사용된 복사는 없다." 이보다 약간 뒤 진몽가도

---

6) 『殷虛文字甲編考釋』, 462면.

7) 胡厚宣, 『甲骨學緖論』, 『甲骨學商史論叢』 第2集 下冊, 成都齊魯大學國學硏究所專刊, 1945.

"최근 들어 신구 자료의 출현으로, 은나라 때에는 소의 갈비뼈를 사용한 점복은 없었음을 확인할 수 있었다"고 했다. 그는 또 정주의 이리강二里崗에서 출토된 소의 갈비뼈에 새겨진 글을 비롯해 『선재善齋』 4,551편(『종술』 도판 15하)과 12,517편(12,518편이 되어야 옳다) 두 편을 예로 들면서, "모두 연습 삼아 새긴 것으로, 소수는 기사記事를 한 것도 몇몇 있다"고 했다.[8] 이렇게 볼 때, 소 갈비뼈 각사의 성질에 대한 이전의 견해는 다음의 세 가지가 있음을 알 수 있다. 첫째는 동작빈의 복사라는 설이고, 둘째는 굴만리・호후선의 연습 삼아 새긴 것이라는 설이고, 셋째는 연습 삼아 새긴 것과 기사記事를 겸한다는 진몽가의 설이다. 하지만 1970년대에 들어 호후선은 자신의 학설을 수정하였다. 그는 갑골의 실물 및 탁본에 근거해 『갑골복사 7집甲骨卜辭七集』에 수록된 임치臨淄의 손문란孫文瀾이 원래 소장했던 갑골문 X1~31편이 모두 진품임을 증명했다. 이와 동시에 소의 갈비뼈에 새겨진 X1편(즉 『합집』 31,678편)을 제시했는데, 앞면의 아래로부터 위쪽으로 다음의 9조목이 기록되어 있다.

을축일에 점을 칩니다. …… 乙丑卜 ……

신의 도움을 받지 못할까요? 弜又.

'비신'에게 복이 내릴까요? 又妣辛禖.

신의 도움을 받지 못할까요? 弜又.

이 점복을 쓸까요? 其用兹卜.

이 점복을 쓸까요? 叀兹卜用.

을축일에 점을 칩니다. 이 점복을 쓸까요? 乙丑卜, 叀.(여기서는 "자복용兹卜用" 3자를 생략했다)

정해일에 점을 칩니다. '녕'제사를 드리면 [illegible] ……? 丁亥卜, 寧, [illegible] ……

'파'에게 명령을 내릴까요? 叀派令.(앞면)

---

8) 陳夢家, 『殷虛卜辭綜述』, 6면.

□공께 '세'제사를 드리는데 작은 희생양을 쓸까요? □公歲小宰.(뒷면)

호후선에 의하면, "이는 소 갈비뼈 복사인데, 복사에서 소의 갈비뼈를 사용한 것은 극히 드문 예이다. 정인인 녕寧이 등장하기 때문에 이것이 늠신·강정 때의 복사임을 알 수 있다."[9] 호후선은 이 갈비뼈 각사에 점을 친 기록이 있다고 주장함으로써 "결코 점복에 사용된 적이 없다"고 했던 이전의 주장을 수정했다. 호후선의 견해에 대해 엄일평은 동작빈이 이전에 폈던 주장을 다시 폈다. 즉 손문란이 소장했던 『7집』의 X1－31편은 "거의 모두가 모방하여 새긴 것으로, 원래 새긴 것은 하나도 없다. 모방하여 새긴 것仿刻과 가짜로 새긴 것贗刻은 다르다. 가짜로 새긴 것은 문장이 뒤섞이거나 다른 말을 새로 만들어 내기도 하여 억지로 창조한 것이 많지만, 모방하여 새긴 것은 복사한 책처럼 완전히 같은 모습으로 원판을 그대로 베낀 것이다." 이것들은 "문장 전체를 원래의 양식대로 모방하여 새겼다"고 했다.[10] 그리고 나아가 이렇게 변호했다. "X1편의 갈비뼈 각사가 후세 사람이 모방해 새긴 것이 아니라고 한다면 분명 당시 글자 새기던 사람이 베껴 쓴 것일 것이다. 그것은 골판骨版의 앞뒷면 어디에도 찬鑽과 조鑿의 지진 흔적이 없기 때문이다."[11] 하지만 엄일평의 견해는 이미 후세 사람이 가짜로 모방하여 새겼다는 것에서 은나라 사람이 모방하여 새겼다는 것으로 옮겨갔다.

갈비뼈에 복사가 있다는 설을 주장한 사람에 이학근도 있다. 1957년 그는 『고방』 985+1,106편을 짜 맞추기 한 오른쪽 갈비뼈의 사본(탁본은 이후 『미국』 10·11편에 수록되었다)에서 다음과 같은 총 13조목의 복사를 얻을 수 있었다.

---

9) 胡厚宣, 「臨淄孫氏舊藏甲骨文字考辨」, 『文物』, 1973年 第9期.

10) 원본은 董作賓, 「方法斂博士對于甲骨文字的貢獻」(『北平圖書館圖書季刊』 新2卷 2期, 1940)에 보인다.

11) 嚴一萍, 「甲骨卜辭七集中孫氏藏甲骨的眞僞問題」, 『中國文字』 第52冊, 1974. 또 『甲骨古文字研究』 第1輯(臺北藝文印書館, 1976), 339면에 수록되었다.

을사일에 점을 칩니다. 상제에게 제사를 드릴까요? 乙巳卜, 其示帝.

을사일에 점을 칩니다. 임금의 날짜를 '정'으로 할까요? 乙巳卜, 帝日叀丁.

'을'로 할까요? 다른 날이 있다. 叀乙, 又日.

'신'으로 할까요? 다른 날이 있다. 叀辛, 又日.

계축일에 …… 癸丑 ……

음악을 올리지 말까요? 弜壴.

계축일에 점을 칩니다. …… 에게 제수품을 올릴까요? 癸丑卜, 其品于 ……

제수품으로 '즉'제사를 올릴까요? 其品, 卽 …….(여기까지가 한 면이다)

을사일에 점을 칩니다. (계시를) 내려주시겠습니까? 乙巳卜, 其示.

내려주시지 않겠습니까? 弜.

을사일에 점을 칩니다. 내려주시겠습니까? 乙巳卜, 其示.

내려주시지 않겠습니까? 弜.

을사일에 점을 칩니다. 임금의 날짜를 '정'으로 할까요? 乙巳卜, 帝日叀丁.(여기까지는 다른 면이다)

이학근에 의하면, 을사일에 점을 친 복사는 막 돌아가신 왕의 일명日名을 택하기 위한 내용이며, 그는 이에 근거해 은나라 때의 일명日名은 사후에 결정되었다는 논지를 제기했다.[12] 1979년 그는 미국 방문 기간 동안 피츠버그 근교의 메이리만梅麗丹 연구센터에서 원래의 뼈를 직접 볼 수 있었는데, "칼로 글을 새기는 방법이 정교하고 숙련되어 절대 가짜가 아니며", "갈비뼈에 찬鑽과 지진 흔적이 보이지는 않지만 글자의 흔적은 전혀 뒤섞기거나 혼란스럽지 않아, 연습 삼아 새긴 것 같지도 않다"고 하면서, 이전의 관점을 계속 견지한 채 이렇게 말했다. "갈비뼈에도 복사가 있을 수 있는데, 정주의 이리강二里崗에서 채집된 한 편이 그 실례

12) 李學勤, 「論殷代親族制度」, 『文史哲』, 1957年 第11期.

이다. 일반적으로 상나라 때의 점복에는 뼈의 경우 어깻죽지 뼈에만 한정된 것으로만 생각하지만, 갈비뼈가 어떻게 점복에 사용되었는지도 연구해 볼만한 과제이다." 이외에도 그는 카네기 박물관에서 또 다른 한 조각의 갈비뼈를 찾아내었는데, 바로 『쿨링』 996편(탁본은 『합집』 30,934편)이 그것인데, 거기에는 "정묘일에 '부'가 '세'제사를 올릴 때 3마리를 썼다 丁卯, 膚歲三"라는 5글자가 새겨져 있었는데, 이는 "복사가 아니라 제사와 관계된 기사紀事 각사"라고 했다.13)

1980년대 말, 유일만은 은허에서 출토된 짐승 뼈에 새겨진 글을 전면적으로 수집한 결과, 『둔남』 2,630편, 2,685+2,687편과 2,686+2,597편의 앞뒷면, 4,571편과 4,572편의 앞뒷면, 4,574편 등 4편의 갈비뼈 각사를 더 찾아냈다. 첫 편이 글자체가 비교적 깔끔한 간지표干支表인 것을 제외하면, 나머지 3편은 모두 연습 삼아 새긴 것으로, 위에서 든 것과 합치면 총 11예例가 된다. 유일만에 의하면, 소 갈비뼈 각사는 대부분 소둔 남쪽 지역의 동쪽 마을 입구에 접한 일대에서 출토되었는데, 거기는 강정에서 문정에 이르는 시기까지 글씨 새기는 연습을 하던 장소로 추정된다. 소 갈비뼈 각사는 대부분 글씨체가 유치하고 문맥도 잘 통하지 않아, 일반적으로는 모두 연습 삼아 새긴 것으로 볼 수 있다. 하지만 글자체가 비교적 가지런하고, 문례文例도 복사와 일치하는 소수의 각사도 있다. 하지만 이것이 복골로 쓰였는지에 대한 판단은 "그것의 표면에 찬鑽・조鑿・지진 흔적 등이 있는지, 조兆의 갈라진 흔적이 있는지 등을 살펴야만 하며, 특히 지진 흔적과 조兆가 있는지의 여부가 이를 판단하는 가장 중요한 표준이 된다." 이에 근거해 볼 때, 이 11편의 갈비뼈는 분명 "모두 복골이 아니다. 은나라 때에 갈비뼈를 점복에 사용하지 않았던 것은, 갈비뼈는 비교적 두텁고 좁아서 찬鑽과 조鑿를 파기에 부적합하고, 더욱이 불로 지져 나타나는 조兆를 살피기가 어려웠기 때문이었을 것이다." 유일

13) 李學勤, 「論美澳收藏的幾件商周文物」, 『文物』, 1979年 第12期.

만에 의하면, 갈비뼈 각사의 경우 어떤 것은 복골의 복사를 모방의 저본으로 삼기도 했는데, 『갑편』 2,629편의 사례辭例와 『둔남』 2,294편이 유사하고, X1편의 글자와 문례文例가 이후의 적잖은 갑골복사에 있는 경우가 그러하다. 이는 "은나라 때에 일정한 경험을 가진 글자 새기는 이의 습작이며, 은나라 때 당시에 모방해서 새겼던 것이라고도 할 수 있다." 그리고 『쿨링』 985+1,106편은 "점복의 기록이 아니라 단지 모방하여 새긴 복사라고 할 수 있을 뿐이고", "그것이 얼마나 중요한 사료적 가치를 가지는지는 생각해 볼만한 문제이다."14)

갈비뼈 각사는 그 수가 매우 적다하더라도, 연습 삼아 새긴 것習刻·모방하여 새긴 것·사안의 기록記事·간지표干支表·복사卜辭 등과 같은 갑골문의 각종 유형이 거의 모두 포함되어 있다고 생각된다. 또 갈비뼈에서 찬鑽·조鑿·지진 흔적·조兆의 흔적 등이 발견되진 않았지만, 적어도 앞에서 들었던 『쿨링』 985+1,106편(즉 『미국』 10·11편, 『합집』에서 이를 수록하지 않은 것은 실수이다)과 손이양의 X1편(『합집』 31,678편) 등의 사례辭例를 보면 관식寬式(넓게 퍼진 형식)과 간식簡式(간략한 형식)이 제멋대로 섞여 있으면서도 그 운용이 숙련되어, 일반 습각자가 모방할 때 나타나는 중요한 글자나 단어가 종종 빠지거나 생경하게 짜 맞추어진 병폐는 보이지 않는다. 게다가 사례辭例를 새길 때도 혹은 아래서부터 위로, 혹은 좌우와 상하가 호응하고 있다. 장법章法도 규범적이며, 단숨에 거침없이 만들어낸 문장으로, 한 가지 사안에 대해 여러 번 점을 치거나 긍정과 부정의 대정對貞 형식도 없다. 이러한 점으로 보아 이는 숙련공에 의한 것으로 보이며, 모방하여 새기는 자였다면 실제 그렇게 하기도 힘들었을 뿐더러 그렇게 해야 할 이유도 없었을 것이다. 그래서 이는 점복 때 새겼던 복사라기보다는 차라리 원본을 번각翻版한 것이라고 해야 할 것이다. 다만 그 복법卜法은 일반적인 갑골에서 보이는 찬鑽과 조鑿, 지지기와

14) 劉一曼, 「殷墟獸骨刻辭初探」, 『殷墟博物苑苑刊』 創刊號, 中國社會科學出版社, 1989.

조兆 등과는 차이를 보이는데, 특히 갑골 상에 새겨진 괘卦의 그림은 찬鑽을 불로 지져 얻은 것이 아니라 따로 서점법筮占法에서 나온 것으로 보인다. 갈비뼈 점은 냉점법冷占法을 사용했던 것으로 보이는데, 이는 불로 지져서 갈라지는 조兆를 살피는 것과는 다른 변통 방법으로, 소수의 점복자만이 할 수 있었다. 복사의 문장은 도리어 자연스레 같은 시기에 유행했던 형식의 영향을 받을 수밖에 없었을 것이다.

이상에서 기술한 거북딱지와 소뼈로 된 복사 외에도, 대만의 김상항은 점복에 사용한 대단히 희귀한 코끼리 어깻죽지 뼈를 하나 제시했는데, 그 앞뒷면에는 무정 때의 복사 몇 조목이 새겨져 있다.[15] 원본은 현재 심양의 요녕遼寧 박물관에 소장되어 있으며, 『속존』 하 390편의 앞뒷면을 비롯해 『합집』 13,758편의 앞뒷면으로 수록되었는데, 골구骨臼가 특히 크고, 골면骨面은 "삼각형"으로 되어 있다. 이에 대해서는 이미 앞 장의 제4절에서 기술했으므로 여기서는 생략한다.

2) 점복과 관련된 기사記事 각사

점복과 관련되었다고 하는 것은 이러한 각사에 점복 재료의 전반부에 해당하는 준비 과정, 예컨대 재료의 내원·갑골의 공납·다듬기 및 검시자·서명인을 나타내는 전문적인 서명이 있기 때문이다. 이러한 기사記事 각사는, 동작빈이 「상대 거북점에 대한 추측商代龜卜之推測」[16]이라는 글에서 거북의 배딱지 갑미甲尾에 서명된 기사 각사인 "책입冊入" 등을 발견하면서 처음으로 제기되었다. 하지만 그때는 이에 대한 탐색이 처음

15) 金祥恒, 「甲骨文中的一片象胛骨刻辭」, 『大陸雜志』 第69卷 4期, 1984. 또 『金祥恒先生全集』 第2冊, 臺北藝文印書館, 1990年에도 수록됨.

16) 『安陽發掘報告』 第1期, 1929. 또 『董作賓學術論著』 上冊(臺北世界書局, 1962), 7~80면, 『董作賓先生全集』 甲編 第3冊(臺北藝文印書館, 1977), 『中國現代學術經典』 「董作賓卷」(河北教育出版社, 1996) 등에도 수록됨.

시작되던 때였던지라 입入을 육六자로 잘못 읽음으로써, 귀책龜冊을 저장한 기록이라는 가설이 나오기도 했다. 이후 또 「'추모'설-골구 각사의 연구帚矛說-骨臼刻辭的研究」17)에서 골구骨臼와 골면骨面에 새겨진 동일 부류의 기사 각사 99예例가 수집되었다. 하지만 동작빈은 각사에 보이는 "추帚"자를 귀歸자로, "𠣜"자를 모矛자로 해석하는 바람에, "귀모歸矛 각사는 청동 창銅矛을 각지의 제후국을 비롯해 변방 수비자들에게 보내고 나누어 준 일을 전문적으로 기록한 것"이라는 결론을 내고 말았는데, 정말 어이없는 해석이 아닐 수 없다. 곽말약은 동작빈의 글을 읽은 후, 「골구 각사에 대한 다른 고찰骨臼刻辭之一考察」18)을 발표해 동작빈의 학설을 바로잡았다. 곽말약은 골구 각사의 근간은 "갑자일에 '추부'가 3쌍을 검시했다. '소추'가 '유'제사를 드렸다.甲子, 帚婦示三𠣜. 小帚叡"라고 하면서, 𠣜자를 포勹 즉 포包자로 해석했으며, "두 뼈를 합치면 끈으로 묶은 모습이 되며", 이는 복골을 싼 보따리를 말한다고 했다. 또 "시示"는 살피다는 뜻의 "시眎"와 같으며, 추모帚某는 은나라 왕의 비빈인 세부世婦를 말한다. 그래서 이러한 각사는 "복사와는 무관하지만 그 내용은 복골과 관련되어 있음이 분명하다. 새겨진 위치로 보건대, 사실 후인들이 책의 윗부분에 서명을 하거나 책갈피를 만들어 넣은 것과 같은 성질에 불과하다. 갑골을 점복에 사용할 수 있도록 다듬기를 마쳤다면 분명 보자기에 싸서 보관해 두었을 것이다." 추모帚某는 아마도 왕의 대리인으로서 봉인을 검사하고 감독했던 사람일 것이며, 말기에 들어서는 점복관이나 사관史官이 서명을 담당했을 것이다. 곽말약의 해석은 초보적이긴 하지만 이러한 각사의 중요한 성질의 본질에 근접해 있었다. 당란도 동작빈의 "책육冊六"을 "책입冊入"의 잘못이라 바로잡았지만,19) 입入을 '어떤 사람이 들어

---

17) 『安陽發掘報告』 第4期, 1933. 또 『董作賓學術論著』 上冊(臺北世界書局, 1962), 489~530면, 『董作賓先生全集』 甲編 第2冊(臺北藝文印書館, 1977)에도 수록됨.

18) 『殷契餘論』, 『古代銘刻彙考』(日本 東京 文求堂 書店, 1933)에 수록. 또 『郭沫若全集』 考古編 第1卷(科學出版社, 1982), 411~430면에도 수록됨.

19) 唐蘭, 「關于尾右甲卜辭-董作賓氏典冊卽龜版說之商榷」, 『國學季刊』 第5卷 3號, 1936.

오다'는 것으로 풀이해, 이 각사를 제사 복사와 관련된 것으로 해석함으로써, 여전히 중요한 내용을 파악하지 못했다. 하지만 동작빈 자신도 『은허문자 을편殷虛文字乙編』「서序」[20]를 비롯해 「골구 각사를 다시 고찰함骨臼刻辭再考」[21] 등의 글에서 이전의 잘못된 해설을 바로잡았으며, 이러한 기사 각사는 갑골의 내력·공납·사관史官의 관리 및 책임 서명 등과 관련되었다는 의견을 수용했다. 그러나 이에 대한 전면적이고 체계적인 정리와 심도있는 분석은 호후선의 「무정 시기 5가지 기사 각사를 고찰함武丁時五種記事刻辭考」[22]에서 이루어졌다고 해야만 할 것이다. 호후선이 수집한 갑골점복과 관련된 이러한 부류의 기사 각사는 총 537예(문장의 마지막 부분에서 증보한 11예를 포함)에 이르렀으며, 갑골 상에 새겨진 부위에 근거해 다음의 5가지로 나누었다. 첫째 갑교甲橋 각사로 총 279예, 둘째 갑미甲尾 각사로 총 38예, 셋째 배갑背甲 각사로 총 14예, 넷째 골구骨臼 각사로 총 180예, 다섯째 골면骨面 각사로 총 26예 등이다. 호후선은 또 이러한 각사의 시대·사례辭例·문자·기사記事 내용 등에 대해서도 상세하게 논술했다. "5가지 기사 각사에서 기록한 것은 대체로 다음의 두 가지이다. 첫째는 갑골의 내력인데, 이는 다시 두 가지로 나뉜다. 하나는 공납으로 거북딱지만 이에 해당된다. 다른 하나는 채집으로, 거북딱지와 동물 뼈가 모두 해당된다. 거북딱지는 채집된 경우가 적은 반면 소뼈는 대부분 채집에 의해 공납되었다. 두 번째는 갑골의 제사인데, 갑골을 점복에 사용하기 전, 반드시 이러한 의식 절차를 거쳤다." 호후선은 또 「복사의 기사 문자의 사관 서명 예卜辭記事文字史官簽名例」[23]에서 은나라 때에

20) 『殷虛文字乙編』 上輯, 商務印書館, 1948. 또 『中國考古學報』 第4期, 1949年; 『董作賓學術論著』 下冊, 臺北世界書局, 1962年; 『董作賓先生全集』 甲編 第3冊, 臺北藝文印書館, 1977年에도 수록됨.

21) 『中央研究院院刊』 第1輯, 1954, 455~468면. 또 『董作賓學術論著』 下冊(臺北世界書局, 1962), 1011~1024면, 『董作賓先生全集』 甲編 第2冊(臺北藝文印書館, 1977)에도 수록됨.

22) 『甲骨學商史論叢』 初編 第3冊, 成都齊魯大學國學研究所專刊, 1944.

23) 『中央研究院歷史語言研究所集刊』 第12本, 1947.

는 또 하나의 유행이 있었음을 밝혀내었다. 즉 점복에 사용하는 갑골의 치우친 부위에 "사관의 서명을 기록하는 것"으로, 통상 갑교·골구·골면 각사의 뒤에다 기록하거나, 등딱지의 가장 윗부분 및 갑미甲尾의 뒷면에 기록해 두는 것인데, 제1기가 가장 많고 제3기는 1명에 불과하며 나머지 시기에는 보이지 않는다. 진몽가에 의하면, 5가지 기사 각사에 기록된 "입入"과 "시示"로부터 다음의 6가지를 추론할 수 있다. ① 갑미甲尾 각사에는 "모입某入"이라는 말만 기록되어 있고 "모시某示"라는 말은 없어, 공문서로 편입시킴에 관련된 내용으로 보인다. ② 어깻죽지 뼈와 등딱지는 대응시켜 쌍으로 수를 계산했지만, 갑교甲橋는 그렇지 않았다. ③ 갑교甲橋와 배갑背甲에서의 기록은 거북의 공납에 관한 내용이지 뼈를 들인 것과는 무관하다. ④ 갑교甲橋에 기록된 거북의 공납은 가장 많은 경우가 5백 개이며, 숫자가 큰 경우에는 언제나 정수로 되어 있다. 등딱지에 기록한 것은 대부분 10개 이내의 우수리 수로, 큰 숫자는 많지 않다. 배딱지에 기록된 숫자는 등딱지보다 크다. ⑤ 등딱지·골구·골면 각사에 기록된 "어디 어디에 몇 개를 요구하다乞自某若干"는 것의 경우 대부분 50쌍, "모시某示"의 경우 가장 많은 수가 백 쌍으로, 거북의 공납 숫자와는 비교가 되지 않는다. ⑥ 갑교와 등딱지, 골구와 골면의 각사는 대체로 동일하지만 새겨진 부위에서 차이가 있을 뿐이다.[24] 이 이후부터는 갑골상의 점복과 관련된 기사 각사는 점차 학계의 인정을 받게 되었고, 항상 연구되고 항상 새로운 내용을 가진 연구 과제가 되었다. 다음에서는 5가지 기사 각사에 대해 소개하고자 한다.

(1) 갑교甲橋 각사

이는 배딱지의 양쪽에 돌출된 갑교甲橋의 뒷면에 새겨진 기사記事문자로, 대부분 점복에 사용된 거북딱지들이 어디서 공납되어 왔는지에 관한

24) 陳夢家, 『殷虛卜辭綜述』, 19면.

내용이다. 갑교 각사의 주요 사례辭例는 다음과 같다.

'작'이 250개를 들여왔다. 雀入二百五十.

—좌교左橋, 『합집』 5,298편

'작'이 250개를 들여왔다. 雀入二百五十. (우교右橋) '추'가 양을 보내왔다. 帚羊來.

—좌교左橋, 『을』 7,673편

'작'이 250개를 들여왔다. 雀入二百五十. (우교) 신해일이었다. 辛亥.

—좌교, 『을』 6,704편

'부호'가 50개를 들여왔다. 帚好入五十. (우교) '쟁'이었다. 爭.

—좌교, 『을』 7,782편

'화'가 2개를 들여왔다. '고'에서였다. 畫入二, 在高. (우교) '쟁'이었다. 爭.

—좌교, 『병편』 97편

'전'이 5개를 보내왔다. 奠來五. (우교) '록'에서였다. 在鹿.

—좌교, 『을』 6,882편

'화'가 들여왔다. 畫入. (우교) '부정'이 31개를 살폈다. '각'이었다. 帚井示卅ㄓ一. 殻.

—좌교, 『을』 4,688편

'영'이 10개를 들여왔다. 永入十. (우교) '부呙'가 살폈다. '빈'이었다. 帚呙示. 宾.

—좌교, 『병편』 278편

'아'가 1천 개를 보내왔다. 我氏千. (우교) '부정'이 1백 개를 살폈다. '각'이었다.

帚井示百. 㱿.

—좌교, 『을』 6,686편

'행'이 25개를 취해 왔다. 行取廿五. (우교) '부정'이 …… 帚井 ……

—좌교, 『을』 7,311편

'행'이 25개를 취해 왔다. '부정'이 살폈다. '쟁'이었다. 行取廿五. 帚井示. 爭.

—갑교 부분에 붉은 색으로 씀, 『을』 7,361편

'부정'에게서 3개를 구해 왔다. 경술일이었다. 乞自帚井三. 庚戌.

—우교, 『갑편』 2,969편

'□'에게서 □개를 구해 왔다. 乞自□□ (우교) 130개였다. '긍'이었다. 百卅. 亘.

—좌교, 『을』 6,961편

이상의 기록에서 "입入"은 거북을 공납으로 들여 온 것을, "래來"는 공납으로 보내 온 것을 말하며, "씨氏"는 들다挈나 보내다送致의 뜻으로 해석되며, "흘乞"은 구하다·징수하다의 뜻이며, "취取"는 받다나 공납으로 받아들이다는 뜻이다. 관련 사례辭例에서 대체로 어떤 사람이 몇 개의 거북을 공납했는지를 말할 때에는, 어떤 사람이 어떤 곳에서 공납했다거나 얼마의 거북을 징수했다고 표현했다. "시示"는 "시視"와 같아, 검시나 검수驗收의 뜻으로, 어떤 사람이 다듬질을 한 거북을 검시하거나 검수했다는 의미이다. 하지만 앞에서 들었던 갑교甲橋 각사에서 좌우의 갑교 부분에 분포된 정황에 근거해 볼 때, 유관 사례를 모으기만 했던 과거의 연구는 분명 미진하다 하겠으며, 거북딱지라는 매체와 결합해서 고찰해야만 할 것이다. 장병권의 「갑교 각사 탐미甲橋刻辭探微」[25]에서는 바로 갑교상에서의 이러한 각사의 분포를 다음의 4가지로 나누었다. 즉 Ⓐ 오른쪽 갑교에는 어떤 사람이 얼마의 거북을 공납했는가를, 왼쪽 갑교에는 서명을 한 사람이나 지명을 기록한 경우, Ⓑ 오른쪽 갑교에는 어떤 사람이 얼마의 거북을 공납했는가를 기록하고, 왼쪽 갑교에는 각사가 없는 경우, Ⓒ 오른쪽과 왼쪽 갑교에 모두 각사가 있는 경우, Ⓓ 갑교 상에는 사례辭例가 잘 보이지 않는 경우로, 앞서 들었던 『을』 6,961편은 한 사례를 좌우의 갑교에다 둘로 나누어 기록했다. 장병권은 또 이렇게 귀납했다. "입入"·"래來"·"설挈(以)"·"흘乞"·"취取" 등과 같은 글자는 통상 오른쪽 갑교에 있으며, 왼쪽 갑교에 있는 경우는 예외라 할 수 있다. 그곳에 기록된 인명에는 대부분 신臣·자子·추帚 등과 같은 호칭이 붙지 않았다. "시示"를 기록한 문장의 경우, 통상 왼쪽 갑교에 위치하여, 오른쪽에 갑교에 위치하는 것은 예외이고, 그곳에는 대부분 "추모帚某"라는 말이 앞에 붙어 있다. 단위를 나타내는 "둔屯"은 그 이전까지 갑교 각사에서 출현한 적이 없다. 오른쪽 갑교의 각사 혹은 좌우 갑교에 모두 각사가 있는 경우, 지명을 부기할 경우에는 통상 오른쪽 갑교의 하단부에 기록하고, 서명자는 통상 왼쪽 갑교의 하단부에 기록하며, 대부분은 정인貞人의 이름이었다. 누가 들여왔다고 기록하면서 구체적 숫자를 밝히지 않은 경우에는 당연히 '하나'라는 말이 생략된 형이다. 성투成套로 된 배딱지의 갑교에 기록된 숫자는 동일한 차수에 공납된 거북의 숫자여서, 중복해 계산할 수는 없으며, 갑교 각사 중에는 『병편』 283편과 같이 붉은 글씨로 쓴 것도 있고, 『병편』 95편과 같이 붉은 글씨로 쓰고 칼로 새긴 경우도 있다.

(2) 갑미甲尾 각사

이는 거북 배딱지 갑미尾甲의 앞면에 새겨진 기사 각사를 말하는데,

---

25) 『漢學研究』 第2卷 2期, 1984. 또 張秉權, 『甲骨文與甲骨學』(國立編譯館, 1988), 189~193면에도 보인다.

주로 오른쪽 갑미에 새겨지기 때문에 달리 미우갑尾右甲 각사라고도 부른다. 갑미 각사의 주요한 사례辭例는 "모입某入"·"모래某來" 등이다.

'책'이 들여왔다. 冊入.

—『둔남』 2,768편

'필'이 들여왔다. 弜來.

—『갑편』 280편

이는 어떤 사람이 거북을 공납했다는 것으로 내용이 대단히 간단하다. 그 원인에 대해 호후선은 "어찌 갑미라는 위치에 제한이 있어 그랬겠는가? 아마도 배딱지의 복사와 뒤섞일까 염려되어 생략해버린 결과가 아니겠는가?"라고 했다. 거북이 공납된 숫자를 기록한 경우도 잘 보이지 않는다. 하지만 왕우신은 『합집』 9,334편을 들면서 "'필'이 250개를 공납했다弜入二百卄五"는 기록이 "갑미 각사에 기록된 숫자 중 가장 큰 숫자"라고 했다.[26]

(3) 배갑背甲 각사

거북의 등딱지背甲는 다듬는 과정에서 종종 중간선을 중심으로 톱질을 해 좌우의 두 쪽으로 분리하게 되는데, 배갑 각사란 톱으로 자른 중간선의 뒷면 아래쪽에 가까운 부분에 기록한 기사記事문자를 말하며 통상 세로줄 한 줄로 되어 있다. 예를 들면 다음과 같다.

'소신'이 2개를 들여왔다. 小臣入二.

—『병편』 608편

26) 王宇信, 『甲骨學通論』, 中國社會科學出版社, 1989, 140면.

'아'가 2개를 보내왔다. 我來二.

—『을』 2,698편

'시'가 3개를 들여왔고, '추'가 10개를 살펴보았다. '각'이었다. 豕入三. 帚示十. 㱿.

—『합집』 9,274편

'오'가 2개를 들여왔다. '녹'에서였다. '각'이었다. 吳入二, 在鹿. 㱿.

—『병편』 66편

'아'가 60개를 들여왔다. □에서였다. 병인일이었다. '[illegible]'가 40쌍을 살폈다. 我入六十, 在□. 丙寅, [illegible]示四十屯.

—『합집』 17,598편

임오일에 '[illegible]'로부터 10쌍 1면을 구해왔다. '벌'이 20면을 살폈다. 壬午, 乞自[illegible]十屯又一(屯. 伐示廿.

—『갑』 3,404·『합집』 8,473편

이들도 주로 어떤 사람이 얼마의 거북을 공납했는가에 대한 기록이다. 각사의 길이에는 차이가 있어, 혹은 소재지를 함께 기록하기도 했고, 혹은 어떤 '부婦'가 얼마의 거북을 검사하기도 했고, 점복관이 서명했다고 기록하기도 했다. 배갑 각사에는 "[illegible]"나 "("와 같이 매우 특수한 두 가지의 숫자 단위가 등장하는데 주의해야 한다. 곽말약은 [illegible]을 포勹 즉 포包라고 해석하여, "뼈 두 개를 합쳐 실로 묶어 놓은 모습과 닮았으며", 복골을 보자기에 싼 것을 말한다고 했다. 또 "("은 을乙로, "일을一("은 1을 넘지 않는 우수리 수를 말하는데, 뼈 2개를 보자기에 싼 것(둔屯)의 우수리 수를 말하는 것이 분명하다고 했다.[27] 둔屯은 갑교와 갑미 각사에는 보이지 않지만 배갑 각사에는 출현하고 있다. 곽말약은 [illegible]을 보자기에 싸둔 복골을 말한다고 했는데, 너무 단편적으로 치우쳤다는 감이 없지 않다. 𠂤는 우성오의 해석처럼 "둔屯의 처음 글자"[28]로, 순純과 같이 읽으며, 함께 묶어 놓은 한 쌍의 복골이나 등딱지를 말한다.『의례』「소뢰궤사례少牢饋食禮」의 "말린 고기 1'순'을 세발솥에 삶는다臘一純而鼎"고 했는데, 정현의 주석에서 "희생 고기를 좌우로 함께 올리는 것을 '순'이라 한다合升左右胖(牲肉)曰純"고 하여, 오히려 그 원래 뜻이 남아 있다. 진몽가는 "(" 을 반半으로 해석하고서는, 𠂤는 쌍을 이룬 어깻죽지 뼈나 등딱지를 말하며, "("은 "등딱지의 절반을 말한다"고 했는데,[29] 이는 믿을 만하다. 왕우신에 의하면, "둔屯은 바로 한 쌍을 말하며, 좌우의 등딱지가 1둔屯이 된다"고 했다.[30] 그렇다면, 배갑 각사에서의 "둔屯"은 완전한 등딱지를 좌우의 두 쪽으로 나누고 이를 함께 묶어 놓은 것이 1"둔屯"이며, 거북 몇 개를 공납했다고 하면서 단위사를 기록하지 않은 경우에는 완전한 상태의 거북이나 거북 등딱지를 말한 것임이 분명하다. "십둔우일을둔十屯又一(屯"은 바로 좌우 두 쪽으로 나눈 10개의 소뼈나 등딱지이니 총 20면이 되고, 여기에다 다시 우수리로 남은 반 개의 등딱지를 더한 숫자이다. "'벌'이 20면을 살폈다伐示廿"는 것은 검시한 것 즉 10쌍인 20면 반의 등딱지를 가리키는 것이다.

(4) 골구骨臼 각사

이는 소 어깻죽지 뼈의 골구骨臼에 기록된 기사 문자를 말하며, 구체적 사례는 다음과 같다.

---

27) 郭沫若,『殷契粹編考釋』, 科學出版社, 1965, 747면.

28) 于省吾,『甲骨文字釋林』, 中華書局, 1979, 1면.

29) 陳夢家,『殷虛卜辭綜述』, 18~19면. (역주) 어떤 물건을 대칭되게 나눈 八의 오른쪽 부분과 닮았으며, 이로부터 똑 같게 나눈 것의 '절반'을 지칭했음을 알 수 있다.

30) 王宇信,『甲骨學通論』, 中國社會科學出版社, 1989, 141면.

계해일에 '포囧'가 '호'에서 10쌍을 구해왔다. '각'이었다. 癸亥, 囧乞自雩十屯. 㕣.

—『합집』 9,410편

정해일에 '호'에서 12쌍을 구해왔다. '포囧'가 검시했다. '부'였다. 丁亥, 乞自雩十二屯. 囧示. 㪽.

—『합집』 9,409편

경오일에 3쌍을 검시했다. '악'이었다. 庚午, 示三屯. 岳.

—『림』 1・19・1편

계해일에 '금'이 10쌍을 검시했다. '성'이었다. 癸亥, 禽示十屯. 耶.

—『수』 508편

검시했다. "중"이었다. 示. 中.

—『수』 879편

'긍'이었다. 亘.

—『명』 1,670편

'𡧊'가 4쌍과 1면의 뼈를 검시했다. □이었다. 𡧊示四屯又一𠀠. □.

—『합집』 17,628편

'이'가 3쌍과 1면의 뼈를 검시했다. '빈'이었다. 利示三屯又一(. 賓.

—『합집』 17,611편

사례의 형식과 내용은 대부분 언제 어떤 사람이 들였거나 어떤 사람이 얼마의 거북을 검시했다는 것인데, 간혹 해당 뼈의 내력과 서명한 사람 등을 기록하기도 했다. 문장의 길이도 일정치 않으며, 가장 간단한 경우에는 검시하다는 뜻의 "시示"자나 서명한 사람만을 기록하기도 했다. 골구骨臼 각사에도 2개의 특수한 숫자 단위가 등장하고 있는데, "冎"와 "("이 그것이다. 冎를 곽말약은 과冎로 해석했다. "1과一冎"와 "1을一("은 골구 각사에서 두 쪽으로 된 한 쌍屯의 뼈와 나머지 한 쪽을 말한다. 골구 각사에 등장하는 숫자는 종종 한 단위 수로 되었으며, 많아도 10을 넘지 않는다. 가장 빈번하게 출현하는 숫자 단위사는 "둔屯"인데, "둔屯"은 한 쌍이라는 의미도 가지지만, 여기서는 좌·우 소 어깻죽지 뼈의 한 쪽이라는 뜻으로 쓰여, 배갑背甲 각사에서의 "둔屯"과는 의미 상 차이를 보인다. 바꾸어 말해서, 앞서 들었던 "4쌍과 1면의 뼈四屯又一冎"와 "3쌍과 1면의 뼈三屯又一("는 4쌍이나 3쌍의 소 어깻죽지 뼈와 나머지 1조각을 말하며, 각기 9조각과 7조각의 소 어깻죽지 뼈를 말한다.

(5) 골면骨面 각사

이는 어깻죽지 뼈의 앞면 골선骨扇의 아래쪽 부위 넓고 얇은 곳이나 뒷면의 가장자리 부근에 기록한 기사記事 각사를 말하며, 사례辭例에는 다음과 같은 것이 있다.

'부정'이 보내왔다. 帚井來.

—『갑편』 2,912편의 뒷면

'𢀛'으로부터 50쌍을 들여왔다. 自𢀛五十屯.

—『합집』 9,397편

을□일에 '읍'이 '𢀛'으로부터 5쌍을 구해왔다. 12월이었다. 乙□, 邑乞自𢀛五屯. 十二月.

—『합집』 9,400편

□□일에 '𢀛'으로부터 20쌍을 구해왔다. 소신 "중"이 검시했다. '𢆶'였다. □□, 乞自𢀛廿屯. 小臣中示. 𢆶.

—『합집』 5,574편

정축일에 '𢀖'가 '𠤱'으로부터 20쌍을 구해왔다. '하'였다. 丁丑, 𢀖乞于𠤱廿屯. 河.

—『합집』 9,399편

'부양'이 10쌍을 검시했다. 帚羊示十屯.

—『속』 6・24・9편

'중'이 검시했다. '𡔈'였다. 中示. 𡔈.

—『합집』 4,931편

골면 각사도 대체로 어떤 날 어떤 사람이 어디로부터 얼마의 어깻죽지 뼈를 들여왔는지에 대해 기록했다. 어깻죽지 뼈의 숫자는 어떤 경우에는 골구骨臼 각사보다 훨씬 많아, 50쌍에 이르기도 한다. 또 어떤 경우에는 검시자와 서명한 사람도 기록해 두었지만, 상세 정도는 일정하지 않다. 그리고 위에서 예로 든 "부정이 보내왔다 帚井來"는 예는 갑미甲尾 각사에서의 "누가 보내왔다 某來"는 것과 일치한다. 이 또한 어깻죽지 뼈를 공납한 것을 기록한 것인데, 이러한 것은 골면骨面 각사에서는 많이 보이지 않는다. 『합집』 9,400편과 같은 예에서는 달의 이름까지 서명되어 있는데, 이는 5가지 기사 각사에서도 매우 찾아보기 드문 예에 속한다.

호후선는 일찍이 5가지 기사 각사를 총결하여, "이러한 각사들이 조경 이후의 갑골에서는 전혀 보이지 않는 것을 보면, 이는 무정 시대 때 유행했던 특이한 것으로 보인다"고 했다.[31] 동작빈도 같은 의견을 견지했다.[32] 하지만 진몽가에 의하면 "이러한 각사는 무정 때에 성행했으며, 그 이후에도 종종 있었다. 예컨대 무을 때의 골면 각사가 『녕호』 1.111(뒤에서부터), 523~535편, 『명속』 620편 등에 보이며, 늠신 때의 우미右尾 각사는 『갑』 1,592편(좌미左尾), 2,181편, 3,913편, 3,918편 등이 보인다. 늠신 때의 우미右尾 각사와 무정 때의 것과 차이는 두 가지가 있는데, 하나는 간혹 왼쪽 미갑尾甲에도 새겼다는 것이며, 다른 하나는 점복자의 이름만 새겼다는 것이다."[33]

진몽가는 "무을 때의 골면에도 복골을 정리한 짧은 문장이 존재한다"는 주장을 폈다. 즉 이들은 갑골학계에서 말하는 소위 "역歷조" 어깻죽지 뼈 중의 일부인데, 곽말약은 『은계수편殷契粹編』에서 이미 11편(1,524~1,534편)을 제시한 적이 있으며, 사례辭例는 "□□일에, 거북딱지 3개와 어깻죽지 뼈 7개에 찬과 조를 팠다. □에서 □□, 臭三冎七, 自□", "신유일에, 거북딱지 3개와 어깻죽지 뼈 8개에 찬과 조를 팠다 辛酉, 臭三冎八", "□□일에, 거북딱지 3개와 어깻죽지 뼈 3개에 찬과 조를 팠다 □□, 臭三囟冎三" 등으로 되어 있다. 하지만 곽말약은 이렇게 생각했다. "이 문장은 모두 독특하여, 보통 보이는 복사와는 다르고 골구骨臼 각사와도 다르다. 이들은 분명 거북과 뼈를 다듬은 것에 관한 기록일 것이다. 신臭은 아마도 파다는 뜻의 전鐫의 처음 글자로 보이는데, 이후에는 찬鑽자를 사용했다. (…중략…) '신약간臭若干, 과약간冎若干'이라는 말의 경우, 전자는 거북을 말한 것이고, 후자는 바로 뼈를 두고 한 말로 보인다. 즉 몇 개의 거북딱지에 찬鑽을 파고, 몇 개의 뼈에 조鑿를 팠다는 말이다. (…중략…) '신약간臭若干'라는 말 다음에 포囟가 이어지는데, 아마도 은나라 사람들은 거북딱지를 포囟라고도 불렀던 것 같다. '신약간臭若干, 과약간冎若干'의 다음에 '□에서自□'이라는 말이 이어지는데, 거북딱지와 동물 뼈가 어디서

31) 胡厚宣, 「武丁時五種記事刻辭考」.
32) 董作賓, 「序」, 『殷虛文字乙編』.
33) 陳夢家, 『殷虛卜辭綜述』, 43 · 13면.

왔는지를 밝힌 것으로 보인다."[34] 곽말약은 또 이러한 각사들은 어깻죽지 뼈의 내력과 다듬기와 관련 있다고도 했는데, 이는 바로 위에서 말한 5가지 기사 각사의 성질과 접근하고 있음을 증명해 준다. 중국사회과학원 고고연구소에서 소둔 남쪽 지역에서 출토된 갑골을 정리하는 과정에서 다음과 같은 사실을 발견했다. 즉 "무을·문정 시기에도 기사 각사가 존재했으며, 이 둘 간의 형식은 완전히 일치하는데, (…중략…) 모두 골면 각사이다. 각사는 주로 '간지干支+신臭+삼三(乞)+과冎(骨)+□□'의 형식으로 되었고, 소수의 경우 '신삼과臭三冎'로, 어떤 경우에는 '신삼臭三'과 '과약간冎若干'의 사이에 포囟나 신臭자가 들어가 있기도 하다. '을미일에 거북딱지 3개와 어깻죽지 뼈 6개에 찬과 조를 팠다. 妥囟에서' '乙未, 臭三冎六, 自妥囟'(3,028편)가 가장 완전한 형식인데", "이는 동물의 어깻죽지 뼈를 가공한 기록"으로 추측되며, "삼三"은 걸乞 즉 흘訖자로 해석한다고 했다.[35] 제문심은 이러한 적지 않은 수의 "역歷조" 기사 각사를 전면적으로 분석해, ①"간지干支+신삼포골삼臭三囟骨三", ②"간지干支+신삼골삼포臭三骨三囟", ③"간지干支+신삼골삼臭三骨三", ④"간지干支+신삼골臭三骨" 등의 네 가지 형식으로 분류했다. 그녀에 의하면, 신臭자는 신弞으로 옮길 수 있는데, 속자로는 신矧으로 쓰며, 찬鑽과 조鑿를 파는 행위를 범칭한다. 신臭자의 뒤에 있는 "삼三"은 "걸乞"자가 아니라 숫자 삼三이라고 했다. 또 포囟의 뜻은 싸다는 뜻의 포包와 같아 1쌍의 복골을 말하며, "골骨"의 뜻은 무정 때의 골구骨臼 각사에서의 "("와 같아, 1면의 어깻죽지 뼈를 지칭한다. 그래서 "역조" 기사 각사는 대부분 언제 몇 쌍 몇 쪽의 복골에 찬조鑽鑿를 팠는지에 대한 기록이다. "역조"의 골면 각사와 무정 때의 골구 각사를 표로 비교하면 다음과 같다.

34) 郭沫若,『殷契粹編考釋』, 科學出版社, 1965, 750~751면.

35) 中國社會科學院考古研究所編,「前言」,『小屯南地甲骨』上冊 第1分冊, 中華書局, 1980, 44면.

골면 각사	간지		신剢	숫자	포[illegible](包)	걸骨	숫자	사관의 서명
무정 때의 골구 각사	간지	인명	시示	숫자	둔屯	숫자	(혹 骨)	사관의 서명

제문심에 의하면, 복골은 또 가공지에서 가져 온 후 다시 부류를 나누어 찬鑽과 조鑿를 팠고, 전문 인력이 이를 기록하고 보관을 했으며, 필요할 때 가져와 점복에 썼다. 역조의 골면 각사의 기록에 근거할 때 복골에 찬鑽과 조鑿를 팠을 때부터 점복이 이행될 때까지의 시간은 가장 짧은 경우 당일에 거행되었고 긴 경우에는 60일 이상이 걸렸고, 게다가 복골은 서로 다른 날에 여러 번 중복해서 사용되었다.36)

이렇게 볼 때, 점복과 관련된 기사 각사는 결코 무정 때에만 있었던 특이한 유행은 아니며, 무정 때에 가장 성행했을 뿐이다.

3) 특수 기사 각사와 일반 기사 각사

이러한 각사는 일반적으로 갑골의 점복과 전혀 상관이 없다. 먼저 특수 기사 각사를 보면, 주로 공적과 공로를 기록하거나 일을 맡기거나 신임을 표명하는 기록인데, 주로 사람 머리뼈人頭骨 각사 · 호랑이 뼈虎骨 각사 · 무소 뼈兕骨 각사 · 무소 머리 뼈兕頭骨나 소머리 뼈牛頭骨 각사 · 사슴 머리 뼈鹿頭骨 각사 · 소 정강이 뼈牛距骨 각사 · 소 어깻죽지 뼈牛胛骨 각사 · 골부骨符 등이 있다.

(1) 사람 머리뼈人頭骨 각사

이는 주로 상 왕조에서 죽인 적국의 추장이나 우두머리를 선왕先王께

36) 齊文心, 「歷組胛骨記事刻辭試釋」, 『中國史研究』, 1991年 第4期.

제사를 드려 바치고 그 머리뼈에다 글을 새겨 그간의 경과를 밝힌 것이다. 사람 머리 뼈 각사에 대한 연구는 1950년대에 진몽가가 6편을 찾아낸 것으로부터 시작되었는데, 이로부터 다음의 세 가지를 알 수 있다고 했다. 즉 첫째, 여러 주변 국가들의 우두머리가 은나라와의 전쟁에서 패해 포로로 잡힌 후 죽임을 당해 은의 선왕에게 제사로 바쳐졌다는 사실이다. 둘째, 살해된 주변국 우두머리의 두개골에다 그 내용을 새겼다는 사실이다. 셋째 소위 "용用"은 그들을 죽여 제사 지냈다는 뜻이다.[37] 1970년대에 들어 호후선은 다시 진몽가보다 5편이 더 많은 총 11편을 찾아냈다. 그도 은나라 사람들이 정벌에서 사로잡은 적국의 우두머리를 종묘에서 선조들에게 제사를 드렸을 뿐 아니라, 그 머리를 자르고 머리뼈에다 명문을 새겨 승리를 기념했다는 사실을 밝혔다.[38] 1980년대 이후, 홍콩의 이염李棪은 다시 원래 영국 캠브리지 대학의 예츠葉慈(Walter Perceval Yatts)가 옛날 소장했던 것으로 알려진 사람 뼈 각사 1편을 찾아냈다.[39] 하지만 이것은 지금 캐나다 토론토의 로열 온타리오 박물관(ROM)에 소장되어 있으며, 허진웅許進雄의 『화이트씨 등 소장 갑골문집懷特氏等收藏甲骨文集』에 수록되었다. 1990년대 일본의 황목일려자荒木日呂子는 또 동경 국립박물관에 소장된 1편의 사람 머리뼈 각사에 대한 곡풍신谷豐信과 일본 인류학자들의 감정 결과를 소개하는 한편 이를 포함해 이전에 발견된 총 13편의 사람 머리뼈 각사에 대해 종합적으로 고찰했다.[40] 황목荒木이 찾아낸 이 갑골편은 송환도웅松丸道雄의 『일본에 흩어져 있는 갑골문자 수집日本散見甲骨文字蒐彙』 2[41]에 모사본이 수록되었다. 이것을 사람 머리뼈

37) 陳夢家, 『殷虛卜辭綜述』, 327면.

38) 胡厚宣, 『中國奴隷社會的人殉和人祭』 下篇, 『文物』, 1974年 第8期.

39) 李棪, 「殷墟斫頭坑髑髏與人頭骨刻辭」, 『中國語文研究』, 1986年 第8期.

40) 荒木日呂子, 「東京國立博物館保管の甲骨片について－人頭骨刻字についての考察」, *MUSEUM*, No.509, 1993年 8月號.

41) 『甲骨學』 第8號, 1960, 176면. 또 『甲骨學』 合訂本(日本東京 汲古書店, 1972)에도 수록되었다.

각사로 처음 감정한 사람은 호후선이었다. 다만 호후선은 여기에 쓰인 "오五"자 한 글자만 해독했을 뿐이었다. 이에 비해 황목荒木은 처음으로 이 편의 앞뒷면 사진을 출판했고, 또 "오봉五封 (…중략…) 봉단封耑"의 4자를 해독했으며, 단耑을 무정 때의 적대국의 하나로 해석했다. 최근의 통계에 의하면 은허에서 역대로 출토된 사람 머리뼈 각사는 지금까지 총 15편이며, 현재 소장된 곳과 사례辭例 및 수록 정황은 다음과 같다.

① 북경도서관 소장 4편.

……'축'일에 …… 에서 죽여 제사를 지냈다. ……'의우' …… 丑用于 ……義友……

—『철』 2・49; 『경진』 5,282; 『합집』 38,762편

적국의 우두머리를 죽여 제사지냈다. 方白用.

—『은허복사 종술』 도판 13・상; 『선재』 6,191; 『경진』 5,281; 『합집』 38,759편

……'유'와 '내𩵦'제사를 …… 又𩵦…….

—『은허복사 종술』 도판 14・상; 『선재』 305; 『합집』 38,761편

우두머리 '병.' 白[illegible]

—『선재』 23,929; 『합집』 3,435편

② 고궁故宮 박물원 소장 멘지스 유물 1편.

'이방'의 우두머리를 ……'조을'께 ……'벌'제사를 지냈다. 夷方白 …… 且乙伐.

—『은허복사 종술』 도판 13 하; 『고궁』 286; 『합집』 33,753편

③ 중국사회과학원 역사연구소 소장 1편.

…… [illegible] …… 우두머리 …… [illegible] …… 白 …….

—『존』 상 2,358; 『역척』 1,507; 『합집』 38,760편

④ 상해박물관 소장 1편.

'추' …… 隹 …….

—『철』 2·87; 『합집』 38,764편

⑤ 대북臺北 남항南港 중앙연구원 역사어언연구소 소장 1편.

…… 무 …… 武 ……

—『갑편』 3,739; 『합집』 27,741

⑥ 일본 동경의 하정전려원河井荃廬原 소장 2편, 그 중의 1편은 동경대학 동양문화연구소에 귀속됨.

…… 중범 …… 中凡 ……

—『동경』 972편

하정원河井原이 소장했던 다른 1편의 행방은 알려지지 않았으나, 아마도 1945년 3월 10일 전쟁탓에 불탔을 것으로 추정된다.[42]

…… '노' …… '전(단갑)' …… 盧 …… 戔 ……

—『림』 2.26.5; 『주』 298; 『합집』 38,763편

⑦ 일본 천엽千葉현 습지야習志野시 소창무지조小倉武之助 원 소장 1편, 지금은 동경국립박물관에 귀속되었음.

…… 오봉 …… 봉단 …… 五封 …… 封耑 ……

—『일수』 2,180편

42) 松丸道雄, 「日本蒐儲の殷墟出土甲骨について」, 『東洋文化硏究所紀要』 第86冊, 1981, 7면. 또 宋鎭豪의 번역본, 「日本收藏的殷墟出土甲骨」, 『人文雜志』(1988年 第9期)에도 수록.

⑧ 캐나다 토론토 로열 온타리오 박물관(ROM) 소장 1편.

…… '대갑' …… 大甲 ……

—『화이트』 1,914편

앞에서 든 12편 이외에 3편의 탁본이 더 있으나, 원래 뼈는 지금 어디에 소장되어 있는지 알 수 없다.

…… 죽여 제사지냈다 …… 用 ……

—진몽가, 『갑실잡집甲室雜集』, 『은허복사 종술』 도판 13 · 중

…… 우두머리 …… 白 ……

—호후선, 『속보』 9,069편

…… 머리통을 …… 囟 ……

—『속보』 9,070편

이상의 사람 머리뼈 각사 재료의 발견을 종합해 볼 때, 이 각사들는 모두 극히 간단하며 긴 문장이 없다. 사례辭例가 모두 불완전한 상태이긴 하지만 머리뼈의 형태 및 새긴 글자가 거칠고 큰 것으로 보아, 편 당 글자수는 많아도 10자를 넘지 않을 것으로 추정된다. 각사의 내용은 기본적으로 모두 포로로 잡은 적의 우두머리를 조상의 제사에 바친다는 것으로, 앞서 인용했던 진몽가가 귀납한 세 가지를 벗어나지 않는다. 하지만 진몽가가 말한 둘째 사실, 즉 살해한 적 우두머리의 두개골에다 그 일을 자주 기록했다는 부분은 극히 사소하긴 하지만 일부 내용을 고쳐야 할 것 같다. 그것은 살해된 적의 우두머리의 두개골에는 "이방의 우두머리夷方伯" · "우두머리 병伯㚔" · "로盧" 등과 같이 그 이름을 새겨둔 경우가 거의 예외 없이 나타나지만, 어떤 때에는 "대갑大甲"이나 "조을且

乙"과 같이 제사를 받은 은나라 선왕을 기록하기도 했다는 점이다. 이렇게 볼 때, 사람 머리뼈 각사의 성질은 순전히 제사를 드리기 위한 것이었다. 즉 글을 새김으로써 선조에게 보답하고자 한 것이었지, 산사람에게 내 보이기 위한 것도, 기념하기 위한 것도 아니었으며, 선조가 도와준 공을 기리기 위한 것이었다. 이들 사람 머리뼈는 모두 작은 조각으로 부서져 완전한 것이 하나도 없는 상태인데, 제사를 드릴 때 이미 파손되었던 것으로 보인다. 사람 머리뼈 각사의 의미는 오늘날 민간에서 지내는 조상에 대한 제사와 마찬가지로 간혹 제수祭需에다 글을 써 특정 선조에게 바치는 것과 같은 모습이다. 전국 시대 때의 장례 풍속에도 간독簡牘에다 부장품과 증정 물품의 목록을 기록해 함께 묻는 습속이 있었는데, 이를 견책遣冊이라 한다. 예컨대 강릉江陵 망산望山 2호묘에서 출토된 죽간으로 된 견책遣冊에는 "구망동九亡童(『명용明俑』)"·"사망동四亡童"·"삼망동三亡童"·"이망동二亡童" 등이라 기록되어 있었는데, 묘에서 출토된 목용木俑과 상응되었다. 이러한 행위의 원초적 심층 의미는 상나라 때까지도 일부 거슬러 올라갈 수 있으며, 적 우두머리의 이름을 기록하여 선조께 바친 사람 머리뼈 각사는 후세의 이러한 풍속의 선구가 되었다.

사람 머리뼈 각사 외에도 1984년 가을 은허의 묘포苗圃 북쪽 지역에서는 극히 드물게 보이는 사람 허리뼈人髖骨 복골이 84H19회갱灰坑에서 출토되었는데, 이 갱은 은허문화 제1기에 속한다. 총 6편이 출토되었는데 조鑿·찬鑽·지진 흔적 등이 있었다. 조鑿는 장방형 조鑿와 "대추 씨 모양"의 조鑿의 두 가지 형식으로 나누어지며, 각사는 없었다.43) 사용된 사람의 신분은 미상이며, 그 성질도 사람 머리뼈 각사와 같은 것인지 판단하기 힘들다. 하나는 복골로 쓰였고, 다른 하나는 복골로 쓰이지 않았다. 단지 각사에만 근거한다면 이 둘 간의 의미는 다르다 하겠다.

---

43) 中國社會科學院考古研究所安陽隊, 「1982～1984年安陽苗圃北地殷代遺址的發掘」, 『考古學報』, 1991年 第1期.

(2) 호랑이 뼈虎骨 각사

캐나다의 화이트가 옛날 소장했던 호골虎骨로 만든 조각무늬 뼈 숟가락雕花骨柶의 각사는 호랑이의 오른쪽 상박골上膊骨로 만든 것으로, 은허에서 출토된 유일한 호랑이 뼈 각사이다. 촬영 사진은 화이트의 「중국고대의 뼈 문화中國古代的骨文化」[44]에 수록되었다. 지금은 캐나다 토론토의 로열 온타리오 박물관에 소장되어 있으며, 탁본은 허진웅의 『화이트』 1915편에 수록되었다. 그 내용은 다음과 같다.

신유일에 왕께서 '계록'으로 사냥을 갔다가, 화려한 무늬를 가진 커다란 호랑이를 사로잡았다. 10월이었다. 왕의 재위 3년 '협일'제사를 드리던 날이었다. 辛酉王田于鷄彔, 獲大𩵄虎, 在十月, 隹王三祀劦日.

이 각사는 세로 두 줄로 되었으며 오른쪽으로 써 나갔다. 계록鷄錄은 계록鷄麓을 말하는데, 사냥터의 이름이다. 제을 3년 10월 신유일에 사나운 호랑이를 잡았으며, 이로써 연회에서 식사를 할 때 쓸 숟가락을 만들었고, 뼈에다 그 공적을 남겨 기념으로 삼았던 것이다.

(3) 무소뼈兕骨 각사

『일존』 518편의 무늬를 조각한 무소 뼈 숟가락雕花骨柶에 새겨진 글은 다음과 같다.

임오일에 왕께서 '맥록'에 사냥을 나갔다가 '상'에서 적황색의 무소를 잡았다. 왕께서 '재봉'의 침소에 보관되어 있던 작은 굉觥의 술을 하사했다. 5월이었다.

---

44) William Charles White, "Bone Culture of Ancient China", *Plate* XV, The University of Toronto Press, 1945.

왕의 재위 6년 '융일'제사를 지내던 날이었다. 壬午, 王田麥錄, 獲商戠兕, 王賜宰丰寢小𩛥貺, 在五月, 隹王六祀肜日.

이것이 그 유명한 "재봉골宰丰骨" 각사인데, 세로의 두 줄로 왼쪽으로 써 나갔으며, 공적을 기록한 신표이다. 이의 성질은 앞에서 들었던 호랑이 뼈 각사와 비슷하며, 『시』「소아」「길일吉日」에서 노래한 "이 큰 무소를 쓰러뜨려 빈객을 접대한다네殪此大兕, 以御賓客"와 같다. 이전에 곽말약은 「'재봉골' 각사宰丰骨刻辭」라는 글에서 "상시시商戠兕"에서의 상商은 지명이며, "침소지형寢小𩛥貺"에서의 '침寢'은 '음飲'의 가차자이며, '지형𩛥貺'은 무소로 만든 뿔잔兕觵이라고 했다.[45] 하지만 "시시戠兕"는 적황색의 무소를 말한다고 생각된다. 또 "침소지형寢小𩛥貺"은 각사 내에 시兕자가 존재하므로, 지𩛥가 시兕의 가차자가 될 수는 없으며, 아마도 달고 찌꺼기가 섞인 단술醴酒의 일종으로 생각된다. 형貺은 굉觥과 같이 읽어, 일종의 청동으로 만든 술그릇으로, 술을 뜨는 기물이지 술을 저장해 두는 기물이 아니어서 '작은小'이라는 수식을 붙였던 것이다. 침寢을 음飲의 가차자로 본 것도 타당하지 않다. 이는 이런 술과 청동기인 굉觥을 보관해 두던 방의 이름室名으로 보아야 할 것이다. 은허에서 출토된 청동 우盂의 명문에 "침소실우寢小室盂"가 있고, 궤簋의 명문에 침실내관寢室內官의 이름인 "침선寢鮮"이 있어 이를 증명해 줄 수 있다.[46] 『일존』 426편에는 또 부서진 뼈 숟가락의 각사가 실려 있는데, '재봉골宰丰骨' 숟가락과 같은 내용이고, 이와 대응하는 모습을 하고 있어 같은 시기의 유물로 추정되며, 같은 무소戠兕의 뼈로 만든 한 쌍의 숟가락이 아닐까 생각된다. 옛날 정산丁山은 이에 대해, "숟가락柶은 음식물에 든 독을 해독하기 위해 소나 말의 뼈가 아니라 반드시 무소犀牛의 갈비뼈肋骨로 만들었다"고 한 적

45) 『殷契餘論』, 『古代銘刻彙考』(日本東京文求堂書店, 1933)에 수록. 또 『郭沫若全集』(考古編) 第1卷(科學出版社, 1982), 405~407면에도 수록됨.

46) 宋鎭豪, 『夏商時期的飮食』, 華夏出版社, 1999, 477~479면.

이 있다.47) 이 두 숟가락은 은나라 제을 때의 기물로, 맥록麥錄에서의 사냥에 대해 기록했다. 상商에서 적황색의 사나운 무소를 잡아 빈객들을 대접했으며, 왕은 재봉宰丰의 침실寢室에 보관되어 있던 청동 굉觥의 단술旨酒을 하사했다는 내용이다. 『일존』 427편의 무늬를 조각한 뼈 숟가락雕花骨柶의 각사는 다음과 같다.

> 신사일에 왕께서 무정 임금께 '처'제사를 드리고 '𥂴록'에 사냥을 나갔다가 흰 무소를 잡았다. 정유일이었다. 王𠟭武丁𥂴錄, 獲白兕. 丁酉.

이 각사의 의미는 앞에서 든 두 가지와 같다. 다만 사냥에서 잡은 것이 흰 무소白兕이며, 이 뼈 숟가락骨柶이 그때 잡은 흰 무소의 뼈로 만들어진 것인지는 아직 감정이 이루어진 바 없다.

(4) 무소 머리뼈兕頭骨 각사

이는 『갑편』 3,939편에 보인다.

> …… '경(?)록'에서 흰 무소를 잡았다. …… 에서 '료'제사를 올렸다. …… 2월이었다. 왕의 재위 10년 '융'제사를 올리는 날이었다. 왕께서 와서 '우방'의 우두머리를 정벌했다. …… 于倞(?)錄獲白兕, 㞢于 …… 在二月, 隹王十祀彡日, 王來正盂方白.)

잔존하는 두 행은 세로의 두 줄로 되어 있다. 각사의 성질은 호랑이뼈 각사와 마찬가지로, 제을 임금 10년 2월 우방盂方의 우두머리伯를 정벌하러 가는 도중 흰 무소를 잡은 일을 기록하였다. 일각에서는 이를 소머리뼈 각사로 보기도 한다.

---

47) 丁山, 『商周史料考證』, 中華書局, 1988, 179면.

(5) 사슴머리뼈鹿頭骨 각사

지금까지 알려진 것으로는 다음의 두 가지가 있다.

무술일에 왕께서 '호'에 사냥을 가셨다. …… 문무정께 '비祕'제사를 드리고 …… 왕께서 와서 …… 정벌했다. 戊戌, 王蔿田 …… 文武丁祕 …… 王來正 ……

—『갑편』 3,940편

기해일에 왕께서 '강'에 사냥을 가셨다. ……9월이었다. 왕의 재위 10년 …… 己亥, 王田于糸羌 …… 在九月, 隹王十 ……

—『갑편』 3,941편

이 두 각사는 각각 3행 혹은 2행으로 되었으며 모두 세로로 왼쪽으로 써 나갔다. 이는 모두 제을이 적국을 정벌하러 가는 길에 야생 사슴을 잡은 것을 기록했다.

(6) 소 정강이 뼈牛距骨 각사

『을편』 8,688편에 소 정강이 뼈 각사가 한 점 실려 있다.

왕께서 말씀하셨다. '대을'께 '백록'의 '유'에 모여서 '처'제사를 올려라. '재봉'이 기록했다. 王曰, 則大乙𣪘于白麓肩. 宰丰.

재봉宰丰이 은나라 왕의 말씀을 기록한 것으로, 선왕인 대을大乙께 '처則'제사를 드린 것에 관한 내용이다. 이는 1936년 봄 제13차 발굴에서 은허 소둔 을乙 5 기초 터基址의 서쪽 H6 심갱深坑에서 출토되었다. 뼈의 아래 윗부분의 볼록하게 갈라진 부분이 인위적으로 톱에 잘려나간 상태였는데, 양종건楊鍾健의 감정에 의해 소(Bos exiguus Mars)의 왼쪽 정강이 뼈(astragalus)로 밝혀졌다. 옛날 고거심이 이에 대해 소개한 적이 있다.[48] 각사의 문례를 보면 위에서 아래로, 오른쪽에서 왼쪽으로, 세 줄로 배열되어 있는데, 이미 후대의 전통적인 서사 형식의 선구를 이루고 있다.

(7) 소 어깻죽지 뼈牛胛骨 기사 각사

『은허복사 종술』 도판 16에서 제을 때의 잔편 소 어깻죽지 뼈 각사의 사진과 탁본을 수록하였는데, 뒷면은 6순旬 간지표의 아랫단이며, 앞면에는 다음과 같은 기사가 기록되어 있다.

> 소신 '장'이 왕을 따라 정벌에 나가 '위'의 우두머리 '미' …… 사람 20명과 사람 4명을 사로잡고, 1,570명의 목을 잘랐습니다. 또 말 백 …… 필, 수레 2량, 방패 183개, 화살통 50개, 화살 …… 를 포획했습니다. 또 우두머리 '린'을 '대을'께 바치고, '추'의 우두머리 '인'을 사용해 ……, '조을'께 '[illegible]'을, '조정'께 '미'를 죽여 제사지냈습니다. '염'이 '크게 상을 내릴 것이다'라고 했습니다. …… 小臣墻從伐, 禽危美 …… 人廿人四, 而千五百七十, [illegible]百 …… 兩(匹), 車二兩, 盾[49]百八十三, 圅五十, 矢 …… 又伯慶于大乙, 用雝伯印 …… [illegible]于祖乙, 用美于祖丁, [illegible]曰京易 ……[50].

이는 또 『합집』 36,481편의 앞뒷면으로 수록되었다. 각사의 문례의 형식은 역시 위에서 아래로, 오른쪽에서 왼쪽으로, 세로로 쓰여 졌다. 5행이 잔존해 있으며, 윗부분은 잘려 나갔다. 호후선에 의하면, "뒷면의 60

48) 高去尋, 「殷虛出土的牛距骨刻辭」, 『田野考古報告』 第4冊, 1948.

49) 盾자에 대해 裘錫圭는 櫓의 처음 글자로, 鹵로 가차되었다고 하면서, 『說文』에서의 "櫓는 큰 방패大盾를 말한다"고 한 말을 인용했다. 「說"揜函"－兼釋甲骨文"櫓"字」, 『華學』 第1期, 中山大學出版社, 1995年 참조.

50) (역주) [illegible]은 土가 의미부이고 [illegible]이 소리부인 구조로, 여기서는 사람의 이름으로 쓰인 것으로 추정된다. 京은 높다는 뜻에서 '크다'의 의미로, 易은 賜의 본래 글자로 '상을 내리다'는 뜻이다.

간지표로 추산해 볼 때, 전체 문장은 약 150자에서 2백자 정도 될 것으로 보인다."[51] 이는 위방危方을 정벌하여 그곳의 우두머리 몇 명을 비롯해 대량의 전투용 말・전차・전복箙箙・방패盾・화살矢 등과 같은 전리품을 획득하여 선왕에게 전쟁 포로를 바친 공을 축하하는 내용을 기록했다.

(8) 골부骨符

『합집』 20,505편에 한 편이 저록되어 있다.

경술일에 왕께서 '여부'를 정벌하라 하셨다. 5월이었다. 庚戌, 王令伐旅帚. 五月.

원래 뼈는 상해박물관에 소장되어 있다. 글은 5행으로, 세로로 오른쪽으로 써 나갔으며, 매 행 2글자씩 되어, 앞에서 든 몇 가지 각사처럼 세로로 왼쪽으로 써 나갔던 문례 격식과는 차이를 보인다. 복모좌는 이를 "골부骨符"라고 부르면서 이렇게 묘사했다. "곱자矩 모양에 길이가 40센티미터 넓이가 24센티미터이다. 뼈의 삼면에 톱질이 되었으며, 다른 한 면은 조鑿의 수직단면이며, 뼈의 뒷면의 조鑿는 찬鑽을 파고 불로 지졌다. 골부骨符의 앞면 좌측의 상하 두 각角에는 직경 5센티미터의 둥근 구멍이 나 있다." 이는 소 어깻죽지 뼈에서 잘라 온 것으로, 원래 뼈 오른쪽 가장자리의 흔적으로 볼 때, 같은 크기의 오른쪽 반 조각이 남아있어야 할 것으로 생각된다. 또 그는 골판의 특수한 형식에는 독특한 의미가 담겨져 있는데, 이는 성질로 볼 때 "군령軍令에 대해 점을 친 골판"으로, 오른쪽은 왕이, 왼쪽은 명을 받는 사람이 갖고 있었을 것이다.[52] 만약 복모좌의 이 가설이 성립한다면 이는 지금까지 발견된 최초의 군사 신표—골부骨符가 된다.

---

51) 胡厚宣, 「中國奴隷社會的人殉和人祭」 下篇, 『文物』, 1974年 第8期.
52) 濮茅左, 「商代的骨符」, 『第三屆國際中國古文字學硏討會論文集』, 香港中文大學, 1997.

이상에서 소개한 8가지 기사 각사는 모두 제을 시기에 속하는 것들이며, 점복과는 관계가 없다. 마지막 예를 제외하면, 모두 점복용 갑골에 새겨진 것이 아니며, 당시 군사나 정치적으로 중대한 의미를 가진 사건을 기념하거나 기록하기 위한 것이다. 게다가 적잖은 것들이 관련된 뼈에다 공적을 기록함으로써, 특수성을 지닌 신표이자 증명서로 기능했으며, 물품을 보관하거나 제사에 바쳐진 물품 목록 역할을 했다.

그 다음으로는 일반성의 기사 각사를 살펴보면, 사슴뿔로 만든 기물鹿角器·뼈로 만든 비녀骨笄·뼈로 만든 칼骨刀·뼈로 만든 숟가락骨匕 등에 새긴 글들이 있는데, 내용은 대부분 일상사에 관한 것으로, 갑골점복과는 전혀 관계없다. 예컨대 다음의 것이 있다.

(9) 녹각기鹿角器 각사

이에는 『갑편』 3,942편 1점이 수록되었는데, "아작亞雀"이라는 2글자가 남아 있다. 굴만리에 의하면 "이 각사에 잔존하는 2자는 도안 그림과 비슷하지만 자세히 살펴보면, '아작亞雀'이라는 두 글자이다. 이렇게 그림처럼 새긴 것은 오늘날의 예술체처럼 보이는데, 대단히 진귀한 작품이다."[53]

(10) 골기骨器 각사

비녀骨笄·칼骨刀·숟가락骨匕 등과 같은 뼈로 만든 기물에 새겨진 것이다. 후가장侯家莊 M1001호 대묘에서 출토된 비녀의 경우 가장 위쪽에 "패가 2개를 들여왔다㠯入二"라는 3글자가 새겨져 있다.[54] 호후선은 "패㠯

---

53) 屈萬里, 『殷虛文字甲編考釋』, 499면.

54) 梁思永·高去尋, 『侯家莊第二本·1001號大墓』, 中國考古報告集之三, 『河南安陽侯家莊殷代墓地』 中, 1962, 圖版 175·19中.

는 지명이며, 일찍이 제후侯로 불려졌고, '패가 2개를 들여왔다䍿入二'는 말은 '패'라는 곳의 제후가 비녀 2개를 보내왔다는 뜻이며, 이는 그 2개 중의 하나이다"고 했다.[55] 『명』 685편에도 뼈로 만든 칼骨刀에 새겨진 각사 "오五"를 수록하였는데, 소둔에서 출토된 골기 각사에 "삼三"·"[illegible]" 등과 같은 글자가 있음을 볼 때, 아마도 같은 부류의 골기의 숫자나 내력이나 소유자 등을 기록했던 것으로 보인다. 후가장 M1001호 대묘에서는 4점의 숟가락骨匕이 출토되었는데, 그 위에는 모두 "대우大牛"라는 2글자가 새겨져 있다. 이 역시 이러한 숟가락이 큰 소뼈로 만들었음을 밝힌 것으로 보인다.

(11) 복사와 상관없는 기사 각사

예컨대 무정 때의 "의경宜𦍌('의' 땅의 누대에서 '의'제사를 드리다)"[56] 같은 기사 각사는 소 어깻죽지 뼈의 골면骨面 아래쪽에 새겼는데, "복사를 새기는 통상적인 부위를 의도적으로 피하고자 한 것"으로 보인다.[57] 『갑편』 3,333+3,361편 소 왼쪽 어깻죽지 뼈의 아래쪽의 "계묘일에 '경'에서 '의'제사를 드렸는데 강족 3명과 배를 가른 소 10마리를 올렸다. '우복'이 점을 쳤다癸卯, 宜于𦍌, 羌三人卯十牛. 右", 『합집』 388편의 "기미일에 '경'에서 '의'제사를 드렸는데 강족 3명과 배를 가른 소 10마리를 올렸다. '중복'이 점을 쳤다己未, 宜于𦍌, 羌三卯十牛. 中", 『합집』 386편의 "기미일에 '경'에서 '의'제사를 드렸는데 강족 3명과 배를 가른 소 10마리를 올렸다. '좌복'이 점을 쳤다己未, 宜于𦍌, 羌三人卯十牛. 左" 등이 그러하다. 호후선

55) 胡厚宣, 「殷代卜龜之來源」.

56) (역주) 宜는 俎로 적기도 하며 제사이름이다. 𦍌은 義京의 合文으로 義 땅의 높은 누대(京)로 해석된다. 陳夢家에 의하면 "義京은 宋나라 땅이다. 『魏世家』에서 惠王 6年 宋의 儀臺를 빼앗았다고 했는데, 『集解』에서 徐廣은 달리 '義臺'로 쓴다고 했다. 지명으로서의 義臺는 오늘날 하남성 虞城縣의 서남쪽과 商丘縣의 동북쪽에 있다." 『殷墟卜辭綜述』, 266면 참조.

57) 陳夢家, 『殷虛卜辭綜述』, 44면.

은 그 특징을 지적한 적이 있는데, "소위 소 어깻죽지 뼈에 기록된 의경宜𦎫에 관한 기록은 지금까지 총 9예가 발견되었다. 마지막 부분의 서명을 보면 '좌복'이 3개, '중복'이 3개, '우복'이 3개로, 모두 '좌복'—'중복'—'우복'이 하나의 조를 이루고 있다. 혹자는 그 7일간의 날짜에 따라, 매일 '좌복'—'중복'—'우복'의 한 조씩 해서, 총 7조 21예를 나열하기도 했다."[58] 이러한 제사 각사에서 어깻죽지 뼈에 '좌복'—'중복'—'우복'으로 서명이 된 것은 아마도 "삼복제三卜制"에서 세 조각을 한 조로 삼아 뼈를 가져왔던 제도와 관련 있을 것이다. 이외에도 다른 몇몇 복갑이나 복골에 새겨졌지만 복사와는 무관한 기사 각사들의 경우, 어떤 것들은 거북 배딱지의 갑교甲橋에, 어떤 것들은 어깻죽지 뼈의 앞면 양쪽의 가장자리, 골면의 앞뒷면의 기타 부위 등에 새겨졌는데, 진몽가는 다음의 여러 예들을 제시했다.[59]

을묘일에 '미자황'이 들여왔다. '의'제사를 드리는 데 강족 10명을 사용했다. 己卯, 媚子賓入, 宜羌十.

—골면, 『청』 3편

을유일에 소신 '𠂤'가 알현했다. 乙酉, 小臣𠂤堇(覲).

—거북 배딱지의 갑교 각사, 『갑편』 3,913편

갑신일에 왕께서 …… 에 이르렀다. ……3마리를 썼고 '세'제사를 드리는 데 '𢍰' 4마리를 …… 甲申, 王至于 …… 三歲𢍰四 …… .

—거북 배딱지의 갑교 각사, 『을편』 8,658편

58) 郭沫若에게 보낸 서신. 郭沫若, 「安陽新出土的牛胛骨及其刻辭」, 『考古』, 1972年 第3期에 보인다. 또 『出土文物二三事』, 人民出版社, 1972年; 『郭沫若全集』 考古編 第1卷, 科學出版社, 1982年에도 수록되었다.

59) 陳夢家, 『殷虛卜辭綜述』, 44면.

□□일에 '의'제사를 '경종'께 드리면서 강족 7명과 배를 가른 소 20마리를 사용했다. □□, 宜于庚宗七羌卯廿牛.

— 골면, 『전』 1·45·5편

신□일에 '의'제사를 '경' 땅의 누대에서 드리면서 강족 30명과 배를 가른 소 30마리를 사용했다. 辛□, 宜于磬京羌卅卯卅牛.

— 골면, 『전』 4·10·5편

을미일에 '유'제사와 '세'제사를 '조을'께 드리면서 수소와 30마리의 희생용 양을 사용했다. '구'에서 '세'제사를 드렸다. 乙未, 又歲于且乙牡卅宰, 隹舊歲.

— 골면, 『갑편』 2,386편

이학근李學勤은 「빈조 어깻죽지 뼈의 몇 가지 기사 각사를 논함論賓組胛骨的幾種記事刻辭」[60]에서 제사와 관련된 두 가지 기사 각사를 제시했다. 하나는 어깻죽지 뼈의 뒷면 구각臼角 쪽의 바깥 가장자리 아래쪽 부분에 새겨진 것으로, 왼쪽 어깻죽지 뼈는 오른쪽 가장자리에 새기고, 오른쪽 어깻죽지 뼈는 왼쪽에다 새겼는데, 그 사례는 다음의 다섯 가지로 세분된다. Ⓐ "을묘일에 '유'제사와 '승'제사와 '세'제사를 '조을'께 드렸다 乙未又升歲且乙"(『합집』 1,574편), "경신일에 '모경'께 '유'제사와 '승'제사와 '세'제사를 '모경'께 드렸다 庚申又升歲母庚"(『영장』 112편), Ⓑ "을사일에 '유侑'제사를 '조을'께 올렸고 '유'제사에 소 한 마리를 사용했다 乙巳㞢于且乙㞢一牛"(『합집』 1,523편), Ⓒ "'조신'께 다음날 드렸다 且辛翌日"(『합집』 1,770편), "을해일에 '융'제사를 '대을'께 드렸다 乙亥肜大乙"(『합집』 1,262편), "'조을'께 '협'제사를 드렸다 且乙劦"(『합집』 10,410편), Ⓓ "을묘일에 '의'제사를 드리면서 수소를 사용했다. '록'에서였다 乙卯宜牝, 在声"(『합집』 7,814편) Ⓔ "방에서

60) 『英國所藏甲骨集』 下編 上冊, 附錄, 161~166면.

나왔다 自室出”(『합집』 12,813편) 다른 한 가지는 모두 어깻죽지 뼈 앞면의 선부扇部 한쪽 모서리에 새겨졌는데, 사례辭例 중의 한 가지는 바로 앞에서 들었던 “의의경宜義”, “‘의’제사를 ‘경’ 땅의 누대에서 드렸다 宜于磬京”, “‘의’제사를 ‘경종’께 드렸다 宜于庚宗” 등과 같은 기사 각사이고, 다른 한 가지는 “□자일에 ‘자척’이 徝蠹하는 데 수소 3마리를 사용했다 □子子戚徝蠹牡三”(『합집』 3,140편)와 같은 것들이다. 이학근에 의하면, 이러한 기사 각사는 모두 어깻죽지 뼈에서도 찬鑽과 조鑿를 파지 않은 부위에 새겨졌고, “각사에서 표현하고자 한 것은 어깻죽지 뼈와 관련된 내용임에 분명하다.” 또 언급한 희생물이 모두 소이기 때문에, “이 기사 각사를 새긴 어깻죽지 뼈는 바로 각사에서 언급한 그 소의 뼈로 만들었으며, 복골의 내력을 기록했다.”

4) 표보表譜 각사

표보表譜 각사에는 주로 “간지표干支表”·“사보祀譜”·“가보家譜 각사” 등이 있는데, 평소에 구비해 두었다가 수시로 찾아볼 수 있도록 하기 위한 것이었다. 표보 각사의 체재는 단독의 뼈나 거북딱지에 새긴 경우도 있고, 이미 점복에 사용했던 갑골이나 폐기해버린 재료에다 새긴 경우도 있으며, 또 갑골 복사의 사이에 끼워 놓은 경우도 있는데, 뒤의 두 가지는 연습 삼아 새겼거나習刻 모방해 새긴 경우仿刻이다.

“간지표”에서는 상나라 때 유행하던 10개의 천간과 12개 지지의 조합 순서에 근거해 날짜를 기록하던, 갑자甲子에서 계해癸亥까지 총 60개의 간지를 나열했다. “간지표”에는 1순旬으로 된 형식(『수』 1,479편, 1갑10일一甲十日을 1행으로 새김), 2순旬으로 된 형식(『영장』 2,571편, 2갑2순二甲二旬을 2행으로 새김), 3순旬으로 된 형식(『영장』 2,570편, 3갑甲 30일을 3행으로 새김), 4순旬으로 된 형식(『영장』 2,569편, 4갑甲 40일을 4행으로 새김), 5순旬으로 된 형식

(『속보』 1.99.1편, 갑술甲戌·갑신甲申·갑오甲午·갑진甲辰·갑인甲寅의 5순旬을 5행으로 하지만, 갑술이 든 순旬은 갑술·을해·병자 등 3일만 기록해 완전하지 않음), 6순旬으로 된 형식(『수』 1,476+『전』 3.4.1편, 6갑甲 60일을 6행으로 새김과 3순旬이 주기를 이루는 사이클 식 『전』 3.2.4편, 갑자·갑술·갑신의 3순旬이 3번 반복되어 총 9행의 90일) 등이 있다. 곽말약에 의하면, 날짜를 기록하는 은나라 사람들의 간지 사용법은 매우 복잡했기 때문에, 여러 가지 간지표가 존재했다고 했다.[61] 장병권에 의하면, 골면 상의 간지표는 어떤 경우에는 글씨 연습하던 이의 것으로 보이기도 하지만, 어떤 경우에는 질서정연하고 엄정하게 배열된 것으로 보아 참고하기 위해 갖추어 둔 일력日曆임에 분명하다고 했다. 그것의 형식을 보면, 세로로 쓴 경우도 있고, 가로로 쓴 경우도 있으며, 어떤 경우에는 한 행으로만 된 것도 있고, 여러 행으로 된 것도 있어, 여러 형식이 다 존재한다. 하지만 6행 6갑甲으로 된 것이 일반적인 형식이다."[62]

"사보祀譜" 각사는 점복과 내용적 관련 없이 전적으로 은상 왕조의 "주제周祭"에서 선왕과 선비들에게 올릴 사전祀典의 순서를 위해 참고와 비람용으로 만든 계보이다. 예컨대 『수』 113+『계契』 20편의 "갑술일에 '상갑'께, 을해일에 '보을'께, 병자일에 '보병'께, [정축일에] '보정'께, 임오일에 '시임'께, 계미일에 '시계'께, [을유일에 '대을'께], [정해일에] '대정'께, 갑오일에 ['대갑'께], [병신일에 '외병'께], [경자일에] '대경'께 '익' 제사를 드렸다甲戌翌上甲, 乙亥翌報乙, 丙子翌報丙, [丁丑]翌報丁, 壬午翌示壬, 癸未翌示癸, [乙酉翌大乙], [丁亥]翌大丁, 甲午翌[大甲], [丙申翌外丙], [庚子]翌大庚"와 『수』 114편의 "갑인일에 '상갑'께 '익'제사를, 을묘일에 '보을'께 '익'제사를, 병신일에 …… 께甲寅上甲翌, 乙卯匚乙翌, 丙申 ……"와 같은 것들은 복사가 아니라 "사보祀譜" 각사에 속한다.

"가보家譜 각사" 중 유명한 것으로는 아가세계보兒家世系譜인데, 하나의

61) 『卜辭通纂考釋』 第8片.
62) 張秉權, 『甲骨文與甲骨學』, 195면.

커다란 소 어깻죽지 뼈에다 새긴 것으로 『영장』 2,674편에 보인다. 아兒의 선조부터 시작해서 12대代까지의 세차世次의 자손들의 이름을 기록했다. 하지만 이 편의 진위에 대해서는 아직 논쟁 중인데, 홉킨스金璋(L. C. Hopkins) · 쿨링庫壽齡(Samuel Couling) · 진몽가 · 요종이饒宗頤 · 손해파孫海波 · 백천정白川靜 · 도방남島邦男 · 노간勞榦 · 우성오 · 조석원趙錫元 · 이학근 · 정혜생鄭慧生 · 알란艾蘭(Sarah Allan) · 장병권 등은 진짜라고 주장했으나, 멘지스明義士(James M. Menzies) · 브리톤白瑞華(Roswell S. Britton) · 호광위胡光煒 · 동작빈 · 곽말약 · 용경容庚 · 당란唐蘭 · 김상항金祥恒 · 엄일평嚴一萍 · 호후선 · 송환도웅松丸道雄 · 제문심齊文心 등은 가짜라고 여겼다. 『합집』 14,925편의 "□의 아들을 □라 하고 …… □의 아들을 □라 하고□子曰□ …… □子曰□"도 가보家譜 각사의 잔편이다.

5) 습각習刻

앞에서 여러 번 언급했듯 "습각習刻" 갑골은 상나라 사람들이 연습 삼아 새긴 것을 말한다. 일반적으로 폐기되었거나 점복에 사용했던 갑골을 사용했으며, 새긴 내용도 일정하지 않아, 복사 · 기사記事 · 간지표 등이 포함되어 있다. 연습 작품은 통상 글자체가 비뚤고, 서체가 가벼우며, 구조가 풀어져 있으며, 크기가 균형을 잃었다. 문장도 통하지 않고, 행의 배치行款가 어지러우며, 칼 솜씨가 유치하여, 전체의 장법章法은 더더욱 말할 것이 못된다. 물론 모든 연습작이 모두 이러한 것은 아니다. 유일만劉一曼은 은허에서 출토된 습각 갑골을 글자 연습習字과 문장 연습習辭과 시연 작품 등 세 가지로 분류했다.[63] 위에서 서술한 습각의 통상적인 병폐는 유일만이 말했던 것처럼 글자연습習字에서 주로 보인다. 예컨대

63) 劉一曼, 「殷墟獸骨刻辭初探」, 『殷墟博物苑苑刊』 創刊號, 中國社會科學出版社, 1989.

『종술』 도판 15하下의 갈비뼈에 새긴 글자 연습(즉 『선재』 4,551편)과 『둔남』 2,661 · 2,662편 등 소 어깻죽지 뼈에 새긴 것은 대부분 초자들이 연습에 중점을 둔 작품이다. 하지만 문장 연습을 새긴 경우는 조금 차이를 보이는데, 이러한 경우는 주로 복사를 모방해 새기고, 언제나 이미 완성된 복사를 저본으로 하기 때문에, 행간이 어지럽고 서법이 유치한 경우도 있긴 하지만 문장이 통하지 않는 등의 병폐는 찾아보기 힘들다. 예컨대 『갑편』 622편(즉 『합집』 33,208편)을 보자.

> 갑자일에 점을 칩니다. 왕께서 동쪽의 '과'를 따르게 하여 '후과'를 부를까요?
> 甲子卜, 王比東戈乎侯絨.
> 을축일에 점을 칩니다. 왕께서 남쪽의 '과'를 따르게 하여 '후과'를 부를까요?
> 乙丑卜, 王比南戈乎侯絨.
> 병신일에 점을 칩니다. 왕께서 서쪽의 '과'를 따르게 하여 '후과'를 부를까요?
> 丙申卜, 王比西戈乎侯絨.
> 정묘일에 점을 칩니다. 왕께서 북쪽의 '과'를 따르게 하여 '후과'를 부를까요?
> 丁卯卜, 王比北戈乎侯絨.
> □진일에 점을 칩니다. ……. □辰卜 …….
> □'강'에게 …… 말까요? 무소. 무소. 무소. 弜□絨. 兕 兕 兕

이 소 어깻죽지 뼈는 앞면의 경우 조兆의 흔적이 없고 뒷면에는 불로 지진 흔적이 보이지 않는다. 굴만리는 이 모든 내용이 습각한 사람의 작품이며, "원래는 '후재侯𢦏'를 부르다는 복사였을 것으로 생각되니[64] 습각하는 자가 그 문장을 모방해 간지자를 바꾸어 가며 중복해 새겼을 뿐이다"고 여겼다.[65] 문장에 등장하는 동남서북東南西北의 4과戈는 다른 갑

64) (역주) 예컨대 『갑』 622편의 복사에서는 "갑자일에 점을 칩니다. 왕께서 '동과'를 따르게 하여 '후재'를 부를까요? 甲子卜, 王從東戈乎侯𢦏"라는 복사가 보인다.

65) 屈萬里, 『殷虛文字甲編考釋』, 97면.

골문에서도 보이며 복사의 문례 또한 이상한 곳이 없는 것으로 보아 습각하던 사람이 이미 초보자가 아니었음을 알 수 있다. 모방하여 새긴 복사도 저본을 모방하는 데 그치지 않고 자신이 파악하고 있던 일정한 복사의 문법지식과 누적된 계각 관련 기법을 쏟아 넣었다. 같은 판에 등장하는 3개의 시兕자는 중복 연습한 것으로, 이는 문장이 아닌 글자의 연습이었는데, 이 연습 삼아 새긴 글자를 통해 아직도 서체의 구성미나 칼놀림 등을 반복적으로 연습하고 있었음을 알 수 있다.

시범을 보이기 위한 새김은 글자체가 정교하고 아름다우며, 통상 모두 연습 새김이나 모방해 새긴 복사의 사이에 혼재되어 나타난다. 글자나 단어를 시범적으로 새긴 경우와 복사를 시범적으로 새긴 경우로 나눌 수 있다. 곽말약은 일찍이 『수』 1,468편 간지표의 습각은 "갑자로부터 계유까지의 10일을 반복해 새긴 내용이다. 중간의 4번째 행은 글자가 세밀하고 정교하고 아름다우며 가지런한 것으로 보아, 아마 선생이 새겨서 시범으로 제시한 것으로 보인다. 나머지 비뚤비뚤하고 조악한 것들은 배우던 사람들이 새긴 것으로 보인다. 이것은 오늘날 아동들이 글자를 배우는 방법과 다를 바 없으며, 3천여 년 전의 교육상황을 알려 준다는 점에서 매우 의미가 있다. 또 배우는 이가 새긴 글 중에는 간혹 정교하고 아름다운 글자가 끼어 있는 경우도 있는데, 저본과 차이가 없는 것으로 보아 아마 선생이 옆에서 칼을 잡아 주었던 것으로 생각 된다."[66] 유일만은 시범으로 새긴 것 중에서 어떤 시범 복사는 단독으로 골판骨版에 보이는 것도 있다는 것을 발견했다. 예컨대 『둔남』 2,576+4,403편의 각사 연습은 『둔남』 2,633편의 시범 복사를 근거로 새긴 것이라 여겨지는데, 이는 이전에는 소홀히 했던 부분이다. 시범 복사는 종종 정상적인 복사와 차이가 없기 때문에 이를 구별하는 조건은 두 가지가 있다. 하나는 각사의 갑골 뒷면 찬조鑽鑿에 지진 흔적이 있는지의 여부이고, 둘째는 점

66) 郭沫若, 『殷契粹編考釋』, 科學出版社, 1965, 734면. 또 「序」, 10~11면에도 보인다.

복의 기록이 있는지의 여부이다. 특히 어떤 복갑과 복골 상에서 뼈 가장자리의 정상적인 복사가, 그 내용이 만약 골면의 각사와 서로 대응하지 않고, 골면 각사 또한 대응하는 찬조鑽鑿와 지진 흔적이 보이지 않으면, 골면에 있는 것은 시범삼아 새긴 복사일 가능성이 높다.

2. 갑골문자의 서각書刻

갑골문자에는 쓴 것과 새긴 것의 두 종류가 있지만, 새긴 것이 주를 이룬다. 갑골문자의 서각書刻은 두 가지 기본적인 문제, 즉 하나는 서각의 유별과 서각의 방법이고, 다른 하나는 서각의 도구라는 문제와 관련되어 있다.

갑골문자의 서각에 관한 연구는 사실 동작빈에 의해 그 대강이 마련되어 처음으로 연구되었다. 1929년 동작빈은 「상대 거북점에 대한 추측商代龜卜之推測」[67]에서 갑골문의 새기는 방법에 대해 이렇게 대분했다. 즉 머리카락처럼 세밀한 글자는 끝이 뾰족한 칼로 "단봉單鋒"으로 새겼고, 양면에 모두 칼로 새긴(칼을 두 번 사용) 흔적이 있는 것을 "쌍봉雙鋒"이라 하며, 큰 글자는 "평봉平鋒"으로 새겼는데 글자 획의 아랫부분을 조鑿와 같이 만든 것을 말한다. 필순을 보면 대체로 세로획을 먼저 가로획을 나중에, 비스듬한 획은 세로획과 함께 한 번에 완성했다. 이후 그는 다시 「갑골문 시기구분 연구 예「甲骨文斷代研究例」[68]의 "도구工具"라는 절에서

---

67) 『安陽發掘報告』 第1期, 1929. 또 『董作賓學術論著』 上冊(臺北世界書局, 1962), 7~80면, 『董作賓先生全集』 甲編 第3冊(臺北藝文印書館, 1977), 『中國現代學術經典』 「董作賓卷」(河北教育出版社, 1996)에도 수록되었다.

68) 『慶祝蔡元培无生六十五歲論文集』, 『中央硏究院歷史語言硏究所集刊外編』 第1種 上冊, 1933.

은나라 때의 서각 도구에는 붓과 칼이 있었음을 재차 강조했다. 은허의 제1 · 2차 발굴에서 발견된 3점의 소 어깻죽지 뼈(즉 『갑편』 870 · 2,636 · 2,940편)는 "붓으로 글자를 썼으며, 묵색이었으나 세월이 오래되고 또 진흙을 씻어 내는 과정에서 퇴색되긴 했지만 완전히 사라지지는 않았다"고 했다. 그는 또 "제3차 때 대련갱大連坑 부근의 대귀4판大龜四版이 출토된 곳에서 작은 청동 칼을 발견했다. 오늘날 글자 새길 때 사용하는 칼과 매우 비슷했는데, 아마도 은나라 사람들 문자를 새기던 도구일 것이다"고 했다. 그는 세로획만 새겨진 채 가로획은 빠져 있는 몇몇 복사의 현상에 근거해 이렇게 추측했다.

> 복사에는 붓으로 쓰기만 하고 아직 새기지 않은 것도 있고 또 전체를 세로획만 새긴 경우도 있는 것으로 보아 먼저 쓰고 나중에 새겼음을 알 수 있다.
>
> 복사에 이미 글자를 썼다면, 한 손으로 갑골을 잡고 다른 한 손으로는 칼을 쥔 채, 새길 갑골을 자신을 향하게 했을 것이다. 그래서 세로획과 비스듬한 획을 먼저 새기고, 다 새기면 가로로 돌려 잡고 다시 하나하나씩 가로획을 보충했을 것이다. 만약 쓰지 않은 상태에서 새기게 되면, 조금 복잡한 구조를 가진 글자들은 새기기가 쉽지 않을 텐데, 어떻게 모든 획마다 양면의 도봉刀鋒을 만들 수 있었겠는가? 한 글자라도 세로획을 먼저 새기고 나중에 가로획을 새기기 힘들 텐데, 어떻게 전체를 새길 수 있었겠는가? 어떻게 판 전체를 새길 수 있었겠는가?

갑골문자는 먼저 쓰고 나중에 새겼다는 것, 그리고 새기는 방법에는 단봉單鋒 · 쌍봉雙鋒 · 평봉平鋒의 구별이 있으며, 필순에서는 세로획과 비스듬한 획을 먼저 가로획을 나중에 새겼으며, 도구에는 붓과 청동 칼이 있었다는 것 등에 대한 동작빈의 천명은 이후 이에 관한 더 깊은 연구의 기점이 되었다.

동작빈의 설을 직접 보충한 사람은 굴만리였다. 그는 『갑편』 2,280편의 "임신壬申"의 신申자의 마지막 획이 새겨지지 않은 것에 근거해, "마지막 획이 새겨지지 않은 흔적이 희미하긴 하지만 아직 변별 가능한 상태이며, 이는 쓰기를 먼저하고 새기기를 나중에 한 증거이다"고 했다.[69] 또 석장여는 소둔의 은나라 무덤에서 출토된 두 개의 손잡이가 달린 용兩柄龍 모양의 작은 청동 칼에 근거해, 이것이 갑골문을 새겼던 도구일 것이라 추측했다.[70] 곽보균郭寶鈞은 또 1950년 은허의 무관대묘武官大墓에서 출토된 벽옥으로 된 칼에 근거해 "당시에 실제 사용하던 새김칼을 모방해 만들었을 것으로 추정되며, 지금도 날이 예리해 거북딱지를 새길 수 있을 정도이다"고 하여,[71] 갑골문을 새기던 도구에 작은 청동 칼이 있었다는 동작빈의 설에다 옥으로 만든 칼이 있다는 설을 더 보탰다.

하지만 상술한 동작빈의 일부 견해에 대해 회의하는 학자도 있었다. 진몽가는 갑골문이 먼저 쓰여 지고 나중에 새겨졌다는 견해를 부정하면서 이렇게 말했다. 갑골에는 "쓴 글자가 새긴 글자보다 굵고 크며, 게다가 새긴 글자들과 늘 거꾸로 되어 있다. 그래서 쓴 글씨는 결코 새기기 위해 쓴 것이 아니며, 써 놓고 새기는 것을 잊었던 것은 더더욱 아니다. 새긴 글자를 보면 파리머리처럼 작은 것도 있는데, 이 작은 것을 붓으로 먼저 쓴 후 새기기는 힘들었을 것이다. 게다가 복사에서 상용되는 글자 수도 결코 많은 것이 아니어서, 새기는 데 습관만 되면 자연스레 세로획을 먼저 새기고 가로획을 나중에 새길 수 있게 된다. 그래서 본래부터 붓으로 써 저본을 삼을 필요는 없었다."[72] 곽말약은 갑골문자를 새길 때 세로획을 먼저 새긴 후 가로획을 나중에 새겼다는 것에 대해서는 찬동했다. 하지만 "각각의 글자는 세로획과 비스듬한 획을 먼저 새겼고, 문장 전체가 다 새겨졌을 때, 다시 골편을 돌려 가로획을 보충했다. 이렇게

---

69) 屈萬里, 『殷虛書契甲編考釋』, 287면.
70) 石璋如, 「小屯後五次發掘的重要發現」, 『六同別錄』 上冊, 1945, 34면.
71) 「1950年春殷虛發掘報告」, 『中國考古學報』 第5冊, 1951.
72) 陳夢家, 『殷虛卜辭綜述』, 科學出版社, 1956, 15면.

하면 한 번만 돌리면 되기 때문에 시간을 절약할 수 있다"고 했다. 나아가 갑골은 재질이 단단하기 때문에 글자를 새길 때에는 "틀림없이 산성 용액에다 담구어 부드럽게 만들어 사용했을 것이라고 추정했다." 또 먼저 붓으로 쓰고 뒤에 칼로 새겼다는 동작빈의 견해에 대해 반대하면서, "갑골문은 숙련공이 새긴 것으로 결코 먼저 쓰고 나중에 새긴 것이 아니다"고 했다. 그는 "연습 삼아 새긴習刻" 갑골을 증거로 들면서, 당시 글자를 새기던 사람들은 놀랄 만한 기술을 갖고 있었는데 이는 장기간에 걸친 각고의 연습 끝에 도달한 수준이었다고 했다.73)

1960년대 중기 이후, 갑골문자의 새김을 둘러싼 적잖은 전문 논문이 지속적으로 발표되었다. 주홍상周鴻翔은「은나라 때의 글자 새김칼에 대한 추측殷代刻字刀的推測」74)에서 수량의 은허에서 출토된 다수의 청동 칼과 옥 칼을 수집했는데, 도봉刀鋒의 형태와 칼을 잡는 방법을 갑골편에서 글자 구덩이字溝의 가로 단면의 확대 형태와 연계시켜 이렇게 가정했다.

> 은상 시대의 글자새김 칼은 청동으로 만들었다. 간혹 옥으로 만든 것도 있었지만 그 날과 새김의 편리성에 있어서는 청동보다 못했다. 그래서 청동 칼은 벽옥으로 만든 칼보다 실용적이고 보편적으로 사용되었을 것이다. 당시 글자새김 칼의 길이는 대략 11~15센티미터였다. 마찰력을 높여 미끄럼을 방지하고자 칼의 손잡이에는 가로 혹은 세로 혹은 비스듬한 무늬를 새겼다. 칼 손잡이의 직경은 0.8~1.2센티미터였다. 도봉刀鋒의 끝 부분은 타원형이었고 위쪽으로 갈수록 점점 원형으로 되었을 것이다. 도봉刀鋒의 선은 칼 손잡이의 앞 끝과 수직을 이루어 각은 약 50~60도를 이루었다. 비탈진 모양의 칼날은 길이가 약 1.3~1.8센티미터였다. 봉선鋒線의 넓이는 약 0.8~1.2센티미터 혹은 그보다 약간 넓었다. (…중략…) 도봉刀鋒의 형태는 대략 네 가지가 있는데, ① 쌍사형雙斜形, ② 일직일사형一直一斜形(직선의 변邊이 오른쪽에 비스듬한 변邊이 왼쪽에 있는 것이 일반

73) 郭沫若,「古代文字之辯證的發展」,『考古』, 1972年 第3期.
74)『聯合書院學報』第6期, 1967~1968.

적이었다), ③ 반원형半圓形, ④ 평두형平頭形이 그것이다.

영국의 알란(Sarah Allan) 박사(지금은 미국 국적)는 「갑골문의 계각을 논함論甲骨文的契刻」[75]에서 갑골문은 먼저 붓으로 쓰고 나중에 칼로 새겼으며, 먼저 직선 획을 새긴 다음 나중에 가로획을 새겼다는 동작빈의 견해에 찬동하지 않았다. 1980년대에 그녀는 영국에 소장된 몇몇 갑골편을 현미경으로 확대 관찰한 후 이렇게 말했다. "현미경 사진은 갑골문의 새기는 방식을 더욱 정확하게 고찰하도록 해 주었다. 나는 붓으로 썼다는 어떤 흔적도 발견할 수가 없었다." "어떤 글자는 세로획이 먼저 가로획이 나중에 새겨지기도 했지만, 이것이 일반적인 예는 절대 아니다." 그녀는 도리어 "갑골문에서는 습관적인 필순이 상실되어, 글자를 새길 때 문자의 구조를 위배한 것이 수시로 발견되었다"고 했다. 예를 들어 많은 글자의 세로획과 가로획이 곡선으로 연결되었으며, 어떤 경우에는 문자의 구조를 지키지 않는 필사법도 있었고, 어떤 경우에는 속사速寫화 시킨 경우도 있었다. 또 갑골문의 새기는 필순 형태에는 변화무상한 차이가 존재하며, 이는 "각수들의 칼 사용이 서로 달랐음을 반영한다"고 했다. 하지만 칼을 들 때와 칼질을 끝내는 곳에서는 오히려 규칙이 존재했는데, 언제나 둥근 U자형과 뾰족한 V자형이었다. 그 중에서도 "대부분의 둥근 U자형의 새김 방식은 석질로 된 것으로 새겼지 금속으로 된 칼로 새긴 것이 아님을 말해준다"고 했다. 그리고 "드물게 보이는 V자형의 새김 방식은 청동에서 나왔을 것으로 보인다." 나아가 옥의 경도는 갑골을 새기기에 충분하며, 갑골문을 새기는 것은 일종의 작업일 뿐 아니라 또 다른 하나의 복잡한 의식이었기 때문에, 은허에서 출토된 정교하게 다듬어진 동물형태의 수많은 옥칼玉刀은 "의식에 부합되며", "갑골문을 새기던 상용 칼로 쓰였을 것이다"라고 추정했다.

---

75) 『英國所藏甲骨集』 下編 上冊, 附錄, 203～208면.

최근 들어 팽방형彭邦炯은 「필획을 새기지 않은 서계에 대한 재탐색書契缺刻筆畫再探索」[76]에서, "갑골문에서는 관습적인 필순이 결여되었으며 새길 때에는 문자의 구조를 위반한 경우가 허다하다"는, 즉 갑골문에는 결코 일정한 서법 관례가 없다는 알란(Sarah Allan)의 견해에 대해 의문을 제기했다. 그는 『갑골문 합집』에서 필획이 결여된 예를 전면적으로 정리한 결과 총 230개의 예(같은 글자의 중복 예 포함)를 발견했는데, 그중에는 가로획을 빠트린 예·세로획을 빠트린 예·상하 획을 빠트린 예·좌우 획을 빠트린 예 등이 있었다. 새김을 빠트린 예의 현상을 분석한 후, 갑골문 계각에는 자체의 필순 특징이 존재하며, 결코 "어떠한 관습도 없이" "이 획 저 획을 갖다 맞춘, 장법章法이 존재하지 않는 것이 아니다"는 사실을 발견했다. 당시의 서각 관습에 다음의 5가지 특징이 있다고 했다. ① 세로획을 먼저 가로획을 나중에, 비스듬한 획은 세로획과 같이 새겼고, 굽은 획의 세로로 된 것도 마찬가지였다. 이것은 후대의 한자의 필순과 다른데 그것은 새기는 사람의 습관과 붓 대신 칼을 사용했기 때문이다. ② 상하 구조로 된 글자의 경우, 일반적으로 위에서 아래로 새겨 완성했는데, 이것은 후대의 한자의 필순과 일치한다. ③ 좌우 구조로 된 글자의 경우, 왼쪽을 먼저 오른쪽을 나중에 새겼는데, 이 또한 후대의 서법 습관과 같다. 중심축을 중심으로 대칭을 이루는 글자의 경우, 세로획을 먼저 가로획을 나중에, 위쪽을 먼저 아래쪽을 나중에, 왼쪽을 먼저 오른쪽을 나중에 새긴다는 원칙 하에, 중간부분을 먼저 새기고, 다시 왼쪽을 그런 후 오른쪽을 새겨 글자를 완성했다. ④ 특수한 자형이나 특수한 상황 하에서 예외가 있었지만, 이러한 예 때문에 갑골문에 필순의 관습이 결여되었다고는 할 수 없다. ⑤ 중국 서예의 서사 필순의 관습은 실제 갑골문시대로부터 시작되었다.

이러한 문제 뿐 아니라, 구체적인 가상 실험을 통해 갑골문을 새기는

76) 『甲骨文發現一百周年學術硏討會論文集』, 臺灣師範大學國文系·中央硏究院歷史語言硏究所, 1998.5, 191~201면.

방법과 도구 등과 관련된 문제를 전문적으로 논의하기도 했는데, 이러한 방면에서의 중요 논문으로는 다음의 3편이 있다. 첫째 논문은 조전趙銓·종소림鍾少林·백영금白榮金의 「갑골문 계각 초탐甲骨文契刻初探」[77]인데, 그들은 뼈 조각骨雕의 전통적인 경험에 근거해 이렇게 지적했다. 갑골에 글을 새기기 전 산성용액을 이용해 연화 처리를 했다는 것은 신빙성이 없다. "출토된 갑골문을 자세히 관찰한 결과, 연화 처리된 골료의 경우 도리어 그렇게 정교하고 규칙적인 필획을 새길 수가 없기 때문에 당시 글자를 새겼던 골료는 그다지 연한 것이 아니었던 것으로 추정된다." 수분을 많이 함유한 신선한 골료든, 아니면 이미 단단해졌으나 아직 연화 처리하지 않은 오래된 뼈든, 아니면 백회白灰와 초목의 재 등과 같은 소다(soda) 성분의 물질로 탈지脫脂 처리한 골료든, 어느 경우도 청동 칼이나 옥 칼로 새긴다는 것은 완전히 가능한 일이며, 모스(Mohs) 경도계硬度計로 3도만 넘어서면 가능하다. 은나라 때의 생산조건과 공예수준에 근거해 볼 때, 그들은 주석錫의 함량이 각기 17%·23.5%·25%·31%인 몇 가지 청동 칼을 제작했는데, 경도가 모스 경도계로 3도에서 5도에 이른다는 사실을 발견했다. 하지만 주석의 함량이 너무 높으면 퍼석퍼석한 성질이 커져 칼의 날이 도리어 잘 부서지기에, 주석의 함량이 20~25% 범위 내의 청동 칼이 사용하기에 좋다. 그리고 봉인鋒刃을 주조해 갈아 만든 기하학적 형상도 칼의 날카로움 정도와 기계 강도와 칼의 운용 방식 등을 결정하게 되는데, 은나라 때에 갑골을 새겼던 칼에는 평인平刃·사인斜刃·삼릉인三棱刃·송곳 모양의 작은 칼錐形小刻刀 등이 있었을 것이다. 옥 칼로 갑골에 글자를 새겼다는 것에 대해서, "간단한 시험을 해 본 결과, 옥을 갈아서 날을 만들어도 갑골을 새길 수 있음을 발견했다. 다만 보통의 옥은 물러서 인봉刃鋒이 극히 잘 부러지기 때문에 통제하기가 힘들다. 게다가 갈아서 만드는 가공 과정도 청동 칼의 주조에 비해 훨씬 더 어렵

77) 『考古』, 1982年 第1期.

다. 그리고 단단한 옥은 구하기도 쉽지 않다. 그래서 청동주조 기술이 상당히 발달했고 청동 칼로 글자를 새기는 조건이 이미 완전히 구비된 상황이라면, 옥 칼도 사용되긴 했겠지만 주요한 도구는 아니었을 것이다." 소위 "각 글자는 먼저 세로획과 비스듬한 획을 새겨 전체 글이 완성된 후, 다시 골편을 돌려 가로획을 보충했다"는 곽말약의 견해에 대해, 그들은 "복사의 글자 새김은 기본적으로 한 글자를 새긴 후 다시 한 글자를 새겼지, 많은 글자를 두고 한꺼번에 세로획을 먼저 가로획을 나중에 새긴 것은 아니다. 골판을 돌리는 횟수를 줄이기 위해 문장이나 행 전체를 통째로 세로획을 먼저 가로획을 나중에 새겼다 방식은 보편적 규칙이라 볼 수는 없다."

두 번째 논문은, 소주蘇州 공예 조각 공장의 작고한 주홍원朱鴻元이 1982년 생전에 발표한 「갑골문자를 청동 칼로 새겼다는 것에 대한 검토靑銅刀契刻甲骨文字的探討」이다.[78] 그는 이렇게 지적했다. 주석이 포함된 청동 칼의 날鋒刃이 너무 단단하면 부서지기 쉬워, 소뼈에 글자를 새길 때 칼날이 쉽게 떨어질 수 있다. 반대로 너무 무르면 새길 수가 없고, 마모도 너무 빠르고, 기계 강도도 부족하게 된다. 그는 오늘날 민간에서 금속재료의 경도를 해결하는 공예기술 지식에 근거해 청동 칼의 경우 자연 냉각처리법으로 경도를 높였을 것이라고 했다. 붉게 달군 후 쾌속 냉각을 해야만 경도를 높일 수 있는 강철의 열처리와는 달리 청동 칼은 쾌속 냉각 처리하면 도리어 물러지게 되는데, 은나라 때에는 아마도 이러한 기술처리가 행해졌을 것이라고 했다. 그는 자신의 실제경험에 근거해, "조각의 핵심은 봉인鋒刃의 이용", 즉 칼 아가리刃口의 각도에 있다고 했다. 그래서 그는 갑골에서 "칼을 먹는吃刀" 각도와 갑골문자의 크기를 종합해, 60도 날鋒刃로 된 평도平刀, 55도 날로 된 삼각도三角刀, 50도 날로 된 단구도單口刀 등 3가지의 날鋒刃을 가진 청동 칼을 시범으로 제작하기도

78) 『甲骨文與殷商史』 第2輯, 上海古籍出版社, 1986.

했다. 그리하여 "갑골문자를 새기는 필요에 부응할 수 있게 되었다."

세 번째 논문은 1982년 9월 미국 로스앤젤레스에서 거행된 "상 문화 국제토론회"에서 장광원張光遠이 발표한 「실험으로 탐색해 본 상나라 갑골 재료의 다듬기와 새기기 방법從實驗中探索晚商甲骨材料整治與卜刻的方法」이다. 이 글은 1984년 대만의 『한학연구漢學硏究』 제2권 1・2기에 실렸는데, 여기서는 갑골문의 새김 방법에 단봉單鋒・쌍봉雙鋒・평봉平鋒이 있었다는 동작빈의 견해를 따랐고, 여기에 다시 사봉斜鋒을 추가했다. 또 새김칼을 쥐는 방법과 갑골 상에 나타난 새길 때의 칼 사용법 등에 대한 복원 실험도 했다.

3. 복사 문례文例와 행의 분포 규칙

복사 문례文例는 가장 복잡하고 수량도 가장 많은 갑골의 문례의 하나이다. 갑골 문례는 복사 문례와 비非 복사 문례, 즉 기사記事 각사의 문례로 나눌 수 있다.[79] 기사각사는 수량이 많지 않고 비교적 간단하다. 기사각사는 대체로 한 줄로 된 세로쓰기, 여러 줄로 된 왼쪽으로 써 나간 세로쓰기, 오른쪽으로 써 나간 세로쓰기의 세 가지 격식이 있는데, 그중에서도 왼쪽으로 써 나간 세로쓰기가 일반적이다. 이에 대해서는 앞의 절 "갑골문의 성질 유별"에서 이미 소개했으므로 여기서는 생략하고, 복사의 문례만 전문적으로 논의하기로 한다.

---

79) 董作賓에 의하면, "下行而左"의 記事刻辭 文例가 殷代 行文體例款式의 常例이지만, 卜辭文例는 特例이다. 단지 常例에 속하는 記事刻辭가 너무 적게 발견되었기에 오늘날 사람들은 特例에 속하는 卜辭文例를 常例로 보았다. 「殷代"文例"分"常例""特例"二種說」, 『中國文字』 第6冊, 1962. 또 『董作賓先生全集』 乙編 第5冊, 臺北藝文印書館, 1977年에도 수록됨.

갑골학에서 쓰이는 “복사 문례”는 점을 친 내용의 기록文辭과 점복 매개체가 결합된 관계를 말하는 것으로, 점복용 갑골에 새겨진 복사의 사례辭例의 형식과 위치와 행의 배치行款 등 습관적 격식과 분포 규칙 등을 지칭한다. 이는 “문례文例”라는 어휘가 특정 용어에 대해 그 의미적 범위를 규정하는 일반 언어학에서의 의미와는 다르다. 은나라 사람들은 언제나 점을 친 사안을 관련된 조兆의 부근에다 극히 간단한 공문 형식으로 새겨 참고용으로 사용했다. 그 때문에 다양한 점복 형태, 즉 일사다복一事多卜・정반대정正反對貞・동사습복同事習卜・이사동판異事同版・동사이판同事異版 등에 의해 각사의 위치가 교차되고, 행의 배치行款의 격식이 다양하게 되었다. 복사 간에 서로 끼어들게 되었지만 문장의 조리가 분명하고, 긴밀하게 모이고 느슨하게 흩어졌지만 상세하고 간략함이 특이하게도 알맞고, 겉보기에는 질서가 없는 것 같지만 실제로는 정해진 규칙을 따르고 있다. 갑골복사의 고유한 연계 관계를 찾아내고 복사의 원래 의미를 정확하게 해독하기 위해 복사 문례가 연구되었다. 재료라는 의미에서도 갑골복사의 형식의 정리와 정해진 위치의 복원은 물론 당시의 점복법 및 은상 왕조의 점복제도를 고찰하는 데도 도움을 준다.

1) 복사 문례文例의 위치 연구

호광위胡光煒의 『갑골문례甲骨文例』[80]는 복사의 문례를 연구한 최초의 저서로, 『철鐵』・『전前』・『청菁』・『여餘』・『후後』・『명明』・『전戩』・『림林』・『보簠』 등 당시에 볼 수 있었던 9종의 갑골문 저록서에 근거해 연구되었으며, 상・하 2권으로 1928년 처음 인쇄된 후 계속 증정판이 나왔

80) 余永梁의 手寫 石印本, 中山大學語言歷史學硏究所考古學叢書, 1928. 또 中央大學講義 增訂本(1939), 萬業馨 整理 校訂本, 『胡小石論文集三編』(上海古籍出版社, 1995), 1~88면에 수록.

다. 만엽형萬業馨이 정리한 신판 교정본에 의하면, 상권은 「행식편行式篇」(원래는 「형식편形式篇」), 하권은 「사례편辭例篇」으로 되어 있다. 「행식편」에서는 복사의 문례를 전문적으로 논의하였는데, 다음과 같은 총 32가지 형식(원래는 28가지)을 제시했다.

① 단자례 單字例
② 단열하행례 單列下行例
③ 단열우행례 單列右行例
④ 단열좌행례 單列左行例
⑤ 복열우행례 復列右行例
⑥ 복열좌행례 復列左行例
⑦ 단복합우행례 單復合右行例
⑧ 단복합좌행례 單復合左行例
⑨ 단열겸 단우행례 單列下行兼單右行例
⑩ 단열하행 겸 단좌행례 單列下行兼單左行例
⑪ 단열하행 겸 단상행례 單列下行兼單上行例
⑫ 복우행 겸 단우행례 復右行兼單右行例
⑬ 복우행 겸 단좌행례 復右行兼單左行例
⑭ 복좌행 겸 단우행례 復左行兼單右行例
⑮ 복좌행 겸 단좌행례 復左行兼單左行例
⑯ 복좌행 겸 단좌행 및 단우행례 復左行兼單左行及單右行例
⑰ 복좌행 겸 복우행례 復左行兼復右行例
⑱ 상하동우행례 上下同右行例
⑲ 상하동좌행례 上下同左行例
⑳ 상하배행례 上下背行例
㉑ 일방좌행 일방우행례 一方左行一方右行例
(갑-좌우상배례左右相背者, 을-좌우상동례左右相同者)

㉒ 상행례 上行例

㉓ 도서례 倒書例

㉔ 상하착행례 上下錯行例

㉕ 호도례 互倒例

㉖ 사행례 斜行例

㉗ 첨주례 沾注例

㉘ 소밀례 疏密例

㉙ 중문례 重文例

㉚ 합문례 合文例

㉛ 반문례 反文例

㉜ 구전례 句轉例

하권의 「사례편」에서는 총 16가지 형식을 제시했는데, 대부분 복사의 문법과 관련되어 있기에 여기서는 생략한다. 장병권은 이에 대해 이렇게 평가했다. "호광위 선생의 이 책은 갑골 문례를 체계적으로 연구한 최초의 저작이다. 하지만 당시 볼 수 있었던 자료의 부족과 문헌의 한계 때문에 몇몇 사례는 의심이 가는 곳도 있다. 그러나 남이 가지 않는 길을 개척해 얼개를 처음으로 세우고 어렵사리 만들어 냈다는 것은 쉬운 일이 아니다. 이후 학자들에 의해 정수가 보태지고 새롭게 발전하긴 했지만 이 또한 모범 삼을 만하다."[81]

호광위의 이 책이 복사 문례의 연구에서 기초를 마련했다는 의의는 부정할 수 없는 사실이다. 하지만 당시 갑골자료가 부족했고, 또 단지 탁본이나 모사본에만 근거해야 해 갑골의 진상을 변별할 수 없었기 때문에, 공은 많이 들였지만 뜻대로 되지는 않았다. 동작빈은 「상대 귀복에 대한 추측商代龜卜之推測」[82]에서 이렇게 평가했다. 호광위의 이 책은 "애

81) 張秉權, 『甲骨文與甲骨學』, 150면.

82) 『安陽發掘報告』 第1期, 1929.

석하게도 재료는 사용하기에 부족하고 방법은 정밀하지 못하다." 예컨대 "좌우"라고 한 것도, "거북을 위주로 했겠지만, 사실은 습관에 위배된다." 거북 배딱지의 좌우라고 하면 보통 사람과 마주볼 때의 좌우 면을 기준으로 하기 때문이다. 그래서 호광위가 말한 좌우는 이와 반대로 이해해야 하며, 왼쪽은 오른쪽이고 오른쪽은 왼쪽이다. 그리고 "호광위의 분류는 상세하여 물론 훌륭하지만, 먼저 통상적인 예와 특별한 예를 구분하지 않았고, 다음으로 항목의 제목이 분명하지 않아 계문을 이해하는 데 더 번잡한 느낌을 준다." 동작빈 자신은 배딱지의 중간선縫(치문齒紋 및 천리로千里路) · 조兆 · 가장자리緣(원래는 복귀의 가장자리) · 무늬理(순문盾紋) 등을 자세히 관찰하여, "각각의 부위를 확정했고", "이를 배열하여 그 문례를 만들었다." 이로부터 복사가 위치한 갑골부위에 의거해 문례의 정해진 위치를 추정하는 연구법을 만들어 냈다. 그는 발굴에서 얻은 거북딱지에 근거해 부위를 알 수 있는 복사가 70편 된다고 하면서, 이를 정리해 다음과 같은 공식을 제시했다.

> 중갑中甲 각사는 중간선中縫으로부터 오른쪽에 있으면 오른쪽으로 읽으며右行, 왼쪽에 있으면 왼쪽으로 읽어나간다左行.
>
> 수우갑首右甲 각사는 오른쪽 가장자리에서부터 왼쪽으로 읽어 나간다左行.
>
> 수좌갑首左甲 각사는 왼쪽 가장자리에서부터 오른쪽으로 읽어 나간다右行.
>
> 전우갑前右甲 각사는 앞발이 교차되는 곳의 위, 오른쪽 가장자리에서부터 왼쪽으로 읽어 가는 것을 제외하면, 나머지 사례들은 모두 오른쪽으로 읽어 나간다.
>
> 후우갑後右甲 각사는 앞발이 교차되는 곳의 아래, 오른쪽 가장자리에서부터 왼쪽으로 읽어 가는 것을 제외하면, 나머지 사례는 모두 오른쪽으로 읽어 나간다.
>
> 미우갑尾右甲 각사는 오른쪽 가장자리에서부터 왼쪽으로 읽어 나간다. 그러나 미갑尾甲에는 글자를 새기지 않은 경우가 많다.
>
> 전좌갑前左甲과 후우갑後左甲은 각사가 오른쪽과 대칭을 이루며, 그 좌우로 읽어 나가는 것이 서로 반대이다.

결론적으로 말해서, 중간선中縫을 중심으로 밖을 향해 새겨졌으며, 오른쪽은 오른쪽으로, 왼쪽은 왼쪽으로 새겨졌다. 수미首尾의 양 끝의 경우는 안을 향해 새겼고, 오른쪽은 왼쪽으로, 왼쪽은 오른쪽으로 새겨졌다.

복사의 문례는 아래로 새겨 가는 것을 주로 하지만, 단段으로 분절되기 때문에 오른쪽과 왼쪽이 있을 수밖에 없다. 그래서 아래로 새기면서 오른쪽으로, 아래로 새기면서 왼쪽으로라는 식의 구분이 있다. 한 줄로 되었으면서 완전히 왼쪽으로 새겼거나 오른쪽으로 새긴 것은 예외일 따름이다.

동작빈의 이러한 발견은 호광위의 논의보다 훨씬 뛰어났으며, 귀갑 상에서의 복사 문례 행 분포의 형식적 특징을 총결해 내었는데, 오늘날 본다하더라도 상당히 정확한 것이었다. 장병권은 상술한 동작빈의 학설을 귀납하면서, "거북 배딱지 상의 복사는, 가장자리로부터 시작하면 모두 아래로 새겼고 안쪽(즉 중간선中縫)을 향하고 있어, 복조卜兆의 갈라진 방향과 일치한다. 만약 중간에서부터 시작한다면 아래로 새기고 바깥(즉 가장자리)을 향하며, 복조가 갈라진 방향과 반대를 이룬다"고 했다.[83] 바꾸어 말해서, 거북딱지 복사의 행문 격식상 가장 기본적인 특징은 이미 동작빈에 의해 파악되었다고 할 수 있는데, 이는 앞에서 말했던 "영조迎兆 복사"와 "순조順兆 복사"이기도 하다.

그 후, 동작빈은 또 은허에서 앞 3차례의 발굴에서 얻은 480여 골판에 근거해, 소 어깻죽지 뼈에서의 문례를 연구해 「골문 예骨文例」[84]를 발표했는데, 그 행문行文의 통상적인 규칙을 이렇게 말했다.

완전한 어깻죽지 뼈의 경우, 좌우를 막론하고 가장자리 부근 두 줄의 각사는

83) 張秉權, 『甲骨文與甲骨學』, 150면.

84) 『中央硏究院歷史語言硏究所集刊』 第7本 1分, 1936. 또 『董作賓學術論著』 下冊(臺北世界書局, 1962), 735~774면, 『董作賓先生全集』 甲編 第3冊(臺北藝文印書館, 1977)에도 수록됨.

왼쪽에 있으면 모두 아래로 가면서 왼쪽으로 새겼다. 간혹 아래로 새긴 것을 비롯해 왼쪽으로 새긴 것도 있다. 오른쪽에 있으면 모두 아래로 가면서 오른쪽으로 새겼는데, 간혹 아래로 새긴 것을 비롯해 오른쪽으로 새긴 것도 있다. 왼쪽 어깻죽지 뼈의 중간 부분에 각사가 있는 경우에는, 아래로 가면서 오른쪽으로 새겼고, 오른쪽 어깻죽지 뼈의 중간 부분은 그 반대이다. 하지만 아래로 가면서 오른쪽으로 새긴 경우도 있다.

이렇게 해서, 동작빈은 정해진 위치의 연구를 통해 거북딱지에서의 복사 문례의 행문行文 관습을 일괄적으로 정리해 내었고, 이를 갑골학의 기본지식의 하나로 만들었다. 이는 이후 호후선이 「갑골학 서론甲骨學緒論」[85]에서 갑골문 문례에 대한 이전의 연구를 총결하면서 한 말과 같다.

복사를 쓰고 새기는 데는 일정한 체계가 있다. 대체로 말해서, 일부 특수한 정황을 제외하면 모두 영역복조迎逆卜兆 각사이다. 거북 등딱지의 오른쪽 반쪽이라면 그 복조는 왼쪽으로 나있고, 복사는 오른쪽으로 새겼다. 왼쪽 반쪽이라면 그 복조는 오른쪽으로 나있고, 복사는 왼쪽으로 새겼다. 거북 배딱지의 오른쪽 반쪽이라면 그 복조는 왼쪽으로 나있고, 복사는 오른쪽으로 새겼다. 왼쪽 반쪽이라면 그 복조는 오른쪽으로 나있고, 복사는 왼쪽으로 새겼다. 다만 머리頭와 꼬리尾 및 좌우 양쪽 갑교 옆의 가장자리에 있는 복사는 항상 밖에서 안으로 향하고 있다. 즉 오른쪽에 있는 경우는 왼쪽으로 새겼고, 왼쪽에 있는 경우는 오른쪽으로 새겨, 앞의 예와 서로 반대가 된다.

소 어깻죽지 뼈의 왼쪽 뼈라면 그 복조는 오른쪽으로 나 있고, 복사는 왼쪽으로 새겼다. 오른쪽 뼈라면 그 복조는 왼쪽으로 나 있고, 복사는 오른쪽으로 새겼다. 다만 골구骨臼의 끝 부분에는 종종 두 개의 각사가 있는데, 중간으로부터 시작해 하나는 왼쪽으로 새겼고 하나는 오른쪽으로 새겨, 앞의 예에 구속되지

85) 『甲骨學商史論叢』 2集 下冊, 成都齊魯大學國學研究所專刊之一, 1945.

는 않았다. 또 거북 배딱지와 등딱지 및 소 어깻죽지 뼈의 경우, 글자가 많거나 큰 글자일 경우에는 종종 문례에 맞지 않는 경우도 있는데, 복사가 차지하는 면적이 커서 생겨난 현상일 것이다.

1970년대에 들어, 엄일평은 동작빈이 지적했던 복사의 행문 격식에 대해 구체적으로 논증했다. 그는 『병편』 및 『갑골 짜 맞추기 신편甲骨綴合新編』에 근거해 어깻죽지 뼈의 행문行文 형식 56가지와 거북딱지의 행의 분포 형식 34가지를 수집했다.[86] 이 90가지는 복사 문례의 행문 관례를 거의 다 모은 집대성 작이라 할 만하다.

하지만 복사 사례의 각종 형식의 표현과 개별적 특성을 가진 몇몇 습관적 서각 스타일, 몇몇 복사의 특수한 형태, 그리고 완전한 판의 거북딱지와 소 어깻죽지 뼈에 여러 개의 복사가 존재하는 경우 이들 간의 연계 관계 같은 구체적인 문제에 대해서는 동작빈도 깊이 있게 밝혀내지는 못했다.

1939년 호후선은 「복사 잡례卜辭雜例」[87]를 발표해 대량의 복사 자료를 분석하고 이전의 성과를 발전시켰다. 지속적이고 새로운 연구를 통해 총 28가지의 범례를 제시했는데, 이 방면에서의 정리와 연구를 더욱 체계적이고 깊이 있게 만들었다. 그 대체를 보면 다음과 같다.

① 탈자례 奪字例(빠진 글자)

② 연자례 衍字例(늘어난 글자)

③ 오자례 誤字例(틀린 글자)

④ 첨자례 添字例(첨가한 글자)

⑤ 산자례 刪字例(삭제한 글자)

⑥ 산자우첨자례 刪字又添字例(삭제한 후 첨가한 글자)

---

86) 嚴一萍, 『甲骨學』 下冊, 臺北藝文印書館, 1978, 983~1085면.

87) 『中央硏究院歷史語言硏究所集刊』 第8本 3分, 1939.

⑦ 공자미각례 空字未刻例(비워둔 채 새기지 않은 예)

⑧ 의자화권례 疑字畵圈例(의심 가는 글자에 동그라미를 친 예)

⑨ 문자도서례 文字倒書例(거꾸로 쓴 글자)

⑩ 인명도칭례 人名倒稱例(거꾸로 부른 사람 이름)

⑪ 간지도칭례 干支倒稱例(거꾸로 부른 간지)

⑫ 성어도칭례 成語倒稱例(거꾸로 부른 성어)

⑬ 방국도칭례 方國倒稱例(거꾸로 부른 나라 이름)

⑭ 문자도서례 文字倒書例(거꾸로 쓴 글자)

⑮ 숫자도서례 數字倒書例(거꾸로 쓴 숫자)

⑯ 일자석서례 一字析書例(한 글자를 분리해 쓴 예)

⑰ 행관착오례 行款錯誤例(행간이 잘못 된 경우)

⑱ 좌우횡서례 左右橫書例(좌우로 가로쓰기 함)

⑲ 추각복사례 追刻卜辭例(이후 보충해 새김)

⑳ 양사동정례 兩史同貞例(두 사관이 동시에 점을 침)

㉑ 선조세차전도례 先祖世次顚倒例(선조의 세차가 거꾸로 된 예)

㉒ 다사좌우착행례 多辭左右錯行例(여럿의 복사가 좌우로 뒤섞인 예)

㉓ 일사좌우겸행례 一辭左右兼行例(하나의 복사가 좌우로 함께 쓰인 예)

㉔ 수골복사대정례 獸骨卜辭對貞例(긍정 부정으로 대정한 수골 복사)

㉕ 수골상간각사례 獸骨相間刻辭例(서로 섞인 수골 복사)

㉖ 일사분위량단례 一辭分爲兩段例(복사를 두 단으로 나눈 예)

㉗ 정반면문자상도례 正反面文字相倒例(앞뒷면의 복사가 서로 거꾸로 된 예)

㉘ 동면문자도정착종례 同面文字倒正錯綜例(같은 면의 글자가 거꾸로 뒤섞인 예)

호후선은 이 글에서 이렇게 지적했다. 갑골복사는 “주의해 서사한 것이 아니고 대조와 교감이 빠져 있기 때문에, 탈자奪字·연자衍字·오자誤字 등이 자주 발생한다. 또 잘못된 곳도 발견되며, 그래서 삭제하거나 첨가하거나 삭제했다가 첨가한 예도 발견된다. 이러한 예는 각 시기의 복사들에서 매우 자주 보인다." 여기서는 몇 가지 예를 들어 그 대략을 살펴보자.

예컨대 『합집』 6,413편의 "'공' 사람들이 '토'방을 정벌했다 𢀛人征土方"에서 "인人"자는 원래 복사에서는 탈락되었다. 『성재誠齋』 35편의 "물어봅니다. 10일 동안 불행한 일이 없겠습니까? 貞旬禍"에서는 "순旬"자 다음에 "무亡"자가 빠졌고, 『경진』 414편의 "물어봅니다. 오늘 비가 오겠습니까? 貞日雨"에서는 "일日"자 앞에 "금今"자가 빠졌다. 그리고 어떤 복사에서는 이와 상반된 경우도 보이는데, 『합집』 24,272편의 "'사'에서 '료'제사를 드리고 점을 쳤다 在在自寮卜"에서는 "재在"자가 중복 출현하고 있다. 『갑편』 1,261편의 "계묘일에 점을 칩니다. 물어봅니다. 10일 동안 불행한 일이 없겠습니까? 癸卯卜貞旬亡亡禍"에서도 "무亡"자가 중복 출현하고 있다. 『갑편』 2,490편의 "기유일에 점을 칩니다. '하'가 물어봅니다. 희생 소를 쓰고, '유'제사에 소 1마리로 대접할까요? 己酉卜何貞貞其牢又一牛饗"에서도 "정貞"자가 중복 출현하고 있다. 『경진』 3,696편의 "계축일에 점을 칩니다. 왕께서 癸丑卜卜王"에서도 "복卜"자가 중복 출현하고 있다. 『계』 275편의 "갑묘일에 점을 칩니다 甲卯卜"에서는 "묘卯"자가 잘못되었는데, 간지의 육갑에 갑묘甲卯일은 없다. 『일』 883편의 "계미일에 물어봅니다. 이번 을유일에 '유'제사와 '부'제사와 '세'제사를 '조을'께 올리는 데 돼지 5마리를 쓸까요? 이 점복대로 하라 癸未貞今乙酉又父歲于且乙五豕茲用"에서의 "부父"는 "승升"자를 잘못 새긴 것이다. 『전』 3.23.1편의 "자용茲用"은 "자재茲災"로 잘못 새겼다. 『합집』 32,385편의 "□미일에 점을 칩니다. '상갑'부터 '대을' '대정' …… 께 빕니다 □未卜, 𠦪自上甲·大乙·大丁 ……"에서는, "자自"자가 빠졌는데 세로 행으로 된 "𠦪"자 옆에다 보충해서 새겼으며, "자自"자의 옆에다 글자 첨가 표시부호인 "⩓"를 더하기도 했다. 『합집』 21,445편의 "계고갑癸蠱甲"에서는 "계癸"에 동그라미를 둘러쳐 놓았다. 『합집』 24,347편의 중간 복사인 "계묘일에 점을 칩니다. '행'이 물어봅니다. 왕께서 가시는데 재앙이 없겠습니까? 8월이었다. '사고'에서 점을 쳤다 癸卯卜, 行, 貞王步亡災, 在八月, 在自雇卜"88)에서 "보步"자의 아래에 있는 "무亡"자를 칼로 지워버렸으며, 또 왼쪽 가에다 "'고'에서부터 '勧'까지 (재앙이) 없겠습니까? 自雇于勧亡"이라는 한 줄로 된 5자를 새겨 넣었다. 또 글자를 비워 놓고 새기지 않은 경우도 있는데, 지명에 그런 경우가 많았고, 그 다음으로 인명이 많았다. 간혹 날짜를 기록한 간지자도 있는데, 아마도 이후에 새겨 넣으려고 남겨둔 것 같다. 『속』 3.35.4편은 간지干支+복卜의 형식에서 "신辛"자 다음을 비워놓고 새기지 않은 상태이다.

다음은 거꾸로 쓴倒書 예이다. 호후선에 의하면 "늠신・강정 때의 복사들에서 가장 자주 보이며, 특히 정인 팽彭이 거꾸로 쓰기를 가장 좋아했다. 무정을 비롯해 제을・제신 때의 복사에서도 간혹 이러한 경우가 보인다. 그리고 무정 때의 갑미甲尾 각사에서 거북을 들인 사람의 이름도 거꾸로 쓴 경우가 자주 보인다." 예컨대 『합집』 475편의 빈조 복사의 "제帝", 『합집』 31,435편의 정인 이름인 3개의 "팽彭", 『척속』 185편의 "왕께서 제후에게 돌아오라고 명령할까요? 叀王令侯歸"에서의 "후侯", 『갑편』 2,436편의 "신유辛酉"의 "신辛"과 2개의 "왕王" 등은 모두 거꾸로 쓴 예이다. 늠신・강정 때에는 또 "전체 문장을 정서로 쓰면서 그중 한 글자만 비스듬히 쓰는側書 것이 유행했다." 예컨대 『합집』 28,368편의 "록鹿"은 비스듬히 씌어졌고側書, 『수』 1,330편의 서수인 "오五"도 비스듬히 씌어졌다. 거꾸로 부른倒稱 것의 예를 보면, 일반적으로 명사나 상용어에서 나타난다. 예를 들어 『합집』 3,318편의 "대갑大甲", 7,784편의 "경신庚申", 8,354편의 "무재亡災", 『수』 908편의 "조을且乙" 등은 모두 순서가 바뀌었다. 또 한 글자인데도 두 글자로 나눈 경우도 있는데, 『합집』 34,165편의 "원洹"자를 나누어 "긍수亘水"로, 『수』 1,273편 및 『경인』 2,391편의 "[illegible]"을 나누어 "목석木夕"으로 쓴 경우이다. 뒤에 새긴追刻 복사는 험사驗辭와 같이 사후에 그 응험을 기록한 것을 말하는 것이 아니라, 추후에 복

88) (역주) 自雇는 自顧를 말하며, 지금의 하남성 范縣 동남쪽 顧城에 있었다. 하나라 때에는 方國의 이름으로 쓰였고, 상나라부터 전국 때까지는 邑의 이름으로 쓰였다.

사를 새긴 것을 말하는데, 앞서 들었던 『일』 883편의 "계미일에 물어봅니다. 이번 을유일에 '유侑'제사와 '승'제사와 '세'제사를 '조을'께 올리는데, 돼지 5마리를 쓸까요? 이 점복대로 하라 癸未貞今乙酉又父歲于且乙五豕兹用"는 세 번째 친 점복이다. 이는 『갑편』 697편의 "계미일에 물어봅니다. 이번 을유일에 '유'제사와 '승'제사와 '세'제사를 '조을'께 올리는데, [돼지] 5마리를 쓸까요? 癸未貞今乙酉又父歲于且乙五[豕]"와 같은 문장인데 이는 두 번째 친 점복이다. 이 두 서사叙辭에서 기록한 점복일인 "계미癸未"는 명사命辭에서의 "이번 을유일今乙酉"과 맞아떨어지지 않는데, 이는 3일 후에 추가로 기록한 것이다.

두 점복관이 함께 점복을 한 예兩史同貞例도 있다. 1937년 곽말약은 『은계수편』 1,424편을 고석하면서 이미 『서』 「낙고洛誥」의 "우리 두 사람이 함께 점을 쳤다네 我二人共貞"라는 말을 인용했고 이를 "이인공복二人共卜"이라 불렀다. 예컨대 『임』 1.26.11편의 "계미일에 점을 칩니다. '빈'과 '[illegible]'가 물어봅니다. 10일 동안 □□? 癸未卜, 賓·[illegible], 貞旬□□", 『합집』 16,816편의 "계미일에 점을 칩니다. '쟁'과 '[illegible]'가 물어봅니다. 10일 동안 불행한 일이 없겠습니까? 癸未卜, 爭·[illegible], 貞旬亡禍"와 같이 서사叙辭에 등장하는 "빈賓"과 "[illegible]", "쟁爭"과 "[illegible]"은 두 사람이 함께 점을 친 경우로, 복사에서 늘 보이는 것처럼 한 사람이 점을 친 것과는 다르다. 호후선은 이러한 사례를 "양사동정례兩史同貞例"라고 불렀으며, 그 원인은 "그 중의 한 점복관은 신참으로 점복에 관한 일이 아직 익숙하지 않아 다른 점복관이 동석하여 도왔던 것으로 보인다"고 했다.

이외에도 또 일상적인 예와는 완전히 다른 대단히 특수한 좌우겸행左右兼行의 복사가 존재한다. 이는 "갑골의 공간이 부족해 왼쪽으로 써 나가던 것을 돌려서 오른쪽으로 써 나가거나, 오른쪽으로 계속 써 나가던 것을 돌려서 왼쪽으로 계속 써 나가거나, 혹은 왼쪽으로 돌려 오른쪽으로 계속 써 나간 경우이다." 예컨대 『합집』 28,471편의 "신사일에 점을 칩니다. '대'가 물어봅니다. 왕께서 사냥을 나가는데 辛巳卜狄貞王其田往"의 9자는 세로의 두 줄로 오른쪽으로 써 나갔는데, 끝의 3글자인 "내무재來亡災(오는 데 재앙이 없을까요?)"는 오른쪽 공간이 너무 비좁아 왼쪽의 빈 곳으로 옮겨 다시 썼다. 또 『갑편』 1,158편의 "을묘일에 점을 칩니다. '팽'이 물어봅니다. 오늘 밤 불행한 일이 없겠습니까? 乙卯卜, 彭, 貞今夕亡禍"라는 문장도 왼쪽으로 가다가 갑자기 오른쪽으로 갔으며, 처음에는 위에서 아래로 내려오다가 오른쪽으로 꺾였으며, 다시 아래로 내려오다 꺾여 왼쪽으로 써 나갔는데, 매우 특이한 모습이다. 같은 판同版에 새겨진 여러 조항의 복사들 간의 계련관계라는 측면에서, 호후선은 한 복사가 두 단락으로 나누어진 것도 있음을 발견했다. 이 또한 "갑골 공간의 부족에 의한 것"이지만, 종종 소 어깻죽지 뼈의 좌우 가장자리 부근의 좁은 부위에 출현하기 때문에, "글자를 새길 때 너무 크거나 많아서도 아니 되었기 때문에", "부득이 하게 상하의 두 부분으로 나눈 것이다." 예컨대 『홉킨스』 699편의 소 어깻죽지 뼈의 오른쪽 가장자리에 새겨진 "기해일에 점을 칩니다. '각'이 …… 己亥卜殼"와 "왕께서 들어와 '협'제사와 '주'제사를 …… 王入劦酒"은 바로 하나의 복사를 상하 두 부분으로 나눈 예이다.

『합집』 28,471편(역자 첨부 자료)

또 소위 대정對貞복사라는 것은, 어떤 사안을 긍정과 부정의 두 가지 측면에서 중복해서 물어 본 대응되는 복사인데, 지금 볼 수 있는 갑골상의 대정對貞형식의 복사로는 좌우정반대정左右正反對貞·상하정반대정上下

正反對貞·사향대정斜向對貞·면배대정面背對貞 등이 있다. 예를 들어『병편』373편 앞면의 "물어봅니다. '삽'제사를 드리면 풍년이 들지 않겠습니까?貞𠭯不其受年"와『병편』374편 뒷면의 "물어봅니다. '삽'제사를 드리면 풍년이 들겠습니까?貞𠭯受年"는 앞면이 부정이고 뒷면이 긍정 형식인 대정對貞의 예이다. 때로는 내용이 완전히 다른 복사도 있다. 동일한 갑골에서 아래서부터 위로 혹은 위에서 아래로 뒤섞이게 배열한 경우도 있는데, 이를 "상간 각사相間刻辭"라 부른다. 예컨대『합집』6,167편은 아래서부터 위로 다음과 같은 6조항의 복사가 실려 있다. "물어봅니다. 오는 갑오일에 '유侑'제사를 '조을'께 드리지 말까요? 貞翌甲午勿又于且乙. 물어봅니다. '공방'의 소식을 들을 수 없겠습니까? 貞𢀛方亡聞. 물어봅니다. 오는 갑오일에 '유侑'제사를 '조을'께 드릴까요? 貞翌甲午又于且乙. 물어봅니다. '등'인 5천명을 소집해 '공방'을 감시하게 할까요? 貞登人五千乎見𢀛方. 물어봅니다. 오는 갑오일에 '유侑'제사를 '조을'께 드릴까요? 貞翌甲午又于且乙. 물어봅니다. '등'인 5천명을 하게 하지 말까요? 貞勿登人五千." 이 6조항의 복사에서는 3가지의 서로 다른 내용을 물었는데, 두 가지씩 서로 뒤섞거나 긍정-부정의 대정對貞으로 물었다.

복사의 문례에는 이외에도 필획을 생략한 글자省筆字나 글자를 생략한 예省字例를 비롯해 같은 복사이면서 글자체의 크기가 다른 예同辭而字體大小不同例가 있다. 이는 호후선이 언급하지 않았던 부분이기 때문에, 여기서 간단하게 보충하고자 한다. 생필자省筆字는『수』816편의 "자우茲雨"에서처럼 "자茲"를 한쪽 부분인 "요幺"로 쓴 경우,『수』191편의 "대갑𩡫大甲𩡫"의 마지막 한 글자를 반쪽만 써 "自"로 쓴 경우들이다. 생자례省字例는 중복된 글자重文를 생략한 것으로,『둔남』673편의 "왕수우대우王受又大雨"는 원래 "왕수우, 우대우王受又, 又大雨(왕께서 도움을 받을까요? '유'제사를 드리면 큰 비가 올까요?)"의 생략된 모습이다. 인명 중에도 중복된 글자는 생략하는 예를 빌린 경우가 있는데,『척일』113편의 "신묘일에 점을 칩니다. '비임', '비계'께 작은 희생양을 쓸까요? 辛卯卜, 妣壬癸小宰"에서의 "비임계妣壬癸"는 "비임비계妣壬妣癸"의 생략된 예이다. 『합집』 22,258편의 "정해일에 점을 칩니다. '주'제사와 '어'제사를 '비경'께 경인일에 드리는데 희생양을 쓸까요? 丁亥卜, 酒御妣庚寅宰"에서의 "비경인妣庚寅"은 "비경경인妣庚庚寅"이 생략된 것이며, 『합집』 27,417편의 "이부이신 '부기'와 '부경'께 '타'제사를…… 于二父己父庚𠭰"[89]은 "이부이신 '부기'와 '부경'께 '타'제사를…… 于二父父己父庚𠭰"의 생략이다. 또 『소천小川』 1편의 "물어봅니다. '유侑'제사를 '부갑'·'부경'·'신'께 드릴까요? 貞又于父甲·父庚·辛"의 경우, 일본의 이등도치는 신辛자 위에 "부父"자가 탈락된 것으로 보았는데,[90] 그렇다면 이 또한 인명의 중첩된 글자를 생략한 예가 된다. 또 날짜 이름에서 간지자가 중복되면 생략한 예도 있다. 구석규의 지적처럼 『합집』 32,504편의 "신묘복, 우조을미辛卯卜, 又且乙未(신묘일에 점을 칩니다. '유'제사를 '조을'께 을미일에 올릴까요?)"의 명사命辭는 "우조을을미又且乙乙未"의 중복된 글자의 생략이며, 『갑편』 3,374편의 "정묘일에 점을 칩니다. '책''제사와 '용'제사를 '대무'께 무진일에 지낼까요? 丁卯卜, 晢佣大戊辰"의 "대무진大戊辰"은 "대무무진大戊戊辰"의 생략이다. 『둔남』 2,953편의 "계묘일에 물어봅니다. '주'제사와 '승'제사와 '세'제사를 '대갑'께 드리는데 갑진일에 5마리의 희생소를 쓸까요? 癸卯, 貞酒升歲于大甲辰五牢"에서의 "대갑진大甲辰"은 "대갑갑진大甲甲辰"의 생략이다. 또 합문合文에서 중복되는 편방을 생략한 예도 있는데, 『둔남』 1,055편의 "'주'제사를 '부갑'과 '부경'께 드리고, '옹'제사를 '조정'께 드리는데, 사람을 죽여 쓸까요? 其酉于父甲父㊞且丁用"[91]에서의 "부옹父㊞"은 "부경옹父庚庸"의 합문으로 중복 편방을 생략한 경우이다. 또 상하 두 복사에서 공동으로 사용된 단어를 생략한 경우도 있다. 예컨대 『둔남』 751편의 "기해일에 점을 칩니다. '유

89) (역주) 𠭰은 희생법이자 제사 이름인데, 희생의 배를 갈라 지내는 제사이다.

90) 伊藤道治, 「故小川睦之輔氏藏甲骨文字」, 『日本所見甲骨錄』(日本 京都 朋友書店의 『卜辭通纂』 重印本 附에 수록됨), 1977, 4면.

91) (역주) ㊞은 雍의 고문으로, 饔과 같다. 따뜻한 음식을 올려 지내는 제사를 말한다.

侑'제사에 10마리의 희생소를 쓸까요? 기해일에 점을 칩니다. '유侑'제사에 10마리의 희생소를 쓰고 '벌'제사에서는 5마리를 써 '대을'께 올릴까요? 己亥卜, 又十牢. 己亥卜, 又十牢伐五大乙"에서는 상하 두 복사에서 공동으로 쓰인 "십뢰十牢"를 생략했다. 이외에도 중복되는 글자라는 표시 없이 생략한 것도 있는데, 『둔남』 2,483편의 "'입'에서 태양에게 '주'제사를 드리면 왕께서 보살핌을 받겠습니까? 于入自日酒, 王受"에서의 "왕수王受"는 "왕수우王受又"의 생략이다.[92] 같은 복사이면서 글자체의 크기가 다른 예도 있다. 『합집』 30,345편의 "□□일에 점을 칩니다. '팽'이 물어봅니다. '연'제사와 '등'제사에 고량을 쓸까요? …… '부경'과 '부갑'의 종묘에서 음식을 올릴까요? □□卜, 彭, 貞其祉登粱, …… 饗父庚·父甲家"의 13글자 중 앞의 8글자는 비교적 크고 필획이 굵고 거친 반면 '부경' 이하의 5글자는 작고 필획도 가늘고 얕다. 이에 대해 굴만리는 "아마도 다른 사람이 새겼을 것이며, 그래서 글자의 모습이 위 단락과 다르다"고 했다.[93]

그리고 같은 판同版의 여러 복사의 계련관계라는 측면에서, 호후선이 언급하지 않은 몇 가지가 있다. 예를 들어 같은 판同版의 대강식大綱式 복사 예에서, 하나의 갑골에 많은 복사가 기록되었고, 동일한 사안에 대해 동일한 점복을 했다. 그중에는 한 조항이나 몇 조항의 사례만 완전하여, 대강大綱으로 삼은 듯 드러나는 부위에 새겼다. 그 나머지 복사는 줄이고 줄여 대단히 간단하게 하였거나, 혹은 긍정으로 혹은 부정으로 하는 대정對貞의 형식으로 하였거나, 혹은 아래서 위쪽으로 각사들이 서로 섞여 있는데, 대부분 가장자리 부위에 새겼다. 예컨대 『은도殷圖』 12편의 오른쪽 소 어깻죽지 뼈의 왼쪽 가장자리에 있는 "우리 사관에게 명하여 걸어가도록 할까요? 乞令我史步"와 "물어봅니다. 우리 사관에게 명하여 걸어가지 않도록 할까요? 貞勿令我史步"와 같은 긍정~부정의 대정對貞 복사는 모

92) 裘錫圭, 「甲骨文中重文和合文重復偏旁的省略」, 「再談甲骨文中重文的省略」. 모두 『古文字論集』(中華書局, 1992), 141~150면에 수록됨.

93) 屈萬里, 『殷虛文字甲編考釋』, 355면.

두 생략된 형식이다. 골선骨扇 중간의 넓은 빈 공간에만 완전한 모습의 대강大綱처럼 "임술일에 점을 칩니다. '각'이 물어봅니다. '아사'로 하여금 걸어서 '공방'을 정벌하게 하면 신의 보살핌을 받겠습니까? 壬戌卜𣪘貞乞令我史步伐𢀛方受又"만 새겨 놓았으나, 두 개가 서로 연계되어 가장자리에 새겨진 복사의 내용도 '공방'의 정벌에 관한 것임을 확연하게 알 수 있게 해 준다. 또 『둔남』 1,131편의 오른쪽 어깻죽지 뼈에는 "을유일과 갑진일에 점을 칩니다. 물어봅니다. '조을'께 '제'제사를 드리는데 '유侑'제사와 '승'제사와 '세'제사를 올릴까요? 이 점복대로 희생 소 2마리를 사용하라. □□일에 물어봅니다. '유侑'제사와 '승'제사와 '세'제사를 '조을'께 드릴까요? 이 점복대로 하라. 을유일이었다 乙酉甲辰, 貞祭于且乙又升歲, 茲用二牢. □□, 貞又升歲且乙, 茲用乙酉"와 같은 두 가지 완전한 복사가 새겨졌지만, 왼쪽 가장자리에 새겨진 4개의 "'유侑'제사를 드리지 말까요? 희생 소 2마리를 써라. 희생 소 3마리로 써라. 이 점복대로 하라. '유侑'제사를 드리지 말까요? 弜又. 二牢. 三牢, 茲用. 弜又"는 모두 생략된 모습이다. 이처럼 완전한 복사와 생략된 복사를 서로 연계시켜야만 복사의 원래 의미를 정확하게 해독할 수 있다.

2) 동문同文 복사와 성투成套 복사

1947년 호후선은 또 「복사 동문 예卜辭同文例」[94]를 발표해 다른 갑골판異版의 동문同文 복사 문례를 연구하기 시작했다. 그는 은나라 사람들은 한 가지 사안에 대해 여러 번 점을 쳤다는 사실을 지적하면서 "서로 다른 갑골에다 이를 기록하여, 동일한 복사가 각각 다른 갑골에 기록된 경우가 있다. 이것이 오늘날 말하는 복사동문卜辭同文이다"고 했다. 그는

94) 『中央硏究院歷史語言硏究所集刊』 第9本, 1947.

같은 사안을 다른 갑골에 기록한 동문同文 복사의 문례를 모으는 한편 그들 간의 상호 관계를 전면적으로 정리해 다음과 같은 총 11가지의 형식에 98가지 예를 제시했다.

① 일사동문一辭同文. 즉 다른 갑골 판異版에서 동일 사안에 대해 점을 친 경우로, 복사의 전체 문장이 완전히 같고 복수卜數에만 차이가 있다. 총 48예가 보인다. 그중 이복동문二卜同文・삼복동문三卜同文・사복동문四卜同文・오복동문五卜同文 등이 있으며, 각각의 갑골에는 일一・이二・삼三・사四・오五 등과 같은 복수卜數가 기록되어 있다.

② 이사동문二辭同文. 다른 갑골 판異版에서 동일한 두 가지 사안에 대해 점을 친 경우로, 새긴 복수卜數가 서로 차례를 이루며, 총 16예가 보인다. 그중 점복에 사용한 갑골의 투수套數에는 이복二卜・삼복三卜 등이 있다.

③ 삼사동문三辭同文. 다른 갑골 판異版에서 동일한 세 가지 사안에 대해 점을 친 경우로, 총 5예가 보인다. 새긴 복수卜數에는 "개이복皆二卜"이라는 말이 있다.

④ 사사동문四辭同文. 다른 갑골 판異版에서 동일한 네 가지 사안에 대해 점을 친 경우로, 총 2예가 보인다. 새긴 복수卜數에는 이복二卜・삼복三卜 등이 있다.

⑤ 오사동문五辭同文. 다른 갑골 판異版에서 동일한 다섯 가지 사안에 대해 점을 친 경우로, 총 1예가 보인다.

⑥ 육사동문六辭同文. 다른 갑골 판異版에서 동일한 여섯 가지 사안에 대해 점을 친 경우로, 총 1예가 보인다.

⑦ 팔사동문八辭同文. 다른 갑골 판異版에서 동일한 여덟 가지 사안에 대해 점을 친 경우로, 총 2예가 보인다.

⑧ 다사동문多辭同文. 다른 갑골 판異版에 여러 가지 복사가 존재하지만, 각 판에 새겨진 복사가 모두 일치하는 경우로, 총 7예가 보인다. 이복二卜・삼복三卜・사복四卜 등이 있다.

⑨ 사동서동辭同序同. 즉 다른 갑골 판異版에서 같이 점을 친 것으로, 전체 문장이 동일하고 서수序數도 동일하며, 총 3예가 보인다.

⑩ 동문이사同文異史. 즉 다른 갑골 판異版에서 같은 사안에 대해 같은 점을 쳤으나 정인貞人이 서로 다른 경우로, 총 9예가 보인다. 이것은 앞에서 든 동판양사동정同版兩史同貞과 조금 차이가 있다. 예컨대 『전』 7.4.4편의 "신묘일에 점을 칩니다. '쟁'이 물어봅니다. '망승'으로 하여금 먼저 돌아오지 말게 할까요? 辛卯卜, 爭, 貞勿令望乘先歸"와 『일』 22편의 "신묘일에 점을 칩니다. '각'이 물어봅니다. '망승'으로 하여금 먼저 돌아오지 말게 할까요? 辛卯卜, 㱿, 貞勿令望乘先歸"는 동문이사同文異史의 예에 속한다.

⑪ 동문반정同文反正. 즉 다른 갑골 판異版에서 같은 사안에 대해 같은 점을 친 것으로, 어떤 복사는 긍정으로 물었고 어떤 복사는 부정으로 물었는데, 총 4예가 보인다. 예컨대 『전』 7.43.1편의 "을사일에 점을 칩니다. '긍'이 물어봅니다. '혜'에서 풍년이 들지 않겠습니까? 乙巳卜, 亘, 貞彗不其受年"와 『보세』 4편의 "을사일에 점을 칩니다. '각'이 물어봅니다. '혜'에서 풍년이 들겠습니까? 乙巳卜, 㱿, 貞彗受年"는 바로 동문반정同文反正의 예에 속한다.

호후선의 이 글은 갑골의 복수卜數와 서수序數의 계련을 통해, 복사의 문례 연구를 갑골의 고정된 위치 연구 및 동일 판同版의 동문同文 복사들 간의 계련 관계에서 다른 판異版 간의 계련 관계로 확장시키는 동시에 갑골 문례 연구를 새로운 단계로 끌어 올렸다.

동문同文 복사 문례의 정리는 떨어져 나가 불완전한 복사들을 서로 보완시켜 완전한 모습으로 만들어 줄 수 있다. 일찍이 곽말약은 「잔사 호족 2예殘辭互足二例」[95]에서 이미 많은 동문同文의 잔사殘辭를 상호 보충하는 방식으로 무정 때의 중요한 복사 사료인 2점의 복사를 완전하게 복원한 적이 있다. 예컨대 『통찬』 430편과 『속』 5.32.1편 등의 잔사殘辭를 상호 보충하면 다음과 같은 완전한 모습으로 복원할 수 있다. "계묘일에 점을 칩니다. '쟁'이 물어봅니다. 10일 동안 불행한 일이 없겠습니까? 갑

---

95) 「殷契餘論」, 『古代銘刻彙考』(日本東京文求堂書店, 1933)에 수록됨. 또 『郭沫若全集』 考古編 第1卷(科學出版社, 1982), 373~380면에도 수록됨.

진일에 큰 폭풍이 불었다. 그날 밤이 끝나고 다음 을사일이 시작될 시간대에 아팠다. □ 5명을 체포했다. 5월 '돈'에서였다. 왕께서 점괘를 해석해 말했다. 재앙이 있을 것이다. 7일 후인 기유일에 '자[illegible]'가 죽었다癸卯卜, 爭, 貞旬亡禍. 甲辰大驟風, 之夕皿乙巳疾, 執□五人. 五月在敦, 王占曰, 有祟. 七日己酉, 子[illegible]死." 동작빈도 6편의 잔사殘辭를 서로 보충하여 다음과 같은 완전한 복사를 복원했다. "계해일에 점을 칩니다. '각'이 물어봅니다. 10일 동안 불행한 일이 없겠습니까? 왕께서 점괘를 해석해 말했다. 재앙이 있으리라. 5일 후 정묘일에 왕께서 '폐'에서 사냥을 하셨다. '축'의 말이 □했다. '축'이 수레에서 떨어졌고, '금'도 말을 탄 채로 떨어졌다癸亥卜, 㱿, 貞旬亡禍. 王占曰, 有祟. 五日丁卯, 王狩敝, 祝車馬□(磕), 祝墜在車, 禽馬亦有墜."[96] 몇 년 전 채철무蔡哲茂는 「갑골문 합집의 동문 예甲骨文合集的同文例」라는 글을 발표해 『갑골문 합집』의 동문同文 복사를 정리하기도 했다.

이외에도 동문同文 복사의 정리는 갑골복사의 고유한 계련 관계를 비롯해 갑골복사의 자료 정리와 정해진 위치定位의 복원 및 상나라 때의 점복법 제도 연구에 새로운 길을 열어 주었다. 1960년대에 들어 발표된 장병권의 「성투 복사를 논함論成套卜辭」[97]은 바로 이러한 방면의 진일보한 연구 성과였다. 장병권에 의하면, 이것은 그가 1950년대에 『은허문자을편殷虛文字乙編』의 갑골 자료를 정리하고 짜 맞추기 하는 과정에서 얻은 수확이라 했다. "성투成套 복사"와 "동문同文 복사" "둘 간에는 밀접한 관계가 있지만, 그 기본적인 개념은 도리어 확연히 다르다. '동문同文'의 복사는 그 복사들이 가능한 한 같아야 하지만, '성투成套'라는 개념은 서수序數의 연계에 의해 도출된 것이기 때문에 복사가 완전히 같을 필요는 없다. 그리고 더 중요한 차이점은 같음 속에서도 다른 것을 찾는 데 있

96) 石璋如, 「殷虛最近之重要發現」, 『中國考古學報』 第5冊, 1947. 또 宋鎮豪는 『合集』, 11,446~11,449편까지 몇 편에 근거해 일부를 보충하고 바로잡았다. 『夏商社會生活史』, 中國社會科學出版社, 1994, 243면 참조.

97) 『慶祝董作賓先生六十五歲論文集』, 『中央研究院歷史語言研究所集刊外編』 第4種 上冊, 1960. 또 張秉權, 『甲骨文與甲骨學』, 197~238면에도 보임.

는데, 그들 서로 간의 성투成套 관계를 찾고, 그중에서도 서수序數의 상호 연계를 찾는 것이 관건이다. 그래서 서로 연결시킬 수 있는 서수序數가 존재하지 않으면 성투成套 복사가 성립되지 못한다." 최근 장병권은 「갑골문을 배우던 시절學習甲骨文的日子」이라는 글에서 재차 이렇게 강조했다. "어떤 사람들은 아직도 성투成套 복사를 이해하지 못한 채 그것을 몇몇 동문同文을 가진 복사에 지나지 않는 것으로 여기고 있다. 그러나 실제 동문同文 복사라고 해서 모두 성투成套 복사가 될 수 있는 것도 아니며, 성투 복사라고 해서 모두 동문同文 복사가 되는 것도 아니다. 사실은 동문同文이 아니기 때문에 복사에서 풀기 어려웠던 갖가지 심오한 비밀이 봄기운에 얼음 녹듯 술술 풀릴 수 있었던 것이다."[98]

장병권이 제시한 "성투成套 복사"는 갑골 상의 몇 가지 복사를 결합하여 하나의 세트套로 만들어질 수 있는 복사, 즉 같은 날 동일한 사안에 대해 여러 번 점을 친 복사, 갑골에다 긍정—부정의 대정對貞 형식을 연속적으로 기록한 서수序數의 연결이 가능한 복사, 복사의 의미가 같거나 생략한 몇몇 복사 등으로 구성된다. 만약 한 세트套 혹은 몇 개의 세트套로 된 복사가 크기가 비슷한 갑골 몇 개의 같은 부위에 새겨졌다면, 이것이 바로 '성투成套 배딱지'나 '성투成套 어깻죽지 뼈'라는 식의 "성투成套갑골"이 된다. 바꾸어 말해서, "성투 복사"는 같은 판同版에 있을 수도 있고, 다른 판異版에 있을 수도 있는데, 다른 판異版에 있는 것을 따로 "성투 갑골成套甲骨"이라 부르기도 한다. 무정 때의 '성투成套 배딱지腹甲'는 다음처럼 통상 5조각으로 구성되어 있다.

> 신유일에 점을 칩니다. '각'이 물어봅니다. 이번 봄 왕께서 '망승'을 따르게 하여 '하위'를 정벌하면 신의 도움을 받을 수 있겠습니까? 辛酉卜, 㱿, 貞今春王從望乘伐下危, 受有又. 일一

98) 張秉權, 「學習甲骨文的日子」, 『新學術之路·中央研究院語言研究所七十周年紀念文集』 下冊, 中央研究院歷史語言研究所, 1998, 928면.

신유일에 [점을 칩니다. '각'이] 물어봅니다. 왕께서 '지멱'을 따르게 할까요? 辛酉[卜, 㱿, 貞王從沚戠]. 일一

신유일에 점을 칩니다. '각'이 물어봅니다. 왕께서 '[지]멱'을 [따르게 할까요?] 辛酉卜, 㱿, 貞王叀[沚]戠[從]. 일一

물어봅니다. '부경'께 '유侑'제사를 드리는데 개를 올릴까요, 배를 가른 양을 쓸까요? 貞又犬于父庚卯羊. 일一

'용'의 이빨이 아플까요? 疾齒龍. 일一

—『병편』 12편

신유일에 [점을 칩니다. '각'이] 물어봅니다. 이번 봄 왕께서 '망승'을 따르게 하여 '하위'를 정벌하면 신의 도움을 받을 수 있겠습니까? 辛酉[卜, 㱿,] 貞今春王從望乘伐下危, 受有又. 이二

신유일에 점을 칩니다. '각'이 물어봅니다. 왕께서 '지멱'을 따르게 할까요? 辛酉卜, 㱿, 貞王從沚戠. 이二

신유일에 점을 칩니다. '각'이 물어봅니다. 왕께서 '지멱'을 따르게 할까요? 辛酉卜, 㱿, 貞王叀沚戠從. 이二

물어봅니다. '부경'께 '유侑'제사를 드리는데 개를 올릴까요, 배를 가른 양을 쓸까요? 貞又犬于父庚卯羊. 이二

'용'의 이빨이 아플까요? 疾齒龍. 이二

—『병편』 14편

신유일에 점을 칩니다. '각'이 물어봅니다. 이번 봄 왕께서 '망승'을 따르게 하여 '하위'를 정벌하면 신의 도움을 받을 수 있겠습니까? 辛酉卜, 㱿, 貞今春王從望乘伐下危, 受有又. 삼三

물어봅니다. 왕께서 '지멱'을 따르게 할까요? 貞王從沚戠. 삼三

신유일에 점을 칩니다. '각'이 물어봅니다. 왕께서 '지멱'을 따르게 할까요? 辛酉卜, 㱿, 貞王叀沚戠從. 삼三

물어봅니다. '부경'께 '유侑'제사를 드리는데 개를 올릴까요, 배를 가른 양을 쓸까요? 貞又犬于父庚卯羊. 삼三

'용'의 이빨이 아플까요? 疾齒龍. 삼三

—『병편』 16편

신유일에 점을 칩니다. '각'이 물어봅니다. 이번 봄 왕께서 '망승'을 따르게 하여 '하위'를 정벌하면 신의 도움을 받을 수 있겠습니까? 辛酉卜, 殼, 貞今春王從望乘伐下危, 受有又. 사四

신유일에 점을 칩니다. '각'이 물어봅니다. 왕께서 '지멱'을 따르게 할까요? 辛酉卜, 殼, 貞王從沚戓. 사四

신유일에 점을 칩니다. '각'이 물어봅니다. 왕께서 '지멱'을 따르게 할까요? 辛酉卜, 殼, 貞王叀沚戓從. 사四

물어봅니다. '부경'께 '유侑'제사를 드리는데 개를 올릴까요, 배를 가른 양을 쓸까요? 貞又犬于父庚卯羊. 사四

'용'의 이빨이 아플까요? 疾齒龍. 사四

—『병편』 18편

신유일에 점을 칩니다. '각'이 물어봅니다. 이번 봄 왕께서 '망승'을 따르게 하여 '하위'를 정벌하면 신의 도움을 받을 수 있겠습니까? 辛酉卜, 殼, 貞今春王從望乘伐下危, 受有又. 오五

물어봅니다. 왕께서 '지멱'을 따르게 할까요? 貞王從沚戓. 오五

신유일에 점을 칩니다. '각'이 물어봅니다. 왕께서 '지멱'을 따르게 할까요? 辛酉卜, 殼, 貞王叀沚戓從. 오五

물어봅니다. '부경'께 '유侑'제사를 드리는데 개를 올릴까요, 배를 가른 양을 쓸까요? 貞又犬于父庚卯羊. 오五

'용'의 이빨이 아플까요? 疾齒龍. 오五

—『병편』 20편

이상의 5판의 거북 배딱지마다 5조항의 복사가 실려 있는데, 서수序數(필자 주—사실은 복수卜數나 투수套數)만 서로 연결되어 있을 뿐 나머지는 모두 같다. 만약 "동문同文 복사"라는 개념으로 보면 "5사 동문례五辭同文例"에 해당하겠지만, "성투成套 복사"라는 개념으로 보면 5판이 한 세트套를 이루는 "성투 거북 배딱지成套腹甲"가 된다. 하지만 장병권은 소위 "성투 어깻죽지 뼈"의 수에 대해서는 명확하게 밝히지 않은 채 단지 『복福』 11+『계』 71편·『전』 4.24.1편·『후』 상 16.11편·『전』 4.24.2편(『합집』 6,197~6,200편에 보임)의 결합으로 이루어진, 4편이 한 세트를 이루는 성투 어깻죽지 뼈만 제시했다. 이 장의 제1절의 2에서 이미 거론했듯이 가장 많은 숫자로 구성된 성투 복사로는 9조각이 한 세트套를 이루는 "성투 소 어깻죽지 뼈成套牛胛骨"가 있으며, 이들은 모두 무정시기에 속하는 것들이다. 무정 이후로는 대부분 3조각이 한 세트를 이루게 된다. 성투 복사의 정인貞人은 어떤 경우 한 사람에 그치지 않고, 두 사람이나 세 사람이 같이 점복을 행하기도 했다.

"성투 복사"에 대한 인식이 복사 문례의 연구를 깊이 있게 해 준다는 것에는 의심의 여지가 없다. 바로 장병권의 지적처럼 성투 복사는 다른 문장異文을 대조해 바로잡을 수 있기 때문이다. 예컨대 『병편』 71편의 "물어봅니다. '아'가 제사를 올리면 비가 내릴까요? 貞我舞雨"와 『병편』 73편의 "물어봅니다. '술'이 제사를 올리면 비가 내릴까요? 貞戌舞雨"는 성투 복사에 속하는데, 술戌자는 아我자와 자형이 비슷해 잘못 새긴 것임을 알 수 있다. 갑골상의 많은 복사는 종종 그 장구章句를 구분하기가 힘든 경우도 있는데, 같은 판同版에 구별해 기록된 몇 세트의 복사를 통하면 이러한 난제를 쉽게 해결할 수 있다. 게다가 성투 복사는 복잡한 형식에서 간단한 형식으로 기록되어 있기 때문에 드러남 속에서 숨겨진 것을 살필 수도 있다. 그래서 복사의 의미가 난삽한 몇몇 복사의 경우, 그 자체만 살피게 되면 그 진의를 이해하기 어렵지만 성투 복사 간의 관계를 찾아내기만 하면 상황은 완전히 달라지고 만다. 예컨대 『합집』 10,613편을 보자.

물어봅니다. '다개'[99]의 𡆥[100]에 이를까요? 貞多介𡆥. 일一 이二

'(다)개'의 𡆥에 이를까요? 介𡆥. 삼三 상길上吉 사四 오五

'(다)개'?介. 육六

이는 세 복사가 한 세트를 이루고 있다. 이처럼 "개介"자 하나만 남겨진 기이한 복사라 하더라도 그것의 원래 의미를 찾을 수 있게 된다. 하지만 『은허 갑골 각사 모석 총집殷墟甲骨刻辭摹釋總集』 상책 252면의 4번째 난에서 이 부분을 제대로 살피지 않아, 윗부분의 2개의 복사를 "물어봅니다. 오는 5월 '시'가 '(다)개'의 𡆥에 이를까요? 물어봅니다. '다개'의 𡆥에 이를까요? 貞生五月𡆥至介𡆥. 貞多介𡆥"라고 해석했는데, 다른 조의 "물어봅니다. 오는 5월 '시'가 이르게 될까요? 貞生五月𡆥至"라는 복사를 이 세트의 복사에다 잘못 합쳐 놓았다. 뿐만 아니라 서수序數가 육六으로 된 복사 "개介"를 빠트림으로써, 복사를 전혀 다른 모습으로 바꾸어 놓고 말았다. 이로 볼 때, 성투 복사의 지식에 근거하면 장구章句를 구별하고 뒤섞여 있는 것을 파헤쳐, 드러남 속에 숨어 있는 뜻을 살피는 데 대단히 유용함을 알 수 있다. 이외에도 성투 복사는 또 결필缺筆을 확인케 해주기도 한다. 장병권은 일찍이 이에 근거해 『을』 3,389편에서 세로획만 있고 가로획과 비스듬한 획이 빠져 있던 "정貞"·"려呂"·"기其" 등 세 글자를 확정하기도 했다. 장병권은 또 성투 복사의 발견으로 "복사의 연구에서 그 기본 관념과 방법에서 모두 변화가 일어나게 되었으며", 복사의 조항 수가 반드시 당시의 진정한 점복 횟수를 대표한다고는 할 수 없기 때문에 계속 이전처럼 단순히 복사의 통계만 가지고 은상사 연구의 기초로

99) (역주) 多介는 多介父의 생략된 모습으로 武丁의 庶父 즉 陽甲, 盤庚, 小辛 등을 지칭한다.

100) (역주) 𡆥는 지명이다.

삼는다면, 단위와 방법적인 문제에서 심각한 문제가 발생할 것이며, 도출한 결과도 당연히 정확하지 못할 것이라고 주장했다.

장병권의 갑골 짜 맞추기綴合 성과를 직접 이용하여 복사의 문례를 연구한 것으로는 이달양李達良의 『귀판 문례 연구龜版文例研究』101)가 있다. 이 책의 「머리말」에서 이렇게 말했다. "소둔의 『병편』에서 복원한 거북 배딱지 480여 편(필자 주-당시에는 『병편』의 5책까지만 출판되었고, 하집下輯 2는 아직 출판되지 않았다)과 호후선이 새로 얻은 대귀大龜 7판을 더해서, 약 3천4백여 조항의 복사를 얻었다. 이전의 학설을 다 모으고 새로운 학설을 나름대로 증명하여, 그 장점을 취하고 종합적으로 논의한 결과 이름을 『귀판 문례 연구』라고 하였다. 전반부를 「방위方位편」이라 하였고, 거북에 대한 개요, 각사의 위치, 행문行文의 방향, 동조同組 복사의 상대적 위치, 뒷면과의 상호 연계 등에 대해 서술했다. 후반부를 「문례편文例篇」이라 하였고, 복사의 분류별, 단락 구조의 조직, 전사前辭의 번잡화繁變, 문사文辭의 생략과 간단화 등에 관해 논술했다." 예컨대 「방위편」에서는 거북점에서 각사의 위치를 설명하면서, "좌우 대칭으로 두 개씩 평행을 이루고 층을 이루어 사용했기에 대칭과 균형미를 가질 수 있었는데, 이것이 통상적인 예通例이다"고 했다. 「문례편」에서는 "복사의 종류에 관한 석례釋例"를 논하면서, 한 가지 사안에 한 번 점을 친 단정單貞, 대정對貞, 한 가지 사안에 같이 점을 치면서 여러 각사가 긍정-부정의 물음에 한정되지 않는 복사, 성투成套 복사, 동일한 사안에 대해 여러 번 점을 치고서 2개 이상의 체제가 성투 복사와 같으면서 서수序數는 연결되지 않는 복사 등 5가지 부류가 있다고 했다. 대정對貞에 관한 부분에서는 긍정-부정의 대정對貞 외에도 두 개의 복사가 모두 긍정이거나 모두 부정인 비교적 특수한 예도 있다고 했다. 전자의 예로는 『병편』 255편의 "무술일에 점을 칩니다. '각'이 물어봅니다. 지금부터 임인일까지 비가 오겠습니까? 戊戌卜殼

101) 『聯合書院文史叢刊』 乙種之二, 香港中文大學, 1972.

貞自今至于壬寅雨. 물어봅니다. 지금부터 임인일까지 비가 오겠습니까? 貞自今至于壬寅雨"가, 후자의 예로는 『병편』 417편의 "'다자'로 하여금 해치를 쫓게 하지 말까요? 勿乎多子逐廌 해치를 쫓게 하지 말까요? 勿乎逐廌"가 제시되었다. 다섯째 부류 중에서 다음과 같은 2조組는 동일한 사안에 대한 같은 점복이지만, 서수序數는 서로 연결이 되지 않는다.

병오일에 점을 칩니다. '내'가 물어봅니다. 왕께서 이곳에 도읍을 만들면 상제께서 허락하시지 않겠습니까? 庚午卜, 內, 貞王勿乍邑在玆帝若. 일一 이二 삼三 사四

병오일에 점을 칩니다. '내'가 물어봅니다. 왕께서 도읍을 만들면 상제께서 허락하시겠습니까? 庚午卜, 內, 貞王乍邑帝若. 일一 이二 삼三 사四

물어봅니다. 왕께서 도읍을 만들면 상제께서 허락하시겠습니까? 貞王乍邑帝若. 일一 이二 삼三 사四 오五

물어봅니다. 왕께서 도읍을 만들면 상제께서 허락하시지 않겠습니까? 貞王勿乍邑帝若. 일一 이二 삼三 사四 오五

—『병편』 93편

위의 예는 다섯째 부류 중에서도 '긍정-부정을 한 번 물은一正一負 예'에 속한다. 이러한 부류에는 '긍정을 한 번 부정을 두 번 물은二正一負 예'와 '부정을 두 번 긍정을 한 번 물은二負一正 예'도 있다. 또 "복사卜辭 생문省文 석례釋例"를 논하면서, 2개 복사의 상대생문相對省文, 2개 복사 이상의 상대생문相對省文, 서로 다른 사류事類의 상대생문相對省文, 성투 복사의 생문省文, 성투 거북배딱지의 생문省文 예 등이 있다고 했다. 2개 복사의 상대생문相對省文 예로는 『병편』 117편의 "갑오일에 점을 칩니다. '쟁'이 물어봅니다. '저'에게 불행한 일이 생길까요? 甲午卜爭貞貯其有禍. 물어봅니다. '저'에게 불행한 일이 생기지 않을까요? 貞貯亡禍"가 제시되었는데, 여기서는 점복 날짜와 정인貞人이 생략되었다. 2개 복사 이상의 상대생문相對省文 예로는 『병편』 631편의 "물어봅니다. 왕께서 꿈을 꾸었는데 '관'제사를 드리면 불행한 일이 있을까요? 貞王夢祼隹禍. 왕께서 꿈을 꾸었는데 '관'제사를 드리면 불행한 일이 없을까요? 王夢祼不隹禍. 왕께서 불행한 일이 있을까요? 王隹. 불행한 일이 없을까요? 不隹禍. 물어봅니다. 있을까요? 貞其. 없을까요? 不"가 제시되었는데, 혹은 정貞자를, 혹은 주어를 생략하기도 하고, 혹은 긍정으로 묻는 말인 "기其"만 기록하거나, 혹은 부정사인 "불不"만 기록하기도 하였다.

이렇게 볼 때, 이달양의 「방위편」은 이전의 복사 문례 정위定位 연구법에서 또 한 차례 발전한 성과라 하겠으며, 「문례편」은 성투成套 복사라는 인식의 기초 위에서 더욱 정교하고 세밀하게 정리되고 많은 새로운 성과를 이루었다 하겠다.

1960년대 말 이후로도, 복사의 대정對貞 방면으로부터 갑골의 문례를 전문적으로 연구한 학자들이 있는데, 대체로 다음의 두 가지가 중요하다. 하나는 주홍상周鴻翔의 『대정복사 술례對貞卜辭述例』[102]이고, 다른 하나는 주기상朱歧祥의 『은허복사 구법 논고殷墟卜辭句法論稿』[103]이다. 전자는 대량의 대정對貞 복사 예를 수집하여 갑골의 정위定位분석법과 결합해 행문行文의 격식 등에 대해 계통적으로 고찰했다. 후자는 복사의 대정對貞 구분의 동이점 논의에 중점을 두었으며, 문법과 용어의 규칙도 함께 논의함으로써, 여러 복사의 통사론적 특징을 밝혀냈다. 주기상의 책은 뒤에 출판되었고 중국본토에서 널리 유통되지도 않았기 때문에, 여기서는 문례 방면의 내용에 대해 간단하게 소개하고자 한다. 주기상에 의하면, 대정對貞 형식은 일반적으로 쌍쌍의 문장이 조를 이루어 병렬되는데, 간혹 세 문장이 조를 이루어 나란히 출현하는 경우도 있다. 대정對貞의 종류는 문장의 의미에 따라 동문대정同文對貞・이문대정異文對貞의 두 가지로 나누어지며, 문장의 형식에 따라 정반대정正反對貞・정정대정正正對

102) 홍콩, 1969.
103) 臺灣學生書局, 1990.

貞・반반대정反反對貞의 세 부류로 나누어진다. 동문대정同文對貞에는 또 정반正反문・정정正正문・반반反反문 동문대정同文對貞의 세 가지가 있다. 이문대정異文對貞은 동일한 갑골의 대응부위에 새겨진 다른 사안에 대한 복사를 지칭하며, 이문대정異文對貞에는 정정正正문・반반反反문을 비롯해 세 문장의 본문이 다른 대정對貞 등이 있다. 예컨대 "물어봅니다. 산악신에게 풍년을 빌까요? 하신에게 풍년을 빌까요? 貞桒年于岳. 于河桒年"(『합집』 10,080편)는 정정正正문의 이문대정異文對貞 복사이다. "경오일에 물어봅니다. 하신이 '운'땅에 해를 입힐까요? 산악신이 '운'땅에 해를 입힐까요? 고조 '해'가 '운'땅에 해를 입힐까요? 庚午貞河害云. 惟岳害云. 惟高祖亥害云"(『둔남』 2,105편)[104]는 세 문장의 본문이 다른 대정對貞이다. 주기상의 책에서는 또 대정對貞복사의 부정사의 시기구분斷代 연구・대정對貞 문형의 변이變異의 생문省文・이위移位・가접加接・복합사復合詞・유비類比 등과 같은 복사의 문법에 관련된 현상에 대해서도 상세히 분석했다.

복사의 문례 연구를 대체로 개괄하자면, 초기 때의 갑골 정위定位 분석법으로부터 동판대정同版對貞 및 그들 간의 복사의 관계에 관한 연구로 발전했으며, 이를 이어 다시 이판동문異版同文 복사 내지는 성투成套 갑골의 계련방면으로 확장되어 왔다. 그래서 복사 문법과 어법 연구가 발전하고 심화됨에 따라 복사의 문례와 복사의 문법이 두 가지가 유기적으로 결합되기만 한다면, 이러한 영역에서의 연구는 더욱 활발해지고 더욱 주목을 끌게 될 것이라 확신한다.

104) (역주) 云을 진몽가는 妘으로 풀이했다. 妘은 성씨로 祝融씨의 후예이며, 妘씨 성의 나라는 지금의 하남성 정주 북쪽에 있었던 걸로 추정된다(『간명갑골문사전』, 87면).

4. 갑골문 문법과 어법

은허 갑골문은 은상 때의 글말이며, 갑골 복사는 순전히 점복을 한 후 일정한 문장 격식에 따라 갑골에 새긴 관련 문장이다. 그래서 갑골문도 중국 고대한어의 초기 형태이며, 한어문법에 포함되는 문리文理・문세文勢 및 통사론句法・어법語法・수사 등 각종 규칙도 이미 여기서 그 생성의 시초를 찾을 수 있다. 한어문법사의 초기 단계를 연구하고 한어 어법의 초기 특징을 탐구하고 한어 역사의 발전 변화 과정을 추적하기 위해서는 가장 이른 단계의 제1차 언어 재료인 갑골문을 도외시하고는 그 진면목을 찾을 수 없다는 사실은 분명하다. 갑골문 문법은 주로 갑골복사를 연구대상으로 하는 외에도, 수량에는 한계가 있지만 몇몇 기사記事 각사도 포함한다. 그래서 갑골문 문법이라 하면 통상 복사의 어법을 말하며, 그 내용에는 복사의 품사분류詞類・형태론構詞法・통사 형태句型・어법語法 등이 포함된다. 갑골문 문법을 연구하려면 복사의 의미를 심도 깊게 이해하는 것이 가장 좋은 길이자 효과적인 수단이다.

1) 갑골문 문법 연구 틀의 수립

갑골문의 문법 연구는 1928년 하정생何定生이 「한 이전의 문법 연구漢以前文法硏究」[105]에서 복사의 문법을 논의한 것이 처음이다. 이와 비슷한 시기 호광위胡光煒가 『갑골 문례甲骨文例』[106]를 저술했는데, 이는 복사의

105) 『中山大學語言歷史學硏究所周刊』 第3集 31～33期, 1928.5.

106) 余永梁 手寫 石印本, 中山大學語言歷史學硏究所考古學叢書, 1928.7. 또 中央大學 講義增訂本(1939), 萬業馨 整理 校訂本, 『胡小石論文集三編』(上海古籍出版社, 1995), 1～88면에 수록됨.

문례文例를 조리 있게 정리한 저서였지만 문법적 문제까지 함께 논의했다. 이 책은 상하권으로 되어 있는데, 하권의 「사례편辭例篇」에서는 총 16가지 형식을 제시했으며, 지之·기其·우于·재在·호乎·활曰·추隹·자自·금今·답眔·역亦·작乍·내乃·윤允·무亡·불不·불弗·물勿·무毋 등 20여 개 상용 허사虛詞의 용법에 대해 논의했다. 비록 논의가 소략하고 적잖은 오류가 존재하긴 하지만 문례文例와 문법文法의 두 측면을 결합하여 갑골문을 이해한 최초의 전문서라 할 수 있다. 1930년대 초 동작빈은 「갑골문 시기구분 연구 예甲骨文斷代硏究例」107)를 저술했는데, "복사는 정복貞卜의 내용을 전문적으로 기록한 것으로, 명확한 기술만 강조해 문법이 극히 간단하지만 수시로 변하는 문법의 변화 속에서 시기를 확정하는 표준을 찾을 수도 있다"고 했다. 또 그는 편단篇段·구법句法과 단어 사용 등 몇 가지 측면에서 간단한 예를 열거하여 분석했다. 장종건張宗騫이 1940년대에 발표한 「복사에서의 '필'과 '불'의 통용에 관한 고찰卜辭弜·弗通用考」108)과 양수달楊樹達의 「갑골문 속에서의 전치 빈어甲骨文中之先置賓辭」109)는 갑골문 속의 부정사나 복사의 어법 현상을 논의한 초기 단계의 저명한 논문이다.

하지만 갑골문 문법을 전면적이고도 계통적으로 연구함으로써 이전의 성과를 계승하고 이후 연구의 기초와 총체적인 틀을 마련한 학자는 관섭초管燮初와 진몽가陳夢家라고 해야 할 것이다.

관섭초는 1950년대 전반기에 『갑골 각사 어법 연구甲骨刻辭語法硏究』110)

---

107) 『慶祝蔡元培先生六十五歲論文集』, 『中央硏究院歷史語言硏究所集刊外編』 第1種 上冊, 1935. 또 『董作賓學術論著』(臺北世界書局, 1962)에 수록됨. 또 單行本은 中央硏究院歷史語言硏究所專刊 50號의 附冊(1965)으로 출간됨. 또 『董作賓先生全集』 甲編 第2冊(臺北藝文印書館, 1977), 『中國現代學術經典』 「董作賓卷」(河北教育出版社, 1996)에 수록됨.

108) 『燕京學報』 第28期, 1940.

109) 『古文字學硏究』, 湖南大學 油印 講義本, 1945. 이 글은 1951年 改寫한 후, 『積微居甲文說』 「卜辭瑣記」(中國科學院出版, 1954)에 수록되었으며, 다시 『楊樹達文集』 5(上海古籍出版社, 1986)에도 수록되었다.

110) 中國科學院出版, 1953.10.

를 출판했는데, 통사론句法과 품사분류詞類라는 두 가지 방면에서 갑골문의 어법현상을 심도 있게 고찰했다. 그는 이렇게 말했다. 갑골문은 기본적으로 은허의 당시 구어를 기초로 한 서면어였으며, 통사론句法에서의 문장 구조는 대부분 현대 어법과 큰 차이가 나지 않고, 문장 형식에서는 주어－술어主謂 구조나 주어가 생략된 간단한 문장이 존재한다. 비교적 복잡한 문형에는 대체로 다음의 6가지가 있다. 즉 "왕께서 '빈'제사를 '부정'께 드리는데 '세'제사에 소 2마리를 쓸까요? 王賓父丁歲二牛"(『수』 306편)와 같은 이중목적어雙賓語 구문, "'금'이 사냥을 나가 돌아오지 않을까요? 禽往田不來歸"(『갑』 3,479편)와 같이 두 개 이상의 동사를 사용해 동일한 주어의 연속된 행동를 표현한 연동식連動式 구문, "왕께서 '등'나라 사람 5천 명으로 하여금 '토방'을 정벌하게 할까요? 王登人五千征土方"(『통』 34편)와 같이 앞 구문의 목적어賓語가 뒷 구문의 주어를 겸하는 겸어식兼語式 구문, "물어봅니다. 동쪽을 관장하는 '석', 그 바람인 '협'에게 '체禘'제사[111]를 올릴까요? 貞帝于東方曰析, 風曰劦"(『을』 4,548편)와 같이 절이 주어나 목적어賓語를 이루는 구문, "공방이 와서 거꾸로 우리를 칠까요? 舌方其來, 逆伐"(『통』 492편)와 같이 두 구문 사이에 접속사가 들어가지 않는 복합複合 구문, "'병'으로 하여금 '𢀛'에게 '식'제사를 올리게 하는데, '서사'에게 명령을 내릴까요? 令𦣞易𢀛食, 乃令西史"(『통별』 1편)와 같이 종합綜合 구문으로 겸어식에다 다시 겸어식이 더해진 문형 등이다. 어순은 주어가 앞에 놓이고, 술어謂語가 뒤에 놓이며, 목적어賓語가 동사의 뒤에 놓이는 것이 보통이다. 의문문에는 다음의 4가지 형식이 있다. ① 어조로 의문을 나타내는 경우, ② 의문부사의 수식을 사용한 경우로, "병자일에 점을 칩니다. 오늘 낮에 비가 오지 않겠습니까? 丙子卜, 今日雨不"(『을』 435편), "물어봅니다. 오늘 낮 임신일에 비가 오겠습니까? 貞今日壬申其雨?"(『을』 3,414편), "물어봅

---

111) (역주) 帝는 갑골문에서 上帝를 지칭하거나, 왕위에 있던 당시 왕이 돌아가신 부왕을 부르던 호칭이나 선왕의 廟號로 쓰이는 등 다양한 용법이 있는데, 여기서는 제사 이름인 禘제사를 말한다.

니다. '유侑'제사를 '고'에게 올리지 말까요? 貞不隹又古?"(『통별』 1편)처럼 문장 끝에 물음을 나타내는 부사인 불不이나 호乎를 더하거나, 동사의 앞에 의문부사인 기其나 추隹를 더해 의문을 나타내는 경우이다. ③ 몇 개의 같은 동사를 열거하였으나, 주어·목적어나 수식어가 서로 다른 문장으로써 의문을 나타내는 경우로, "새로운 단술을 쓸까요? 옛날 단술을 쓸까요? 叀新豊用? 叀舊豊用"(『수』 232편), "물어봅니다. '아사'가 이웃나라를 정벌하게 할까요? 물어봅니다. '아사'가 이웃나라를 정벌하게 하지 말까요? 貞我史弗其𢦏方? 貞方弗𢦏我史"(『을』 2,347편)가 그 예이다. 이처럼 열거 방식을 이용하면 "의문형식을 설정하지 않더라도 의문의 의미는 매우 분명해진다"(필자 주―이러한 문형은 소위 말하는 긍정―긍정문正正句 대정對貞·부정―부정문反反句 대정對貞에 해당한다). ④ "물어봅니다. '자어'에게 탈이 생길까요? 물어봅니다. '자어'에게 탈이 생기지 않을까요? 貞子漁隹𡆥它? 貞子漁亡它"(『갑』 3,660편)과 같이 동일한 문장의 긍정―부정 형식을 나열해 의문을 나타내는 경우이다(필자 주―이는 소위 긍정 부정문正反句 대정對貞에 해당한다).

갑골문의 품사 분류詞類와 관련해, 관섭초는 단어의 의미·성질·기능에 근거해 명사, 대명사, 수사, 양사, 시지사時地詞, 동사, 계사繫辭, 형용사, 부사, 접속사連詞, 개사介詞, 감탄사 등 12가지로 나누었다. 문장의 수식어에 관해, 명사의 수식어로는 명사, 대명사, 수사, 양사, 동사, 형용사가 있는데, "다마아多馬亞('다마'인 '아')", "짐사朕史(나의 사관)", "십우十牛(열 마리의 소)", "창육유鬯六卣(여섯 주전자의 새로 빚은 술)", "출일出日(뜬 태양)", "황양黃羊(누런 양)" 등이 그러하다. 동사의 수식어에는 부사와 시지사時地詞가 있는데, "내약乃若", "추화隹禍", "불타弗它", "필이弜以", "우래일于來日" 등이 그러하다. 형용사의 수식어는 모두 부사인데, "홍길弘吉", "불약弗若" 등이 그러하다. 시간사의 수식어에는 수사·동사·지시 대명사·시간사 등이 있는데, "오순五旬", "내을해來乙亥(오는 을해일)", "지일之日(오늘)", "익을묘翌乙卯(다음 을묘일)" 등이 그러하다. 부사 수식어에는 부정부사가 자주 보이는데, "물추勿隹", "불추不隹", "불기弗其", "불기不其" 등이 그러하다.

관섭초는 「갑골문 '유'자의 용법 분석甲骨文中"唯"字用法的分析」,[112] 「상고 한어 서수 구조의 결합 방식의 역사적 변천上古漢語序數詞組結合方式的歷史演變」,[113] 「은허 갑골 각사의 이중 목적어 문제殷虛甲骨刻辭中的雙賓語問題」,[114] 「갑골문 "목"자의 용법 분석－은상 어법에서의 부정의 부정식인 "불목"·"물목"을 시험적으로 논함甲骨文"首"字的用法分析－試論殷商語法中否定的否定式"不首·"勿首"」[115] 등의 논문을 발표했는데, 복사의 어법 현상에 대해 시리즈 형식으로 진일보한 논의를 계속했다.

1950년대 전반기에 나온 진몽가의 『은허복사 종술殷虛卜辭綜述』[116]에서도 "문법"에 관한 장을 따로 설정해 논의했다. 그는 관섭초의 단어 의미 분류법과는 달리, 복사에서의 단어 위치와 문장 구조 분석을 통해 갑골문의 품사를 명사, 단위사單位詞(즉 양사), 대명사(인칭대명사·지시대명사), 동사, 상사狀詞, 수사, 지시사, 관계사關係詞(접속사·개사), 조동사 등 9가지로 분류했다. 진몽가에 의하면 복사를 구성하는 가장 중요한 두 가지 품사는 명사와 동사이며, 명사에는 일반명사와 고유명사의 두 가지가 있고, 일반 명사는 다시 다음의 5가지로 나뉜다고 했다.

① 사물 이름物名 : 사람人·말馬·해日·비雨·암컷牝·닭鷄·강河·집室 등.

② 시간 이름期名 : 사祀·세歲·순旬·월月·일日·석夕·모暮·조朝·명明·단旦·혼昏 등.

③ 구역 위치區位 : 비鄙·록麓·읍邑·토土·방方·동東·남南·서西·북北 등.

④ 신분身份 : 왕王·후后·군君·후侯·전田·백白·윤尹·공工·복卜·사史·조祖·비妣·부父·모母·형兄·공公 등.

⑤ 집합 명칭集體 : 족族·군사自·대중衆 등.

---

112) 『中國語文』, 1962年 第6期.
113) 『古文字研究』 第12輯, 中華書局, 1985.10.
114) 『中國語文』, 1986年 第5期.
115) 『中國語文研究』, 1992年 第10期.
116) 陳夢家, 『殷虛卜辭綜述』, 科學出版社, 1956, 85～134면.

또 고유명사에는 다음의 5가지가 있다.

① 인명 : 성成 · 당唐 · 왕해王亥 · 자어子漁 · 복염卜冉 · 후호侯虎 · 조갑祖甲 · 고조해高祖亥 등.

② 여자 : 부모帚某 · 비모妣某 · 모모母某 등.

③ 주변 민족方族 : 강방羌方 등.

④ 지명 : 강 이름 · 산 이름 등.

⑤ 날짜 : 60간지 등.

단위사單位詞는 갑골문에서 그다지 많이 보이지는 않는다. 예컨대 조개貝에 대한 단위는 붕朋, 말馬과 수레車에 대한 단위는 병丙, 새로 빚은 술鬯은 유卣를 사용하고 있다. 단위사는 일반적으로 명사와 수사의 뒤에 놓이는데, "조개 10붕貝十朋", "말 50마리馬五十丙", "수레 2대車二丙", "새로 빚은 술 6주전자鬯六卣" 등과 같다. 대명사에서는 여余 · 짐朕 · 아我가 제1인칭 대명사에, 여女 · 내乃가 제2인칭 대명사에, 제3인칭 대명사는 아직 보이지 않는다. 하지만 "보살핌을 받겠습니까? 受㞢又"와 "공방의 보살핌을 받겠습니까? 受舌方又"를 비교해 보면 "우㞢"의 용법에 대체명사의 기능이 있음을 알 수 있으며, 지시대명사에는 자兹와 지之가 있다. 인칭대명사에는 수의 구별이 있으며, 소유격領格과 주빈격主賓格의 구분은 있으나 주격과 빈격賓格의 구분은 없으며, 지시대명사는 언제나 개사의 뒤에 놓인다. 동사에는 타外동사(즉 급물及物동사)와 자內동사(즉 불급물不及物동사)의 두 가지가 있다. 형용사狀詞는 형용명사의 상태사를 말하는데, 자주 보이는 것으로 대大 · 소小 · 다多 · 소少 · 백白 · 흑黑 · 유幽 · 황黃 · 신新 · 구舊 등이 있다. 형용사狀詞는 보통 수식하는 명사의 앞에 놓인다. 수사 중 가장 큰 숫자는 3만萬이며 가장 작은 숫자는 1이고, 1보다 작은 분수는 보이지 않는다. 십진법을 사용하였으며, 10의 배수는 대부분 합문合文의 형식으로 나타난다. 수사 단어결합詞組의 경우 정수와 영수 사이에는

"우㞢"나 "우又"를 더하여 "오십우육五十㞢六"·"삼백우사십팔三百又卌八"의 형식을 사용했다. 하지만 "일백이십칠一百廿七"과 같이 '우'를 더하지 않은 경우도 있다. 지시사에는 사물·시간·방위를 지칭하는 세 가지가 있는데, 자玆·지之(앞에서 설명했던 개사 약若·자自·우于의 뒤에 놓이는 지시대명사 "자玆"·"지之"와는 다르다)·석昔·금今·익翌·래來·생生·좌左·우右·중中·내內·외外·상上·하下·고高·후後·대大·소小·동東·남南·서西·북北 등이 있다. 관계사關係詞의 경우, 한 가지는 급及·과果·토土·우又·우于 등과 같이 2개 이상의 사물 사이에 놓이는 접속사가 있고, 다른 한 가지는 자自·우于·지우至于·재在·종從·추隹·혜叀 등과 같은 개사介詞가 있다. 조동사는 동사의 앞에 더해지는 단어로, 우又·유有·윤允·기其·역亦·불弗·불不·물勿·무毋·필弜 등이 있다. 이들 중 "윤允"은 긍정의 어기를, "기其"는 부정의 어기를 나타내며, "불不"과 "불弗"은 부정을, "무毋"와 "물勿"은 바람에 대한 명령을 나타낸다. 바람에 대한 명령은 상대방에 대한 것으로, 상대방이 "어떤 것을 하지 않았으면" 하는 의미로, "무엇이 아니다"는 의미의 "불弗"이나 "불不"과 차이가 있다. 부정사인 "필弜"은 "불不"과 "불弗"과 같은 조에 속해야 할 것이지만 장종건張宗騫의 말처럼 필弜과 불弗이 통용되는 것은 아니다. 명사命辭에서 부정사가 문장의 앞에 놓이게 되면, 동사를 부정할 뿐 아니라 어떨 때에는 명사命辭 전체를 부정하기도 한다. 이외에도 무정 때의 사自조 복사에서는 문장 끝에 놓여 어기사로 쓰인 경우도 있다.

> 정미일에 점을 칩니다. '부'가 물어봅니다. '유侑'제사를 '함무'와 '학무'에게 드릴까요? 丁未卜, 扶, 㞢咸戊·學戊乎?
>
> 정미일에 점을 칩니다. '부'가 물어봅니다. '유侑'제사를 '함무'에게 드리는데 소를 쓸까요? 丁未卜, 扶, 㞢咸戊牛不?
>
> —『수』 425편

진몽가는 곽말약의 설을 인용해 "이 두 복사에서 하나는 호乎로 끝나고 다른 하나는 불不로 끝나는데, 모두 의문을 나타내는 단어로 보이며, 불不은 부否와 같다"117)고 했다. 또 『철』 450편의 "'지멱'이 '소방'을 정벌하면 보살핌을 받겠습니까? 沚或伐召方, 受又才"에서 재才는 재哉와 같은 것으로 이것도 어기사로 추정했다.

진몽가에 의하면, 복사의 문장 구조는 "왕께서 '토방'을 정벌할까요? 王伐土方"(『속』 3.9.1편)와 같이 "주어主－동사動－목적어賓"가 주를 이루는데, 이는 현대한어의 어순과 기본으로 같은 계통이다. 하지만 목적어가 동사의 앞에 놓이는 예도 매우 자주 보인다. 예컨대 "'화'가 사슴을 사로잡았다 畵鹿禽"(『수』 953편)는 "화가 사슴을 사로잡았다 畵擒鹿"와 같고, "왕께서 '북강'을 정벌할까요? 王叀北羌伐"(『전』 4.37.1편)는 '북강'이 정벌의 대상이며, "'토방'을 정벌하지 말까요? 勿隹土方征"(『수』 1,106편)는 정벌의 대상이 '토방'이라는 뜻으로, 모두 목적어가 앞에 놓인 경우이다. 목적어가 전치될 경우에는 개사 "혜叀"나 "추隹"가 필요하지만, "이들은 차이가 있어, '유'는 긍정적인 의미에 쓰이고, 이와 반대되는 경우가 '물勿'과 '추隹'이다." 또 극소수이긴 하지만 주어가 동사－목적어의 뒤에 놓이는 경우도 있다. 예컨대 "신묘일에 점을 칩니다. '부'가 물어봅니다. 상나라에 풍년이 들겠습니까? 辛卯卜, 扶, 受年商"(『합집』 20,651편), "무신일에 점을 칩니다. '긍'이 물어봅니다. 왕에게 풍년이 들겠습니까? 戊申卜, 亘, 貞受年王"(『합집』 40,088편)가 그런데, 상나라와 왕에게 풍년이 들 것인지를 물었다. 목적어가 전치될 경우 구일 경우도 있으며, 하나의 동사에 한 개 이상의 목적어가 있을 수도 있는데, 간접 목적어의 앞에는 항상 개사가 놓인다. 시간 개사구는 동사의 앞에 놓이지만, 주어의 앞이나 목적어의 뒤에 놓일 수도 있다. 인물 개사구는 동사 뒤에 놓이지만, 주어의 앞이나 목적어의 뒤에 놓일 수도 있다. 공간 개사구는 동사 뒤에 놓이지만, 동사의 앞

117) 『殷契粹編』 第425片의 考釋, 日本東京文求堂, 1937. 郭氏는 또 "복사는 원래 모두가 의문문이었다"고도 했다.

이나 목적어의 뒤에 놓일 수도 있다.

진몽가는 복사의 문형 분석에서도 관섭초와 많은 차이를 보이는데, 그는 각종 복사에 포함된 동사를 분석의 기점으로 삼아 각종 복사의 문형을 상세하게 분석했다. 간단한 문장으로는 "왕께서 '이방'을 정벌했다 王征夷方"와 같은 것도 있지만, 복잡한 구문의 경우 다음과 같은 4가지의 형식이 있다고 했다.

1. 조건식 :

"왕께서 경인일이 되면 '의'로부터 도보로 정벌을 할까요? 王于庚寅步自衣."

—『수』 1,041편

2. 병렬식 :

"'상'을 건너서 '해'에 이르고, 사냥할 때 '유'제사에 돼지를 쓰면, 잡을 수 있겠습니까? 涉滴至鏧, 射又豕, 擒."

—『수』 950편

3. 내포母子식 :

"'등'인들로 하여금 가서 '공방'을 정벌하게 할까요? 登人, 乎'往伐𢀛方.'"

—『속』 3.4.4편

"'다자족'으로 하여금 '늠촉'을 따르게 하여 왕의 정벌을 수행하게 할까요? 叀多子族, 令'從亩蜀𢦏王事.'"

—『後下』 38・1

4. 주종식 :

"'공방'이 출현하면 '아'에 불행한 일이 생기게 될까요? 𢀛方出, 隹我㞢乍禍"

—『속』 3.10.2편

"'소방'이 오면 '부정'께 고할까요? 召方來, 告于父丁"

—『갑』 810편

이상의 제1식은 간단한 "주어—동사—목적어" 형식으로 1개의 동사만 있는데, 조건을 문장 속에 포함시켜 동작의 지역 · 대상 · 동작자 등을 제한했을 뿐이다. 나머지 3가지 형식은 동사가 1개로 제한되지 않아, 병렬식에서는 상관된 동작의 연계나 연속을 나타냈다. 내포식에서는 반드시 어미문母句의 "호乎"나 "영令" 등으로 따라오는 아들문子句이 어미문 동사의 목적어임을 보여 주는데, 아들문은 간단하거나 복잡한 형식을 띠기도 하며, 아들문의 주어(다자족多子族)는 어미문의 주어나 동사의 앞으로 옮겨 갈 수도 있다. 주종식은 인과관계나 조건을 가진 병렬구로 종속절이 주절의 앞에 놓이며, 어떤 때에는 "'물이 들어오는 것'을 상갑께 보고할까요? 告'水入'于上甲"(『수』 148편)와 같이 이러한 종속절이 주절의 직접 목적어로 변하기도 한다.

관섭초와 진몽가는 각기 특색을 가진 갑골문 문법연구로 복사의 품사분류 · 성질詞性 · 형태론構詞法 · 문장 형식句型 · 통사론句法 · 어순 · 어법 · 최초의 수사현상 및 복사 언어학의 기능과 의미 환경 등과 같은 기초적인 주제에 대해 심도 있게 논술함으로써, 갑골문 문법연구 방면의 총체적인 틀을 비교적 견실하게 구축했으며, 이후 갑골학의 분과 학문적 의미를 다시 고찰하는 데 기초를 만들어 주었다.

2) 이후 40년간의 갑골문 문법연구의 성과

갑골문 문법연구의 중요성은 "두 가지 측면에서 논의가 가능하다. 하나는 복사의 어법을 더욱 깊게 이해하여 전체 문장을 통독하고 그 의미를 분석해내는 데 견실한 기초를 만들어 낸다는 측면이다. 다른 하나는 갑골복사가 한어사에서 가장 이른 시기의 언어자료이기 때문에, 그것의 주요 특징을 파악하면 한어의 역사적 변천 및 그 발전 규칙의 논증에 더없는 조건을 제시할 수 있다는 측면이다."[118] 그래서 관섭초와 진몽가 이후 40여 년 동안 이 방면의 연구는 한때 여러 원인으로 침체되기도 했었지만, 1980년대 이후에 들어 『갑골문 합집』의 출판으로 갑골자료가 전면적으로 정리되고 공표됨으로써, 갑골문 문법 연구는 날로 활발해져 막 꽃을 피우는 단계를 형성했을 뿐 아니라, 갈수록 붐을 일으키는 갑골학의 또 다른 한 영역으로 발전했다. 여기서는 대략의 통계를 통해 갑골문 문법의 연구에 대한 이후 40여 년간의 논저를 다음과 같이 소개하고자 한다.

① 품사 분류詞類・품사詞性

한요릉韓耀隆, 「갑골문에서의 1인칭 지시사의 용법甲骨文中第一身指稱詞的用法」, 『중국문자中國文字』 제18책, 1965.

진위담陳煒湛, 「갑골문에 보이는 1인칭 대명사 분석甲骨文所見第一人稱代詞辨析」, 『학술연구學術硏究』(광주), 1984년 제3기.

유수생喩遂生, 「갑골문 "아我"에 단수가 있다는 설甲骨文"我"有單數說」, 『고한어연구古漢語硏究』, 1996년 제2기.

유청劉靑, 『갑골문 "짐朕"자의 용법甲骨文"朕"字的用法」, 『중경사전학보重慶師專學報』, 1998년 제1기.

김진희金眞熙, 「갑골문 지시사 연구甲骨文指示詞硏究」, 한양漢陽대 석사논문, 1991.

장옥금張玉金, 「은허 갑골문 대명사 체계 연구殷墟甲骨文代詞系統硏究」, 『문사文史』 제42집, 중화서국, 1997.

이달량李達良, 「몇몇 문언 어기사가 상고시기에서 나왔다는 것에 대한 추측若

118) 러시아 Michael V. Kryukov(劉克甫), 「殷墟卜辭語句的形式結構與資訊結構」, 『中央硏究院歷史語言硏究所集刊』 第67本 4分, 1996, 780면.

干文言語氣詞源出上古時期的推測」, 『중국어문연구中國語文研究』 창간호, 1980.4.

장진림張振林, 「선진 고문자 자료의 어기사先秦古文字材料中的語氣詞」, 『고문자연구古文字研究』 제7집, 중화서국, 1982.

구석규裘錫圭, 「복사 "이異"자와 시서에서의 "식式"자卜辭"異"字和詩書裏的"式"字」, 『중국어문학보中國語文學報』, 1983년 제1기.

한요릉韓耀隆, 「갑골 복사의 '혜'와 '추'의 용법 탐구甲骨卜辭中叀·隹用法探究」, 『중국문자中國文字』 제43책, 1972.

이등도치伊藤道治, 「어휘 "혜"의 용법 문제有關語詞"叀"的用法問題」, 『고문자연구古文字研究』 제6집, 중화서국, 1980.

이등도치伊藤道治, 「복사의 "허사"의 성격—'혜'와 '추'의 용례를 중심으로卜辭中"虛詞"之性格—以叀與隹之用例爲中心」, 『고문자연구古文字研究』 제12집, 중화서국, 1985.10.

이등도치伊滕道治, 「복사 "허사"의 성격—'추'의 용례를 중심으로卜辭"虛詞"的性格—隹的用例爲中心」, 『중국 고대국가의 지배구조—서주 봉건제도의 금문中國古代國家的支配構造—西周封建制度的金文』 부론附論, 일본 동경 중앙공론사東京中央公論社, 1987.10.

주기상朱歧祥, 「'혜'의 해석釋叀」, 『김상항 교수 서거 1주년 기념 논문집金祥恒教授逝世周年紀念論文集』, 1990; 『갑골학논총甲骨學論叢』, 대만 학생서국, 1992.

강보창姜寶昌, 「복사 허사의 시범적 분석卜辭虛詞試析」, 『선진한어연구先秦漢語研究』, 산동교육출판사, 1982.

조성趙誠, 「갑골문 허사 탐색甲骨文虛詞探索」, 『고문자연구古文字研究』 제15집, 중화서국, 1986.6.

장옥금張玉金, 『갑골문 허사사전甲骨文虛詞詞典』, 중화서국, 1994.

한요릉韓耀隆, 「갑골 복사에서의 "우于"자 용법 탐구甲骨卜辭中"于"字用法探究」, 『중국문자中國文字』 제49책, 1973.

당건원唐健垣, 「"우于"자 용법으로부터 갑골문의 차이를 증명함從"于"字用法證甲骨文之不同」, 『중국문자中國文字』 제28책, 1968.

황위가黃偉嘉, 「갑골문과 금문의 "재在・우于・자自・종從" 등 4개 개사 용법의 발전 변화 및 상호 관계甲金文中"在・于・自・從"四字介詞用法的發展變化及其相互關係」, 『섬서사대학보陝西師大學報』, 1987년 제1기.

구석규裘錫圭, 「갑골 복사의 "시戠"자의 한 가지 용법說甲骨卜辭中"戠"字的一種用法」, 『어언문자학술연구논문집語言文字學術研究論文集』, 지식출판사, 1989.

장옥금張玉金, 「복사의 "기暨"의 용법卜辭中"暨"的用法」, 『중국어문中國語文』, 1990년 제1기.

진년복陳年福, 「갑골문 연결사 "기暨"의 용법에 대한 시범적 분석甲骨文連詞"暨"用法試析」, 『전통문화와 고적정리 연구傳統文化與古籍整理研究』, 서남사범대학출판사, 1994.

조성趙誠, 「갑골문 행위동사 탐색甲骨文行爲動詞探索」 1, 『은도학간殷都學刊』, 1987년 제3기.

조성趙誠, 「갑골문 동사 탐색甲骨文動詞探索 2－피동식에 관해서關于被動式」, 『중국어언학보中國語言學報』 제4기, 상무인서관, 1991.

조성趙誠, 「갑골문 동사 탐색甲骨文動詞探索 3－동사와 명사에 관해서關于動詞和名詞」, 『고문자연구古文字研究』 제19집, 중화서국, 1992.

심림沈林, 「갑골문 동사 시기구분 연구 초탐甲骨文動詞斷代研究初探」, 『중경사전학보重慶師專學報』, 1998년 제1기.

유수생喩遂生, 「갑골문 동사와 개사의 동사 용법甲骨文動詞和介詞的爲動用法」, 『한어사연구집간漢語史研究集刊』 제3집, 1998.

타카시마(Ken-ichi Takashima, 高島謙一), "Nominalization and Nominal Derivation with Particular Reference to the Language of Oracle-Bone Inscriptions(갑골문의 명사구 및 명사구화)", *East Asian Languages*, No.2, University of Hawaii(미국 하와이대학 동아시아 언어 제2집), 1985.

양은봉梁銀峰, 「갑골문 명사의 어법 기능甲骨文名詞的語法功能」, 『천동학간川東學刊』, 1998년 제1기.

양은봉梁銀峰, 「갑골문 형용사 연구甲骨文形容詞研究」, 『중경사전학보重慶師專學報』, 1998년 제1기.

타카시마(Ken-ichi Takashima, 高嶋謙一), "A Study of the Copulas in Shang Chinese (상대 한어에서의 계사繫辭 연구)", 『동경대학東京大學 동양문화연구소 기요東洋文化研究所紀要』 제112책, 1990.

황재군黃載君, 「갑골·금문 양사의 응용으로부터 한어 양사의 기원과 발전을 고찰함從甲骨·金文量詞的應用考察漢語量詞的起源與發展」, 『중국어문中國語文』, 1964년 제6기.

타카시마(Ken-ichi Takashima, 高島謙一), "On the Quantitative Complement in Oracle-Bone Inscriptions(갑골문의 수사 보어)", *Journal of Chinese Linguistics*, Vol.XIII, no.1(『中國語言學雜志』 제13권 1기), 1985.

니비존(David S. Nivison, 倪德衛), "Existence and Identification : An Unsolved Grammatical Problem Concerning the Word 'Yu有' There is ……"(존재와 인정－동사 "유有"에 관한 아직 해결되지 않은 어법문제), Paper Presented to the Twenty-third Annual Meeting of the American Oriental Society, Western Branch, Berkeley(버클리 미국 동방학회 서부 분회 제23차 연례회의 논문), 24 March, 1973.

니비존(David S. Nivison, 倪德衛), "The Pronominal Use of the Verb YuGiug : 㞢·又·有 in Early Archaic Chinese(동사 "유㞢·우又·유有"의 초기 고대 한어에서의 대명사적 용법), *Early China*, No.3(『고대중국古代中國』 第3卷), 1977.

타카시마(Ken-ichi Takashima, 高島謙一), "Subordinate Structure in Oracle-Bone Inscriptios : With Particular Reference to the Particle Ch'i"(갑골각사 중의 종속구조－특히 "기其"에 관하여), *Monumenta Serica* XXXIII(『화예학지華裔學志』 第33期), 1977～1978.

타카시마(Ken-ichi Takashima, 高島謙一), Decipherment of the Word Yu 㞢/又/有 in the Shang Oracle-Bone Inscriptions and in Pre-classical Chinese(商代甲骨文和上古漢語中"㞢·又·有"字的釋讀), *Early China* 4(『古代中國』 第4卷), 1978～1979.

타카시마(Ken-ichi Takashima, 高島謙一), "The Early Archaic Chinese Word Yu in the Shang Oracle Bone Inscriptions, Word-Family, Etymology, Grammar, Semantics and sacrifices(어족·어원·어의와 제사로 본 상대갑골문에서의 상고한자 "유有")", *Cahiers de Linguistigue, Asie Orientale* No.8(『동아시아 언어학자 총서』 제8권), October, 1980.

타카시마(Ken-ichi Takashima, 高島謙一), "Noun Phrases in the Oracle-Bone Inscriptions(갑골문의 명사구)", *Monumenta Serica* Vol.36(『화예학지華裔學志』 第36卷), 1984～1985.

구금치邱金治, 「복사에 보이는 "우又"자 용법의 분석卜辭所見"又"字用法之剖析」, 『대남사범전문대학간臺南師專學刊』, 1983년 제5기.

류코프(劉克甫, Michael V. Kryukov), 「은나라 때 갑골문에서의 품사의 차이에 관해서關于殷代甲骨文中詞類的差異」, 『아시아-아프리카 인민亞非人民』, 1968년 제4기.

② 형태론構詞法

대련장戴璉璋, 「은주 형태론 초탐殷周構詞法初探」, 『굴만리 선생 칠순 경축 논문집屈萬里先生七秩榮慶論文集』, 대북 연경출판사업공사, 1978.

김상항金祥恒, 「갑골문 통용가차자 거우甲骨文通借字擧隅」, 『중국문자中國文字』 제10책, 1962.

김상항金祥恒, 「갑골문 가차자 속설甲骨文假借字續說－비모比母」, 『중국문자中國文字』 제16책, 1965.

종욱원鍾旭元·허위건許偉建, 「갑골문 금문 통가자 석례甲骨文金文通假字釋例」, 『화남사범대학학보華南師範大學學報』, 1987년 제1기.

도방남島邦男, 「갑골문자 동의 거례甲骨文字同義擧例」, 『중앙연구원 역사어언연구소집간中央研究院歷史語言研究所集刊』 제36본, 『동작빈・동동화 두 선생 기념 논문집紀念董作賓・董同龢兩先生論文集』 상책, 1965.

진위담陳煒湛, 「복사 문법 삼제卜辭文法三題」, 『고문자연구古文字研究』 제4집, 중화서국, 1980년. ① 일의다사一義多辭－문법구조의 다양화文法結構的多樣化, ② 일사다류一詞多類－사의 겸류와 활용詞的兼類和活用, ③ 문장의 간화와 생략句子的簡化與省略.

진위담陳煒湛, 「갑골문 동의어 연구甲骨文同義詞研究」, 『고문자학논집 초편古文字學論集初編』, 국제 중국고문자학 연토회 논문집 편집위원회 & 홍콩 중문대학 중국문화연구소 오다태吳多泰중국어문연구중심, 1983.

심림沈林, 「갑골문 몇몇 동사의 동의어 변석甲骨文動詞幾組同義詞的辨析」, 『천동학간川東學刊』, 1998년 제1기.

진위무陳偉武, 「갑골문 반의어 연구甲骨文反義詞研究」, 『중산대학학보中山大學學報』, 1996년 제3기.

왕방우王方宇, 「언어의 상하문과 갑골문자의 고석語言的上下文和甲骨文字的考釋」, 『고궁계간故宮季刊』 제6권 2기, 1971년 겨울.

왕소신王紹新, 「갑골각사 시대의 어휘甲骨刻辭時代的詞彙」, 『선진한어연구先秦漢語研究』, 산동교육출판사, 1982.9.

조성趙誠, 「갑골문 어휘의미 체계 탐색甲骨文詞義系統探索」, 『갑골문과 은상사甲骨文與殷商史』 제2집, 상해고적출판사, 1986.

조성趙誠, 「갑골문 형부 체계 초탐甲骨文形符系統初探」, 『중국어언학보中國語言學報』 제3집, 1988.

임정화林政華, 「갑골문 성어 집석甲骨文成語集釋」 상・하, 『문물과 고고 연구文物與考古研究』 제1・2집, 1997.

③ 부정사否定詞

한요륭韓耀隆, 「갑골 복사속의 부정사 용법 탐구甲骨卜辭中否定詞用法探究」 1～3, 『중국문자中國文字』 제45・46・47책, 1972～1973.

타카시마(Ken-ichi Takashima, 高島謙一), Negatives in the King Wu-Ting Bone Inscriptions(무정武丁복사 속의 부정사), Ph. Doctor Dissertation, Seattlle, University of Washington(워싱턴 대학 박사논문), 1973.

공재석孔在錫, 「갑골문 부정사에 대한 고찰甲骨文否定詞考」, 『중국문학中國文學』 제1집, 1973.

하록夏錄, 「'필'의 해석－장종건의 '복사의 필과 불의 통용에 관한 고찰'에 대한 검토釋弜－張宗騫「卜辭弜 · 弗通用考」的商榷」, 『무한대학학보武漢大學學報』, 1981년 제3기.

구석규裘錫圭, 「'필'에 대한 해설說"弜"」, 『고문자연구古文字研究』 제1집, 중화서국, 1979.

구석규裘錫圭, 「'물'과 '발'에 대한 해석釋勿 · 發」, 『중국어문연구中國語文研究』, 홍콩 중문대학中文大學, 1981년 제2기.

주기상朱歧祥, 「'물'과 '필'이 같은 글자임을 해석함釋勿 · 弜同字」, 『설문해자연구논문집說文解字研究論文集』 제2집, 1991(『갑골학논총甲骨學論叢』, 대만 학생서국學生書局, 1992).

류코프(劉克甫, Michael V. Kryukov), 「'필'자를 다시 논함再論"弜"字」, 『갑골문과 은상사甲骨文與殷商史』 제2집, 상해 고적古籍출판사, 1986.6.

진위담陳煒湛, 「갑골문의 "불"자에 관한 해설甲骨文"不"字說」, 『제2회 국제 중국고문자학 연토회 논문집第二屆國際中國古文字學研討會論文集』, 홍콩 중문대학中文大學 중국언어 및 문학과中國語言及文學系, 1993.

장혜영張惠榮, 「갑골문의 부정사甲骨文否定詞」, 『국제 갑골학 학술 토론회國際甲骨學學術討論會』, 한국 숙명여대 중국학연구소, 1995.5.

손예철孫睿徹, 「갑골문 부정사 시탐甲骨文否定詞試探」, 『국제 갑골학 학술 토론회國際甲骨學學術討論會』, 한국 숙명여대 중국학연구소, 1996.5.

이종욱李宗焜, 「은허 갑골문의 부정사 "매"를 논함論殷墟甲骨文的否定詞"妹"」, 『중앙연구원 역사어언연구소 집간 · 부사년傅斯年 선생 1백세 탄신 기념 논문집』 제66본本 4분分, 1995.

러푸웨(雷煥章, Jean A. Lefeuwe), 「"불"과 "불" 두 가지 서로 다른 종류의 부정사와 갑골문의 "빈""不"和"弗"兩個不同種類的否定詞與甲骨文中的"賓"」, 『갑골문 발견 백주년 학술 연토회 논문집』, 1998.

④ 통사론句法

정숙丁驌, 「은 정복의 격식과 '정사+윤+험사'의 해석殷貞卜之格式與貞辭允驗辭之解釋」, 『중국문자中國文字』 신2기, 1980.

황숙영黃淑英, 「고대 한어의 도치문의 유형론古代漢語倒裝句類型論」, 『모스코바莫斯科 대학 학보 · 동방학東方學』, 1981년 제3기.

곽청평郭青萍 · 곽승강郭勝强, 「복사 구법 구조 연구의 추의卜辭句法結構研究芻議」, 『은도학간殷都學刊』, 1986년 제3기.

주기상朱岐祥, 『은허복사 구법 논고-대정복사 문형의 변이 연구殷墟卜辭句法論稿-對貞卜辭句型變異研究』, 대만 학생學生서국, 1990.

주기상朱岐祥, 「은허복사 사례 유변에 대한 고찰殷墟卜辭辭例流變考」, 『제2회 국제중국고문자학 연토회 논문집 속편續編』, 홍콩 중문中文대학, 1995.

장옥금張玉金, 「은허 갑골문 문장의 분류 문제에 관한 연구殷墟甲骨文句類問題研究」, 『고한어연구古漢語研究』, 1997년 제4기.

심배沈培, 『은허 갑골 복사 어순 연구殷墟甲骨卜辭語序研究』, 대만 문진文津출판사, 1992.

침지유沈之瑜 · 복모좌濮茅左, 「복사의 단어 형식과 순서卜辭的辭式與辭序」, 『고문자연구古文字研究』 제18집, 중화서국, 1992.

정계아鄭繼娥, 「갑골문의 연동문과 겸어문甲骨文中的連動句和兼語句」, 『고한어연구古漢語研究』, 1996년 제2기.

진년복陳年福, 「복사 "어"자의 문형에 대한 시범적 분석卜辭"御"字句型試析」, 『고한어연구古漢語研究』, 1996년 제2기.

⑤ 의문문의 문제

키틀리(David N. Keightley, 吉德煒), Shih Chen釋貞, A New Hyothesis About the Nature of Shang Divination(정貞에 대한 해석－상대 정복貞卜의 본질에 대한 새로운 가설), Paper Presented at the Conference of Asian Studies on the Pacific Coast, Monterey, California(미국 캘리포니아 몬테리 태평양 해안 아시아 학회 토론회 논문), Jun, 1972.

이달량李達良, 「복사의 문형 및 의문사卜辭之句式及其疑問詞」, 『연합서원학보聯合書院學報』 제11기, 1973.

이학근李學勤, 「사조 복사의 몇몇 문제에 관해關于自組卜辭的一些問題」, 『고문자연구古文字研究』 제3집, 중화서국, 1980.

타카시마(Ken-ichi Takashima, 高島謙一), 「'문정'에 관해問鼎」, 『고문자연구古文字研究』 제9집, 중화서국, 1984.

구석규裘錫圭, 「은허복사의 명사가 부정 의문문인지에 대한 고찰關于殷墟卜辭的命辭是否問句的考察」, 『중국어문中國語文』 1988년 제1기.

니비존(David S. Nivison, 倪德衛), The "Question" Question("문問"에 대한 질문), *Early China* XIV(『고대중국古代中國』 제14권), 1989.

왕우신王宇信, 「은허복사의 명사가 의문문임을 다시 논함申論殷墟卜辭的命辭爲問句」, 『중원문물中原文物』, 1989년 제2기.

진위담陳煒湛, 「복사의 '정'과 '정'에 관해서卜辭貞鼎說」, 『문물연구文物研究』 총 제6집, 1990.

진위담陳煒湛, 「갑골문의 "인"·"집"자의 의미 문제에 관해서關于甲骨文"印"·"執"二字的詞義問題」, 화중華中사범대학 갑골언어학 토론회 논문, 1990.

진위담陳煒湛, 「은허복사 명사의 성질을 논함論殷墟卜辭命辭的性質」, 『장세록 선생 기념 학술 논문집紀念張世祿先生學術論文集·어원신론語苑新論』, 상해 교육출판사, 1994(『하상 문명 연구夏商文明研究』, 중주고적中州古籍출판사, 1995).

주기상朱岐祥, 「"불"의 특수 문례로부터 복사의 명사가 의문문에 속함을 논함

由"不"的特殊句例論卜辭命辭有屬問句」, 『제3회 국제 중국고문자학 연토회 논문집』, 홍콩 중문中文대학, 1997.

진년복陳年福, 「복사 명사의 구성 성분卜辭命辭的構成成分」, 『오중학간吳中學刊』, 1997년 제4기.

주기상朱岐祥, 「은허복사의 명사가 의문문임에 대한 고변殷墟卜辭的命辭是問句考辨」, 『용경容庚선생 탄신 백주년 기념논문집』, 1998.

주기상朱岐祥, 「복사의 "호"자가 의문 어기사가 아님을 논함卜辭中"乎"字非疑問語詞考」, 『대만사범대학 제9회 중국문자학 학술연토회 논문집』, 1998.

⑥ 어법語法

구석규裘錫圭, 「고대한어 연구에서 고문자 자료의 중요성에 대해談談古文字資料對古漢語研究的重要性」, 『중국어문中國語文』, 1979년 제4기(또 『고대문사연구신탐古代文史研究新探』, 강소고적江蘇古籍출판사, 1992).

고명高明, 「갑골문의 어법甲骨文的語法」, 『중국고문자학 도론中國古文字學導論』 제1절, 문물文物출판사, 1987.

서레이(Paul L-M. Serruys, 司禮義), Studies in the Language of the Shang Oracle Inscriptions(상대 갑골문 어법 연구), *T'oung Pao* LX, 1~3(『통보通報』 제60권 1~3기), 1974.

주국정(Chou, Kwok-Ching, 周國正), Aspects of Subordinative Composite Sentences in the Period I Oracle Bone Inscriptions(제1기 갑골문에서의 종속성 복문), Ph. D. Dissertation, Vancouver, University of British Columbia, Canada(캐나다 브리티시 콜롬비아대학 박사논문), 1982.

후경창侯鏡昶, 「갑골 각사 어법 연구의 방향—『은허 갑골 각사의 어법연구』를 평함論甲骨刻辭語法研究方向—評『殷虛甲骨刻辭的語法研究」, 『중화문사논총간中華文史論叢刊·언어문자연구 전집專輯』 상, 상해고적上海古籍출판사, 1982.

이근李瑾, 「한어 은주 어법 문제에 대한 논의—왕력의 『한어사고』 중책의 선진어법 분석에 대한 검토漢語殷周語法問題探討－王力『漢語史稿』中冊先秦語法分析的商榷」, 『중화문사논총간中華文史論叢刊 · 언어문자연구 전집專輯』 상, 상해고적上海古籍출판사, 1982.

주국정周國正, 「복사의 두 가지 제사 동사의 어법적 특징 및 유관 문장의 어법 분석卜辭兩種祭祀動詞的語法特徵及有關句子的語法分析」, 『고문자학논집 초편古文字學論集初編』, 국제 중국고문자학 연토회 논문집 편집위원회와 홍콩 중문대학 중국문화연구소 오다태吳多泰 중국어문연구 중심, 1983.

유학순劉學順, 「부정문의 빈어 전치의 변천否定句中賓語前置的演變」, 『은도학간殷都學刊』, 1986년 제3기.

당옥명唐鈺明, 「갑골문의 "유+목적어+동사" 구조 및 그 변화甲骨文"唯賓動"式及其蛻變」, 『중산대학학보中山大學學報』, 1990년 제3기.

도국량陶國良, 「갑골 각사의 목적어 및 그 위치論甲骨刻辭的賓語及其位置」, 『갑골어언연구 토론회 논문집甲骨語言研究討論會論文集』, 화중華中사범대학출판사, 1993.

유수생喩遂生, 『갑골문 · 금문 어법 찰기 3가지甲金語法札記三則』, 『고한어연구古漢語研究』, 1995년 제2기.

진소용陳昭容, 「"갑골문 피동식" 연구에 관한 검토關于"甲骨文被動式"研究的檢討」, 『갑골문 발견 백주년 학술연토회 논문집』, 1998.

유청劉青, 「갑골문의 '주－술－목－명'과 '주－목－술'문甲骨文中的主謂賓名和主賓謂句」, 『서남西南사범대학학보』, 1998년 제2기.

류코프(Michael V. Kryukov, 劉克甫), 「은허복사 문법의 단어 위치 연구법을 논함論殷墟卜辭文法詞位研究法」, 『중원문물中原文物』, 1990년 제3기.

류코프(Michael V. Kryukov, 劉克甫), 「은허복사 어구의 형식 구조와 정보 구조殷墟卜辭語句的形式結構與資訊結構」, 『중앙연구원 역사어언연구소 집간』 제67본 4분, 1996.

⑦ 언어

서레이(Paul L-M. Serruys, 司禮義), On Phonology and Graph Analysis in Shang Bone Script(상대 갑골문의 어음학과 도해), Paper Presented to the Twenty-third Annual Meeting of the American Oriental Society, Western Branch, Berkeley (버클리 미국 동방학회 서부지회 제23회 연례회의 논문), 24 March, 1973.

서레이(Paul L-M. Serruys, 司禮義), Towards a Grammar of the Language of the Shang Bone Inscriptions(갑골 복사 언어의 한 어법 경향), 『국제한학대회기록휘편國際漢學大會紀錄彙編・언어와 고문자』, 1980년.

서레이(Paul L-M. Serruys, 司禮義), Graphic Identification, Semantic Interpretation and Phonological Implications in the Oracle Writing of Shang(갑골문의 어음 관련・문자 감정과 어음 해석), Mimeograph, International Conference on Shang Civilization, East-West Center, Honolulu, HI(미국 로스앤젤레스 동서방 센터 국제 상대 문명 토론회 논문), September, 1982.

타카시마(Ken-ichi Takashima, 高島謙一), Some Philological Notes to Sources of Shang History(상대 사료의 몇몇 언어학적 해석에 대하여), *Early China* 5(『고대중국』 제5권), 1979/80.

타카시마(Ken-ichi Takashima, 高島謙一), 「은나라 때 정복 언어의 본질殷代貞卜言語之本質」, 『동경東京대학 동양문화연구소 기요紀要』 제110책, 1989.

류코프(Michael V. Kryukov, 劉克甫), *The Language of Yin Inscriptions*(은 복사의 언어), Moscow(모스크바 출판), 1980.

⑧ 기타

당란唐蘭, 「복사 시대의 문학과 복사 문학卜辭時代的文學和卜辭文學」, 『청화학보淸華學報』 제11권 3기, 1936.

요효수姚孝遂, 「갑골 각사 문학을 논함論甲骨刻辭文學」, 『길림吉林대학 사회과학학보』, 1963년 제2기.

소애蕭艾, 「복사 문학 재탐색卜辭文學再探」, 『전국 상사商史 학술토론회 논문집』, 『은도학간殷都學刊』 증간增刊, 1985.
왕장환王章煥・증상근曾祥芹, 「갑골복사—중국 최초의 문장 형태甲骨卜辭—中國最早的文章形態」, 『은도학간殷都學刊』, 1986년 제3기.
요종이饒宗頤, 「어떻게 하면 진일보하게 갑골 각사를 정독하고 "복사 문학"을 인식할 것인가如何進一步精讀甲骨刻辭和認識"卜辭文學"」, 홍콩 중문中文대학 중국문화연구소 『중국어문연구』 제10기, 1992.
맹상로孟祥魯, 「갑골 각사의 운문—윤가성 도방정의 명문 해석을 겸함甲骨刻辭有韻文—兼釋尹家城陶方鼎銘文」, 『문사철文史哲』, 1993년 제4기.

이상에서 열거한 1백여 편의 논저는 대략 8가지 부류로 나뉘며, 선택된 제목으로부터 이후 40여 년간 갑골문 문법연구가 걸어온 궤적을 살펴볼 수 있다. 많은 논저들이 갑골학 전기 연구의 수준 높은 성과를 기초로 삼아, 한어문법사의 엄격한 범주로부터 갑골문 문법에 대해 더욱 전문적이고 풍부한 내용을 고찰하였다. 총체적으로 볼 때 다각도에서 여러 측면의 다양한 주제를 계통적이며 집대성하여 재탐색했다는 것이 특징이다. 섭렵된 문제들은 깊이와 넓이에 있어서 과거보다 훨씬 더 확장되었으며, 여러 방면에서 과거의 성과를 보완 수정하고, 규범화하고, 종합 결집하였으며, 보충 발전시켰다. 이는 분명 복사어법의 깊은 이해가 가능하도록 만들었으며, 이로써 한어의 역사변화 및 그 연진 규칙을 역추적하는데, 명실상부한 훌륭한 시작과 확장의 계기가 되었다.

예를 들어, 구석규는 이러한 방면에서 공헌이 가장 많았던 사람의 하나인데, 앞에서 들었던 복사 어법에 관한 일련의 논저에서 과거 관섭초와 진몽가의 분석보다 훨씬 발전된 성과를 보여주었다. 고대한어사의 논의에서 갑골문을 제외하자고 주장하는 일부 학자들에 대해 구석규는 갑골문은 현재 이용할 수 있는 최고의 한어자료이며 고대한어의 수많은 어법 현상은 모두 갑골문에서 가장 오래된 예를 찾을 수 있다는 사실을 분명하게 지적했다. 구석규가 새로 발견한 복사어법의 몇몇 특유한 현상으로는 다음 몇 가지가 있다. 먼저 부정사에서 가장 자주 쓰이는 것은 2조로 나눌 수 있는데, Ⓐ 물勿과 필弜, Ⓑ 불不과 불弗이다. Ⓐ조는 늘 바람을 표시하여, 현대한어에서의 "…… 하지 말라不要"로 번역할 수 있으며, "물勿"과 "필弜"의 뒤에는 통상 "기其"가 더해지지 않는다. Ⓑ조는 늘 가능성이나 사실을 표시하여, "…… 할 수 없다不會"나 "…… 아니다沒有"로 번역될 수 있으며, "불不"과 "불弗" 뒤에는 항상 "기其"가 더해진다. 이로 인해 과거 장종건張宗騫이 말했던 필弜과 불弗의 통용을 비롯해 필弜이 복사의 부정사에서 불不·불弗과 같은 조에 속해야 한다는 진몽가의 학설은 사실과 부합하지 않는 것으로 밝혀졌다. 부정사인 "무毋"는 고대 문헌에서의 용법이 "물勿"과 근접하고 있으며, 복사에서도 "물勿"이나 "필弜"로 대체될 수 있다. 하지만 "무毋"와 어기사 "기其"와의 관계는 도리어 "불不"이나 "불弗"과 비슷하며, "무毋"자의 뒤에도 어기사 "기其"를 쓸 수 있다. 그래서 복사에서 "기其"를 대동하지 않은 "무毋"는 기본적으로 Ⓐ조에 속하며, 이와 반대의 경우는 Ⓑ조에 속한다. 형태론構詞法의 측면에서는 복합어 구성법과 단순어 구성법이 있다. 복합어 구성법은 구상丘商·사희自喜 등과 같이 큰 범주가 작은 범주의 앞에 놓인다. 단순어 구성법이란 사史·사事·사吏·사使에서처럼 필사법의 구별 없이 단순어에서의 분화를 말한다. 구석규에 의하면, 복사의 부정사인 "불不"과 "불弗", 어기사인 "추隹"와 "혜叀(惠)"의 미세한 구별을 비롯해 어순의 각종 변화 등은 모두 상대 언어의 특징과 관련되어 있기 때문에, 이러한 중요한 어법문제를 분명하게 해결하지 않으면 상나라 때의 언어에 대해 깊이 있는 이해는 절대 불가능하다고 했다.

다시 예를 들어 보면, 앞서 들었던 심배沈培의 『은허 갑골복사의 어순 연구殷墟甲骨卜辭語序研究』, 장옥금張玉金의 『갑골문 허사 사전甲骨文虛詞詞典』, 대만 주기상朱岐祥의 『은허복사 구법 논고—대정 복사 문형 변이 연구殷墟卜辭句法論稿—對貞卜辭句型變異研究』 등은 최근 몇 년 동안 출판된 갑골복사의 어법연구 방면에서 매우 보기 힘든 역작이라 하겠다.

심배는 은허 갑골복사의 통사론적 성분의 배열 순서 즉 소위 어순에 대해 연구 했으며, 특히 특수한 어순 현상에 대해 상세하게 논의했다. 책 전체는 총 5장으로 되었는데, 각기 갑골복사의 주어·목적어·개사 구조·상어의 위치·수사+명사 결합의 순서 등의 측면에서 분석했으며, 부정문에서 대명사 목적어의 위치, "혜叀"와 "추隹"에 의해 표현되는 목적어 전치 구문, 이중 목적어의 순서 등도 포함되었다. 또 주-술 후치, 시간사의 후치, "조을且乙"을 "을조乙且"로 "대무大戊"를 "무대戊大"로 쓰는 등 복합사의 특수 어순 현상의 조별組別 복사에서 나타나는 차이 등에 대해서도 고찰했다. 복사의 조별·시대적 차이는 물론 반영된 언어현상에도 차이가 있으며, 이러한 특수한 어순은 주로 사조·오조·자조 및 역조 복사에 보이며, 빈조 복사에서는 찾아보기 힘들다는 사실도 밝혔다. 심배는 이러한 현상이 생겨난 원인에 대해 "사조 복사와 빈조 복사의 어순상의 차이는 시대적 요소와 점복 기구의 차이가 모두 작용했을 가능성이 매우 높으며", "역조·오조·자조 복사와 빈조 복사의 어순 차이는 점복 기구의 차이가 주요하게 작용했을 것이다"고 했다. 하지만 동시에 이렇게도 말했다. "그런 특수 어순의 경우 어떤 것들은 '비규범적인' 예인데, 이러한 비규범적인 어순은 결코 초기 한어의 흔적이라 볼 수만은 없으며", 아마도 "비규범적인 구어의 반영일 것이다." 이러한 견해는 사실 현재 진행되고 있는 갑골 시기구분 연구에서의 의견 차이가 반영되어 있다. 심배는 기본적으로는 역조 복사가 초기에 속한다는 의견을 받아들였지만, 여전히 "이런 특수 어순의 경우 어느 것이 초기 한어의 흔적인지, 어느 것이 구어에서의 비규범적인 표현인지, 그 판단을 잠시 유보해 둔 채 진일보한 연구를 기대한다"고 했다. 이러한 엄숙하고도 한쪽에 치우치지 않는 실사구시적인 학풍은 주목할 만하다.

장옥금의 책은 사전식의 체제로 되었는데, 은나라 언어에서의 허사 체계를 전면적으로 정리하고 고찰했다. 갑골문과 금문에 존재하는 적어도 60여 개의 단음절 허사를 귀납하였으며, 그 하부 귀속 체계는 다음과 같다.

1. 대명사 계통

① 인칭 대명사 제1인칭 대명사에는 여余·짐朕·아我의 3개, 제2인칭 대명사에는 여女(여汝)·내乃·이爾의 3개, 제3인칭 대명사에는 궐厥·기其·지之의 3개가 있다.

② 지시 대명사 자兹·지之의 2개가 있다.

2. 부사 계통

① 어기 부사 기其·혜惠·유唯·기气(기汔)·목首·식異(식式)[119]·유𢀛(유猷)·사巳 등 8개가 있다.

② 부정부사 물勿·필弜·불不·불弗·무毋·비非 등 6개가 있다.

③ 시간부사 기旣·함咸·정鼎·선先·후後·병竝·연延·내廼/내乃 등 9개가 있다.

④ 정태情態와 방식 부사 대大·자自·지遲·신迅·예銳 등 5개가 있다.

⑤ 빈도 부사 역亦·영永·졸卒 등 3개가 있다.

⑥ 범위부사 개皆·솔率·동同·역歷 등 4개가 있다.

⑦ 긍정부사 윤允 1개가 있다.

3. 개사 계통

① 시간사를 이끄는 개사 재在·급及·즉卽·후後·우于·재哉·필𢘅(필必)·지至·지우至于·졸卒·종終·자自·유由·종從 등이 있다.

② 처소사를 이끄는 개사 재在·즉卽·우于·지至·지우至于·자自·유由·종從 등이 있다.

③ 여격을 이끄는 개사 우于·지至·지우至于·자自 등 4개가 있다.

④ 대상을 이끄는 개사 선先·기暨·시戠·자兹(련攣) 등 4개가 있다.

⑤ 시사施事를 이끄는 개사 우于·자自 등 2개가 있다.

119) (역주) 裘錫圭의 「卜辭"異"字和詩書裏的"式"字」(『中國語言學報』, 제1기)에 근거해 '식'으로 읽었다.

⑥ 수사受事를 이끄는 개사 우于 · 지우至于 등 2개가 있다.

⑦ 기타 등비를 나타내는 것으로 우于(근跟 · 여與), 범위를 표시하는 것으로 우于(~의 측면에서) 등이 있다.

4. 접속사 계통

기暨 · 급及 · 우于 · 유有 · 유唯 · 차此 · 연延 · 작作 등 8개가 있다.

5. 어기사 계통

억抑 · 집執 · 호乎 등 3개가 있다.

6. 조사 계통

유有 1개가 있다.

7. 감탄사 계통

유兪 1개가 있다.

장옥금에 의하면, 은나라 때 갑골 · 금문 중의 허사 체계는 초보적 규모를 갖추긴 했지만 아직 완비된 것은 아니었다. 어떤 허사는 상용되지 않는 것도 있고, 겸용되는 것도 너무 많으며, 어떤 하부 체계는 매우 발달했지만 어떤 하부 체계는 1개나 몇 개의 허사만 포함하고 있는데, 이는 발전 과정에서의 불균형한 모습을 보여주고 있다. 이외에도 후대의 많은 허사가 표시하는 어법관계 · 의미 · 어기 중 갑골 · 금문의 이러한 허사 체계에서 그에 상응하는 허사를 찾기가 어려운 것도 많다. 이 책은 분명 갑골문 허사 연구에서의 최초의 총체적 성격의 사전이라 할 수 있다.

주기상의 저서의 특색은 과거 품사 분류 분석을 위주로 하던 복사 어법연구의 일반적인 상식을 바꾸어 그 중점을 통사론적 연구로 가져갔다는 데 있다. 책 전체는 7장으로 되어 있는데, 제1장에서는 복사의 대정對

貞 문례文例를 집중 분석했고, 나머지 6장에서는 "대정對貞복사 중의 일반적인 형태와 변형 문형을 비교 분석하였으며, 이를 통해 은나라 때의 통사론적 이론적 가설을 몇 가지 확립하고자 하는 데 중점을 두었다." 이 책에서는 『갑골문 합집』의 5시기 구분법에 의거해 복사 중의 부정사를 체계적으로 논의했다. 예컨대 불不・무亡・불弗・물勿・필弜・불추不隹・물추勿隹・불목不首・물목勿首・필목弜首・무毋・비非 등의 용법에 대해 논의했다. 또 "주어—동사—목적어"의 일반적인 문형 외에도 생략된 문省文・위치 이동移位・첨가加接・복합어・유비類比 등 5가지 문형에 근거해, 생문省文은 문장 중에서의 증가와 생략 관계, 위치 이동移位은 문장 중에서의 이동 방식, 첨가加接는 문장 중에서의 상호 보충 현상, 복합어는 문장 중에서의 단어의 중첩 사용, 유비類比는 문장과 문장 간의 평형 구조임을 밝혔다. 이 책은 복사 어법연구에서 창의적인 새로운 연구라는 의의를 가진다.

더 말하지 않아도, 앞에서 거론한 이러한 논저로부터 갑골문의 품사 분류・단어의 성질・형태론적 분석이 그 대부분을 차지하고 있음을 볼 수 있다. 하지만 최근 20여 년 이래로 갑골문의 통사론과 어순에 대한 논의가 날로 활발해져 갈수록 정밀해 지고 있다는 점만은 지적할 만하다. 이러한 점은 아마도 복사의 문례의 정위定位 연구의 심화된 인식 등과 관계있을 것이다. 바꾸어 말해서 갑골문의 문법은 갑골학의 유기적 부분이기 때문에, 이러한 연구는 갑골학 방면의 전면적인 지식을 필요로 하며, 고대한어 어법의 단편적인 전문 지식만 갖고서는 성과를 내기가 힘들다는 사실을 보여 준다. 앞서 들었던 많은 학자들은 바로 이러한 측면에서 풍부하고 도타운 공력을 쌓았던 사람들이다. 이렇게 해서 갑골문 문법 연구는 바로 이러한 학과의 발전 및 학술의 연마와 공동으로 연구해 가는 학술적 분위기 속에서 지속적으로 상승할 수 있을 것이다.

3) 복사의 명사命辭가 의문문인지에 대한 논의

이외에도 앞 절에서 제시한 다섯째의 "의문문 문제" 및 기타의 몇 가지의 논저는 은허복사의 명사命辭가 의문문인지의 여부에 대한 논의라 하겠는데, 이는 최근 10여 년 동안 갑골문어법 연구에서 출현한 관심 영역이기도 하다.

복사의 명사命辭가 의문문이라는 것은 갑골문 발견 초기부터의 정론이었다. 1933년 곽말약은 『복사통찬卜辭通纂』의 「서」에서 처음으로, 갑골 복사에서 "정貞자 다음에 이어지는 말은 당연히 의문문으로 처리해야 한다"고 했다. 1937년 곽말약은 또 『은계수편殷契粹編』의 425편의 고석 과정에서 "모든 복사는 본래부터 모두 의문문이다"는 점을 명확하게 했다. 1950년대에 들어 관섭초와 진몽가 두 사람도 복사의 문장 마지막에 의문 부사 "불不"·"호乎"나 어기사 "재才(재哉)"를 더해 의문을 표시하는 현상에 대해 다시 논술했다. 1980년대 초, 이학근은 「사조 복사의 몇몇 문제에 관해서關于自組卜辭的一些問題」에서도 "복사의 문말에 '불不(부否)'이나 '호乎'를 조사로 사용한 예가 있는데, 이는 대다수 복사의 정사貞辭가 모두 의문문임을 알려준다"고 강조했다. 동시에 그는 또 사조 복사에 등장하는 또 다른 두 가지 어말조사인 "복𠬝"(혹자는 억抑이나 인印으로 해석하기도 한다)과 "집執" 등을 제시하기도 했다. 다음의 예를 참조해 보자.

> 정축일에 점을 칩니다. 이민족을 포위하는 것이 이번 8월에 가능하겠습니까?
>
> 丁丑卜, 方其圍今八月不?
>
> —『을』 398편

> 신해일에 점을 칩니다. 이민족을 포위하는 것이 이번 11월에 가능하겠습니까?
>
> 辛亥, 方圍今十一月𠬝?
>
> —『을』 28편

무술일에 점을 칩니다. 왕께서 물어봅니다. '아'가 직접 '녕사'를 감독하고 제사를 감독할까요? 6월이었다. 戊戌卜, 王, 貞余幷立員寧史眔見奠㞢? 六月.

—『고방』 1,807편

계유일에 점을 칩니다. 왕께서 물어봅니다. 오늘 계유일로부터 을유일까지 성의 사람들이 이민족을 만나게 될까요? 만나지 않게 될까요? 1월이었다. 酉卜, 王, 貞今癸酉至于乙酉, 邑人其見方㞢? 不其見方執? 一月.

—『남사』 1.59편

'병'일까지 비가 오지 않을까요? 비가 올까요? 不其雨至丙㞢祉雨執?

물어봅니다. 우리가 '마방'의 도움을 받게 될까요? 도움을 받지 않게 될까요? 貞隹余受馬方又㞢弗其受方又執?

—『전』 4.46.1편

이길 수 있을까요? 이기지 못할까요? 弗克以㞢弗克以執?

—『습철』 2.468편

신유일에 점을 칩니다. 물어봅니다. '유侑'제사를 오늘까지 지낼까요? 지내지 말까요? 辛酉卜, 貞㞢至今日執? 亡㞢?

—『고방』 1,194편

이학근에 의하면, 위에서 든 복사에서의 "복㞢"은 어말조사인 "불不"과 문장 기능이 같으며, "복"은 또 어말조사 "집執"과 결합하여 한 복사에서 긍정과 부정의 두 가지 의문을 나타내는 기능을 담당한다고 했다. 이렇게 해서 복사의 정사貞辭가 의문문이라는 상식은 더 실증적으로 증명되었다.

하지만 1970~1980년대 이후, 미국의 키틀리吉德煒(David N. Keightley), 니

비존倪德衛(David S. Nivison), 서레이司禮義(Paul L-M. Serruys), 캐나다의 타카시마高島謙一(Ken-ichi Takashima) 등은 복사의 정사貞辭가 의문문이라는 점에 이의를 제기했으며, 중국에서도 구석규 등 몇몇 학자들이 이에 호응했다. 미국의 샤흐네시夏含夷(Edward L. Shaughnessy)도 1989년의 *Early China*(『고대 중국』)의 제14권에 이러한 문제에 관한 논문을 요약해 특집으로 실었다. 복사의 정사貞辭가 의문문이 아닌 진술문이라는 국외 학자들의 주장은 대부분 정貞鼑자가 '점을 쳐서 물어보다'는 의미를 가지는가에 대한 회의에서부터 출발했다.120) 예컨대 키틀리(David N. Keightley)에 의하면, 『설문』에서 "정貞은 점을 쳐 묻다卜問는 뜻이다"고 했는데, 이는 이후에 생겨난 해석이며, 진한 이전의 문헌 및 금문에서는 이러한 용법을 찾아보기가 힘들다고 주장했다. 주대의 문례文例에 의하면, 거북점을 칠 때에는 언제나 "복卜"이라는 말을 썼지 "정貞"을 쓰지는 않았다. 복사에서의 "정鼑"은 "바르다正"는 뜻이며, "모정某貞"은 "어떤 사람이 그것을 바르게 한다는 말이다." 정鼑은 정鼎자로도 해독할 수 있는데, "정鼎의 앞에서 거행하는 점복 의식(the ritual performed at the cauldron)을 말하며, "모정某鼎"은 "어떤 사람이 정鼎의 앞에서 일을 주관하다"로 풀이되며, 제의祭儀 자체에 초첨이 놓여 있다. 이에 비해 "복卜"자는 의식 중의 형식적인 동작만 강조하며, 복사의 정사貞辭는 어떤 "의도"나 "예견"의 공표를 나타내는 것으로, 의문문의 형식이 아니다. 그래서 정사貞辭는 일종의 기도나 저주하는 언사에 해당한다고 했다. 니비존倪德衛(David S. Nivison)도 같은 관점을 견지했다. "정貞"은 "정正"과 관계가 있고, 또 "정貞"은 명사命辭를 검증(to verift)하거나 명사命辭의 정확성을 결정하는 것으로 해석했다. 그는 또 정사貞辭에서 한 정인貞人의 말과 점복 의식에서 한 그의 행위는 구분되어야 하며, 정인貞人의 행위가 언제나 정보를 구하려는 것만은 아니었으며, 설사 정보를 구하려했다 하더라도 그의 말이 반드시 의문문이 되어야 하는 것

120) 프랑스의 러푸웨(雷煥章, Jean A. Lefeuwe), 『法國所藏甲骨錄』, 臺北光啓出版社, 1985, 123~126면 참조.

은 아니라고 했다. 만약 복사의 어말에 부정조사나 의문조사를 더해 의문문이 되었다는 것을 인정한다면, 이러한 형식을 사용하지 않았거나 동일한 각사에서의 형식이 동일하고 어미 조사가 없는 두 가지 문장(명사命辭와 점사占辭)들은 반드시 진술문이 되어야 한다고 했다. 서레이司禮義(Paul L-M. Serruys)는 이와 달리 "정貞"자의 의미는 '시험하다(to test)', 즉 명사命辭를 한번 시험하거나 시험으로 제기해 본 명사命辭로 풀이했으며, 이는 사실에 대한 진술이나 바람의 표현으로 이해해야만 한다고 했다. 타카시마高島謙一(Ken-ichi Takashima)에 의하면, "정鼎"과 "정鼎"자는 자원으로 보나 자형으로 보나 모두 분명하게 관련되어 있으며, 선진 문헌에서 "정鼎"자는 "정定"과 "정貞"으로 가차될 수 있다. 복사의 명사命辭 앞에서 문장을 이끄는 "정鼎"은 "테스팅(testing)"(Study of Ting)으로 해석되어, "테스트 하고, 실증하다"나 "확정하다"는 뜻으로 해석할 수 있다고 했다. 또 상나라 때의 정인貞人과 은나라 왕들은 "정鼎"이라는 것이 "테스트貞測"나 다른 제의의 장엄성을 강화해 신령의 비호와 은혜를 받을 수 있게 해 준다고 믿었기 때문에, 정鼎자 뒤에 놓인 명사命辭는 결코 의문의 의미가 아니라 진술의 의미에 불과하다고 했다. 중국의 구석규도 이상처럼 복사의 명사命辭를 일률적으로 의문문으로 본다는 것은 문제가 있다는 관점에 동의했다. 그에 의하면, 현재까지 의문문으로 확정할 수 있는 명사命辭는 주로 초기 복사에서 문말에 어기사 "억抑"(달리 복𠬝이나 인印으로도 해석함)과 "집執"을 대동한 선택 의문식의 명사命辭를 비롯해 "억抑"을 대동한 비의문식의 명사命辭에 한정된다. 그래서 과거 반복 의문문으로 보았던 "V－불不V"(예컨대 "우불우雨不雨")와 "V－불不" 형식의 복사는 사실 명사命辭의 험사驗辭나 용사用辭로 구성된 것이며, "불不－V"는 험사驗辭이고, 험사驗辭나 용사用辭(용사用辭로 쓰일 경우 "불용不用"과 같은 뜻이다)가 "아니다不"는 뜻이다. 현재까지는 의문문이 아닌 것으로 확정할 수 있는 명사命辭는 주로 일부 복문식 명사命辭인데, "지금 왕께서 '망승'을 따르게 하여 '하위'를 정벌했다. 신의 보살핌을 받지 못했다今𡈼王勿比望乘伐下危, 勿其受有佑", "왕께서 사냥을 나가지 않았다. 비가 왔기 때문이다王勿田, 其雨" 등은 의미상으로 볼 때 의문문이 될 수가 없다고 했다.

하지만 정사貞辭가 의문문이 아닌 진술문이라는 새로운 가설은 결코 중국의 갑골 학자들에 의해 광범위하게 인정된 것은 아니다. 왕우신에 의하면, 명사命辭에는 언제나 희망과 기구祈求의 뜻이 담겨 있으며, 이는 미래에 대한 의문과 예측이지 외국학자들의 말처럼 "미래에 대한 진술은 아니다." 왜냐하면 미래라는 것이 점복하는 사람이 알 수 있는 것이 아니기 때문이다. 그리고 중국의 선진문헌 및 소수민족에게 남겨진 점복 풍속으로 볼 때도 명사命辭의 언어 환경은 "점복으로 의문을 해결하는 것"에 있었다. 마찬가지로 상나라 때의 갑골복사도 찬鑽과 조鑿와 불로 지지기灼 등과 결합해 고찰해 보면 그 명사命辭는 유사한 점복 환경에서 칼로 새겨진 것이다. 그래서 명사命辭를 의문문으로 확정해야만 한다는 것은 의심의 여지가 없다고 했다. 그는 또 이렇게 지적했다. 만약 명사命辭의 구체적인 언어 환경과 고대점복의 성질이나 용도를 비껴간 채 단지 어기사가 없는 명사命辭 자체만 가지고 고립적으로 논의해 이를 의문문이 아닌 진술문으로 본다는 것은, 분명 명사命辭의 의문적 성질을 전면적으로 파악한 것이라 할 수 없다.[121] 진위담도 복사의 정사貞辭가 의문문이 아니라는 서양학자들의 주장에 대해서, 그들은 "의식적이든 무의식적이든 점복과 기도를 하나로 혼동하여 논의했다"고 하면서 중국 고대의 관련 문헌자료에 근거해 볼 때, 점복의 목적은 의문을 해소하는 데 있었고, 기도는 어떤 바람을 표현하는 데 있어서, 이들 둘은 본질적으로 구분되어 있었다고 했다. 기도의 말은 도서禱書라 불렀고, 이는 진술문이거나 기사祈使문이었다. 하지만 점복은 점을 쳐 물어본 것이다. 설사 은허복사의 명사命辭의 절대 다수가 어법형식에서 점사占辭・험사驗辭와 분명한 차이를 갖지는 않아 진술문으로 읽을 수 있는 것처럼 보이고, 어조에 따

121) 王宇信, 「申論殷墟卜辭的命辭爲問句」, 『中原文物』, 1989年 第2期. 또 *Early China*, 13, 1989, pp.36~40.

라 의문문으로 읽을 수도 있다고 하더라도, 점복의 성질을 고려하고, 복사의 전체와 복사의 각 부분의 상호관계로부터 고찰하고, 복사의 언어 환경 및 구체적인 의미로 살펴본다면, 절대 대부분의 명사命辭는 의문문으로 읽어야지 진술문으로 읽을 수는 없다. 진위담은 또 앞에서 인용했던 "지금 왕께서 망승望乘을 따르게 하여 하위下危를 정벌하면, 신의 보살핌을 받을 수 없을까요? 今𢀛王勿比望乘伐下危, 勿其受有佑"라는 복사에서 뒷면의 명사命辭는 의문문이 될 수가 없다는 구석규의 주장에 대해서도 대정對貞 복사라는 각도에서 질문을 던졌다. 만약 구석규의 말대로 이해한다면 이 복사는 조건 복합문이 되는데, 이 대정對貞 복사는 상반된 의미를 만드는 것이 아니라, 직접적으로 모순 되는 점복의 결과를 낳게 된다. 즉 긍정 형식의 복사는 바로 "지금 왕께서 망승望乘을 따르게 하여 하위下危를 정벌하면, 신의 보살핌을 받을 수 있다" 혹은 "지금 왕께서 망승望乘과 하위下危를 정벌하지 않아야지 만약 망승과 함께 하위를 정벌하게 된다면, 신의 도움을 받지 못하게 될 것입니다"라는 말이 되고 만다. 이것이 무슨 복사라 할 것이며, 그렇다면 어떻게 "점복으로 의문을 묻는다"고 할 수 있겠는가? 정확한 이해라면 의문문으로 읽어야만 한다. 그래서 긍정적으로 물으면 "왕께서 망승望乘을 따르게 하여 하위下危를 정벌하면, 신의 보살핌을 받겠습니까?"이고, 부정적으로 물으면 "만약 지금 왕께서 망승望乘과 하위下危를 정벌하지 않게 되면, 신의 도움을 받지 못하겠습니까?"이다. 이렇게 되어야만 긍정과 부정의 물음의 의도가 일치된다. 이러한 대정對貞 복사의 경우, 그 긍정－부정으로 물은 두 명사命辭는 모두 의문문이어야 하며, "점복으로 의문되는 것을 물었던" 완비된 형식이라 하겠다.[122] 주기상도 구석규가 주장한 "V－불不"식의 명사命辭가 의문문이 아니며, 동사 뒤의 "불不"은 실제 험사驗辭라는 해설에 대해 의문을 제기했다. 그는 이러한 특수한 문례를 정리하였는데, 대략 다음의 8

122) 陳煒湛,「論殷墟卜辭命辭的性質」,『夏商文明研究』, 中州古籍出版社, 1995.

가지로 귀납할 수 있었다.(주기상의 표점을 따름)

1. 동사+불不

신유일에 점을 칩니다. …… 계해일에 쓸까요? 辛酉貞, 其 …… 癸亥用不?

—『둔남』 2,932편

병인일에 점을 칩니다. 서쪽에서 '주'제사를 드릴까요? 丙寅卜, 西酒不?

서쪽에서 '주'제사를 드리지 말까요? 西不酒不?

—『둔남』 4,414편

2. 동사+목적어+불不

물어봅니다. '유侑'제사를 '자'에게 드릴까요? 貞, 侑子不?

—『동경』 1,175편

갑인일에 점을 칩니다. '유'제사를 '조을'께 드리는데 희생 소 3마리를 쓸까요? 甲寅卜, 侑且乙三牢不?

—『합집』 22,175편

3. 개사+목적어+불不

무오일에 점을 칩니다. '종묘'에서 할까요? 戊午卜, 于宗不?

—『둔남』 2,305편

물어봅니다. 추수에 관해 '상갑'께 고할까요? 貞, 其告秋于上甲不?

—『둔남』 2,906편

4. 목적어+불不

정묘일에 점을 칩니다. 물어봅니다. '자'제사를 '비정'께 드릴까요? 丁卯卜, 貞,

玆妣井不?

—『합집』 2,510편

돼지를 '형무'에게 쓸까요? 叀豕兄戊不?

—『합집』 2,916편

5. 주어+불不

물어봅니다. '공방'이 출현할까요? 과연 출현했다. 貞, 舌方不? 允出.

—『합집』 39,621편

6. 주어+동사+불不

임신일에 점을 칩니다. 이번 5일 동안 이웃 나라를 정벌할까요? 壬申卜, 曰今五日方其征不?

임신일에 점을 칩니다. 지금부터 3일 동안 이웃 나라를 정벌하지 말까요? 壬申卜, 自今三日方不征不?

—『합집』 20,412편

7. 주어+동사+목적어+불不

무신일에 점을 칩니다. '부'가 물어봅니다. '여'가 이웃 나라에게 오라고 명령을 내릴까요? 戊申卜, 扶, 余令方至不?

—『합집』 20,477편

8. 시간부사+불不

병술일에 점을 칩니다. 물어봅니다. '익'제사를 올릴까요? 丙戌卜, 貞, 翌不?

—『합집』 24,499편

을묘일에 점을 칩니다. 우리가 '시'제사를 을축일까지 올릴까요? 乙卯卜, 我以

示征乙丑不?

—『합집』 33,943편

주기상에 의하면, "V+불不"식을 포함해서 "불不"자가 문미에 놓이면 의문・의혹・반어・선택의 의미를 가지는데, 이는 고대문헌에서의 "불不"과 "부否"가 문장 끝에서 의문을 표시하는 용법과 같다. 그래서 이를 갖고서 험사驗辭의 부정사로 쓰였다는 증거로 쓸 수는 없다. 왜냐하면 적잖은 대정對貞 복사에서 긍정문과 부정문의 문미에 모두 "불不"을 놓을 수 있기 때문이다. 즉 문미의 "불不"에는 부정사라는 가능성이 이미 배제되었으며, 이러한 특수한 "불不"자의 예들은 명사命辭가 의문문이라는 것을 충분히 보여 준다.

다음으로, 복사의 정사貞辭가 의문문이 아니라 진술문이라 주장하는 이들은 대부분 정貞鼑자가 점을 쳐 물어보다는 뜻을 가진다는 것을 극력 부정하였다. 예컨대 키틀리吉德煒(David N. Keightley)는 "정貞은 점을 쳐 물어보다卜問는 뜻이다"라는 『설문』의 풀이가 후대의 해석이며, 진한 이전의 문헌 및 금문에서는 그러한 용법을 찾기 힘들고, 복사에서의 "정鼑"자는 "바르게 하다正"는 뜻으로, 정鼎의 앞에서 점복 의식를 주재하다는 뜻이라고 했다. 하지만 이는 결코 사실이 아니다. 『상서』「낙고洛誥」에서 "우리의 점복이 훌륭함을 보소서. 언제나 길하다고 하네. 우리 두 사람이 함께 점을 쳤었다네 視予卜休, 恒吉, 我二人共貞"라고 했는데 "우리 두 사람이 함께 친 점二人共貞"은 바로 같은 편에서 말한 낙읍洛邑의 건설에 대한 주공周公의 점복과 『소고召誥』에서 기술한 "아침 일찍 '낙'땅에 이르러 정착할 수 있는지를 점쳤다朝至于洛, 卜宅"고 한 소공召公의 점을 말한다. 『주례』「춘관」「대복大卜」에서는 "나라에서 임금을 세우거나 제후를 봉하는 등 큰일에 대해 점을 쳐야 할 때에는 거북딱지가 높게 융기한 부분을 보고서 불로 지져 거북점을 친다凡國大貞, 卜立君, 卜大封, 眡高作龜"고 했는데, 정사농鄭司農의 주석에서 "정貞은 묻는다問는 뜻이다. 나라에 큰 의심이 생기면 시초와 거북蓍龜으로 물었다"고 했다. 호북성 형문荊門 포산包山의 전국 2호 초楚 나라 무덤에서 출토된 죽간 복사에서도, 명사命辭는 언제나 "정貞"자로 시작되며, 통상 '몇 월 며칠에 어떤 사람이 어떤 점복 도구로 주인을 위해 어떤 사안에 대해 점을 쳤으며', "재앙이 있을지의 여부毋有咎"를 물은 것으로 되어 있다.123) 이보다 더 이른 시기의 「이궤利簋」의 명문에서는 "갑자일 새벽, '세'제사를 드리고 '이'를 이길 수 있을는지를 점쳐 물었다 隹甲子朝, 歲, 鼎克髑"고 했는데, 여기서의 정鼎은 정貞과 같이 읽으며, 점을 쳐 물어보다는 뜻으로 해석하는 것이 타당하리라 생각된다. 이렇게 볼 때 그가 말한 "정貞은 점을 쳐 묻는다卜問는 뜻이다"고 한『설문』의 해석이 후대의 풀이라는 설명은 오히려 오래전부터 전해져 오던 뜻에 대한 전석詮釋이라고 해야 옳을 것이다. 후세에 이르러 이 "점쳐 묻는다卜問"는 옛날의 뜻이 희미해져 버렸으며, 항상 "복卜"자로써 점복을 지칭하게 되었을 뿐이다. 그밖에도 중국 고대문헌에서 점복을 기술한 목적은 의심스런 것을 묻는 데 있었다는 자료는 대단히 많다. 이는 복사의 정사貞辭가 의문문이라는 해석에 좋은 참고 자료가 되기에 몇몇 예를 열거하고자 한다.『좌전』「환공桓公」 11년 조에서 "점을 쳐 의문점을 해결한다 卜以決疑"고 했고,『좌전』「소공昭公」 5년 조에서 "나라에서 거북점을 고수하는 것은 그 어떤 일이라도 점을 치지 않는 것이 없기 때문이다 國之守龜, 其何事不卜"고 했다.『예기』「곡례曲禮」 상上에서는 "점복은 …… 백성들로 하여금 혐의를 해결하게 하고 머뭇거림을 확정하게 한다. 그래서 의심이 있으면 시초 점으로써 해결했다는 것은 틀린 것이 아니다 卜筮者, …… 所以使民決嫌疑定猶與也, 故曰疑而筮之, 則弗非也"고 했다.『예기』「표기表記」에서는 "거북점과 시초 점을 거스르지 않는다 不違卜筮"고 했다.『잠부론』「서록敘錄」에서는 "혐의가 있으면 서귀와 복서로써 결정한다 著龜卜筮, 以定嫌疑"고 했고,『논형』「복서卜筮』에서는 "거북점이라는 것은 하

123) 湖北省荊沙鐵路考古隊,『包山楚墓』上冊, 文物出版社, 1991, 364~369면 참조.

늘에 묻는 것이요, 시초 점은 땅에다 묻는 것이다. 시초는 신령스럽고 거북은 영험하여 갈라진 눈금과 시초의 숫자는 응험을 알려주기 때문이며卜者問天, 筮者問地, 蓍神龜灵, 兆數報應", "무릇 시초蓍는 오래耆가기 때문이고, 거북龜은 옛것舊을 알려주기 때문이다. 의심나는 일이 있으면 반드시 시초와 옛 것에 물어보아야 할 것이다夫蓍之爲言耆也, 龜之爲言舊也, 明狐疑之事當問蓍舊也"고 했다. 또 『회남자』「설림훈說林訓」에서는 "반드시 거북에게 길흉을 물어본다必問吉凶於龜者"고 했다. 『좌전』「장공莊公」 23년 조의 두예杜預의 주석에서는 "거북점과 시초 점에 의해 성인께서 머뭇거림을 확정하고 의심나는 것을 결정했다卜筮者, 聖人所以定猶豫, 決疑似"고 했고, 『후한서』「동이전東夷傳」에서는 "짐승 뼈를 불로 지져 점을 치고 이로써 길흉을 결정했다灼骨以卜, 用決吉凶"고 했다. 중국 고유의 전통적인 상식을 버려둔 채 새로운 학설을 내세운다면 이는 복사 정사貞辭의 원래 뜻에도 부합되지 않을뿐더러 이러한 점복 문화에 내재된 의미도 제대로 이해하지 못한 것이 되고 말 것이다.